근대소설과 육체

한·국·근·대·소·설·의·몸·지·도

근대소설과 육체

김주리 지음

한국학술정보㈜

엿장수

〈그림 1〉
근대 이전 시기까지 아동은 그 개체성을 인정받지 못했다. 아이는 작은 어른이었으며 어른과 같은 노동을 강요받았다. 아동이 '어린이'로 발견되기 위해서는 근대 학교교육과 위생 담론, 양육 담론 등이 다양하게 개입되어야 했다.

〈그림 2〉
아동이 작은 어른의 위치에서 벗어나 어린이로 발견되기 위해서는 근대적인 양육의 담론이 적극 개입하게 된다. 아이들은 미래의 노동력으로서 사랑받아야 할 대상이며 순수한 생명으로 재발견된다.

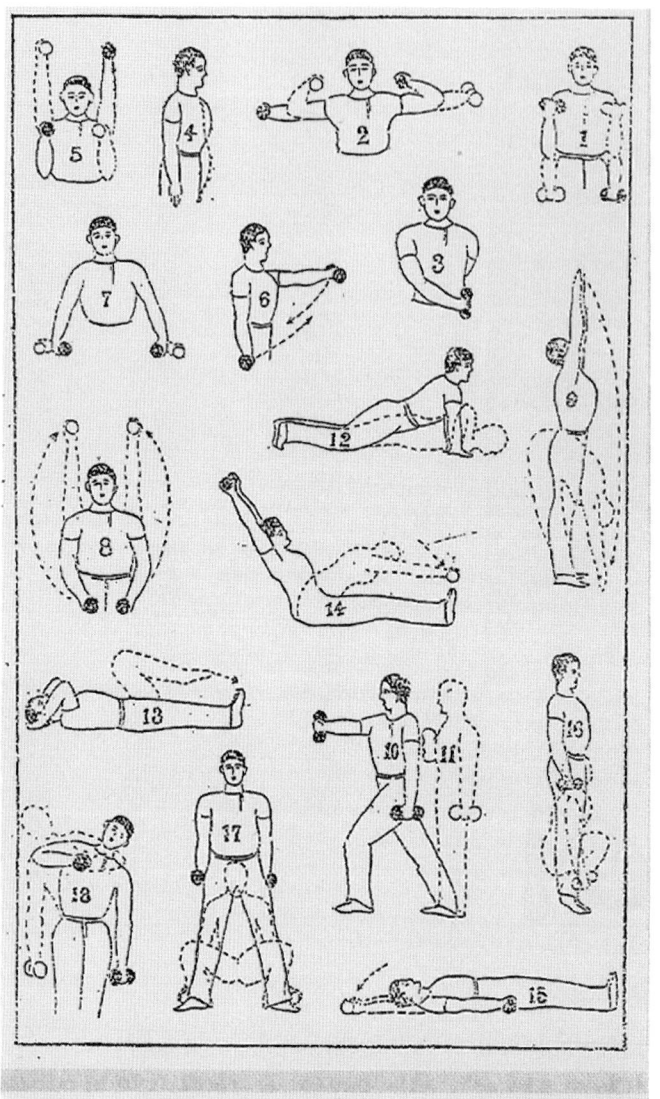

〈그림 3〉
〈학생〉 1929. 8월호 아령 운동법
학교는 아동의 육체를 단련시키며 건
강에 대한 표준상을 정립한다. 서당
의 훈도와 학생이 갈라지는 핵심적
인 부분은 체육에 있었다.

〈그림 4〉
이광수, <사랑의 다각형> 《동아일
보》 1930.9.2.
<군상> 3부작 가운데 2부인 <사랑
의 다각형>은 폐결핵 요양소를 배경
으로 '피'의 오염과 정결성을 형상화
하고 있다.

〈그림 5〉
<폐결핵 박멸운동> 《동아일보》
1929.12.7.
폐결핵은 근대 도시와 함께 성장한
질병이다. 유행 전염병이지만 근대
문명의 상징이기도 했기에 박멸해야
할 대상인 동시에 동경의 대상이 되
기도 했다.

〈그림 6〉
이광수 <흙> 연재 1회
<흙>은 '눈'의 매혹을 거세하고 '손'의 가치를 매김하는 대표적인 이광수 소설 가운데 하나이다.

〈그림 7〉
<경성의 거리> 별건곤 1929.9.
경성의 거리를 오가는 사람들의 모습을 무작위로 촬영해 편집한 사진이다. 한복 입은 사람들, 양장한 사람들, 여성과 남성, 노인과 학생 등 경성 거리는 전통과 근대가 혼재한 모습으로 재편된다.

〈그림 8〉
1929년 조선박람회 기념무.
1929년 조선박람회는 식민지 경성
사회가 상업자본주의의 확대와 팽창
을 목격하게 되는 핵심적인 사건이
다. 박람회는 근대의 분류하고 배치
하는 시선을 전면화함으로써 백화점
의 일상화를 가능케 했다.

〈그림 9〉
1930년대 남촌 백화점과 신여성.
≪조선일보≫ 1930.7.19.
1929년 박람회 이후 급속도로 성장
한 남촌 백화점은 모던 걸, 모던 보
이들을 유혹하는 장소였다.

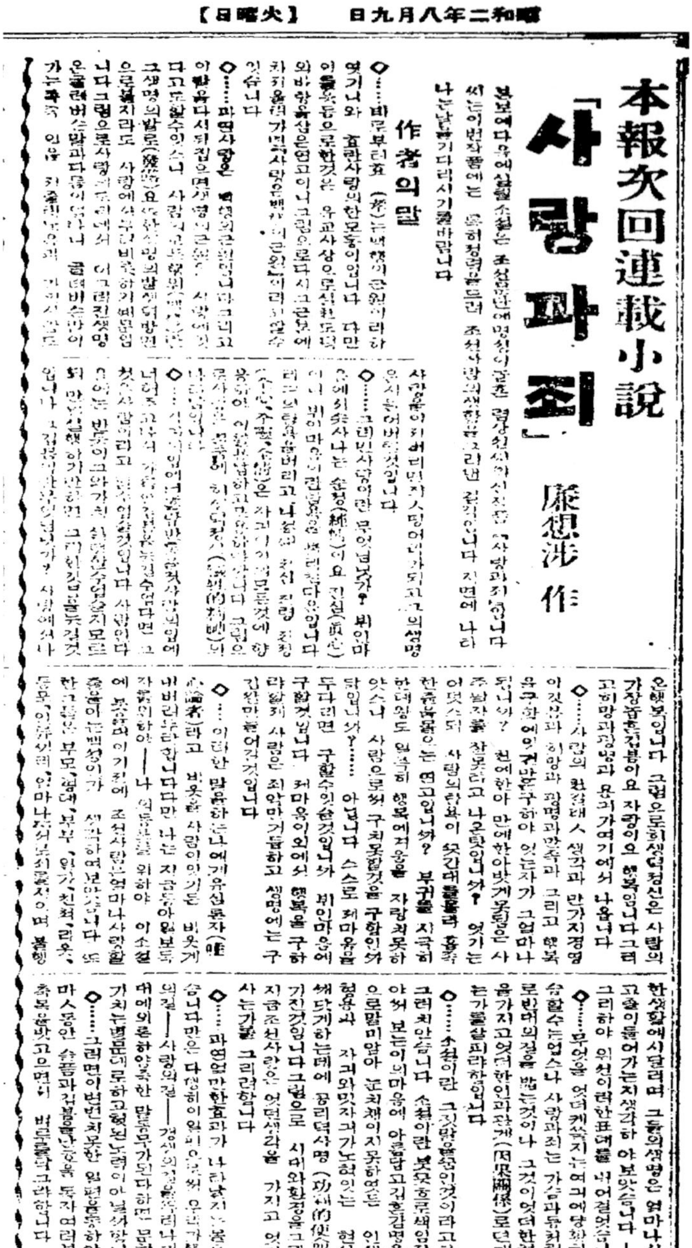
昭和二年八月九日 【火曜日】

本報次回連載小說

「사랑과 죄」

廉想涉 作

作者의 말

〈그림 10〉

염상섭, <사랑과 죄> 연재 예고. ≪동아일보≫ 1927.8.9.

염상섭은 <사랑과 죄>, <이심>, <광분>, <삼대> 등 일련의 장편소설을 통해 자본주의 소비 사회로 변모해 가는 식민지 경성의 모습을 포착하고 패션과 소문으로 개성을 치장, 관리하는 청년 남녀의 모습을 다각도로 형상화했다.

〈그림 11〉
최신 유행 소개 기사. ≪동아일보≫
1934.2.22.
자본주의 소비 사회에서 유행 패션
은 자아의 개성을 드러내는 것인 동
시에 외양에 있어 상품을 통한 구별
짓기를 가능케 했다.

〈그림 12〉
유행하는 남녀 장신구 소개 기사.
≪동아일보≫, 1933.9.3.
핸드백, 모자, 목도리, 구두, 넥타이
와 같은 장신구는 한 사람의 외양을
장식하는 것일 뿐 아니라 그의 개성
과 교양을 드러내는 장신물로 간주
되었다.

〈그림 13〉
생활과 취미. 《동아일보》 1928.2.5.
1920년대 초반부터 본격적으로 진행된 취미의 요구는 미학화된 일상의 요구로 이어지며 음악, 영화 감상, 독서, 여행 등과 같은 서구적 삶에 입각한 생활의 재편을 추구했다. 이는 패션과 함께 외양에 있어 자본주의 중산층 개인의 정체성을 형성하는 요인이었다.

〈그림 14〉
이효석, <주리야>의 삽화. 신여성
1933.5.
장편소설 <주리야>의 주인공 '주리야'로 대변되는 이효석 소설의 주인공들은 세련된 의상과 미각, 치장을 강조하며 이러한 외양을 통해 전위성을 구가하고 있다.

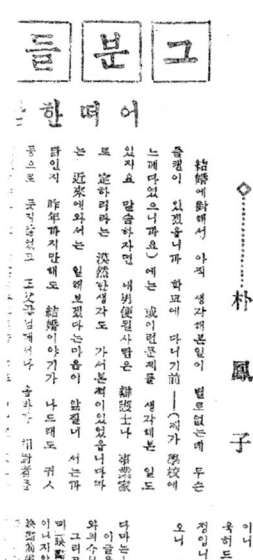

<그림 15>
<그분들의 결혼 플랜> 여성, 1936.4.
김유정은 가부장적 폭력을 휘두르는 아버지와 형, 히스테리를 부리는 누이 등 가족에 대한 부정적 인식 속에서 처벌하는 어머니에 대한 욕망, 즉 매저키즘적 욕망을 드러내고 있다. 그의 매저키즘적 욕망은 늙은 기생 박녹주에 대한 연정이나 처음 보는 여인 박봉자에 대한 스토킹 등으로 나타난다. 시인 박용철의 누이인 박봉자는 이 잡지 기사에서 김유정과 함께 소개되었다는 이유로 김유정의 연정 대상이 된다.

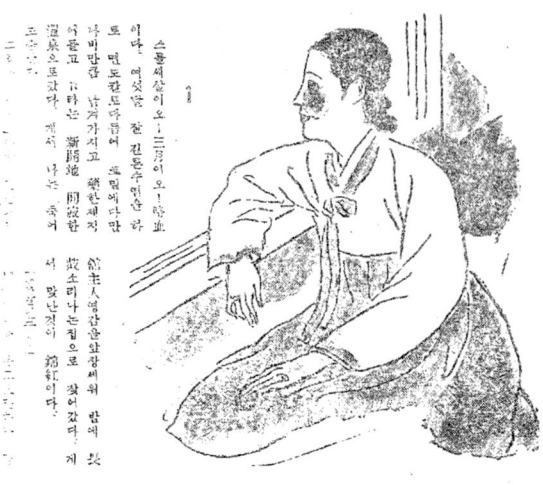

逢別記 李箱

「글쎄 마흔? 서툴어홍」

나는 그저 좋! 그래버렸다。

그랬는데 K君은 同窓에서가는 체하고 避해버렸기때문에 나는 不戰勝으로 錦紅이를 이겼다。 그날밤에 錦紅이는 나 하나만을 爲하야 貞操라는것을 지켰다는것을 감초지않었다。

이튼날 나와 錦紅이는 紹介도업시 헤어졌다。 나는 어떤친구와 麻雀을 하느라고 錦紅이와 날이지면서 달고다니든 K君을 아주 멀리어버렸다。 그리고 나도 錦紅이를맞나러 부지가웁쓰럽게 또 咸鏡線을 탔다。

「어디서 - 뭣이든것은데」

「어쩌저녁에 왔든主人데 내가 바투안을이지。 목소리까지 답을락으로 약속이 다 업었지」

「아들?」

「딸!」

「언제?」

「열여섯살에 머리얹어서 열넹곱에 낳나보지」

「들만에서죽었어 -」

스물세살이 오 - 三月이 오 - 봄이다。 여섯달잔 긴동안주민살다가。

토 면도칼도닿갔다가。 락비밧갈 남기가지고。 얻신세지 웬산세지。

이물고 간다든 얘지。 나온 축어。 에서 맞난것이 錦紅이다。

〈그림 16〉
이상, <봉별기> 여성 1936.9.
기생 금홍과의 만남과 헤어짐을 소설 형태로 쓰고 있는 <봉별기>에서 이상은 여성의 육체를 둘러싼 비밀에 대한 공포를 처음으로 형상화하고 있다. 기생-아내의 육체(정조)가 투명하게 드러날 때에는 치유의 힘을 발휘하지만 아내-여학생의 육체가 단발, 양장 등으로 치장되어 그 비밀을 드러내지 않을 때 공포스러운 것으로 인식된다.

| 서문

    이 책에서 다루고 있는 주제는 육체와 근대성 그리고 소설입니다. 다시 말해 이 책은 한국 근대 소설에서 육체가 재현되는 유형과 양상을 바탕으로, 근대 사회의 여러 가지 제도와 기구의 체험이 어떻게 새로운 주체를 만들어 내는가를 밝혀 보려 했습니다. 인간에게 몸은 무엇보다 세계를 인식하는 수단으로서의 감각이며, 자신의 의사와 감정을 표현함으로써 자아를 표출하는 행위이고 타인의 시선 앞에서 자신을 증명하는 얼굴이기도 합니다. 즉 육체는 감각, 감정, 행동, 정체성, 자아인식과 표현, 세계와의 소통이라는 측면에서 주요한 주제이며 소설에서는 서사가 작동하는 거점으로 존재하고 있는 것입니다.

    우리가 이 책에서 문제 삼는 것은 근대인의 몸이며 그 몸을 둘러싼 다양한 담론들이 어떻게 서사물의 형태로 재편되고 있는가입니다. 근대 문명의 발달은 본능의 포기, 육체에 대한 특정한 훈련과정을 동반합니다. 이를 근대성이 몸에 새겨지는 자국, 생산과 소비를 둘러싼 여러 가지 습속의 내면화라고 말할 수 있을 것입니다. 몸에 대한 자국내기의 과정은 일련의 의미화 욕망과 관련되고 그것이 근대 서사물을 추동하게 됩니다.

    근대 사회에서 육체는 특히 학교, 병원, 공장, 상점과 백화점 등 근대적인 생산과 소비의 기구와 시공간의 경험으로 재편되는 가운데 문제적인 것으로 등장합니다. 도덕적인 수양의 거점으로 한정된 의미만을 지닌 중세인의 몸에 비해 근대인의 몸은 개체적이며 자기표현적인 동시에 통제적인 것입니다. 우리의 문제의식은 근대 사회가 새로운 제도와 기구를 통해 인간의 몸을 특정하게 조련하고 표현하는 방식을 전면적으로 재구성하는 가운데 근대적 주체를 탄생시키며 근대 소설 역시 그에 입각해 탄생하고 있다는 것입니다. 근대적 주체란 육체에 새겨진 새로운 습속의 내면화를 통해,

그 육체적 권력을 통해 만들어지는 것이라고 볼 수 있습니다. 그러므로 이 책에서 논의되는 육체는 한 사회의 인식체계를 대변하는 담론의 형태로 나타나는 것입니다.

근대에 이르러 몸은 도덕적인 의미가 아니라 경제적인 의미로 재편되며 부수적이고 부정적인 위치를 벗어나 사회의 적극적인 관리 대상이 됩니다. 근대 사회는 가문으로부터 떨어져 나온 '개인'의 존재를 전면화하고 그 개인은 먼저 한 사람의 직업인으로 조직됩니다. 근대 자본주의는 몸에 관한 통제를 세분화하며, 공적 생산의 영역을 담당하는 인간은 엄격한 시공간적 질서와 통제된 규율에 적응하면서 단위 노동의 기관으로 육체 동작을 분절하게 됩니다. 학교와 병원 같은 사회 기구는 가정과 협력하여 노동할 수 있는 조건을 가진 성실하고 규칙적이며 건강한 육체를 양육하고 관리합니다.

또한 근대 사회는 풍족한 상품 소비를 통해서 개개인의 정체성을 탐색하도록 합니다. 자아 정체성이 그가 속한 가문이나 신분으로 규정되지 않기에 개인은 스스로 생활방식을 선택하고 몸 관리 양식을 채택함으로써 자신의 정체성을 드러내게 됩니다. 부르주아들은 고가의 상품을 소비하고 세련된 취향을 드러냄으로써 개성을 표현하고자 합니다. 이때 중요한 것은 차이를 나타내는 상품의 교환가치이며 그것은 패션의 형태로 육체화합니다. 이러한 근대적 육체 담론의 유형과 양상을 이 책에서는 이광수의 훈육적 육체, 염상섭의 육체 자본, 이효석의 향유적 육체, 김유정의 육체 – 괴물, 이상의 소모적 육체로 대별해 보았습니다.

먼저 이광수 소설은 근대 자본주의 사회가 요구하는 생산적인 인간, 통제를 내면화한 인간 육체를 도입하고, 훈육적 육체의 이상을 제시하고 있습니다. 1910년대 이광수 소설은 새로운 공민의 주체로 떠오르는 학생의 육체를 긍정하는 가운데 우애(연애)에 입각해 성립되는 새로운 가정을 제시합니다. 그 속에서 요구되는 것은 정절의 절대성이 아니라 정조의 계약이며 단순한 몸의 교섭이 아니라 열정의 외현으로서의 육체 접촉이 됩니다. 문명인의 이상으로 제시된 학생의 육체는 1920년대 개조론으로 확장되며 직분론의 관점으로 재조직됩니다. 이는 여성의 섹슈얼리티를 거세하고 모성애에 입각해 여성의 육체를 재편하면서, 감시적 시선의 전면화에 의해 욕망이 완전히 없어진 육체, 헌신에 입각한 기계적 육체의 이상을 구현하는 것으로 귀결합니다. 이러한 훈육적 육체의 이상은 1940년대 파시즘 이데올로기를 구현한 소설들로 이어져 위생과 성실을 바탕으로 제국의 논리를 모방하는 주체의 모습으로 재편됩니다.

이광수 소설이 생산을 위해 모든 욕망을 거세한 기계적 육체, 노동자의 이상을 제시하고 있다면 염상섭은 그러한 훈육적 육체를 억압적인 것으로 인식하고 학교가 대표하는 시간표 양육이나 금욕을 부정합니다. 이광수의 자아 각성이 개인을 국가의 관리 대상(공민)으로 귀속하는 훈육적 육체 조직으로 나아간다면 염상섭의 자아 각성은 자본주의 사회 속 개인 정체성의 탐색으로 나아가 생산과 소비의 균형 속에서 욕망을 조절할 수 있는 타산적인 주체를 긍정합니다. 자본주의 사회에서 개개인에게 요구되는 것은 자신의 정체성을 그 육체 자본으로 투명하게 드러내고 그에 맞는 소비 교환에 참여하는 것이 됩니다. 그러므로 염상섭은 학교에서 이루어지는 금욕의 교육이 아니라 상점에서 이루어지는 소비교환의 교육, 육체 자본의 적극적인 관리와 창출을 긍정적인 것으로 제시합니다.

이광수 소설이 (남성적인) 욕망의 논리에 입각해 생산적인 육체를 조직한다면 이효석은 (여성적인) 유혹의 논리에 입각해 세련된 매너와 감각의 향유를 중심으로 소비적인 육체를 구상합니다. 이효석이 추구하는 향유는 기본적으로 자본주의적 풍성함, 상품 소비의 유토피아적 비전과 함께하는 것입니다. 이효석 소설의 육체 담론에서 중시되는 것은 취향의 세련성에 입각한 유혹입니다. 욕망은 취향으로 재편되며 세련된 소비는 자아의 정체성을 규정짓는 것입니다. 이러한 향유의 육체 담론은 축적적인 근대의 질서, 훈육적인 육체 담론에 대해 일정한 이탈을 나타낸다고 볼 수 있습니다. 하지만 이효석은 유혹을 긍정하면서도 실체를 지시하지 못하고 서구 문명의 환상을 자신의 것으로 받아들이는 데 그치고 있습니다. 이러한 한계를 벗어나 적극적으로 근대적 육체 질서, 훈육적이고 억압적인 것으로 몸속에 새겨진 습속의 도덕에 대해 반항과 탈주를 꾀하는 시도가 김유정과 이상 소설의 육체 담론으로 나타납니다.

김유정은 자본주의 사회의 소비 교환에 대한 교육이라는 염상섭의 육체 자본 담론을 모방하는 듯 전도하는 양상을 나타냅니다. 김유정 소설에서는 이익을 계산해 약삭빠르게 소비 교환의 거래에 참여하지만 거래 기한을 잘못 정하는 등 그 계산과 계약을 잘못 시행함으로써 오히려 우둔함을 드러내는 인물들이 존재합니다. 자본주의사회의 소비 교환 과정에서 자신의 정체성을 찾는 것이 불가능한 것으로 간주될 때 김유정 소설에서 육체는 파괴되고 찢겨진 기괴한 것으로 나타납니다. 남편이 아내의 육체를 여러 남성에게 개방한 채 떠도는 들병이나 농사를 지어 봤자 남는 것이 없으니 차라리 도박을 하며 전전하는 만무방, 따라지들이 오히려 근대 사회에 편입되기 위해 몸부림치는 사람들을 매혹하는 것입니다. 김유정의 경우 폐병과 치질을 앓는 괴물로서 자신의 육체를 배설기계와 같은 것으로밖에 볼 수 없는 극단적인 상황에서, 근대의 이면을 가로지르는 육체-괴물들을 전시해 보임으로써 훈육적 육체나 육체 자본의 논리를 전복하는 서사를 보여 준다고 말할 수 있습니다.

김유정과 마찬가지로 근대의 훈육적 육체 질서 속에서 전염병자로서 소외된 자신을 괴물로 발견하면서 격리 감시에 대한 공포를 표출하는 이상은 그러한 격리와 감시가 가진 교화나 양육의 논리를 재편하여 스스로를 의도적인 부랑자로 조직함으로써 소모적 육체의 탈주를 기획합니다. 그리고 근대적 일상, 생산과 소비의 질서속에서 살아가는 인간의 육체가 가진 비밀을 의도적인 투명성의 조직을 통해 해체하려 합니다. 절름발이, 분신, 가면, 골편의 알레고리를 통해 이상은 자본의 욕망과 권력이 가로지르는 굳어진 안면성, 기계적인 육체를 비판하고 해체합니다. 그것은 무한히 진보하는 것이 아니라 영원히 반복되고 변경됨으로써 근원을 삭제하고 유희만을 지속하는 행위로 나타납니다.

이광수가 생산적이고 축적적인 질서에 따른 육체를 조직하고 있다면 이상은 그러한 생산적 축적적인 육체의 허구를 깨뜨리는 데 유효한 담론들을 보여 줍니다. 김유정과 이상의 의도적인 부랑의 유희는 이광수가 보여 주는 기계적인 육체의 경직성을 역전하는 듯합니다. 그런 점에서 이광수와 김유정, 이상 사이에 하나의 대조선을 그릴 수 있을 것입니다. 한편 염상섭이 생산과 소비의 합리적 교환의 질서, 소비 사회의 교육이라는 문제를 중시하며 육체를 계산 가능하고 연출 가능한 것으로 이해한다면 김유정은 생산과 소비의 합리적 교환이란 처음부터 불가능하다는 점을 분명히 한다는 점에서 대조를 나타냅니다. 또한 김유정은 상품 소비가 미적인 향유를 가능케하기에 자연이나 전원 역시 그러한 이미지 속에서 풍족한 것으로 발견하는 이효석의 향유적 육체에 대해 명백한 거부를 나타냅니다. 김유정에게 육체는 고통과 분배의 문제일 뿐 향유의 대상이 되지 않기 때문입니다. 그런 점에서 김유정은 염상섭, 이효석과 일정한 대조선을 그린다고 볼 수 있습니다. 한편, 염상섭이 단발과 양장 같은 신여성의 패션을 사치취향으로 비판하고 소비 사회의 능숙한 처세술을 강조한다면 이효석은 그러한 교환 논리에 대해서 비판적입니다. 이효석은 취향의 세련성이야말로 유혹의 측면에서 긍정되어야 하며 소비 사회의 처세술이란 속물적인 교환에 불과하기에 패션인의 매혹을 따르지 못한다고 주장합니다. 패션의 변화무쌍한 차이의 논리를 긍정하는가 부정하는가에 따라서 염상섭과 이효석은 또 다른 대조선을 그린다고 볼 수 있습니다.

합리성의 관점에서 볼 때 이광수와 염상섭은 어느 정도 욕망의 절제를 강조한다는 점에서 훈육적 육체 질서에 닿아 있습니다. 반면 이효석과 김유정, 이상은 그러한 학습이나 훈육을 거부하고 소비 사회의 유희적 속성을 드러내고 있다는 점에서 다른 면모를 나타냅니다. 이광수, 염상섭, 이효석, 김유정, 이상은 서로 연결되고 분리되는 지점에서 근대적 육체를 둘러싼 다양한 담론들의 이합집산을 보여 줍니다. 이들 다섯 작가를 꼭짓점으로 해서 근대적 육체 담론의 세부적인 면모를 확인해 나간다면 오늘날 우리 사회를 구성하고 있는 육체에 대한 다양한 관점, 통제와 유희, 억압과 자유, 욕망과 절제, 교환과 사기, 유혹과 고통의 메커니즘이 서사화되는 풍경들을 보다 정밀하게 그릴 수 있을 것입니다. 그리고 그 과정을 통해서 우리 근대 소설사를 바라보는 새로운 관점을 정립할 수 있을 것이라고 믿습니다.

이 한 권의 책을 쓰기 위해 정말로 많은 분들께 마음의 빚을 졌습니다. 먼저 미숙한 제자를 이끌어 주신 지도교수 조남현 선생님께 머리 숙여 깊은 감사의 인사를 올립니다. 박사학위논문을 심사해 주신 우한용 선생님, 박성창 선생님, 장수익 선생님, 방민호 선생님께도 감사드립니다. 초고 날짜도 마음대로 어기는 필자를 너그러이 이해해 주고 좋은 책으로 만들어 주신 한국학술정보 여러분, 감사합니다. 제가 마음 놓고 공부할 수 있도록 든든한 지원군이 되어 주시는 친정부모님, 시부모님, 감사합니다. 남편과 아이들에게도 깊은 사랑과 감사를 전합니다.

| 목차

① 근대, 육체, 소설

장면 1) 그의 전체적인 의지력을 최후로, 최고도로 발해서 제 숨을 끊어버렸다. 숨이 막혀서 답답하고 괴로웠으나, 강은 그것을 참았다. 아무 때에 죽어도 ─ 그것은 가만히 있어도 조만간 한 번은 올 것임을 강은 앎으로 ─ 아픔과 괴로움의 관문은 통과하는 것이라고 강은 생각하였다. 강은 최후의 승리만은 잃지 아니하리라고 굳게 굳게 결심하였다. 육체가 죽지 않으려고 반항을 하였다. 호흡기와 순환기가 있는 힘을 다해서 도전하였다. 그러나 〈어서 스러져라, 나는 마침내 너를 이기고야 말 것이다. 육체야, 너는 내게 정복된 희생자다. 결코, 결코 다시는 네 노예가 되지 아니할 것이다.〉 하고 강은 터져나오려는 숨을 이를 악물고 들여삼켰다. 강의 심장은 마침내 강의 마음에게 졌다. 강은 아뜩하는 듯 다시는 정신을 차리지 못하였다. 이렇게 강은 그의 일생을 마치었다.

─ 이광수는 장편소설 〈애욕의 피안〉에서 육체와 욕망의 무가치함을 증명하기
위해 스스로 숨을 쉬지 않음으로써 자살하는 장면을 그리고 있다.

장면 2) 압흐데 압하 / 참 압하요 眞情 / 果然 압흐데 // 푹푹 쑤신다 할가 / 씨리씨리타 할가 / 딱딱 결린다 할가 / 쿡쿡 찔는다 할가 / 따끔따끔 꼬집는다 할가 / 찌르르 저리다 할가 / 깜짝깜짝 따겁다 할가 / 이러케 압흐다냐 할가 / 아니라 이도 아니라 // 박박 뼈를 극는 듯 / 짝짝 살을 는 듯 / 밧작밧작 힘줄을 옥이는 듯 / 살금살금 살점을 점이는 듯 / 五臟이 뒤집혀 쏘다지는 듯 / 독기로 머리를 바스는 듯 / 이러케 압흐다냐 할가 / 아니라 이도 또한 아니라 // (중략) 十分 間에 한 번 / 五分 間에 한 번 / 금새 목숨이 끈힐 듯이나 / 그러케 이상히 압흐다가 / 흐리든 날 햇빗 나듯 / 반짝 精神 爽快하며 / 언제나 압핫는 듯 / 무어라 그러케 / 가진 양념 加하는 지 / 맛잇게도 압하야라 //

─ 나혜석은 수필 〈모된 감상기〉에서 출산의 고통을 이와 같이 표현했다.

장면 3) "C군 스캇톨 반응은 확실히 없었지? 혹은 좀 있었던가. 왜들 토해. C군, 반응은 확실히 없었나? 아무래도 있은 모양이야."

"반응은 있었는지 모르겠지만 혹은 없었다 해두 게우는 게 당연하지요. 누가 ─ ."

"C 군!" 박사는 이런 때는 꼭 역증을 내데그려. 그러나 이렇게 되면 내 성미도 그리 곱지는 못하니까 막 쏘아주지.

"똥 먹구 구역 안 나는 사람이 어디 있어요!"

"똥?"

한 뒤에는 일어서서 뒷짐을 지고 한참 그치데그려. 그러다가,

"자네 오햏세. 과학의 힘으로 부정한 놈은 죄 없애 버린 게 왜 똥이야. 오햏세."

한 뒤에는 또 이유도 없이 하하하하 웃지.

"선생님, 그렇지 않아요. 분석해 보면 아무리 정한 게라 해두 똥으로 만든 것을 먹고야 왜 구역을 안 해요? 세상사는 그렇게 공식대로 되는 것이 아니니깐요."

─ 김동인은 소설 〈K 박사의 연구〉에서 똥을 정화 처리해 음식으로
만들 수 있는가를 실험하고 있다.

장면 4) 어구머니 가슴이야, 이 가슴속에 무엇이 들었는가. 날카로운 칼로 한번 벗겨나 볼는지. (중략) 한숨을 휘, 돌리고 눈에 고였던 눈물을 씻을 때에는 기침에 욕을 볼 대로 다 본 뒤였다. 웅크리고 앉아서 다시 궐련에 불을 붙이자니 이게 웬일일까. 설사가 나올 때도 되었을 텐데 입때 무사한 것이 암만해도 수상쩍다. 변비가 된 것이 아닐까. 아까에 설사 막힌 약을 먹은 것이 몹시 후회가 난다. 변비, 변비, 무서운 변비. 치질에 변비는 극히 위험하다. 치루로 말미암아 여섯 달째 고생을 해오는 나이니 만치 만의 하나를 염려 안 할 수 없고 종내는 하제 '락사토올' 한 알을 입에 넣을 때까지 마음이 놓이지를 않는다. 이걸 먹었으니 낼 아침에는 설사가 터질 것이다. 한번 터지면 줄대어 나올 터인데 그럼 그 담에는 무슨 약을 먹어야 옳을는지…….

－ 김유정은 수필 〈병상영춘기〉에서 폐병과 치질의 고통으로
점철된 자신의 몸을 이렇게 표현했다.

　신의 형상을 본떠 창조되었다는 인간에게 육체란 욕망의 거처인 동시에 수치심과 고통의 거처로서 인간의 자질과 한계를 집약하는 대상으로 자리하고 있다. 인간은 몸을 가졌기에 세상을 인지하고 세상 속에서 자신의 위치를 파악할 수 있는 동시에 몸을 가졌기에 타인의 시선에 노출되고 질병의 고통에 몸부림친다. 육체란 이처럼 욕망과 표현의 대상인 동시에 수치와 고통의 대상으로, 단련되거나 장식되어야 하는 사회적 대상으로 자리한다.

　특히 근대 사회에서 인간의 몸은 생산과 소비의 중심에 자리를 잡고 있기 때문에 문제시된다. 전통 사회에서 생산을 위해 동물의 몸을 이용했다면 자본주의 근대 사회에서는 생산을 위해 인간의 몸(기술)이 정밀하게 이용되는 것이다.[1] 근대 사회는 몸을 조직하고 관리하는 제도와 기구를 재편하고 근대 문학은 그에 대한 체험을 바탕으로 형성된다. 단적으로 말해서 우리 근대 문학은 인간의 몸을 이용하는 새로운 생산과 소비의 경험, 근대 문명의 체험을 바탕으로 성립한다고 할 수 있다. 우리에게 근대는 철도와 우편 같은 새로운 교통 통신제도의 도입과 체험으로 구성되었으며 잘 닦인 길과 정화 처리된 수도로 대변되는 도시의 경험으로 집약되고 한의학을 대체하는 서양의학과 서당을 대체하는 학교, 장시를 대체하는 백화점과 가문을 대체하는 스위트 홈, 인경 소리를 대체하는 시계소리의 체험으로 재편된 것이다. 근대 문학이 당대의 삶을 충실하게 반영하는 리얼리즘의 정신과 함께 탄생하는 것이라고 볼 때,[2] 우리의 근대 문학은 몸으로 육박해 온 새롭고 서구적이고 제국주의적이며 물질적이고 매혹적인 문명의 체험과 함께 형성된다고 할 수 있다. 필자는 이처럼 문명의 형식으

1) 브라이언 터너, 『몸과 사회』, 임인숙 역, 몸과 마음, 2002, 2면.
2) 이언 와트, 『소설의 발생』, 전철민 역, 열린책들, 1988, 18－20면 참고.

로 다가온 새로운 제도와 기구, 시공간의 경험을 식민지 시대 근대 소설이 어떤 식으로 재현하고 있는지[3] 이광수와 염상섭, 이효석과 김유정, 이상의 작품 속 육체 담론을 중심으로 살펴보고자 한다.

근대 소설에서 다루는 육체는 철도, 우편, 통신, 핵가족과 같은 근대 제도와 학교, 병원, 백화점과 같은 사회기구를 통해 재조직된 것으로 나타난다. 새로운 제도와 기구, 시공간의 출현은 필연적으로 육체의 길들이기를 수반하며 그에 따른 권력의 생산과 통제와 함께 권력에 대한 저항 문제를 안고 있다. 사람들은 새로운 제도와 시공간에서 새롭게 길들여지며, 이에 따라 전에 없던 육체적 취향, 특징, 능력을 가지게 되면서 새로운 인간으로 바뀌어 간다. 이 제도와 시공간은 우리의 육체와 관련되는 동시에 그 육체의 감정, 지식, 의식이 활동하는 방식 일체와 관련된 새로운 가능성을 제시하는 것이다.[4] 그러므로 이 책에서 '육체'(body)라는 용어는 근대 사회가 창출한 다양한 제도와 사회 기구, 시공간의 경험을 통해 만들어지는 전반적인 육체상을 의미한다. 그것은 본질적으로 언어적 대상으로서의 몸, 담론체계 속에서 의미 있는 대상으로서의 몸이라고 할 수 있다. 육체는 몸 그 자체가 아니라 담론화한 몸, 육체 담론으로 이해된다. 푸코에 따르면 담론이란 한 시대를 인식하는 가능성의 조건으로 언어적이며 사회적인 것으로 나타나며 시공간적 경우에 따라 변화한다.[5]

몸은 단지 인간의 외형을 구성하는 어떤 것이 아니라 한 사회의 구조와 긴밀한 관련성을 가지는 가운데 직조된다. 각각의 사회는 그 사회 고유의 방식으로 몸에 특별한 반응을 보이며 몸에 가치와 의미를 부여하고 있다. 근대 사회는 그 사회에 맞는 몸을 요구하는 가운데 특정한 육체 담론을 창출한다. 현재 우리가 인지하고 있는 몸에 대한 개념은 개인주의의 발전과정에 따라 민간 전통이 점차 후퇴하고 세속적인 이성주의 사고가 지배한 결과물이다.[6] 근대 문명의 발달은 본능의 포기, 특정한 매너를 갖춘 육체에 대한 훈련과정을 동반한다. 행동규칙과 감정 통제 양식의 역사적 변

---

3) 재현(representation)의 관점에서 바라볼 때 이는 문학이 현실을 단순히 반영한다는 것을 넘어 언어가 가진 구성적이며 작용적인 실체로서의 힘을 강조하는 것이 된다. 재현의 관점에서 바라볼 때 문학은 단순한 언어의 사용이 아니며 선택과 제시, 구조화와 형성이라는 사회적 주체의 능동적 작용을 통해 형성되는 담론적 실천으로 이해된다. 이에 대해서는 S. Hall, "The rediscovery of ideology", Culture, Society and the Medias, ed. by M. Guretivitch, Methuen Co. Ltd., 1982, 64면 참고.

4) 강내희, 『공간, 육체, 권력』, 문화과학사, 1995, 9면.

5) 미셸 푸코, 『담론의 질서』, 이정우 역, 새길, 1995 참고.

6) 다비드 르 브루통, 『근대성과 육체의 정치학』, 홍성민 역, 동문선, 2003, 17 - 23면 참고.

화, 문명화 과정의 결과 근대인의 감정과 몸을 표현하는 방식에 변화가 발생한 것이다.[7] 이를 몸에 새겨지는 자국, 습속의 내면화라고 말할 수 있을 것이다. 몸에 대한 자국내기의 과정은 일련의 의미화 욕망의 힘과 관련되고 그것이 근대 서사물의 외현이 된다. 서사물은 그 이야기의 원동력으로 몸에 대한 호기심을 필요로 한다.[8] 그 예로 김동인의 소설 <K 박사의 연구>에 서사화된 '똥'의 경우를 살펴볼 수 있다.

> 박사의 말을 의지하건대 똥에는 음식의 '불능소화물' 즉 섬유며 '결체조직'이며 각물질이며 '장관내분비물의 불요분' 즉 코라 – 고산, 띄스린 '담즙점액소'들 밖에 부패 산물인 스캇톨이며 인돌이며 지방산들과 함께 아직 많은 건락과 전분과 지방이 남아 있는데 그것은 사람 사람에게 따라서 혹은 시간에 따라 각각 다르지만 그 양소화물이 삼 할에서 내지 칠 할까지는 그냥 남아서 항문으로 나온다네 그려. 그것이 헛되니 썩어 버리는데 그것을 어떤 방식으로 추출할 수만 있다 하면은 그야말로 식료품 문제에 위협받는 인류의 큰 복음이 아닌가. 그래서 연지구지하여 그 방식을 발견하였다나. 말하자면 석탄의 완전 연소와 마찬가지로 자양분의 완전 소화를 계획하여 성공한 셈이지. 즉 대변을 분석해서 그 가운데 아직 삼 할 혹은 칠 할이나 남아 있는 자양분을 자아 내어 그것을 다시 먹자는 말일세그려.[9]

K 박사는 맬서스의 '인구론'에 감화되어 부족한 식량문제를 해결하기 위해 똥을 양식화하는 연구에 착수해 똥에서 '스캇톨과 인돌' 같은 부패산물을 제거하고 순수한 자양분 덩어리를 추출하여, "스끼야끼 비슷하고도 더 침이 도는 내음새"를 가진 "떡 비슷한 것인데 맛은 고깃국물을 조금 넣고 만든 밥"과 같은 OO 병을 만들어 낸다. 하지만 박사를 제외하고 OO 병을 먹은 사람들은 그것이 똥이라는 사실을 안 순간 "박사의 말마따나 무슨 부정한 것이 섞인 바도 아니요, 과학의 힘으로써 가장 정밀히 만든 것이겠으매 웬만한 음식점의 음식들보다는 훨씬 깨끗할 것"인 그 음식물을 모두 토해 버린다. 반면 K 박사는 OO 병은 거리낌 없이 먹으면서도 시골에서 똥을 먹고 자란 개고기를 먹고는 토한다. K 박사의 경우 '똥'이란 스캇돌과 인돌 같은 냄새 입자를 포함한 화학적 성분의 결과로서, 더러움에 해당하는 물질만을 제거하면 그 자체 양식이 될 수 있는 영양학적 산물로 이해된다. 그는 성분에 입각하여 사물을 바라보고 육체 역시 그러한 성분의 결과, 기계적이고 화학적인 결과물로 이해하기에, 스캇돌과 인돌을 뺀 OO 병은 더러운 똥과는 완전히 다른 대상물로 보는 것이다. 반면 서술자인 '나'와 대부분의 교양 있는 시민계층에게는 '똥'은 똥이며, 더러운 것이기에

---

7) 노르베르트 엘리아스, 『문명화 과정』上, 박미애 역, 한길사, 1996, 47면.
8) 피터 브룩스 , 『육체와 예술』, 이봉지・한애경 역, 문학과지성사, 2000, 12 - 18면.
9) 김동인, 〈K 박사의 연구〉, 『김동인 전집』2, 조선일보사, 1988, 75 - 76면.

결코 음식으로 받아들여지지 않는다. 그것이 아무리 정결한 것이라 하더라도 '똥'이라는 담론이 가진 거대한 불결함을 떨칠 수 없는 것이다. 똥에 대한 더러움이란 근대 문명이 인간에게 가르쳐 준 것으로, 똥은 더럽기에 식량이 될 수 없으며 하수처리를 통해 근대 문명의 외현에서 감추어지는 것, 즉 가시적인 대상으로 드러나지 않아야 할 어떤 것으로 이해된다. 이처럼 근대 사회는 몸을 둘러싸고 더러움과 정결성의 이분법을 고착시키며 담론 체계로 포섭한다. 근대 소설은 이데올로기적이며 담론적 대상으로 재편된 육체를 바탕으로 서사를 전개해 나간다.

육체라는 용어를 통해 담론화한 몸, 즉 이데올로기의 대상이며 언어적인 대상으로 재편되는 몸을 근대 소설이 어떻게 재현하고 있는지 살펴보는 것이 이 책의 주된 목적이다. 육체 담론의 영역에서 바라볼 때 몸은 정신과 대립하는 대상으로서의 물질 그 자체로만 나타나지 않으며 병리학적 대상인 동시에 근대적 자아의 근거가 되며 외양의 영역인 동시에 감각과 감정을 아우르고 개인 정체성이라는 근대적 주체의 영역을 건드리는 문제가 된다. 즉 육체 담론은 병리학적인 몸과 근대적 생산체계 속에서 요구되는 규율, 외양의 변화와 정체성의 변화, 소비문화의 탄생과 미학적 인식의 변모, 근대적 개인의 탄생과 그 감정 구조의 성립 등 넓은 영역에 관계되는 것이다. 이는 근대적 주체의 몸에 새겨진, 자율적이고 자동적인 육체 권력의 분석이 된다. 근대적 주체란 육체에 새겨지는 습속의 도덕을 통해, 그 육체적 권력을 통해 만들어지는 것이라고 볼 수 있다.

우리에게 근대는 먼저 몸을 강조하는 다양한 담론의 조직을 가져왔다. 구한말의 양반들이 처음 운동을 접하면서 "저렇게 힘든 일을 종을 시키지 왜 직접 하고 있나." 의아해했다는 일화로 판단해 볼 때, '노동'이 아닌 '운동'에 의한 땀 흘리기가 교양으로 요구된다는 인식은 우리에게 낯선 것이었다. 하지만 고종이 1895년 교육 조서를 통해 '智育, 德育, 體育'을 근대교육의 목표로 설정한 이래 육체를 둘러싼 담론들은 급격한 증가 양상을 나타낸다. '체육'은 육체의 단련에 관련된 담론과 보건 위생에 관련된 담론을 통합하며 전체적으로 '건강'이라는 새로운 가치를 창출한다. 이전에는 발견되지 않았던 가치로서의 '육체적 건강'이 문명화의 한 척도로서 나타나고 있는 것이다. 이에 따라 건강은 가시적인 수치로 측정되며 교정시설의 지시에 따라 단련되고 구축되는 대상으로 제시된다. 이는 몸을 도덕적 수양의 도구로 바라보던 과거와 다른 몸 경험이었다.

개화기의 지덕체(智德體)론은 1910년대 이후 지정의(知情意)의 논의로 재편되는데, 이 과정에서 근대 문학은 특히 '정'의 측면을 강조하는 가운데 생성된다.[10] 지덕체에서 지정의로의 변화에서 핵심적인 것은 체(體)를 정(情)으로 교체한 부분이 될 것이다. 이는 체조와 상무적 훈련으로 대표되던 개화기 체육의 요구가 보다 일상적인 감각의 자율성과 능동성, 개별성을 강조하는 체험의 요구로 바뀐 것으로 해석할 수 있다. 집단적인 행동의 훈련과 복종의식, 명령에 따른 단합되고 통일된 동작의 요구가, 개별적인 체험과 감각, 자발적인 복종과 내재적인 습관에 의한 통제가 중심이 되는 감정으로 재편되며 '체'에서 '정'으로 담론의 중심이 교체된다. 감정은 몸의 경험을 어떻게 직조해 내는가에 따라 사회적인 의미로 포섭된다.[11] 감정 사회학자들에 따르면 배고픔이나 욕망, 성남과 겁냄 같은 보다 본능적인 감정들은 문명의 발달에 따라 우울함과 슬픔, 사랑, 수치심, 자부심, 두려움과 같은 보다 개별적이며 미묘한 표현 원칙을 가진 감정들로 대체된다고 한다. '정'의 측면에서 생겨나는 근대 문학이란 개별적인 새로운 몸의 경험, 근대 사회가 요구하는 행동규칙을 내면화한 새로운 감정과 그 표현으로서 개인의 얼굴(표정)을 형상화하는 과정에서 나타나는 것이다. 근대 문학이 개별자의 지각과 감정 조직을 중시하는 가운데 성립되는 것이라면 이러한 감정과 지각은 자율적인 것이 아니라 사회 조직이나 제도와 관련되어 해명되며 특히 몸을 통해 표현되는 어떤 것이라고 간주된다. 사회제도는 감정을 통제하며 감정 표현양식, 감정의 사회적 의미를 형성하게 하고 이를 안정시킨다. 이렇게 볼 때 근대 사회의 문명화된 몸은 합리적으로 사고하고 행동하며 감정을 고도로 통제하고 자신과 타인의 행위를 감시하고, 상황에 적절한 행동을 취할 수 있게 하는 정교하게 구분된 규칙들을 내면화할 수 있는 능력으로 집약된다. 근대 소설은 새로운 제도, 시공간의 체험과 규율의 습득으로 조직된 새로운 육체 – 감정 구조를 재현한다고 말할 수 있을 것이다.

근대 소설 속 육체의 재현에 대한 연구는 그 양이 많지 않으나 대체로 풍속에 관

---

10) 기존의 연구에서 '지덕체'에서 '지정의'의 변화는 물질문명 중심에서 정신문화 중심의 근대화로의 교체라는 의미를 가진 것으로 해석된다(권보드래, 『한국 근대소설의 탄생』, 소명출판, 2000과 김현주, 「이광수의 문화이념 연구」, 연대 박사, 2002 및 대부분의 논자들이 이를 따르고 있다). 그러나 '체'가 물질문명을 대변하는 것으로 부정되면서 정신문화를 대변하는 '정'이 부각된다는 판단에는 재고의 여지가 있다고 본다. 몸은 근대 사회에서 욕망의 규율, 소비의 경험이라는 형식으로 감정의 직조에 관여하는 까닭이다.

11) 감정은 심리학적 정의와 사회학적 정의로 구분될 수 있다. 심리학자들에 의하면 감정은 "육체적 변화를 동반하는 유기체의 상태이며, 강렬한 느낌과 충동에 의해 나타나는 흥분 및 동요의 상태"로 정의된다. 사회학자들은 "어떠한 이유로 사람들은 기쁠 때는 웃고 슬플 때는 우는가." 하는 감정의 원인에 관심을 둔다. 이성식·전신현 편역, 『감정사회학』, 한울아카데미, 1995, 13면.

한 것,[12) 여성 표상에 관한 것,[13) 개별 작가와 작품에 관한 것[14)으로 대별할 수 있다. 풍속적 측면에서 육체 담론에 접근한 연구들은 개화기와 1910년대를 미셸 푸코의 논의에 기대어 바라보며 상무적인 훈련을 통한 국가와 국민의 개념 형성과 몸의 관련성을 제시하고, 1920년대의 담론들에서 낭만적 연애 풍조의 생성 및 개인적 열정의 문제를 육체와 연관시켜 해명하고, 1930년대를 단발과 패션 등 외양의 변화와 모던한 도시의 일상과 관련하여 해명하는 일정한 흐름을 나타내고 있다. 하지만 이러한 풍속사적 연구는 개별 작가의 작품에 대한 일관되고 깊이 있는 해명에 이르지 못한다는 한계를 갖는다. 가령 1930년대라고 이광수의 주요한 작품이 쓰이지 않은 것이 아니며 호응을 얻지 못한 것도 아닌데, 그 주류적 경향에서 제외된 작품들의 의미가 밝혀지지 못하는 것이다.

풍속에 관한 연구가 문학작품을 바라보는 배경적 논의를 풍부하게 하는 면은 있으나 작가와 작품의 구체적 해명에 일정한 한계를 노정한다면 여성 표상에 대한 연구역시 그러하다. 남성 작가들의 제국주의적 점령의 시선에 의해 여성이 문학적으로 어떻게 왜곡-재현되고 있는가를 밝히는 가운데 특히 육체적 욕망의 처벌을 문제시하는 여성주의적 연구들은 개별 작품에 대해서는 흥미로운 시각들을 보여 주지만 그것이 전반적인 문학사의 흐름이나 작가의 전반적인 경향과 어떻게 관련지어 의미를 부여할 수 있는지 밝히지 못한다. 그래서 이광수의 여성 재현이나 이효석의 여성 재현이 모두 여성에 대한 왜곡이라는 일반론으로 흐르며 개별 작가들이 보이는 다양한 육체 담론의 차이에 대한 해명에 이르지 못하는 것이다.

개별 작가와 작품에 한정한 육체 담론의 연구는 반대로 몸에 대한 근대적 인식과 담론 체계 전반에서의 의미를 밝히지 못하는 한계를 갖는다. 또한 개별 작가들에 대

---

12) 이승원, 「근대적 육체의 발견과 위생의 정치학」, 『국민국가의 정치적 상상력』, 소명출판, 2003 / 권보드래, 『연애의 시대』, 현실문화연구, 2002 / 이경훈, 『오빠의 탄생』, 문학과지성사, 2003 / 윤대석, 「1940년대 전반기 황국 신민화 운동과 국가의 시간 육체 관리」, 『한국현대문학연구』13, 2003.6 / 졸고, 「근대적 육체 담론의 일고찰-스포츠, 운동회, 문명인을 중심으로」, 『한국현대문학연구』13, 2003.6.

13) 이영아, 「신소설의 개화기 여성상 연구」, 서울대 석사, 2000 / 이혜령, 「한국 근대 소설의 섹슈얼리티 연구」, 성균관대 박사, 2000 / 신수정, 「한국 근대 소설의 형성과 여성의 재현 양상 연구」, 서울대 박사, 2003 / 노지승, 「한국 근대 소설의 여성 표상에 관한 연구」, 서울대 박사, 2005.

14) 대표적으로 이영아, 「이광수 〈무정〉에 나타난 '육체'의 근대성 고찰」, 『한국학보』 106, 2002 / 김지영, 「1920년대 이광수 문학에 나타난 '자아'의 갈등과 '육체'의 문제」, 『한국현대문학연구』16, 2004.12 / 신정숙, 「이광수 소설에 나타난 '민족 개조 사상'과 '몸'의 관계양상에 대한 연구」, 연세대 석사, 2003 / 김미지, 「192,30년대 염상섭 소설에 나타난 '연애'의 의미 연구」, 서울대 석사, 2001 / 주종연, 「문학에 있어서 성의 문제」, 『국어국문학』48호, 1970.5 / 이상섭, 「애욕문학으로서의 특질」, 『문학사상』, 1974.2 / 이경훈, 『이상, 철천의 수사학』, 소명출판, 2000 / 이재복, 「이상 소설의 몸과 근대성에 관한 연구」, 한양대 박사, 2001 / 안미영, 『이상과 그의 시대』, 소명출판, 2002 등

한 연구 시각이 푸코의 그것에 한정되어 있어 신소설을 밝히거나 이광수를 밝히거나 이상을 밝히거나 모두 전근대적인 육체와 단절된 근대적 육체, 훈육적 육체를 재편한다는 일원론으로 포섭되고 마는 오류를 낳는다. 이광수, 김동인, 이상, 염상섭, 이효석, 김유정, 김남천, 채만식 등 육체와 관련하여 논의의 여지가 다양하게 열려 있는 작가들의 개별적인 차이와 특수성이 한 작가에 대한 해명만으로는 충분히 드러나지 못하는 것이다.

이러한 기존 연구사의 한계들을 넘어서기 위해서는 육체를 둘러싼 담론들을 그것이 기반을 둔 제도나 시공간의 특성과 관련하여 유형화하는 작업이 필요하리라고 본다. 이를 위해 프랭크의 몸 사용법을 참고할 수 있다. 프랭크는 훈육된 몸, 반영적 몸, 지배하는 몸, 의사소통적 몸이라는 네 가지 유형을 바탕으로 근대의 육체를 대별하고 있다. 먼저 훈육된 몸의 매체는 통제이며, 그 모델은 합리적인 금욕주의이다. 반영적 몸의 매체는 소비이며 그 모델은 백화점이다. 지배하는 몸의 매체는 힘이며, 그 모델은 전쟁이다. 그리고 의사소통적 몸의 매체는 인정이며, 공유된 서사나 공동체 의식, 보살핌의 관계가 그 모델이 된다.[15] 이러한 몸의 유형화 논의에서 필자가 주목한 것은 특히 생산과 소비라는 근대 자본주의의 기구와 시공간 측면이다. 자본주의 사회의 생산과 소비에는 학교와 공장, 교환이 이루어지는 상점－회사, 여가 시간의 향유가 가능한 백화점, 생산과 소비에 참여하지 못하는 부랑자들을 격리하는 교화소 등과 같은 제도와 시공간이 필수적으로 요구되므로, 이러한 제도와 시공간이 재편하는 육체를 특징적으로 서사화하는 작가들을 유형화할 수 있을 것이라 생각한다.

그래서 필자는 사회사적 측면과 작품 내적 측면을 연계하여 근대 소설 속 육체의 재현이 가진 의미를 밝히기 위해 이광수, 염상섭, 이효석, 김유정, 이상이라는 다섯 명의 주요 작가를 선정해 대별하고 유형화하는 형식을 취하려 한다. 다른 작가와의 비교 작업을 통해 한 작가가 가진 육체 담론의 특수성이 그 문학적 성과와 함께 보다 분명하게 논의될 수 있을 것이며, 다섯 명의 작가를 병치하고 대별하는 과정을 통해 한 작가가 당대의 다른 담론들과 어떻게 관련을 맺는지도 보다 분명하게 드러나게 될 것으로 믿는다. 다섯 작가는 육체 담론의 논의에서 주요하게 다루어져 온 작가들일 뿐 아니라 근대 문학의 특정한 양상을 대별하는 작가들이라고도 할 수 있다. 필

---

15) 크리스 쉴링, 앞의 책, 45면 참고.

자는 이들이 근대 자본주의 사회의 생산과 소비, 훈육과 향유에 대한 지향과 반항으로 대변되는, 근대적인 육체 담론의 유형을 대표할 수 있는 작가들이라고 간주한다.

② 근대적 육체 담론의 조직과 전개

1) 생산적 육체 담론

(1) 위생 담론의 조직과 우생학적 육체

① '기' 중심의 전통적 육체관과 선비 문화

우리나라를 비롯한 전통 동양 사회에서 몸은 '인체'라는 관점에서 인식되었으며 '흐르는 육체'라는 관념으로 정립되었다. 전통적인 사상에 따르면 인체에는 형(形 form)과 신(神 soul)이 있어 육체(神軆 living soul)가 되고, 五神과 七情이 있어 이에서 마음이 있게 되고, 의지와 정서인 감정을 가진 인간이 된다. 즉 인간의 특성은 유기물에 神이 있다는 것으로, 인간의 몸은 물질이지만 이에 신이 있어 마음이 존재하게 됨으로써 다른 동물과 달라진다는 것이다.[16] 동양에서의 육체는 마음이 근본이 되고 기의 흐름이 중심에 자리하고 있다고 볼 수 있다. 인간의 몸은 살아 있는 유기체 그 자체로, 정적인 것이 아니라 흐르고 있는 것으로 받아들여진다. 인체는 기의 구조물로 이해되는데, 이때 기는 힘이고 운동이다. 그러므로 전통 의학에서 고정적인 물체로서의 장기나 골격은 용기나 관에 불과한 것으로 파악되며 그 속을 흐르는 기혈이야말로 인체에서 본질적인 것으로 이해된다.[17] 전통 의학은 기의 흐름을 원활하게 하는 것, 즉 생기를 양생하고 존속시키는 학문으로 존재한다. 그러므로 이는 환자의 병을 치료하는 것이 아니라 병이 든 환자의 생명력을 조절함으로써 병을 치료한다.[18] 이는 서양의학이 환자의 병 자체를 치료하는 점과 대조된다. 인체 해부를 토대로 발전한 근대 서양 의학에서 질병은 구체적으로 육체의 특정 부위에 자리 잡고 있는 실체로

---

16) 두호경, 『동양의학은 어떤 학문인가』, 교학사, 2003, 2-3면.

17) 이시다 히데미, 『기: 흐르는 육체』, 이동철 역, 열린책들, 1996, 25면.

18) 동양의학에서 병이란 우리 몸의 조화가 무너진 것에서 생겨난 것으로 보기에 그 조화를 되찾을 길을 찾는 것이 근본적 치료가 된다. 황상익 편저, 『문명과 질병으로 보는 인간의 역사』, 한울림, 1998, 12-13면.

인식되며 세균의 침입으로 해명되어 그 원인 제거에 치료의 중점을 둔다. 반면 동양 의학에서는 병이 든 환자의 생명력을 양생하여 줌으로써 병을 치료하는 것이다.[19]

　기 중심의 육체관에 따라 전통적으로 우리나라에서 몸은 욕망의 거처로 이해되어 도덕률에 입각해 욕망의 억제와 수양의 대상으로 그 의미가 규정되어 왔다. 불교에서는 몸을 고통의 근원으로 이해하는 까닭에 몸이 가져오는 온갖 번뇌와 고통을 벗어버리고 해탈하는 것을 궁극적 이상으로 규정한다. 영원불변의 실체를 부정하기 때문에 무상한 몸과 이를 토대로 이루어지는 삶에 대해서도 부정적인 입장에 서며, 몸은 해탈에 이르기 위한 고행과 수양의 도구로 간주된다.[20] 유교에서는 마음이 몸을 주재한다고 보고 욕망을 환기시키는 몸은 엄격한 규율에 입각해 도덕적으로 재정비해야 한다는 수신(修身)을 강조한다. 그것은 '자기의 사사로운 욕망을 이기고 예를 회복하고 예가 아니면 보지도 듣지도 말하지도 움직이지도 말라'는 극기복례(克己復禮)의 미학과 '천리를 보존하고 인욕을 없애라'는 욕망 절제의 철학으로 나타난다.[21] 마음과 관련된 기는 몸짓이나 눈빛으로 드러난다는 것이다. 수신은 인간의 몸을 선한 주체로 만들어 가는 과정이다. 선비들은 도덕적 마음가짐의 외현으로서 몸가짐을 예법으로 실천한다. 선비는 유교적 이념을 구현하는 인격체를 가리키며, 전통사회에서 독서를 기본 임무로 삼고 관직을 담당하는 신분계급으로 유교가 이상화한 육체를 대변한다. '정제엄숙'이라는 선비의 몸가짐은 바깥으로 드러난 모습을 반듯하고 가지런히 하는 동시에 마음을 엄숙하게 하는 수양 방법이다. 따라서 선비 문화는 개성의 차이나 감정의 격렬한 표현이 억제된 채 예법에 따라 엄숙하고 균일한 행동을 실천하도록 요구하는 예의문화로 나타난다. <예기>에서는 "군자의 모습은 한가롭고 느려야 하니, 높여야 할 사람을 보면 공경하여 삼가야한다. 발은 무겁게 하고, 손은 공손하게 하며, 눈은 단정하게 하고, 입은 그친 듯이 하고, 소리는 고요하게 하며, 머리는 곧게 하고, 기상은 엄숙하게 하며, 서 있으면 덕스럽게 하고, 얼굴빛은 당당하게 한다."[22]고 하였다.

---

19) 이에 대해서는 허정, 『에세이 의료한국사』, 한울, 1992, 65-67면 참고.
20) 고행 전통은 육체화된 인간의 삶을 부정적인 것으로 보는 불교 형이상학의 당연한 귀결이었다. 이거룡, 「인도철학에서 본 몸의 의미」, 이거룡 외, 『몸 또는 욕망의 사다리』, 한길사, 1999, 37면.
21) 조민환, 「유가 미학에서 바라본 몸」, 위의 책, 69-70면.
22) 금장태, 『한국의 선비와 선비정신』, 서울대 출판부, 2000, 89면에서 재인용.

② 근대 자본주의 사회의 의료감시 체제와 위생 담론의 조직

전통사회에서 육체에 대한 관점이 수양에 입각한 '도덕적인 몸의 관리'를 요구했다면 근대 사회는 자본주의 경제 제도에 입각한 '생산적인 몸의 관리'를 요구한다는 점에서 구분된다. 전통적인 '인체'의 관점은 근대적인 '육체'의 관점으로 변화해 간다. 몸은 마음의 지배를 받는 대상 또는 기의 흐름에 관여하는 대상으로 안정과 균형, 조화에 입각한 개체 관리 형태로 나아가는 것이 아니라, 하나의 물질적 대상, 해부적 대상으로 파악되어 표준화된 건강, 분절된 기관, 생산하는 기계의 모습으로 정착된다. 근대 사회는 신분이나 계급으로부터 떨어져 나온 고독한 개인의 존재를 전면화한다. 과거에 개인에게 귀속감을 주고 정체성을 규정했던 계급과 신분의 질서가 무너지고 자유롭고 고독한 개인이 자본주의의 발달과 함께 전면화된 것이다. 자본주의는 공사 영역의 분리 없이 노동과 휴식이 모두 가족 안에서 행해지던 전통적인 구조를 무너뜨리고 생산이 행해지는 공적 영역과 휴식이 행해지는 사적 영역을 분리함으로써 근대적 핵가족의 윤리를 만들어 낸다. 이에 따라 공적 생산의 영역을 담당하는 인간은 그 육체를 엄격한 시공간적 질서에 입각한 단위 노동의 기관으로 분절시키게 되고 학교와 병원 같은 사회 기구를 통해 노동할 수 있는 조건을 가진 근면하고 성실하며 규칙적인 육체로 재편된다. 이것을 근대 자본주의 사회의 생산적 육체의 탄생이라고 이야기할 수 있을 것이다.

근대 자본주의 사회의 생산적 육체의 탄생에는 무엇보다 질병과 위생을 바라보는 새로운 담론들의 개입이 필요했다. 전근대 사회에서는 질병을 죄와 구분하지 못하고, 육체적 질병과 사회적 일탈의 원인을 개인의 도덕에서 찾았다. 특히 간질, 성병, 나병은 종교적인 동시에 윤리적, 의학적, 법적 현상으로 간주되었다. 근대 사회에 이르러 종교, 의학, 법 사이에 전문적인 분화가 일어나면서, 의료전문가들은 비로소 질병에 관한 독점권을 행사하기 시작했다. 죄악, 범죄, 질병이 분리되고 전문적 제도들(병원, 정신병원, 감옥)이 특정한 사회적 문제를 다루기 위해 발달했다. 이 가운데 국가는 다양한 이데올로기 장치들, 특히 가족법과 예방의학이란 수단을 통해 몸을 규제한다.[23] 근대 사회에서 몸은 국가의 감독을 받는 세속적인 전문직의 대상이 된다. 개인의 병은 사회적 몸의 관리 소홀 및 무질서와 연결되었다. 이때 욕망은 의례와 억압적인 법

---

23) 브라이언 터너, 앞의 책, 120면.

에 의해서가 아니라 훈련에 의해 규제되어야 한다.

근대 사회의 시민은 합리적일 의무와 건강할 의무가 있다. 의학은 병을 치료하는데 국한되지 않고 시민들에게 건강한 생활을 위한 필요조건을 교육하는 광범위한 운동의 일환이 되었다. 질병은 사회적 위생학을 통해서 개인들에게 적절한 생활양식을 교육시킴으로써 통제될 수 있다는 신념이 생겨난 것이다. 개화기와 1910년대에 계몽주의자들의 가장 큰 요구가운데 하나가 몸과 환경의 청결과 전염병 관리, 깨끗한 물과 도로, 위생에 입각한 시민의 건강이다. 개인의 위생관리는 국가의 인구관리로 이어진다. 이는 일제시대에 이르러 청결검사라는 명목으로 위생공안의 주된 임무로 부각된다. 개인의 육체가 국가의 육체를 이룬다는 사상은 개인을 새로운 우리, 국가의 층위에 놓고 재편하여 가치화하게 된다.

> 엇더케 백성이 병 아니 나도록 정부에서 하시는 것이 곧 백성에게 은혜를 끼치는 거시니 백성 병 안 나도록 하기는 정한 물을 먹게 하는 게 제일이라. (중략) 지금 남은 나라 모양으로 수역소를 배설하여 정한 산에서 나려오는 물을 보를 막어 물 저축하는 처소를 북산 뒤나 한강우희 갓흔 데 만들어서 그 물을 집집마다 쇠통으로 대되 이 일이 그리 어렵지 않은 일이니. —≪독립신문≫ 1896.5.2. 논설

가령 '정한 물을 먹어야 한다'는 개인위생의 문제는 국가의 부강이라는 문제로 이어진다. 깨끗한 물을 먹고 충실한 몸을 얻어 병이 없어지면 우리나라가 제일 좋은 나라가 될 것이라는 논리를 나타내고 있는 것이다. 개화기에 위생 담론은 일등 국민, 일등 인종의 육체적 문화적 조건으로 강조되었으며 특히 ≪독립신문≫의 논자들은 상수도 문제를 일차적으로 제기하고 있다. 깨끗한 물을 먹는 것은 일등 국민, 일등 인종이 되는 지름길로서 국가가 강제적으로 수역소를 설치하여 깨끗한 물을 가정에 공급하라고 요구한다. 깨끗한 물의 보급은 자연 환경에 인공적인 정화 장치를 가동해 관리하는 것, 인공적인 깨끗함의 기준을 요구하는 것으로 이후 보다 조직적인 관리 요구로 이어진다. 개인의 건강은 국가로 통합됨으로써 가치를 갖게 된다. 위생공안(police)은, 국가의 틀 내에 있는 행정부가 개인을 국가에 유용한 구성원으로 통치하기 위해 쓰는 특별한 기술이다. 위생공안의 임무는 시민의 위생과 공중도덕을 촉진하는 일이었다. 이상국가에서의 위생공안은 활동하고 생산하는 모든 인간을 보살피는 역할을 맡는다고 가정된다.[24] 이러한 위생공안의 활동을 통해 국가는 인구의 출산, 건강

---

24) 미셸 푸코, 『자기의 테크놀로지』, 동문선, 1997.

과 질병, 식사와 거주유형에 깊이 관여하고 사람들의 매너와 습관에 대해 전반적인 관심을 갖게 된다.

첫째는 개천들을 정히 치게 하고 둘째는 길 가에 대소변을 못 보게 하고 셋째는 물을 끄려 먹으라고 방들을 붓치고 넷째는 푸성귀를 개천 물에서 못 씻게하고 다섯째는 길 가에서 밤에 누워 잠자지 못하게 하고 여섯째는 아해들이 벌거벗고 못 단니게 하고 닐곱재는 술집에 사람들이 모여 술과 푸성귀들을 머고 좁은데에 서로 끼여 안자 호흡을 서로 갓가히 하지 못하게 하고 여덟째는 위생국에서 도성 안 몇 관대 큰 목욕 집을 만들어 가난한 인민이 와서 목욕하게 하고 아홉째는 경무청에서 각 반찬 가계와 관에 단니면서 상항 고기와 생선을 못 팔게 하며 열째는 숨검들이 길로 밤낫 돌며 순행하게 하여 집 앞에 더러운 물건이 잇던지 개천을 치지 않은 백성이 있으면 그 주인을 불러 치거케 하고 이규칙들을 사람마다 행하는지 순검들이 순행 하며 살피게 하고 만을 규칙에 짐짓 범하는자 잇으면 엄히 다스리는 것이 백성을 위하는

〈그림 1〉 1910년대 서울. 빨래터로 가는 아낙네와 거리의 아이 근대화가 시작된 개화기에도 노출은 일상적으로 이루어지고 있었다.

근본이라. ―≪독립신문≫ 1896.6.27. 논설

근대 사회에서 일상생활은 철저하게 관리되고 감시되는 대상이 된다. 위생국과 경무청은 위생공안의 대표적인 형태로서 인민의 삶을 관리 감독한다. 개인의 육체는 더러움의 대상이 되어 잠자기, 대소변 보기나 씻기와 같은 행동은 분리된 공간에서 행해져야 한다. 벌거벗은 아이도, 공동의 잠자리도 금지된다. 육체와 관련된 금기들이 생기면서 개인의 육체는 관리되고 규율되는 인민의 육체로 탈바꿈한다. 이러한 위생 공간의 활동은 국가의 감시 체제하에서 인민의 육체를 완전히 통제하여 건강한 '인민'과 '비도'를 구분 짓는 여러 가지 담론들을 낳게 된다. 인민은 국가에 의해 통제되는 대상이기에, 관리되지 않는 사람들은 비도가 된다. 그들은 호구 조사에 의해 파악되지 않는 인물들이기에 깨부수어야 할 내부의 적이다. 인민과 비도를 나누는 것은

<허생전>이 쓰인 18세기 조선 사회에서처럼 단순히 돈이 있고 없음의 문제가 아니다. 그것은 국가의 위생 관리를 받고 직분을 가지며 노동하는 육체를 가졌는가 아닌가로 재편된다. 다시 말해 인민은 위생공안과 근대적 형벌제도에 의해 교화되고 관리되는 존재들인 것이다.

> 경무청이라 하는 것은 백성을 형벌 하자고 만든 마을 아니라 백성을 보호하자는 마을인즉 세계 각국 경무청 치고는 의원과 약 없는 경무청은 없는지라. (중략) 제일 급한 것은 경무청에 의약국이 있어 누구든지 불행이 상하든지 급한 병이나든지 옥중에 죄인들이 병이 있다든지 하면 이 의원이 도라다니며 이런 사람들을 다 치료하야 주는 것이 경무청 직무요 또 이런 일이 차차 백성을 감동케 하는 이치요 개화의 근본이라. ─ ≪독립신문≫ 1896.8.25.

개화기 경무청은 이전의 포청과 다르게 공평무사하며 법률에 따른 형 집행을 하는 기구로 나타난다. 죄인은 법에 정해진 죄만을 받게 되며 그 이상의 형벌을 당하지 않는다. 모든 것은 개인적 애증의 문제가 아니라 중앙집권적 법률에 의해 다스려지며 엄격하게 관리된다. 경무청은 인민을 교화하고 관리하는 대상으로 자리한 상징적 권력기관이다. 그러므로 경무청에서 가장 시급하게 갖추어야 할 것은 형장 기구가 아니라 의약품이며 의원이다.

개화기 각종 논설에서 당시의 현실은 병리학적으로 진단되고 처방되기 시작한다. 세균의 정체가 밝혀짐으로써 건강은 위생을 통해 추구가능한 것이 되었다. 근대 위생 담론의 조직은 건강한 개인의 육체를 국민이라는 이름으로 재편한다. 근대인의 몸에는 때가 없어야 하고 병균이 없어야 하며 노동하기에 적절한 건강이 있어야 한다. 사회는 건강한 형질을 가진 존재가 노동하고 생산함으로써 유지된다는 사유 속에서 개화기에는 智德體의 이론이 발전했으며 특히 체육 담론은 적절한 건강에 기반을 둔 우생학적 육체의 요구로 이어진다. 건강하게 관리된 개인에 입각하여 건강한 사회가 만들어지고 건강한 후손이 생겨날 수 있다는 것이다. 이에 따라 여성은 무엇보다 건강한 자녀를 낳아야 하기에 순결성을 요구받는다. 순결이 봉건적인 정절의 도덕이 아니라 자녀의 출산과 관련되어 재고되는 것이다.

③ 생산적 육체의 훈육과 우생학

근대화는 농민을 토지로부터 내쫓아 대대적으로 무산자를 창출하는 과정이다. 이들을 근대적 노동자로 전환시키기 위해서는 근대 산업의 요구에 따라 행동할 수 있는 존재로 만들어야 했다. 이는 임금노동 제도에 필요한 규율의 확립과 연관된다. 개개인의 행동은 물론 사고까지도 계산가능한 것으로 만들며 개개인을 근대적 질서에 부합하는 한계 안에서 능동적으로 자제할 줄 아는 주체로 만들어 내야 하는 것이다. 근대 사회는 발달된 자본주의의 생산을 위해 육체를 재편하는데 푸코는 이를 육체 훈육의 관점으로 설명하고 있다. 그에 따르면 근대 형벌제도는 처벌이 아니라 교정의 형식으로 새로운 육체를 창출한다. 교정을 중심으로 한 형벌제도에서 형벌의 작용지점은 육체이며 시간이고 매일의 동작과 행동이며, 나아가 습관인 범위에서 정신이다.[25] 근대적 형벌제도에서 감시는 복종되고 훈련된 육체를 생산하고 이 과정은 학교, 병원, 공장, 군대의 재구조화를 낳는다. 공장과 학교, 군대에서는 시간에 관한, 행적에 관한(부주의, 나태), 태도에 관한(무례, 반항), 언어에 관한(수다, 건방짐), 육체에 관한(부적절한 동작, 불결함), 성욕에 관한(불순, 음탕) 미시적 형벌제도가 확산된다. 근대 사회에서 시간은 측정되고 임금이 지불되는 동시에 불순함이 없는 양질의 시간이 되고 축적가능한 것이 된다. 시계는 시간의 공간화를 통해 시간을 측정가능하고 계산가능한 양으로 변화시킨다. 동질적인 시간은 미세한 부분으로 분할되어 매우 작은 단위에 따른 통제와 조정가능성이 생겨난다.[26] 공간 역시 미세한 부분으로 분할되어 개인의 행동을 제어하고 조절한다. 근대 사회의 각종 제도 속 감시와 통제의 전면화를 통해 기계적인 육체가 형성된다. 규율이 훈련에 의해 기계화된 숙련을 조련함으로써 유순하고 생산적인 육체를 만들어 내고 거기에서 주체로서의 개인이 성립되는 것이다.[27] 이는 근대 문명의 제국주의적 침략선을 따라 식민지 지배 전략과 융합되었다. 일제 치하 근대화에서 핵심은 보통학교 교육이 강조됨으로써 단순 노동자로서 식민지 조선인을 조직하는 과정이었다. 학교는 새로운 문명의 논리를 습득하는 기구로서 작동하기보다는 정해진 시간에 정해진 동작을 행하는 기계적인 육체의 육성 공간으로 자리매김된다. 일제는 '십득'이라는 개념으로 통제를 내면화한 육체를 기획한

---

25) 미셸 푸코, 『감시와 처벌』, 박홍규 역, 강원대 출판부, 1993, 67면.

26) 시계의 발전은 두 측면에서 노동의 시간적 통제를 요구한다. 하나는 노동의 시작과 끝은 물론 작업 시간 내에서 노동을 강제하는 장치로서 시계가 이용될 수 있다는 것이요, 다른 하나 분업에 따른 노동의 조직화에 시간 통제가 긴밀하게 필요하다는 점 때문이다. 이진경, 「사회적 시간의 역사이론을 위하여」, 서울 사회과학 연구소 편, 『근대성의 경계를 찾아서』, 새길, 1997.

27) 강상중, 「규율과 지배하는 지식」, 『오리엔탈리즘을 넘어서』, 이경덕・임성모 역, 이산, 1997, 85면.

다.28)

　개화기 학교에서 학생들에게 체조와 교련을 가르치는 것으로 시작된 근대 스포츠의 도입은 규격화된 육체, 생산에 적절한 육체의 조련과 긴밀한 관련성을 가졌다. 근대 교육은 무엇보다 체육을 통한 동작 교육이며 절도 있는 매너와 통제를 내면화한 육체의 조성에 놓여 있다. 고종의 교육조서 이래 개화기와 식민지시기를 거치는 동안 여러 번 교육령의 반포와 개정이 이루어졌지만 변함없이 견지되는 원칙은 일주일 27－33시간의 교육 과정 중 체육이 반드시 2－3시간을 차지해야 한다는 것이며, 체육 수업의 주된 내용은 '체조'로 구성된다는 것이다.

> 　體操는 身體의 各部를 均等히 發育케 하며 四肢의 動作을 機敏케 하여 全身의 强健을 保護增進하고 情神을 快活强直하게 하며 兼하여 規律을 지키고 協同의 習慣을 기르는 것29)體操는 身體의 各部를 均齊히 發育케하야 姿勢를 端整케 하고 情神을 快活케 하며 兼하여 規律을 지키고 切磨를 崇尙하는 習慣을 기름을 要旨로 함30)

　교육령이 개정될 때마다 조금씩 차이는 나타나지만 체조 교육의 목표는 대부분 육체의 균형적 발육과 강건함의 육성 및 정신의 쾌활성 증진과 규율 준수, 절제된 태도의 숭상 및 협동의 배양으로 설정되고 있다. 체육을 통해 육체를 강건하게 할 뿐 아니라 쾌활성과 절제, 협동심이라는 정신적 가치까지 도모한다는 기획이 학교 체조의 시행령을 통해 분명히 드러나 있다.

> 　유지각 하신이들은 운동을 하며 규칙있는 작란을 시간을 정하여 놋코 얼마큼식 하야 몸을 험히 가지고 여간 위태함과 괴로움과 압흔 것을 견뎌 버릇하며 부인네들과 아해들도 하루 몇 시간동안식은 마당 갓한데서 무삼 운동을 하던지 작란을 해 버릇을 하여야 몸이 충실하여지고 체증이 없어지며 마음이 단단해지고 생각이 정밀하여 옳고 그런 것을 분명히 결단하여 사랑하고 미워하는 것이 마음에 백여지는지라. －≪독립신문≫ 1897.2.21.

　이와 함께 개화기 여러 논설들에서는 개개인의 육체적, 정신적 건강을 위해서 운동하기를 요구한다. 운동은 이제까지 선비들이 가장 꺼리는 것이었지만 근대 교육은 무엇보다 운동을 통해 육체를 단련하고 마음을 단련하도록 유도한다. 규칙적인 운동은

---

28) 이에 대해서는 김진균·정근식·강이수, 「일제하 보통학교와 규율」, 김진균·정근식 편, 앞의 책, 77－90면 참고.
29) 1906년 8월 2일 칙령 제44호에 의한 보통학교령 및 동시행 규칙 제9조 10항. 『한말근대법령자료집』 5, 130면.
30) 1911년 10월 27일 총독부령 제111호 고등보통학교교육령 제24조.

건강뿐만 아니라 강건한 마음의 수양으로 이어지며 풍속의 개량을 이룬다는 것이다. 개화기와 1910년대를 배경으로 방깨울과 그 주변 마을의 개화 풍경을 그리고 있는 이기영의 성장소설 <봄>은 개화기 근대 학교에서 체조 수업이 어떻게 수행되고 있었는지 잘 보여 준다.

> 끝으로 체조교사가 문제였는데, 그것은 당분간 이 고을에서 개화꾼으로 유명한, 무관학교 출신이요 현재 이 학교의 교주로 있는 신참위가 특히 일주일에 세 번씩 와서 군대식으로 교련을 하기로 하였다. 신참위는 삭발을 먼저 하기로도, 이 고을에서 유명하나 일어가 능란하기도 그밖에 다른 이가 없었다. 원래 군대 출신인 그가 무슨 일에나 민활하였다. 학도들에게 그는 군인과 같이 활발해야 된다고 그 점을 고취하고 있었는데 그래서 체조도 군대식으로 가르쳤던 것이다. 그는 자기가 먼저 체조를 해보고는 그대로 학도들에게 따르라 했는데,
> "취립 — 일렬 횡대로!" / "기착!" / "우로 나란히!" / "번호!" 31)

군인 출신 개화꾼으로 유명한 '신참위'의 체조 교육은 군대식 교련으로 이루어지고 있다. 그것은 학생들을 군인처럼 활발하게 만들어야 한다는 취지를 가지고 시행된다. 이러한 체조 교육으로 인해 '학도'는 '글방아이'와 달리 활발한 기상을 획득한 존재로 그려진다. 구호에 따라 정확하게 행동하고 일률적으로 동작을 맞추어야 하며 그를 통해 집단적인 행동의 방침을 습득하는 것, 그것이 근대 학교가 최초로 요구한 학습이었다. 규율을 습득한 학생들은 완전히 새로운 외양을 요구받게 되는데, 그것은 '단발'이라는 형식으로 나타난다.32) 그렇다면 체조 수업이 요구하는 육체의 변화, 즉 단발과 절도 있는 동작, 규율을 가진 행진과 쾌활성이란 어떤 의미를 가진 것일까?

엘리아스에 따르면 문명화 과정은 사람들이 '더욱 절도 있게' 행동하게 되는 과정이라고 한다.33) 중세인은 변덕이 심하고 감정적이며 무절제하고 예법이란 거의 존재하지 않았다. 그러나 근대로의 전환에 따라 타인 앞에서 거리낌 없이 내보이던 충동은 내면화되었다. 서양인들의 일상적 삶, 특히 본능과 관련된 삶은 중세의 야만적인 형태로부터 점차 근대의 문명화된 형태로 변한다. 이 과정에서 삶의 모든 측면들 가운데 동물적 삶의 광경에 대한 혐오감과 수치심이 증가하고 이를 통해 인간의 정서

---

31) 이기영, 〈봄〉, 풀빛 출판사, 1989. 240 – 241면.

32) 어느 날 신참위는 학교에 평의회를 소집하고 이와 같은 학도들의 머리에 대한 공기와 시대 풍조를 들어서 일장 연설한 뒤에 도대체 학교라는 곳은 군대와 같은 것인데 학도들이 머리를 그대로 두고 다닌다는 것은 시대착오라고 일제히 깎이자는 주장을 해 보았다(위의 책, 275면).

33) 노르베르트 엘리아스, 『문명화 과정』상, 박미애역, 한길사, 1996 참고.

구조는 변화해 왔다. 격렬한 감정이나 폭력적인 행동들은 예의의 이름으로 통제된다. 그리하여 사람들은 행동의 절제와 도리, 즉 매너를 습득함으로써 소위 문명화된 몸을 갖추게 되는 것이다.

> 조선인들은 반야만의 상태에 있기 때문에 그 결과로 매우 까다로운 성격을 지니고 있다. 이 나라에서는 교육이라고는 없다. (중략) 또한 조선인들은 화가 나면 분명히 공격적으로 돌변한다. 여자들도 뻔뻔스러우며, 말이 매우 모질다.[34]
> 부모가 죽으면 우아하면서도 절제된 흐느낌이 아니라 입을 벌려 엉엉 우는 울부짖음이 당분간 지속된다.[35]

개화기에 우리나라를 방문한 선교사들의 눈에 비친 조선 사회는 불결하고 시끄러우며, 조선인들은 거짓말쟁이에 수다쟁이로, 분노나 슬픔을 절제하지 못한다. 이것이 서구 '문명인'의 눈에 비친 조선의 모습이라 했을 때 개화란 이러한 온갖 비위생, 무절제, 나태로부터의 탈피, 즉 완전히 새로운 행동 법칙을 습득하는 과정이라고 할 수 있을 것이다. 개화기의 체육 교육은 먼저 그러한 절제의 습득 과정으로 기능함으로써 야만으로부터 벗어난 외양, 곧 문명화된 육체를 만들어 가고 있었던 것이다. 체조 교육은 물론이거니와 근대 스포츠의 습득을 강조하는 담론들은 모두 새로운 육체의 습득과 절제, 협동의 배양을 표면에 내세우고 있다.

> 然이나그身長이나그體重은人類學上人種이다른關係로不得已할지라도몸全體의姿勢가낫분것　特히上體에比較로下肢의發達이不充分한것은그原因을생각하야고치지아니하면아니될줄로안다 (중략) 그러나풋볼은實로이러한缺點을補充하기에餘裕가있는唯一한運動이니이運動을하는者의脚部는實로完全하고强健하다또굽었던다리도펴질수잇스니萬若幼時로부터이運動을시컷스면우리朝鮮人의體格은不知中改良될것이다[36]

조선인의 체격이 서구인에 비해 작은 것은 어쩔 수 없다 하더라도 어렸을 때부터 풋볼을 시킨다면 부지중 조선인의 체격이 서구인과 비슷하게 상체와 하체의 균형을 잡아 갈 수 있을 것이라고 전망하며 축구 교육하기를 강조하고 있는 위 글을 통해 우리는 근대 스포츠의 도입이 새로운 육체에 대한 추구와 맞닿아 있음을 알 수 있다.

---

34) 조현범, 『문명과 야만: 타자의 시선으로 본 19세기 조선』, 책세상, 2002, 70면에서 재인용.
35) 제임스 게일, 『전환기의 조선』, 평민사, 1986, 52면.
36) 김원태, 「산아이거든풋뽈을차라」, 『개벽』, 1920.11, 105 - 106면.

이때 새로운 육체란 물론 서구인의 가치기준에서 문명적인 것, 즉 굽은 다리나 하체의 미발달이라는 야만적인 외양이 아니라 보다 문명적이고 균형 잡힌 동작과 매너의 습득으로 나타난다. 또한 위 글에서는 축구를 통해 협동심과 희생정신 같은 근대적인 윤리 의식을 배양할 수 있다고 강조함으로써 축구의 정신적 가치를 암시하고 있다. 서구적인 매너와 협동, 희생정신 등은 근대적이고 문명적인 가치기준으로서 이러한 가치의 습득을 통해 새로운 인간, 생산적인 육체의 형성을 도모하고 있는 것이다. 규율화된 가치의 습득을 통해 문명화된 육체를 욕망하는 행위는 국민화 과정으로 이어진다.[37] 체육을 강조하며 문명화된 육체의 상을 제시했던 개화인들의 기획은 바로 '인민'의 육체를 표현하고 형성하는 데 있었다고 볼 수 있다.

> 누구던지 야만국을 가서보거드면 야만들은 다 입을 버리고 다니되 문명 개화한 사람들은 평시에 입 버리는 법이 없으니 조선 사람들은 아모조록 입을 버리고 다니지 않기를 바라노라. 길에서 손으로 코 푸는 것이 대단히 천해 보이니 사람마다 손수건을 가지고 다니는 것이 맛당하고 손가락이나 소매나 오세다가 코 씻는 것은 세계에 천한 일이요 길에서 거름걸을 때에 조선사람 모양으로 지어서 걷는 것은 남이 대단히 흉보는 일이니 부디 지어 걸음을 걷지 말고 (중략) 목욕을 자조할수록 몸이 튼튼하여지며 머리를 자조 감을수록 신병이 적은 법이니 조곰만 부지런하였으면 아무라도 이런 것 하기는 어렵지 아니하며 이를 정히 닦아 입에서 냄새가 아니나야 이가 쉬히 상하지를 아니하고 ─《독립신문》 1896.12.12. 논설

개화기 신문의 여러 논설들에서 조선인의 행동은 새로운 '몸 가지는 법'이라는 이름으로 위생과 서양적 예법의 담론을 받아들여 훈령의 형태로 통제된다. 사람들의 행동은 문명적 매너에 입각해 비판되는데, 이때 수치심과 함께 건강이 중심 논리로 개입한다. 단지 문명국의 행동방침과 다르다는 이유로 조선인의 행동은 불건강한 것으로 진단된다. 입을 벌리고 다니는 것, 관인들의 부축을 받는 것, 걸음 걷는 것, 코 푸는 것, 세수하는 것, 이 닦는 것 등 일상의 사소한 행동은 위생과 건강의 이름으로 통제되며, 수치심은 그 이면에 존재하는 감정의 논리가 된다. 이러한 위생 담론과 서양적 매너를 교시하는 담론들은 청결과 시간표와 성실과 신의라는 가치를 절대시하고 일상적 통제를 내면화한 개인을 창출한다. 육체에 대한 관리를 통해 국가는 개개인의 행동과 시간을 통제하고 있다. 국민 또는 인민이란 문명화 과정에 의해 근대적 가치

---

37) 니시카와 나가오는 문명화란 곧 국민화의 과정임을 지적하면서 그 요소로 공간, 시간, 습속과 육체의 국민화를 도식화하고 있다. 그에 따르면 육체의 국민화란 오감과 거주, 걸음걸이등에서 학교, 공장, 군대 등의 생활에 적응할 수 있는 육체와 감각을 습득하는 과정으로 나타난다. 니시카와 나가오, 『국민이라는 괴물』, 윤대석 역, 소명출판, 2001.

와 외양을 습득한 인간에게만 붙여질 수 있는 이름이었던 것이다.

> 이달 잇흔 날부터 경무청에서 성 안 성밧귀 집마다 닐아대 각기 문에 사나이 여인 식구대로 분명히 쓰라 함은 그나라 사람들 수효를 알고져함이요 또 사람이 나고 죽는 것과 이사하는 것과 혼인하는 것과 서소문 시고문에 어느 동네엇던 사람이 무삼 병으로 죽어 어느 따흐로 장사하러 가는지 살핌은 경무의 직책인연고 그러케 한 일이니 우리는 이 말을 듣고 깃버하노이 조선도 차차 열닐 모양일뿐더러 이런 일은 경무청에서 지극히 잘 한 일이더라. ─≪독립신문≫ 1896.5.7. 잡보란

근대 국가의 인구관리는 무엇보다 개인의 육체를 국가의 생산성과 관련지어 통제하고 감시하는 장치가 된다. 개화기에 경무청은 위생공안으로서 주민의 동태 파악에 나서는데, 그것은 탄생과 죽음, 이사, 결혼 등 많은 사실을 통계화하고 총괄함으로써 국가 관리의 효율성을 도모하고 국민이라는 이름으로 개개인을 통제하는 장치의 출현으로 볼 수 있다. 위생 공안을 통해 개인의 육체를 관리하고 인구 통계치를 내고 치안을 다스리는 일은 동시에 이루어진다. 치안 관리는 국민 속에 숨어 있는 비도를 찾아내고, 교화를 통해 비도를 인민으로 바꾸는 감시의 전략으로 이어진다.

국민화된 육체는 운동회에서 그 진가를 발휘한다. 운동회는 자신을 둘러싼 작은 집단 외부에 있는 더 큰 집단의 존재를 확인하고 그것을 자기 정체성의 이데올로기로 확장하여 받아들이는 장으로 나타난다. 김남천의 장편소설 <대하>에서는 국민이라는 추상적이고 눈에 보이지 않는 존재의 발견과 관련된 운동회의 존재가 부각되고 있다.

> 운동회에는, 평양서 대성학교와 일신학교 학도가, 각각 10명씩은 온 외에, 용강과 강서와 영유의 앞대에서 5명 6명씩 참가하였고, 가까운 고을에선 순천이 빠지고, 은산, 자산서 10명씩, 그리고는 이 고장서 고을보다도 먼저 개화 사상을 받아들인 대드리, 갱고지, 남전서, 학교 생도 전부가 거진 참례하여서, 동명학교 학도까지 합하니 250명이 훨씬 넘었다. 동명학교 학도 중에는 머리를 아직 깎지 않은 학생까지 있어서, 운동회에 참여하지 않는 작자까지 있었으니 제복도 일치하지 못했으나, 평양이나 앞대에서 온 학도들은, 무명에다 검정물을 들여서 양복을 일치하게 해 입고, 신발은 그대로 참신이나 메투리나 짚신이었으나, 흰 각반까지 한결로 깍듯하니 올려쳤고, 한두 명씩 나팔수까지 끼어 있어서, 그 복색이며, 조련하며, 거동이 제법 군대처럼 놀라웠다.[38]

<대하>의 사건 전개 시간은 이른 봄 형선의 결혼으로 시작하여 대운동회를 거쳐 며칠 뒤 형걸의 가출에서 끝나는 4개월 남짓이다. 그 기간 동안 내내 언급되면서 갈

---

38) 김남천, 『대하』, 한국 해금문학전집 5, 풀빛, 1988, 216면.

등과 분위기를 고조시켜 나가는 것이 바로 '대운동회'이다. 대운동회는 개화가 되었다고는 하나 겨우 초롱이나 왜사탕 같은 것들이나 들여다 놓았을 뿐인 조그마한 마을 사람들에게 새로 길을 닦고 가계를 신식으로 고치고 외부 손님을 맞아 돈벌이를 하고 외부인들과 접촉함으로써 활기와 놀라움, 즐거움을 느낄 수 있는 축제의 장이면서 변화의 장, 교육의 장으로 설정되어 있다. 그것은 급격한 변화를 가져오는 순간인데, 여기에서 마을 사람들은 자기 마을을 둘러싼 외부의 존재들과 조우하고 한 번도 만난 적이 없는 사람들과 함께 어우러지면서 일체감을 형성하게 된다. 주인공 형걸은 이러한 외부와의 조우를 통해서 집을 나갈 결심을 굳히게 된다고 볼 수 있다. "형걸이의 마음속에 이루어진 결심, 그것은 막연하기는 하나, 오늘 밤 안으로 이 고장을 떠나서 평양으로든가, 더 먼 곳으로든가, 새로운 행방을 잡아보자는 것이었다. 그는 몇 시간 뒤에 평양쪽을 향하여, 방선문 밖 신작로를 걸어나갈 것을 상상하며, 문우성 선생이 기숙하고 있는 예배당으로 병대처럼 뚜벅뚜벅 걸어갔다."(245) 다시 말해 형걸은 대운동회를 통해 외부의 인간, 즉 문명화한 학도들에게서 동질감을 느끼면서 머리를 깎고 가출을 결행한다. 좁은 마을의 가부장적 공간을 벗어나 새로운 육체를 획득한 새로운 인간으로서, 그가 걸어가는 방선문 외부의 길이란 곧 개화된 문물을 공유하는 집단, 국민이라는 이름으로 조직된 새로운 인간들과의 만남과 동화라는 형태를 취하게 되는 것이다. 형걸이 걸어 나간 길은 다름 아닌 개화기 이후 새로운 세대들이 신학문의 교육 속에서, 신소설 속에서 그리고 매일의 신문 속에서 동질적인 것으로 인식하게 된 국민의 발견, 민족주의 이데올로기의 발견으로 통한다.

근대 사회는 학교 체육의 보급과 위생 관리를 통해 건강한 국민, 산업적인 생산에 어울리는 인민의 양성이란 목표에 도달하게 된다. 이러한 건강한 국민의 상상력은 또한 인위적인 방식으로 건강한 육체를 보유한 인간을 육성하는 프로젝트로 나타나는 바, 우생학적 육체의 요구는 이에서 출발한다. 우생학이란 우성 형질의 육성을 통해서 인류를 개선하고자 하는 학문이다. 프랜시스 갈톤은 인간의 정신 능력도 육체적 특성과 같이 유전적이라는 확신을 가지고 인간의 유전 법칙을 다윈의 이론으로 증명하고자 하였다. 긍정적 우생학은 지능계발, 육체적 구조의 개선, 아름다움과 인종적 순결 등을 목표로 육성 조치를 통하여 유전의 질을 개선하는 것을 의미한다. 부정적 우생학은 한 인구의 유전질에서 미래의 세대를 위해 나쁜 유전인자를 제거하는 것을 목표로 한다. 사회운동으로서 우생학적 프로그램은 민족, 인구, 인종의 유전 그리고 국민적 건강과 청결유지, 안락한 출산 등을 주장함으로써 개인의 차원을 넘어선 집단적인 위생학으로 발전하였다.[39]

> 그러나 우리여자체육회는 결코 오락적구락부도아니요 간판욕의 허위적소산도 아니엿다 그표방하는바 목적은 회명과 가티『여자체육』이란우생학적으로도 의미심장한사회적한가지임무를수행하고자하는 것이매[40]

개화기 이래 체육의 보급을 둘러싼 담론에는 우생학의 논리가 다소간 끼어들고 있다. 가령 위 글에서 보이듯 여성이 체육을 수행해야 할 목적이 오락이나 간판욕에 입각한 것이 아니며 '우생학적으로도 의미심장한 사회적 한 가지 임무를 수행'하기 위한 것이라는 사고 속에는 당시 여성 체육의 큰 부분을 차지하고 있던 댄스나 정구 등의 스포츠에 대한 경계가 나타나 있다. 여성의 건강이란 자식을 잘 낳고 양육하기 위한 목적, 우생학적인 목적에서만 추구된다. 따라서 이러한 목적에 배치되거나 미달하는 건강에 대해서는 사정없는 조롱과 비판이 나타날 수 있었던 것이다. 이는 신여성의 건강미를 '에로, 그로'로 바라보는 시선을 조직한다. 여성의 육체는 문명적인 가정을 구성하고 자식을 양육하는 데 국한된 것으로 인식되고 있었으므로 가정의 범위를 벗어나는 건강미 또는 육체에 대해서는 가차 없이 부정적인 평가가 내려진다.

> "선생과내가 결합하는것이행복이된단말이지요? 설흔 한 살먹은녀자와 스물다섯먹은남자가결합하야 행복하단 말슴입니까?"
> "네! 그것을 저는 단언하고 보증하고 싶습니다."
> "결국 제가 와까이 쓰바데 란 의미에서!"
> "천만에! 그런실례의말슴을 어떠케하십니까? 저는 우생학적견지로보아 그러탄말슴이야요!"
> "흥! 두편이다 체조선생이니까 건강한 육체와 건강한육체가 결합을 하면!"
> "건강한 옥동자를 낫치안허요?"[41]

학교 선생들로부터 '몸이 부대'하다는 이유로 '오뚝이, 깍지똥, 호떡'과 같은 별명을 얻게 된 체조교사 안 선생이 이러한 모욕의 이유를 자신이 결혼을 하지 못한 데서 온 것이라고 믿고 젊은 체조교사에게 갑작스럽게 청혼을 했다가 비참하게 거절당

---

39) 전복희, 『사회진화론과 국가 사상』, 한울아카데미, 1996 참고.
40) 北態生, 「여자체육회에독촉함」, 『별건곤』, 1931.1, 95면.
41) 李啞夫, 「유모어소설 - 뚱뚱보 여선생의 실연」, 『별건곤』, 1934.2, 48 - 49면.

하고 만다는 줄거리를 가진 위 소설에서 주인공의 건강함은 '뚱뚱함'으로 각인되어 놀림거리가 된다. 주인공은 단지 건강할 뿐 도덕적으로나 인격적으로 타락한 모습을 보인 바도 없는데, 못생긴 건강함, 즉 뚱뚱함을 가졌다는 이유로 부정적인 조롱의 대상이 되는 것이다. 이처럼 여성의 육체에 대해서 식민지 시대 담론들은 건강과 활발함을 요구하는 동시에 그러한 건강과 활발함에 대해 관능미라든지 육감미 또는 뚱뚱함과 같은 차별화된 언어를 사용해 부정하는 모순된 양상을 보인다.

(2) 시간표 양육의 확산과 직분 – 소명의 육체

① 여성과 어린이의 육체와 통제

근대 사회에서는 생산적인 부분에 관심이 집중되면서 본능과 성(性)은 자본주의 핵가족 논리에 맞추어 변화되고 재배치된다. 성에 관한 담론의 초점은 개인적 욕망에서 사회적 몸(인구)의 재생산 여부로 옮겨간다. 개인의 섹슈얼리티를 국가의 인구관리와 연결시키는 담론이 증가함에 따라 합법적인 이성애 커플이 규범으로 기능하면서 다른 유형의 성애를 일탈적인 것으로 분류하게 되었다.[42] 배우자 선택에서 낭만적 사랑이 우선시되고, 자녀가 가정의 중심이 되면서 모성애가 최우선의 가치가 되며, 가족의 기능 또한 감정적 연대의 단위가 된 점에 근대가족의 특성이 있다.[43] 공사영역의 구분이 확연해지고 여성과 남성의 영역이 분리됨에 따라서 여성의 삶은 아이, 남편, 집으로 한정되었다. 집 안에 머무르는 여성은 정서적 생활을 제공하는 전문가이며, 거친 사회, 비인간적인 사회로부터 가족원을 보호하고 쉬게 하는 안식처를 제공하는 사람(집안의 천사)으로 상상되었다. 가정관리와 아동양육에 대한 책자들은 이상적인 어머니와 완벽한 주부를 창조했다.[44] 아동은 모성과 의학적 시선의 중첩 속에서 시간표에 따라 양육되고 관리된다. 일제시대 대대적으로 강조된 아동발육 표준표, 우량아 선발대회, 유유아 애호 주간 등의 설치는 건강한 아동의 표준치를 제시하고 이를 일

---

42) 크리스 쉴링, 앞의 책, 69 – 77면 참고.

43) 가족에 대한 신화란 공적 영역이 불확실하고 거칠고 경쟁적인 것과는 대조적으로 가족은 안전하고 부드러우며 갈등이 없는 곳이라는 것이다. 이 논리에 의하면 가족은 사적인 곳이고 가족의 이해는 곧 여성의 이해가 된다. 이연정, 「여성의 시각에서 본 모성론」, 심영희 외 편, 『모성의 담론과 현실』, 나남출판, 1999.

44) 조은, 이정옥, 조주현, 『근대 가족의 변모와 여성문제』, 서울대출판부, 1996.

반 가정에 강요함으로써 생산적 노동에 적합한 육체의 육성이라는 프로젝트를 실천하는 것이었다.[45]

> 젓을 난제 일곱달 후에는 만히 먹이지 않을 거시 유모의 젓시 아히 난제 일곱 달 후 아희에게 유조하지 아니한 까닭이라. 그때는 우유와 쇠고기로 조린 국이 젓보다 백배가 나흐니라. — ≪독립신문≫ 1896.5.2

개화기 이래 아동의 양육은 근대적 육아법에 따라 위생, 시간표, 절제 등의 항목으로 편성되고 의사들이 주축이 되어 어머니들에게 양육법을 가르치는 형태로 시행된다. 7개월 아이에게는 모유보다 우유가 낫다는 위의 논설은 아이의 발육과 성장을 의학적이고 표준화된 지침에 따라 관리하는 모습을 보여 준다. 가족의 의료적 규율화는 특히 출산과 관련하여 유아, 아동 및 임산부의 건강에 대한 관심의 영역에서 두드러진다. 유아의 건강은 체중이나 체온과 같은 지표를 통해 수량화되고 있다. 건강한 유아의 획득에 대한 관심은 이후 유아를 어떻게 길들일 것인가로 확장된다. 여기에는 아동의 정신과 육체의 성장에 필요한 좋은 습관 붙이기에 중요성이 부과된다. 특히 시간 준수의 강조는 어려서부터 근대적 시간 규율에 익숙한 인간을 생산하고자 했던 자본주의 사회의 관심을 잘 보여 준다.

공사영역이 분리된 상태에서 가정은 건강한 미래 노동력을 생산하는 기구로서 학교와 상통하는 역할을 하게 된다. 주부는 무엇보다 근대적 시간표 양육의 질서에 입각해 자녀를 키우고 공민의 감각으로 자녀를 대할 것이 요구된다. 효가 아니라 모성애가 가정을 지배하면서 시간표에 입각해 양육된 자녀는 학교생활을 통해 체조를 익히고 규율을 습득함으로써 적절한 기술과 통제력을 가진 생산적인 육체로 태어난다. 이러한 시간표 양육의 관점에 따라 조혼은 불건강하며 타락한 육체의 결합으로 비판된다. 시간표에 따라 양육 관리되는 근대인은 적절한 시기에 적절한 교육을 받고 독립하여 경제적 주체가 될 수 있을 때에만 한 사람의 인간으로 인정되는 까닭이다.

봉건사회의 조혼제도는 성장과 발육의 시간표에 입각한 육체의 관리라는 측면에서 근대적 혼인 제도로 재편된다. 개화기 논설에서 조혼을 하지 말아야 할 이유는 두 가지 측면에서 제시되는데 하나는 부부의 화목함, 즉 가정의 화목함이라는 새로운 윤리

---

45) 이에 대해서는 김혜경, 「일제하 어린이기의 형성에 대한 연구」, 이대 박사, 1997 참조.

가 형성될 수 없다는 것이요, 다른 하나는 건강한 2세를 얻지 못한다는 것이다. 이광수는 <혼인에 대한 관견>에서 근대 사회에서의 혼인을 위한 육체적 조건들을 명시하고 있다.

> 혼인은 남녀 2인으로 성립되는 것이외다. 첫째, 혼인하려는 양인은 건강해야지요. 병이 없어야 할 것은 물론이어니와 체질이 강건해야지요. 체질이 약한 자는 장차 질병이 많을 두려움이 있을뿐더러 또 수요에 관계가 있으며, 더구나 자녀의 생산율이 적고 생산한다 하더라도 열약한 체질의 유전을 받음이외다. 그럼은 신체의 건강은 혼인의 근본조건일 것이외다. (중략) 다음에는 양인의 충분한 발육이요. 생리상으로나, 심리상으로나 충분히 발육함이요. 그러므로 문명국에서는 법률로 남녀의 혼인연령을 제정하여 법정연령이내에 혼인하기를 금하지요. (중략) 경제적 능력 없는 자는 혼인한 자격이 없는 자외다. 더구나 현대에 있어서는 경제는 개인과 사회의 최중요한 생활조건이외다. 그러므로 혼인하려는 남녀의 자격의 하나는 각각 확실한 직업을 가짐이외다. 이것은 현대조선에서 가장 역설할 것이외다.[46]

혼인의 조건으로 그는 무엇보다 먼저 건강을 든다. 이 건강은 건강한 자녀의 출산과 연결된 것으로 생산적 육체의 핵심 자질이다. 체질이 건강한 상대자의 추구는 건강한 체질의 자녀 생산과 연결되기 때문이다. 이는 두 번째 조건인 건강한 정신력의 추구와도 연결된다. 혈통과 가계를 조사해서 여러 가지 기질과 성격의 유전을 염두에 두어야 한다는 것으로 이는 우생학적 사고를 바탕에 깔고 있다. 다음으로 결혼의 조건으로 부각되는 것은 충분한 발육과 경제력이다. 이 두 가지는 모두 지나치게 빠른 결혼을 경계하는 것이지만 또한 그것은 지나치게 늦은 결혼이나 지나치게 차이 나는 결혼 모두를 경계하는 것이기도 하다. 국가가 정한 연령대에 적당한 경제적 부양 능력을 가진 상태에서의 남녀 결합만이 정당한 혼인으로 인정된다. 한편 '연애'는 결혼의 근본조건으로 부각되면서도 가장 나중에 제시된다. 건강과 연령에 입각한 선택이 먼저 이루어지고 다음으로 연애가 부각되는 셈이다. 그런데 이 연애가 '교육'되는 것임에 주의할 필요가 있다. 연애는 철저한 '이성'의 작동 위에서 이루어진다. 불타는 감정의 교류가 아니라 충분한 이지와 지각을 가지고 남녀가 서로의 교양 바탕 위에서 서로의 개성을 파악하고 그 개성의 미를 나누는 것이 연애라는 것이다. 그렇기 때문에 연애혼은 어디까지나 개별 국가에서 정한 '합리'의 지배를 받게 된다. 연애라 하더라도 국가와 사회가 정한 규율의 범위를 최대한 준수하는 것, 이것이 이광수가 꿈꾸는 결혼의 이상적 조건이다.

---

46) 이광수, 「혼인에 대한 관련」, 『이과우 전집』17, 삼중담, 1963, 55~56편

> 자녀 교육법을 모르고 자녀는 교육하는 것은 마치 의학을 아니 배우고 의술을 행함과 다름이 없으며, 심신하게 말하면 의원은 실수한다사 병인을 죽일 뿐이로되, 모가 실수하면 전도가 양양한 건전한 사람을 죽이는 것이지요. 또 가정을 아니 배우고 가정을 치야함은 마치 정치, 경제의 지식이 없이 일국을 치야함과 같을 것이외다. (58-59)

이와 함께 이광수는 처나 모가 되기 위한 '사람'의 자격을 요구한다. 근대 가정으로 편입되기 위해서 먼저 여성은 여성보다 인간이 되어야 한다. 생식기 이전에 사람이 되어야 한다는 것으로 교육을 통해 매음이 아닌 가정이 만들어진다는 것이다. 그러한 교육은 물론 가정학과 양육학에 편중된다. 근대 가정은 남녀의 결합에 의해 이루어지는 것이 아니라 근대 가정학과 양육학의 교육에 의해 이루어지고 관리되기에 이른다. 의학의 시선이 가정에 침투하고 학교교육이 가정의 자녀 양육에 편입하는 것이다.

근대 사회에서 아동기와 모성애는 의학 담론이나 위생 담론을 통해, 가정의 신성화와 낭만적 사랑은 소설 등 문학 작품을 통해, 매춘과 이혼은 종교와 법적 제도를 통해 관리된다. 이에 따라 여성의 육체를 둘러싸고 섹슈얼리티의 재배치가 이루어진다.[47] 대부분의 여성들은 어머니와 창녀라는 가능성 모두를 가지고 있다고 간주되며 그 섹슈얼리티의 위험성이 모성애의 이면에서 조직된다. 여성의 섹슈얼리티가 남성의 성적 본능을 조작하여 생산을 약화시킨다고 본 것이다. 프로이트는 이러한 논의를 받아들여 근대 사회의 섹슈얼리티를 문명의 승화라는 논리 속에 남성 중심의 신화로 만들어 낸다.[48] 에로티시즘은 우리를 문명의 안락함에서 벗어나 위험한 상태로 몰아넣는 것이지만 동시에 근원적인 쾌락을 추구하는 것[49]으로 재편된다. 그러나 성의 억압은 전체적인 문명 형성의 토대가 아니라, 특정한 부권주의적 문화라는 대중 심리적 토대를 형성시킨 것이라고 볼 수 있다.[50] 푸코는 여성 섹슈얼리티의 부정이 인종 이데올로기를 퍼뜨린 19세기 말 우생학 담론의 발상과 동시에 일어났다고 주장한다. 부

---

47) 섹슈얼리티는 성별 육체와 성적 욕망이 교차하지만 결국 분리되는 곳에 자리 잡고 있는 혼종적인 개념으로 19세기에 등장한 용어이다. 조셉 브리스토우, 『섹슈얼리티』, 이연정·공선희 역, 한나래, 2000, 17-18면.

48) 성본능의 발달과 관련하여 문명의 세 단계를 구별할 수 있다. 첫 번째 단계에서는 생식을 전혀 고려하지 않고 성본능을 마음껏 발휘할 수 있다. 두 번째 단계에서는 생식이라는 목적에 이바지하는 성본능을 빼고 모든 성본능이 억제된다. 세 번째 단계에서는 합법적인 생식만이 성행위의 목적으로 용인된다. 이 세 번째 단계는 오늘날의 문명적 성도덕에 반영되어 있다. 프로이트, 「문명적 성도덕과 현대인의 신경병」, 『문명속의 불만』(전집 15), 김석희 역, 열린책들, 1997.

49) 마르쿠제, 『에로스와 문명』, 김인환 역, 나남, 1989, 110-130면 참고.

50) 빌헬름 라이히, 『문화적 투쟁으로서의 성』, 박설호 편역, 솔출판사, 1996 참고.

르주아지는 스스로 창안한 권력과 지식의 기술체계로 성을 둘러쌈으로써 그들 자신의 몸, 감각, 쾌락, 건강, 삶의 정신적 가치를 돋보이게 했다는 것이다.[51]

② 직업으로 재편, 관리되는 육체

일반적으로 학교는 사회체제가 필요로 하는 인적 자원의 생산과 지식적 권위를 만들어 냄으로써 체제를 재생산하는 장이다. 근대 학교는 근대 산업자본주의 사회에 필요한 인간형, 금욕적이고 생산적인, 통제된 개인을 만들어 낸다. 막스 베버에 따르면 근대 산업자본주의 사회의 근간이 된 프로테스탄트의 금욕은 재산 낭비적 향락에 반대하고 사치재 소비를 봉쇄한 반면 이익추구를 합법화시켰다고 한다. 부단하고 지속적이며 체계적인 세속적 직업노동을 최고의 금욕 수단이자 신앙의 진실성에 대한 증명이라고 간주함으로써 그들은 자본주의 정신이라는 생활관의 확장을 가져왔다.[52]

근대 산업자본주의 사회에서 직업에 종사하는 인간의 육체는 기계처럼 취급되기에 이른다.[53] 박자에 맞춘 시간구분, 일정한 일의 강제, 반복 사이클의 규제가 공장과 같은 생산 기구를 통해 근대인의 기계적인 육체를 재편해 낸다. 규율의 정신에서 시간을 가장 유효하게 자본화하기 위한 기술이 다듬어지는 것이다. 규율 훈련은 육체의 힘을 '소질', '능력'으로 만들어 증대시키며, 누적되고 합산된 시간은 진보라는 개념으로 이어진다.[54]

근대 사회에서 직업이 없는 개인은 부랑자로 취급되며 특히 직업 없는 가장은 가족을 불행에 빠뜨리는 존재로 비하된다. 신소설 <모란병>에서 주인공 금선의 불행은 그 아버지 현고직의 파면으로부터 비롯된다.

> 남북촌고가대족의 추레거름으로오던륙조편셔 각영장신 병리조량관과중바닥이나 우대친구의 세세상전 ᄒᆞ던역관찰방 각궁소차지 셔리등속의 놀고먹고놀고입던 밥자리가 나ᄂᆞᆫ간다 너잘잇거라ᄒᆞ고 일죠일셕에 둥둥떠나가니 평일에배온것이라ᄂᆞᆫ 술먹고 계집질ᄒᆞ고 노름ᄒᆞ기뿐이오 열손가락에 물을톡톡튀기며 자자손손이 ᄉᆞ시장철내호강이야엇의가랴(중략)지내던 위인들이 문어지지마압소소하는지경을당ᄒᆞ니[55]

51) 미셸 푸코, 『성의 역사 1 - 앎의 의지』, 이규현 역, 나남출판, 1993, 57 - 60면.
52) 막스 베버, 『프로테스탄티즘의 윤리와 자본주의정신』, 박성수 역, 문예출판사, 1998.
53) 다비드 르 브루통, 앞의 책, 78면.
54) 이진경, 「사회적 시간의 역사이론을 위하여」, 서울 사회과학 연구소 편, 『근대성의 경계를 찾아서』, 새길, 1997, 62 - 63면.
55) 이해조, 『모란병』, 박문서관, 1913, 1면

'아산둔포의 총소리'로 상징되는 근대화는 이전의 놀고먹던 관직자의 대거 이탈을 가져온다. 관직이 아니라 직업이 요구되는, 자리가 아니라 노동이 요구되는 시기가 도래한 것이다. 놀고먹는 자리가 사라졌음에도 관직과 다른 직업의 훈련이 이루어지지 못하고 노동하는 육체로 재편되지 못한 데 현고직의 딸 금선의 불행이 시작된다. "현고직이가 다년선혜청고직이로 잇셧스니 영악시럽던가 꾀가잇는자갓흐며 장안에서 몇재안니가는부즈가되랴면 누은소타기와갓치 힘이박졈도안니드럿슬것인데 이사룸은 소홀흐기가한바리에 시를짝이업셔서 생기는대로 장내생각은 꿈에도업시지내다가 선혜청이혁파된 뒤에 끗떠러진 뒤웅박이가되야"(2)간다. 현고직의 불행은 그가 꾀가 없고 게으르다는 데서 출발한다. 꾀가 없다는 것은 순박함을 나타내기도 하지만 게으름은 근대 사회에서 가장 부정되는 것이기에 그의 파멸은 필연적이다. 사실 그의 게으름과 우둔함은 딸을 기생으로 팔아먹으면서도 그 사실을 알지 못하는 데까지 이른다. 이리하여 현고직은 보수적인 인간이기 때문이 아니라 게으른 인간이기에 악인으로 묘사된다.

<모란병>은 직업의 요구와 직분론을 서사의 전면에 내세운다. 고생 끝에 아버지와 재회하고 황수복과 결혼하는 금선의 이야기는 서사의 결말에 이르러 재산보다 직업을 더 소중히 해야 할 것이라는 인식까지 나타낸다. 황수복이 금선과 혼인하고 논마지기를 팔아 다 같이 미국으로 반이를 했을 때 사람들의 인식은 양 갈래로 나뉜다. "외국 혼변을 갓다오더니 엇더케 환장이 되얏는지 그규모에 태평지낼만흔 논마직이 밧날가리를 몰슈히 팔아가지고 솔가을흐야 외국으로 이사를 갓다흐니 어ㅡ 클일날때는외국이로구"라는 반대론과 "좀체사룸은 생젼먹고 살 큰 밋천으로 알아서 부시깃갓흔 문셔뭉치을 나는 죽어도 너는 못놋겟다흐고 죄고늘 것을 죠곰도 셔슴지 안이흐고 활활팔아가지고 식구대로 미국으로가몃해안인동안에 밋쳔에 긔배긔쳔배 되는 공부을 흐야 그 내외가생등인물이 되엿스니 과연이지 사람은 생공긔를 마시어야 록록흔 루태을 면흐는것이야"(104)라는 찬성론이다. 반대론에 따르면 재산은 쥐고 있어 지속해 나가야 할 것이다. 반면 찬성론에 따르면 재산은 쥐고 있어야 하는 것이 아니라 투자를 통해 더 나은 생산물을 만들어 내야 하는 것이다. 사람의 생애는 그냥 보내는 것이 아니고 재산 역시 그냥 가지는 것이 아니라 시간의 축적을 통해 무언가를 생산해야 한다는 것이 노동과 직업의 윤리이다. 축적가능한 시간에 대한 인식이 가능해졌을 때, 가지고 있는 논을 팔아 미국 유학을 떠나는 것이 의미 있는 일로 각인된다. 논을 쥐고 있으면 시간은 그냥 지나가는 것이지만, 논을 팔아 유학을 하게 되면 학년이 쌓

이면서 지식이 쌓이고 그만큼 개인의 가치가 높아지며 그에 따라 더 많은 수익을 얻을 수 있다는 축적적인 사고가 직분론으로부터 나타나는 것이다. 그리하여 금선과 황수복은 "간지가 엊그제 갓흔대 언의듯 대학교에 졸업을 각각ᄒ고 고국으로 돌아오니 전국인즈의 환영ᄒᄂ 소리가 쳔인만인의 정신을 깨우칠만ᄒ더라"(107)라는 찬사와 함께 귀국하게 된다. 귀국하는 유학생의 육체는 시간의 축적을 통한 지식의 축적, 가치의 축적으로 인식되며, 이는 깨우침을 주는 사표가 된다. 그것은 학교의 시간성과 같은 것으로, 개화 지식인들은 전 국민의 시간을 학교의 시간성으로 재편하고자 한다. 놀고먹는 일을 경계하고 시간은 돈이라는 서양의 속담을 인용하여 시간을 가치로운 것으로 인지하고 성실을 강조한다.

> 사람이 무엇이든지 배워 이세상에서 버러 먹을 줄을 알 지경이면 그 사람은 총리대신보다 편한 사람이요 세계 사람에게 참 자유 독립한 사람이 될터이니 남에게 의지할 묘리도 없고 누구를 두려워할 묘리도 없는지라. - ≪독립신문≫ 1896.4.30.

개화기 논설에서 사람들은 무엇보다 노동하는 육체로 재편될 것을 요구받는다. 양반이라 하더라도 스스로 벌어먹지 못하는 사람은 비난받아야 할 부랑자로 낙인찍힌다. 개화 지식인들은 세도가를 찾아다니며 벼슬자리 청질만 해대는 사람들을 또 다른 부랑자로 바라보는 것이다. 그 삶은 참 자유로운 인간의 삶이 아니며 남에게 의탁해서 살아가는 기생충과 같다고 생각한다. 무엇보다 자신에게 맞는 직분을 찾아야 하며 '놀고먹는 일'이 없는 인간이 되는 것. 이것이 근대인에게 요구되는 윤리이다.

> 대저 나라이 부강하고 백성이 리함은 재물을 절조 있게 쓰며 사치를 금하여 놀고 닙는 것과 놀고 먹는 것과 헛도이 쓰는 것과 넘쳐버리는 것을 크게 금하는데 지남이 없는지라. (중략) 벼슬하는 사람은 직무를 힘쓰고 장사하는 사람은 생리를 힘쓰고 농사하는 사람은 가색을 힘쓰고 학교에 다니는 사람은 재조 닦기를 힘쓰고 공장의 일하는 사람은 물건을 잘 만드러 각각 그 힘으로 먹고 가각 그 업을 직히여 자주 하는 권리를 일치말면 엇지 부족함을 근심하리오. - ≪독립신문≫ 1896.11.10.

직분론은 또한 절약과 절제, 금욕의 이론으로 화한다. 직분이란 각자의 영역에서 생산에 최대한의 힘을 쏟는 것으로, 욕망을 소비에 과도하게 쏟지 않도록 하는 금욕주의는 생산의 합리화와 최대화를 이끌어 낸다. 현재의 욕구를 절제하는 것은 현재의 부족함을 해결하며 미래를 도모하는 일이 된다. 시간의 축적을 통한 가치화는 육체에 시간을 투영함으로써 직분론과 금욕주의를 가치로운 것으로 만드는 기제가 되는 것이다.

공사영역 모두를 둘러싼 몸에 대한 통제와 훈육의 담론은 특히 개화기와 1910년대를 거쳐 공고하게 생산되며 식민지 시대 내내 작품 속에서 하나의 도덕률로 자리한다. 이를 핵심적으로 드러내는 것이 이광수의 소설이다. 이광수 소설은 금욕에 입각하여 철저하게 통제된 개인, 기계적인 육체의 형상을 그린다. 카프 작가들이 이러한 기계적 통제와 자본화된 노동자의 산출 과정에 대해 비판적인 시각을 보여 준다면 이광수 소설은 먼저 욕망의 억압을 중심에 놓고 기계적으로 단련된 육체의 개조를 적극 요구한다는 점에서 특징적이다.

2) 소비적 육체 담론

(1) 개성의 요구와 취미의 육체

① 개인적 정체성과 연출되는 육체

생산적인 육체로의 재편을 위해 근대 사회는 신분이나 가문과 같은 전통적 집단으로부터 떨어져 나온 '개인'의 존재를 전면화한다. 근대적 개인, 즉 독립된 경제인에게 요구되는 절제와 금욕은 윤리적 선이나 구원에 이르기 위한 고행으로 필요한 것이 아니라 경제적 부를 획득하기 위한 수단으로 필요한 것이다.[56] 근대 사회는 생산을 위해 통제와 규율을 내면화할 것을 요구하는 동시에 가문이나 신분에서 벗어나 경제적 계약관계(직업)에 나서는 자율적인 개인을 강조한다. 즉 근대인은 무엇보다 직업으로서 자신의 정체성을 집약하게 되는 것이다. 이 때문에 근대 사회에서 몸은 통제의 대상일 뿐 아니라 적극적인 표현의 대상이 되기도 한다. 근대인은 독립한 개인인 까닭에 사회속에서 스스로 자신의 정체성을 정립해 나가야 한다.

고프만에 따르면 몸에 부여되는 의미는 사회적으로 공유된 몸 관용구에 의해서 결정된다.[57] 몸 관용구는 일반적으로 의복, 태도, 동작과 위치, 소리의 크기, 제스처, 얼

---

56) 막스 베버, 『프로테스탄티즘의 윤리와 자본주의정신』, 박성수 역, 문예출판사, 1998, 참고.

굴표정 및 광범위한 감정 표현 등을 가리킨다. 이는 우리에게 몸이 보낸 정보를 분류하고 이 정보에 따라서 사람들을 낙인찍고 서열화하는 범주를 제공한다. 결과적으로 이러한 분류체계는 개인들이 자신의 몸을 운용하고 표현하는 방식에 영향을 미친다. 전통사회에서 정체성은 오랫동안 뿌리내린 사회적 지위의 재생산에 사람들의 몸을 연결하는 의식을 통해 자동적으로 주어지는 것이었다. 반면 근대 사회에서 자아 정체성은 개인의 심사숙고 대상이 되었다. 개인의 정체성은 고정된 계급 상징물이나 위계적 지위보다는 스타일과 패션에 의존하게 된다. 이러한 점에서 근대적 자아의 출현은 소비의 발달과 밀접한 관련을 갖는다. 근대적 자아는 음식, 의복, 장신구 등처럼 소비가 가능한 것들을 끝없이 개인적으로 소비한다는 관념과 연결된다.

소비하는 자아는 연출하는 존재이다. 이러한 새로운 자아는 생산 기구에 의해 통제되고 훈육된 자아보다 더 유동적이고 불안정하고 분절적이다. 육체의 차이는 몸가짐의 차이, 즉 사회에 대한 관계 전체를 표현하는 제스처, 태도, 품행의 차이에 의해 증폭되고 강조된다. 여기에 미용 의류처럼 육체의 변경가능한 부분에 의도적 수정이 첨가된다. 자기 연출 프로젝트로서의 육체는 패션과 소비의 세계로 통합된다. 소비 교환의 논리에서 개인의 육체는 유동적이고 연출 가능한 개성으로 표현되며 자본화한다. 부르디외에 따르면 육체 자본은 다양한 자원들을 축적하는 데 필수적인 권력과 지위 및 남과 구별되는 상징을 소유하고 있는 것을 의미한다. 육체 자본을 생산한다는 것은 사회에서 가치를 인정받을 수 있는 방식으로 몸을 계발한다는 것을 뜻한다. 육체 자본이란 장기간 지속성을 지닌 육체적, 정신적 성향이나 습성과 같이 체현된 문화자본이다.[58] 육체 자본의 관점에서 근대적 육체가 가진 훈육 통제와 소비 표현의 양가성을 가장 잘 대변하고 있는 것이 염상섭의 소설이다. 염상섭의 소설들 속에서 육체는 일방적으로 금욕을 강제당하지도 않고 자극적인 소비에 내몰리지도 않는다. 염상섭은 한편으로 통제된 훈육의 상황을 부정하고 진정한 자율성으로서의 개성에 대한 요구를 제출하는 동시에 다른 한편으로는 개성의 이름으로 속화된 신여성과 모던 청년의 허위를 가차 없이 비판하고 있다. 반면 김유정은 육체 자본의 관점을 부정하는데, 육체는 자본화되는 순간 기괴하게 파괴되는 것으로 보기 때문이다. 김유정의 소설에서 자본화된 육체는 개성이나 정체성의 연출이 아니라 육체 자체에 구멍을 내

57) Goffman, *The presentation of self in everyday life*, Harmondsworth: Penguin, 1969.
58) 부르디외, 『구별짓기』, 최종철 역, 새물결, 1995 참고.

고 관계에 균열을 일으키는 허황한 교환물로 묘사된다.

근대 사회에서 가문이나 신분으로부터 떨어져 나온 새로운 정체성, 개성을 가진 개인은 타인의 시선에서 스스로를 관리해 나가야 한다. 소문은 연출되는 개인의 육체에 대한 낙인의 목소리이다. 소문은 복합적인 집단 감정과 분위기를 어떤 이미지로 집약시켜 표현하는 형태이다.[59] 개별화가 진전되면서 개인은 자신에 대한 이미지를 만들어 내야 했다. 출생이 단순명료하게 소속감을 규정해 주던 시대가 사라지면서 각자는 스스로 자신의 위치를 규정하고 의미를 부여해야 했던 것이다. 그런데 사회적 유동성이 증가하고, 지위를 일러 주는 기호가 복잡하게 얽히는가 하면, 위계질서가 완성되지도 못하고 위태로운 지경에 빠진 사실은 개인들에게 정체성을 둘러싸고 우유부단함, 혼란, 근심을 야기했다. 자기 인격을 형성하려는 각자의 노력, 타인의 시선이 주는 영향력은 자신에 대한 과도한 자신감이나 불만을 낳게 만들었다.

이광수를 비롯한 1910년대 유학생들은 스스로를 '선배 없는 세대'라고 이해하는 가운데 자신들은 완전히 새로이 하늘에서 강림한 존재라고 자부한다. 이는 더 이상 과거와 같은 형식으로 정체성이 구성되지 않는 존재를 처음으로 제시한 것으로 1920년대 개성론의 본질인 '독아적 존재'의 요구로 이어진다. 신청년들은 자신을 가문이나 부형의 구속에서 벗어난 고립된 개인, 생명을 가진 개인으로 명명한다. 생명을 가진 개인이기에 그들은 운명을 스스로의 힘으로 조직하며 자신들의 정체성을 스스로 발견하고자 한다. 정체성과 사회적 명예가 가문의 관리가 아니라 육체의 관리에 놓이는 까닭에 그들은 무엇보다 서구 근대 문화의 세련성을 체현한 존재로서 외양에 있어 자신들의 특성을 조직하고자 한다. 서양 음악을 즐기고 스포츠를 즐기며 연애를 할 수 있는 존재로서 자신들의 정체성을 규정짓는 것이다. 가령 이광수의 단편소설 <윤광호>에서 동급생 P에 대한 애정, '누군가 하나'에 대한 사랑의 요구로서 개성을 갖게 된 윤광호의 눈에 띤 것은 "P의 얼굴과 그 우에 눈과코와 눈썹과 P의 몸과 옷과 P의 어성과 P의 거름거리와…… 모든 P에 관한 것"이다. P에 대한 사랑을 가지게 되면서 윤광호는 "새로 외투를마치고 새로 깃도 구두를 마치고 새로 모직책보를 사고 새로 상등석경을 사고 아츰마다 향유를 발라 머리를 갈르고 그의 쇠잠그는 책상설합에는 신문지로 꼭꼭싼 것이 잇다. 광호는 밤에 아모도 업슬때에 그 신문에 싼 것을

---

59) 한스 노이바우어, 『소문의 역사』, 박동자 황승환 역, 세종서적, 2001 참고.

꺼집어내어 그래도 누가 보지나안는가하야 사방을 살펴보면서 그 신문에 싼 것을 낸다. 그리고 휘하고 한숨을 쉬면서 거울에 대하야 그 신문에 쌌던 것을 바르고 얼굴로 여러 가지 모양을 하여보아 아못조록 얼굴이 어엿버보이도록 하란다. 그 신문에 싼 것은 미안수와 클럽백분인줄은 광호밧게는 아는사람업다"[60] 이렇게 은밀한 화장을 하고 거울을 보는 행위, 미를 발견하고 거울을 보는 행위는 얼굴의 발견과 연결된다. 치장한 얼굴을 발견하면서 새로운 근대인은 조직된다. 미와 사랑과 문명에 둘러싸인 환경에서만 얼굴(개성)은 발견된다.

이광수의 <윤광호>가 독립된 개인으로서 연출되는 자아의 우월감이나 자부심을 보여 준다면 염상섭의 <표본실의 청개고리>는 단독자가 된 개인의 광기와 환멸을 개성이라는 이름으로 포착하고 있는 작품이다.

> "그러나 군은 무슨까닭에 술을먹는가"
> "논리는 업지. 다만 취하랴고"
> "그리게말이야 …… 군은 아모것에도 부틀수업섯다. 아모것에도 만족할수가업섯다. 결국 알콜이외에 아모것도 업섯다. 비통하고 비참은하나 그중에서 위안은 엇기에 먹는게안인가. 그러나 결코 행복은 아니다. 그는 고사하고 알콜의힘을빌지안하도 알콜이상의 효과가 – 다만 위안뿐아니라 행복을 어들만한 것이 잇다면 군은 무엇을취할터이냐는말이야. 하하하……"[61]

알코올중독과 광증과 신념(세계 평화론, 인류애)은 새로운 개인의 정체성 추구 과정에서 환멸과 불안을 나타내는 지표로 동일시된다. 즉, 근대적 개인으로서 행복을 얻는 데 있어서는 광기나 신념이나 알코올중독이나 같다. 한 개인은 신념에 차거나 그렇지 않으면 광기에 사로잡히거나 그렇지도 못한다면 알코올중독에 빠지는 것 외에 행복을 붙잡을 길이 없다. 현실의 누구도 자신의 독아적 개성, 자신이 연출하는 정체성을 인정해 주지 않는다는 데서 오는 서술자의 환멸은 광기에 빠진 인도주의자 김창억과 자신을 동일시하는 사고로 나아간다. 진정한 자유의 구현자이며, 현대의 모든 병적 부분을 기름 가마에 넣어 증류시켜 나온 환약의 존재, 현대적 욕구의 구현자이며 승리자라는 것이 김창억에 대한 평가이다. 그것은 자기만의 개성이며 자유이며 그만의 진리를 가진 세계이기에 긍정되는 것이다.

자기 연출을 통해 확립되는 정체성과 개성이라는 측면에서 연애, 광기, 알코올중독

---

60) 이광수, 「윤광호」, 『청춘』 13, 1918, 3, 73면
61) 염상섭, 「표용실의 청개고리」, 『엽상성전집』9, 미음사, 1987, 19면

등과 함께 누군가를 개별화시키고 주변 환경에 도드라지게 만들어 주는 질병은 결핵이다. 19세기에 결핵은 신비스러운 개인의 질병으로 간주되며, 결핵에 걸리기 쉬운 성격이라는 관념은 격정적이면서도 억압된 사람이라는 혼합물을 만들어 냈다.[62]

> 文明이놉흘사록 肺病菌이만타는그理由를說明하건대 文明의施設이잇는곳 假令말하면 汽車, 自動車, 停車場등은勿論, 劇場, 學校, 浴湯, 病院, 캅페-등이 만허서 곳곳에 사람들이 密集하게되엇고 또工場이잇서 밤낮 거문煙氣를내하며 길거리에 몬지가차고日光이 室內로 잘드러오지못함으로 菌이만히생기고그생긴菌이 굉장히 놀라운 速度로작고 펴저가는때문이라[63]

식민지 시대에 폐결핵을 아름답게 인식한 것은 그것이 문명의 질병이라는 데 있다. 결핵균은 문명개화와 함께 서구로부터 유입된 병원체였다. 그것은 기차나 카페, 학교나 극장과 같은 근대적 문명의 상징이다. 문명국을 통해 들어왔으며 문명을 이루는 다양한 시설들로 인해서 급속하게 전파되고 문명이 뿜어 내는 공기에 의해 발병하고 감염되는 이 질병은 더러운 것이 아니며, 아름답고 깨끗한 환경 속에서 깨끗한 수건으로 병원균을 가로막는 행위의 미학 속에 자리하게 된다. 콜레라 환자를 대하는 태도와 결핵 환자를 대하는 태도는 근본적으로 같지 않으며 결핵은 병원균에 의한 질병이 아니라 문명 그 자체인 양 향유되고 있다.

> 1938년 1월 23일 (日)내 難治의 病床 머리맡 卓子 위에 놓인 花瓶에는 카아네이션, 水仙, 백합이 꽂혔다. (중략) 그러나 이 꽃들보다도 아름다운 것은 앓는 나를 爲하여 이런 꽃을 가져다주신 마음들이다. 그 사람, 그 慈悲心. 이 宇宙에 가장 아름다운 것이 곧 이 慈悲心이다. 아무리 讚揚하여도 足할 수 없는 아름다운 것. 이 마음이 곧 부처시다. 하나님이시다.밤에 馬太 五, 六章을 읽다. 깨끗한 마음. 내 床頭의 꽃들이 限量없이 아름답고 香氣롭고 내 마음은 限量없이 기뻤다. 聖經을 읽어 주는 P君도 기쁘다고 하였다. 一生에 드문 기쁜 한 밤이여!|[64]

사오 차례나 발병하여 다시 폐병으로 입원한 병실에서 이광수가 발견하는 것은 '아름다움'과 '자비심'과 '기쁨'이다. 질병은 여기서 '더러운' 것인 동시에 꽃처럼, 사람들의 자비심과 사랑처럼, 종교처럼 깨끗하고 아름다운 것으로 묘사되고 있다. 병원균을 품고 있기에 더러운 것이지만, 동시에 깨끗한 요양원의 병실과 성경처럼 박래품이

---

62) 수전 손택, 『은유로서의 질병』, 이재원 역, 이후, 2002.

63) 정석태, 〈民族保健의 恐怖時代〉, 『삼천리』, 29.9, 40면.

64) 이광수, 〈병상일기〉, 『이광수 전집』 19, 삼중당, 1963, 20면.

기에 그것은 아름다운 것이기도 하다. 이러한 묘사는 도무지 현실성이 없는 것이며 건강과 질병에 대한 모순된 인식을 나타내고 있다. 근대적인 의학 지식에 따르면 전염병이란 어떤 경우에도 아름다울 수 없으며 평화라든가 기쁨을 환기시킬 수 없다. 그것은 고통스럽고 격리라는 환경 속에 처하여 쓸쓸함과 소외감을 불러일으킴으로써 치유될 수 있는 어떤 것이다. 그런데 폐병의 경우만은 그러한 격리나 고통으로부터 동떨어진 채 묘사된다. 1930년대 초반에 조선 민중의 60~70퍼센트를 차지하고 있었다는 폐병쟁이들은 아무렇지도 않게 균을 발산하며 도시를 활보하고 있다. 폐병에 대한 이러한 인식은 근대의학의 담론이 만들어 낸 질병과 건강에 대한 인식에 의문을 제기하는 것이며 이에 따라 '건강'에 대한 담론은 어떤 변화를 나타내고 있다. 삶을 수긍하고 용기 있게 살아가는 것이라는 개별적인 인식 차원에서의 건강관은 질병에 대한 국가 관리를 통해 습득되는 건강관과는 다른 것이다. 개성을 표현하는 질병으로서 폐병과 그에 입각해 연출되는 육체는 극도의 타락과 함께 극단의 신경증, 첨단의 미의식과 도덕적 해체를 통해 자신의 개성을 드러내며 퇴폐에 대한 취향을 드러낸다는 특징을 보여 준다. 김유정 소설이나 이상의 소설에서 폐병이 가진 중요한 의미들은 여기에서 유추해 볼 수 있다. 이들은 건강이 아니라 퇴폐를 지향하며 건강을 지향할 때조차도 극도로 자신의 육체를 처벌하거나 파괴하는 행태를 나타낸다. 질병조차 자신의 미의식 혹은 개성표현이나 연출의 한 방법으로 간주될 때, 체조가 아니라 스포츠라는 새로운 취미의 문화가 인간의 몸을 둘러싸고 유의미한 것으로 제기된다.

② 취향의 관리와 새로운 자아 정체성

근대 사회는 과거와 비교할 수 없이 풍족해진 상품 소비가 가능해지는 곳에서 개인의 정체성을 직조한다. 신분과 가문이 개인의 정체성을 규정짓지 못하기에 개인은 이제 자기만의 정체성을 외현화해야 한다. 그래서 부르주아들은 고가의 상품을 소비하고 세련된 취향을 드러냄으로써 개성을 표현하고자 한다. 훌륭한 취향은 자신과 다른 사람을 대하는 세련된 예절과 인생에 대한 심미적 태도, 고상한 취미의 추구에 의해 증명되었다.[65] 근대 사회에서 연출되는 자아는 외양의 형태와 몸 이미지에 의해 그 가치와 의미가 주어진다. 취향은 육체의 물리적 질서 안에 각인된 차이를 표상적

---

65) 필립 아리에스 · 조르주 뒤비 편, 『사생활의 역사』상, 이영림 역, 새물결, 2002.

질서로 끌어올리는 것으로 이는 훈련과 학습의 산물이다.[66] 취향은 계층적 육체를 형성하는 데 기여한다. 계층 간의 육체적 특성의 분류는 노동과 여가에서의 육체 사용방식을 통해 결정된다.

식민지 시대 다양한 취미를 즐기는 지식인들에게 서구를 통해 전래된 근대 스포츠는 근대 문명 자체의 가치와 의미를 가진 것으로 받아들여졌다. 그것은 서구 문명, 근대 문명이 가진 속도와 쾌감을 대표하는 것이었으며 그것을 향유할 수 있는 육체야말로 근대 문명이 지향해야 할 육체의 이상으로 간주되었다.

〈그림 2〉 정구복(≪동아일보≫, 1923.6.28). 스포츠는 취미 향유의 하나로 지식인들에게 받아들여진다.

바로 지난 정월 열흘께인가 淸凉里 '스케트'場이 얼었다는 소문이 들린 날은 참말로 나쁜 아니라 滿都의 스케트군들의 가슴은 불시로 울렁거렸을 게다. (중략) 첫째 우리가 '스케트'를 좋아하는 것은 속력의 쾌감을 향락하려는 것이 목적이다. 속력은 실로 현대 그것의 상징이다. 그래서 '스케트'는 사람이 기계의 힘을 빌렸다는 의식이 없이 속력의 극한을 그 몸으로써 경험할 수 있는 최고의 '스포츠'다.[67]

김기림과 같이 스케이트를 타면서 문명의 속도를 향유하려는 인간의 등장은 이전과는 다른 가치, 다른 지향, 다른 쾌감과 다른 생활을 살아가는 인간의 등장으로 설명할 수 있다. 근대 스포츠의 전래는 육체를 움직이는 쾌감과 함께 하체가 발달하고 균형 잡힌 몸매를 가진 새로운 육체를 도입했으며 그 속에서 절제와 위생과 건강에 관심을 두는 문명인의 일상을 재편해 나갔던 것이다. 폐결핵과 같은 질병을 문명으로서 향유하려는 행위와 마찬가지로 개성을 가진 취미인들은 근대 스포츠를 이국적인 사치품으로서 향유한다.

품질의 고저가 있다고는 해도 약 백원의 개산(槪算)이다. 불과 20원이면 될 스케이트에 비하면 약 5배의 입비(入費)인 것이다. 점원이 허리를 얕게 하고 말을 달게 해서 스키이의 공효(功效)와 흥미를 아무리 장황하게 늘어놓는다해도 사치한 스포츠임에 틀림없음을 알았다. (중략) 그러나 사실은 그렇다고 해두고 그 숫자가 결코 스키이에 대한 나의 흥을 덜어주지는 못하며 도리어 더욱 붇지를 뿐이다. 사치

66) 부르디외, 『구별짓기: 문화와 취향의 사회학』상, 최종철 역, 새물결, 1995, 283－326면 참고.
67) 김기림, 〈「스케트」哲學〉, 『김기림 전집』5, 심설당, 1988, 210면.

여부를 묻지 않고 나는 스키이를 시작할 것이다.[68]

사치 취향의 향유를 통한 개성의 추구라는 점에 있어서 이효석을 능가할 사람은 없을 것이다. 스케이트의 다섯 배에 해당하는 비용이 듦에도 불구하고 겨울에는 스키를 타고 싶다는 욕망은 그것이 '사치함'을 가리키는 지표가 되기 때문이다. 사치함이란 곧 조선의 현실에서 쉽게 가질 수 없는 것, 문명적인 어떤 것으로 자리하고 있다. 스키는 하나의 운동으로서 건강을 위해 향유되는 측면을 넘어, 하나의 사치품, 박래품과 같은 의미로 향유되는 영역에 자리한다. 스포츠는 건강을 위해 즐기는 것이 아니라 그것이 현실 너머의 꿈에 해당하는 것이기 때문에 즐기는 것이 되며, 폐결핵과 같은 질병처럼 현실을 벗어난 아름답고 깨끗한 문명의 이미지로 향유되는 것으로 돌변하는 것이다. 이처럼 취향은 육체의 물리적 질서 안에 각인된 차이를 표상적 구별의 상징적 질서로 끌어올린다.

> 부어로우가 동아여행사라고 이름이 바꾸어졌다고 해서 이것을 이용하는 여행자가 줄었을 까닭이 없고 데파아트의 아래층 한구석의 사무실의 스탠드에는 언제 가 봐도 사람들이 바글거리고 있다. 기차 시간을 문의하기도 하고 차표를 구하기도 하는 그 한 무리 속에 섞여 서 있으면 누구나 여정을 불러 일으키지 않을 수 없다. 추위 속에 칩거하여 거의 지도를 잊어버리기 쉬운 한겨울에도 거기에만은 얼마간의 꿈이 준비되어 있고 미지의 생활에의 유혹이 있다. 사람들은 살아서 움직이고 있다는 즐거운 생명감이 절실하게 맥박쳐옴을 느낀다. 담당 소녀에게 지폐를 내주고 차표를 손에 쥐기만 하면 된다. 새로운 체험에의 약속이 계약된 것이다.[69]

이효석의 <겨울 여행>에서 취향의 세련성을 통한 개성의 추구는 겨울의 스키와 버터 외에 백화점의 튜어리스트 뷰어로우에서도 언제든지 충족 가능한 것이다. 백화점 한편의 여행사에서 떠나는 사람들과 붙여 놓은 세계지도를 살펴보면서 활기를 느끼고 미지 생활에의 유혹을 느낄 때 생활은 참으로 활기 있고 생명감 있으며 매혹적인 것이 된다. 그 매혹은 언제라도 담당 소녀에게 지폐를 내주고 차표를 쥠으로써 약속되는 새로운 체험에의 계약에서 온다. 생명력, 활기, 생활의 재료를 장식하는 향기란 차표처럼 언제라도 구입할 수 있는 상품의 교환가치에서 오는 것이다. 사람들은 돈을 주고 차표를 삼으로써 새로운 체험에의 약속을 맺는다. 생활을 꾸미기 위해 필

---

68) 이효석, 〈季節의 落書〉, 『이효석 전집』 7, 창미사, 1983, 260-261면.
69) 이효석, 「겨울여행」, 전집7, 303면

요한 꿈 또는 향기란 상품으로 구매할 수 있는 기호이기에, 그 취향이 세련되면 세련
될수록 그 사치성 또는 희소성 역시 커지는 것이다.

중요한 것은 상품의 사용가치가 아니라 교환가치가 되며 그것은 패션으로 육체화
한다. 리포베츠키에 따르면 패션은 미적 환상과 허무감이 교차하는 가운데 의복에서
작고 사소한 변화를 추구함으로써 자신의 육체적 가치, 개성과 취향을 증명하는 것이
된다고 한다. 개인의 정체성을 외양의 질서를 통해 드러내고 향유할 수 있는 이러한
육체를 소비적 육체의 탄생이라고 말할 수 있을 것이다. 생산적 육체가 공적 공간의
육체 조직과 관련되며 욕망에 대한 억압이라는 문제를 제기한다면 소비-향유적 육
체는 사적 공간, 내밀성의 육체 조직과 관련되며 욕망의 교환이라는 문제를 제기한다.

(2) 사치품의 소비 향유와 패션

① 상품 소비를 통해 치장되는 육체

근대 소비 사회에서 자아와 자아표현은 고정된 계급 상징물이나 위계적 지위가 아
니라 스타일과 패션에 의존하게 된다. 도시 공간은 상업화된 패션과 생활양식에 기초
한 표현이 겨루는 경쟁의 장이다. 자아는 적절한 꾸러미를 동반한 상품이 된다. 타인
의 반응은 자긍심의 토대이며 자아를 구성하는 것으로 간주되기에 이미지의 관리와
창조는 일상생활의 조직에 중요한 것이 되고 있다.[70] 취향을 드러내는 소비는 차이와
계층화의 사회구조를 반영한다. 소비를 통한 개인 정체성의 연출과 관련하여 보드리
야르는 생산의 영역 속에서 유혹의 중요성을 고양시킨다. 유혹은 본능의 차원에 속하
는 것이 아니라 술책의 차원에 속하며 에너지의 차원에 속하는 것이 아니라 기호와
의례의 차원에 속하는 것이다.[71] 권력이 현실 세계의 지배만을 나타내는 반면 유혹은
상징적인 세계의 지배를 나타낸다. 유혹의 전략은 속임수의 전략이 되어 유혹은 양극
단, 즉 가장 교묘한 계산에서부터 가장 동물적이고 육체적인 암시 사이에서 동요한다.
이러한 유혹의 전략은 패션과 화장으로 연출된 개인의 정체성과 관련된다. 유혹의 미

---

70) 장 보드리야르, 『기호의 정치경제학 비판』, 이규현 역, 문학과지성사, 1992.

71) 그래서 생산과 해석의 모든 중요한 체계들이 유혹을 개념의 장에서 배제했던 것이다. 유혹과 여성성은 섹스와 성욕과
권력의 이면 자체처럼 불가피한 것이다. 성욕이 남성적인 것이라면 유혹은 여성적인 것이다. 장 보드리야르, 『유혹에
대하여』, 배영달 역, 백의, 1996, 11-12면.

적 발현은 본질의 소멸 속에, 인위적인 기호의 완전함 속에 있는 것이다. 여성 유혹자는 몸을 둘러싸고 패션과 화장법을 통해 인위적으로 자신을 연출하고 정체성의 새로운 기표를 형성한다. 리포베츠키에 따르면 유혹은 이미 그 자체로, 근대 사회를 특징짓는 계산, 기술, 정보의 합리적인 논리이다.

패션이란 일정한 기간의 지배적인 스타일로서, 사람들이 취미나 기호, 사고방식과 행동 양식 등을 의식적·무의식적으로 선택함으로써 전염되는 사회적인 동조현상이다. 즉 패션은 일정한 시간과 장소에서 다수의 사람들이 받아들이는 일반적인 스타일 또는 양식으로 변화가 내포된다. 패션에는 덧없음의 체계와 미적 환상의 체계가 결합해서 존재한다. 근대적 패션은 새로운 사회적 유대와 새로운 사회적 가치의 전개를 뜻한다. 관습의 시대를 지배한 것이 옛것과 선조들에 대한 모방이었다면, 패션의 시대는 새로운 것에 대한 숭배와 외국의 모델품에 대한 모방에 의해 지배된다.[72] 하나의 제도로서의 패션은 취향으로서 계층을 구분하는 엄격한 경계를 갖고 있다. 그러나 동시에 패션은 개인이 자유를 누리고 비판적인 능력을 행사할 수 있는 제도이기도 하다. 패션을 통해 개인의 외양은 전통적인 획일성에서 풀려 나와 사적 취미, 개인적인 선호의 문제가 된다.

하지만 우리나라에서 유행에 대한 각정이 시작된 1920년대에 남성 지식인들은 패션 유행을 흔히 '전염병'에 비유해 부정적인 것으로 간주했다.

流行이란 참말 이상한힘을가젓습니다. 사람으로하여금 自發的으로禁慾케하고 自律的으로忍苦케하는점에잇서서 高僧이나 牧師의說敎이상의힘을가젓스며 社會生活을規制하고 管理하는點에잇서서 如何한 法律보다도 더優勢의힘을 가젓습니다. 女子는 몸이多少여위여헌출해보이는 것이 美人으로서의主要한 素質이라고하야 이것이流行의王座에오르게되면 生命을 돌보지안코 살을깍거내고 피를짜내이기라도하는 것이 現代人의욕심이다. (중략) 凡人의할수업는特別한일을해서 時代의尖端을걸어가려는―즉 소위 尖端狂은 이種類에屬하는것입니다.[73]

유행은 사람으로 하여금 자발적으로 금욕케 하고 자율적으로 인고케 할 수 있다는 점에서 고승이나 목사의 설교보다도 큰 감화력을 가졌으며 사회생활을 규제하는 점에 있어서 법률보다도 우월한 힘을 가진다. 마른 여자가 미인으로 인정되면 생명을 돌보지 않고 살을 깎아 내고 피를 짜낼 수 있는 것, 그것이 유행의 마력이다. 대중과 다

---

72) 질 리포베츠키, 『패션의 제국』, 이득재 역, 문예출판사, 1999, 37 - 48면.
73) 無名草, 「生命을 左右하는 流行의 魔力」, 『신여성』, 1931.11, 64 - 67면.

른 특별한 존재가 되고자 하는 열광이 외모에서 발현될 때, 그것은 첨단광, 유행광의 형태로 비판된다. 출생이 곧 신분으로 이어지고 신분에 따라 의복의 색깔이나 형식이 규제되는 상황에서는 개인의 외모나 차림새는 그의 존재와 무관한 것이었다. 그러나 더 이상 가문이나 신분이 그의 정체성을 규정하지 못할 때, 사람들은 특정한 외양의 형식에서 자신을 발현한다. 패션인(유행광)들은 외양과 옷차림에 있어 남들보다 앞서는 존재, 특정한 유행을 선도하는 집단으로 형상화된다. 그러나 이들 패션인은 식민지 경성의 상황에 비추어 볼때 '첨담광'이라는 용어로 비판되지 않을 수 없다.

유행은 '모양낸다'는 뜻으로, 이전에는 모두 비슷한 복색을 하고 있었지만 이제는 무언가 다른 점, 차이가 발견된다. 그 차이를 통해 개성을 드러내고 자신의 우월성을 표기하고자 하는 움직임이 있는데, 그것이 패션의 시작이다. 그리고 이러한 유행과 패션은 모방을 통해 퍼져 나간다. 그 과시와 관찰, 모방이 진행되는 공간은 전차이다. 의복의 감(천)은 물론이고 바느질과 장신구의 형식까지 관찰 대상이 된다. 식민지 시대 경성의 여성 복식 유행을 주도하는 것은 신여성과 기생이다. 신여성과 기생은 최신의 복식을 통해 경쟁하고 있었으며 새로운 매혹의 대상으로 등장하는 패션인들이다.

> 流行이라면머리악을쓰는 요새 新女性들이 流線型이라면 장옷이나 만또를 엇대다시 두르지 안는지 모르겟다 얼마잇스면홋떡가튼帽子를 뒷통수에붓진다거나 서울어느女子專門學校學生들가치 머리뒷통수에 붓방석을 집어너허 駝鳥꽁문이가티 맨드는 것이업서지고 용수와 가튼 유선형모자를 쓴다든지 머리를 飛行機머리가티 맨들고 거기다가 푸로페라를 다라서 날느고 십흔대로 나를수이슬 것이다 結婚도횟닥 잘하고, 離婚도 횟닥 잘하고 시집가기前에 아이도 횟닥잘낫코, 自殺도횟닥 잘하고 하는 요새 젊은女子들의 行動은 모두가 流線型式이다 이제는코떠러지고 귀떠러진 사람들도 장가나시집가기 조흔때가 온 것이요, 도야지가, 시체 家庭을 出入하게될 것도, 그도야지란놈이 그야말로 유선형인까닭이다 그래서 이제부터는 美男, 美女라는 것은 도야지가치 생긴사람들이나, 눈도업고 코도업고 한지렝이가치 생긴사람일 것이다[74]

식민지 시대 남성 지식인의 담론에서 신여성의 외양 비판은 일단 그 변덕 같은 속도감을 부정하는 것으로 출발한다. '결혼도 후딱 잘하고 이혼도 후딱 잘하고 시집가기 전에 아이도 후딱 잘 낳고 자살도 후딱 잘하는' 신여성의 행동을 집약하는 말이 '유선형식'인데, 이 유선형은 총알이나 대포, 즉 제국주의적 전쟁과 식민 지배의 형태로 묘사되는 것이기도 하다. 외양을 지배하는 근대적 세련성의 형식이 곧 침략과 지

---

74) 석영생, 「標準달러진 美男美女氏 － 流線型時代(3)」, 《조선일보》, 1935.2.5.

배의 형식이기도 하다는 것을 그 속도감을 빌려 표현하고 있다. 그리하여 유행의 첨단에 선 패션인들에게 '미'란 그 속도감만큼이나 변덕스럽고 기괴한 것이어서 언젠가는 '돼지처럼 생긴 사람들이나 눈도 없고 코도 없고 지렁이같이 생긴 사람'에게서 발견하는 것이 될지도 모른다고 우려한다. 유행에서 비판의 초점은 그 변화의 속도와 변덕뿐만 아니라 전위성에도 가로놓인다. 남성 지식인들의 부정과 비판에도 불구하고 식민지 시대 복식 유행의 확산은 빠른 속도로 외모의 변화를 가져왔는데, 그것은 패션이 변덕스러운 속도감의 전개 속에 미의 추구라는 속성을 간직하고 나타내기 때문이다. 유행에 따라 이상적인 미의 조건은 유동하며, 그 조건의 변이는 특히 실용성과 건강성, 퇴폐성의 영역에 닿아 있다. 전위적 패션인으로서 식민지 경성 모던 걸에 대한 비판은 사치성에 중점이 놓인다. 일본 화장품을 좋아하는 공립고등여학교 학생이나 서양품을 좋아하는 이화나 배화의 여학생들을 향해 동아부인상회의 점원이 "이것을 진보향상이라 할는지 또는 무엇이라고 할는지요."[75]라고 비판하거나, "배운 女子는 일개 사치품"[76]이라는 말이 공공연히 내뱉어질 정도이다. 식민지 시대 경성에서 외양을 둘러싸고 이러한 사치와 변화를 추구할 수 있게 된 데에는, 그리고 지식인들을 중심으로 그러한 사치 취향과 패션의 추구에 대한 비판이 가능했던 데에는 그러한 패션이나 사치 취향이 제국의 상업문화, 일본 제국의 백화점이 만들어 낸 것이었다는 사실이 가로놓여 있다.

> "정자옥(丁子屋)에 드러가봅시다"
> "양복사입게?"
> "양복사입는사람 구경좀하게"
> 생전처음 이럿케 굉장한인물들만출입하는집에 드러와노아서 어릿어릿하닛가 (중략) 화장품어엽분병을 집어들고 "이게 머리에바르는약인가얼골에바르는것인가" 모냥만양복을하엿지 영자(英字)를모르니볼수는 업고 일본말이서투르니 무러보기도힘들고 공연히 코미테가저다 향내만맛느라고쭝긋쭝긋하는것도훌륭한 광무곡이다.말을못통하고 원 원히골르지못해도 그래도 먼ㅡ곳으로만모여드는 알수업는야릇한심리 아 아고만두자 고만두자[77]

<대경성 광무곡>에서 경성의 여러 풍경을 관찰하던 두 남성 지식인 기자는 진고개 조지야(정자옥) 백화점으로 향한다. 난생처음 그곳에 발을 들여놓은 두 사람은 1층

75) 최남, 「商會로서본 여학생ㅡ여학생의 各人各觀」, 『신여성』, 1926.4.
76) 이동원, 「배운女子는 一個 奢侈品」, 『별건곤』 16, 1928.9.
77) 双 S 生, 「大京城狂舞曲」, 『별건곤』 18, 1929.1, 82ㅡ83면.

〈그림 3〉 <어느 게 마네킹인지> 박람회장 (백화점) 앞에
모여든 대중은 마네킹-모델의 휘황한 화려함 앞
에서 정신을 빼앗긴다.

의 으리으리함에 놀라고 조선 옷감을 모
아 놓은 2층으로 향한다. 그곳에서 조선
옷감은 '껄넝껄넝'해서 못쓴다는 말을 주
고받는 트레머리 여학생을 보고, '껄넝껄
넝'이라는 표현의 유행에 난처해한다. 그
리고 그들은 웬 양복 입은 사내가 고운
화장품병을 들고 그것이 머리에 바르는
것인지, 얼굴에 바르는 것인지 몰라 공연
히 향기만 맡고 있는 모습을 보고 냉소한다. 박래품인 그 화장품의 성능을 표시하는
영어는 읽지도 못하고, 일본말을 제대로 하지 못해 백화점 점원에게 물어볼 수조차
없다. '말을 못통하고 시원시원히 고르지 못해도 그래도 먼 곳으로만 모여드는 알 수
없는 심리', 박래품에 대한 알 수 없는 지향성. 그것이 진고개 백화점이 조선인들에
게, 모던 보이, 모던 걸들에게 가졌던 매혹의 표정이다. 그들은 할리우드와 파리의 영
화에 열광하듯 진고개의 이름 모를, 정체 모를 박래품들에 황홀해하고 있다.

진고개! 진고개!! 판국이기우러지자 인흐껏지밧긴인진고개는 지금은 그내외상권(商權)으로차지한곳이
다 륙층으로하날을찌를뜻이소사잇는 삼중정(三中井)의대상뎜 조선사람의손님을끌어들이기로는데일인 대
백화뎜(大百貨店)인 평면상뎜(平田商店) 대자본(大資本)을가지고 조선전도상계를풍비하라는삼월왕국(三
越王國)의적은집인 삼월오복뎜을비롯하야 좌우로총총히들어선일본인의상뎜 들어서보면휘황찬란하고고리
으리하며 풍성풍성한품이실로 조선사람들이몃백년을두고 맨드러노앗다는북촌일대에비하야 얼마나 장한
지 견주어말할배못된다. (중략) 아! 이무서운진고개의유혹!! 조선의살림은 이진고개유혹의희생(犧牲)이되
고야말것인가?[78]

진고개는 일본의 대백화점인 히로다(平田), 미쓰코시(三越), 미나카이(三中井), 조지
야들이 들어서 일본식의 친절함으로 무장하고 조선의 그나마 있는 자본을 모조리 긁
어모으는 휘황찬란한 별천지로 각인된다. 진고개의 유혹이란 무시무시한 것이어서,
한번 그 매력을 맛보면 헤어날 수 없다. 비판적인 관찰자의 눈에 진고개의 휘황찬란
함이란 식민지 자본의 취약성과 자본주의 문명의 가혹한 착취를 연상시키는 풍경으로
다가온다. 하지만 이 진고개에서만 사람들은 매혹과 활기를 느낀다.

근대적 패션은 유혹과, 생산적이고 도구적인 이성의 결합이다. 패션은 미세한 기호

78) 정수일, 「진고개」, 『별건곤』 23, 1929.9, 46 - 47면.

들의 사회적 권력, 새로운 옷을 입은 사람들에게 부여되는 사회적 구별이라는 메커니즘을 수립한다. 그것은 취향의 자율성과 연결된다. 패션을 통해 전례 없이 미적으로 스스로를 보존하게 된 것이다. 특정운명을 가진 개인이 된다는 의식, 독특한 정체성을 표현하려는 의지, 개인의 정체성에 대한 문화적인 의식이 패션의 생산력이고 추진력이다. 일제치하에서 패션에 대한 담론은 양장, 단발, 노출, 사치의 문제와 관련하여 다양하게 전개된다.[79] 김남천은 KAPF 해산 이후 관찰 문학론과 풍속 묘사론 등을 통해서 풍속이 가진 시대 반영의 정신을 강조하고 경풍속으로서 의상, 단발 등이 어떻게 일상을 규정하는가를 보여 주는 작품들을 창출했고, 이효석은 창작 초기부터 취향의 세련성과 패션의 매혹에 입각하여 향유적인 육체 담론의 다양한 양상을 보여 주고 있다.

② 패션의 변화와 정체성의 변화

자본주의 사회에서 개인은 사회로부터 기대할 수 없는 가치를 찾기 위해 사적 영역에 몰입하는데 이때 등장하는 것이 사적 연대의식을 목적으로 구성된 시공간이며 자본주의 상품과 서비스이다. 리포베츠키는 유행과 패션의 문제를 개성의 논리와 관련지으며 패션인의 특수성을 밝히고 있다. 패션은 미세한 기호들의 사회적 권력, 새로운 옷을 입은 사람들에게 부여되는 정교한 사회적 구별이라는 메커니즘을 수립한다. 패션은 한편으로 저축, 계산에 헌신하는 근대 부르주아 정신에 대립하는 사치스러운 소비와 탕진의 정신을 보여 준다. 그러나 다른 한편으로 패션은 생성하는 근대 세계에 구조적으로 참가하기도 한다. 근대 사회에서 사람들은 생산을 합리화하는 데 헌신해 온 것처럼, 패션의 덧없는 본성을 통해 외모에 대한 개인적 주도권을 주장해 온 것이다.

상품화된 자본주의 문화 속에서 취미를 향유하고 적극적으로 자신의 개성을 표출하는 개개인을 가리키는 모던 걸, 모던 보이란 20년대 후반부터 식민지 조선사회에 몰아닥친 '모던'풍의 첨단에 놓인 존재들이다. 당시에는 모든 유행에 '모던'이란 수식어를 붙이는 경향이 있었고, 모던 보이, 모던 걸은 근대적 패션인 집단, 하이칼라의 집단을 통틀어 지칭하는 용어였다.

---

79) 이에 대해서는 조영복, 『한국모더니즘 문학의 근대성과 일상성』, 다운샘, 1997과 졸고, 「근대적 패션의 성립과 1930년대 문학의 변모」, 『한국현대문학연구』7, 1999 참고.

모던 모던의世上이다. 美國이 그러하고 歐羅巴各國이 그러하고 上海가그러하고 가직한日本이 그러하고 그운덤에 朝鮮도 그러하다. 모던! 모든 것이 모던이다. 모던껄 모던뽀-이 모던大臣 모던王子 모던哲學 모던科學 모던宗敎 모던藝術 모던自殺 모던劇場 모던스타일 모던巡査 모던도적놈 모던雜誌 모던戀愛 모던建築 모던商店 모던妓生(朝鮮에限함)…… 無制限이다. (중략) 現代란말은 普通名詞다. 그러나 『모던』이란말은 二十世紀의現代-二十世紀中에도 1920年-아니1925年-아니 1930年-을特別히 갈으키는말이다. 그럼으로 『모던』은 固有名詞다. 우리가지금 불으는 모던은 1930年을 中心으로 새로히생긴 社會的條件의反映인 一部人間生活의 이데올로기를 表示하는 『모던이즘』의 『모던』은 지금에 우리가 한번밧게는 더쓰지못할 고유명사의 『모던』이다.[80]

〈그림 4〉 <별건곤> 1927.1 하이칼라 신여성을 바라보는 남성들의 동경과 조소가 동시에 나타나 있다.

모던이라는 수식어가 붙는 단어가 하도 많아서 '무제한'이라고까지 논하는 위의 글에서 필자는 '모던'이라는 단어의 원래 뜻과 고유명사로서의 '모던'을 구분한다. 원래 '모던'은 '현대'라는 보통명사이지만 1930년 현재 사용되는 '모던'이라는 단어는 고유명사로서 1920년 이후의 특정한 역사적 현상이라는 것이다. 즉 그것은 근래에 생겨난 특정한 사회적 조건의 반영으로서 일부 계층의 이데올로기를 표시하는 모더니즘의 축약어라고 필자는 간주한다. 필자는 그것을 극도로 발전된 자본주의와 관련짓는다. 고도로 발달한 자본주의가 '산업의 합리화'를 가져왔는데 이 산업의 합리화란 '미국을 중심으로-아니 수령으로 한 일체 산업의 인터내슈날이즘'으로 그 실행에 있어 '기계의 절대적 진출'을 가져오는 것이다. 필자는 모더니즘을 '아메리카니즘을 모체로 하고 이 세상에 생겨난 일부 소비계급의 문화적 생활 형식'이라고 정의하고, 이러한 새로운 감각의 요구는 그 속에 결국 바바리즘(야만주의)과 병적 문화를 내포할 수밖에 없다고 비판한다.

짜즈를보아라. 레뷰를보아라. 라팔바지를보고 짧분스카트를보아라. 야만에대하야 문화가대립하엿섯다 야만자체속에는임이 그반대물인 문화가 배태되엿섯든까닭에 이에그문화는 성장하여 모체인 야만을극복하고서 문화시대에일은 것이다. 그러나 그야만의요소는 전연업서진것아니다. 업서지지아니하고 그대로

80) 壬寅生, 「모던이씀」, 『별건곤』 25, 1930.1, 136-137면.

남어잇기 때문에 그것이문화의세련을바더 다시 나타나는 것이다. 우에말한말풍의 미의식이 즉 그것이요 스포쓰가 그것이요 전쟁심리가 그것이다(139).

노동자의 미래 가능성에 절대적 신뢰를 보이는 필자의 견해에서 재즈나 영화, 나팔바지와 노출 심한 스커트는 야만의 그것이 될 따름이다. 그것들은 스포츠나 전쟁과 마찬가지로 가장 세련된 동시에 야만적 형태라는 모순을 가진다. 이는 물론 나팔바지나 재즈, 짧은 치마나 스포츠가 환상을 통해 성욕과 본능을 자극한다는 점에서 비롯한다. 즉 그러한 세련성을 가장한 모던 문화는 생산성에 기여하지 못하며 소비적 본능만을 자극하고 성욕만을 자극하는 것이기에 문화가 아니라 야만의 형태가 된다는 것이다. 그리고 이러한 측면에서 그것은 병적 문화, '게을음백이요 낭비성인만코 무기력하며 허식적이요 무목적이며 소비일면적인' '신경병자이며 변태성욕자'의 문화로 간주된다. 요컨대 모던 걸들은 조선이라는 상황 속에서 탄생한 것이 아니라 조선 바깥의 소문을 통해서, 박래의 화장품과 양장을 통해서, 재즈와 영화를 통해서만 가능하게 된 기형의 존재였던 것이다.

> 긔분(氣分) – 기모찌 – 가 그의 반생을 껄고 섯다 겨울 – 그러케 살을어이는 추위 그철긔에도 얇은 옷을 입지안으면안되는 그녀자의 기모찌 – 그긔분이 매서웁게도 그녀자의 전성격까지도 변하게하얏다만일 그가 『긔분』 – 즉 기모찌(그녀자는언제나 기모찌라고한다)라는 문ㅅ자를몰랏드라면이마빡에부억의 연매(煉煤)가 무덧드래도그게성(聖)스러운표적으로아랏슬런지는 모르나 『인테리 – 녀성이』된는그긔모찌라는것을알고맛보게될땐 것 얼마나 행복(?)하고 자랑스러 는지! (중략) 그러나 세월은 덧업시 흘러가는 것이엿다 이것은 이녀자가 길ㅅ가! 백화점『쇼!윈도우』의유릿창 압헤서도입술에 앵무새의피(구지베니 – 그녀자의 말)를칠하고 음악회의 관중속에서도 떳떳이 『파우다』로코ㅅ등을대패질하는것을보아도알것이다[81]

'기모찌'라는 외래의 단어를 알기에 그 단어가 풍기는 향기에 이끌려 반생을 끌려다닌 '미스 인텔리'의 삶은 역설적인 행복과 자랑스러움을 드러낸다. '기모찌'라는 단어를 알기에 그녀는 백화점 쇼윈도 앞에서 입술을 칠하고 음악회 관중 속에서도 떳떳하게 파우더를 바른다. 구찌베니와 파우더, 백화점의 쇼 윈도우는 모두 박래의 것이다. 이국의 단어들을 알고 그 단어들을 향유할 수 있다는 것에서 그녀는 행복을 느끼지만 그 '미스 인테리'의 행복이란 덧없이 흘러가는 세월이나 살을 에는 추위에 떨쳐입은 얇은 옷처럼 초라한 허영에 불과하다. '기모찌'라는 단어를 알기에 인텔리 여

---

81) 안석영, 「아스팔트의 딸 – 輕氣球를 탄 粉魂群(1)」, ≪조선일보≫, 1934.1.1.

성이 되었지만 화장을 하고 얇은 옷을 입는 것밖에는 모르기에 '인테리'도 장식일 따름이다. 지식의 경박성과 외양의 허영이 마주치는 곳에서 신여성에 대한 온갖 비판이 다양하게 펼쳐지게 된다.

이러한 신여성의 육체를 바라보는 남성 지식인 의식을 대변하는 것은 김기림의 수필일 것이다. 1930년대에 본격적으로 경성에 출현한 백화점은 특히 중산층 여성의 사치욕망에 불을 붙인 것으로, 여성이 사치품의 유혹에 몸을 맡긴다 해도 죄의식을 느끼지 않도록 라이프스타일로서의 쇼핑을 제창한다.[82] 소비문화의 등장은 중산층 여성의 욕망이 상품의 표상으로 매개되는, 새로운 여성자아를 형성하는 데 기여했다. 그러나 이러한 소비의 여성화는 대개 소비의 악마화와 같은 의미로 사용된다. 남성중심 담론에서 근대 여성은 소비문화의 환영에 사로잡힌 변덕스럽고 수동적인 존재로 그려졌다.[83] 식민지 경성의 소비문화에 대해 김기림 등 남성 지식인들은 여성의 사치를 경계함으로써 시선의 우위를 견지하려 한다. 가령 李WS은 <『녀학생』즉『사치덩어리』>라는 글에서 "요즘 녀학생의공통되는병은 사치병입니다 예전과달너서 외국물품이만히 드러오게 된뒤로 차차로 됴선사람 일반의경향은몹시 사치의화로 흘러가서 갓득이나 업는돈이 바작바작글녀서 외국으로외국으로 글켜가게되엿습니다 (중략) 안해의사치욕과 허영은 그집을망치고말지요 또는 자손들까지버려놋케될것이니만일 조선사람의가명가명이그리된다하면 우리사회가엇더케되겟습닛가"[84]라고 여학생의 사치병을 국가와 가정의 살림을 망치고 자식들에게 악영향을 끼치는 놀라운 해독으로 명명한다. 극언에 가까운 여학생 사치에 대한 경계는 실제로 그 사치가 실체를 들 수 없는 것, 여성을 유혹에 수동적인 존재로 호명하는 기제에 불과하다는 사실을 감추고 있다. 근대 지식층 남성의 담론 가운데 특히 도시를 배회하는 남성 산책자의 시선은 여성 소비자를 시선과 욕망의 주체로 인정하기보다는 시선의 대상, 욕망의 수동적 대상으로 취급하며 부정한다. 김기림은 여성 소비자에 대한 비판을 수필을 통해 자주 보여 준다.[85] 가령 <결혼>에서 "나의 실험관 속에 나타난 厭女들의 뇌수의 구성세포들의

---

82) 기시마 시게루, 『백화점의 탄생』, 장석봉 역, 뿌리와이파리, 2006, 95면.

83) 리타 펠스키, 『근대성과 페미니즘』, 김영찬 심진경 역, 거름, 1998, 112-113면.

84) 李WS, 「『녀학생』즉『사치덩어리』」, 『신여성』, 1924.7 여름, 46-47면.

85) 김기림의 산책자 의식은 군중에 대한 비판적 거리감과 여성 소비자에 대한 부정적 형상화로 틀 지어진다 해도 과언이 아니다. 이에 대해서는 손성진, 「1930년대 문학에 나타난 백화점과 근대적 욕망의 발현 양상 연구」, 국민대 석사, 2006/ 김승구, 「김기림 수필에 나타난 대중의 의미」, 『동양학』39, 2006.2 참고.

이름은 이러하네. 曰 '다이아'반지 - 양식 - 오후의 散步路 - 백화점 - 극장의 특등석 - 예금통장 등등. 그것을 곱게 싸고 있는 것은 아름다운 '너울'이라네."[86]라고 조소한다.

김기림으로 대변되는 근대 도시 남성 산책자들은 특히 여성들의 패션과 정체성, 취미를 관찰함으로써 근대 사회의 주체로서 자신들의 비판적 입지점을 세우려 든다. <街上스켓취 - 女人의世上>은 당시 잡지에서 남성 산책자의 시선이 경성의 어디에서 누구를 어떤 식으로 발견하고 대상화함으로써 남성 주체의 우월성을 획득하려 하는지 잘 보여 준다. 그런데 이 텍스트에서 주목되는 것은 서술자 - 산책자 남성이 우월감을 확인하려 하면 할수록 역으로 근대 사회가 '여인의 세상'임을 발견하게 되는 역설에 빠진다는 데 있다.

> 부인은 양식을 잡숫는 모양인데 장화홍련전 이상의 비극이엇다국을 자시노라고 온 식당이 울리도록 홀루럭 홀루럭 그리고는 떡을 칼노 잘게 잘게 싸라가지고는 어떤놈에게는 소젓기름(뻐터라고하던가)을 바르고 어떤놈에는 딸기즙을 양기어노터니 꼬챙이수깔노 하나식 하나식 꿰여 그다움 접시가 드러오기전에 전부다 잡숫는다나는 그광경이 참혹하다는것보다도 오히려 자미가 있어실레라는것도 잊어버리고 하낭이나 자세이 보다가 부인에게발각이 되면 늦엇지만 얼는 시선을 옴기는외네 별수가 없다 그러나 바루 눈앞에서 공개되는 광경을 안보재기도 어려운 일이 아닌가! [87]

도회를 산책하던 남성 지식인은 화신 식당에서 신구절충식으로 차려입은 젊고 뚱뚱한 여성을 발견하고 그녀의 양식 먹는 매너의 부재를 조롱한다. 그녀는 외양이 최신 유행에 비겨 어색한 것과 같이 양식에도 한없이 서툴러서 양식을 먹는 각종 예절이나 방법을 무시하고 있다. 국을 마실 때 소리를 내는가 하면 빵을 고기가 나오기 전에 다 먹어 버리기도 하고 고기에 곁들여 나온 콩을 칼에 올려놓아 먹는가 하면 고기를 써느라 시끄러운 소리를 내고 칼을 떨어트리기도 하는 등 온갖 소동을 보여 준다. 산책자는 그 광경을 과장하면서 그녀가 익숙지도 않은 서양 요리를 시켜놓고 즐기는 척하는 광경을 과장하고 희화화한다. 고기를 써는 모습을 아프리카 맹수를 공격하는 서양인의 모습에 비기는가 하면 버터나 잼을 발라 빵을 먹는 모습까지 한껏 몸에 맞지 않은 대상물을 걸친 여성의 외양처럼 이질적이고 허위에 찬 풍경으로 발견하는 것이다. 하지만 그의 이러한 시선적 우위는 근대 자본주의 소비문화가 현혹하는 도시 경성을 배회하는 여인들의 그 화려하고 당당한 보행 앞에서 초라해질 뿐이다.

---

86) 김기림, 「결혼」, 『김기림 전집』5, 심설당, 1988. 181면.
87) 박경호, 「가상 스켓취 - 여인의 세상」, 『여성』, 1938.11. 52면.

형세가 이쯤되니 뒤에 올 것은 창피박게는 없을것이 아니냐이창피는 이부인이 아까 양식먹던 창피이상이다.

"실레햇습니다" 한마디를 던진후에 '발아날살려라'하고 종노편으로 다름박질을 처나와보니내이 마에에도 땀방울이 맷첫다

"여인의 세상이야! 여인의세상이야"

혼자 중얼거리면서 로랑진행전차를 다시 잡아탓다(53).

긴 산책 끝에 서술자가 직면한 것은 도시 거리를 점령한 여인들의 호령과 여인들의 행진, 여인들을 위해 구획된 듯한 여러 가지 상품과 볼거리의 풍경이다. '여인의 세상'이라는 산책자의 탄식은 근대 도시가 백화점 등을 앞세워 여인들을 거리로 불러내는, 자본주의 소비문화의 위력이 지배하는 풍경에 압도당한 데서 나온다. 남성들은 거리를 장악한 여인들의 모습에 불안과 공포와 위압을 느끼기에 오히려 그녀들을 관찰의 대상 자리에 놓고 그들의 모습을 조롱함으로써 시선의 우위를 지키려 한다. 하지만 관찰자가 전차에서, 백화점 식당에서, 골목에서 부딪친 여인은 호락호락하지 않다. 그들은 언제라도 관찰자의 예의를 가장한 시선이 가진 무례함을 공박할 수 있다. 결말에서 여인이 서술자에게 씌우는 부랑당패 취급, 히야까시를 하는 경박한 남성 취급은 곧 도회를 관찰하는 경박한 산책자의 시선에 대한 반항이며 반박이 된다. 이 반박은 의외로 산책자의 정곡을 찌르는 것이어서, 산책자는 도시 거리를 점령한 여인의 당당함 앞에 주눅이 들고 도시거리는 여인의 세상이 되었음을 탄식으로 인정하지 않을 수 없게 된다.

사실 상품과 유행에 입각해 육체를 치장함으로써 연출되는 개성과 정체성은 자본의 생산과 소비의 통제에 관여하는 동시에 이로부터의 이탈에도 관여한다. 몸을 둘러싸고 개인의 정체성이 발현되는 과정은 얼굴에 대한 통제와 연출이라는 양식으로 대변된다. 표정을 갖는 육체의 표면은 모두 얼굴을 갖는다고 할 수 있다. 들뢰즈와 가타리에 따르면 얼굴은 자연스런 표정이 아니라 계산되고 만들어진 표정이고, 그것을 통해 의미의 흐름을 통제적인 기표로 영토화하거나, 정염의 흐름을 주체성으로 영토화하는 권력이 작동한다. 계산된 표정을 통해서 그것을 보는 사람이나 표현하는 사람은 그 기호에 대응하는 특정한 판단을 하고, 그에 따라 특정한 개인이 된다. 들뢰즈와 가타리는 자본주의 사회의 굳어진 얼굴, 욕망의 유기체에 대응하여 '기관 없는 신체'라는 잠재성의 개념을 가정한다.[88] 욕망의 강밀도가 끊임없이 그 분포를 달리함에

따라 다른 기관이 되는데 이것이 기관 없는 육체의 요인이다. 근대의 통제되고 획일화된 몸에 대한 비판은 채만식과 김유정, 이상의 소설을 통해 주로 구현된다. 이들은 근대 자본주의 사회가 만들어 내는 통제와 억압, 소외를 그로테스크한 육체 형상을 통해 그려 내고 있다. 특히 이상은 근대성의 알레고리로 절름발이, 골편, 가면과 분신을 형상화하는 가운데 근대 사회의 질서로부터 저항하고 이탈하는 육체, 소모적 육체의 기획을 보여 주는 것으로 해석할 수 있다.

근대 사회는 생산과 소비를 바탕으로 훈육과 통제를 내면화하는 육체 담론의 조직과 함께 개성의 연출과 정체성의 탐색을 기획하는 육체 담론의 전개를 보여 준다. 이 책에서는 이러한 근대적 육체 담론의 다양한 면모를 이광수, 염상섭, 이효석, 김유정, 이상의 소설을 중심으로 해명하는 가운데 서로 간의 비교, 대조를 통해 각 작가의 작품에 대한 새로운 해석을 시도할 것이다. 공장과 도시, 백화점과 학교와 같은 새로운 시공간의 경험을 형상화하는 가운데 이광수는 먼저 개화기 소설과 연계하여 문명의 질서로서 통제를 내면화한 훈육적 육체를 제시한다. 그의 육체 담론은 학교와 병원의 육체 교정과 관련하여 양육, 간호, 정결성, 위생 등을 강조하는 것으로 조직된다. 염상섭은 당대 사회를 자본주의적 일상에 입각한 육체의 재편으로 받아들이면서 단독자인 개인의 경제적 타산을 중시하고 육체 자본의 관점에서 개인의 정체성을 형상화한다. 그의 육체 담론은 자본으로 계산되고 교환되는 외양의 영역을 중시하는 가운데 개인의 육체 자본과 연계된 정체성의 조직에 초점이 맞추어진다. 이효석은 상품 소비와 관련하여 구축되는 개성을 취향의 조직으로 이해하며, 감각의 세련성에 입각해 소비 향유하는 육체를 그린다. 그의 육체 담론은 패션의 영향력과 상품 향유의 미감을 긍정적으로 표현함으로써 염상섭의 육체 담론보다 통제로부터 이탈한 경향을 보인다. 김유정은 자본의 교환이 중심이 되는 근대 사회에서 육체가 어떻게 파괴되고 기괴한 것으로 전락할 수밖에 없는가를 집약해 보여 준다. 들병이, 따라지, 만무방 등 근대 사회의 부랑자들로 재편되는 존재들의 기괴한 육체를 통해 자본주의적 생산과 소비 질서에 대한 부정과 전복을 꾀하는 것이다. 마지막으로 이상은 이광수로부터 이효석에 이르기까지 근대적 육체의 조직에 관여하는 자본주의의 굳어진 안면성, 욕망과 표현을 비판하고 기계적 육체의 해체를 보여 준다. 그의 육체 담론은 질병과 패션, 자

88) 들뢰즈와 가타리, 『앙티 오이디푸스』, 최명관 역, 민음사, 1997, 15-34면 참고.

본과 정조를 통괄하는 가운데 근대적 육체를 구축하는 논의들을 의도적으로 희화화함으로써 비판하는 형식으로 전개된다.

③ 이광수 소설의 훈육적 육체

장면 1) 아무러한 주사도 내게 효력이 업슬것이다. 만일 무슨효력잇슬 방법이 잇다하면 인혈주사나 될는지. 엇던 사람이 자기의 동맥을 절단하야 그것을 내 정맥에 접하고 생기잇고 펄펄끌는 해혈을 싸늘하게 쇠약한 나의몸에 주입하면 혹 내몸에 붉은 빗치 나고 따뜻한 긔운이 돌는지도 모르거니와 그러하기전에는 내압헤 잇는 것은 사밧게업다.

― 소설 〈방황〉에서

장면 2) "근데 말야. 육체를 가진 사람이 같이 육체를 가진 다른 사람을 사랑하는데 말야. 그렇게 완전히 육체를 떠나서 혼만을 사랑할 수가 있느냐 말이어든. 중들 모양으로 돌루 깎은 부처라면 몰라두, 우리와 같이 육체를 가진 사람. 더구나 이성. 그 중에두 젊은 이성이 되구 보면 말야 그 육체가 늘 먼저 눈에 뜨이지 않느냐 말야?"

"난 안그럴 것 같애!"

순옥은 단언한다.

― 소설 〈사랑〉에서

장면 3) 그러나 만일 여자들이 그의 가슴이 타오르는 청춘의 정열로와 모성의 사랑이라는 것을 연출하여 순결한 연애로부터 곧 성결한 모성애에 들어가고 다시 거기서 백척간두에 일보를 진하여 제 자녀를 사랑하는 깊고도 끝간 데 없는 사랑으로 인류의 모든 자녀들을 사랑하게 될 때에 만이 그러한 시대가 온다고 하면 이 지구에는 새로운 인생의 봄이 올 것이다. 만일 조선의 여성이 이렇게 된다 하면 조선은 신생의 평화와 쾌락과 번영을 얻을 것이다. 어머니는 인생의 뿌리어니와 혈육의 뿌리가 될 뿐 아니라 실로 혼의 뿌리가 되는 것이다. (중략) 모성은 다만 여자로서만 최고의 천직이 아니라 진실로 인류로서의 최고의 성직이다. 아무리 찬미하여도 지나쳐 찬미할 수 없는 모성의 거룩함이어!

― 수필 〈여성교실〉에서

개화기 이래 1910년대는 서구적 예질서의 도입과 함께 몸에 대한 새로운 태도를 나타내고 새로운 육체 담론을 전개시킨다. ≪독립신문≫의 주된 요구로 제출된, 물을 끓여먹자는 주장이나 길을 정비하자는 주장, 체조를 하자는 것이나 거리에서 입을 벌리지 말고 활기차게 걷자는 주장에서 드러나는 태도의 변화와 위생관념의 발전은 일상생활과 인간관계에 큰 변화를 가져왔다. 위생의 관점에 입각하여 육체가 정신에 미치는 영향이 인정되면서 청결과 정돈의 가치가 높아졌다. 이러한 위생 담론에 입각한 사회의 재편을 단적으로 보여 주는 것이 이해조가 번안한 신소설 『철세계』이다. 이 소설의 주인공인 의학사 좌선 박사는 인도 왕녀의 유산을 얻게 되자 장수촌을 건립할 계획을 세우고 실천한다.

대뎌,인류가양생술를엇으면,백세도살고,혹이백세도사눈쟈가,즈고로만코,또슈를백세이상사눈스룸은,매양
정신이,확삭ᄒ고,신톄가,건강ᄒ야,몸실질병과곤란재액이,그몸에침로치안ᄂᆞ니,그런즉,조물이,이런스룸쟝슈
ᄒᆞᆫ것을,미워ᄒ지안키는,고사ᄒ고,행복을더쥬어가며,쟝슈ᄒᆞᆫ것을,포쟝ᄒᆞᆯ듯ᄒ오[89]

　　양생을 중시하고 장수하는 것을 목표로 하는 장수촌의 규율은 위생을 강조하는 요
목으로 채워진다. 양생이 개인적 섭생에서 벗어나 한 촌락(국가)의 존립 기반으로 설
정되고 조직화된다. 의복과 음식의 정결성을 주장하는 위생담론은 초창기 근대 국가
의 논리를 대변하는 것이다. 호적 통계상 인구의 증가와 실제 수명의 지속이라는 논
리를 내세운 건강과 위생의 담론은 장수촌으로 실현되며, 이는 소독과 일광, 소통을
강조한 집단 및 개인 주거의 형태를 도입하고 인민의 건강에 대한 국가의 철저한 관
리에 바탕을 둔 양생의 삶을 보여 준다. 그리하여 장수촌은 "위생뎨일긴요ᄒ다ᄒ야,
음식쟝ᄉᆞ가,혹샹흔물건을,셩흔물건에혼잡ᄒ야팔면,곳독약으로,살인률을쓰고"라는 　구절
에서 알 수 있듯 음식 및 위생과 관련한 공안의 규칙들이 수행되는 공간으로 그려진
다. 문제는 이러한 공간이 개화기와 1910년대 지식인들에게 유토피아로서 받아들여졌
다는 점이다. 인구의 효율적 관리를 위해 개개인의 건강과 위생을 철저하게 관리하는
곳에 민주주의가 실현되고 인류의 복지가 실현되며 수명이 연장되고 행복과 평화가
존재하게 된다. 이러한 위생 담론과 서양적 매너를 교시하는 담론들은 청결과 시간표,
성실과 신의라는 가치를 절대시하고 일상적 통제를 내면화한 개인을 창출한다. 이광
수 소설은 개화기 신소설이 제기하는 위생 담론을 받아들이는 가운데 근대 훈육적
육체 담론을 바탕으로 서사를 조직한다.

　　이광수 소설에 대한 이제까지의 연구는 그 근대성과 민족주의적 속성, 친일 문학과
의 관련성에 대한 논의로 집약되는 가운데[90] 문체론적 접근,[91] 서사론적 접근,[92] 페
미니즘적 접근,[93] 종교적 접근,[94] 비교문학적 접근[95] 등으로 다양하게 이루어져 왔다.

89) 이해조, 『철세계』, 안동서관, 1912. 8면
90) 구인환, 『이광수 소설연구』, 보정판, 삼영사, 1983.
　　한용환, 『이광수 소설의 비판과 옹호』, 새미, 1997.
　　김윤식, 『이광수와 그의 시대』, 개정 증보판, 솔출판사, 1999
　　이경훈, 『이광수 친일소설의 연구』, 태학사, 1995.
91) 김정자, 『한국 근대소설의 문체론적 연구』, 삼지원, 1985.
92) 홍혜원, 『이광수 소설의 이야기와 담론』, 이대 출판부, 2002.

이광수 소설에 대한 평가에는 그 계몽적이고 교시적인 성격 때문에 형상화의 수준에서 부정하는 경우가 있는가 하면, 제도로서의 고백체와 묘사체, 언문일치 등 근대 문학 개척자로서의 속성에 주목하여 그 문학적 의미를 긍정하는 경우도 있다.[96] 이 책에서는 근대성의 측면에서 이광수 소설을 해명하는 입장에 서며 특히 이광수가 근대적 육체를 어떻게 재현하고 있는가에 주목함으로써 개별 작품의 의미를 해명하고자 한다. 이광수 소설에서 육체는 무엇보다 통제와 조절의 대상으로 제시되기에 욕망은 철저히 억압되는데, 이 금욕이 고행이라는 불교 전통과 관련된다는 점은 독특하다. 즉 그는 유교 윤리를 억압적인 것으로 배척하면서도 후기에 이르러서는 불교적 관점에서 인과율적인 개인의 운명을 그리는 가운데 욕망의 억압과 육체의 조절, 통제에 관심을 기울이고 있는 것이다.

필자는 이광수의 금욕주의를 근대 훈육적 육체 담론, 근대 합리주의 문명 수용의 연장선에 선 것으로 파악한다. 즉 이광수의 후기 소설에 나타나는 불교적 논리는 육체 담론의 관점에서 보았을 때 초기 소설에서 나타나는 문명 논리, 계몽의 논리와 달라지지 않으며 오히려 훈육적 육체의 완성을 향해 나아가고 있다는 점을 밝힐 것이다. 이는 또한 이광수가 1940년대에 본격적으로 발표한 친일소설의 내적 논리를 이루는 것이기도 하다. 먼저 1절에서는 1910년대 근대적 매너와 습관, 감정을 내면화한 육체, 감정 교육의 주체로 학생의 육체가 서사화되는 모습을 <무정>과 <개척자>를 중심으로 살필 것이다. 2절에서는 학생의 우애를 모성애로 재배치하는 과정에서 나타나는 여성 섹슈얼리티의 억압과 노동하는 육체로의 재편 과정을 <재생>과 <흙>을 중심으로 해명할 것이며, 3절에서는 <유정>과 <사랑>을 중심으로 근대 훈육적 육체 담론의 완결로서 내면까지 투명하게 가시화하기에 교정되고 조절되는 기계적인 육체를 서사화하는 과정을 살피고, 4절에서는 <파리>와 <진정 마음이 만나서야말로>와 같은 친일 소설들을 중심으로 위생과 성실에 입각한 훈육적 육체 담론이 내선일체의 군국주의 담론으로 재편되는 양상을 살피게 될 것이다.

---

93) 송명희, 『이광수의 민족주의와 페미니즘』, 국학자료원, 1997.

94) 김태준, 「춘원의 문예에 끼친 기독교의 영향」, 한국문학연구소 편, 『이광수 연구』상, 태학사, 1984 등 기독교, 불교, 동학 사상의 측면에서 고찰이 이루어지고 있다.

95) 이선영, 「춘원의 비교문학적 고찰」, 『이광수 연구』상, 태학사, 1984.

96) 김동인의 『춘원 연구』(『김동인전집』17, 조선일보사, 1987)가 부정적 평가를 대변하는 것이라면 백철이나 조연현 등은 이광수의 문학에 대해 긍정적인 평가를 내리고 있다. 백철, 『조선신문학사조사』, 수선사, 1948 / 조연현, 『한국현대문학사』, 현대문학사, 1956.

1) 문명인의 논리와 학생의 육체

(1) 1910년대 신지식층의 학생 – 소년 의식과 육체

근대 사회가 요구하는, 통제를 내면화한 개인으로 소설에서 처음 다루어지는 존재는 '학생'이다. 이 학생은 '아이'의 의미를 재편하는 것으로 『혈의 누』에서 등장한 이래 1910년대까지 근대 서사물의 주요 대상으로 존재한다.

> 일본풍속에 젓인 옥년이ᄂᆞᆫ 제습관으로말ᄒᆞ거니와 구씨ᄂᆞᆫ죠션셔 ᄌᆞ란사ᄅᆞᆷ이라 죠션풍속으로 옥년이가 아해인고로 해라를 ᄒᆞ다가 생각ᄒᆞᆫ즉져도 또ᄒᆞᆫ아해이라
> (구)허허허 우리들이 죠션ᄉᆞᄅᆞᆷ인즉 죠션풍속대로ᄆᆞᆫ 수작하자 우리처음볼때에 네가ᄂᆞ히어린고로 내가 해라를ᄒᆞ얏더니 지금은나히 열여섯살이되야 져렇케체대ᄒᆞ니 해라ᄒᆞ기가 셔먹셔먹ᄒᆞ고나
> (옥)죠션풍속대로 마ᄅᆞᆺ자ᄒᆞ시면셔 아해를보고 해라ᄒᆞ시기가 셔먹셔먹하셔요
> (구)허허허 요절홀일도ᄆᆞᆫ타 나도지금까지 장가를아니든아해라 아해ᄂᆞᆫ 일반이니 너도ᄂᆞᆯ보고 해라하ᄂᆞᆫ 거시 죠흔일이니 슷접케너도 ᄂᆞᆯ더러해라하여라[97]

청일전쟁의 와중에 헤어진 가족을 10년간의 유학생활을 통해 찾아가는 이야기를 그리는 이인직의 『혈의 누』에서, 12세의 옥련을 일본에서 만나 4년간 함께 미국 화성돈에서 유학한 구완서에게 옥련은 갑자기 여인으로 인식되기 시작한다. 이제까지 아이로 보았기에 '해라체'를 썼는데 어느새 그녀는 16세가 되었고, 자신 역시 장가를 들지 않아 아이인 까닭에 함께 '해라'를 써야 어색하지 않다고 구완서는 주장하는데, 이 속에는 청년이 된 자신들을 거부하고 여전히 소년으로 남고자 하는 의식이 존재한다. 각자를 남녀로 인식해야 할 자리에서 그들은 각자를 아이로 인식하고자 한다. 구완서가 옥련을 여성으로 인식하고 독신 남성으로 자신을 인식하게 된다면 그것은 사적 욕망의 형태, 육욕의 형태가 된다. 그러므로 구완서는 자신을 독신 남성이 아니라 아이, '장가를 아니든 아해'로 바꾸어 호명한다. 그들은 남자와 여자가 아니라 아이와 아이로 각자를 바라보며 이에 입각해 결합한다. 이들의 결혼이 교육과정을 마친 이후로 미루어질 때 '아해'는 삼중의 의미로 재편된다. 그것은 나이가 어리다는 의미의 아이, 혼인을 하지 않았다는 의미의 아이와 함께 교육 과정 속 존재(학생)로서 '아이'라는 의미를 갖게 된다. 옥련과 구완서의 결합은 교육이 완료된 시점에서 진정한

---

97) 이인직, 『혈의 누』, 광학서포, 1906, 71 – 72면.

〈그림 5〉 11세 어른과 47세 아이
봉건 사회에서 아이와 어른은 나이가 아니라 결혼
에 의해서 구분되었다.

사회인(성인)과 사회인의 결합으로 이루어질 것이다. 아이와 성인이 그 학제의 수료, 학교의 시간으로 구분될 때, 구완서와 옥련의 결합은 성적인 욕망과 무관하며, 연애감정과도 무관한 것이 된다. 그들은 "옥년이가 구씨와 갓치못해든지 공부를더심써흐야 학문이유여한후에 고국에도라가셔 결혼흐고 옥년이는 조션부인교육을 맛투흐기를쳥흐는 유지한 말이라 옥년이가 구씨의 권흐는말을듯고 한 죠션부인교육할마음이 간졀흐야 구씨와 혼인언약을 매지니"(87)와 같이 결합한다. 즉 그들은 남녀 간 욕망이나 사랑이라는 사적 감정에 의한 결합이 아니라 학업을 통한 계몽의 의무라는 공적 담론에 의한 결합을 수행한다.

『혈의 누』와 달리 1910년대 이광수를 비롯한 일련의 새로운 지식 청년들에 의해 산출된 소설에서 학생은 공적 담론의 영역에서만 움직이는 존재들은 아니다. 이들 소설이 신소설과 달라지는 가장 중요한 부분은 사적 영역의 교육, 감정 교육의 주체로서 학생을 발견한다는 데 있을 것이다. 가령 이상춘은 〈기로〉에서 새로운 주체로서 공적 영역과 감정적 영역 모두에서 새로운 인식으로 미래를 준비하는 학생 – 고아 – 소년의 모습을 보여 준다. 주인공 문치명은 근대문명에 대한 호기심과 서울의 도시 문명이 지닌 놀라운 속도감에 전율한다. "경성은지금 좁은길을넓히고 낡은집을허러세집을짓는중임을알앗다 한편으로파괴하며 또한편으로건설하는중임을알앗다 문치명은자기를한번생각하야보앗다 자기를뎌와가치 파괴하고 새로히자기를건설하여야하지아니할가하는생각이얏다."[98] 도시의 탄생, 새로운 파괴와 건설은 자기의 파괴와 새로운 건설이라는 명제로 이어진다. 새로운 자아에

---

98) 이상춘, 〈기로〉, 『청춘』11, 1917.11.

3. 이광수 소설의 훈육적 육체 81

대한 요건으로 먼저 등장하는 것은 '막대한 에너 - 지가' 있는 육체인데 그 에너지는 고등전문 학생으로 전신하는 것으로 이루어진다. 학생이 됨으로써 그는 에너지를 가진 강자, 새로운 인간으로 재편되는 것이다. 이때 학교는 사람의 육체와 정신을 교정하는 기구로서 등장한다. "학교에보내면 되지못한롱술이니무엇이니하는것이나가라쳐서한문은차차업서지겟다하는탄식과 가루뛰고세루뛰여가며작난이나하지 공부는얼마아니하야 사람버리기는 십에팔구라하는 염려가 떠날날이업섯다" 학교에 다니는 학생들은 예술을 공부하며 운동을 하는 존재, 활기와 감정을 배우는 존재로 묘사된다. 이러한 감정교육과 체조교육은 근대 교육에서 개조 프로젝트의 우선항목으로 요구된 것으로, 감정의 교육과 운동, 위생의 교육을 통해 근대인은 탄생되는 것이다. 위생 교육이 생산성과 건강이라는 육체적 기획을 위한 것이라면 감정 교육은 주체적 근대인의 탄생과 관련된다. 즉 집안이나 구습의 억압에서 벗어나 자유로이 판단하고 행동하며 스스로 삶을 개척하는 인간형의 요구로부터 감정교육이 출발한다. 학생 문치명은 이러한 근대교육을 수수한다는 점에서 그의 형 문치선과 대조된다.

> 치명희실현치선은금년이십오세라 총명이탁월하야일즉사서삼경을읽고 외가서도별로아니본것이업서연안군에서는굴지하는문장가이얏다성질이관후할뿐아니라시조삼장을제법부르고율하ㄴ 장똑똑이하고술잘먹고놀기조화함에 사람마다풍류남아라일커럿다 치명과비록형제이지마는 의지와취미가빙탄과갓햇다간단히말하자면치선은이상계에서정신상쾌락을엇으랴하고 치명은현실계에서육체적신고를면하랴하얏다(32)

문치선과 치명 형제는 모두 뛰어난 재질을 가지고 있다는 공통점을 갖는다. 하지만 치선이 한학적 소양을 바탕으로 풍류남아의 면모를 보이는 반면, 치명은 근대 지식을 바탕으로 현실문제에 적극 관여한다. 정신적 쾌락과 육체적 고통이라는 말로 대변되는 두 사람의 가치관과 태도는 후자가 근대적 노동에 적합한 근면과 성실, 불굴의 의지와 현실에 대한 개척정신을 나타낸다는 점에서 후자의 절대적 승리로 귀결한다. 육체적 고통을 감내하고서라도 현실 문제에 대해 실용적인 자세와 근면한 자세를 갖는 것, 이것이 학생이 예비해야 하는 규율로서의 근대적 육체인 것이다. 이러한 근대적 육체는 걸음걸이를 비롯하여 모든 면에서 봉건적 육체(양반, 선비)와 대조된다. "치선은기거동정에군자의기풍이잇섯다 그래서'점잔'을수양의극치로생각하얏다치명이거름것는것을보면 '무슨거름을그러케점잔치못하게것느냐'운동하는것을보면'그것이무슨방정마진짓이냐'하야그아우의점잔치못함을날마다책하얏다 그러나치명은점잔을漸殘이라해석하고형의책함을개의치아니하얏다" 근대인은 점잖을 배격하고 활기와 건강을 추구한다. 전근대인에게 발견되는 순환계통의 질환은 근대인에게는 큰 걱정거리가 되지 않는다. 전근대인의 점잖은 행동은 느림과 수동성을 의미하며 이는 능동과 소통, 개방으로 특징되는 근대인과 대비되는 것이다. 부모의 이해를 얻지 못한 문치명은 스스로 고아가 되어 고학을 함으로써 적극적인 근대인으로 재탄생한다. 고학을 통해 근대 지식과 잘 훈련된 육체의 소유자가 된 그는 졸업을 하고 직장을 얻음으로써 행복을 얻는다. 축적되는 시간을 통해 조금씩 발전하는 근대인의 면모, 이것이 1910년대 단편소설 속 근대적 육체의 이상인 것이다.

이상적 근대인으로서 학생 문치명은 선비 문치선을 교화한다. "전일의 게으른마음을다바리고 부즈런히활동하는사람 되게하시며 전일의외겁을다물니치고 용감한정신을가지게하야주시며 이기를주장하고육욕으로써만족하든그주의와 그야심을타파하고 공공을애호하야노력을앗기지안코사회를위하야헌신코저하는선량한공민이되게하야주시옵소서" 원래 선비정신은 개인의 수양에 목표를 두며 점잖음과 군자의 예의에 바탕을 둔 풍류를 여기로서 향유하는 것이지만, 근대인의 시각에서는 그러한 선비 문화를 한가함으로 발견함으로써 부정한다. 실용적인 가치가 있는 지식 습득을 통해 발전을 이루고 그 이외의 시간에 건강을 단련하는 행위로서 이루어지지 않는 선비의 삶이란 육욕적 행동으로 치부된다. 점잖음이라는 전근대인의 가치는 건강하지 못하고 성실하지 못하며 미래지향적이지 못하고 생산적이지 못하기에 무가치한 영역으로 전락해 버리는 것이다. 시민의 조건으로 부여되는 공공성, 용감함, 헌신성, 근면과 성실성이란 선비의 예법과 같은 과거의 가치에 대한 부정으로부터 새로운 공민의 육체를 조직하는 요목이 된다. 동생에게 구원을 받은 치선이 "나는 내일부터 『점잖』을바리겟다"고 선언할 수 있는 근거가 여기에 있다.

이상춘과 마찬가지로 이광수에게 학생은 그 논설들에서 나타나는 것처럼 '새로운 공민'의 주체가 된다. 학생은 한 가문의 생물학적 혈통으로서 '자녀'가 아니라 한 국가의 미래 노동력으로서 '새로운 공민'이다. 이러한 관점에서 이광수는 근대 국가의 노동에 적합한 육체의 육성과 관련하여 시간표에 입각한 자녀 양육[99]의 필요를 먼저

---

99) 근대 의학과 가정학은 자녀 양육에서 어머니의 역할을 중시하는 가운데 특히 하루를 일정한 시간표로 나누어 정해진 시간에 젖을 먹이고 잠을 재우고 학습을 시키는 등 시간표에 의한 양육, 양육의 시간관리를 강조하고 있다. 이에 대해서는 김혜경, 앞의 글 참조.

제기한다.

　　元來 正當한 春情 發動의 時期는 男女間 身體的 發育이 거의 完成한 後일지니 發育이 完成하기
前에 春情이 發動한다 하면 此는 病이거나 또는 淫非한 感化에서 生함일지라. 身體의 發育이 完
成하기 前에 男女가 交接하면 中途에 發育이 中止되어 筋肉과 神經系와 臟腑에 大害가 及하나니,
或 身體가 軟弱하게 되면 心臟病, 肺病 등이 發生하며 腦神經이 衰弱하여 記憶力과 判斷力이 衰하
며, 氣象이 沈滯하여지고 意志가 薄弱하여지며, 進取潑刺한 精神이 無하고 結局 無氣力하게 된
다100)

　　이광수는 <조혼의 악습>에서 조혼을 근대적 시간표 양육에서 벗어난 성장이기에 문제라고 간주한다. 조혼은 학생을 성급하게 남편과 아비가 되게 하는 것으로 어린 나이에 과도한 성욕 소모로 인한 노쇠를 가져오기에 생산적인 노동에 적합하지 않은 육체를 만들게 된다. 조숙성에 영향을 미치는 요인으로 기후, 풍토, 지역과 개인차를 들면서 우리의 성인 기준을 남녀 십팔 세, 십오 세로 측정한 후 이광수는 이러한 육체 발육과 성욕 발육의 불일치가 폐병과 심장병 등 질병을 불러오는 원인이 될 수 있다고 주장한다. 조혼은 병을 불러오고 병약함은 수명을 짧게 하여 유전 형질을 열악하게 하고 결국 우리 민족의 쇠퇴를 가져온다는 것이다. 조혼은 아이를 혼인시킨다는 점에서 시간표 양육의 질서에 위배되는 것이기에 그것은 육체적으로 이상을 가져오는 병적 상태로 이해된다. 그리하여 이광수는 법률에 의해 혼인을 관리할 것을 요구한다. 조혼은 혼인이 아니라 '야합이며 간음'이기에 문명적 인간이 아니라 비문명적 짐승의 행위, 야만의 행위로 배척된다. 이와 함께 이광수는 경제적 능력을 갖춘 후 혼인할 것을 요구한다. "左右間 婚姻할 者의 資格은 自己와 妻의 生活費를 能得하고, 更히 未久에 生하고 長하여 敎育을 要求할 子女를 養育할 收入이 有함이니라."(502) 혼인은 독립한 경제단위로서 가정을 형성하는 것이기에 경제력을 가지지 못한 상태에서 혼인한다는 것은 부모의 노예가 되는 것이다. 그리하여 자녀의 교육이 아니라 혼인이 중심이 되는 현재를 그는 "生殖器 中心의 朝鮮 社會"라고 탄식한다.
　　자녀 교육의 의미는 생존 경쟁상의 능력을 부여하는 동시에 문화를 전승하고 발전시키기 위함이다. 자녀의 능력은 축적되고 측정되는 것이며 교육을 통해 능력을 키움으로써 부모의 자식이 아니라 국가의 공민으로 육성되기를 요구받는다. 교육받은 공

---

100) 이광수, 「조혼의 악습」, 『이광수 전집』 1, 삼중당, 1963, 499 – 500면.

민의 틀이 될 자녀, 즉 학생이 자율성을 가진 개인의 기원이 된다. 자녀는 가족의 일원이 아니라 종족의 일원으로서 개인(공민)으로 기록되고, 교육은 그러한 공민으로서의 자녀를 시간표에 입각해 양육하는 과정이 된다.

> 今日과 같이 民族主義가 發達된 時代에 있어서는 善良한 父母는 결코 子女를 '내 아들'이라고 생각하지 아니하고 '내 種族의 一員'이라고 생각하나니, 子女를 낳을 때에도 '내 種族의 一員'이라고 생각하고, 養育할 때에도, 敎育할 때에도, 그가 社會에 나설 때나, 成功할 때에도 '내 種族의 一員'이라는 생각을 끊지 아니하여야 할 것이라.[101]

"朝鮮서는 孝가 最上의 道德이었었"던 까닭에 "父母가 生存하는 동안에는 子女에게는 아무 自由가 없고 마치 專制 君主下의 國民과 같이 父母의 任意대로 處理할 奴隷나 蒙畜과 다름이 없었다."(40)고 조선 자녀의 조건을 제시한 후 이광수는 생물학적 법칙에 기대어 해방의 프로젝트를 전개한다. 생물학이 가르치는 인생의 목적은 개체에 있으며, 종족보존이란 개체보존인 동시에 자녀 보존과 양육에 중심이 놓인다는 것이다. 부모는 자녀에게 양육의 의무를 지고 그 자녀는 새로 부모가 되어 자녀에게 그 은혜를 갚아야 한다는 것으로 전통의 '효'에 입각한 질서를 뒤엎는 전복적 사고를 개진한다. 부모는 자신의 자녀를 결코 '내 아들'이라고 생각하지 않고 '내 종족의 일원'이라는 생각으로 대해야 하며 사적 영역을 넘어 공적 영역의 존재, 국가의 인구라는 관점에서 바라보아야 한다는 것이다.

> 우리는 先祖도 없는 사람, 父母도 없는 사람(어떤 意味로는)으로 今日今時에 天上으로서 쯤土에 降臨한 新種族으로 自處하여야 한다. 그래서 우리의 一生에 우리의 最善을 다하다가 우리의 後代에 오는 健全한 子女들에게 그것을 물려주어야 한다. 우리의 子女로 하여금 우리의 身體와 精神을 온통 그네의 食料를 삼게 하여야 한다(46-47).

'자녀'가 아니라 '공민'의 관점에서 학생을 바라보고 과거적 시간 지향(선조)으로부터 미래적 시간 지향(후손)으로 인식의 변화를 요구하면서 이광수는 새로운 공민의 주체가 될 학생은 부모도 없고 선조도 없이 하늘에서 '강림한 신종족으로' 스스로를 인식할 것을 요구한다. '선배 없는 세대'란 이광수로 대표되는 근대 초기 계몽 지식인들이 가진 특징적인 자기 인식 가운데 하나이거니와, 그들은 신종족이기에 과거와

---

101) 이광수, 「자녀 중심론」, 전집 17, 44-45면.

다른 가치와 감정을 요구한다. 그 가치와 감정은 학교에서 실생활의 교육을 통해 길러지는 것이며, 그들은 새로운 가치와 감정을 체화했기에 신인류, 새로운 공민의 자리를 차지한다고 자부한다. 이광수의 1910년대 소설은 이러한 소년−학생의 자부심, 신인류의 의식을 학생의 육체를 통해 드러내고 있다. 초기 단편인 <소년의 비애>에서부터 선조와 다른 인간이 되고자 하는 의식, '소년'이고자 하는 의식은 직접 토로된다.

> 문호는 이제 십팔세되는 싀골 어느 중등정도 학생인 청년이나 그는 아직 청년이라고 부르기를 슬혀하고 소년이라고 자칭한다. 그는 감정적이오 다혈질인 재조잇는소년으로 학교성적도 매양 일이호를 다 토앗다[102)

청년이지만 '청년이라고 부르기를 싫어하고 소년이라고 자칭'하는 '중등정도 학생인' 주인공, '감정적이고 다혈질인 재주 있는 소년' 주인공을 전면에 내세우면서 이광수는 쉽게 감동받고 눈물을 흘리는 감정적인 모습으로 학생의 정체성을 조직한다. 교육 대상으로서 감정을 조직하고, 감정의 체화로서 육체를 조직하는 형태가 이광수 초기 소설의 특징인데, 소년은 그러한 육체를 대변한다.[103) 소년 문호는 "천성이 여자를 사랑하는 마암이 잇는지 부친보다도 모친끠 숙부보다도 숙모끠 특별한 애정을 가진다." 부친보다 모친의 질서에 가까이 있는 문호의 형상은 이지적인 사촌 문해와 대별된다.

> 문호는 문해를 사랑하건만 문해는 문호의 감정적인 것을 슬혀하엿다. 그럼으로 문호가 자매들 속에 석겨노는 것을 항상조소하고 자매들이 문호에게 취하는 것을 말은못하면서도 항상 불만히녀겻다. 그럼으로 문해는 자매계에 일종의 존경을 바드나 친애는 밧지못하엿다. 문해는 자매들이 자기를 외경함으로 자기의 "졈지아니하다"는 자랑을 삼고 문호에 비하야 인격이 일층우인 것으로 자처하엿다(108).

문해가 '존경'을 받는 어른의 지향을 나타낸다면 문호는 '친애'를 받는 소년의 지향을 나타낸다. 그러므로 문해가 "知的, 善的 문학을 愛한다"면 문호는 "美的, 情的 문

---

102) 이광수, <소년의 비애>, 『청춘』8, 1916.5, 106면.

103) 신수정은 이광수 초기 소설에 나타난 이러한 감정교육의 측면을 여성성의 수행 연출을 통한 근대적 남성의 탄생 징후로 읽고 있다(신수정, 「감정교육과 근대남성의 탄생−이광수의 초기 단편소설을 중심으로」, 『여성문학연구』15, 2006.12). 그러나 눈물, 동정, 정한의 요구와 같은 측면을 여성적인 것으로 지칭하는 것 역시 근대의 산물이므로 이러한 성격을 여성성으로 볼 것인가, 소년의 자질로 볼 것인가에 대해서 의문이 생긴다. 즉 1910년대 이광수의 소설은 여성성의 수행을 나타내는 남성의 탄생이 아니라 유년과 소년에 대한 지향성을 드러내는 장치로서 감정 교육이 이루어지는 것으로 보는 것이 타당하지 않을까 한다.

학을 愛"한다. 합리성보다 먼저 감정의 요구를 통해 신인간의 재편을 도모하는 것이다. 봉건적 가부장제의 구속적 성격에 대한 거부감을 여러 논설을 통해 드러낸 이광수는 이 작품을 통해 '엄격한 아비' 대신 '다정한 오라비'의 가능성과 가치를 그린다. 이광수의 '소년'은 애정을 구하는 존재로서 정육(情育)의 대상이자 주체가 된다.

(2) 우애와 동정: 〈무정〉에 나타난 학생의 육체와 감정 교육

이광수는 초기 논설을 통해 지육, 덕육에 못지않은 감정 교육의 요구를 제출한다. <今日 我韓靑年과 情育>에서는 문학을 정육의 직접 대상으로 설정하고 있다.

> 人은 實로 情的 動物이라. 情이 發한 곳에는 權威가 無하고, 義理가 無하고, 智識이無하고, 道德 健康 名譽 羞恥 死生이 無하나니, 嗚呼라 情의 威요, 情의 力이여 人類의 最上 權力을 握하엿도다. (중략) 情育을 其勉하라. 情育을 其勉하라. 情은 諸義務의 原動力이 되며, 各活動의 根據地니라. 人으로 하여금 自動的으로 孝하며, 悌하며, 忠하며, 信하며, 愛케 할지어다.104)

이 글에서 '情育'은 지덕체의 교육을 즐기도록 만드는 원동력으로 제시된다.' 기본적 지덕체 교육을 수행하되 그에 동반하여 정육을 면려하면, 정육이 지덕체의 교육 없이도 자발적으로 지덕체의 사상을 낳을 수 있다는 것이다. 정육론은 감정의 교육을 넘어 행동의 관리, 육체의 관리로 이어진다. 이광수는 정육론을 통해 모든 것을 자발적으로 판단하고 행동하는 개인의 주체성을 강조하고 있는 것이다. 이광수가 요구하는 '情'은 힘이다. 즉 그것은 자발성과 자율성이라는 행동 유발의 능력과 감정을 연계한 것으로, 정육이란 개개인을 근대적 주체로 정립시키는 통제의 내면화를 의미하게 된다. 타율적으로 부과된 육체 질서를 자율적이며 자발적인 것으로 만드는 공리가 정육의 논리이다. 즐길 수 있는 지식, 도덕, 건강(지덕체)이란 의무로 부과된 육체 규율을 자발성의 이데올로기(자발적 복종)로 변환함으로써 생기는 것이다. 학생에게 무엇보다 먼저 정육의 면려를 요구할 때 이광수는 학생의 육체를 개화기 논설에서 보여 주는 것처럼 단순히 위생 담론에 입각하여 조직한다든지 국가에 대한 공민의 관점에서만 조직하는 것이 아니라, 그 속에 체화한 감정, 육체로 습득된 통제의 자율성

---

104) 이광수, 「금일 아한청년과 정육」, 전집 1, 474-475면.

이라는 의미를 담게 된다. 그렇다면 문제는 정육을 통해서 길러진 학생(금일 아한청년)이 욕망을 어떻게 통제하며 행동을 어떻게 재조직하고 감정을 어떻게 표출하는가가 될 것이다. <무정>은 근대적인 육체의 규율을 내면화한 주체로서 학생이 어떻게 감정을 조직하고 행동하는가를 서사화하고 있다.

    <무정>은 제목부터가 새로운 감정의 요구, 유정한 세계의 요구를 담고 있다. <무정>의 새로움이란 새로운 서사, 새로운 인간, 새로운 감정의 조직과 관련된다. <무정>을 근대적 사랑(자유연애)의 형식으로 바라볼 때,[105] 그 감정 조직의 특성을 학생의 육체와 관련하여 해명할 필요가 있다. <무정>이 요구하는 새로운 감정이란 부부애[106]도 아니고 낭만적 연애도 아닌, '학생의 우애'이기 때문이다.

> 리형식은 아직 독신이라 남의 녀즈와 갓가히 교제ᄒ야본 이 업고 이러케 순결ᄒ 쳥년이 흔히 그러
> ᄒ모양으로 젊은 녀즈를 대하면 자연 수접은 생각이 나셔 얼굴이 확확 달며 고개가 저절로 슉어진
> 다[107]

『혈의 누』의 구완서 - 옥련의 만남과 달리, 이형식은 가정교사로서 선형을 만나는 자리에서 자신을 젊은 독신남성으로 인식한다. 즉 교사와 학생의 공식적 관계보다 남자와 여자라는 사적 관계에서 자신을 인식하고 부끄러움과 당혹감을 느낀다. 이는 가정교사라는 만남의 특수성에 기인한다. 가정교사는 교사 - 학생 관계의 공적 의미와 함께 남녀의 교제라는 사적 의미를 갖는다. 안동 김장로가 이형식을 사윗감으로 점찍고 두 남녀의 만남을 주선하기 위해 가정교사 자리를 마련한 것은 근대 이행기 남녀의 연애결혼에서 주요한 계기를 이룬다. 그리하여 가르치는 일에서 이형식이 기대하는 것은 먼저 "입김과 입김이 서로 마조치렷다. 혹 저편 히사시가미가 내 이마에 스칠 때도 잇스렷다. 책상 아래서 무릎과 무릎이 가만이 마주닷기도 ᄒ렷다"(36)라는 접

---

105) 손정수는 〈무정〉이 계몽적 실천의 우위에 입각해 있는 까닭에 1910년대를 대변하는 작품이 되지 못한다고 본다(손정수, 「1910년대 문학에 나타난 계몽성의 변모 양상에 대한 고찰」, 문학사와 비평 연구회편, 『한국문학과 계몽담론』, 새미, 1999). 그에 따르면 1910년대 미적 계몽주의의 요구가 제출되어 단편소설을 중심으로 실험되고 있었는데 〈무정〉은 그에 이탈하는 작품이라는 것이다. 하지만 이러한 인식은 〈무정〉의 계몽 담론에 중심을 두는 것으로 남녀 간 욕망과 육체의 측면에서 바라볼 때 〈무정〉을 단지 계몽적 실천으로만 바라보는 것은 한계를 갖는다. 최근에는 〈무정〉의 연애 서사적 측면을 새로이 고찰하는 연구들이 나타나고 있다. 구인모, 「〈무정〉과 우생학적 연애론」, 『비교문학』 22, 2002 / 서영채, 『사랑의 문법』, 민음사, 2004.
106) 권보드래는 〈무정〉의 연애를 '부부애'로 바라보며 20년대의 낭만적 연애와 구분 짓고 있다. 권보드래, 「열정의 공공성과 개인성」, 『한국학보』106, 2000, 108 - 110면.
107) 이광수, 김철 교주, 『바로잡은 〈무정〉』, 문학동네, 2002, 35면.

촉에 대한 상상이 된다. 남녀의 만남은 그것이 공적 형식을 매개할지라도 사적 감정 또는 관계를 맺는 것으로 이어진다. 그렇기 때문에 신우선은 형식이 선형의 개인 교수를 하러 간다는 말에서 바로 '엔게지먼트'를 읽어낸다. 이형식은 자신에게 "시쳘 하이칼라 쳐즈의 애정을 끌어만흔 아모 힘도 업다"고 생각하지만 그럼에도 신우선의 '엔게지먼트'라는 말에 기뻐하고 접촉에 대한 상상을 불러일으키는가 하면 그것을 억누르려고 하는 등 혼란스러워한다.

김장로가 형식을 딸의 가정교사 혹은 남편으로 두는 데에는 그의 '신용'이 자리하고 있다. "형식은 남이 젊은 뚤을 제게 맛기도록 제 인격을 신용ᄒᆞ야 주는" 사람으로, '인격의 신용'이라는 요건에서 선형의 배필로 맺어진다. 이는 새로운 남녀 관계가 일종의 경제적 계약관계와 같은 것이며 계약에서 중시되는 것이 가문이나 신분이 아니라 개인의 인격적 '신용'임을 보여 준다. 형식은 김장로의 신용 논리에 순응해 선형에 대한 접촉의 상상을 거세하고 선형을 '누이'로 재호명한다.

> 형식은 선형을 즈기의 누이라고 생각ᄒᆞ얏다 이ᄂᆞᆫ 형식이가 남의 쳐녀를 대할 때마다 생각ᄒᆞᄂᆞᆫ 버릇이니, 형식은 쳐녀를 대할때에 누이라고밧게 더 생각ᄒᆞᆯ줄을 모르ᄂᆞᆫ 사람이라 그러면셔도 알수업ᄂᆞᆫ 것은 가슴속에 이상ᄒᆞᆫ 불길이 일어남이니(40)

형식이 선형을 누이라고 인식하는 것은 욕망을 제어하는 방식인 동시에 새로운 욕망을 조직하는 방식이다.[108] '누이'로 인식된 대상은 가족 윤리 속으로 들어와 친근성을 조직하고 성적 욕망의 억제를 가져오는 금기의 일부분이 된다. 즉 선형을 누이라고 인식하는 것은 "사회의 질서를 유지ᄒᆞ기 위ᄒᆞ야 도덕과 수양의 힘으로 제어"(49)하는 전략의 일부분이다. 그러나 선형을 '누이'로 인식하는 것은 그녀를 '어느 대감의 영양'으로 인식하는 것과 달라서 친밀감을 바탕으로 하는 것이다. 대상을 그를 둘러싼 환경으로부터 분리하여 그 개인성에 입각해 감정 교류의 주체로 확보함으로써 우애를 나누며 사랑을 형성할 수 있는 개체로 인식하는 것, 이것이 근대적 연애의 출발점으로서 '누이 인식'의 의미가 된다.[109] 이형식이 여성을 누이로 이해하는 것은 당시

---

108) 김윤식은 〈무정〉에서 이광수의 '누이 콤플렉스'를 특징적인 것으로 제기한다. 하지만 '누이'가 정결성의 측면에서만 관측되어 욕망의 대상이기도 하다는 점이 분명히 드러나지 않는다. 김윤식, 『이광수와 그의 시대』1, 개정증보판, 솔 출판사, 1999, 585 – 595면.

109) 반면 이형식에 의해 누이로 호명된 신여성 선형이 이형식을 자신의 오라비로 호명하는가 하는 문제는 재고가 필요하다. 근대화 과정에서 여성은 일방적으로 누이로 호명될 뿐 누이가 먼저 오라비를 호명하지는 못한다. 이러한 남성중심적 담론을 배척하면서 나혜석 등 1910년대 신여성들은 스스로를 오라비의 누이가 되는 대신 노라로 호명하며 가

신교육을 받은 학생(신지식층 남성)의 전형적인 이해이기도 하다. 가령 영채와 계월화가 평양 '패성학교' 함교장의 연설을 들으러 갔을 때, 그들을 대하는 학생들의 태도 역시 '누이'의 이해에 입각해 있다.

> 그네가 "져것을 내것을 삼앗스면"ᄒᆞᄂᆞᆫ 생각이 난다ᄒᆞ더라도 결코 다른 사ᄅᆞᆷ들과 ᄀᆞᆺ치 희롱ᄒᆞ랴 ᄒᆞᆷ 이아니오 "나의 안해를 삼아 ᄉᆞ랑ᄒᆞ고 공경ᄒᆞ리라"ᄒᆞᆷ이라 다른 사ᄅᆞᆷ들은 월화를 다만 한작난감으로 알 되 그네ᄂᆞᆫ 비록 기생을 천히녀긴다 ᄒᆞ더라도 그 역시 내 동포여니 내 누이어니 ᄒᆞᄂᆞᆫ 생각은 잇다 (218-219)

학생의 논리는 기생이든 여학생이든 젊은 여성을 희롱물이 아니라 동포나 누이 혹은 사랑의 대상으로 간주하는 것이다. 이형식으로 대변되는 학생들은 모든 여성을 인간의 관점에서 바라보고 동포와 누이라는 형식으로 재배치함으로써 욕망을 제어하고 여성의 섹슈얼리티와 미모의 의미를 재편한다. 이는 기생이나 양반이라는 신분과 무관한 보편적인 인간 존엄성의 논리에 기인한다. "형식은 녀학생과 기생을 구별ᄒᆞᆯ줄을 모른다 형식의 생각에ᄂᆞᆫ 녀학생이나 기생이나 사람은 마찬가지 사ᄅᆞᆷ이라 한다"(236)와 같은 인간학이 제출되는 것이다. 하지만 이러한 논리에 선 이형식조차 기생과 여학생의 구분에서 자유로운 것은 아니다. 오라비로서 바라보는 누이란 새로운 관계 맺기, 새로운 가정 구축의 논리와 연결된 까닭이다. 즉 이형식이 누이라고 호명하는 것은 여성으로서의 섹슈얼리티를 갖되 학생으로서 정결성을 잃지 않은 대상에만 한정되는 것이다.

> 난대로내어바린 감은 눈섭이 하얏코 넓즛ᄒᆞᆫ 니마에 뛰렷이 츈산을 그리고 기름도 아니바른 깜ᄒᆞᆫ 머리ᄂᆞᆫ 언제나 비셧ᄂᆞᆫ가 허트러진 두어올이가 볼구레 복숭아꼿ᄀᆞᆺ흔 두뺨을 가리어 바람이 부ᄂᆞᆫ대로 하ᄂᆞᆫ 쟉하ᄂᆞ쟉 꼭다믄 입술을 따리고 깃좁은 가ᄂᆞᆫ 모시적삼으로 혈색조흔 고은 살이 몽롱하게 비쵸이며(47)

형식은 선형에게서 먼저 얼굴의 아름다움과 살의 따뜻함 같은 섹슈얼리티를 발견한다. 접촉의 환상이 그녀의 이미지를 지배한다. '최초로 접한 젊고 아름다운 여인'이라는 논리로 정리되는 선형의 매혹은 그의 섹슈얼리티에 가로놓인다. 그런데 형식은 섹슈얼리티를 억제하는 것이 아니라 재배치하는 형식으로 누이 인식을 작동시킨다.[110]

출을 결행한다. 이에 대해서는 졸고, 「여성주의 문학연구 방법과 한국 근대소설의 자아」, 『한국현대문학연구』28, 2008.12 참고.

110) 이영아는 영채의 섹슈얼리티가 부부관계를 차단한다고 보지만(이영아, 「이광수 〈무정〉에 나타난 '육체'의 근대성 고찰」, 『한국학보』 106, 2002) 선형 역시 특정한 섹슈얼리티로 환기된다는 점에서 이는 재고가 필요하다. '우애'로 재편되

그래서 그는 선형을 누이라고 인식하면서도 '가슴 속에 이상한 불길이 일어남'을 인지하고 이를 "청년남녀가 갓가히 접할 대에 마치 음전과 양전이 갓가와지기가 무섭게 셔로 감응하야 불꽃을 일니는 것과 갓치 면치 못할일"이라고 합리화한다. 이처럼 가정교사 형식과 제자 선형의 결합이 '누이'의 인식을 통해 욕망을 우애로 재편하는 형태를 나타낸다면, 기생인 계월향은 여학생 영채가 됨으로써만 우애의 대상으로 재편된다. 계월향으로서 그녀는 결코 형식의 누이로 호명되지 못하며 따라서 그의 욕망을 자극하지 못한다. 반면 그녀가 여학생 영채로 변화할 때 그녀의 참된 아름다움이 발견되고 그는 누이로 호명된다. 영채를 중심으로 한 서사는 동정의 교육을 강조한다.

> 새로온 운동이 일어나고 각쳐에 학교가 울흥ㅎ며 눈물흘리ᄂ는 사람이 만케되었다 박진수ᄂ는 즉시 머리를 깍고 검은옷을 닙고 아들 둘도 그러케 시켯다 머리깍고 검은옷닙ᄂ는 것이 그때치고ᄂ는 대대덕 대용단이라 이ᄂ는 수천여년 나려오던 구든 습관을 다 깨트려바리고 온젼히 새것을 취ᄒ야 나아간다ᄂ는 표라 (57)

영채의 부친이자 형식의 스승인 박진사의 신교육은 무엇보다 '눈물'의 교육이다. 박진사는 새로운 문물을 남들보다 먼저 받아들이고 실천한 지식인으로서 이형식의 참된 스승이라 할 수 있다. <무정>에서 눈물은 시대를 인식하고 감탄하는 기호이다. 안 뱅상-뷔포에 따르면 눈물은 슬픔과 분노, 감동, 기쁨 등 다양한 사회적 감정의 표출 방식에 해당하는 것으로 시대 사회적인 맥락 속에서 다른 형식과 의미를 가진 것으로 이해된다.[111] 눈물을 흘리는 방식 자체가 사회적인 맥락을 가진다는 것이다. 문명개화를 받아들이는 새로운 운동이 곳곳에서 일어나고 학교가 세워짐으로써 늘어나는 '눈물 흘리는 사람'이란 곧 공공연히 흘려지는 눈물의 의미가 이전과는 변화했다는 것을 의미한다. 이형식과 박진사를 비롯하여 '눈물 흘리는 사람'은 새로운 시대, 근대 서양 문명을 받아들임으로써 새로운 육체를 갖춘 존재로 재편되었다는 의미를 가지며 그 신인류의 감정 구조를 대변하는 표현으로 눈물이 제시된다. 제목에서 환기

는 섹슈얼리티의 의미 해명이 필요한 것이다.

111) '눈물'이라는 육체화된 감정 표현에 있어서 사회적 제도화가 개진한다. 안 뱅상-뷔포에 따르면 서구사회에서 눈물의 의미가 18세기와 19세기를 거치는 가운데 변화했다고 한다. 18세기의 '눈물'에서 두드러지는 것은 눈물이 교환되고 공유되며 환희와 함께 혼합된다는 것이다. 눈물의 이러한 공적인 면은 내적 눈물의 체험과 대조를 이룬다. 후자는 19세기에 발전하여 남성과 여성의 역할을 나눈다. 예의바른 행동거지에 대한 부르주아 계급의 강요가 19세기에 들어서는 눈물이 가지고 있는 감정 표현의 측면을 무시하고 더 나아가 비난의 대상으로 삼기까지 한다. 안 뱅상-뷔포, 『눈물의 역사』, 이자경 역, 동문선, 57-62면 참고.

되듯 무정한 세계를 조상하고 유정한 세계를 꿈꾼다는, 눈물 흘리는 사람의 요구는 <무정>에서 각 장면마다 넘쳐나는 인물들의 눈물을 통해 환기된다. 사실 <무정>은 이형식이라는, 손쉽게 감동하고 손쉽게 오해하고 손쉽게 분노하는 변덕스러운 남성을 주인공으로 설정하면서 그가 곳곳에서 눈물을 흘리는 모습을 그리고 그 눈물의 의미를 추적하는 이야기라고 볼 수도 있다.[112] 이형식이 곳곳에서 흘리는 눈물, 특히 영채의 이야기를 들으면서 흘리는 눈물은 '동정'의 의미를 갖는다.

이광수는 초기 논설 <동정>에서 동정을 "나의 몸과 맘을 그 사람의 처지와 경우에 두어 그 사람의 심사와 행위를 생각하여 줌이니, 실로 인류의 영귀한 특질 중에 가장 영귀한 자"라고 간주한다. 이렇게 고귀한 감정-윤리로서의 동정은 또한 문명의 수준과 비례하는 것으로 이해된다.

> 現代에 보아도 文明諸國 人士는 同情이 豊富하여 慈善, 獻身, 容恕, 公益 등 諸美質이 己되고 無情하여 마치 선뜻하기 蛇蝎을 대함과 같고 강팍하기 猛禽惡獸 같으며 個人中에도 精神이 高尙한 이는 同情이 富하여 남의 悲를 나의 悲로 여기고, 남의 不幸을 제 不幸으로 여기나니[113]

동정은 공감이나 연민과 관련된 감정으로 낭만주의적 기원을 갖는 개념이다.[114] 동정이란 타인의 위치에 섬으로써 그의 고통과 기쁨이 또한 자기 것이 되게 함을 의미하는데, 이광수는 이를 받아들이면서 특히 타인의 고통과 관련한 역지사지의 태도를 중시함으로써 박애와 자선, 헌신, 용서, 공익 등의 개념과 연관 짓는다. 즉 이광수는 동정을 사회성이나 공익정신을 강조하는 서구 문명의 세련성으로 받아들인다. 그렇기 때문에 <무정>에서 동정은 항상 불행한 운명을 가진 개인에 대해서 발현되며, 그 표현이 '눈물'이다. 그것은 근대화되지 않은 시대의 발견과 연결된다. 스스로를 깬 자로 치부하고, 깨어 있지 않은 시대를 대상으로 발견하며, 자신을 그 상대항의 문명으로 발견한 자리에 동정이라는 감정이 분출한다. 이렇게 볼 때 동정은 우월성의 표시이며 천재의 표시이다.[115] '눈물 흘리는 사람'은 문명의 요구인 동시에 선각자의 요구

---

112) 이형식은 자신의 눈물이 기생어미나 하숙집 노파와 같은 인물들이 흘리는 손쉬운 눈물과는 다른 것이라고 힘주어 말하고 있기도 하다.

113) 이광수, 「동정」, 전집 1, 557면.

114) 막스 셸러에 따르면 동정은 함께 느끼고 생각한다는 공감의 개념과 연결되어 있는 것으로 이는 단순히 대상에 대해 불쌍히 여긴다는 연민으로 축소되지는 않는다. 막스 셸러, 『동정의 본질과 형식』, 이을상 역, UUP, 2002, 113-114면 참고.

115) 김현주는 <무정>이 가진 감정 교육으로서의 문학 교육의 의미를 지적하면서 작품이 조직하는 감정의 내용으로 개인

인 것이다. 이광수의 '동정'에는 천재의식이 자리한다. "凡人에게는 同情이 없음"이 그의 논리이다. 그것은 신인류로 자처하는 소년―학생만이 가질 수 있는 것, 차별적인 특권이 되는 것이다. 그러므로 이광수는 '범인'이 아니라 동정을 가진 '천재'를 학생의 육체를 통해 보여주고자 한다.

동정과 우애는 <무정>에서 상이한 의미를 갖는다. 사적 관계를 맺을 수 있는 대상(선형)에게 이형식은 우애의 감정을 부여한다. 사적 관계와 무관한 공적 자리에서 그는 동정의 감정을 형성한다. 동정은 '우리' 의식 이전, '저희들'의 발견과 연결된다. 즉 그것은 완전한 합일의 감정이 아니다. 동정이 눈물을 수반하는 것은 그것이 자비나 박애의 종교적 감정과 연결되기 때문이다. 눈물(동정)은 이광수에서 나도향으로 오면서 그 의미가 달라진다. <무정>과 동일한 이야기 구조를 가진 나도향의 <환희>에서 눈물은 <무정>과 같은 공적인 의미를 부여받지 않는다. <무정>에서처럼 우월한 자(형식, 선형, 병욱)가 열등한 자(계월향, 삼랑진 수재민들)를 향해 흘리는 눈물이 아니라 사적 비밀을 공유하거나 감정을 공유하는 친구나 남매가 서로를 향해 흘리는 눈물이 묘사된다. 다시 말해 그것은 내밀한 체험의 공유(우애)에 입각하여 재편된다. 대상의 열등성을 향해 흘려지는 것이 아니다.

<무정>에는 수없이 많은 눈물이 영채의 이야기에서 분출되는데, 그 눈물과 함께 영채의 운명에 대한 동정이 행해진다. 첫 장면에서 영채는 "모시 치마 저고리에 머리도 여학생 모양으로 쪽쪘"지만 어딘지 모르게 기생의 티가 나는 여인으로 묘사된다. 영채의 육체를 둘러싸고 <무정> 전반부는 세 가지 의문을 제시한다. 1) 영채는 기생인가, 여학생인가, 2) 계월향은 강간을 당했는가, 정절을 지켰는가, 3) 영채는 죽었는가, 살았는가. 그런데 영채의 육체를 둘러싸고 진행되는 이 이야기들에서는 진실이 기표를 통해 미끄러질 뿐 최후까지 의문으로 남는다. 영채가 기생인가 여학생인가 하는 의문은 그녀의 옷차림과 태도를 통해 환기될 뿐, 계월향의 순결 문제가 제기될 때까지 그 답이 제시되지 않는다. 계월향이 강간을 당했는가, 정절을 지켰는가 역시 찢긴 치마와 피가 나는 입술, 동여맨 팔다리를 통해 환유될 뿐,[116] 영채의 유서가 발견

을 재편하는 '정'과 민족을 재편하는 '동정'을 나누고 있다. 하지만 '동정' 역시 근대 문명적 개인의 자질로서 요구되는 것이므로 '정'과 분명히 구분 짓기 어렵다. 김현주, 「문학 예술 교육과 '동정'」, 『상허학보』12, 깊은샘, 2004 / 손유경, 「1920년대 문학과 동정」, 『한국현대문학연구』16, 2004.12 참고. 김현주는 '동정'이 동질감을 강조함으로써 민족이라는 인공의 집단에 대한 상상력을 제시한다고 보지만 〈무정〉에서 동정은 동질감을 조직하기보다는 차이와 우열을 조직하는 것처럼 나타난다.

116) 이 때문에 영채가 실제로는 강간을 당하지 않았다는 주장이 제기되기도 한다. 장영우, 「〈무정〉 연구」, 『1920년대 동

될 때까지 의문이 풀리지 않는다. 영채가 죽었는지 살았는지 역시 형식의 약혼이 완료되는 순간까지 밝혀지지 않는다. 이처럼 영채의 육체가 기표들의 환유로 구성됨으로써 영채라는 존재는 그 실체를 완전히 드러내지 않는다. 그녀는 출신이나 신분을 통해 정체성을 규정받지 못하기에 그와 다른 개인적 자질을 탐색해야 하는 존재로서 그려진다.

<그림 6> 모자를 쓴 평양 미인(1920년)

외양과 행동에서 드러나는 기생의 특성과 출신에서 오는 고귀함이 공존하는 데 영채의 모순이 있다. <소학>과 <열녀전>의 가르침, 아버지의 "형식과 혼인하련"하는 말로부터 그녀의 욕망과 삶이 조직된다. 이것이 '참인생'이 아니라는 것을 깨닫기까지 영채의 육체는 실체(정체성)를 드러내지 않은 채 기표의 환유로 구성된다. 영채에게 있어 형식에 대한 사랑이란 아버지에 대한 사랑과 같다. 영채는 아버지의 명령에 고착되어 현실을 망각한다. 그가 칠 년 동안의 기생 생활을 통해서 전혀 변화하지 않았던 것은 그녀 스스로 성장을 거부한 까닭이다. 그에게 형식은 아버지를 대리하는 존재이기에 찾아야만 하는, 자신을 무조건 이해하고 구원하는 존재로 자리한다.

> 몸이 팔려 기생노르흔지가 이미 륙칠년에 여러 남ᄌᆞ의 청구도 만히 바닷건마는 아직 한번도 몸을 허ᄒᆞ젹이 업슴은 어릴젹 소학 렬녀전을 배혼 ᄭᅡ닭도 되거니와 마음속에 형식을 닛지못흔 것이 가장큰 까닭이엇다. 부친ᄭᅥ셔 「너는 형식의 안해가 되어라」ᄒᆞ신말삼을 쟈라나셔 생각하니 다만 일시 롱담이 아니라 진실로 후일에 그 말삼대로 ᄒᆞ시려흔것이라 ᄒᆞ고 내 몸이 가로가되더러도 부친의 뜻을 아니어 그리라 ᄒᆞ엿다(74-75)

영채에게 형식은 '情人'이 아니라 '과업'이다. 자신의 잘못된 선택 때문에 자결한

인지 문학과 근대성 연구』. 깊은샘. 2000. 375-376면.

94

아버지에 대한 죄책감에서 벗어나기 위해 그녀는 형식의 동정을 요구한다. '부친의 뜻을 아니 어기리라'는 의무감은 곧 부친이 자신(의 행동)을 처벌했다는 데서 오는 좌절감을 보상받으려는 심리로, 이는 형식이 박진사에게 입은 은혜 때문에 영채에 대해 의무감을 느끼는 것과 같은 논리에 선 과업이다. 이러한 의무와 과업의 부채 의식하에서 진정한 동정은 조직되지 않는다. 그렇기 때문에 동정의 논리를 펴는 형식은 영채의 운명 이야기가 시작되자 곧 그녀가 기생일지도 모른다는 사실에서 불쾌감을 느낀다. 형식은 "아무리 보아도 기생의 태도가 나타나"는 영채의 몸을 보며 "그러면 벌써 여러 사람에게 몸을 더럽혔으려니, 만일 그렇다 하면 자기 아내 못 되는 것이 한"이라고 생각한다. 영채가 처녀가 아니라고 생각하는 순간 형식은 영채에 대해 동정 대신에 미움을 갖고 "선형을 생각하엿다. 저 선형은 참 아름다운 처녀다. 얼굴도 아름답거니와 마음조차 아름다운 처녀다. 저 선형과 이 영채를 비교하면 실로 선녀와 매음녀의 차이가 아닐가" 생각한다. 육체의 정결성은 정신의 아름다움으로 바뀐다. '선녀'는 근대 가정이 요구하는 이상적 주부를 환기시킨다. 아름답고 현명하며 정결하고 모성애로 가득 차 자녀와 남편에게 즐거운 안식을 주는 존재로서의 주부는 정결성의 선녀적 이미지로부터 기원한다. 선형을 선녀로 이해하는 것은 그녀를 자신의 아내가 될 수 있는 존재로 인식하는 것과 같다. 영채를 기생으로 보는 순간 그녀는 아내나 누이가 되지 못하고 누이로 인식되는 선형이 떠오른다.

영채의 육체는 형식에게 동정의 대상인 동시에 불쾌감의 근원이다. 형식은 영채의 이야기를 들으며 두 감정 사이를 시계추처럼 왔다 갔다 한다. 영채의 섹슈얼리티는 형식을 매혹하는 동시에 그에게 불안을 가져온다. 그녀의 섹슈얼리티는 따뜻한 살맛과 분 냄새, 기생 티가 나는 언어동작에서 환기된다. 하지만 이는 형식이 선형을 처음 만났을 때에도 느꼈던 것이다. 차이가 있다면 형식이 선형에게는 누이라는 호명을 부여해 욕망을 재배치한다면 영채에게는 기생이라는 호명을 채택해 욕망을 가시화하고 그 육체를 '더러운 것', '더럽혀진 것'으로 단정한다는 데 있다. 영채는 형식이 기생 신분을 안 순간 자신을 동정하지 않을 것임을 직각하고 "지금까지 죽은부모와 동생을 만나보듯흔 반가온 졍이 슬어지고 새로온 셜음과 새로온 붓그러움이 생긴다 아아 역시 남이로고나 형식이도 역시 남이로고나 마음노코 제속에 잇는 비밀을 다 말ㅎ지못ㅎ겟고나ㅎ엿다"(100) 영채는 형식이 오라비나 아버지가 될 수 없는 존재임을 이해함으로써 형식이 자신을 동정하지 못함을 파악한다. 부친의 처벌은 형식의 동정을 통해서만 해소되지만 그 동정이 불가능하기에 영채는 형식을 만나고 돌아오는 밤 자결을 생각한다. 그러므로 영채의 평양행(자살행)은 그녀가 강간을 당했기 때문이 아니라, 형식의 동정이 불가능함을 깨닫는 데 기인하는 것이라고 보아야 한다. "내가 행실이 부정흐야 기생이 된줄로 알으시고 마참내 주살까지흐셧거든 부모죠차 이러흐거던 하물며 형식이야 엇지 내 말을 신용을 흐랴"(114)는 것이 영채의 절망 내용이다.

이런 상황에서 영채의 강간은 그녀의 육체적 재구성을 위해 필요한 장치가 된다. 그녀는 처녀성을 깨뜨림으로써 열녀 관념을 버리고 박영채라는 개인으로 탄생한다. 강간은 '피'의 이미지로 환기되는데 이는 기생 계월향의 죽음을 의미한다. 강간은 소학과 열녀전에 의해 획득된 거울상,[117] 결코 현실과 융합하지 못하는 이상적 자아상을 깨뜨리고 현실의 계월향(기생의 위치와 기생의 육체)을 깨닫게 한다. 강간을 통해 이제까지 자신이 이상화한 처녀 – 기생의 육체가 가진 환상성에 직면한 영채는 <소학>과 <열녀전> 등에서 비롯된 환상에 대한 처벌 방식으로 자신의 입술을 물어뜯고 피를 뽑아내는 자학을 나타낸다.

> "내가 깨물엇소! 뜨더 먹을양으로 깨물엇소 남들이 내 살을 다 뜨더 먹는데 나도 내 살을 뜨더 먹을 양으로 깨물엇소!"
> 이 말을 홀 때에 영채는 로파의 두터움게 생긴 입술을 깨물어 뜻고 십헛다 (중략) 영채는 로파의 눈물을 보고 저 눈물 맛은 쓰고 차리라 흐얏다 영채는 물어뜻긴 입술이 앏흘가 보아서 부드러운 면쥬 슈건으로 가만가만히 피를 씻는다 씨스면 또 나오고 씨스면 또 나오고 깁히 박힌 압니발 자국으로 새빨간 피 방울이 련흐야 소사나온다(268 – 269).

스스로 입술을 깨물어 피를 흘리고 자신의 더럽혀진 입술에서 피를 모두 뽑아내는 것, 이는 고통을 통해 자신의 환상과 육체적 더러움을 정화하려는 행위로 자결과 같은 의미를 갖는다. 영채는 기생 어미의 위로를 받으며 자신이 이제까지 가져온 열녀의 환상이 완전히 깨어진 데서 오는 현실 인식, 즉 '남들이 내 살을 다 뜯어 먹는다'는 냉혹한 현실을 자각하고 이제까지의 환상을 처벌하기 위해 자결의 결심을 굳힌다. 영채의 끊임없이 흘러나오는 피와 눈물은 역설적으로 영채 자신이 아니라 영채의 기생 어미에게 감화력을 갖게 되는데, 영채의 기생 어미가 흘리는 눈물은 여기에서 차

---

117) 거울상이란 라캉의 이론에서 제기된 개념으로 유아가 거울 속의 자신의 모습을 완전한 것으로 이해하면서 자신의 실제 정체성과 유리된 하나의 시각적 산물을 획득하는, 거짓된 정체성의 경험을 말한다. 자끄 라캉, 『욕망이론』, 권택영 역, 문예출판사, 1993, 23 – 39면.

고 쓴 맛을 가진 것으로, 그것은 잠깐 동안 흘려질 뿐 진정한 감정 교육이 되지 못한다. 그녀의 감정 교육은 영채가 정말로 자신의 살을 모두 물어뜯는 순간, 즉 영채의 자결 결심을 알게 되는 순간 행해진다. 영채의 자결은 형식이 자신을 동정하지 않음을 확인했을 때 이미 결정된 것이기에 강간은 자결의 순간을 앞당기는 것일 뿐 자결의 명분이 되지는 않는다. 영채가 자결 시도를 포기하는 것은 그녀가 강간을 당하지 않았거나 당했기 때문이 아니라 자신을 진정으로 동정하는 사람, 우애에 입각해 자신을 이해하는 사람을 발견하기 때문이다. 그녀는 열녀의 거울상을 깨뜨리고 기생으로서 현실을 발견하지만 기생으로서 성인이 되는 대신 진정한 동정자이며 동무인 병욱과 자신을 동일시함으로써[118] 학생이라는 새로운 거울상의 세계로 들어간다.[119] 여기에 영채의 전신이 가진 특징이 있다.

'인간'으로서 영채의 발견은 병욱이 영채의 눈에 들어간 석탄가루를 꺼내 주면서 시작된다. 영채가 하필이면 석탄가루 때문에 눈물을 흘린다는 것은 상징적이다. 석탄가루는 눈물의 성격이 운명의 비애에서 독립한 개인의 각성으로 변화하는 계기를 마련한다. 단지 이물질이 들어갔기 때문에 흘리는 눈물은 자기 운명에 대한 체념에서 나오는 눈물과 다른 것이다. 이러한 눈물은 반성을 가져온다. 이는 병욱의 우애에 입각한 배려를 접함으로써 가능해진다. 형식이 영채에게 때때로 불쾌로 바뀌는 우월자적 동정만을 보여 준다면 병욱은 영채가 기생임을 알았을 때조차도 동정하기보다 우애를 보여 준다.

> 남이 보면 마치 형이 동생을 도아주는것곳치 생각ᄒ겟다 ᄉ실상 그 부인을 영채를 동생곳치 생각ᄒ
> 얏다 「얌전한 처녀다 재조가 잇겟다 교육이 잇는듯ᄒ다」 ᄒ얏다 그리고 석탄가루가 눈에 드러가서 울
> 던것을 생각ᄒ고 「어리다 ᄉ랑스럽다」 ᄒ얏다 (516-517)

영채는 오라비 형식의 동정에 의해 구원되는 것이 아니라 누이 병욱의 자매애에 입각해 새로운 삶을 획득하게 된다. 영채를 향해 어리고 사랑스럽다는 감정(우애)을 갖는 것은 형식이 아니라 병욱이다. 형식은 영채의 미모에 황홀해할 뿐 사랑스럽다는 감정

---

118) 구인환은 이러한 영채의 욕망의 특징을 지라르의 이론에 기대어 매개자의 변화에 따른 매개된 욕망의 형태로 설명하고 있다. 구인환, 앞의 책, 32-35면 참고.

119) 송명희는 〈무정〉을 여성교양소설로 규정하면서 영채가 편력기의 시련을 통해 성숙한 근대적 개인으로 탄생하게 된다고 본다(송명희, 앞의 책, 267-285면). 하지만 영채는 욕망의 매개지를 변모시킬 뿐 성숙하지 않는다. 그는 형식과 같이 어린 고아에서 학생으로 전신할 따름이다.

을 나타내지 않는다. 병욱은 영채의 몸에 접촉하며 우애(자매애)로 그녀를 이해하고 위로한다. 우애를 통해 동질감을 확보함으로써 영채는 생을 찾고 부활할 수 있는 것이다. 영채는 우애의 눈물을 통해 내밀성을 확보하고 자신의 처지를 병욱에게 고백한다.

> 영채는 주긔의 가삼밋흐로 드러온 그 녀학생의 손을 꼭 쥐여다가 주긔의 입에 대며 업데인채로 「형님 감수합니다 져는 죽으로가는 몸이여요 아아 감수합니다」ᄒ고 더 늣긴다 (중략) 그러케 활발ᄒ 남주갓흔 사람에게도 눈물이 잇는 것이 이상ᄒ다 ᄒ얏다 (522)

영채는 병욱을 '형님'이라고 부름으로써 형식에게서 얻지 못한 가족애의 따뜻함을 맛보게 된다. 영채가 구하는 것은 처음부터 가족애와 자신의 행동에 대한 이해였기에 그녀는 형식을 만남으로써 얻지 못한 구원을 병욱을 통해 얻게 되는 것이다. 우애는 가족애를 대체하는 친밀감으로 학생이 가질 수 있는 최대의 감정이기에 영채가 '인간', 독립한 개인이 되는 것 역시 이로부터 가능해진다. 병욱은 "영채씨의 마음은 아름답지오, 절은 굿지오. 그러나 그뿐이외다. 그 아름다운 마음과 그 굳은 절을 바칠 사람이 따로 잇지 아니홀까요."(527)라는 말로 영채를 깨우친다. 추상적인 관념으로서의 절개가 아니라, 구체적 대상을 향한 애정으로서의 정조를 요구하는 것, 일부일처의 사랑을 요구하는 것이 병욱의 깨우침이다. 병욱은 영채에게 '부친과 이씨'에 대한 의무가 아니라 국민으로서의 의무를 깨우침으로써 생명의 소중함을 갈파한다. 독립한 개인으로서 부모의 명령이나 절개의 관념이 아닌 서로에 대한 욕망이나 사랑에 입각해 결합하는 것이 근대인의 윤리로서 깨우쳐질 때, 영채는 형식이 아니라 신우선이나 김병국과 같은 새로운 대상을 향한 욕망을 떠올리게 된다.

> 영채는 차차 남자가그리워진다. 전부터 외롭게적막ᄒ게 지내왓거니와 지금은 그 외로움과 그 적막과 유다른 적막이 더굿세게 영채의가슴을 누른다. 이전에눈넓은 천지에 져혼자만 잇는듯ᄒ 적막이더니 지금은 제몸이 반편인듯ᄒ 적막이엇다. 다른 반편이 잇어야 제 몸은 온전ᄒ야 질것 굿다(551).

황주에서 병욱의 오빠 병국을 의식하면서 영채는 가족애를 대체하는 낭만적 사랑, 연애의 대상을 구하게 된다. 형식이 단지 가족으로 찾아진 대상이라면 김병국이나 신우선은 성적 욕망의 대상으로서 구해진다. 부모를 잃고 적막한 상태가 아니라 '다른 반편이 있어야 제 몸은 온전하여질 것 같다'는 형태의 적막이 문제가 된다. 이와 같은 감정구조의 변화와 더불어 낭만적 사랑에 기반을 둔 가정을 구축할 수 있는 근대 여성으로 영채는 재탄생한다. 그러나 그 성취가 그려지지 않는 데 <무정>의 한계가 있다. <무정>은 영채의 사랑 이야기를 그리지 않는다. 영채가 사랑의 대상으로 요구한 신우선과의 연애가 그려지는 것은 30년대 박기채의 시나리오 <무정>을 통해서이다.[120]

<무정>은 영채의 사랑이 아니라 형식의 동정과 우애를 전면에 배치함으로써 학생의 육체 조직으로 돌아간다. 이형식은 아내인 선형에 대해 낭만적 사랑이 아니라 우애를 구한다. 사랑 기갈증이 아니라 우애 기갈증, 그것이 이형식의 감정구조이다. 가정교사와 제자의 관계에서 출발했기에 선형 역시 형식에게 사랑이 아니라 존경과 친근감, 즉 우애를 느낀다. 새로운 가정의 부부 지침으로 요청되는 우애의 논리는 이광수의 논설 <혼인론>에서 그 배경과 의미가 잘 드러난다.

> 夫婦에 愛가 없으매, 子女를 多産하지 못합니다. 子女를 産하더라도 잘 養育하지 못합니다. 愛가 없는 夫婦間에서 生한 子女는 마치 母乳를 못 먹고 자라남과 같이 精神上으로 缺陷이 있다 합니다. (중략) 夫는 妻의 愛에서 勇氣와 慰安을 得함이 많습니다. 妻의 愛가 能히 怠한 夫를 勤케, 弱한 夫를 强케, 失望한 夫로 希望을 가지게 하는 것이외다.[121]

이 논설에서 이광수는 조선 가정의 문제를 부부애의 결핍으로부터 찾고 있다. 근대 가정은 무엇보다 부부간의 사랑을 요구한다. 사랑은 자녀 다산과 연결되어 국가의 인구 문제가 된다. 가정과 사회의 연계성으로부터 사적 공간의 관리자로서 주부의 역할이 중시된다. 집안의 천사로서 아내는 사적 영역에서 남편의 공적 영역의 능력을 키워 주는 반려의 역할을 맡게 된다. 그런데 조선의 가정에는 부부애가 없음으로 해서 오히려 공적 영역의 남편의 활기와 사회의 화기가 없어지는 불행에 직면한다는 것이다. 남편에게 활기를 주고 사회에 화기를 주는 존재로서의 주부의 요구, 이는 남편과 아내 사이의 우애에 입각해 성립되는 가정의 요구가 된다. 아내는 남편의 공적 의기를 돋우는 존재로서, 동무와 같은 존재로 재편되는 것이다. 건전한 인격과 건강을 가진 자녀를 다산하기 위해 요구되는 동무와 같은 부부의 상을 이광수는 이형식 – 김선형의 결합을 통해 보여 주고 있다.

이형식은 교사이기도 하고 남편이기도 하며 학생이 될 수도 있는 혼성의 존재이다.

---

120) 박기채의 시나리오 〈무정〉에서는 기생인 영채를 배신하고 여학생 선형과 결혼한 형식 대신에 진정으로 영채에 대한 사랑을 토로하는 신우선과 영채의 결합이 중심 사건으로 재편되고 있다. 이를 위해 소설에서 바람둥이 유부남(풍류남)으로 설정된 신우선의 캐릭터가 시나리오에서는 진솔하고 성실한 청년으로 바뀌게 된다.

121) 이광수, 「혼인론」, 전집 17, 140면.

교사 - 학생인 동시에 소년 - 남편의 혼성이란 근대 초기 학생이 가진 과도기적 속성과 연관된다.

> 우리들 靑年은 우리들을 敎導하여 줄 父老를 가지지 못하였도다. 그러면 우리들을 敎導할 만한 社會나 있는가, 先覺者나 있는가, 學校나 있는가. (중략) 우리들 靑年은 彼敎育者 되는 동시에 敎育者 되어야 할지며, 學生되는 동시에 社會의 一員이 되어야할지라. 詳言컨댄, 우리들은 學校나 先覺者에서 배우는 同時에 自己가 自己를 敎導하여야 할지요, 學校나 其他 敎育機關에 通御함이 되는 同時에 此等 機關을 運轉하는 者가 되어야 할지라. (중략) 同志라는 우리들 靑年은 서로 知識을 交換하여야 우리의 自手自養하는 目的을 完全히 達할 수 있으리라.122)

<금일 아한청년의 경우>에서 이광수는 청년 시대를 수양시대로 규정하고 선각자와 연장자의 교육을 받아야 하는 시기로 본다. 문제는 그 시대에 선배가 존재하지 않는다는 것이다. 신문명은 최초로 소년에게 발견되었고 선배들은 고작해야 그 문명의 외현만 볼 수 있을 따름이다. 선배 없는 세대이므로 청년이 배울 수 있는 길이란 다른 동료, 동류에게서이다. 여기에 교사 - 학생 관계의 역전이 존재한다. 청년은 교사인 동시에 학생이며 소년인 동시에 어른이다. 그들은 동류에게 서로 가르치고 배운다. 이를 이광수는 '자수자양'이라고 한다. 동지적 사명감으로 서로 배우고 가르침을 강조하는 논리 속에서 우애가 발견된다. 아리에스에 따르면 근대 사회에서 개인이 부모와 같은 낯익은 사람들에게서 벗어나 친한 친구와 시간을 보내거나 홀로 지내고 싶은 욕망을 갖게 되면서 우애의 중요성이 생겨났다고 한다. 친구란 타인과는 별도로 특별히 선택된 존재이자 또 다른 자아이다.123) 서로를 이해하고 이해받을 수 있는 것은 오직 자기 동류에게서만이라는 의식이 우애를 낳는다. 근대 문명의 각성은 자신들에게만 가능하며 아름다움도 오직 동류에게서만 발견할 수 있다는 논리, 이것이 우애를 가능하게 하고 우애를 새로운 연애로 확장시키는 원동력이 된다.

학생만이 새로운 존재이기에 학생만이 연애를 할 수 있으며 우애와 사랑은 등가의 것으로 나타난다. 이광수 초기 소설에 빈번히 나타나는 동성애란 우애와 연애의 분리가 이루어지지 않은 상태의 감정구조, 육체처리이다.124) 이광수는 일문으로 쓰인 처녀

---

122) 이광수, 「今日 我韓靑年의 境遇」, 전집 1, 478 - 480면.

123) 필립 아리에스·조르주 뒤비 편, 『사생활의 역사』상, 이영림 역, 새물결, 2002, 267면 참고.

124) 한승옥은 「동성애적 관점에서 본 〈무정〉」(『현대소설연구』20, 2003.12)에서 〈무정〉의 동성 간 육체 접촉을 동성애의 코드로 해석한다. 그러나 이는 아직 남녀 간 연애에 대한 상이 정립되지 않은 상태에서 만들어지는 우애의 감정구조로, 퀴어적 관점의 해석은 과도한 듯하다. 한편 신정숙은 〈무정〉에서 동성애의 문제를 영채와 계월화의 관계에서 성적

작 <愛か>에서부터 이미 우애(동성애)를 그리는데, 그가 그리는 우애는 열정으로 가득 차 있다. <愛か>는 동급생 미사오와 사랑에 빠진 문길의 좌절과 자살 기도를 그린다. 부모를 여위고 14세에 이미 어른이 되어 버린 문길은 유학생활 중 고독과 비애를 느끼고 '자신을 알아줄 한 사람의 벗'을 갈구하다 "금년 정월 어느 운동회에서 천사의 웃음을 띤" 한 소년을 만나 사랑에 빠진다. 고독에서 구해진 우애는 열정으로 타올라 미사오를 만나지 못하자 "그의 몸은 열탕에 들어간 양 숨은 점점 거칠어지고 눈은 처절함을 띠었다." "아아, 가슴이여 터져라, 피여 뿜어져 나오라, 몸이여 식어버려라, 나는 너를 위해 피를 흘리는데 너는 나에게 얼굴도 뵈지 않는가."라는 감정의 과잉을 낳는다. 미사오의 사랑에 회의를 느낀 문길은 그에게 '손가락을 잘라 혈서를 보내'고 철도자살을 꾀한다. "아아 쓸쓸하다. 단 한번이라도 좋으니, 누구엔가에 안기고 싶어라. 아아, 단 한번이라도 좋으니. 별은 무정타. 기차는 왜 안오는가. 왜 어서 와서 나의 이 머리를 부수어버리지 않는가. 뜨거운 눈물은 그치지 않고 흐르는 것이었다."[125)로 마무리되는 <愛か>의 '愛'란 우애인 동시에 열정으로서의 동성애가 된다. '소년'이고 '학생'이기만 하다면 그 성별이나 섹슈얼리티는 문제되지 않는다. 섹슈얼리티가 사라지고 소년의 순수함과 살의 따뜻함을 추구함으로써 내면의 공감을 이루고자 하는 것이 이광수 초기 소설의 육체적 특질이 되는 것이다. 그렇기에 <어린 벗에게>에서 이광수는 '낭만적 연애의 열정'과 '인류 상호의 애정'을 같은 것으로 그리고 있다. 인생에서 가장 중요한 것으로 그는 '인류 상호의 애정'을 역설한다. 이때의 애정이란 "생명있는 애정 — 펄펄 끓는 애정, 빳빳 마르고 숭숭한 애정말고 자릿자릿하고 달듸달듸한 애정을 닐음"[126)이다. 그렇기 때문에 그 애정은 병상에서 인혈을 요구하는 것과 같은 형태의 따뜻함으로 각인되며 친밀성의 요구로서의 우애가 된다. 이는 <윤광호>에서 보다 구체화된다.

"동경유학생중에 최고급으로 진보된 학생중의 일인이라"는 자부심을 가진 윤광호는 "과도한 공부에 신경이 쇠약"해진 존재이다. 신경쇠약으로부터 고독과 비애가 발전하고 "개성이 눈뜨기 시작하엿고나"라는 주변인의 평가를 얻는다. 개성에 눈을 뜬 윤광호는 외모의 '미'와 접촉의 따뜻함을 구하기 시작한다.

　　욕망에 대한 대안적인 표출이라고 해석하는데(신정숙, 앞의 책, 56면) 이는 욕망과 애정을 혼동하는 해석이 아닌가 한다. 동성애는 단순히 동성 간의 성적 접촉의 문제가 아니라 동성에게 느끼는 열정에 그 본질이 있는 것이기 때문이다.

125) 이광수, 〈사랑인가〉, 김윤식 역, 『문학사상』, 1981.2, 446면.
126) 이광수, 〈어린 벗에게〉, 『청춘』9 1917, 99면.

> 광호는 다만 아름다온 소년소녀의 얼굴과 몸과 옷을 바라보기만으로는 만족하지못하게된다. 바로 소
> 년소녀가 자기의 겻헤안저서 그 체온이 자기의 육체에 올마올만하여야 비로소 만족하게되고 혹 만원인
> 때에 자기의 손이 여자의 하얏코 따뜻한 손에 스칠때에야 비로소 만족하게 쾌감을 맛보게되엇다.127)

그는 전차 속에서 아름다온 소년 소녀의 얼굴과 몸과 옷을 바라보다가 그들의 체온이 자기의 몸에 옮아오기를 바라게 되고 아름답고 따뜻한 손과 스칠 때에야 '비로소 만족하게 쾌감을 맛보'는 상태로 나아간다. "그는 이 환영에 대하야 무수히 '나는 너를 사랑한다'를 발하고 무수히 입을마초고 무수히 포옹을 하엿다." 윤광호가 요구하는 외모의 아름다움과 살의 따뜻함은 오직 소년과 소녀, 동류집단인 학생에게서만 구해진다. 즉 그것은 어리고 연약한 아름다움, 정육의 대상인 육체이다. 윤광호가 요구한 "누구나 하나를 안아야하겟고 누구나 하나에게 안겨야하겠다."는 욕망은 "뜨거운 구체적 사랑을 요구"하는 데에 이르지만 아직 여성의 육체에 대한 욕망으로는 나아가지 않는다. 소년의 아름다움과 소녀의 아름다움은 구분되지 않으며 그 치장도 구분되지 않는다.128) P에 대한 동성애에 빠진 윤광호가 죽을 수밖에 없는 것은 그것이 근대 사회가 요구하는 사랑의 진정한 형태가 되지 못하기 때문이다. 소멸될 운명을 가진 잠깐의 갈망으로 동성애 형태의 우애가 등장한다. 마찬가지로 학생의 육체 역시 근대적 주체, 새로운 공민의 형식으로 지속되지 못한다. 1910년대 이후 등장하는 학생의 육체는 타락하거나 변질되는 것으로 제시될 따름이다.

<무정>에서 우애는 여성의 섹슈얼리티를 재배치하고 우애에 입각한 부부애의 전신을 그림으로써 학생의 완결로 나아간다. 형식은 가르치는 중에 선형의 적삼이 땀에 젖어 등에 붙은 모습을 보며 '향기로운 쾌미'를 느낀다. 영채의 섹슈얼리티가 그녀의 타락, 즉 기생을 환기한다면 선형의 섹슈얼리티는 쾌미로 묘사된다. 교사로서 선형과 만나기에 그녀를 누이로 이해하는 형식은 그녀의 섹슈얼리티를 영채의 그것과 대조함으로써 그 섹슈얼리티의 성공적인 재배치에 돌입한다. 선형과 순애의 정결성을 발견하면서 그는 자신과 결혼하게 될지도 모를 여성에 대한 매혹을 통해 '속사람'의 깨어남을 느낀다. 이는 개별적인 '인간'의 발견을 통해 여성의 섹슈얼리티에 대한 욕망을 대체하는 것이다. 그리하여 어린 기생 계향을 만났을 때 그는 순결한 어린이를 발견

---

127) 이광수, 〈윤광호〉, 『청춘』13, 1918.3, 71 – 72면.

128) 그렇기 때문에 윤광호는 사랑의 대상인 P에게 잘 보이기 위해 미안백분을 사서 바르고 머리에 기름을 바르는 등의 화장을 하고 있다.

하고 생의 기쁨을 느낀다. 어린 기생은 성적 대상이 아니라 순결하고 깨끗한 대상인 '어린 누이'로 각인된다.

> 형식은 그 어린기생의 말과 모양을 보고 무슨 맛나는 죠흔 술에 반쯤 취흔듯흔 쾌미를 깨다랏다 마치 몸이 간질간질흔듯흔다 더구나 그 기생이 즈긔의 무릅헤 손을 집흘 때와 불을 떨어떠리고 고 조고마흔 손으로 자긔의 넙 다리를 가만가만히 따릴 때에눈 마치 몸에 뎐류를 통흘 때와 굿치 전신이 쟈릿즈릿흠을 깨달앗다(367)

어린 기생의 접촉으로부터 오는 자릿자릿한 쾌미를 이형식은 누이애로 이해하고 따뜻함과 인간미로 받아들인다. 어린 기생의 모습은 그 어린애다운 장난기와 순진함으로 표상된다. 이를 통해 그는 어린 기생의 '분이 남은 얼굴'을 가장 아름답고 순수한 아이의 형상으로 바꾸어 버린다. 섹슈얼리티를 교정하고 승화하는 방향성으로 제시되는 것이 '누이'이며 '어린아이'인 것이다. 요컨대 형식의 사랑의 대상 혹은 욕망의 대상은 어린아이의 순진성, 천진함의 육체를 향해 있다. 영채와 선형을 욕망하는 것 역시 어린아이, 학생으로서의 모습에서이며 이를 통해서만 그의 섹슈얼리티(육적 사랑)는 영적 사랑의 형태를 지닐 수 있게 된다.

부산으로 향하는 열차 속에서 영채와 재회한 형식은 영채와 선형 중 누구를 사랑하는가라는 문제에 직면하자 스스로를 어린애로 호명함으로써 우애를 통한 구원을 모색한다.

> 이제 보니 선형이나 자기나 다 같은 어린내다. 조상적부터 전하여 오는 사상의 계통은 다 잃어버리고 혼돈한 외국 사상 속에서 아직 자기네에게 적당흐다고 생각되는 바를 택할 줄 몰라서 어쩔 줄을 모르고 방황흐는 오라비와 누이 (중략) 네나 내나 다 어린내임으로 멀리멀리 문명흔 나라로 배호러 간다 형식은 저편챠에 잇눈 영채와 병욱을 생각흔다 「불상흔 쳐녀들―」흔다 이러케 생각흐니 세 쳐녀가 다 갓치 사랑스러워지고 정다워진다 (654 - 660)

새로운 남녀관계의 가치로 요구되는 낭만적 사랑이나 새로운 부부애는 아직 알 수 없는 것이며 단지 같은 '어린애'(학생)들이 오라비와 누이로서 연대해 있다는 것, 우애를 확인하는 것으로 <무정>은 마무리된다. 모두를 불쌍한 어린애, '멀리멀리 문명한 나라로 배우러 가는' 오라비와 누이로 각인함으로써 누구를 사랑하는가에 대한 답은 '세 쳐녀가 다 같이 사랑스러워지고 정다워진다'는 것, '소년(학생)을 사랑한다'는 것으로 돌아간다. "형식의 상상은 더욱 날개를 펴서 이희경 일파를 생각흐고, 경성학교 학생 전체를 생각ᄒ고, 또 셔울 장안 길에셔 보든 누군지 얼굴도 모르고 성명도 모르는 남녀 학생들과 무슈한 어린아해들을 생각ᄒ다. 그네들이 모두다 자긔와 갓치 장ᄎ 나아갈 길을 부르지져 구ᄒ는 듯ᄒ며, 그네들이 다 자긔의 형이오, 누의들인 것 ᄀ치 정답게 생각된다. 형식은 마ᄋ속으로 커다란 팔을 벌려 그 어린 동생들을 한 팔에 안아본다."(660 – 661) 이형식의 사랑은 부부관계를 맺게 되는 선형에 대한 사랑으로 귀결되지 않으며 오히려 서울 장안에서 만나는 누군지 성명도 모르고 얼굴도 모르는 '남녀 학생들과 무수한 어린아이들'로 확장된다. 그는 우애를 통해서 사랑을 확인함으로써 선각자적 우월감 속에서 동정을 획득하고 민족을 발견하는 것으로 나아가는 것이다.

선형 역시 계월향이 같은 기차에 탄 'ᄌᄀ기와 드름업는 얌전ᄒ 처녀' 영채임을 알고는 질투를 느낀다. 기생 계월향이 아니라 여학생 영채를 발견한 데에서 선형의 질투가 시작된다. 기생과 여학생의 대결이 아니라 여학생과 여학생의 대결만이 문제적인 것으로 부각된다. 이 여학생의 대결은 그러나 손쉽게 우애로 봉합된다. 선형과 영채, 병욱, 형식은 수해민들을 '그들', 즉 자신들과 다른 (열등한) 타자로 인식하는 가운데 동정을 깨닫는다. 음악회를 열어 거기서 수입된 돈으로 따뜻한 국밥을 사 먹일 수 있는 대상으로 수해민들을 발견함으로써 그들의 우애는 굳건하게 확립된다. 이제까지 동정의 대상이 되던 영채조차 학생이기에 동정하는 주체로 바뀐다.

> 영채의 눈에셔는 눈물이 뚝뚝 떨어진다. 선형은 이제야 형식에게 영채의 말이 모두 참인 줄을 깨달앗다. 그리고 가만히 영채의 손을 잡고 속으로 '형님, 잘못했습니다' ᄒ엿다. 영채도 선형의 손을 마주쥐며 더욱 눈물이 쏘다진다. 형식도 울엇다. 병욱도 울엇다. 마ᄎ내 모두 울엇다(715).

<무정>은 모두의 눈물로 마무리된다. 이 눈물은 우애와 동질감의 눈물이며, 박애의 눈물이다. '짜르르한 감동'을 느끼는 주체가 됨으로써 그들은 비애와 다른 형식의 눈물을 경험한다. <무정>은 학생으로 전신한 모두의 얼굴, 그 눈물을 보여 주며 끝을 맺는다. 감정 교육으로서의 <무정>은 결국 학생이 됨으로써 우애와 동정을 알게 되는 주체를 유정함의 이름으로 정립하는 것이다.

(3) 〈개척자〉 속 시간 - 기계와 연애의 실험

초기 단편과 <무정>을 통해 근대 훈육적 육체를 대변하는 것으로 조직되는 소년
-학생은 <개척자>와 <재생>에서 타락한 일면을 나타낸다. 학생의 속성이 체화하
지 못했을 때 타락이 일어난다. <개척자>의 화학자 김성재는 그 대표적인 인물이다.
고아에서 부잣집 가정교사로, 결국 그 집안의 사위로 성공하는 이형식이 교사에서 학
생으로 전신을 나타낸다면 '화학자'라는, 직업도 아니고 신분도 아닌 위치로 묘사되는
김성재는 근대인(오라비)에서 전근대인(봉건적 가부장)으로 타락해 간다. 그는 부모가
마련한 집의 방 한 칸에 실험실을 꾸미고 부모의 재산을 축내어 연구를 행한다. 공사
영역의 구분이 모호한 실험실에서 김성재가 보여 주는 근대성이란 육체의 시간관리라
는 형식이다. 7년 작정으로 연구를 시작한 성재는 매일 일정한 시간표에 따라 연구를
진행한다. 그는 매일 아침 일정한 시간에 연구실로 들어와 일정한 시간에 휴식을 하
고 일정한 시간에 연구를 마치는 방식으로 사적 공간에서 행해지는 작업에 공적 리듬
과 의미를 부여한다. 그는 시간표에 입각한 동작관리를 통해 그의 연구를 일정한 직업
노동처럼 조직하는 것이다. "동벽에 걸린 팔각종" 시계는 성재의 삶을 대변하는 장치
이다.

> 이 종은 성재가 동경서 고등 공업학교를 졸업하고 돌아오는 길에 실험실에 걸기 위하여 별택으로 사
> 온 것인데, 하물로 부치기도 미안히 여겨 꼭 차중이나 선중에 손수 가지고 다니던 것이다. 모양은 팔각
> 목종에 불과하지마는 시간은 꽤 정확하게 맞는다. 이래 칠년 간 성재의 평생의 동무는 실로 이 시계였
> 었다.[129]

성재의 '화학자'로서의 삶을 증명하는 것은 시계 바늘의 회전이다. 7년이라는 기한
이 정해진 성재의 연구는 학교의 학제와 유사하다. 그러나 그 연구는 학제와 달리 가
시적인 성과를 나타내지 않는다. 즉 그의 연구는 직업도 아니고 학습도 아니기에, 성
과는 '시험관에 백색침전이 생긴다'는 우연에 의거한다. 성재의 육체에 대한 묘사는
'시간-기계의 근대인'을 대변한다.[130] 정확한 시간에 일정한 양의 작업을 수행하는

---

129) 이광수, 〈개척자〉, 전집 1, 321면.
130) 시간 기계는 들뢰즈의 개념으로 자본주의 사회 속 공장 노동자들의 행위와 동작이 미세하게 분절되어 관리되는 형식
   을 의미하는 용어이다. 이에 대해서는 이진경, 앞의 책, 27면 참조.

공장 노동자처럼 성재는 연구를 수행한다. 하지만 그 연구는 집안에서 이루어지는 것이기에 공장 노동자와 같은 생산성을 갖지 못한다. "오늘도 그저 보냈다"고 토로하는 시간 - 기계인 성재의 논리에서 성공하지 못하는 현재는 "시계도 보기가 부끄럽다"는 인식으로 집약된다.

> 처음 졸업하고 올 때에는 아직도 일개 서생으로 다만 이상에만 달아났건마는 차차 낫살이 많아지고 실사회의 경험을 하여 옴을 따라서, 단순히 이상 하나로만 살아가지 못할 줄을 알았다. 부모에게 대한 의무, 형제에게 대한 의무, 차차 자라가는 자녀에게 대한 의무, 이러한 것이 차차 무겁게 양견을 누른다 (329 - 330).

성재가 졸업 직후 가졌던 '일개 서생'으로서의 이상은 '실사회의 경험'을 통해서 부모, 형제, 자녀에 대한 무거운 의무로 변화한다. 이상에서 의무의 자각이 생겨나는 것은 학생에서 성인으로의 이행을 나타낸다. 학생의 단계를 거쳐 직분을 통해 사회적 의무를 수행하는 것이 근대적 육체 규율, 훈육적 육체 담론의 핵심이다. 유교적 육체가 도덕적 이상을 수양하는 것에 중심이 있다면, 근대적 육체는 훈육을 통해 사회적 의무를 이행하는 인간의 완성에 초점이 놓인다. 직분론의 논리는 직업 없는 존재를 부랑자화한다.[131] 성재는 시간표를 체화한 근대인이고 직업의 소중함을 깨우친 학생임에도 불구하고 가산만 탕진하는 연구에 몰입하기에 타락해 간다. 그는 연구의 성공을 위해 여러 학교에서의 교사 초빙조차 거절하고 실험실을 직장으로 간주해 무엇을 목표로 한 것인지 알 수 없는 실험에 매진하지만, 공적 공간의 합리적이고 기계적인 논리로 구성된 그 실험실이란 사적 공간의 안락을 깨뜨리는 불순한 힘이 될 따름이다. 학교가 가르친 훈육적 육체 담론, 직분론의 인식을 체화하지 못할 때 광기가 발현된다.

> "전군도 그만 미치고 말았구려"하고 무슨 생각을 하는 듯하였다.
> "전군의 집에 그러한 유전이 있어요. 아마 그 조부가 미쳐서 한강에 빠져 죽었지요. 그리고 그 고모도 한 분 미쳤습니다. 지금은 벌써 죽었지마는 우리도 그가 머리를 풀고 울고 돌아다니는 것을 보았는걸요. 참 불쌍한 사람이지.(중략)재작년에 온 것을 보니까 몸에는 살 한점 없이 뼈만 남았습디다. 그러다가 얼마 안 있어 OO 음모 사건의 연루자로 붙들려서 일년 동안이나 고생을 하고 나니까 사람 같이 않습디다. 옥에서 나오니 있을 데가 있소. 그래서 아마 총감부에서 내 이름을 불렀던지 내가 호출이 났습디다 그려. 그래서 가서 데려왔지요. 그 후에 일년이나 우리집에 있다가 마침 OO소학교에서 한문 교사

---

131) 이에 대해서는 한귀영, 「근대적 부랑자의 탄생」, 서울 사회과학연구소 편, 앞의 책 참고.

를 구하기에 거기 주선을 하여 지금까지 지내왔지요."(356-357)

성재의 실험실에서 김참의의 시체를 보고 발광한 성재의 친구 '전경'의 광기는 집안의 유전과 신산한 현실의 고통, 고독으로 설명된다. 전경의 광기는 그의 육체에 새겨진 내력의 결과이다. 조부대로부터 이어지는 광기와 북간도 등지로의 유랑, 육혈포 사건, 독립운동, 음모사건의 연루와 옥고 등 전경의 삶 전체가 광기라는 형태로 전경의 육체를 통해 서사화된다.[132] 전경의 육체는 '늙은 개화꾼'의 전형으로 형상화된다. 세상이 개화라는 명목만으로 유지되지 않을 때, 즉 자본주의 사회 속 개개인의 육체가 직분론으로 새로이 조직되는 상황에서 초기 개화지식인들은 광인으로 소외된다. 이는 염상섭의 <삼대>에서 늙은 개화꾼인 조상훈이 여자 꽁무니나 쫓아다니는 얼기독교인으로 타락하는 것과 같다. 타락하거나 광기에 빠진 개화꾼은 모두 '늙은' 존재로, "성공할 날은 없겠지마는 그 목적을 버릴 수는 없"는 존재들이다. 그렇기에 그들은 새로운 학생의 동정 대상이 된다. "다만 십년 전 사람이지요. 십년 전에는 가장 새롭던 사람이지마는 시대는 추이하고 자기는 자기의 사상을 묵수하니까 전군과 이 시대와는 아무 상관이 없지요. 전군은 자기의 이상대로 세상을 개조하려 하였으나 세상이 전군을 발길로 차 던지고 저 갈 길을 간 게지요. 전군은 자기를 차던지고 혼자 달아나는 세상을 따라가려고도 아니하고 자기의 속에만 자기의 특별한 세상을 배포하고 있지요. 이것을 실현하는 것이 자기의 목적이겠지요. 그러니까 그 목적은 달할 날이 없단 말이지요."(358)라는 것이 늙은 개화꾼에 대한 학생의 논평이 된다. 그들은 개조되어야 하지만 개조를 거부하는, 따라서 성공해야 하지만 성공할 수 없는 모순에 사로잡힌 '다만 십년 전 사람'이다. 그러나 전경을 늙은 개화꾼으로 바라보며 동정하는 성재의 실험실 역시 이러한 논리에 사로잡혀 있다. 7년이라는 시간 동안 갇혀 있는 성재의 실험실이란 곧 변화하는 세상으로부터 스스로 소외되고 만 성재의 의식과 등가를 이룬다.

그러나 성재는 무슨 생각을 하는지 민의 말은 들은 체 만 체 하고 우두커니 팔각 목종을 쳐다보고 있더니 또 빙긋이 웃으면서,

---

132) 이는 <표본실의 청개고리>에서 묘사되는 김창억의 광기와 유사한 형태를 띤다. 아내의 죽음과 옥살이, 새로 얻은 아내의 가출이 겹쳐 광기에 사로잡히는 김창억과 전경은 고난의 육체 서사화라는 점에서 동질적이다. 이광수는 그것을 유전에 입각하여 보충할 따름이다.

"나도 전군과 같이 미치지 아니할는지요. 어째 미칠 것만 같소. 칠년 동안이나 실패만 하고 가산은 온통 집행을 당하고 종일 돈 변통하러 다니다가 간 데마다 거절을 당하고, 집에 돌아오니 늙으신 부친께서는 불시에 돌아가시고……"(359)

광기는 <개척자>에서 시간 탕진의 결과로 설명된다. 근대는 생산의 시대이기에 구체적인 생산물을 통해 시간과 노력을 계량화, 가치화하지 않으면 안 된다. 그런데 전경의 삶이나 성재의 실험실에서 보낸 7년은 보상되거나 물량화하지 않는다. 가산은 집행을 당하고 돈 변통은 안 되고 늙은 부친은 불시에 돌아간 상황이 성재의 실험이 낳은 결과이다. 시간의 축적이 불모성, 무가치성만을 낳은 상황에서 광기가 발현된다. 성재가 성순의 자유를 억압하고 그녀를 죽음으로 몰아넣게 되는 것도 그가 근대의 논리를 알기는 하되 체화하지 못했기 때문이다. "종로의 인경 소리를 듣고 자라난" 그는 시계 시간에 따라 연구를 수행할 줄은 알았지만, 그 연구가 공적인 사업에 속한다는 것, 그러므로 구체적인 성과를 매 순간 가시화할 수 있어야 한다는 것, 적어도 그것을 통해 생계를 유지할 월급은 벌 수 있어야 한다는 것, 근대적 직분론을 체화하지 못함으로써 시대에 뒤쳐진 늙은 개화꾼이 되고 만다. 학생을 벗어난 자리에서 그는 전근대적인 가부장의 모습으로 전락하는 것이다.

실험실의 성재를 대신하여 집안을 돌보는 것은 성재와 달리 "시계 소리를 듣고 자라난" 성순이다. 성순은 실험실 보조 역할을 하면서 진실로 오라비 성재를 사랑한다.

성순은 어머니의 사랑을 떠나게 된 후로는 그 오빠 되는 성재를 사랑하였다. 성재에게 대한 성순의 사랑은 그에게 마땅히 올 사랑할 사람. 즉 그의 지아비될 사람이 나서기까지는 변치 못할 것이다. 여자란 점점 성숙하여 갈수록 어머니나 동생 되는 동성의 사랑으로는 만족하지 못하고 반드시 이성의 사랑을 얻고야 만족한다. 그래서 품행 방정한 처녀들은 지아비되는 사람을 만나기까지 그 오라비에게 대한 사랑으로 생명을 삼나니, 오라비 없는 처녀가 흔히 침울한 것은 이 때문이다(328).

이광수는 남매애를 연애의 전 단계로 제시한다. '품행방정한 처녀들은 지아비되는 사람을 만나기까지 그 오라비에 대한 사랑으로 생명을 삼는다'는 것이다. '오라비'는 가정교사와 마찬가지로 이성이되 가족이라는 혼성의 육체를 나타낸다. 가정교사가 공사영역의 결합에 놓여 있는 것처럼 오라비는 이성과 가족의 결합을 나타낸다. 가족이기에 그는 욕망의 대상이 되지 않지만 이성이기에 욕망의 대상이 된다. 남매애를 거쳐 연애로 나아감으로써 성순은 근대적 연애의 실험자가 된다. 그 과정에 성재의 실험 실패와 집안의 파산이라는 갈등 상황이 내재한다. 성재가 사랑의 대상에서 비껴선 자리에 성순의 연애는 본격화한다.

> 성순의 생각에 오빠에게 버림이 되면 살아갈 수 없을 것 같았다. 그러할 때에는 흔히 민이 찾아왔다. (중략) 그래서 여덟 시경에 오빠가 나가고 자기가 오빠의 방을 치우고 한참 앉았다가 팔각목종의 시침이 아홉을 가리킬 때가 되면 기다려지게 되고, 오후 한 시나 두시쯤 하여 대문에서 민을 전송하고 나면 서운한 듯한, 적막한 듯한 생각도 나게 된다(370 - 371).

연애의 대상으로서 민은 오빠 성재를 대신하는 존재로 성순에게 각인된다. 그렇기 때문에 그의 등장은 시계시간으로 묘사된다. 성재가 일정한 시간에 성순과의 만남을 지속해 온 것처럼 민 역시 일정한 시계 시간을 통해 성순에게 각인된다. 그 속에는 남녀 간 접촉의 기대와 성적 흥분보다는 동정과 우애가 개입한다. 시계 시간은 기다림과 그리움을 조직한다. 민에 대한 연애 감정의 환기와 함께 성순의 일기가 씌어진다. 그리고 연애는 통증으로 형상화된다. "아이구머니! 내 가슴이 왜 이다지 울렁울렁할까? 머리가 왜 이렇게 아플까? 일기쓰기도 싫다.! M,M……"(371 - 372) "그런데 근래에 나는 왜 이렇게 괴로울까? 마치 가슴에 무슨 뭉텅이가 하나 걸려서 내려갈 줄을 모르는 것 같다. 이런 말을 하였더니 M은 웃으시며 '그것이 성장하는 아픔입니다. 영(靈)이 자라노라면 그렇게 아픈 법입니다. 즉, 어른이 되느라고 그럽니다.'하였다."(377) 연애는 통증으로, 정신의 성장으로 묘사되고 인식된다. 연애가 성장통과 같은 것이기에 성순은 성재와 다른 방식으로 학생에서 성인으로 나아가는 과정을 실험하는 대상이 되는 것이다. 성순과 민의 연애에 대해 이광수는 "진정한 연애는 피차의 개성의 이해와, 따라서 나오는 존경과 애착의 열정과 영육이 일체가 되겠다 하는 소유의 요구로 성립되는 것이라"와 같은 주석을 남긴다. 근대적 연애란 두 사람의 개성의 융합이라고 이해하는 것이다. 그러나 이 개성의 융합이란 아직 '실험' 단계일 뿐이다. 남매애를 거쳐 연애로 나아감으로써 성순은 욕망을 통증(성장통)으로 대체해 버린다.

> 이제부터는 민에게 위안을 주고 힘을 주어 민이 늘 몽상하던 대로 명년 동경 미술 전람회에는 큰 출품을 하게 하리라. 그것이 입선이 되고 특선이 되고, 익년 것이 또 입선이 되고 특선이 되고…… 이리하여 불쌍한 민으로 하여금 조선 미술사의 제 일페이지를 차지할 대미술가가 되게 하리라(398 - 399).

연애를 시작하면서 성순의 뇌리에 존재하는 것은 오라비 성재를 보살핀 것과 같은 성공의 논리이다. 즉 민을 조선의 대미술가로 만드는 것, 패트론이 되어 그에게 위안을 주는 것이 연애의 목적으로 제시된다. 그러나 이는 천사의 이미지를 가질 뿐 구체적인 아내의 모습으로 상상되지 않는다. 그것은 육체적 교섭을 갖지 않으며 그렇기에 정신적인 위안, 정신적인 아내, 성모의 모습이 될 따름이다. 그녀에게 사랑이란 한 개인을 향한 개성의 합일이 아니라 구시대의 도덕률을 깨뜨리는 사명에 부합하는 과업이다. 남매애의 연장선에 자리한 사랑이기에 몸은 더러운 것처럼 느껴진다. 민이 유부남이기에 그 사랑은 아내의 지위를 탐내는 것이 되어서도 안 된다. 육체적 교섭과 아내라는 위치를 포기하는 자리에 남는 것은 정신적 동반자, 위대한 천사, 패트론이 될 수밖에 없다. 성순이 먼저 직업과 미술에 대한 이해를 찾는 것은 그 때문이다. 이러한 정신적 동반자 관계로부터 성순의 '처녀' 논리가 제기된다.

> "네, 어떠한 정도까지가 처녀오니까?"
> "한번도 남자를 접하지 아니한 여자를 처녀라고 하지요."
> "남자를 접한다 하면 어떤 정도까지?"
> "한자리에서 잔다는 뜻이겠지요…… 성교를 한다는 뜻이겠지요."
> "그렇겠습니까. 그뿐이겠습니까. 저는 그렇게 생각하지 아니해요. 저는 한번 마음을 어떤 남자에게 허하면 벌써 그 여자는 처녀가 아니라 해요. 육으로 허하는 것은 다만 그 종속물에 지나지 못한다고 해요. 마음으로 허한 뒤에는 이미 육으로 허한 것이 아니야요? 저는 벌써 처녀가 아니올씨다. 저는 벌써 시집간 여자예요"(429)

성순의 인식에서 '처녀'라는 용어는 육체적인 부분에서 정신적인 부분으로 옮겨진다. 그것은 a virgin으로 번역되는 처녀가 아니라 a girl로 번역되는 처녀이다. 그녀는 스스로 "a girl이 아니라 a woman"이라고 표현함으로써 자신이 시집간 여성임을 말하고 있다. "아니야요! 확실히 저는 처녀가 아니예요! 저는 벌써 a girl이 아니에요! a woman이에요!"(433) a girl과 a woman의 대조는 학생이냐, 성인이냐의 구분을 내포한다. 성순이 의미하는 처녀란 소녀(girl)이며, 사랑을 통해 소녀가 아니라 성인여성(woman)이 되었음을 그는 선언하는 것이다. 성순이 경험하는 민과의 사랑은 '통증'이다. 통증으로 이해되는 사랑이란 성장통과 같은 것으로, 그녀의 사랑은 통과의례의 의미를 지닌 것, 가족애의 연장선에 놓인다. 통증을 통해 어른이 되었고 어른이 되었기에 이미 처녀가 아니라는 것이다.

"그것은 우정이야요. 정신으로만 합하는 것은."

"그러면 육으로까지 합해야 됩니까?"

"그렇지요. 거기 연애가 완성되는 것이지요. 완전한 결합이 끝나는 것이지요."

"육으로 합하는 것이 그렇게 중요할까요?"

"중요하지요. 옛날은 육으로 합하는 것만을 전체로 알아 왔습니다. 지금도 그렇지요. 다수한 사람들은."

"그럴까요? 저는 육이란 생각을 하고 싶지 아니해요. 그러한 생각을 하면 어째 신성하던 것이 더러워지는 것 같아요."

"육이란 그렇게 더러운 것일까요?"

"어째 더러운 것 같아요. 그렇지 않은가요?"

"성순씨는 그 몸을 더럽게 생각하십니까?"

"몸이야 더러울 것이 없지마는……"

"그러면 무엇이 더러워요?"

"사랑에 육이란 관념을 섞는 것이 더러운 것 같아요."(437)

성순은 연애가 육을 포함한다는 것을 거부한다. 몸은 더럽지 않지만 사랑에 몸을 더하는 것은 더럽다는 것이다. 연애란 신성한 것이기 때문이다. 그렇기 때문에 그녀의 사랑은 몸의 영역이 배제된 우애와 같은 것이 된다. 정신적 사랑만이 신성하다는 관념은, 서구의 love를 번역하는 가운데 생겨난 오해이다. 모든 에너지를 노동과 생산에 투여해야 하기에 성욕은 일부일처제하 자녀의 생산이라는 과업으로 한정된다. 조혼하는 조선 사회를 '생식기 중심의 조선사회'라고 외친 이광수는 근대 훈육적 육체의 제 일 기획으로 성욕의 철저한 배제와 억압을 촉구하는 것이다. 연애에 몸이라는 관념을 섞는 것이 더럽다고 판단하는 성순의 인식은 a girl을 처녀로 번역하는 오해와 같다. 소녀이기에 육적 교섭을 더러운 것으로 판단할 수 있다. 하지만 육적 교섭은 처녀가 아내가 되기 위해서는 반드시 필요하다. 소녀에서 여인이 되는 데에는 육적 교섭이 필요치 않다. 거기에는 학과의 완수(시간의 축적)와 직분을 수행하는 능력(주부 역할)이 필요할 뿐이다. 그러므로 소녀는 육적 교섭을 더러운 것으로 여길 수 있으며 연애 역시 정신만으로 가능하다고 믿을 수 있다. 연애를 하나의 사업이나 직업처럼 생각하는 자리에 성순의 인식적 특수성이 게재하는 것이다. 신성한 연애의 반대항에 더러운 육욕을 놓는 것은 소년-학생의 육체 논리이다. 그래서 이광수는 이러한 성순의 정신적 사랑을 "거기서 처의 사랑, 모의 사랑이 분화하여 나올 것"이 되는 '움과 같은' 것으로 평가하고 합리화한다. 그녀는 자녀를 낳지 못하는 연애가 근대에 결코 허용될 수 없는 것임을 알지 못한다. 우애는 육의 관념을 섞어야 연애로 완성된다. 성순은 아내로서 자녀를 생산하는 대신에 학생으로서 '조선을 위한 무언가를 만들어 전해준다'는 사업의 전망만을 내보인다. 정신적 자녀의 출산인 셈인데, 이는 『혈의 누』의 세계, '늙은 개화꾼'의 논리 속에서나 성공할 수 있는 욕망이다. 따라서 그녀의 정신적 사랑은 죽음으로 끝날 수밖에 없다.

> "저는 벌써 처녀가 아니야요."
> "무어?"
> 하고 성재의 모친은 전기를 맞은 듯하였다. 성순은 태연하게
> "저는 벌써 남의 아내야요. 이제 다시 시집을 가면 그것은 간음인 줄 압니다."(중략)
> "민군에게 네가 몸을 허했어? 계집애가!"
> "네!"
> 하는 성순은 '몸을 허한다'는 말이 육교를 의미하는 줄은 몰랐다. 성재는 '흑'하는 소리를 내며 벌떡 일어나더니,
> "예끼, 더러운 계집애!"하고 발길로 앉았는 성순의 옆구리를 탁 찬다(446-447).

성순은 '처녀'라는 말을 오해한 것과 마찬가지로 '몸을 허한다'는 말을 오해한다. 그녀에게 '처녀'와 '몸을 허한다'는 말은 관념으로 받아들여지며 현실에서 그런 말들이 어떻게 통용되는지 알지 못한다. 그녀는 민과의 사랑 때문에 이미 처녀가 아니라는 논리를 고집하고 그 때문에 접촉 한 번 하지 않은 민과의 관계를 주변인들에게 더러운 것으로, 유부남과의 간통으로 오해하게 만든다. 진실로 그녀는 a girl의 세계에 머물러 있다. 성순의 자살이 학교 뒷산에서 이루어진다는 점은 상징적이다. 그녀는 학생으로서 죽음을 택하는 셈이다.

<개척자>에서 가장 진지한 부분인 성순의 자살 장면은 우스꽝스러우면서도 숭고하다. 오해를 끝까지 밀고나가 거기에 생명까지 걸고 있기 때문이다. "자기의 골육이 온통 다 타버리고 만다 하더라도 무엇이나 타지지 않고 남을 것이 있을 것 같았다. 그것은 성순의 생각에는 자기의 사랑이었다. 그렇게 미묘한 것이, 그렇게 신기한 것이 타버리고 말리라고는 생각할 수 없었다."(454) 그 미묘하고 신기한 것, 그 사랑이란 서구 문명에서 배워 온 것이기에 그토록 가치 있는 것이 될 수 있다. 근대 과학이 절대적 객관성을 주입하는 것처럼 연애 역시 절대적 객관성의 관념을 학생들에게 주입한다. 성순의 죽음은 따라서 사랑의 출산으로 이어진다. 즉 그녀는 죽음을 통해 온갖 사랑을 회복한다. 끊어진 성재와의 사랑, 어머니와의 사랑은 물론 민에게서 아내

로서의 사랑까지 획득한다. 그에게 사랑은 절대적인 과업이어서 생명조차 능가하는 것이 된다. "아아 사랑! 그 사랑을 어떻게 버리고 가리까. 사랑이란 그렇게 버려지기 쉬운 것이오리까? 내 육신의 생명이 끊어지면 곧 내 가슴에 불길이 타던 사랑도 식어가는 육체와 같이 식어버리고 쓰러지는 조직과 같이 쓰러질 것이오니까. 그럴 수가 있겠습니까. 만일 그렇다 하면 이 생명이 스러지는 것보다 이 사랑이 스러짐이 아픕니다."(457)라는 것이 성순이 죽음의 순간에조차 놓지 않는 필사의 믿음이다. 그는 생명을 버림으로써 사랑을 절대시하고 그를 통해 죽음에 근대적 의미를 부여한다. 인간의 몸은 한정적이지만 그것에 정신이라는 절대성의 영역을 담음으로써 인간은 신이 될 수 있다는 것, 이것이 근대인의 믿음이며 복음이 되는 것이다. 황산 음독자살 과정에서 성순은 굉장한 고통을 느끼는데, 이 고통은 출산의 고통과 유사하다.

> 차차 고통이 더하여 갑니다. 아아 제 위와 식도는 이미 재가 되었겠지요. 제 피는 지금 비등합니다. 제 전신이 바늘로 쑤시는 듯이 아픕니다. 이것이 마땅합니다. 저는 사랑으로 타서 죽습니다. 저는 제 몸이 불길이 되어 올라가기를 바랍니다(458).

성순의 사랑이 아무것도 낳지 못했다 하더라도 그 고통만은 출산의 고통이며 사랑의 완성이 된다. 성순의 자살 순간에 느끼는 고통의 묘사가 그토록 처절하고 아름다운 것은 그것이 낭만적 연애의 출산을 재현하고 있기 때문이다. 처음부터 고통으로 묘사된 민과의 연애는 죽음이 가져오는 고통의 생생함을 '사랑으로 타오르는 육체'라고 표현함으로써 절대적으로 완성된다. 성순이 유언을 남기고, 민에게서 "영원히 성순씨를 가장 사랑하는 아내라고 부릅니다"는 선언을 듣고 죽음을 맞이했을 때, 사람들은 소리 내어 울지 않는다. "그네는 소리를 내어서 울기를 그쳤다. 소리를 내어 울기에는 너무 슬픈 일인 것 같다. 그네는 몸으로 울기를 그만 두고 마음으로 영으로 울기 시작하였다. 몇십 층 더 아픈 울음을 몇십 층 더 뜨거운 눈물을 시작하였다."(460) <무정>에서 줄곧 밖으로 분출되는 눈물로 대표되는 학생의 얼굴(안면성)은 이제 상처를 새긴 조용한 얼굴로 변화한다. 가시적인 눈물은 내면의 눈물, 보다 억압적이고 통제적인 안면성을 그리며 사라져 간다.[133] 성순의 사랑처럼 그녀에 대한 조문은 마음으로 흘리는 눈물로 묘사된다. 그것은 '너무 슬픈 일'이기 때문이다.

---

133) 안 벵상-뷔포는 18세기 가시성의 눈물이 19세기에 이르러 부르주아지의 도덕률에 입각해 감추어지는 눈물의 형태로 변화한다고 본다. 안 벵상-뷔포, 앞의 책, 57-62면 참고.

오해를 통해 사랑을 이해하고 오해를 통해 죽음을 이해하는 성순의 방식이란 사실 너무 슬픈 일이다. <무정>의 영채와 <개척자>의 성순의 차이는 여기에 존재한다. 영채에게 정결성은 외양의 환유를 통해 의문시된다. 반면 성순의 순결성은 언어의 오해를 통해 의문시된다. 영채의 자결은 정절을 이해받지 못했기 때문이다. 반면 성순의 자살은 자신의 정조를 지키고 이해받기 위함이다. 성순의 자살은 자신의 연애를 숭고한 것으로 거는 행위, 목숨까지도 걸어 연애를 지키는 행위로서 의미를 갖지만 그것이 오해에 기반하고 있다는 점에서 희극이 된다. 영채의 자결이 실패한다면 성순의 자살은 성공한다. 자결은 도덕적 의무의 강요이지 개인의 선택이 아니기에 근대적 육체로 재편되기 위해서는 실패해야 한다. 개인적 선택으로 이루어진 자살은 성공할 수 있다.[134] 영채의 자결이 실패하는 것은 그녀가 잃은 것이 육체적 정절이기 때문이다. 반면 성순의 자살은 정신적 정조 논리를 완결하고 연애를 증명하기 위해 수행되어야 하는 것이 된다. '정절'에서 '정조'로 인식은 전환한다. 정절이 집안의 도덕적 명예에 입각한 엄격한 윤리라면, 정조는 개인의 감정에 입각한 개성의 교섭과 자유를 전제한다.

이처럼 1910년대 이광수의 소설들은 새로운 공민, 근대적 개인의 조건으로 학생의 육체를 적극적으로 형상화한다. 감정 교육의 주체로서 조직되는 학생은 시간표 양육에 따라 길러지고, 봉건적 부형의 세계와 대별되는 자신들만의 소통 구조 속에서 우애의 형태로 연애를 조직하고 새로운 가정을 재편한다. 그 속에서 요구되는 것은 정절의 절대성이 아니라 정조의 계약이며 단순한 몸의 교섭(육교)이 아니라 열정의 외현으로서의 육체 접촉이 된다. 근대 훈육적 육체의 이상으로 제시된 학생의 육체는 곧 파멸과 해체에 직면하며 직분론의 관점에서 재조직된다. 특히 모성과 노동의 의무를 강조하는 방식으로 육체 담론은 변화하게 된다.

---

134) 이경훈은 <개척자>의 근대성을 성순의 자살실험에 있다고 본다. 이경훈, 「실험실의 야만인」, 『오빠의 탄생』, 문학과지성사, 2003.

2) '손'의 가치 발견과 신여성 육체의 재편

(1) 〈재생〉에 나타난 신여성의 미모와 정조

　　<재생>과 <흙>은 1920년대 이후 학생의 육체적 타락을 졸업과 간통이라는 사건을 중심으로 보여 준다. 특히 <무정>이나 <개척자>에서 묘사되지 않았던 간통은 여성 섹슈얼리티를 모성의 관점으로 재배치하는 과정과 연결된다. 여학생이었던 선형이나 성순이 한 번도 느낀 일이 없는 여성의 성적 욕망이 <재생>과 <흙>에서는 문제적인 것으로 부각되며, 신여성은 이제 기생인 영채가 직면한 강간의 위험이나 여학생인 성순이 직면한 강요된 결혼의 문제가 아니라 자신의 욕망(성기)과 미모(얼굴)에 의해 파괴되고 몰락할 수 있는 위험한 존재로 변화한다. 이러한 변화 속에서 여성의 정조란 무엇이며 어떤 가치를 갖는가에 대한 탐색이 적극적으로 이루어진다.

> 朝鮮서는 貞操라 하면'不敬二夫'를 意味합니다. 女子가 한번 男子에게 몸을 許하면, 一生에 다시 다른 男子를 접하지 못한다 함이외다. 그래서 한번 시집 간 뒤에는 寡婦가 되거나, 버림이 되거나 一生에'守節'을 하여야 한다 합니다. (중략) 婚姻은 一種 契約이외다. 契約은 그 原因이나, 當事者의 一方이 消滅함을 따라 當然히 消滅할 것이외다. 婚姻은 쉽게 말하면, '같이 살자'는 契約이외다.[135]

　　이광수는 논설 <혼인에 대한 관견>에서 정조를 종교나 도덕의 차원이 아니라 과학적 차원, 혼인의 경제학적 차원에서 재검토한다. 과거의 혼인이 집안과 집안의 결합이었던 까닭에 '不敬二夫' 수절의 도덕이 만들어지고 명예(신분)에 입각한 육체 관리가 이루어졌다면, 근대의 혼인은 '一夫一妻' 쌍방의 계약으로 이해된다. 독립적인 개인이 서로의 인격과 개성을 존중하는 상태에서 '같이 살자'는 계약을 맺는 것이기에 정조는 경제적 의미로 재편된다. 계약 당사자가 죽거나 쌍방이 계약을 해지하기로 해서 계약이 소멸될 때 정조권 역시 소멸된다. 정조의 계약이라는 논리는 근대 가정을 구축하는 부부애의 근간으로, 가정조차도 노동의 계약과 같은 형식으로 재편하는 가운데 자녀의 생산과 모성애로 여성의 섹슈얼리티를 한정짓고 거세하는 논리를 나타낸다. 남성이 공적 영역을 담당한다면 아내는 사적 영역을 담당한다는 역할의 분리와

---

135) 이광수, 「혼인에 대한 관견」, 전집 17, 59-61면.

각자의 직분에 대한 철저한 소명의식을 바탕으로 근대 핵가족이 성립된다면, 여성의 정조는 결국 사적 영역의 여성이 담당하는 주부의 역할, 즉 현숙한 아내와 헌신적인 어머니라는 역할을 수행할 수 있는 육체의 전제조건으로 요구되는 것이기 때문이다. 아내와 모성의 영역을 넘어서는 여성의 욕망은 금기시되며 남편 이외 남성과의 교제는 부정한 것으로 매도된다. '불경이부'의 가문논리는 '일부일처'의 역할론(직분론)으로 재편되는 가운데 계약에 입각한 신용을 요구하며 가정을 생산의 공간으로 탈바꿈하는 것이다. <재생>에서는 이러한 일부일처 계약으로서의 정조논리하에 여성의 육체를 재산권의 측면에서 형상화한다.

> "혼인을 하여서 순영을 영원히 내 안방에 갖다가 가두워 놓아야 한다. 그때에는 둘째 오빠가 그에게는 아무 힘이 없다. 창현이나 백윤희 놈 따위야 내 집 문전에 발길이나 얼른할까 보냐. 만일 내 아내와 -그렇다. 순영이가 아니다. 내 아내-다만 한마디라도 이야기를 해, 한번이라도 곁눈질을 해, 그래만 보아라, 그때에는 내가 턱 나서며 점잖은 목소리로, '여보 정신을 차리시오. 이것은 내 아내요!'하고 소리를 지를 것이다. 그때에는 아무도 감히 내 아내에게 범접을 못한다!"[136]

〈그림 7〉 신여성 박인덕. 1919년 3·1운동 당시 활약과 인물 좋고 말 잘하고 음악 잘하기로 유명했던 인물이지만 1921년 백만장자의 후처가 되었다 1926년 이혼한다. <재생>의 김순영은 박인덕을 모델로 한 듯하다.

남학생 신봉구는 자신이 사랑하는 여학생 김순영의 육체를 둘러싸고 많은 남성들의 욕망이 얽혀 있는 것을 간파하자 결혼이라는 해법을 제시한다. 결혼을 해서 '내 안방에다 갖다가 가두어 놓아야 한다.'는 것이 여성의 섹슈얼리티(미모)가 가진 매혹을 거세할 수 있는 방법으로 제출되는 것이다. '아내'라는 위치는 여성의 육체독점권으로 형상화된다. 아내라는 이름을 얻는 순간 '순영'이라는 여성의 이름은 사라지고 곁눈질을 하거나 이야기를 할 수 있는 매혹적인 여성의 육체(얼굴) 역시 사라진다. 남는 것은 신봉구의 아내라는 가정 내의 직분일 따름이다. 근대적 일부일처제의 가산 논리가 개입하는 것이다. 여성의 정조 침해는 명예의 훼손이 아니라 재산의 침범으로 이해된

---

136) 이광수, 〈재생〉, 전집 2, 18면.

다. 법률로 규정된 '내 아내'이기에 다른 남자가 접근도 눈짓도 할 수 없으며, 정조의
훼손은 재산의 훼손이기에 법률 형식으로 다스려진다. 이러한 관점에서 <재생>은 타
락한 여학생의 육체를 본격적으로 묘사하기 시작한다. 연애와 우애가 분리되면서 누이
－오라비 관계는 그 순결성을 대변하지 못하고 정조의 관점에서 의문시된다.

> 또 한가지 '오빠'란 말에 봉구가 괴로워하는 것은, 순영에게 오빠라는 소리 듣는 젊은 남자가 많은
> 것이다. 그 중에도 김창현이라는 바이올린도 들고 다니고 소설편도 쓰는 얼굴 희고 머리 긴 사람이 순
> 영이가 가장 친절하게 교제하는 것이 퍽 싫었다. 이 사람은 도리어 봉구와는 동향 친구연마는 그럴수록
> 더욱 미웠다.
> "아니야요, 미스터 김은 그런 사람이 아닙니다. 장차 큰 예술가가 되실 분이올시다. 또 내가 미스터
> 김을 사랑하는 것은 형제의 사랑이야요. 형제의 사랑과 애인의 사랑과는 다르지 아니해요－아니 미스터
> 신은 퍽도 완고해서."(12－13)

<무정>을 비롯한 1910년대 소설에서 순결한 관계로 지시되고, 타인에 대해서까지
적용되던 누이－오라비는 1920년대 <재생>에 이르러 우애에서 벗어나 매혹의 속성
을 선명하게 드러낸다. '형제의 사랑'과 '애인의 사랑'을 구분 짓는 자리에 매혹이 문
제시된다. 진짜 '오빠'인지 아니면 '매혹의 대상'인지를 구분 짓는 일이 요구되는 것
이다.[137] 여학생은 진짜 오라비가 아닌 청년을 '오빠'라는 이름으로 부름으로써 타락
한다. '바이올린도 들고 다니고 소설편도 쓰는 얼굴 희고 머리 긴' 청년과의 교제가
'형제의 사랑'이라는 명분으로 '애인의 사랑'과 경합을 벌이고 있다. 문제는 그 (가짜)
'형제의 사랑'이 예술의 이해에 기반을 둔 파트론의 외현을 나타내는 동시에 그 매혹
적인 일면과 가외의 교제를 낳기에 연애와 구분되지 않는다는 데 있다. 일부일처제
계약에서 남편은 부인의 절대적 애정의 대상이 되어야 하기에, 가짜 오빠(의남매 관
계)라는 가외의 존재를 가진 여성은 부정될 수밖에 없다. 신여성의 부정성은 무엇보
다 그녀가 얼굴을 가진 존재, 소문난 미모를 가진 존재로 발견되는 것에서 출발한다.
여성의 미모는 그녀의 순결을 증명하는 것이 아니라 그녀의 타락을 재촉하는 위험한
대상으로 자리하게 된다.

---

137) 이경훈은 「오빠의 탄생」에서 유사가족관계를 형성하며 연애의 대상으로 등장하는 오빠의 새로운 의미망을 추적하고
있다. 이경훈, 앞의 책, 56－68면 참조.

청년회에 열린 추기 음악회가 아직 다 파하기도 전에 부인석에 앉았던 순영은 슬며시 일어나서 소곳하고 사뿐사뿐 걸어 밖으로 나온다. 그의 회색 삼팔 치마는 흐느적흐느적 물결이 치는 대로 사삭하고 연한 소리를 내며 걸음발마다 향수 냄새가 좌우편 구경군의 코에 들어갔다. (중략) 호리호리한 키와 날씬한 몸맵시, 얌전하게 틀은 윤이 흐르는 머리 모양이 오늘따라 순영은 더욱 어여쁘다. 바탕도 어여쁜 얼굴이지만 학교 안에서 소문이 나도록 순영은 화장에 힘을 쓰고, 또 화장하는 솜씨가 있으며 옷감 고르는 것이라든지 옷고름 매는 것까지 모두 남보다는 모양이 있었다(7).

1919년 만세 사건 이후 변화된 청년의 세태를 그리는 <재생>에서 여주인공 순영은 외모의 화려함과 치장의 능란함으로 우선 발견된다. <무정>의 여주인공 영채나 선형은 '여학생다움', '기생 같음', '소곳함' 등의 이미지로 묘사될 뿐, 치장의 아름다움이 존재하지 않았다. 반면 <재생>에서 순영은 향수와 삼팔치마, 사뿐사뿐한 걸음걸이, 호리호리한 몸짓과 뛰어난 화장술, 옷맵시 등으로 묘사된다. 이는 여성의 섹슈얼리티를 성욕과 관련해 위험한 것으로 파악하는 데에서 나아가 그 치장의 매혹과 세련성의 유혹(미모)에 대한 경계를 나타낸다.[138] 외모의 치장은 '재주, 공부, 음악'과 같은 문명적 교양과 함께 매혹적인 대상으로서 여학생의 육체를 재편한다. 황금의 소비를 요구하는 매혹이기에 유혹자로서의 여성은 부패와 타락의 힘을 발휘한다. 자신의 미모와 얼굴을 개성이라는 형태로 발견한 여학생은 상품의 소비를 통해 외양을 가꾸고 유혹적인 힘을 발휘한다. 근대적 패션을 추종하는 여학생이라는 새로운 모습 속에서 여성의 섹슈얼리티는 자본과 관련하여 재배치된다. 이광수에게 이는 '여학생'을 벗어나 '처녀학생'으로 재편된 순영의 육체를 통해 표현된다.[139]

순영은 자리에 누워서 곁에 자는 동창들의 깊이 잠든 숨소리를 들으면서 가슴 속에 이상한 젊은 욕심이 일어남을 깨닫는다. 그의 몸은 지나치게 발육되었다 할이만큼 발육이 되었다. 그의 뜨거운 피는 귀를 기울이면 소리라도 들릴이만큼 기운차게 돌아간다. 그리하고 그의 정신은 일종의 간지러움과 아픔을 가지고 무엇을 붙잡으려는 듯이 수없는 손을 허공으로 내어 두른다. 그의 손바닥에는 수백만 원의 재산이 놓였다. 그의 몸은 동대문밖 백씨의 집 양실 침대 위의 포근포근한 새털 요와 가뿐한 새 이불에 싸였다. 그의 곁에는 건강하고 아름답고 은근하고 사랑이 깊은 중년 남자가 누웠다(66).

---

138) 홍혜원은 이광수 소설에서 여성을 전통적 사고에서 이탈하는 여성, 탐욕적인 파멸하는 여성, 순결하고 성스러운 모성의 세 가지 유형으로 보고, 이 중 부정적으로 형상화된 여성은 항상 돈과 성적 욕망이라는 계기에 의해 패배하는 것으로 그려진다고 본다(홍혜원, 앞의 책, 218-242면). 하지만 이는 이광수 소설에 특징적인 것으로 보기보다는 근대 남성 작가에 의해 그려지는 일반적인 여성상으로 판단할 수 있다. 이광수 소설에서 성적 욕망은 여성을 타락시키는 계기로 작용하지만 돈의 작용은 염상섭에 비해 미약하다고 볼 수 있다. 이에 대해서는 3장 2절 참고.

139) <재생>에서 순영은 올케 등 제3자들에게 '처녀학생'이라고 명명된다.

'육감'의 공상을 갖는 순영은 스위트홈을 공상하는 선형과 다르고 정신적 사랑을 공상하는 성순과도 다르다. 그것은 육욕적이며 금전적인 어른의 공상, '지나치게 발육된 몸'의 공상이다. 그는 순결하고 우직한 학생을 환상하는 대신 '건강하고 아름답고 은근하고 사랑이 깊은 중년 남자'의 화려함과 성적 기교를 환상한다. <무정>과 <개척자>가 일부일처제의 논리를 긍정하면서 오라비 – 누이와 같은 우애에 입각한 부부애의 추구 속에 영육 일치의 사랑 논의를 펼쳐 간다면 <재생> 이후 사랑은 철저하게 애욕(연애)과 분리된 정신적 자질로서 형상화된다. 사랑은 모성애와 같은 완전한 헌신으로, 그 속에는 애욕이 자리할 수 없다. 여성의 운명은 모성애의 순결성으로 재편된다. 그러므로 신여성의 육체에서 정조와 미모는 결코 양립할 수 없는 대상으로 자리하게 된다. 미모를 가진 여성은 자본주의 사회에서 그 미모를 이용해 돈을 얻거나 지위를 얻을 수 있기에 결코 정조에 충실할 수 없다고 보는 것이 이광수를 비롯한 대부분의 남성 작가들의 상상력을 이룬다.

미모를 통해 재산을 얻는다는 감각이 앞에 나설 때 순영은 엄격한 여학교 교육에도 불구하고 정조를 깨뜨린다. 그것은 자발적인 강간의 행사이다. 백만장자 백윤희에게 처녀성을 깨뜨리고 금강석 반지를 얻은 후 순영은 노숙해진다. 순결성을 상실한 그는 소년 – 학생의 모습을 갖지 못하고 어른이 되어 버린다.

> '순영이다!' 하고 봉구는 순영을 바라보았다. 얼굴이 더 피었다. 애티가 좀 줄었다. 몸이 좀 났다. 더 환해졌다. 머리쪽진 모양이 변하였다. 순영은 두 손을 치마 앞에 읍하고 고개를 약간 뒤로 젖히고 아무 시름없는 듯이 입을 벌렸다 다물렸다 한다(26).

만세 사건으로 복역한 봉구가 출옥 후 3년 만에 발견한 순영은 외모부터가 변해 있다. 애티가 줄고 활짝 피어난 미모, 이는 그녀가 이미 처녀성을 상실했기에 소녀가 아니라는 사실과 관련된다. 그는 연애의 차가움과 뜨거움, 자기 연출과 위장에 익숙해진, 자본과 매혹의 속성을 깨달은 여인이 되어 있다. "후에 본즉, 순영에게는 어떤 때에는 얼음장으로 싸늘해지고 어떤 때에는 불덩어리 모양으로 이글이글 더워지는 특성이 있었다. 그가 싸늘해진 때에는 그의 입에서는 찬바람이 솔솔 나오고 그의 눈에서는 찬 빛이 흘러 마주 앉은 사람의 피라도 얼어붙게 할 듯하고, 그와 반대로 뜨거워진 때에는 입과 눈과 두 뺨에서까지 뻘건 불을 토해서 온 방안 사람을 태워 버릴 듯하다."(27) 순영의 육체는 그의 변덕스러운 감정처럼 능수능란하게 차가움과 뜨거움을 오가며 대상을 매혹한다. 그는 이미 순진하게 봉구의 땀을 닦아 주던 (1910년대) 만세 사건 당시의 어린 여학생이 아니라 화장에 신경을 쓰고 머리 모양에 힘을 들이는 처녀학생이 되어 있으며 백금반지와 비단 이불에 처녀성을 상실하고 담배와 술을 배운 여인이 되어 있다. 여인이 되었음을 알지 못하고 단지 얼굴의 변화만을 목격하는 자리에 봉구의 오해가 시작된다. 그는 변화된 순영의 육체를 그녀의 정조 훼손 또는 타락과 관련짓지 못한다.

순결성이 사라지고 섹슈얼리티의 매혹이 존재하는 자리에 '처녀학생'의 이중적인 모습이 그려진다. 봉구는 순영의 육체 비밀을 알지 못하기에 그녀를 '천사'라고 생각한다. 순영을 둘러싼 모든 소문을 거부하고 자신이 믿고자 하는 환상만을 사랑하는 까닭에 열정적인 청년 학생 봉구는 몰락한다. 순영을 천사로 바라보는 봉구의 논리는 순영의 '미모'를 그의 '순결성(정조)'과 동일시하는 데서 나오는 것이다.

> 순영이가 하는 일은 아마 모두 옳은 듯하였다. 그렇게 아름다운 순영이가 무슨 일이나 잘못할 수는 없는 것이다. 그래서 봉구는 마음 놓고 순영의 포옹과 키스를 받았다. 이로부터 석왕사 감천정에 있는 동안 봉구는 마치 순영의 장난감과 같았다. 악의로 하는 장난은 아니라 하더라도 마치 어린 동생이나 자식을 귀애하는 듯한 귀염으로 순영은 봉구를 대하였다. 봉구도 어린 아이 모양으로 순영의 어여쁜 손에서 놀았다(95).

봉구는 순영의 미에 현혹되어 그를 선한 존재로 인식한다. 천사의 이미지는 미에 대한 오해에서 비롯한다. 선(善)이 불투명한 것이라면 미(美)는 투명한 것이다. 투명한 것에서 불투명한 속성을 유추하려는 소년의 몽상은 집안의 천사라는 여성의 순결성을 아름다운 육체에 투영한다. 아름답기 때문에 순영은 선한 존재로 판단된다. 순결성을 아름다운 육체에서 유추하기에 그 아름다움에 대한 오해가 깨뜨려지고 진실이 드러난 순간 배신감은 용서할 수 없는 것이 된다.

순영의 타락의 핵심은 정절(불경이부)이 아니라 정조(일부일처)를 깨뜨림에 있다. 즉 그녀는 봉구와 백윤희에게 동시에 몸을 허했다는 점에서 도덕적 타락에 돌입한다. 백윤희의 자본에 매혹되었다면 그에게만 충실해야 한다. 하지만 백윤희의 아내가 아니라 첩이 된 순영에게 일부일처제는 이미 깨뜨려진 신화에 불과하다. 한 사람과 맺어야 할 정조의 계약을 두 사람과 맺을 때 그것은 신용의 파기이며 도덕적 타락이다.

이 떠나지 않는 근심과 남편의 과도한 건강과 음욕이 그렇게 건장하던 순영을 불과 반년에 병인처럼 만들어버렸다. 게다가 첫아기를 서느라고, 낳느라고 순영은 거의 죽을 뻔하였다. (중략) 순영은 도저히 남편의 비밀을 다 알아서는 못쓰는 사람인 듯하였다. 그럴 때에는 분하기도 하고 슬프기도 하였다. 그러 할 때에 봉구를 생각했다. 비록 얼마 안 되는 재산이라도 봉구는 자기의 가진 모든 것을 모두 순영에게 맡겨 버릴 것이다. 그러하건마는 백은 순영에게 열쇠조차 맡기지를 아니한다(165).

봉구를 배신하고 백윤희의 첩이 된 후 순영의 불행은 과도한 육욕과 출산, 주부권의 미획득 등으로 이어지며 정조를 파괴한 신여성에 대한 처벌 과정을 그린다. 그는 정조 파기의 대가로 남편(백윤희)이 아닌 타인(신봉구)의 자식을 낳고 첩이기에 주부권조차 손에 넣지 못하며 성욕의 대상이 되어 병을 얻는다. 자식은 간통의 상징으로 아비와 다른 외양을 갖고 태어난다. "그러나 생각하면 서러운 일이 아니냐 – 어미의 죄로 – 그렇다. 어미의 죄로 아무 허물도 없는 새 생명이 일생의 고통을 지고 난 것이 아닌가." 일부일처의 행복이 없는 자리에 신여성의 불행이 시작된다. 돈보다도 처의 지위에 행복을 부여하는 것은 근대적 일부일처에 입각해 여성 섹슈얼리티의 가치를 재편하는 것이 된다. 결국 순영은 남편 때문에 매독과 임질까지 올리게 되지만 백윤희의 애정을 붙잡지 못하고 봉구에게도 외면당한 채 어미의 죄로 '소경'으로 태어난 딸과 함께 금강산 구룡연에 몸을 던진다. 죽음의 순간에조차 아이를 꼭 업고 물속을 떠다니는 모습을 통해 그녀의 삶은 타락한 정조에 대한 처벌과 함께 지켜야 할 모성애의 가치를 회복하는 것으로 집약된다. 미모 때문에 타락한 그녀는 죽음으로 모성애를 증명함으로써 정화된다. 여학생 김순영의 '재생'이란 결국 미모를 버리고 정조를 택하는 죽음을 통해 신봉구의 아내라는 묘비명을 획득하는 과정이 되는 것이다.

(2) 〈그 여자의 일생〉에 나타난 '눈'과 '손'의 대립구도

〈그림 8〉 정월 나혜석. 여성 서양화가로서 김명순, 김일엽 등과 함께 신여성 유학생 1세대를 대표한다. 이광수 〈어린 벗에게〉와 염상섭 〈해바라기〉의 모델이기도 하다.

〈재생〉에서 의미화된 1920년대 이후 신여성의 타락이란 이광수나 염상섭 등 남성 작가들에 의해 부정된 신여성 나혜석이 〈경희〉에서 내보인 자부심과는 대조적이다. 나혜석은 1918년 〈여자계〉에 발표한 〈경희〉에서 미모와 지식을 갖춘 신여성이 동시에 정조와 성실성을 갖춘 완벽한 주부감이기도 하다는 점을 강조한다. 신여성 경희는 일본에서 돌아온 다음 날 집안을 청소하고 바느질을 하고 하인을 돕는 등 부지런한 주부의 면모를 보여 준다. 공부보다는 빨리 결혼을 하라는 사돈마님의 말에 대해 "먹고 입고만 하는 것이 사람이 아니라 배우고 알아야 사람이에요. 당신댁처럼 영감 아들간에 첩이 넷이나 있는 것도 배우지 못한 까닭이고 그것으로 속을 썩이는 당신도 알지못한 죄이에요. 그러니까 여편네가 시집가서 시앗을 보지 않도록 하는 것도 가르쳐야 하고

여편네 두고 첩을 얻지 못하게 하는 것도 가르쳐야만 합니다."[140]라고 생각한다. 이때 일부일처제는 가르치고 배우는 문명의 논리로 둔갑한다. 일부일처는 자연적인 남녀의 관계방식이 아니라 국가의 발전과 사회의 안정을 위해 배우고 익혀야 하는 문명의 공리인 것이다. 여학생의 의무가 반드시 일부일처제를 수행하는 것이라 할 때, 이는 "옛날에는 여편네가 배우지 않아도 수부다남하고 잘만 살아왔다. 여편네는 동서남북도 몰라야 복이 많단다. 애, 공부한 여학생들도 보리방아만 찧게 되더라. 사내가 첩 하나도 둘 줄 모르면 그것이 사내냐?" 하는 구식 여성의 논리와 명백히 대립된다. 단지 잘 사는 것이 아니라 애정(감정)을 가지고 살아야 한다는 것, 수부다남이 아니라

---

140) 나혜석, 「경희」, 『정월 라혜석 전집』, 국학자료원, 2001, 99면.

일부일처로 행복을 추구해야 한다는 것으로 신여성이 추구하는 행복의 논리는 바뀐다. 여성의 행복은 장수를 누리고 경제적으로 복을 받고 남자아이를 많이 낳는 데 있는 것이 아니라 남편의 애정과 자신의 애정을 바탕으로 평생 동안 서로를 위하고 아끼며 살아가는 데 존재하게 되는 것이다.

일부일처의 공리에서 여학생의 지식은 경제적 가치가 있는 것으로 평가되고, 경희의 살림법 역시 이전과 달리 효율성을 지향한다.

> 경희의 소제법은 전과는 전혀 다르다. 전에 경희의 소제방법은 기계적이었다. 동쪽에 놓았던 제기며 서쪽 벽에 걸린 표주박을 쓸고 문질러서는 그 놓았던 자리에 그대로 놓을 줄만 알았다. 그래서 있던 거미줄만 없고 쌓였던 먼지만 털면 이것이 소재인 줄만 알았다. 그러나 이번 소재방법은 다르다. 건조적이고 응용적이다. 가정학에서 배운 질서, 위생학에서 배운 정리 또 도화 시간에 배운 색과 색의 조화, 음악시간에 배운 장단의 음률을 이용하여 지금까지의 위치를 전혀 뜯어고치게 된다(113-114).

단지 있던 위치에 놓아두고 먼지만 털어내는 방식의 청소에서 이제는 사물의 배치를 통한 실용성과 미학의 추구로 경희의 살림법은 바뀌어 간다. 살림에 위생학과 가정학, 예술이 침투할 수 있게 하는 것. 이것이 새로운 가정의 모습이다. 가정을 자신의 활동무대로 삼고 가장 편안한 가정을 꾸리는 것을 목표로 삼는 주부와 근대 지식이 공조하는 셈이다. 집안 소제방법부터 다른 신여성은 부지런하고 과학적이며 위생적이고 현명하다. 이것이 <경희>가 그려내는 이상적인 신여성의 모습이다. "종일 일을 하고 나면 경희는 반드시 조금씩 자라난다. 경희가 갖는 것은 하나씩 늘어간다. 경희는 이렇게 아침부터 지금까지 얻기 위하여 자라갈 욕심으로 제 힘껏 일을 한다."(114) 가사는 '노동'의 의미를 부여받으며 여학생을 성장시킨다. 배움과 노동이 시간 관리와 축적에 의해 이익을 창출하는 행위라고 할 때 단순가사노동조차 생산적인 것으로 각인되며, 모든 공간에서 시공간의 규율과 생산성을 내면화한 신여성은 주부로 탄생하는 것이다. 이처럼 신여성 나혜석은 세상의 소문이나 남성 지식인의 편견과 달리 신여성의 미모와 정조, 지식과 성실함이 공존할 수 있는 것으로 이해한다. 하지만 대부분의 남성 지식인들에게 1920년대 이후 신여성의 미모와 욕망은 그녀의 정조나 성실함과 양립할 수 없는 것으로 간주되며 신여성의 '눈'(미모)과 '손'(노동)은 대립적인 자질로 굳어지게 된다. 미모와 정조를 대립적인 가치로 파악하면서 이광수는 <그 여자의 일생>에서 미모 때문에 정조를 상실하는 여자의 일생을 그린다.

> 엄마는 죽는다. 어린 너희들을 두고 엄마는 죽는다. 엄마는 기생이 되어서 몸이 천하기 때문에 아버
> 지의 마음에 들지 못하여 엄마는 죽는다. 금봉아, 은봉아, 너희는 계집애니 일생에 꼭 한 남편만을 섬겨
> 라. 그리하여 얼굴이나 재주나 돈으로 남편을 고르지 말고 꼭 덕으로 남편을 골라야 한다. 여자의 일생
> 이 한번 몸을 더럽히면 영영 다시 회복하지 못하는 것이다. 불쌍한 어미를 거울삼아서 부대부대 너희는
> 내가 걷는 길을 밟지 말아라.141)

여주인공 금봉에게는 기생이었던 어머니의 유언에 의해 처음부터 일부일처의 과업
이 부여된다. 즉 금봉의 일생은 올바른 덕성을 가진 남성과 일부일처제 핵가족을 구
성해 일생에 '몸을 더럽히'지 않고 정조를 지키는 것이어야 한다. 이러한 금봉의 과
업을 방해하는 일차적 요소는 그녀의 지나친 아름다움이다. "그 치렁치렁한 검은 머
리, 하얀 목, 샛별같이 빛나는 눈, 그 조화 잘된 몸 모양, 그 보들보들해 보이는 조그
마한 손, 그 걸음걸이, 모두 다 사람들의 눈을 끌었다. 더구나 눈을 한번 치뜨면서 상
그레 웃는 양을 볼 때에는 같은 여자동무들도 황홀하지 아니할 수가 없었다. '금봉이
는 너무 이뻐.'하고 비평하는 동무들도 있었다."(12) 변화무쌍한 눈 모양과 잘된 조화
를 가진 육체의 세부가 금봉을 '너무' 예쁜 존재로 만든다. 이 지나친 미모가 기생
출신이기에 결코 마음에 드는 아내가 될 수 없었던 어머니의 한계와 마찬가지로 현
모양처의 자질을 방해하는 것이다. 현모양처는 연애의 대상이 아니라 자손을 생산하
고 기르는 존재이기에 지나친 미모는 자발적 유혹의 욕망을 낳는다는 점에서 정조의
위기를 가져올 수밖에 없다.

> 인현은 누이의 그 눈이 도무지 위험성을 띤 것이라고 이번에도 생각하였다. 금봉이가 '다정한 여자'
> 라는 것을 인현은 그 눈에서도 늘 본다. 그 눈이 여러 남자를 죽이기도 하려니와, 필경은 눈 임자인 저까
> 지도 죽여 버릴 눈인 것같이 생각했다. 누이를 불쌍히 여기는 마음이 간절한 인현은 누이의 그 눈을 변
> 하게 할 수만 있으면 변하게 해주고 싶었다. 금봉도 제 눈의 힘을 자각하였다. 이 눈으로 한번 흘려보는
> 날에는 어떠한 남자라도 제 앞에 무릎을 꿇지 아니치 못할 것을 믿고 있다(215).

금봉의 미모는 눈으로 집약된다. '한번 흘려보는 날에는 어떠한 남자라도 제 앞에
무릎을 꿇지 아니치 못할' 위력을 가진 금봉의 눈은 '여러 남자를 죽이기도 하려니와
필경은 눈 임자인 저까지도 죽여버릴' 위험한 힘으로 자리한다. <그 여자의 일생>에
서 여학생 금봉의 타락은 사실상 여제자들에게 애욕을 품고 욕망을 채우는 부도덕한
선생 손명규 때문이지만 서사 과정에서 이광수는 손명규의 욕심 많고 못생긴 육체가

---

141) 이광수, 〈그 여자의 일생〉, 전집 7, 10면.

아니라 금봉의 다정함을 담은 눈에 모든 불행의 원인을 돌려 버린다. '눈'은 가사 노동으로 집약되는 여성의 훈육적 육체를 대변하는 '손'과 반대되는, 일부일처의 계약관계를 뛰어넘는 지나친 미모를 상징한다. 이 눈 때문에 금봉은 손명규의 첩이 되고 화려한 소비로 허황함을 달래다 백만장자 김광진과 간통하는 방탕한 생활에 빠져 타락해 간다. 타락과 파멸의 힘을 가진 눈의 욕망을 극복하는 것만이 그녀의 구원가능성이 된다. 그녀는 자신의 눈을 하나의 권력으로 생각하지만 결국 남편이 아닌 사람의 아이를 낳고 남편에게까지 버림을 받은 후 출가라는 극단적인 운명을 맞이하고 만다. 타락 이후 그녀가 발견하는 것은 미모가 아니라 '정조'가 최대의 가치라는 사실이다. 미모가 자신을 망쳤음을 깨달을 때에야 비로소 그녀는 자신의 손을 인식하게 된다.

> 좀 수척하였지마는 아직도 손가락을 곱게 보일만한 지방은 있었다. 그리고 봉숭아꽃 물을 들인 듯한 불그레한 손톱의 아름다움도 여전하였다. 팔자가 세리라, 과부가 되리라, 생이별을 하리라 하던 손금도 들여다보았다. 그럴 때에 문득 순이 어머니의 거칠은 손을 생각하였다. '아무 것도 인생에 쓸 데 있는 일을 해본 일이 없는 손이로구나.'하고 금봉은 한손으로 다른 손을 꼭 쥐었다(374).

화장품을 쥐고 화투장을 잡고 남자의 희롱물이 된 이외에 '아무것도 인생에 쓸 데 있는 일을 해본 일이 없는 손'을 깨달으면서 금봉은 머리를 깎고 승려가 된다. 미모를 폐기하는 자리에 손의 상상력이 개입한다. 다정다감한 눈이 아니라 거친 손이 새로이 요구됨으로써 학생의 육체는 노동자의 육체, 농민의 육체로 재편될 것을 요구받는다. 3·1운동이 실패하고 이기주의와 허영적 위신의 논리가 지배하게 된 20년대 식민지 경성사회의 분위기 속에서 소년-학생은 상실된다. 10년대 이광수 소설을 관류하던 소년주의는 만세운동의 실패와 함께 사라지고 학교에서도 소년은 더 이상 존재하지 않는다. 소년의 육체가 사라진 자리에 처녀 학생의 유혹적 육체가 나타난다. <재생>은 이러한 사회풍조를 단적으로 드러낸다. 학생이 졸업을 하고 자본주의 사회의 타락한 가치를 알면서 욕망에 노출될 때, 훈육적 육체 담론은 새로운 형태로 나타난다. 소년-학생의 육체는 <흙>에서 전촌학교화(全村學校化)의 기획과 함께 변화하는데 그때 학생은 교사인 동시에 노동자이며 주부의 모습을 하게 된다. 소년-학생의 열정적이고 감정적이며 때로 무모하기까지 한 모습은 보다 합리적이고 현실적이며 의지적인 모습으로 재편된다. 이러한 변화는 <동정>이나 <정육론> 계열로부터 변화한 <민족개조론>의 논의를 통해 단적으로 엿볼 수 있다.

이 主義에 의지하여 改造된 사람은 어떠한 사람일까. 그는 반드시 普通敎育과 一種의 專門敎育이나 技藝의 敎育을 받아 社會에 有益하다고 믿는 一種의 職業을 가졌을 것이외다. (중략) 그는 그 職業에 관하여 남과 去來할 때 반드시 誠意를 가지고 信用을 지킵니다. 또 그 職業을 심히 사랑하기 때문에 어떠한 困難이 있든지 危險이나 逼迫이 있더라도, 결코 그것을 버리지 아니하고 勇氣를 發하여 싸워 이깁니다. (중략) 完成될 凡人이야말로 우리가 求하는 바이외다.[142)]

　　20년대의 전반적인 흐름으로 제출되는 개조론은 무슨 일에나 거짓 없고 성실하게 신념을 실행하는 사람, 한 사람의 완전한 직업인을 요구한다. '신용할 덕행, 직무를 감당할 만한 학식이나 기능, 자기의 의식주를 얻을 만한 직업의 능력'을 갖춘 인간으로 '사람의 바탕을 개조하여 그 주의가 무엇이며 직업이 무엇이든지 능히 문명한 일 개인으로 문명한 사회의 일원으로 독립한 생활을 경영하고, 사회적 직무를 부담할 만한 성의와 실력을 가진 사람을 만들자 함'이 개조론의 요지이다. 개조된 인간은 '무실과 역행'에 입각한 '완성될 凡人'이다. 그는 근면한 직업인으로 공적 사회에 기여하고 생산하는 인간이다. 초기의 동정론이 문명인을 가장한 천재의 요구로 나타났다면 <재생> 이후 이광수의 논의는 '완성될 범인'의 교화론으로 나아간다. 천재가 아니라 평범한 사람의 육체가 추구 대상으로 자리할 때, 천재의 눈에서 흘려지는 눈물의 가치는 사라지고 평범한 사람의 손이 가진 가치가 주요한 대상으로 부각된다. 감정교육은 생활과 습속 개조의 논의로 바뀌며 이는 일제의 지배체제에 대한 순응으로 이어진다.

(3) 전촌학교화의 기획과 〈흙〉의 의미

　　일제는 1930년대 농촌진흥운동을 전개하면서 1920년대 말 일본에서 만들어진 全村학교 개념을 조선에 적용한다. 이것은 농촌의 주민을 대상으로 한 종합적 사회교육을 보통학교가 중심이 되어 끌어간다는 것으로, 사회의 학교화와 학교의 사회화를 의미하였다.[143)] 〈흙〉은 이러한 전촌학교화의 기획과 일종 연관을 갖는다.[144)] 소년의 육

---

142) 이광수, 「민족개조론」, 전집 17, 201-209면.

143) 김진균·정근식·강이수, 「일제하 보통학교와 규율」, 김진균·정근식 편, 『근대주체와 식민지 규율권력』, 문화과학사, 1999, 87-89면 참고.

144) 〈흙〉에 대해서는 브나로드 운동과 동우회 활동을 연관 지어 해명하는 것이 대체적인 연구 경향이다. 하지만 브나로드 운동이 어떠한 사회적 맥락에서 전개된 것인지에 대한 해명이 부족한 듯하다.

체 인식은 확장되어 공간의 학교화로 이어진다. 학교에서 벗어난 존재, 학생을 벗어난 존재가 타락한다면 공간 자체가 학교가 되었을 때 이상적인 훈육적 육체가 태어나게 된다. 그것이 바로 '손'으로 재편되는 육체이다.

<흙>에서 주인공 허숭의 욕망은 유순의 건강미와 정선의 세련미 사이에서 갈등한다. 유순은 "통통하다고 할 만하게 몸이 실한 여자였다. (중략) 흠을 잡자면 그의 손이 거칠은 것이겠다. 김을 매고 물일을 하니, 도회 여자의 손과 같이 옥가루로 빚은 듯한 맛은 있을 수 없다. 뻣뻣한 베치마에 베적삼, 그 여자는 검정 고무신을 신었다. 그는 맨발이었다. 발등이 까맣게 볕에 글었다."[145] 유순의 건강미는 거칠고 뻣뻣한 아름다움이며 거친 손으로 집약된다. 이러한 유순의 미모는 윤참판의 딸인 정선이 가진 "몸이 가냘프고 살이 투명할 듯이 희고 더구나 손은 쥐면 으스러져 버릴 것같이 작고 말랑말랑한 여자"의 육체와 대비된다. 정선의 손은 투명한 피부와 작고 나약하고 말랑말랑한 살 속에 세련미를 집약하고 있다. 이러한 정선의 손이 유순과 같은 거친 손으로 변해 가는 것에 <흙>의 주제가 가로놓인다. 허숭은 유순의 건강미에 누이에게 느끼는 종류의 친애를 느끼지만 정선의 세련미에는 매혹을 느낀다. 학생으로서 그는 유순과 결합해야 하지만 윤참판의 서기 노릇을 하고 변호사가 되는 사회인으로서 그는 세련된 도시 여성 정선의 섹슈얼리티를 받아들인다. 시골 사람과 도시 사람의 결합이라는 형식을 띤 허숭과 정선의 결혼은 종자 개량의 의미를 갖는다.

> 숭의 건강, 도저히 서울 양반 계급에서는 찾아볼 수 없는, 차라리 야만적이라고 할 만한 건강, 그의 남성적인 행동, 힘 있게 다문 입, 보기에는 좀 흉하지마는 억센 손, 어깨, 가슴통, 그의 재주, 그의 아첨하는 빛 없는 순직한 표정과 음성, 여자에 대하여 심히 범연한 듯한 것, 그의 거무스름한 살빛, 좀 과히 많은 듯한 눈썹, 두툼한 입술, 얼른 보기에는 둔하다고 할 만하도록 체격과 태도가 무거운 것, 이런 것들을 종합하여 정선은 숭을 남성적이요, 영웅적인 남편을 만들었다(56).

정선은 일가에 존경받는 한은 선생이 자기 딸들을 시골사람에게 시집보낸 일을 생각하고 시골 출신인 허숭과의 혼약에서 위안을 삼는다. "한은선생은 계급타파, 지방 감정 타파를 위하여도 이러한 혼인 정책을 쓰지마는, 또 한 가지는 강건한 혈통을 끌어 들이려는 것도 한 까닭이었다."(57) 시골 출신은 허숭의 외양을 결정짓는 요소가 된다. <흙>에서 인물들의 외양은 건강한 시골 특성과 불건강한 도시 특성으로 나뉜

---

145) 이광수, 〈흙〉, 전집 6, 7면.

다. 시골 출신이기에 야만적 건강과 순박함, 태생적 강건함을 가진 것으로 묘사되고 도시 출신이기에 가냘프고 소화병 있고 부드러우며 태생적으로 연약한 존재로 묘사된다. 시골 사람과 혼인을 하기만 하면 건강한 혈통이 들어오게 된다는 믿음이란 곧 육체와 건강까지도 유전과 환경에 입각해 분석하는 과학적 시선의 결정론이다. <흙>은 무지한 농촌을 계몽한다는 의식보다는 시골의 야만적 건강에 기반을 두어 전촌학 교화를 통해 바람직한 훈육적 육체상을 조직한다는 점에서 <상록수>와 대비된다.146) <흙>에서 정선-허숭의 결혼이란 건강한 육체 기질을 가진 존재를 생산하는 것으로 이해되며, 육체 우생학의 논리 속에 재편된다. 이러한 종자 개량으로서의 결혼은 낭만적 연애에 입각한 것이 아니며 우애에 입각한 것조차 아니기에 갈등을 낳는다.

> 성욕을 중심으로 한 향락 생활이었다. 마치 정선의 호리호리한 어여쁜 몸이 전부 성욕으로 된 듯한 생각을 줄 때가 있었다. 이것이 숭에게는 못마땅하였다. 숭의 생각에는, 고등한 교육을 받지 아니하였더라도 인격의 존엄을 믿는 사람 – 이라는 것보다도 음란하다는 말을 듣지 아니하는 사람으로는 성적 욕망이라는 것은 비록 부부간에라도 서로 억제할 것이라고, 서로 보이지 아니할 것이라고 믿었다(94).

허숭과 정선의 갈등은 무엇보다 '성욕'에 대한 인식 차이에서 온다. 성욕이란 부부 간에는 자연스럽게 허용되고 고상한 것으로 승화될 수 있기에 일부일처제의 바탕에 가로놓인다. 하지만 근대 가정에서 여성의 역할은 남성의 성욕을 불러일으키는 데 있는 것이 아니라 건강한 자녀를 출산하고 양육하는 데 있기에 가정부인의 성욕 표현은 불쾌한 것이 된다. 여성의 욕망은 인정되지 않으며 그것은 인격을 모욕하는 것으로밖에 해석되지 않는다. 허숭은 <개척자>의 성순 못지않은 정결성으로 부부 사이에 성욕이 개입하는 것에 거부감을 드러낸다. 성욕이 개입되지 않은 부부관계란 존재할 수 없음에도 불구하고 허숭은 '고상한 성욕'이라는 모순 명제하에 정선의 육체와 욕망을 부정하는 것이다. '부부간에라도 서로 억제하고 보이지 아니할 것'으로 규정되는 성욕이란 따라서 자녀의 출산으로 이어지지 못한다. 정선은 허숭의 자식을 낳지 못하며 그녀의 성욕은 허숭이 아니라 혼외의 존재인 갑진에게 매혹적인 것으로 수용된다. 정선의 육체가 매혹적인 것일 때 그녀의 욕망은 타락한 것이 된다. 반면 그 육

---

146) 〈상록수〉가 무지하고 가난한 농촌을 계몽하기에 헌신하다 죽어가거나 몰락해 가는 소년의 모습을 낭만적으로 그린다면 〈흙〉은 그러한 낭만성을 갖지 않는다. 〈흙〉의 중심은 농촌 계몽에 있는 것이 아니라 시골의 야만적 건강성을 도입하여 도시 귀족 젊은이의 육체를 교정하는 데 놓인 까닭이다. 그렇기 때문에 〈상록수〉가 박동혁과 채영신이라는 두 영웅의 모습을 중심으로 서사화한다면 〈흙〉에는 그렇게 영웅화되는 인물이 존재하지 않는다. 허숭조차 계몽의 영웅이라기보다 사생활의 소문 때문에 갈등하는 소시민의 모습으로 그려진다.

체가 훼손되어 불구가 되고 아이를 낳아 흔적을 남길 때 그것은 동정의 대상이 되고 사랑으로 합리화된다. 결국 정선의 성욕과 도회에서의 삶에 염증을 느낀 허숭은 학생 시대의 계획대로 농촌으로 돌아간다.

> 만일 의사를 대어 진찰을 한다면 이 동네에 완전한 건강을 가진 이가 몇이나 될까. (중략) 이질이나 장질부사 환자의 똥에 앉았던 파리들은, 그 발에 수없는 균을 묻혀 가지고 부엌으로 아우성을 치고 돌아다니며 음식과 기명과 자는 아이네의 입과 손에 발라 놓는다. 밤이 되면 학질의 스피로헤타를 배껏 담은 모기가 분주히 이 사람 저 사람의 혈관에 주사를 하고, 발진티푸스 균을 꼴깍꼴깍 토하는 이와 빈대는 이 방에서 저 방으로, 이 집에서 저 집으로, 이 동네에서 저 동네로 여행을 다닌다. (113)

농촌은 전염병이 창궐하는 지역으로 묘사된다. 학질, 티푸스, 장질부사 등을 옮기는 이와 파리와 모기가 들끓으며 기탄없이 병자와 건강한 사람 사이를 오고 가는 비위생적인 공간이 농촌이다. 하지만 이러한 질병은 '비만과 소화불량, 매독균과 결핵균'과 같은 도회의 불치병이 아니라 위생관리를 통해 다스릴 수 있는 것이기에 농촌은 근대 문명의 도입을 통해 개선될 수 있는 공간으로 선택된다. 근대적 위생관리의 관점에서 보면 농촌은 불건강한 육체 양산의 공간이다. 반면 노동과 훈육의 관점에서 보면 농촌은 도시의 나태와 무기력이 자리하지 않기에 건강한 육체 양산의 공간이 된다. 도시에서 불건강을 없애야 한다면 농촌에서는 야만을 없애는 것, 이것이 계몽의 요지이며 전촌학교화 기획의 핵심이 된다. 농민들의 몸을 특징짓는 '모든 기름기가 소모된 상태', 피조차 부족한 상태의 빈궁은 조직적 노동을 통한 생산성 제고와 저축을 통한 자본의 축적에 의해 개선될 수 있는 것이다. 이에 따라 허숭이 살여울에서 행하는 계몽이란 시공간의 구획을 통한 합리적 육체의 조직, 비위생을 제거하고 적당한 기름기와 일상의 규칙적 훈육을 가하는 형태가 된다. 의사를 불러오고 전염병 치료법을 익히고 유치원을 만들고 저축조합을 결성하고 라디오체조를 보급하는 것 등이 그 내용을 이룬다.

농촌 사회를 학교의 이상에 입각한 훈육적 공간으로 재편하는 가운데 이광수는 도시 여성의 섹슈얼리티를 부정한 것으로 거세하는 손의 상상력을 펼쳐 보인다. 손은 직립보행이라는 특질과 관련해 인간이 도구를 만듦으로써 진보를 가능하게 하고 다른 동물과 구분되는 문화를 창출할 수 있는 근본 원인에 해당하기에, 손의 상상력은 서구 문화에서 다양하게 펼쳐진다. 인간의 두뇌가 손의 사용을 가능하게 했을 뿐 아니라 인간의 일상적인 손 사용이 두뇌의 구조를 현재와 같이 만들기도 했다는 점에서 손과 두뇌는 육체와 정신의 조화로운 상호작용으로 해석된다. 문명 제국은 두뇌와 손의 상호작용 속에서 만들어진 것이다.[147] 손은 이성에 입각해 도구를 창출하고 발달한 근대 문화를 창출하는 직접적 동력으로 상상되며 손에 입각해 인간은 신의 질서를 대체하는 이성의 질서를 창출할 수 있다. 이러한 관점은 이광수의 논설 <숙명론적 인생관에서 자력론적 인생관에>에서 제기한 '힘'의 사유와 연결된다.

> 現代의 文明은 人類의 '力의 自信'에서 나온 것이외다. (중략) 天國은 누가 이 世上에 보내어 줄 것이 아니요, 오직 우리의 손으로만 만들 것이외다. 하나님이 누구요. 우리의 '손'이외다. 우리의 '손'이야말로 宇宙萬物의 創造者요, 攝理者외다. 우리의 '손'이야말로 萬物을 創造하고 維持하고 破壞하고 再建할 金剛力이 있는 것이외다. (중략) 朝鮮人도 生하려는, 盛하려는 朝鮮人도 眞實로 宿命論的 人生觀을 집어던지고 萬事를 自己의 '손'에 믿는 新人生觀을 가져야 할 것이외다.[148]

이광수는 과거의 숙명, 부자유의 인식에서 벗어나 자아의 의지와 자력을 강조한다. 근대 문명의 성격은 자아의 능력에 대한 무한한 신뢰이며 이는 '손'의 상상력을 통해 드러난다. 근대 문명이 이성에 입각한 창조의 신념 속에서 창출된다면 그것은 인간의 손에 의해 창조되는 질서이다. 하나님은 다른 존재가 아니라 곧 '우리의 손'이라는 생각이 현대 문명의 힘을 대변하는 것으로 제출된다. 그러므로 야만을 벗어나려는 조선인에게 먼저 요구되는 것 역시 '숙명론적 인생관을 집어던지고 만사를 자기의 손에 믿는 신인생관을' 갖는 것이다. 손은 자력론을 대표하는 동시에 계몽의 질서를 대변하는 상징이 된다. <흙>의 후반부는 이러한 손의 상상력에 입각하여 갑진과 정선의 육체 변화를 그리고 있다.

> 갑진에게는 밝은 도덕적 양심이 있었다. 그는 본래 둔탁한 기질이 아니다. 보통학교 이래의 수재다. 그는 오늘날 조선 사람이 받을 가장 높은 교육을 받았다. 다만 그에게는 조상적부터 전해 오는 이기적인 피가 있고, 여러 백년 동안 게으른 생활과 술과 계집의 향락 생활에 의지력이 마비되고 말았다. (중략) 이 점에 있어서 갑진은 유전의 희생자. 운명의 아들이다. 정선도 이 점에 있어서는 갑진과 같다. 그는 밝은 지혜와 양심을 가졌다. 그러나 그에게 있어서는 한 몸의 향락이 다른 모든 것보다 컸다. 그들의 유전적인 자기중심주의와, 굳어진 노세포는 이와 다르게 생각할 자유를 잃어버렸다(274-275).

---

147) 이에 대해서는 마틴 바인만 편, 『손이 지배하는 세상』, 박규호 역, 도서출판 해바라기, 2002 참고.
148) 이광수, 「숙명론적 인생관에서 자력론적 인생관에」, 전집 17, 63-64면.

여러 대 지속되어 온 가문의 '이기적인 피'와 '게으른 생활과 술과 계집의 향락 생활'의 결과가 빚어낸 육체로 갑진과 정선을 규정짓는 이광수의 어조는 유전과 환경의 개량을 통한 종자 개량이라는 우생학의 논조를 모방한다. 초기 논설에서부터 확인할 수 있는 유전에 대한 광신적 믿음은 부르주아 우생학의 논리를 견지한다. 귀족의 사치와 방종을 그 피의 타락에 의한 것으로 규정하면서 부르주아들은 자신의 도덕적 엄격성과 금욕, 절제된 삶의 규칙에 대한 우위를 과학으로 위장하여 합리화했다.[149] 이러한 논리를 받아들여 이광수는 여러 대에 걸쳐 이어져 온 타락한 생활상이 한 개인의 육체에 새겨져 자기중심주의의 유전에 의해 왜곡되고 타락한 존재를 창출하는 것으로 간주하고 이러한 육체의 개조 과정을 학교화된 농촌으로의 귀환에 입각하여 그려 낸다. 유전적 자기중심주의를 가진 정선과 갑진이 개조되는 과정이 <흙>의 중심 서사를 이루게 된다.

> 정선의 분결같은 손은 피부가 점점 굳어지고 정선의 흰 낯은 꺼멓게 볕에 그을었다. 그 모양으로 정선의 정신도 굳어지고 기운차게 되었다. 노동과 피곤은 정선의 입맛을 돋우어서 오래 두고 먹던 소화약의 필요를 없이하였다. 그리고 베개에 머리를 붙이기만 하면 잠이 들었다. (중략) 정선은 화장제구를 집어치웠다. 볕에 그을어 검은 얼굴에 분을 바를 필요도 없었다. 머리 모양을 낼 필요도 없었다. 그저 든든하게, 그저 검소하게, 정선은 이러한 중에서 새로운 미를 발견하였다(409).

정선은 농촌에서의 노동을 통해 자립적이고 건강한 삶을 찾는다. 소화약이 필요 없어지고 불면증이 없어지며 볕에 그을어 건강한 육체를 갖춘 '농촌 여편네'로 정선의 육체는 변화해 간다. 윤참판 집 귀한 외동딸로 세련되고 오만한 서울 신여성의 미를 대변하던 정선이 시골 여편네, 다리병신, 노동자, 자립적이고 현명한 농촌 주부가 되어 가는 과정이 <흙>의 주제를 이룬다. 정선의 허영이 사라지고 미가 사라지고 젊음과 재산이 사라질 때, <흙>의 전촌학교화 기획은 완성된다. 공적 사업을 위해 남편이 떠나간 자리를 굳건히 지키는 현모양처로 재편되는 것, 허영적 육체에서 훈육적 육체로의 변화를 보여 주는 것, 일부일처제 가정의 모성애로 여성 섹슈얼리티를 재편하는 것이 <흙>의 서사가 추구하는 주제인 것이다. 이러한 육체 변화는 '손'의 변화로 집약된다.

> "난 서울 안 가요. 살여울서 농사짓고 있을 테야요. 작년에도 나허구 을란이허구 둘이서 농사를 지어

---

149) 이에 대해서는 미셸 푸코, 『성의 역사 1 - 앎의 의지』, 이규현 역, 나남출판, 1993 참고.

서 벼 스무 섬하구, 조 열 섬. 콩 두 섬 했답니다. 금년에두 농사를 벌려 놓았는데 벌써 모도 절반이나
나구……. 난 밥을 짓고 소 먹이지요. 내 손 좀 보아요."하고 꺼멓게 걸고 거칠은 손을 가지런히 숭의
눈앞에 내어 보인다.

　"정말!"하고 숭은 고개를 앞으로 숙여서 정선의 손을 보았다. 조그마한 손이 커질 리는 없지마는 피
부는 많이 거칠었다.

　"그럼, 이제는 나도 농사를 많이 배웠어요. 소만에 목화 심고 망종에 모내고……."하고 정선도 웃었
다(413).

　남편 허숭이 독립운동을 계획했다는 명목으로 징역살이를 하는 동안 정선은 남편
이 떠난 가정을 불구가 된 몸으로 지킨다. 그녀는 밥을 짓고 소를 먹이고 농사일을
익히며 한 사람의 노동자가 되고, '완성된 범인(凡人)'이 된다. 허숭은 정선의 하얗고
조그마하며 투명한 손이 아니라 꺼멓게 걸고 거친 손을 보면서 진정한 애정을 느낀
다. 그녀는 허영의 미를 버리고 농촌 아낙이 됨으로써, 꺼멓게 걸고 거친 손을 가지
게 됨으로써 훈육적 육체로 완성되는 것이다. 정선의 지나친 미모는 불구에 의해 교
정되고 그녀의 성욕은 간통으로 인한 임신으로 처벌된다. 섹슈얼리티가 거세된 투명
한 육체가 그려지는 과정에서 정선의 몸은 과도하게 절단되고 교정된다. 세련된 도시
여성, 모두의 선망 대상이던 미모의 재산가 영양 정선은 재산을 버리고 간통으로 불
의의 아이를 낳고 자살을 꾀하다 다리를 절단하고서야 스스로 밥을 짓고 소를 먹이
는 여편네로 태어난다. 이야말로 아름답다고 이광수는 역설하지만 그것이 여성 섹슈
얼리티에 대한 폭력적 거세, 육체의 과도한 학대임은 분명하다.

　만일 이번 불행이 새 기원이 되어서 정선이가 다리 하나를 끊더라도, 머리에 흠이 나더라도 좋은 아
내가 되어주기만 하면 도리어 행복이라고 생각하였다. (중략) 다리를 자른단 말은 차마 숭의 입에서 나오
지 아니하였다. 머리에 흠이 생기는 것만도 병신이 되는 것으로 아는 정선이다. 그만도 병신으로도 살기
가 싫다는 정선이다. 만일 다리를 잘라버린다면 어떻게나 놀랄까, 슬퍼할까(316).

　간통으로 임신하고 이혼장 앞에서 자살을 기도한 정선은 다리를 절단한 병신이 됨
으로써 허숭에게 어울리는 짝이 된다. 다리의 절단은 정선이 가진 섹슈얼리티와 매혹
을 거세하며 정선을 어머니와 주부로 전신케 한다. 섹슈얼리티가 거세되고 간통의 증
거로서 난산 끝에 자녀를 출산함으로써 그녀는 허숭에게 매혹의 대상, 타락한 섹슈얼
리티의 대상이 아니라 현숙한 아내, 동반자의 의미를 갖게 된다. 허숭은 남편으로서
의 애정보다 간호사와 같은 동정을 가지고 친정에서 버림받은 채 다리를 잃고 불륜

의 아이를 출산한 정선을 돌본다.

<흙>은 사실 농촌 계몽의 이야기가 아니다. 실제로 살여울은 계몽되지 않는다.150) 오히려 살여울은 계몽이 가능하도록 타락해 갈 따름이다. 허숭이 살여울에 가져온 변화는 결코 긍정적인 것이 아니어서, 저축조합을 통해 늘어난 돈은 순박한 농촌 사람들에게 소비의 즐거움을 가르치고 결국 대부조합에서 돈을 빌려 소비를 지속하는 타락을 가져올 뿐이다. 허숭이 살여울로 돌아오기 전 순박하기만 했던 농민들은 허숭과 정선의 사생활에 귀를 기울이고 헛된 소문에 현혹되어 허숭 내외를 배척하는 모습을 보이기도 한다. 대표적으로 유순의 남편은 마을에서 가장 가난한 농민으로 허숭의 도움으로 유순과 결혼해 농사를 짓지만 허숭과 유순 사이를 의심한 끝에 술에 취해 아내를 때려죽이게 된다. 유순이 죽자 허숭은 자신을 배척하는 살여울을 떠날 결심을 하고 정선에게 집단 농장이 있는 검블랑에 가서 노동을 하자고 한다.

> 이 살여울은 너무도 경치가 좋고 토지가 비옥하고 배들이 불러. 좀 더 부자들한테 빨려서 배가 고파야 정신들을 차릴 모양이오. 또 우리 집도, 우리 생활도 너무 고등이구. 우리 이번에는 조선에 제일 가난한 동포가 사는 집에서 제일 가난한 동포가 어떻게 하면 넉넉하게 먹고 살아갈 수 있을까를 실험해 봅시다. (중략) 우리에게는 너무도 돈이 많아. 돈이 많으니깐 가난한 이들이 도무지 믿어주지를 않는단 말요(394).

허숭에게 살여울은 지나치게 돈이 많은 공간으로 이해된다. 사실 살여울은 처음의 빈궁과 결핍에 대한 묘사와 달리 너무나 쉽게 동화의 덫에 빠져든다. 살여울의 농민들은 자작농은 아니지만 자신의 집을 가지고 있으며 간도 이주를 꿈꿀 정도로 못살고 빚에 졸린 가정은 없다. 그렇기에 살여울의 문명화는 허숭이 감옥에 들어간 상태에서 보류된다. <흙>은 계몽가로 변화하는 육체를 그릴 뿐 계몽 자체를 그리지 않는다. 조합의 설립이나 유치원의 설립같이 허숭이 행한 계몽이란 위생관리의 시선에 포착되는 근대적 시공간과 훈육적 육체의 도입일 따름이다. 이러한 근대의 기획이 자본주의 문명의 도입, 타락을 가져올 것은 어쩌면 당연하다. 허숭과 정선이 들어옴으

---

150) 이주형과 이선영 등은 <흙>이 농촌문학으로서의 온전한 형식을 갖추는 데 한계를 빚은 까닭이 농촌문제에 대한 이광수의 접근법의 한계에서 비롯된 것으로 보고 있다(이주형, 「<흙>의 시대 인식과 미의식」, 신동욱 편, 『최남선과 이광수의 문학』, 새문사, 1981 / 이선영, 「<흙>의 서사와 그 의미」, 연대국학연구원 편, 『춘원 이광수 문학연구』, 국학자료원, 1994). 하지만 <흙>을 굳이 농촌문학으로 읽어야 할 이유가 없다는 것이 본고의 관점이다. <흙>은 근대 훈육적 육체의 조직이라는 이광수 소설의 일관된 맥락 속에서 쓰인 것이기에 농촌은 단지 시대, 사회적 맥락으로 선택된 것일 뿐, 중심은 도시인의 육체적 개조에 놓인다.

로써 마을은 타락한다. 허숭과 정선은 마을에 근대적 위생과 시공간의 개념을 도입하는 동시에 자본에 대한 추구와 소문에 대한 근접성까지도 가지고 온 것이다. 유정근이 마을에 들어오기 이전에 허숭이 들어옴으로써 이미 살여울에는 스캔들과 배척이 존재하고 있다. 강상중에 따르면 문명인이란 실제로는 욕망이 많은 인민이다. 반면 식민지인은 욕망의 강도가 결여돼 있다는 점에서 만족하는 돼지로 비유된다. 근대적인 주체란 자기 관리의 형태를 띠고 욕망을, 국가 권위의 감시를 내면화할 때 생긴다.[151] 허숭이 가져온 것은 조직적인 노동과 조합에 의한 저축인 동시에 만족할 수 없는 축적의 욕망, 소비의 욕망이기도 했다. 초기의 신선한 생명력과 순진성을 잃어가는 과정에 살여울의 변화가 존재한다. 반면 정선과 갑진은 이기적인 유전자를 떨쳐내고 계몽과 노동의 삶을 받아들여 육체화하는 인물이 된다. <흙>의 서사는 살여울의 계몽이 아니라 정선과 갑진의 육체 변화에 초점이 놓이는 것이다.

이처럼 1920년대부터 이광수의 훈육적 육체 담론은 학생 육체의 긍정성을 그리며 이상적인 공민의 상, 천재의 상을 제시하던 것에서 나아가 '완성될 범인', 직분론에 입각해 성실하고 신의 있게 자신의 역할을 다하는 개인의 육체를 제시하는 것으로 변모한다. 그 과정에서 여성은 여학생이 아니라 주부로서 정조를 지키는 모습을 통해 긍정성을 부여받게 된다. 이상적인 주부의 모습을 갖추기 위해서 여학생들은 치장의 허영을 버려야 하고 생산을 위협하는 매혹이나 성욕을 거세한 상태에서 헌신적인 모성으로 거듭날 것이 요구된다. 직분론에 입각해 욕망을 억제하고 생산적인 노동에 종사할 수 있는 육체를 구축하기 위해서는 무엇보다 의지적인 인간을 그리고 그 의지가 가능할 수 있는 조건, 생산을 위해 최대의 능력을 발휘하는 인간의 조건을 분명히 할 필요가 있다. 이런 점에서 이광수는 욕망과 감정을 보다 투명하게 드러내고 조절하는 육체를 서사화하게 된다. 이는 인간의 육체를, 훈육과 통제를 내면화한 상태에서 나아가 기계처럼 작동되는 어떤 것으로 그리는 것이 된다.

---

151) 강상중, 앞의 책, 97면.

3) '피'의 가시성과 기계적 육체의 이상

(1) 폐병환자의 육체와 흘러넘치는 피의 오염

<재생>이나 <흙>의 여주인공의 육체 재편에서 보듯 이광수 소설에서는 육체가 한 사람의 성격이나 정신, 삶의 흔적을 드러낸다. 육체가 내력을 가시화할 때 그에게는 비밀이 존재하지 않으며 그 운명에도 자율성이 주어지지 않는다. 인간은 교정가능한 대상, 곧 기계와 같은 대상으로 이해된다. 이광수에게 육체는 정신 또는 성격을 반영하고 운명까지 규정하는 것이다. 가령 <혁명가의 아내>에서 주의자 '공산'의 아내 '방정희'의 성격과 운명은 그 육체로 집약된다.

> 정희는 여자 중에는 몸집이 큰 사람이다. 살빛은 좀 가무잡잡하나 피부가 좋고, 특별히 체격이 좋아서 이를테면, 남자의 정을 끄는 육감적인 여자였다. 공산이가 아내까지 있는 몸으로 정희에게 반한 것도 정희의 이 육체 때문이었다. 공산은 몸이 다부지고 건강하게 생기니만큼 육감적인 여자를 탐내던 것이다. 그가 전처를 소박한 것도 역시 그의 육체가 공산을 만족시키지 못한 것이 큰 원인이었다. 공산의 전처는 가냘프고 얼굴이 하얀, 옛날 조선의 현숙한, 여자다운 여자였다.[152]

방정희의 육체적 건강은 육감미의 근원이며 음란과 방종의 이유로 제시된다. 좋은 체격과 지나친 건강으로 무장한 그의 육체는 붉은 이미지를 갖는다. 공산의 사상적 붉음과 그의 육체적 붉음, 공산 아내의 푸름은 대비적으로 서술되는 가운데 공산주의자의 방종한 육체, 열정의 과도함을 나타낸다. 지나친 건강이란 허용되지 않는 삶, 허용되지 않는 혁명, 실행될 수 없는 이상의 과잉을 의미한다. 보건 위생의 관점에서 여성의 건강은 남성의 건강과 마찬가지로 획득되어야 할 가치이지만 자녀를 잘 낳고 양육하는 수준, 우생학적인 목적으로 한정된다. 공산과 방정희의 삶은 과도한 건강, 과도한 열정, 과도한 소비로 이루어진다. 남자보다 큰 육체를 가진 방정희는 근대 일부일처제가 요구하는 모성과 거리가 멀기에 타락한다.

<사랑의 다각형>에서도 육체적 특질은 운명을 결정짓는다. 여주인공 '옥귀남'의 외양은 살집 많고 희고 붉고 큰 육체로 형상화된다. 그는 둥글고 살이 많은 여인이기

---

152) 이광수, 〈혁명가의 아내〉, 전집 2, 358-359면.

에 의지가 부족한 것으로 그려진다.

> 귀남은 그의 온 몸이 보이는 모양으로 결코 맺고 맺히게 딴딴한 사람은 아니요, 이를 테면 무른 사
> 람이었다. 시원시원할는지 모르나 표독하지 못하고, 참되다 하더라도 굳다 할 수는 없는 사람이었다. 피
> 가 많고 맑고 또 검은 눈물이 많지마는, 악과 담이 넉넉한 편은 아니었다.[153]

귀남은 악과 담이 부족하고 검은 눈물이 많고 피가 많은 육체를 통해 감정은 넘쳐
흐르지만 의지력은 약한 존재로 성격이 규정된다. 그는 유전과 환경의 영향하에 육체
적으로 방종함이 낙인찍힌 인물이다. 색주가 어머니와 풍류랑 아버지의 결합이라는 유
전과 선천적이라 할 만한 사치 성품, 기생이 되기를 강요하는 부모와 간호부로서 받는
멸시, 성적 접촉에 노출되어 있는 환경 등이 결합해 귀남은 부자의 첩이라는 형태로
정조를 더럽히게 된다. 한편 부드럽고 온화하고 여성적인 남주인공 '한은교'의 외양은
그가 한 여자만을 열정적으로 사랑하고 헌신하는 인물이라는 사실과 연관된다.

> 은교는 원래 피부가 엷고 입술이 엷고 붉고 빛나고, 눈이 맑고 윤택한 것이 이른바 신경질 타이프다.
> 침상에 베개만 바로 안 놓여도 화를 내고, 방안에 파리나 벌러지 하나가 들어와 돌아 다녀도 맘을 놓지
> 못하였다. 혹시 담이 나오면 그것을 종이로 꼭꼭 싸서 큰 종이주머니에 집어넣고, 그 속에 폐병균이 나
> 와서 다른 사람에게 전염하지 아니하겠느냐고 애를 썼다(403).

은교는 폐결핵과 그로 인한 신경쇠약을 앓고 있는 인물로, 그 신경쇠약증은 그의
피부 엷고 입술 엷은 신경질 체질과 연결된다. 그의 신경질은 조그만 불결에도 잠을
이루지 못하는 결벽성으로 표현되며 그의 열정과 무리 없이 결합한다. 옛 연인 송은
희에 대한 집착은 결벽적 성격과 부합한다. 또한 그 열정과 집착이 병을 불러일으킨
다. 송은희에 대한 열정이 극도에 도달한 상태에서 한은교는 심한 각혈을 일으키고
해주 요양소로 오게 된 것이다. 그의 열정은 각혈, 피의 분출로 가시화한다. 피는 육
체의 비밀을 드러내는 주된 대상으로 이광수에게 상상된다.

이광수에게 '피'는 따뜻함과 차가움의 이미지 대비를 통해 먼저 형상화된다. 열정
과 관련한 피는 따뜻함인 동시에 세상의 차가움과 대비된다.[154] 이러한 열정은 의지

---

153) 이광수, 〈사랑의 다각형〉, 전집 7, 384면.
154) 초기 단편인 〈방황〉에서 병에 걸려 기숙사에서 홀로 앓고 있는 주인공은 공공연히 "엇던 사람이 자기의 動脈을 切
　　斷하야 그것을 내 靜脈에 접하고 生氣잇고 펄펄끌는 咳血을 싸늘하게 쇠약한 나의몸에 注入하면 혹 내몸에 붉은
　　빗치 나고 따뜻한 긔운이 돌는지도 모르거니와 그러하기전에는 내압헤 잇는 것은 死빗게웁다."고 외친다.

와 광기 사이의 미묘한 대립관계를 나타낸다. 제어되지 못하는 열정, 극단의 소모로 점철된 열정은 광기로 이해된다. 가령 <윤광호>에서는 광기의 원인으로서 '실연'을 발견한다. 윤광호의 광기는 실연으로 인한 것으로, 그 실연은 자살을 가져온다. 1910년대에 쓰인 <윤광호>에서는 제어되지 못한 열정으로 인한 자살 그 자체가 유의미한 것으로 이해되었지만 1930년대로 접어들어 점차 소년의 순결성이나 청년의 열정이 아니라 평범한 사람의 노동이 중요한 것이 되면서 열정으로 인한 자살은 부정되거나 교정되어야 할 대상으로 전락한다. 광기를 제어되지 못한 열정의 결과로 가시화할 때 그러한 광기는 교정가능한 것이 된다. 수전 손탁에 따르면 19세기에 이르러 환자가 자신의 성격에 어울리는 질병에 걸린다는 관념이 생기면서 질병은 의지의 산물로 여겨졌다고 한다.[155] 기질로서 성격을 파악하고 운명을 조직할 때 그 운명은 훈육을 통해 교정해야 할 대상이 된다. 의지에 입각한 열정의 제어, 열정과 의지의 투쟁이 형상화되고 기계처럼 교정된 육체가 제시된다.

　<유정>은 '사랑'에 대한 이야기이며 '열정'과 '질병'에 대한 이야기이다. 서술자에게 보낸 편지에서 주인공 최석은 "아마 나는 이 편지를 다 쓰지 못하고 정신과 육체가 함께 다 타버리고 말는지 모르겠소."[156]라고 고백함으로써 자신이 열정과의 싸움을 벌이며 죽어 감을 보여 준다. 유부남인 그는 의붓딸 남정임에 대한 열정을 이기기 위해, 먼 이국 바이칼호 앞에서 죽음을 전제로 한 대결을 펼친다. 최석과 남정임은 아버지와 딸이라는 관계에 머문 채 서로에 대한 열정을 쉽게 열어 보이지 않는다. 그들이 최석의 아내나 친딸의 의심에도 불구하고 서로에게 품은 열정을 드러내지 않았을 때 갈등은 파국으로 나아가지 않는다. 하지만 동경에 유학 중인 정임이 갑작스럽게 각혈을 함으로써 그들의 열정은 드디어 분출한다. 여기에서 정임의 갑작스런 각혈은 억압된 열정의 결과로 나타난다.

　　침침한 복도로 다니는 의사, 간호부들이 가제 마스크로 입과 코를 싸매고 다니는 것이 마치 죽음의 나라와 같았소. 어디나 마찬가지인 심술궂게 생긴 '쓰끼소이'노파들의 오락가락하는 양이 더구나 이 광경을 음산하게 하였소. (중략) 정임은 감고 있던 눈을 슬쩍 떴소. 그 눈은 내 눈과 마주쳤소. 수척해서 본래 좀 크던 눈이 더욱 커진 듯하였소. 그러나 그 얼굴을 더욱 옥같이 아름답고 맑아서 인간 세계의 사람 같지 아니하였소(29).

155) 수전 손탁, 『은유로서의 질병』, 이재원 역, 이후, 2002, 86 - 87면.
156) 이광수, 〈유정〉, 전집 8, 9면.

정임은 최석에 대한 열정을 드러내지 못한 까닭에 폐결핵에 걸리고 각혈한다. 그녀는 결핵 병동의 살벌한 침상 위에서 각혈로 인해 더욱 아름다워져서 인간 세상의 사람 같지 아니한 맑음을 나타낸다. 고아로 자라나 의지할 곳 없이 외로운 상태에서 느끼는 대상 모를 열정의 축적이 결핵이라는 병으로 표출된다. 외로움이 사랑 기갈을 불러일으키고 그 열정의 억압이 각혈을 불러일으킨다. 최석은 정임의 고독을 동정하며 각혈 후의 맑은 아름다움에 매혹되고 그 열정에 전염된다. 그래서 그는 정임에게 인혈주사를, 즉 수혈을 하게 된다. 그는 정임에게 피를 나눔으로써 정임의 열정을 나누어 받는다고 말할 수 있을 것이다. 엄격하고 도덕적인 교육가의 외양을 견지하던 최석이 수혈 이후 갑작스럽게 정임에 대한 열정을 감당할 수 없어하는 것은 '피'가 가시화하는 열정의 서사가 가진 특질이 될 것이다.

> "수혈이라니요?"
> "다른 사람의 피를 병자의 정맥에 넣는 것이지요."
> "수혈을 하면 살아날까요."
> "피가 부족하니까. 또 수혈을 하면 출혈이 그치는 수가 있으니까."
> "그러면 내가 피를 주지요!"하고 나는 내 피를 정임을 살려내기에 바치는 것이 기뻤소(35).

같은 폐병을 앓는 아내에게 그는 손발을 잘라서 주기를 바라지만 정임에게는 피를 준다. 이는 의무적 애정과 열정의 차이를 나타낸다. <흙>에서 죽어 가는 '유순'에게 허숭이 수혈을 하는 것과 같이 아내 이외 여인에 대한 사랑은 열정과 구분되지 않는 동정이라는 형태를 띠고 수혈로 나타난다. 수혈이 헌신과 연관되기 때문이다.[157] 반면 아내에 대한 사랑은 <흙>에서 정선의 불구가 된 다리처럼 '절단'과 연결된다. 그것은 의무가 요구하는 사랑인 까닭에 희생일 수는 있어도 헌신일 수는 없다. 부부간 애정은 열정이 아니고 우애이며 의무이다. 정조에 입각한 계약관계가 부부관계의 핵심인 까닭에 서로에 대한 애정은 열정의 거세, 성욕의 거세를 가져온다. 열정은 부부애의 특징이 아니며 일부일처를 벗어난 관계에서 발견된다. 그렇기 때문에 최석과 남정임의 사랑은 그것이 사모에 그칠 때에만 허용된다. 두 사람의 순결성이 그토록 중요한 문제가 되는 것은 이 때문이다. 억압되고 숨겨진 열정이 분출하는 각혈의 순간은

---

157) 수혈은 서양 의학에서 17세기에 발상되었으며 보편화된 것은 19세기 이후이다. 그것은 나쁜 피를 제거한다(불순한 요소의 제거)는 사혈 요법의 믿음이 사라지면서 새로이 떠오른 만병통치의 사상으로 정착되었다. 이에 대해서는 자크 르 고프·장 사를 수르니아 편, 『고통 받는 몸의 역사』, 장석훈 역, 지호, 2000, 185－194면 참고.

곧 죽음을 예기하는 순간이다.

> 나는 당신 곁으로 달아가고 싶습니다. 달아가서 당신의 품에 안기는 서슬에 죽어버리고 싶습니다.
> (중략) 내가 인제 큰 병이 들어서 죽게 된다면 당신은 와 주시겠습니까. 오셔서 오, 가엾어라, 내 딸 정
> 임아 하고 나를 안아 주시겠습니까. 그렇다 할진댄 오, 하나님이시여, 내게다 죽을 병을 주소서(43).

죽음은 절대이기 때문에 그 속에서 열정의 고백은 죄가 되지 않는다. 그때 고백된
열정은 육체적 관계로 이어지지 않기 때문이다. 도덕률에 위배되는 열정은 타락을 피
하기 위해 죽음의 이미지를 덧씌울 수밖에 없다. 각혈을 통해서 열정은 표출되고 열
정이 표출되었기에 두 사람은 죽는다. 정임의 열정에 감염된 최석은 추잡한 소문에
휩싸인 끝에 사회적 죽음에 직면하고 유랑의 길을 떠난다. 정임은 열정의 소모로 인
해 죽어 가고 최석은 열정의 억제로 인해 노쇠해 간다.

> 나도 학교 선생으로, 교장으로 또 주제넘게 지사로의 일생을 보내노라고 마치 오직 얼음 같은 의지
> 력만 가진 사람 모양으로 사십 평생을 살아 왔지마는 내 속에도 열정은 있었던 것이요. 다만 그 열정을
> 누르고, 죽이고 있었을 뿐이요. 무론 나는 아마 일생에 이 열정의 고삐를 놓아서 자유로 달리게 한다고
> 하면 나는 이 경우에 정임을 안고, 내 열정으로 정임을 태워 버렸는지도 모르오. 그러나 나는 정임이
> 가 열정으로 탈수록 나는 내 열정의 고삐를 두 손으로 꽉 붙들고 이를 악물고 매어달릴 결심을 한 것이
> 요(61).

정임의 열정과 최석의 의지가 대결을 벌인다. 이것이 <유정>의 대결의식이다. 최
석은 정임과의 관계를 오해한 사람들의 소문과 핍박에 죽어 가는 것이 아니라 정임
의 열정에 감염되어 그 열정을 억압함으로써 죽어 간다. "내 도덕적 책임은 엄정하게
그렇게 명령하지 않느냐. 나는 이 도덕적 책임의 명령 – 그것은 더 위가 없는 명령이
다 – 을 털끝만치라도 휘어서는 아니 된다."(62)는 의지가 죽음을 통해 발현된다. 열정
앞에서 도덕적 명령을 지키기 위해 죽어가는 인간의 형상이 <유정> 이후 <애욕의
피안>, <사랑>에 공통적으로 나타난다.[158] 열정과 의지의 대결은 죽음으로 끝나면

---

158) 천이두는 이광수 소설의 변모 과정을 〈무정〉의 계몽적 선각자로서의 모습, 〈흙〉의 민족주의적 이상주의자로서의 모습,
〈사랑〉의 신앙적 구도자로서의 모습으로 대별하면서 그 속에서 이광수가 문명 계몽으로서의 근대적 면모와 불교, 유
교 등의 사상에 빠진 전근대의 모습을 동시에 나타낸다고 본다(천이두, 「근대와 전근대의 이율배반」, 국문학연구소편,
앞의 책, 362 – 370면). 하지만 육체 담론의 측면에서 볼 때 이광수 소설의 이러한 변모는 근대 훈육적 육체를 완성
해 가는 과정으로 해석된다. 노동에 적합한 금욕주의, 국가 – 의료적 시선에 의해 관리되는 인위적인 육체상을 정립해
가는 과정으로 해석할 수 있는 것이다.

서 의지의 승리를 그린다. 그것은 의지의 확립을 위한 육체의 연소, 생명의 연소로 서사화된다.

> 지금 내 가슴 속은 끓소. 내 몸은 바짝 여위었소. 그것은 생리학적으로나 심리학적으로나 타는 것이요, 연소하는 것이요. 그래서 다만 내 몸에 지방만이 타는 것이 아니라, 골수까지도 타고 몸이 탈 뿐이 아니라 생명 그 물건이 타고 있는 것이요(92).

엘리아스에 따르면 근대적 예절은 열정을 억누르고 감정을 통제하며 정신과 마음의 움직임을 감출 것을 요구한다. 예절은 합리성에 의해 지배되었고, 합리성은 각자의 행위를 그것이 위치한 맥락에 알맞게 조절하며 사전에 예방되는 결과에 따라 각각의 품행을 수정했다. 따라서 예절이란 무엇보다 먼저 다른 사람에게 비쳐지는 자신의 모습을 끊임없이 통제하는 기술이며, 스스로 원하는 모습을 보일 수 있는 철저한 관리술이었다.[159] 이런 상황에서 제어되지 않은 열정은 '평화로운 광야에 불어닥치는 광풍'과 같은 것으로 인식되어 교정되고 격리되어 치료해야 할 전염병이 된다. 최석은 열정을 방출시키는 대신 열정의 억압을 선택한다. 그 억압은 '생명 그 물건이 타는 것'으로 노쇠와 소모를 가져온다. 질병과 죽음에 열정과 의지의 대립으로 인한 육체 소모라는 의미를 투영한다는 점에서 이광수는 이상과 대별된다. 이상의 육체 소모가 훈육적이고 축적적인 근대의 육체 질서에 대한 반항과 탈주를 위한 감산의 삶이라는 냉소적인 의도를 갖는다면 이광수의 육체 소모는 스스로 자신의 몸을 불태우는 연소, 의지의 결과로 갖게 되는 절대적인 죽음, 의지를 위한 죽음이라는 의미를 갖는다. 욕망이나 열정을 제어하는 의지의 승리를 그리는 것은 <애욕의 피안>, <사랑> 등 1930년대 후반에 쓰인 여러 소설들에 공통적으로 나타난다.

(2) 〈애욕의 피안〉에 나타난 냄새의 거부와 애욕의 거세

1936년 ≪조선일보≫에 연재된 장편소설 <애욕의 피안>에서 의지는 성적 결합을 거부하고 죽음조차 조절하는 힘으로 나타난다. 여기서는 먼저 애욕과 열정이 구분된다. 애욕은 타락하여 냄새를 풍길 뿐이지만 열정은 의지에 의해 승화될 수 있는 감정

---

159) 노르베르트 엘리아스, 앞의 책, 28 - 30면 참고.

이다. 김장로 - 문임 - 은주의 관계는 애욕의 논리하에 죽거나 타락해 가며 혜련 - 준상 - 강 선생의 관계는 열정과 의지의 투쟁으로 승화된다.

타락한 애욕에 사로잡혀 자신이 믿어 온 신앙이나 친구에 대한 신의, 딸의 친구에게 가져야 할 도덕까지 폐기한 김장로의 타락은 그의 몸에서 풍기는 불쾌한 냄새로 집약된다.

> 행세와 이해관계로 끌려온 신앙생활이라 이제 와서는 근엄한 신앙생활이 습관도 되었지마는 지긋지긋하게도 되어서 박건배와 같이 아주 교회에서 쫓겨나 가지고 첩도 마음대로 얻고, 요릿집에서 기생도 마음대로 부르고, 술도 마음대로 먹고 그러는 것이 도리어 자유로와 보이고 부러워 보였다. 그러나 그렇다고 곧 재래의 생활을 깨뜨릴 용기도 없었다. 그래서 몰래 몰래 소문 안 나게 밑천 안 들게 성의 쾌락을 얻으려 들었다. (중략) 김장로는 제 코와 제 몸에서 무슨 냄새를 발함을 깨달았다. 그것은 동물원에서 원숭이나 하마 곁에 갈 때에 나는 것과 같은 냄새였다. 아마 이것이 애욕의 폭풍우라는 것일 것이다. 김장로의 머리에는 뿔이 나고 전신에는 털이 나서 금시에 영각을 하며 네 발로 달아날 것 같았다.160)

김장로가 대변하는 것은 타락한 기독교주의자의 표리부동한 태도이다. 진정한 신앙을 가진 것도 아니면서 외래 바람에 외국의 사상을 받아들이고 외국의 도덕률과 생활방식을 받아들이지만 그것에 진정으로 동화하지 않기 때문에 언제라도 타락할 수 있는 인물이 김장로이다. 그는 자신이 늙었다는 사실을 깨달으며 문임의 육체에 매혹을 느낀다. 김장로의 애욕은 냄새라는 형태로 가시화된다. 그의 감추어진 성욕이나 애욕은 그의 몸에서 넘쳐나는 '동물원에서 원숭이나 하마 곁에 갈 때에 나는 것과 같은' 불쾌한 냄새를 통해 주변인들에게 드러나고 문임이나 설은주와 같은 주변인들을 오염시키는 힘으로 작용한다. 혜련의 도움으로 공부하는 문임은 김장로의 상점에서 파는 은수저며 노리개, 보석 반지 등을 보며 동요를 느낀다. "금강석, 금반지, 돈많은 남편 - 이러한 것이 주기도문을 떠밀치고 마음 속을 습격해 들어온다."(78) 문임은 은주에게 막연한 사랑을 느끼지만 그 사랑은 김장로가 가진 재력 앞에서 미약하기만 할 뿐이다. "문임의 몸이 지방적이요 좀 무른 편인 것이 이러한 생각을 하게 되는 생리적 약속일는지도 모른다."고 이광수는 문임의 배신이 그녀의 지방질의 육체에서 오는 것이라고 규정한다.

혜련에 대한 임준상의 마음이 '열정'으로 표현되는 반면 문임에 대한 김장로의 마음은 '애욕'으로 표현된다. 열정은 순수하지만 지속될 수 없는 것이고 애욕은 순수하

---

160) 이광수, 〈애욕의 피안〉, 전집 8, 12 - 13면.

지 않은 타산에서 나오는 것이기에 추문을 낳는다. 이광수는 열정과 애욕 모두를 이 소설에서 배격하는 듯하다. 강 선생과 혜련의 관계처럼 서로를 사모하지만 끝끝내 만나지 않고 의지력으로 버티어 나가다 못할 경우 자살하는 것이 이상적인 모습으로 그려지기 때문이다. <유정>에서 최석이 남정임에 대한 열정을 의지로 대결해 나가다 육체를 소진해 죽어 가는 것처럼 <애욕의 피안>에서도 열정이나 애욕은 모두 의지로 이겨내야 하고 이기지 못할 경우 차라리 자살해 버리는 것이 대안으로 제시된다.

강 선생을 모방해 혜련이 자살을 결심하게 되는 과정에는 애욕의 삶과 육체적 인간이라는 사실에서 오는 염증이 자리한다. 혜련은 어머니의 죽음으로부터 차츰 육욕에 대한 염증을 느끼기 시작한다. 아버지와 모든 조선의 남녀들에 대해서 회의와 염증을 느끼고 삶의 의미를 잃어 간다. 또한 혜련은 친구 문임이 아버지의 청혼을 받아들이자 급격하게 실망을 느끼는데 여기에 자신에게 열정을 고백한 임준상이 계속 쫓아오자 급격한 피로를 느끼게 된다. 임준상의 열정은 타락한 애정과 그리 다르지 않은 것으로 발견된다. 이명훈이라는 의학부 학생이 준상에게 "모던 여성은 이른바 움켜쥐는 사랑의 형태를 원한다"고 하며 "스피드 시대요 스포츠 시대요 군국주의 시대의 연애는 모름지기 그 식으로 간단 말야. 왔다, 보았다, 정복하였다 − 이것은 로마의 시저의 보고서의 명구가 아닌가. 자네도 연애를 하려거든 말이지 모름지기 왔다, 보았다, 정복하였다 식으로 하란 말야."(279 − 280)라고 충고하는 것처럼 30년대 스피드 시대, 공공연한 군국주의 시대에 연애는 일종 방탕한 형식을 갖게 된다. 여성에 대한 정복은 제국에 대한 정복과 같은 전쟁과 침략의 행위가 되어 버린다. 연애조차 침략이 되는 시대 앞에서 결국 열정은 어떤 식으로든 타락하지 않을 수 없다. 강 선생과 혜련이 서로에게 깊은 사랑을 느끼면서도 서로의 감정을 발설조차 하지 않고 둘 다 죽음을 택하는 데에는 연애에서도 희망은 발견할 수 없다는 깊은 이해가 담겨 있다. 연애가 하나의 정복이 되는 시대에 연애를 벗어나기 위해서는 열정을 억눌러야 하고 그 열정의 억누름이 완수되지 못할 때에는 의지력으로 싸우다 죽어 버릴 수밖에 없다. 연애가 애욕밖에 되지 않을 때 모든 연애는 이광수에게 부정되기에 이른다. 열정의 가시성에서 의지의 가시성으로 바뀌어 가는 이유가 무엇인지 해명의 열쇠는 여기에 있다. 연애의 절대성, 사랑의 절대성이 사라지고 일부일처제에 대한 믿음이 사라지는 시대, 이것은 김장로의 부패한 행위로부터도 충분히 연상되는 것이려니와 30년대 중반을 바라보는 이광수의 인식은 이처럼 절망적인 것이 되어 있다. 연애를 부정하는 의식에서 젊은이들의 향락적 연애는 연애 유희이고 노인의 애정은 애욕이 된다.

가볍거나 타락한 것이 될 수밖에 없는 연애, 제국주의 시대와 자본주의 경제에 대응하는 연애의 모습을 포착하는 점에서 <애욕의 피안>에서 연애와 경제, 자본주의는 등가의 형식을 구성하고 있다고 볼 수 있다. "성명을 알고 모르는 것이 사랑에 무슨 상관이냐 말일세. 눈과 눈이 마주치고 손과 손이 마주치고 - 이러면 고만이지 성명은 알아서 무엇하느냐 말야. 혼인 신고나 하게 되면 성명 삼자도 필요하고, 사주팔자도 필요할는지 모르지마는 해수욕장에서 하룻밤 산보쯤의 사랑에 수고스럽게 뉘댁이시오 저댁이시오 할 것은 무엇 있나? 애초부터 저런 것과 혼인할 생각은 없으니까. (중략) 오늘에는 오늘의 애인이 있고 명일에는 명인의 애인이 있다 - 이것이 현대 연애관이란 말일세. 자네와 같이 한 여자를 보면 거기 착 달라붙어서 후후 한숨을 지고 다녀서야 어디 사랑이 힘이 들고 품이 들어서 해먹을 수가 있나? 그것은 어느 점으로 보나 불경제란 말이어든. 이 바쁜 경제 시대에 비생산적 연애에 시간 정력을 소비해서야 쓰겠나. 그저 곤한 때에 차 한잔 마시는 격으로 연애유희를 할 것이란 말이지."(293 - 294))라는 이명훈의 말은 열정이나 애욕이 연애를 대체하는 시대를 냉소하는 이광수의 인식을 대변한다. 혜련과 강 선생의 사랑은 1910년대 <개척자>의 성순의 사랑을 닮아 간다. <개척자>에서 성순이 유부남 민과의 연애에서 영혼의 동반자 되기만을 꿈꾸는 것처럼 혜련 역시 육적 관계를 떠나서 영적 사랑을 갈구한다. <개척자>가 영육의 일치를 주장하면서도 영적 사랑만 추구하다 자살하는 여성을 그린다면 <애욕의 피안> 역시 같은 서사적 궤도를 그린다. <개척자>에서 여주인공의 자살이 구시대적 환경에 내몰린 극단의 결과라면 <애욕의 피안>의 자살은 주변인물의 타락에 대한 개심을 유도하는 적극적 과정, 의지의 발현이 된다는 점이 다를 뿐이다. 이와 함께 <개척자>가 일부일처제의 유지라는 도덕률을 내세우고 있다면 <애욕의 피안>은 모든 열정을 부인하고 의지에 입각해 순결하게 살아가는 종교적 도덕률을 표 나게 내세우고 있다는 점이 다른 부분이다.

모양만이 그러할 뿐 아니라 김장로의 몸에서는 전에 없던 냄새가 나기 시작했다. 술이 취한 때에는 술냄새가 나는 것은 물론이지마는 여러 가지 소화 잘 아니되는 부정한 음식을 먹고, 그것이 위속에서 고이고 썩어서 트림을 할 때에는 비위가 뒤집히는 냄새가 온 방안을 채웠다. (중략) 혜련은 아버지의 썩어지는 혼 - 지옥으로 떨어지는 혼에게 반성의 기회를 주어보려고 여러 가지로 애를 썼다(392).

문임의 배신에 분노한 은주가 문임을 죽이는 사건 이후 김장로는 공공연히 방탕한 생활을 시작하고 그의 몸에서 나는 냄새는 점점 심해진다. 냄새는 썩은 혼의 형태로 인식된다. 영혼과 정신은 냄새를 통해 육체화한다. 이러한 아버지의 냄새, 썩은 혼을 구원하기 위해 혜련은 죽음을 택한다. "앞가슴을 열어젖뜨릴 때에 혜련의 왼편 손이 왼편 가슴에 딱 붙고, 그 손에는 하얀 나무로 깎은 칼자루가 꼭 쥐어 있었다. 칼날은 가슴 속에 들어가 심장을 뚫은 것이다. 얼른 보아도 혜련이가 왼편 손으로 칼을 쥐어 젖가슴 늑골새에 칼끝을 대고 오른 손으로 칼자루를 내려친 것이 분명하였다. 그 날카로운 칼 끝이 심장이나 또는 대동맥을 끊은 때에 순간에 혜련에게 죽음이 온 것이다."(411) 혜련은 죽음의 순간까지 단정한 자세와 모습을 보인다. 그 모습을 통해 김장로는 마침내 자신의 애욕을 반성하고 새로이 종교에 귀의하는 재탄생의 의지를 보여 준다.

이처럼 <애욕의 피안>은 애욕을 거부하고 의지와 결합한 열정의 숭고함을 그린다. 열정이 의지와 투쟁할 때 그것은 의지에 입각한 자살로 귀결한다. '강 선생'은 열정을 의지로 제어하기 위해 자살하는데, 그 자살 방법으로 스스로 숨을 끊는 질식사를 택한다.

> 그의 전체적인 의지력을 최후로, 최고도로 발해서 제 숨을 끊어버렸다. 숨이 막혀서 답답하고 괴로웠으나, 강은 그것을 참았다. 아무 때에 죽어도 – 그것은 가만히 있어도 조만간 한 번은 올 것임을 강은 앎으로 – 아픔과 괴로움의 관문은 통과하는 것이라고 강은 생각하였다. 강은 최후의 승리만은 잃지 아니하리라고 굳게 굳게 결심하였다. 육체가 죽지 않으려고 반항을 하였다. 호흡기와 순환기가 있는 힘을 다해서 도전하였다. 그러나 <어서 스러져라, 나는 마침내 너를 이기고야 말 것이다. 육체야, 너는 내게 정복된 희생자다. 결코, 결코 다시는 네 노예가 되지 아니할 것이다.>하고 강은 터져 나오려는 숨을 이를 악물고 들여 삼켰다. 강의 심장은 마침내 강의 마음에게 졌다(357 – 358).

열정을 몸의 욕망이라고 보기에 몸을 죽임으로써 열정을 죽이려는 강 선생의 의도는 심장에 대한 마음의 승리라는 형태로 재현된다. 여기에서 이광수의 훈육적 육체는 기계적 육체상으로 나아간다. 정해진 규칙에 따라 육체를 훈육한다는 것은 정신에 의해 욕망을 억압하고 본능까지 무시하며 모든 인간의 행위를 기계적인 것으로 만든다. 강 선생은 기계의 전원을 꺼 버리는 것처럼 스스로 숨을 쉬지 않음으로써 편리하게 죽어 간다. 호흡기와 순환기의 살고자 하는 욕망은 의지로 제어되고, 심장의 고동은 마음에 정복당한다. 이렇게 기계화된 육체는 투명해지며 피와 호르몬의 관리를 통해 조절, 제어될 수 있는 것으로 그려진다.

(3) 〈사랑〉에 나타난 기계적 육체의 이상

　1939년에 쓰인 이광수의 ＜사랑＞은 1910년대 ＜개척자＞의 실험실에서 해결하지 못한 문제를 다시 제출해 보인 텍스트라고 이야기할 수 있을 듯하다. 화학자 성재의 공장 같은 실험실에서 출발한 ＜개척자＞가 성재의 타락과 성순의 죽음으로 파멸에 이르는 과정을 보여 준다면 이는 근대적 연애, 낭만적이며 열정적인 연애가 이광수에게 거부될 수밖에 없는 영역으로 남아 있는 탓일 것이다. 반면 ＜사랑＞은 중년의 이광수가 이미 ＜유정＞과 ＜애욕의 피안＞ 등을 통해 낭만적이든 열정적이든 모든 애욕을 더러운 것으로 혹은 극복해야 할 육체의 욕망으로 규정한 후, 철저하게 애욕을 버리고서 생활할 수 있는 인간의 이상을 실험해 보고자 하는 시도로 쓰인다. 그렇기에 ＜사랑＞은 제목에도 불구하고 실제로는 '무정'한 세계, 사랑이 없는 세계 혹은 사랑을 거세하고 욕망을 거세한 세계의 이상을 기획하는 것으로 이루어진다. 안빈의 실험실은 생산적인 질서에 따라 어떠한 소비나 소모, 감정이나 육체의 탕진도 일어나지 않도록 하는 인체 실험장으로 구축된다.

> 　정신의 활동이 쉬지 아니하면 신경 조직이 끊임없이 소모가 되는데, 이 신경 세포라는 것이 우리 몸을 조성한 세포 중에 가장 귀족적이어서, 이 신경 세포의 소모를 보충하는 것은 주로 단백질과 비타민인데, 이것만은 함수 탄소나 지방 모양으로 섭취할 수가 없으므로, 자연히 그 부족액을 다른 내장의 성분에서 빼앗아 올 수밖에 없는 것이다. 이리하여서, 원체 소화불량을 겸하는 성질인 폐병환자는 그의 안정할 수 없는 정신활동으로 하여서 갈수록 일반 장기, 따라서 일반 건강의 쇠약을 초래하게 되는 것이다.161)

　＜사랑＞에서 폐병은 정신의 문제인 동시에 육체의 문제로 이해된다. 정신의 안정이란 신경세포의 안정이라는 형태로 가시화된다. 신경세포의 안정은 단백질과 비타민의 섭취와 관련되는데, 이것이 음식물을 통한 섭취로 불가능하기 때문에 폐병환자의 소화불량과 쇠약을 초래한다. 양분의 섭취가 아니라 마음의 안정을 위한 신경세포의 안정이라는 점에 폐병환자 요양의 핵심이 놓인다. 육체를 통해 정신이 설명됨으로써 정신은 육체의 조절을 통해 관리된다. 안빈은 '폐병환자의 정신작용이 항진되는 원인이 무엇이며, 그 작용중에 육체의 조직, 일반건강, 투병력을 소모시키는 것은 무엇이

---

161) 이광수, 〈사랑〉, 전집 10, 32면.

고, 그 양분된 정신작용을 억압할 방법은 무엇인가'라는 문제를 제기하고 폐병의 완전한 치료를 위해 인간의 정신작용을 육체를 통해, 피와 호르몬의 변화를 통해 구명하려 한다.

> 공포의 감정이 일어난 때와 지나간 뒤에 오는 혈압, 호흡의 변화는 물론이어니와, 혈액의 적혈구와 백혈구의 변화도 정밀히 검사하였다. (중략)'안피노톡신'제일호(Anpinotoxin No.1)를 발견한 것이었다. 이것은 일종의 독소로서 운동 중추를 마비하여 사지가 힘이 없고, 떨리기만 하고, 입도 잘 벌려지지 아니하고, 눈이 곧아오고, 호흡이 얕아지고, 침이 마르고, 오줌똥이 저절로 나오고, ㅡ육체에 이러한 변화를 일으키게 하는 것임과, 또 이 독소가 혈액에 있어서 백혈구를 중독시켜 그 기능이 심히 약해지고, 심한 경우에는 백혈구의 수가 준다는 사실도 발견되었고, 그 화학적 구성식도 대개 판명되어서 탄소, 질소, 인 등의 결합물인 것까지 판명된 때의 그의 기쁨은 비길 곳이 없었다. (중략) 이론상으로 무서워하는 사람에게 '안타닌'을 주사하면 그 무서움, 성남이 풀릴 것이다(37-38).

안빈의 실험은 안피노톡신과 안타닌 같은 호르몬의 분비로 감정을 가시화한다. 분노나 공포와 같은 감정은 호르몬의 작용으로 설명되고 독소로서 확인된다. 안빈은 가시화된 호르몬의 작용과 인과율에 입각해서 인체의 작용뿐 아니라 마음의 작용까지 해명하고 교정하려 한다. 금욕적이며 생산적이고 도덕적인 표준적 인간을 구축하기 위해서는 마음의 작용조차 탕진이나 독소 없이 조직된 형태로 관리되어야 한다. 알 수 없는 인간의 심리를 분석하고 해부할 수 있는 대상, 교정할 수 있는 대상으로 가시화함으로써 훈육적 육체의 궁극에 도달한다. 공포나 분노, 슬픔과 같은 감정은 자연발생적이지만 그 작동과정을 호르몬의 변화로 분석할 수 있기에 '안타닌'이라는 치료제로 교정할 수 있다. 피의 상상력이란 피를 통한 정신의 가시화, 호르몬의 관리를 통한 정신의 관리라는 발상을 담고 있는 것이다.

> 순옥의 피, 그것은 여느 피와 같이 보이지는 않았다. 유리관을 잡은 안빈의 손가락에는 순옥이 피의 따뜻한 감각이 스며드는 것 같았다. (중략) 순옥이가 그 동안에 무슨 생각을 하고 어떠한 감정을 가졌던 고 하는 것이 이 유리관 속에 있는 붉은 피에 다 설명이 되어 있는 것 같았다(40).

안빈은 순옥의 피를 보면서 그 사랑을 읽어 낸다. 순옥의 피는 열정과 헌신을 판별한다. 안빈의 실험실에서 사랑은 피에 함유된 방향산 계통의 물질의 분비와 관련하여 설명된다. 이성에 대한 열정, 즉 연애는 아모로겐이라는 물질의 분비를 촉진하며 인체에 있어 윤택함을 불러일으키고 각종 기관의 민감성을 가져오는 동시에 심리적으로는 그리움과 사랑 같은 감정을 발하게 한다. 그것이 애욕의 형태를 띨 때 피에서는 독한 냄새가 밴다. 감정이 물질을 불러일으키는 동시에 물질로써 감정은 환기되고 조절된다. 인체에서 분비되는 물질을 분석하여 사랑이라는 감정까지도 축적되고 제어될 수 있는 어떤 것으로 제시하는 것이다. 헌신은 지상의 가장 가치로운 감정으로 형상화되는데 그 비유로 '금이온'이 등장한다. 인체는 헌신이라는 감정의 활동을 통해 금을 생산한다는 연금술적 사유가 전개되는 것이다. 아우라몬(금이온)은 모성애의 상징이다. 이광수는 <사랑>에서 이 모성애를 '간호부'의 상을 통해 헌신의 육체상, 금이온으로 구성되는 육체로 구현한다. 순옥의 일생은 그러므로 사랑하고 존경하는 스승 안빈에게 아우라몬을 가져다주기 위한 과업을 실현하는 의지로 이루어진다.

> 순옥은 아득아득하여질이만큼 흥분이 되었다. 허 영을 불쌍히 여기노라고 자칭하던 B1의 피에도 유황과 암모니아 냄새가 코를 찌르는 「아모로겐」뿐이었었다 하면 오분 동안이나 허영의 품에 안겨 있던 B2의 피는 더 알아 볼 것도 없을 것 같았다. (중략) 그때에 순옥의 귀에
> "아우라몬, 퓨어 아우라몬!"
> 하는 소리가 들렸다. 그러나 그 소리는 멀리멀리서 희미하게 들려오는 소리와 같았다(65-66).

순옥은 허영에게 안긴 채 애욕이 아니라 희생과 헌신을 떠올리는 실험을 통해 아우라몬의 육체, 금이온을 방출하는 육체의 획득 방법을 알게 된다. 그것은 허영에게 애욕을 갖는 대신 환자를 돌보는 듯한 초연함으로 자애를 베푸는 것이다. 간호부가 되어 모든 사람들에게 헌신하는 삶을 사는 것, 이것이 허영과의 월미도행을 통해 순옥이 깨닫게 된 삶의 방식이다. 하나의 물질을 창출하기 위해 살아가는 삶이란 사실 학교와 병원, 공장 같은 근대 조직이 욕망을 억압함으로써 생산에 가장 적합한 육체를 만들어 내는 과정과 다를 바 없다. 근대 사회의 인간은 전 생애를 통해 생산하고 축적해야 한다. 순옥의 삶은 금이온을 창출해야 한다는 지상과제에 대응하는 삶이며 의지에 입각하여 욕망을 제어하고 생산성(금)의 논리에 따라서 육체를 조절하는 삶이 된다. 근대가 요구하는 가장 내밀한 이데올로기를 체화한 삶, 간호부-어머니로서의 직업적 이상을 실현하며 자본과 물질 축적으로 점철된 금욕적인 삶을 만들어 가는 과정이 되는 것이다.

> 안빈은 천만 번에 한번 얻은 금을 납으로 변할 것이 아깝기도 하고 두렵기도 하였다. 안빈은 이렇게 생각하고 순옥의 얼굴과 목과 손을 보매, 그것이 모두 금빛을 발하는 것 같았다. 불상에 도금을 하는 까

닭이나, 부처의 살에 진금석이 타는 뜻이 알아지는 것 같았다. 마치 이 지구가 순금으로 되었으면 온통 금빛일 것같이 사람이 모든 물욕을 빼고 '아우라몬'으로만 되었으면 당연히 진금색을 발할 것이다. (중략) "순옥! 일생에 변치 말고 아우라몬으로 살아. 순옥이 한 사람이 세상에 있는 것이 전인류의 복일 것이야. 아우룸 아우룸(金)! 순옥은 일생을 진금으로 살아. 응. 납이 되지 말고 납이 되지 말고."(68-69)

안빈과 석순옥은 안빈의 아내 천옥남이 없다 하더라도 결코 결합할 수 없다. 그것은 둘의 관계가 애욕의 아모로겐이 되어서는 안 되기 때문이다. 가장 순수하다고 생각되는 관계, 즉 사제 관계로 남아야만 금이온의 창출이 가능하다. 불상이 도금이 되어 있고 부처의 살에 진금석이 타는 것처럼, 모든 애욕과 열정, 세속적 욕망의 논리에서 벗어나 기계적으로 올바른 도덕의 상, 훈육적 육체의 이상 속에서 순옥의 몸은 황금으로 재편된다. 순옥은 부처를 닮아 가는 것이 아니라 부처의 황금상을 닮아 가는 것으로 헌신의 삶을 실현한다. 애욕의 논리에 따라 금을 납으로 바꾸는 대신에 순옥은 의지적으로 금을 만들어 내는 생애를 살아가고자 한다. 불교 교리가 아니라 금의 가치화가 <사랑>을 지배하고 있는 것이다. 때문에 안빈과 순옥의 관계는 감시권력의 형식을 보여 준다. 안빈은 남들보다 예민한 시각과 청각, 후각을 가지고, 숨어있는 욕망이나 감정을 간파하는 감시의 시선으로 인식된다. 그는 피의 냄새와 색채, 살의 냄새만으로 그 욕망과 부정한 심리까지 알아낸다. 교사가 훈육 주체로서 학생의 영혼과 육체를 관리할 때, 학생과 교사 관계의 정결성은 감시와 처벌의 형태로 재편된다. 안빈과 사제관계를 맺는 순옥은 감시자 안빈의 시선을 통해서 아우라몬, 정결성의 육체를 지켜 가게 된다.

허영은 아내가 아니라 간호부라는 근대 의학의 주체를 반려로 맞이했기에 병자가될 수밖에 없다. 타락한 병자로서 허영의 육체는 후반부에서 현저해진다. 처음에 스포츠맨다운 건강과 예민한 감정을 가진 지방질의 시인 허영은 후반부에 이르러 더러운 냄새를 풍기고 비루함과 부도덕한 욕망으로 점철된 매독환자로 변화한다. 분노나 슬픔의 감정이라는 호르몬 작용을 실험하는 대상자로서 전반부의 허영은 보통의 상식과 열정을 가진 청년으로 나타나지만 간호부-아내의 감시 관리 속에서 그는 교정되어야 할 부도덕과 치료되어야 할 불건강을 가진 존재로 떨어진다.

난 애초에 낙을 보려구 시집간 것은 아니니깐요. 며느리 노릇, 아내 노릇, 또 하느님이 하라시면 어머니 노릇꺼정이라두 해 볼 양으로 시집을 간 것이거든요. 고생이 오면 고생두 겪어 보자, 불행이 오면 불행두 당해 보자. 또 낙이라는 것이 있다면 그것두 맛을 보자-그저 이거야요. 그런데 무얼 이혼을 해

요? 좀더 나은 남편 얻어 가서 좀더 편안히 살아 보게요? (313)

순옥의 혼인은 처음부터 역할에 대한 실험이다. 아무런 열정도 없이 역할에 충실하며 한번 살아 본다는 것으로 그것은 며느리, 아내, 어머니로서 간호부가 되는 것이다. 순옥은 허영의 병과 부정을 발견함으로써 간호부, 헌신자로서의 자신의 위상을 정립한다. 그래서 그는 허영 모자의 방탕, 패악에도 불구하고 끝까지 헌신을 놓지 않는다. 그의 가정생활은 아우라몬을 성취하기 위한 헌신과 희생의 실험이었기에 그의 고생은 고생이 되지 않는 것이다. "순옥은 마음이 늘 화평하고 기뻤다. 하루 종일 병원에서 환자를 보아 주고 집에 돌아가면 안식이나 행락이 있는 것은 아니라도 또 할 일 ― 서어비스가 있었다. 남편에게 주사(혈압에 관한 것)를 놓고 어린애를 씻기고 옷을 갈아입히고 시어머니 어깨와 다리를 주물러 드리고 그리고 병신인 남편을 위로해 주고, 이리하여서 몸이 피곤하게 되는 것이 순옥의 낙이었다."(367) 요양소의 간호부와 가정의 아내, 어머니와 교사는 그 사랑과 헌신의 절대성에서 동일한 존재가 된다. 개인의 육체와 건강을 관리한다는 기획에서 병원이 환자를 감시하고 교정하는 것처럼 개별적으로는 핵가족 내에서 자녀의 양육이 간호부와 같은 모성을 통해 관리된다. 이러한 근대 국가의 감시, 훈육은 안빈의 북한요양원과 석순옥의 아우라몬 ― 육체를 통해 완결되는 것이다.

> 이때에 순옥의 얼굴과 몸에서는 일종의 빛과 향기를 발하였다. 모여 앉은 사람들은 거의 다 장난군이요, 별로 엄숙하다든지 경건하다든지 하는 기분을 경험하지 아니한 사람들일뿐더러, 도리어 이른바 현대 사상으로 그러한 것을 우습게 여기는 편이었지마는, 이날 순옥을 대할 때에 그들은 전에 경험하지 못한 경건한 감정을 경험한 것이었다(417).

방탕한 생활을 지속하다 졸도한 남편을 간호하는 순옥의 몸은 드디어 금이온으로 화한다. 아우라몬의 육체 기획이 완료되는 순간, 그는 일종의 그윽한 빛과 향기를 발하며 사람들을 동화하고 감동시키는 전범이 된다. 이 순간 그는 열정과 분노의 세속적 감정을 넘어 완벽한 훈육적 육체, 기계적 육체로 전신한다. 예수의 피와 석가의 피와 같은 한층 높은 진화된 호르몬을 가진 존재로서 그는 향기를 발하는 육체를 갖는다.

순옥이가 느끼기에 북한 요양원의 공기는 예전 안빈 병원의 그것보다도 더욱 밝고 더욱 맑고 더욱 따뜻하고 더욱 향기로운 것 같았다. 순옥은 그 원인을 생각하여 보았다. 서울 시내가 아니요, 북한의 산 속이라는 것도 한 원인일 것 같았다. 그러나 땅이 무슨 상관이랴? 선인이 사는 곳은 지옥도 극락이요, 악인이 사는 곳은 극락도 지옥이다. 이 고요한 밝음은 땅에서 오는 것이 아니라, 사람에게서 오는 것이었다. 그 사람이란 안 빈과 인원과 수선과 및 그들의 빛을 받는 사물들이었다(459).

순옥은 모든 고행을 마침으로써 완연한 아우라몬의 육체가 되어 안빈의 북한 요양원으로 귀환한다. 안빈의 요양원은 유토피아로 묘사되지만 사실 철저한 시간관리에 입각한 교정 시설일 따름이다. 그것은 교화와 헌신 또는 양육의 논리를 가지고 간호부에 의해 관리되고 의사에 의해 감시되는 시공간이다. 이러한 시공간을 일종의 유토피아로 그리는 것에 이광수의 훈육적 육체에 대한 이상화가 자리한다. 요양원의 시공간 관리를 사랑의 형태로 그리며, 감시와 교정의 시선이 낙원의 근원으로 제시된다. 근대의 감시망은 헌신과 애정으로 돌변한다. 피의 가시성에 입각하여 감정을 조율하고 안정요법이라는 형태로 분노나 슬픔, 공포와 같은 감정을 거세하는 행위 속에서 근대 인간의 건강은 완성된다. 안정요법이란 표준화된, 소모되지 않는 감정의 재편이다. 이는 기계처럼 투명하지만 다른 의미에서 억압적인 것이 아닐 수 없다. 이광수의 훈육적 육체 담론은 자본의 축적과 생산을 위해 욕망과 감정을 거세하거나 조절하고 금욕의 윤리를 육화하는 것으로 귀결되는 것이다.

이광수의 후기 장편 소설 속에서 빈번하게 나타나는 피는 기혈의 흐름과 관련된 전통적인 인체관과 무관하며 근대 사회가 요구하는 훈육된 노동자의 육체, 기계적인 육체의 조직과 관계한다. 인체를 유동적인 것으로 바라보며 기의 흐름이라는 관점에서 혈액의 흐름을 중시하는 전통적인 사고와 달리 이광수에게 피는 한 인간의 내력이나 성격을 투명하게 드러내고 그것을 통해 조절되고 교정되는 육체를 정립하기 위한 것으로 나타난다. 피는 유동성에 입각해서가 아니라 분출된 가시성에 입각해서 열정과 의지의 의미를 갖게 되고 그 성분에 대한 분석적 시각, 해부적 시각을 도입함으로써 조절 가능하고 감시, 관리되는 육체를 대변한다. <사랑>에 이르러 이광수의 훈육적 육체 담론은 기계적인 육체의 이상에 도달함으로써 완결된다. 모든 욕망을 거세하고 오직 가치 있는 생산을 위해 헌신함으로써 피를 정화하고 금을 만들어 낸다는 육체 연금술적 사유는 결국 생산 지상적인 초기 자본주의의 공리, 문명인의 논리에서 한 치도 나아가지 않고 있는 것이다.

4) 위생과 성실에 입각한 내선일체의 육체

(1) 위생의 정신과 군국의 육체

1940년대에 쓰인 이광수의 친일 소설에서 강조하고 있는 것은 '성(誠)'의 자세이다. 이는 육체적으로 극기와 공공에 대한 헌신을 강조하는 것으로 형상화된다. 그 가운데 위생과 규율적 예법에 대한 강조가 두드러진다. 가령 일본어 소설 <파리>에서는 근로봉사 명령을 받고 지정된 장소에 나가지만 45세 이상은 참가할 수 없다는 말에 자신도 뭐든 하겠다며 젊은이들이 땀 흘리는 동안 마을의 파리를 잡겠다고 주장하는 중년 남성이 등장한다.

> 뒤에 남은 나는 정말로 인생에서 뒤쳐진 것 같은 기분이 들었다. 나는 갑자기 늙어버린 것 같아서 젊은이들이 유쾌하게 일하고 있는 것을 멀리서 바라보고 있는 아버지 같은 기분이 들었다. "좋아, 나도 일을 시작하자. 젊은이들이 돌아올 때까지 반 내의 파리를 한 마리도 남기지 말고 잡아 없애자." 이렇게 마음을 정하자, 뭔가 한 명의 영웅이 된 것 같기도 하다. 162)

50이 넘은 중년의 그는 자신의 늙음을 거부하고 젊은이들과 같이 노동과 봉사에 철저하려는 자세를 보여 준다. 이는 철저한 성의로서 파리를 잡는 행동을 통해 자신을 한 명의 영웅으로 지칭하는 것으로까지 나아간다. 즉 아무리 사소한 일이라도 성의로서 행한다면 그는 늙은이가 아니며 사소한 일이 아니라는 인식이다. 특히 그것이 마을의 위생을 진작하는 행동이 될 때 파리잡기는 근로봉사에 못지않은 가치를 가진 총후봉공의 행동으로 진작된다. 그리하여 파리잡기가 완료되는 때 마을의 젊은이들은 모두 나의 행동을 칭찬하고 나 역시 어떤 전투를 치른 것처럼 보람과 피곤을 느낀다. "하루의 전투를 끝내고 쉬는 용사의 기분은 이런 것일까, 하고 생각하"(410)는 것이다. 성의를 다한 총후봉공은 결코 거대한 일에 있지 않으며 사소한 행동에도 성의를 다하고 위생에 철저한 것이야말로 전쟁을 치르는 것 이상의 가치 있는 행동으로 기록됨으로써 일상과 전쟁은 합치된다.

---

162) 이광수, 「파리」, 『진정 마음이 만나서야말로 – 이광수 친일소설 발굴집』, 이경훈 편역, 평민사, 1995, 406면.(이 절에 분석되는 모든 작품은 이 책에서 인용한 것이다. 이후에는 페이지 수만 밝히기로 한다.)

위생의 문제에 이광수가 집착하는 것은 그것이 조선인의 열등함의 근간이 된다고 간주하는 까닭이다. 진정한 내선일체를 이루기 위해서는 조선인의 열등함이 근절되어야 하는데, 이는 조선인의 일상에 위생이 도입되고 조선인의 행동에 일본인의 예법이 이식됨으로써 가능해진다는 것이다. 일본어 장편소설 <진정 마음이 만나서야말로>163)에서 불광리 초가집과 학교에 다니지 않는 아이들의 초라한 옷을 바라보는 일본인 히가시 대좌는 거기에서 조선인의 열등함을 재발견한다. 조선 농민의 낮은 생활 정도, 위생 정도는 그들의 열등성과 우둔함을 증명하는 것으로 이해된다. '위생과 질서와 절제를 모르는 조선인'이 당연한 것으로 받아들여질 때 이광수에게 조선인의 열등감이란 계몽되고 교정되어야 할 대상으로 발견된다. 이러한 조선인의 비위생, 비절제의 육체를 바꿀 수 있는 기구가 이광수의 친일소설들에서는 학교가 아니라 군대, 군인 양성소로 자리한다. 전쟁은 조선인을 비참하게 만드는 환경이 아니라 조선인의 육체적 열등함을 군대에서의 훈련을 통해 해소시켜 완벽한 제국 문명인으로 재탄생시키는 계기가 된다는 것이다.

한편 미완의 한국어 장편소설 <그들의 사랑>에서 조선인 이원구는 일본인 니시모도 박사의 가정에 가정교사로 편입됨으로써 제국 문명인의 위생과 예법을 완벽하게 터득하고 이를 통해 일본인의 양자로 거듭난다. 니시모도 박사는 딸을 유혹했다는 이유로 그를 내치지만 조선인 이원구는 그럼에도 불구하고 니시모도 박사를 아버지로서 기억하고 기록한다.

> "이번 연구는 전혀 은사 가쯔하라교수의 힘입니다. 나는 다만 교수의 지도대로 한것에 지내지못합니다. 그뿐더러 가쯔하라선생은 내가 대학에 입학하여부터 오늘날 까지 길러주신 은인이십니다. 나는 일즉 아버지를 여의었으나 두 분 아버지를 얻었으니 한분은 경성제대의 니시모도박사요, 한분은 은사 가쯔하라 박사이십니다. 내게 오늘이 있게한것은 이 두분 아버님의 은덕입니다."(105)

이광수의 고아의식은 잃어버린 국가와 대체되는 아버지 찾기의 노력으로 나타나는데, 이는 40년대 친일소설에 이르러 일본인 아버지를 받아들이는 행위, 즉 일본인의 양자되기 의식으로 발현된다. 조선인 청년은 일본인 아버지의 지도에 의해 문명화되며 일본인 아버지와의 완전한 결합을 위해 일본인 자식과 결혼한다. 비록 그 아버지가 우월의식 때문에 양자 아들을 내쫓는 한이 있더라도 그의 양아버지에 대한 존경

---

163) 〈녹기〉(1940.3 - 7)에 연재된 이광수 최초의 일본어 친일 장편소설로 원 제목은 〈心相觸れてこそ〉이다.

이나 그리움은 사라지지 않는다. 이광수의 고아의식이 청년들 간의 이해와 우애, 동정에 기반을 둔 세대인식과 함께 아버지 찾기, 아버지 정립의 꿈으로 이어질 때 그 아버지가 제국 문명이 될 수밖에 없다는 사실은 그의 계몽주의와 사회진화론의 태생적 한계 속에서 분명한 것이 된다. 이학자로서 이원구의 발명이 대체연료, 특히 전쟁을 수행할 수 있는 대체연료의 개발로 가시화될 때 이는 그가 아버지의 전쟁을 자신의 것으로 승계함으로써 지배자의 인정받는 양자로 정립됨을 나타낸다.

애초에 이원구가 니시모도 박사의 집 가정교사가 될 수 있었던 것은 박사의 친아들 다다시의 조선인과의 융합 실험 때문이다. 다다시는 광주학생사건으로 조선인의 사상이 '대단히 불온'한 상황에서 오히려 조선인을 거둠으로써 조선인의 마음을 화합시킬 수 있다는 믿음 아래 이원구를 받아들여 줄 것을 아버지 니시모도 박사에게 설파한다.

> "그러면 아버지. 리원구군을 집에 두고 한번 실험을 해 보세요. 어찌 되나. 실험해 보셔서 만을 리군을 일본사람을 만드시기에 성공하신다 면 그런 큰 수확이 없지않습니까. 그러다가 만일 실패하신다면 고만이고요."
> "애초에 희망없는 일을 왜 하느냐 말이다. 게다가 조선 사람을 가정에 들인다는것이 ─."
> 박사는 말을 끊었다. 박사는 식모로도 조선 사람을 쓰기를 원치아니하였고 또 박사의 부인인 기미꼬도 그러하였다. 그러나 조선사람을 가정에 들이는것을 꺼린다는 말을. 비록 아들의게라도 하는 것이 양심에 걸리는 것이었다. (113)

이원구의 일본사람 만들기는 처음부터 하나의 실험, 즉 기계적인 인간개조 프로젝트로서 출발한다. 불령한 마음을 품은 조선인을 감화함으로써 완전한 일본인으로 만들겠다는 프로젝트는 결국 민족성이나 개성이란 교화나 개조의 대상임을, 육체를 개조하는 것처럼 정신을 개조하고 위생을 개선하는 것처럼 동질감의 대상을 개조할 수 있는 것임을 전제한다. 동화의 논리를 하나의 실험처럼 정립하고 이 불가능한 실험을 가능한 것으로 서사화함으로써 이광수는 유사─과학주의의 논리를 모방해 내선일체의 이데올로기를 성공가능한 대상으로 서사화한다. 그 과정에서 중요한 것은 이원구가 제국 일본인의 생활 방식과 예법을 모방하는 것에서 나아가 철저히 자기화, 육체화하는 노력이 된다. 니시모도 박사의 집 일원이 된 원구는 일본 가정의 예법을 몰라 처음에는 혼돈스러워한다. 하지만 그는 특유의 성실함으로 "식전에 일어나는 길로 제 방을 치우고 대문안과 제 방에서 바라보이는 뜰도 소제를 하였다. 그리고 세수같은 것은 주인 집사람들이 언제 하는지 알지 못하는 사이에 하여버렸다."(119) 그는 가정

교사가 아니라 일본 가정의 문지기나 청소부처럼 부지런을 떨며 특히 소제에 열중한다. 그래서 박사의 원구를 향한 칭찬은 "다른것도 있겠지마는 소제와 빨래문제가 박사로하여금 원구를 칭찬하게 한 가장 큰 이유인 것은 말할 것도 없다."(121) 즉 니시모도 박사가 원구를 인정하게 되는 것은 청소와 빨래를 잘 한다는 사실, 하인으로서의 역할에 충실하다는 사실에서 오는 것이다. 반면 니시모도 가정에 대한 원구의 동화는 일본인 가정 문화의 우월함을 각인하는 것으로 구체화된다.

> 니시하라박사의 가정에서 살아보니, 원구는 조선사람의 가정생활이 어떻게 방만하고 무질서한 것을 깨달았다. (중략) 원구가 가장 느낀것은 니시하랏 집에서 취침시간과 기상시간이 일정한 것이었다. 종을 치는 것도 아니언마는 왼집안 식구가 각기 마음속에 깨어라, 자거라 하는 종소리를 듣는것 같았다. 이칭 박사의 서재에 매어달린 낡은 시계 치는 소리가 이 가정생활을 차국차국 진행시키는 모양이었다. 오전 여섯시에 일어나고 오후열시에 자고. 아침 일곱시에 밥먹고 오정에 점심먹고 오후 여섯시에 밥 먹고.다음에 원구가 느낀 것은 집안이 종용하여 아무 소리도 아니 들리는 것이었다. 마치 말 아니 하는 사람들만이 모여 사는 집과 같았다.다음에 느낀 것은 왼 가족이 언제나 위의를 갖추는 것이었다. 옷매무시나 앉은앉이나 문 여닫는 것이나 모두 예절을 잃는 일이 없었다(121 - 122).

조선인 원구의 눈에 비친 일본인 니시모도 박사의 가정은 몸속에 시계를 내장한 듯한 기계적 리듬, 말이 없고 사소한 동작 하나에까지 예의와 절도를 잃지 않는 인조 인간들로 이루어진, 가정이라기보다 공장과 같은 공간이다. 조선인 가정과 같은 방만함과 무질서가 없는 가정이라는 식으로 격찬되는 니시모도 박사의 가정은 사실 근대 핵가족의 논리에서 보면 터무니없을 정도로 군대식의, 기계적인 명령과 복종에 입각한 공간으로 나타난다. 항상 예법과 위의를 갖추고 늘 말 없어야 하며 매일 일정한 시간에 일정한 일을 해야만 하는 군대와 같은 가정이 올바른 것으로 발견될 때, 이는 일본인 가정의 우월함이 아니라 군대의 우월함, 명령과 복종 체계가 내장된 군인 - 기계의 이상을 보여 주는 장치일 따름이다. 공장과 군대의 훈육 체계가 사적 가정 공간에까지 파고들어 그 이상으로서 니시모도 가정이 발견되고 이것이 지배자 일본인의 우월함으로 기록되는 셈이다. 그러므로 이원구가 니시모도 가정에 동화되는 것은 일본인의 예법을 따르는 것이 아니라 군대의 명령체계를 받아들여 스스로를 군인화하는 것과 같은 것이 된다.

> (이를테면, 자네의 예법이라든가, 일본어의 발음과 인터네순이 우리들 하고는 다른점이 있지 않나. 무엇 지금에는 그것마저 거의 사러지고 없지만. 그것을, 예법과언어의 상위를 바로 무슨 한없이 큰 틀린점

가운데의 조그맣게 나타난것으로만 그릇 여긴것일세. 한바다의 물위에 보이는 빙산의 일각으로만 여겼던것일세. 그러나 정작, 자네의 정체를 알고보니, 사투리와 예법의 상위밖에는 우리들과 다른점이 없었단말이야. 결국 우리들이 경계했던 것은 큰빙산의 일각이아니고 단 한쪼각의 정말로 하찮은얼음 덩어리에 불과했던걸세. (139)

다다시와 미찌꼬의 목소리를 빌려 조선인 이원구와 일본인 청년 간의 차이는 무화된다. 그들 사이에 존재하는 차이는 사투리와 예법밖에 없는 것, 즉 육체적이고 음성적인 부분에 불과하다고 이야기할 때, 그렇다면 동질적인 것은 무엇인가를 묻지 않을 수 없다. 인정이나 심리, 사물을 대하는 태도나 가치관 등이 동일하다는 것인지, 윤리나 도덕, 성격이 동일하다는 것인지 그 내용이 비어 있는 동질감을 이광수는 강조한다. 일본인과 마찬가지로 성실하다는 원구의 태도 이외에 무엇이 다다시와 미찌꼬 가족들에게 원구와의 동일감을 인정하도록 만들었는지 밝혀지지 않는다. 반면 차이는 분명하다. 예법과 사투리의 차이란 곧 민족성의 차이이며 행동과 육체의 차이이기에 중요하다. 사투리와 예법의 차이를 얼마든지 극복가능하고 동화가능한 대상으로 바라볼 때 육체의 차이는 하찮은 장애로밖에 간주되지 않는다. 언어와 예법 속에 들어 있는 가치관과 윤리의식의 차이에 주목하지 않기 때문이다. 언어와 예법 같은 형식이 동일하게 되면 조선인과 일본인 사이의 차이는 사라지게 될 것이라는 논리지만 정작 중요한 내용이 조선인과 일본인이라는 계층의 차이, 일본인 주인과 조선인 하인이라는 우월감과 열등감의 차이에 놓여 있다는 것을 지배자의 언어는 이야기하지 않고 피지배자의 인식 역시 이에 도달하지 않는다.

그리하여 새 학기에 접어든 원구는 "몸가짐, 인사범절을 일본식으로 잘 배운 것이 이집 식구에게 친밀한 생각을 준 것이었다. (중략) 인사나, 식탁에서 하는 범절이나 모두 자리가 잡히게 되었다. 원구는 이러한 예법을 배우기를 열심히 하였고 또 그것이 익숙할수록 일종의 기쁨을 느꼈다."(142 - 143) 예법의 일본화, 발음과 몸가짐의 일본화를 통해 형식적으로 일본에 동화되어 갈수록 원구는 또한 내용적으로 일본인이 되어 간다. 이는 일차적으로 그의 과도한 위생의식으로 현현한다.

원구는 청결의 새습관을 얻어서 제 방과 제 눈에 띠우는 것, 제 손에 닿는 데는 어디나 청결하게 하였다. 청결이 습관이 될수록 불결한 데가 눈에 띠었다. 거미줄 하나, 먼지 하나 있는 것이 다 마음이 걸렸다.
쓸고 훔치고 치이고, 그것이 확실히 큰 낙이었다.

원구는 이발과 면도도 자조하였다. 손톱에 조곰만 검은 때가 보여도 참을 수가 없었다.

학교에 다녀와서는 세수하고 발을 씻지아니하고는 방에 들어올 수가 없는 것 같고 하물며 남의 앞에 나갈 수가 없는 것 같았다.

"君は隨分潔癖だね(자넨, 너무 까다롭군)." (143)

일본인의 예법과 몸가짐을 모방한 조선인 원구는 그것을 모든 일에 성의를 쏟는 일이라 간주하고 밥을 먹거나 수다를 떠는 사소한 일 하나에까지 열과 성을 다하는 우스꽝스러운 모방을 보여 준다.[164] 그래서 위생을 강조하는 제국의 문명 논리를 지나치게 모방해 그는 조그만 먼지 하나, 거미줄 하나도 참지 못하고 자기 몸의 조그마한 때도 못 견뎌 소제와 목욕에 열중한다. 지배자의 '(위생에) 너무 까다롭군' 하는 말을 칭찬으로 받아들이기까지 그는 지배자의 논리를 과도하게 모방함으로써 오히려 이면에서 지배자의 우월감을 의문시할 수 있는 면모를 보여 준다. 그는 청소와 목욕을 통해 제국의 일원으로 거듭난다. 제국의 발음을 완벽하게 구사하며 제국의 예법을 지나치게 열심히 모방하고 제국의 위생을 능가하는 위생 욕망을 보여 주는 피식민 청년의 행동은 그가 그러한 변화에서 자부심을 느끼면 느낄수록 우스꽝스러운 것이 될 뿐이다. 이광수가 친일의 논리로 내세우는 성의의 자세란 결국 식민 지배자의 논리를 과도하게 모방함으로써 오히려 자신의 열등성, 피식민인의 위치를 확인하는 것이 되기도 하는 것이다.

(2) 청년의 우정과 내선일체의 목소리

일본어 장편소설 <진정 마음이 만나서야말로>는 북한산 인수봉을 등정하던 제국대학 의사 김충식이 조난당한 히가시 다케오(東武雄)와 그 누이 후미에(文江)를 구해 주는 것으로 시작된다. 이때 조선인 청년이 등정이라는 하나의 정복행위, 육체를 단련하는 군사 훈련과 같은 취미 행위 중에 일본인 남매와 조우한다는 사실은 주목할 필요가 있다. 등정은 일종의 제국주의적 정복으로 파시즘 체제하 청년의 행진과 같은 육체의 단련과 극기 정신의 함양을 위한 활동으로 이루어진다.[165] 한편 일본인의 위

---

164) 호미 바바는 피식민인의 제국인에 대한 모방 욕망을 차이를 내포한 모방으로 간주하며 이로부터 제국의 논리에 대한 이반이 가능해진다고 본다. 호미 바바, 『문화의 위치』, 나병철 역, 소명출판, 2002 참고.

165) 이에 대해서는 졸고, 「한국 근대 소설 속 도시공원의 표상」, 『한국문화』44, 규장각한국학연구소, 2008.12 참고.

기 상황에서 자신의 몸을 바쳐 헌신하는 조선인 청년의 모습은 그가 경성제대 출신 의사인 동시에 불령선인의 지목을 받은 아버지의 자식으로, 아버지와 다른 형태의 의지와 열정을 가진 존재로 설정된다는 점에서 주목된다. 성의의 정신을 강조하는 모습은 불령선인 아버지와 제국대학 출신 아들의 공통된 부분이지만 그는 또한 청년의 열정을 갖고 편견 없이 일본인과 소통하려 한다는 점에서 차이를 나타낸다. 서로에 대한 편견 타파는 후미에, 다케오, 석란 등에게도 공통적인데 이들은 조선인과 일본인으로서 처음에 서로에 대해 약간의 거리감을 느끼지만 그 거리감을 실제 접촉을 통해 해소함으로써 진정한 우정과 사랑을 나누는 관계로 재편되는 것이다. 이 과정에는 그들의 외모적 동질성, 일본인과 조선인의 외모적 동질성의 강조가 개입한다.

> 후미에가 입고 있는 조선인 여자의 상의가 눈에 띄자 묘한 기분이 들었다. 후미에가 조선옷을 입는다는 것은 있을 수 없는 일처럼 생각되지 않을 수 없었다. 그러나 또 다음순간 타케오는 자기의 몸에 감겨 있는 것 역시 하얀 조선 옷이었다는 것을 알고 깜짝 놀랐다. 타케오는 일순간 불쾌함조차 느꼈지만, 자기들이 어떤 조선인에게 구원되어 지금 이곳에 와 있는 것일까라고 생각하자, 왠지 눈물겨워지는 것을 금할 수 없었다(14).

조선인에 의해 구조되어 조선집에서 처음으로 조선옷을 입고 조선 여자와 접촉한 타케오의 의식에 본능적으로 떠오르는 것은 불쾌감이다. 이는 낯설음에서 비롯된 이물감과 달리 그 대상이 자신보다 열등한 계층이라는 사실에서 오는 불쾌감이다. 그 열등한 대상이 자신을 구원해 준 사실을 발견하며 그는 본능적인 불쾌감 대신 눈물겨움을 느끼는데, 이 눈물겨움은 이광수가 강조하는 헌신의 자세, 성의 자세와 연결된 것이기에 두 이질적인 집단 사이의 동질성을 가능케 하는 조건이 된다. 의복과 환경의 차이에서 오는 이물감은 그 내면, 헌신이나 성의의 공통성에서 오는 동질감으로 변화하게 되는 것이다. 이러한 동질감 획득에는 또한 석란의 미모나 그녀의 완벽한 일본어, 충식이 자신과 같은 제국대학 출신이라는 사실 등이 개입한다. 즉 석란이나 충식은 단순히 열등한 조선인이 아니라 자신과 같은 조건으로 격상할 수 있는 능력, 일본어 실력이나 근대 지식을 갖춘 청년으로 발견되는 것이다.

> 타케오는 석란의 일본어가 훌륭했기 때문에, 이 여자가 진짜 조선인 아가씨인가 의심할 정도였다. 도대체 어디가 다르단 말인가. 어느 곳이 조선인적(朝鮮人的)인 곳인가, 하고 타케오는 석란을 바라보며 생각했다. 유일하게 다른 점은 그녀가 입고 있는 옷뿐인 것 같았다. 그 말투건, 예의건 무엇 하나 다른 점

이 없지 않은가. 특히 알지 못하는 사람에 대한 그 아름다운 마음! (15-16)

석란에 대한 타케오의 동질감은 어디까지나 그녀의 세련된 예법과 훌륭한 일본어라는, 자신과 동질적인 자격요건에서 온다. 이는 '모르는 사람에 대한 아름다운 마음'(동정)이라는 이차적인 논리로 감싸이지만 사실 육체적인 것이다. 석란의 미모와 세련성, 유창한 일본어가 아니라면 그녀에 대한 타케오의 동질감은 작동하지 않을 것이기 때문이다. 즉 그는 자신과 같은 일본어 실력과 자신의 등급에 맞는 세련미나 예법을 보여 주는 대상에 대해서만 동질감을 부여하는 것으로 볼 수 있다. "타케오의 반에도 조선인 학생이 열몇 명 있기는 있었다. 하지만 다른 내지인 학생들이 그랬듯이 타케오도 조선인 학생과는 거의 교제가 없었다. 조선인 학생들이 교실이나 어디서 자기들끼리 조선어로 술술 이야기 하고 있는 것을 볼 때마다, 타케오는 한 대 패주고 싶을 정도로 불쾌한 감정을 느꼈던 것을 떠올렸다. 뭔지 하등한 노예처럼, 보는 것만으로도 가슴이 메슥메슥한 것이었으며, 내지인들끼리 모인 곳에서는 자주 조선인 학생의 버릇없는 일이라든지, 건방진 것, 편벽된 근성 등을 깎아내렸던 것이었다."(17) 타케오는 충식과 석란에 의해 구제되기 전까지 조선인에 대한 편견, 특히 자신과 같은 제국대학생이라 할지라도 반에서 조선어를 구사하며 자기들끼리 지껄이는 조선인 학생들에 대해 지독한 편견에 사로잡혀 있던 일본인이다. 그들이 구사하는 조선어야말로 그들의 열등함을 증명하는 것처럼 보였기에, 그는 하등한 노예를 보는 것처럼 불쾌감을 느끼며 조선인의 버릇없음이나 건방짐, 편벽된 근성 등을 손쉽게 깎아내릴 수 있었다. 즉 그들은 언어가 완벽하지 않기에 자신과 동질화되지 못하는 존재로 자리하고 있다. 이러한 그의 인식이 바뀌는 것은 석란의 완벽한 일본어와 세련된 예법에 접한 까닭이다. 석란에게는 교실 내에서 조선어로 지껄이는 학생들과 다른 자격이 부여되는 것이다. 충식의 집에 머무는 4-5일 남짓한 기간, 타케오는 석란을 이상적인 타입의 여성으로 규정하는데, 이는 그녀가 자신들보다 더 유창한 동경말을 구사하고 구식 일본 여성보다 더 완고한 일본인의 예법이나 절제를 보여 주는 까닭이다.

"어떻습니까, 선생님. 제 누이가 저렇게 조선옷을 입었는데요."
타케오는 더욱 더 영준의 마음 속 깊은 곳까지 들어가보고 싶었다.
"음. 잘 어울립니다."
영준도 감탄한 듯 옷맵시를 살피는 듯한 눈으로 후미에를 바라보고는 만족한 모습이었다.

그것을 보자 타케오도 후미에도 기뻤다. 석란도 기뻤다.
"선생님, 저렇게 비슷한 옷을 입고 따님과 나란히 있으니까 전혀 다른 것이 없지요?" (35)

타케오는 조선옷을 입은 후미에와 석란을 충식의 아버지 김영준 앞에 진열함으로써 조선인과 일본인이 다르지 않음을 강조한다. 즉 그들의 외모적인 어울림이나 유사함은 정신의 동질감으로 승화되며 일본인과 조선인의 다르지 않음, 내선일체의 이데올로기를 증명하는 것으로 기록된다. 일본인과 조선인은 의복이 다를 뿐 육체도 정신도 다르지 않은 대상으로 일본인 청년에 의해 조선인 노인에게 강변된다. 이때 그 노인이 일본어를 모르고 일본인 청년이 조선어를 모른다는 사실은 슬쩍 감춰진다. 조선옷을 입은 석란에 의해 일본인 청년과 조선인 노인의 대화가 번역되어야만 두 민족의 공통성이나 동질감에 대한 논의는 구체성을 띠게 된다. 즉 그들의 차이는 이미 언어에 전제되어 있는 것임에도 불구하고 육체의 유사성, 옷을 바꿔 입으면 완전히 동질화될 수 있다는 외모의 유사성이 그들에게 정신의 동질성으로 강요되는 것이다. 타케오는 조선어를 구사하지 못하는 반면 석란은 일본어를 구사한다는 사실, 즉 내선일체가 일본인의 조선인화가 아니라 조선인의 일본인화라는 사실은 감추어진다. 두 민족은 융화하는 것이 아니라 우월한 일본인이 장난삼아 조선옷을 입고 열등한 조선인이 그 사실에 감탄함으로써 동질감을 확인하게 될 때, 즉 조선인이 일본인의 시혜에 감동할 때 육체적으로 확정되는 것이다. 불령선인 김영준은 타케오와 후미에에 대해서 자신의 자식처럼 귀엽다고 말함으로써 타케오라는 일본 젊은이가 보여 주는 내선일체의 논리에 투항한다. 타케오는 충식에게 하나가 되자고 당당하게 요구한다. 조선인의 열등함을 주장하는 자신의 부모를 설득하지 못하고 그래서 석란에게 당당하게 청혼하지도 못하면서 그는 김영준과 충식 등에 대해서는 우월한 위치에서 동일시를 요구한다. 지배자에 대한 설득은 포기되고 피지배자에 대한 동화만이 강요될 때 석란과 타케오의 사랑은 파국에 이른다. 즉 그들의 사랑은 타케오가 장님이 되어야만 가능한, 열등함의 조건을 갖추어야만 가능한 것이 되는 것이다.

"어이 김군. 우리들은 정말로 하나가 되자. 칠천만과 이천만이 정말 하나가 되자. 지금까지의 잘못은 모두 우리들이 바로잡고자 하는 것이 아닌가. 그리고 더더욱 살기 좋은 새롭고 높은 문화를 산출할 수 있는 일본을 만들어 내려 하는 것이 아닌가. 미나미 총독이 말하는 내선일체라는 것도 그 일이 아닐까. 하지만 요는 우리들 젊은이들에게 있지 않을까. 군은 어떻게 생각하나?" (중략)
"이해보다는 사랑이라네. 진실로 동포라고 생각하는 것 말이네. 악마를 이해할 수도 있으니까 말

야."(40 - 41)

타케오는 충식에게 일본인과 조선인을 대표해 젊은이들이 내선일체를 실천하며 하나가 되자고 충고한다. 내선일체야말로 더 살기 좋고 새로운 높은 문화를 만들어 낼 수 있는 방법이며 그것을 실천할 수 있는 힘은 김영준과 같은 아버지 세대가 아니라 젊은 세대인 자신들에 있다는 것이다. 이러한 젊은 세대의 힘, 사랑과 정의 논리를 강조할 때 이광수의 목소리는 1910년대 소년의 열정과 우애에 대한 강조로 돌아간 듯 보인다. 1910년대 소년의 우애를 강조하고 새로운 공민으로서 학생의 열정으로 봉건성을 탈피하자고 역설하는 이광수의 목소리는 1940년대에 이르러 기성세대가 아니라 젊은 세대, 청년의 힘으로 제국의 지배를 완성하자는 것으로 이어진다. 일본인 청년의 순정한 사랑(우애)을 믿을 때 조선인 청년은 감격하며 기꺼이 내선일체의 논리에 복종한다. 이러한 순정의 세계란 정신의 측면이 아니라 젊음과 열정의 육체적 측면, 예법이나 외모와 같은 자질에서 움직이는 것이다.

> "아버지. 우리들에게도 조국을 주세요. 그것을 위해 싸울 수 있는 조국을 주세요."
> 충식은 아버지 앞에 무릎을 꿇고 느닷없이 그렇게 말했다. (중략)
> "소자(小子)도 군의(軍醫)를 지원해서 출정하고 싶습니다. 일본을 제 조국으로 정하고 처음으로 충의를 다 하고 싶습니다."
> 또 잠시 기분 나쁜 침묵이 계속되었다(61 - 62).

타케오의 출정을 본 충식은 타케오의 욕망을 모방해 자신도 충의를 바칠 조국을 위해 출정하고 싶다고 이야기한다. 즉 그는 이 순간 조선인 아버지와 결별하고 일본 제국 청년과의 우애에 입각해 조국을 선택한다. 조선인에게 조국이 없다는 사실이 분명한 것으로 전제될 때, 남아의 헌신할 대상으로서 조국은 일본 제국으로밖에 남지 않는다. 조국을 갖기 위해 출정하는 충식의 모습은 근대 지식을 바탕으로 아버지 세대와 결별하고 일본을 새로운 조국으로 정해 제국의 지배자를 모방해 적국을 굴복시키는 군인으로 재탄생하는 학생의 육체를 보여 준다. 군인 - 의사 - 피식민 - 청년의 모순이 결합한 혼성의 존재로서 충식은 조선인 아버지와 결별함으로써 제국의 아들로 재탄생하게 되는 셈이다.

한편 조선인 처녀 석란은 한국어, 일본어, 중국어를 능수능란하게 구사하는 뛰어난

어학 실력을 가진 것으로 그려지는데, 그녀는 이 능력을 통해 제국 남성을 돕는 역할을 한다. 일본인 청년이 일본어로 지껄이는 제국의 이데올로기를 조선어로 이해해서 이를 자신보다 열등한 적국 중국인에게 전달하는 역할을 하는 그녀의 모습은 일본인과 중국인 사이의 매개체로 설정된 조선인의 위치, 이등국민으로서 일본인의 목소리를 앵무새처럼 따라할 수밖에 없는 운명, 일본인의 사랑과 인정에 의해서만 일본인과 일체를 이룰 수 있는 조력자로서 조선인의 운명을 집약해 보인다. 조선인 여성이 일본인 남성과 결혼한다는 사실이 승은을 입는 듯한 감격으로 이야기될 때, 일본인 남성의 오만한 목소리는 사라지지 않는다. 조선인 여성이 일본인 남성과 결합할 수 있는 것은 그를 좇아 사지에 가서 그의 신념에 따라 그의 목소리를 충실히 번역하는 희생을 보여 줄 때뿐이다. 그녀가 가진 예법과 세련됨은 제국 청년의 눈을 황홀하게 할 수는 있지만 그의 진정한 동반자가 될 자질은 되지 않는다. 식민 지배자의 선택을 받기 위해서 조선 여성은 세련됨에 더해 용기와 헌신, 지배자를 위한 완전한 희생과 하녀의 지위를 받아들여야만 하는 셈이다. 사실 부상을 입어 시력을 상실한 상태에서 좌절하지 않고 적진에 뛰어들어 대동아의 논리를 설파함으로써 적의 투항을 이끌어 내겠다는 타케오의 사고는 지극히 비현실적이다. 그 자신 중국어를 한마디도 할 줄 모르고 장님이기에 방향조차 가늠하지 못하면서 그는 자신의 선무공작이 성공을 거둘 것이라고 자신한다. 그의 선무공작이 가능한 것은 열정적 보조자이며 중국어를 능수능란하게 구사하고 길을 안내해 줄 수 있는 석란이 옆에 있기 때문이다. 선무공작이란 타케오가 대변하는 일본의 이데올로기를 석란이라는 조선인이 중국어로 옮겨 줄 때에만 실행가능한 것이 된다. 그들은 부부로서 맺어지는 것이 아니라 이념과 목소리로서, 이데올로기와 번역 기계로서 맺어진다.

> "사지(死地)에 들어가는 겁니다."
> "잘 압니다. 곁에서 죽게 해주세요. 그것이 제가 – 제가 진정으로 바라는 것입니다. 여기까지 온 것도 그 때문인 걸요." (중략)
> "언제까지나 이렇게 석란상에게 매달려 걷고 싶군. 눈이 안 보이게 된 덕분에 이런 행복을 얻게 되었네."
> 타케오의 목소리는 어린애처럼 어리광을 피우고 있었다.
> "언제까지든, 어디까지든 도와드리겠어요. 제 눈은 당신 것이예요." (82 – 83)

석란과 타케오는 부부로서가 아니라 육체의 일부로서, 즉 눈과 입으로서 맺어진다.

석란은 타케오의 잃어버린 눈과 대신하는 목소리가 됨으로써 그의 사랑에 보은(?)하게 된다. 처음 만난 이래 타케오는 석란이나 충식에게 아무것도 해 준 것이 없다. 그는 말로만 사랑을 고백하고 말로만 대동아를 설파할 뿐 석란에게 결혼을 요청한 적도, 충식에게 어떤 헌신을 보여 준 적도 없다. 오히려 그는 의사이며 간호부인 충식과 석란에 의해 조난에서 구원되고 전쟁에서 살아남게 된다. 시혜자로서 그의 존재는 목소리로만 가득하다. 그의 우월의식은 절대 사라지지 않으며 눈이 없기 때문에 눈 대신 석란을 받아들일 때 그의 시혜 의식에는 전혀 균열이 생기지 않는다. 그들의 결합은 사실 결혼이 아니다. 결혼은 일상을 나누는 행위인 데 비해 그들은 일상이 아니라 죽음충동을 나눈다. 그들의 결합은 그래서 성기에 입각한 결합이 아니라 입과 눈에 입각한 결합이 된다. 그들의 결합은 두 피를 혼합하는 자식을 낳지 못하고 선전하는 목소리로 사라져 갈 운명에 처하는 것이다. "타케오와 석란은 형식뿐인 가(假)결혼식을 올렸다"(84)고 기록될 때, 그들의 결혼은 사업을 위한 동반자 관계로 맺어지는 동시에 서로의 죽음충동에 입각해 주인과 노예의 관계를 맺는 것에 불과한 것이 된다. 석란의 행동은 충식에 의해 "아버지는 기뻐하시겠죠. 그런 일을 좋아하신답니다. 마음을 허락한 사람을 위해 순(殉)하는 것이 여자의 길이라고 언제나 생각하고 계십니다. 춘향(春香) 사상입니다."(85)라고 평가된다. 즉 석란의 행동은 사랑하는 사람에 대한 순장, 스스로를 희생해 사랑을 성취하는 사상이며 이것이 춘향사상이라고, 봉건적 전통과 통하는 행동이라고 이해된다. 그녀가 제국의 이데올로기 선전을 위해 떠나간다는 사실이 감추어지고 사랑하는 사람을 위해 헌신하는 도덕률을 갖춘 것으로 평가될 때, 이는 식민지 여성을 바라보는 이중의 시선, 즉 남성적 시선과 제국의 시선의 결합을 보여 주는 것이다.

이후 석란의 눈에 비친 중국인들은 "최전선인 이 땅에서도 이 정도로 편안하게 있을 수 있는 중국인들의 마음을 알 수 없었다. 태평해서인가. 바보스러워서인가."(88)라는 식으로 느슨하고 우매한 것으로 그려진다. 즉 그녀는 일본인 타케오의 눈이 됨으로써 중국인과 자신을 변별하고 우위에 선 눈으로 중국인의 성향을 비판적으로 바라보는 것이다. 중국인들의 행동은 끊임없이 '바보같이 지껄이고 있'다거나 "이 거리에도 여기저기 붙어 있는 무얼 타도하자는 것도 그들로서는 상관없는 것이리라. 무엇보다도 그들은 그 글자조차 읽지 못하는 것인지도 모른다."(88 - 89) "병사들은 잠시 바보스러운 말이나 석란에 대한 음외한 말 등을 지껄였으나, 곧 조용해졌다. 그러나 당번병만은 남아 이따금 가래침을 뱉는 소리가 들렸다."(90)는 식으로 바보스러움, 더러움, 우매함으로 그려진다. 타케오가 눈이 먼 상황에서 석란은 중국의 우매함을 발견하고 타케오에게 전달하는 역할을 자임하는데, 이러한 석란의 눈은 여학교 시절 노산에 오르며 즐거워하던, 순수한 조선인의 눈이 되지 못한다.

> 석란은 일생일대의 대역(大役)이라고 생각했다. 태어난 이래 이 정도로 중대한 역할을 했던 일은 없다. 석란은 어떻게 해서든 타케오의 마음을 적장에게 철저히 전달하지 않을 수 없다고 결심했다. 그리고 일어났다. 석란이 타케오의 말을 차례로 통역해 가는 도중에 초새들은 눈초리나 안색이 몇 번이고 바뀌었다. 때로는 놀라는 듯도 했으며, 또 때로는 곧 그대로 덤벼들 듯한 무서운 얼굴도 보였다. 한 명의 부관은 주먹을 쥐고 탁자를 쳤다. 석란의 여성적인 목소리나 몸동작의 우아함이 그들의 분격을 눅히지 않았다면, 아마 칼을 빼었을지도 모른다(95).

적진에서 타케오의 남성적이고 제국적인 담론은 석란에 의해 여성적인 목소리와 우아한 몸동작으로 중국인들에게 전달됨으로써 그들의 분격을 눅인다. 조선인이 일본인과 중국인 사이에서 통역 역할을 하며 피지배자로서 제국의 지배하에 있는 것이 가진 행복을 이야기해야 한다는 것, 즉 중국인들을 바라볼 때는 제국의 눈으로 보되 중국인들에게 일본인의 목소리를 전달할 때에는 식민지인의 목소리로 해야 한다는 혼성적인 육체를 구가할 때, 석란-피식민-청년-여성의 정체성은 흩어져 간다. 거기에는 이미 조선인 석란이 존재하지 않으며 지고지순하게 지배자 남성의 목소리를 번역하는 이중 언어를 구사하는 열등한 혈통의 여성만이 존재한다. 그래서 그녀는 궁성을 향해 요배하며 내일 총살될지도 모르는 상황에서 행복을 느끼고 서사는 종결된다. 이러한 그녀의 모습은 육체가 아니라 기계, 제국의 목소리를 반복하는 녹음 기계라고 이야기할 수 있을 것이다.

미완성 한국어 장편소설 <봄의 노래>에서 주인공 마끼노요시오(牧野義雄)는 마을의 유일한 지원병으로서, 지원병 훈련소에서 위생과 소식(小食), 공익을 위한 헌신의 자세를 습득함으로써 제국의 양자로 재탄생하게 된다.

> "일본은 신국(神國)이다. 일본사람은 언제나 신을 모시고 신을 섬기는 백성이다. 그럼으로 일본사람은 언제나 몸과 마음과 거처를 정결하게 하여야 한다. 더러운 몸과 마음으로 신의 앞에 나아갈수 있느냐. 그러므로 일본사람은 청결을 생명으로 안다" (중략)
> 둘재로 가장 걱정을 많이 들은 제목은 "だらしがない"라 하는 것이었다. 몸을 거두는 것이나 담뇨를 개키고, 제 물건을 두는 법이 가죽하지못하다 하는 것이다. (250-251)

일본 군대의 엄격한 명령체계에 복종하고 소식과 위생 습관에 익숙해지면서 요시오는 차츰 단순히 성실하고 똑똑한 조선 청년에서 일본 군인의 덕목을 갖춘 영웅으로 거듭난다. 그는 군대를 통해 새로운 인간으로 태어나는데, 이는 초기 이광수 소설에서 학생-학교가 그러한 역할을 했던 것처럼 군인-군대의 이상화를 나타낸다. 단체 생활에서 규율을 익히고 절도 있고 위생적인 몸으로 태어남으로써 그는 일본인으로 재정립된다. 이 가운데 그에게 남아 있던 의탁심, 재산을 보고 결혼한 일 등이 반성되며 그는 참된 도덕적 인재가 되기까지 한다. 이러한 인재로의 육성에는 일본적 예의 교육이 크게 작용한다. "가미다나 앞에서는 박수 예배하는 것이 예의오, 상관 앞에서는 직접거수하는 것이 예의다. 남의게서 무엇을 받을 때에는 고맙다 는 표시를 하는 것이 예의요 사람을 대할 때에는 공경하고 친절한 것이 예의다. 이것쯤은 다들 예의인줄 알고 있었으나, 앉음앉음이 걸음길이, 밥먹기, 문여닫기, 세수하기, 목욕하기, 비질, 걸레질, 심지에 잘 때, 놀때에까지도 사람이 움지기는 곳에 반다시 예의가 있고, 그 예의의 근본은 'まこと'라는 것을 깨닫기에는 한참 시간이 걸렸다."(252) 일본 군대에서 일본 군인으로 재탄생하기 위해 그가 배우는 것은 예의이며 예의의 근본에 흐르는 성의, '마코토'이다. 즉 이광수는 일본 군대 정신의 진수를 성으로 간주하며 그러한 성이 형식화되는 것이 예의이기에 모든 사소한 행동에까지 예의가 관통되지 않으면 안 된다고 주장한다. 예의의 학습을 통해 요시오는 모든 육체를 성의에 입각해 예의로서 재조직하는 군사 기계로 재탄생한다. 그는 욕망을 가진 인간이 아니라 사소한 행동에 있어서까지 명령과 예의와 성의를 생각하지 않을 수 없는 기계 인간이 되고 있다. "요시오는 차차 지원병인 자기의 임무가무엇인지를 깨달았다. 그것은 제가 어떠한 직무이든지 넉넉히 맡을 수 있는 사람이 되는 것이었다. 몸으로 할 일이면 무엇이나 다 하고 목숨으로 할 일이면 무엇이나 다 할 수 있는 사람이 되는 것이었다."(254) 그 속에는 개인적인 욕망 일체가 거세되고 사사로운 감정 일체가 거부된다. 그리하여 훈련소 생활 4개월을 마치고 고향으로 돌아온 요시오는 곧 아버지의 죽음과 아내의 불륜을 알게 되지만 결코 좌절하지 않는다. 정오 기착, 정오의 묵도를 올리며 그는 "이 몸은 폐하께 바친 몸이다!" 외침으로써 사사로운 복수심을 버린다. 아내의 부정에 대해 느끼는 배신감조차 정오의 묵도, 천화에 대한 충성심이 해소할 수 있는 것으로 재편됨으로써 요시오는 완연한 기계 인간, 감정을 느끼지 못하거나 감정을 느낀다 해도 그것을 의지로 이길 수 있는 훈육적 육체, 기계적 육체의 완성을 보여 주는 것이다.

이처럼 이광수의 40년대 친일소설을 관통하고 있는 것 역시 그가 1910년대 이후 지속적으로 견지해 온 생산적이고 훈육적인 근대적 육체의 이상을 구축하는 논리이다. 인간의 몸에서 욕망과 개별성을 거세하고 역할과 직분에 입각해 성실한 의지만으로 점철된 형상을 그려 나갈 때, 이광수 소설의 인간들은 기계화한다. 기계적인 육체, 명령에 복종하고 시계에 복종하며 제국에 복종하는 기계가 됨으로써 식민지 근대조선인의 육체는 이상적인 것이 될 수 있다는 것이다.

④ 염상섭 소설의 육체 자본

장면 1) 정조? 그것은 무엇을 의미하느냐? 아마, 오사이 너희들의 주먼이가 말랏는게로구나. 정녕 기생집에서 푸대첩이나 바닷지? 이혼비를 내어주겟다는 얼빠진게집애도 한아 걸리지 못한게로구나? 흥, 정조? 네똥에서는 무슨냄새가 나든? 네눈섭에는, 몬지한아도 안이부텃다는자신이잇거던, 마음대로 떠들렴으나. 그러케도 소위 여자의 정조가 탐이나느냐? 조선사회에는 부정한여자가만하서, 난봉군이 만흔게로구나? 그러나 정조란 무엇이냐? 남자가 여자에게 생활보장을 조건으로 하고 강요하는 소유물의 만족이냐. 그러치안흐면, 소위 교양잇다는자가 고상한취미성을 만족시키랴는욕구냐?

— 소설 〈제야〉에서

장면 2) 흥근이에게는 결혼을 할 듯이 걸쳐 두어서 환심을 사고, 여기에는 결혼을 시켜 줄 듯이 꼬여서 환심을 사 놓은 것을 생각하면, 어쨌든 결혼이라는 것 같이 좋은 것이 없고, 남녀의 성문제는 돈 이상의 힘을 가진 것이라고 종엽이는 혼자 감탄을 하였다. 돈을 가진 남자 편은 물론이지만, 경제의 능력이 없는 여자의 '여성'이라는 것이 상품으로 되는 데 넉넉히 금전 이상의 가치를 발휘하는 경우가 있는 것도 사실이다. '나도 나 자신도 단순한 상품이 아닌가? 사람으로 — 주관으로서는 상품이 아닌 인격적 존재겠지만 '여성'으로서 — 객관으로서는 상품이다.'

— 소설 〈무화과〉에서

장면 3) "내가 오랫동안 교원 생활을 한 습관으로, 허울 조흔 권면이나 수신강화를 하는 것이 아니에요. 나도 피가 끌코 정열이라는 것이 잇고, 결혼생활이라는 것이 엇더한 것인 줄 그만 지시도 잇지만…… 그러치만 엇접니까! 이런 팔자라 할지 운명이라 할지, 우리의 힘으로는 도저히 엇저는 수 업는 일을 고집만 세우고 나가자니, 그 뜻이 글으고 그 동긔가 틀리다는 것은 아니나, 억지로 일이 되어야 말이지요. (중략) 이런 때, 누구나 전후를 생각할 것 업시 훌쩍 나스서 것이 당연히 할 일이요 젊은 사람의 긔운이라 하겟지만, 내 처지로 보면 비단 집안사정만 아니에요. 소위 교육게에 종사한다는 사람으로서……"

— 소설 〈백구〉에서

1910년대 단편소설 가운데 김영걸의 <유정무정>은 조혼한 아내에게 애정을 느끼지 못하는 유학생 남편의 이야기를 다루고 있다. 그런데 유학생 남편은 경박한 청년이 아니고 지적이고 도덕적인 사람이다. 아내 역시 여학교를 다니는 시누이와 가깝고 시부모에게도 그지없는 효를 다하는 인물이다. 서로 도덕적으로 아무런 결함이 없는 두 사람 사이에 애정이 생기지 않는다. 그것은 남편이 부인의 얼굴에서 '미'를 발견하지 못하기 때문이다.

과연영호는 다른사람의 삼사형제부럽지아니할만한아들이라할수잇다. 부모의게순종하는 것은 물론주색에핍연하고 사치한 것을 실혀하고 검소한 것을 조와하며 순후정직하야 집안일가에서는 물론 보고듯는사람은 모범적청년이라고 칭찬안는이가업다. (중략) 그러한영호도 안해를박대한다.한집안에서 그안대대하기를 길거리에서 오고가는 여러사람을 대하듯한다. (중략) 영호는 안해를 박대못하는것인줄안다. 안해를버리는 것이 죄되는줄을안다. 영구히사랑하는 부부가되어야한다한다. 그럼으로아못조록 부부사이에 정을 구하고저힘쓴다. 구하라고 힘을쓰나 엇을 수업다.[166]

조혼은 여기에서 위생이나 건강의 문제가 아니라 부부애의 문제로 다루어진다. 한 집안의 며느리가 아니라 가정의 천사로 안식과 위안, 낭만적 사랑을 주는 아내여야 하기에 부모의 명령에 의해 조혼한 아내는 애정의 대상이 되지 못한다. 이광수에게 조혼이 아이의 기질을 쇠퇴시키고 육욕만을 강조하기에 비위생적인 대상으로 비판되었다면 이 소설에서 조혼은 낭만적 연애 감정을 불러일으키지 못하는 것으로 비판된다. "자기 안해도 기생과가치좀어엽버쓰면한다"는 영호의 심리는 연애의 대상이 반드시 미모의 대상이어야 함을 보여 준다. 즉 연애란 미를 추구하는 것이며, 부인은 한 집안의 천사로서 미모를 간직한 채 남편에게 위안을 줄 수 있어야 한다. 도덕적이지만 아름답지는 못한 아내를 향해 영호는 "평생처음으로 보기실타는말을하얏다 하고나서도 엇전일인지 후회가되고 얼골이 붉어졋다. 경희도의외에 그러한말을들으니 분하기는하지만은 보기실키에 보기실타거니하고 원망은하지아니한다."(74) 신소설의 여주인공들이 하나같이 "분을 따고 너흔 듯이" 아름다운 얼굴을 가지고 있었던 것은 그들이 미를 바탕으로 한 주부가 되어야 하기 때문이다. 신소설에서 여주인공들은 아름답기에 구원을 받을 수 있다. 하지만 그들이 구원받는 것은 또한 정절 때문이기도 하다. 그들은 아름다움과 덕목을 모두 갖춘 완벽한 존재로 그려진다. 반면 10년대 <유정무정>에서 아름다움은 부덕과 분리된다. 유학생들의 눈에 구식 아내는 아름답게 보이지 않는다. 그들은 도덕적이며 좋은 며느리일 뿐이다. 아니, 그들은 좋은 며느리이기에 아름답게는 보이지 않는다. 남편의 애정의 대상이 되는 존재는 덕성을 가진 좋은 사람이 아니라 근대적 지식과 교양, 치장할 줄 아는 자세를 가진 미인이다. 그것은 여학생이고 기생이다. 사랑이 미에 근거하고 있다는 확고한 신념이야말로 20년대 소설이 가진 특징이다. <유정무정>은 1910년대 소설이기에 영호와 경희는 이혼사건을 일으키지도 않고 갈등을 지속하지도 않는다. 소설의 끝에서 영호는 다시 일본 유학을

---

166) 김영걸, 「유정무정」, 『청춘』11, 1918.11, 72면.

떠나고 부인은 크게 앓은 후 갑자기 좀 핼쑥해진다.(넓은 얼굴은 영호가 자신의 아내에게서 가장 못생겼다고 생각하는 부분이다) "영호는 자기안해의 넙적한얼굴을보앗다"(77) 얼굴의 발견. 침착하고 자애로운 행동이 아니라 얼굴(미모와 개성)을 발견한다는 것이 근대적 애정의 출발점으로 제시되며 서사는 마무리된다.

　1920년대 소설에서 여성은 미모를 가져야 하는 존재로 각인된다. 소학과 열녀전 대신에 거울과 화장품을 가지게 되고 얼굴의 가치와 매력적인 육체의 가치를 배우면서 근대 여성은 태어난다. 가정은 근대 사회에 이르러 핵가족의 윤리로 재편되어야 할 공간인데, 새로운 청년들에게 가정을 책임지는 아내는 정결성과 함께 미모를 갖추어야 하며 그 미모에 대응하는 개성을 갖춘 존재로 특징된다. 1910년대 지식층이 자아의식의 각성으로부터 신경증과 피로를 느낀다면 1920년대 등단한 염상섭의 초기 소설 역시 그러한 신경증의 영향력에서 벗어나지 않는다. 하지만 이러한 신경증의 발현은 오래되지 않아 가출 욕망과 집안의 귀속 요구 사이에서 갈등하며 개성이라는 문맥으로 통합된다. 염상섭 소설에서 주목되는 것은 등장인물이 가진 세속성과 자본을 둘러싼 각종 협잡, 타락, 몰락의 과정이다. 염상섭의 장편은 하나같이 이러한 구조를 따르는데, 이는 근대 사회가 자본의 힘에 입각하여 모든 관계가 재편되고 인간의 가치 역시 결정되는 시공간으로 규정되는 까닭이다. 인간의 가치가 돈으로 이해되기에 자본의 계약을 떠난 육체란 존재하지 않으며, 개인 정체성 역시 그러한 자본의 논리에 종속될 수밖에 없다. 가문이나 신분적 배경을 벗어나 개인으로서 자신의 가치를 명확히 해야 하고 그 가치에 입각해 정체성을 규정하고 개성을 창출해야 한다는 요구가 자본주의 사회 속 개인의 육체를 둘러싸고 제기되는 것이다.

　부르디외에 따르면 인간의 몸은 다양한 사회적 힘과 연관되어 발달하는 미완의 실체이며 사회적 불평등을 유지하는 데 필수적인 것이 된다. 육체는 하나의 자본으로 간주되며, 육체 자본은 다양한 자원들을 축적하는 데 필수적인 권력과 지위 및 남과 구별되는 상징을 소유하고 있는 것을 의미한다. 다시 말해 육체 자본은 생산, 창출되는 것이며 이는 사회에서 가치를 인정받을 수 있는 방식으로 몸을 계발한다는 것을 뜻한다.[167] 과거에 개인의 정체성이 지위를 나타내는 외적 표식들로 객관화되었다면 근대 사회에서 개인의 정체성은 집, 언어, 옷, 다른 소비 유형과 같은 자본의 소비와

---

167) 부르디외, 앞의 책, 283－285면 참고.

연출의 형식으로 바뀌고 있다. 근대 사회에서 자아의 표현은 고정된 계급 상징이나 위계적 지위가 아니라 스타일과 패션에 의존하고 있고, 도시 공간은 상업화된 패션과 생활양식에 기초한 표현이 경쟁을 벌이는 장이 되고 있다. 그 속에서 자아의 정체성은 이미지의 관리와 창조를 통해 만들어지는 상품과 같은 것이 된다.[168] 염상섭의 소설은 이러한 근대 사회 속 자본화된 개인의 정체성과 몸을 둘러싼 연출의 문제를 핵심적으로 제기하고 있다.

염상섭 소설에 대한 기존의 연구는 그의 작품이 가진 자본주의 사회에 대한 냉소적인 논조와 통속적인 서사를 저항적(정치적) 관점에 입각해 바라보는가, 근대성 구축의 관점에 입각해 바라보는가에 따라 상이한 양상으로 전개되어 왔다. 현실 저항의 관점에서 염상섭 소설을 바라볼 경우 그의 소설은 일상성의 측면에서가 아니라 환멸에 빠진 젊은이와 사회주의 운동가의 이념 활동 등 주의자의 담론에 집중하여 해석하게 된다.[169] 반면 근대 일상성의 측면에서 염상섭의 소설을 해석하는 것은 작품에서 더 많은 분량을 차지하는 속물적인 현실에 대한 정밀한 재현에 의미를 두고 해석하는 것이 된다.[170] 본고는 염상섭 소설의 핵심이 근대적 일상을 살아가는 개인의 정체성에 대한 해명에 있다고 보고 특히 근대 개인 정체성의 핵심으로 부각되는 육체 자본의 교환 과정과 패션과 소문으로 연출되는 자아의 형상을 중심으로 식민지 시대 장편 소설을 분석하려 한다. 이를 위해서 1절에서는 염상섭의 초기작을 중심으로 그가 제시하는 새로운 근대인의 개성이 어떻게 타산적인 육체 자본의 논리와 연결되는가를 밝힐 것이다. 2절에서는 <삼대> 이전의 장편을 중심으로 단발, 양장과 같은 새로운 근대인의 외양과 패션이 미모라는 육체 자본의 논리 속에서 어떻게 타락한 형식으로 재편되는가를 밝히며, 3절에서는 <삼대> 이후 장편을 중심으로 개인 정체성을 구축하는 또 다른 논리로서 타인의 시선, 소문 관리 문제가 어떻게 다루어지는지를 분석할 것이다.

---

168) 브라이언 터너, 앞의 책, 87 - 90면 참고.

169) 이보영, 『난세의 문학』, 예지각, 1991 / 김경수, 『염상섭 장편 소설 연구』, 일조각, 1999.

170) 김윤식, 『염상섭 연구』, 서울대 출판부, 1987 / 신승환, 「부르주아 리얼리즘과 가치 중립성」, 김종균 편, 『염상섭 소설 연구』, 국학자료원, 1999.

1) 자본화한 육체의 타산과 개성의 논리

(1) 초기 단편 소설 속 '학생' 육체의 거부와 개성의 요구

염상섭은 이광수와 달리 학교의 시간표 양육이 만들어 내는 학생 육체를 긍정하지 않는다. 사실 이광수처럼 학교나 군대 같은 규율화된 공간을 긍정하는 논리는 이후 어떤 작가에게서도 발견하기 어려운 것이다. 가령 전영택은 <천치? 천재?>에서 초등 교육에 미달하거나 과도한 학생을 주인공으로 하여 교육에 대한 의문을 제기하고 있다. "평시에 교육학은 한페지도 공부해보지 못했습니다. 물론 아동심리학 같은 것은 구경도 못했습니다. 아이들의 성격, 개성을 가려볼만한 총명한 눈도 가지지 못하였습니다."[171)라고 고백하는 '나'가 어느 초등학교 교사로 부임해 교장의 과부 누이의 아들인 칠성을 발견하는 것으로 소설은 시작된다. 칠성은 "알 수 없는 이상한 웃음"을 짓는 아이이며 "장난을 해도 별하게" 하는 아이이다. 그러나 그는 무엇을 제법 잘 만들 줄 알고 아주 뛰어난 솜씨로 노래를 부를 줄 아는 아이이다. 사회에 적응하지 못하다는 점에서 천치이지만 특정한 부분에서 뛰어난 재능을 보인다는 점에서 그는 천재이다. 문제는 천치도 천재도 학교에서는 인정되지 못한다는 데 있다. 새로운 교육이 요구하는 인간이란 천치도 천재도 아닌, 직분을 수행할 수 있는 평범한 개인이다. 즉 천분이란 이름으로 명명되는 특정한 자질인데, 그 자질은 생산성이 있는 것이어야 하며 학교 교육과정을 통해 발전될 수 있는 것이어야 한다. 생산성을 도모하는 소질이어야 한다는 요건에서 볼 때, 칠성은 천치에 불과하다. 네 것, 내 것의 구분이 없는 그의 성격은 일단 비사회적이기 때문에 그의 소질은 소질로서 인정받을 수 없는 것이다. 교육을 받을 수 없는 대상, 교화가 불가능한 대상이기에 그는 천재가 아니라 천치이다. 이렇게 보면 결국 근대 사회가 요구하는 천재란 학교교육을 감당하는 천재, 직업으로 전환가능한 천재, 육체 단련을 통해 문명의 논리를 습득하고 그 문명 속에서 인정받을 수 있는 천재인지도 모른다. 그 이외의 천재는 모두 천치와 같은 것으로 배척된다. 칠성은 추운 겨울 평양으로 가는 길에 얼어 죽고 만다. 이러한 천재와 광기의 배제 논리는 김동인의 <광염소나타>에 이르러서야 적극적인 항변의 목소리로

---

171) 전영택, 「천치? 천재?」, 『청춘』, 1919.3.

나타난다.

염상섭 소설에서 학교는 기계화된 인간의 상품적 가치를 만드는 공간이거나 개인의 육체를 둘러싸고 수치심을 강요하는 공간으로 나타난다. <진주는 주엇스나>나 <이심>에서 학교는 엄격한 규율만을 내세운 채 부정적인 소문을 받아들이고 수치심을 처벌하는 불합리한 모습을 보인다. 또한 <E선생>에서 학교는 그 감시적 속성으로 인해 자율성을 억압하는 공간으로 형상화된다.

> 오늘날의교육은 '사람'을맨드는게아니라, 기계나, 그러치안흐면 기계에게사역할노예를맨들엇다. 그리하야 학문이라는 것은 일종의징역 가티되엇다. 자율자발이라는 정신은 완전히 무시되엇슬뿐아니라 다만어떠한 목적을위하야 이용할기구를 맨들라고 일정한규범으로써 단촉한시간에 과량의주사를 급격히주입하기 때문에 학문의존귀와 권위도업서지고 인간성은심한학대에 기형으로발달되엇다. 오늘날의교육은 시험을위하야 존재하얏다고 하드라도과언이아니다. 웨그런고하니 시험의점수라는 것은 곳 그사람의운명을 결정하고 그 사람의수입의 다과를의미하고 그여자의혼처를선택할권리를주게하기 때문이다. 함으로 오늘날학생의 공부는 학문을위함이아니라 시험점수를 위함이다.[172]

학교가 가진 훈육적 성격은 학문이라는 목표를 잃은 채 '시험점수'라는 형태로 계량화되고, 양육의 목표는 자율성과 존엄성을 가진 인간(개인)이 아니라 기계화된 인간(노동자)의 양산이 되어 버렸다고 염상섭은 비판한다. 이광수가 시간표 양육의 가치, 우등생과 열등생의 차이를 받아들이고 학생 육체의 근대성을 긍정적으로 형상화하는 데 비해 염상섭은 오늘날의 학교제도, 즉 시험성적으로 평가되는 제도야말로 기계화된 인간을 육성함으로써 참된 개성의 발전을 저해한다고 본다. 학교 성적으로 사회에서의 계급이 결정되는 까닭에 학생들은 자신의 값어치(육체 자본)를 높이기 위해 시험에 몰두한다. 높은 성적은 상표처럼 학생의 교환가치를 규정한다. 높은 성적과 좋은 직업, 좋은 혼처를 교환하는 행위, 이것이 근대의 훈육적 육체 질서가 감추고 있는 소비 자본주의의 속성이다. 염상섭은 이러한 훈육적 질서의 허상을 간파하고 시험 관리로 육체를 관리하는 학교, 기계처럼 만들어져서 직업과 교환될 수 있는 성적을 상표로 내세운 채 팔려 가는 육체에 대한 염증을 표현한다.

염상섭은 먼저 학교의 훈육, 시험성적으로 평가되지 않는 개성, 자율성을 요구한다. 신지식을 획득한 존재로서 자아는 측정되지 않는 독이성을 가진 고독한 개인으로, 생산적인 육체의 표준화된 획일성과 다른 형상으로 표현된다.

---

172) 염상섭, <E선생>, 『염상섭 전집』 9, 민음사, 1988, 145-146면.

大抵 近代文明의 精神的 모든 收穫物중, 가장 本質的이요, 중대한 意義를 가진 것은, 아마 自我의 覺性, 혹은 그 回復이라 하겠다. 이에 대하야는 누구나 異意가 업슬 것이다. 實로 近代人의 特色이 이에 잇고, 價値가 이에 잇스며, 今日의 모든 文化的 成果가, 이에서 出發하얏다 하야도 결코 過言이 아닐 것이다. (중략) 그러하면 自我의 覺性이니, 自我의 尊嚴이니 하는 것은, 무엇을 의미함인가. 이를 略言하면, 곳 人間性의 覺性, 또는 解放이며, 人間性의 偉大를 발견하얏다는 의미이다. 딸아서 一般的 의미를 떠나, 個人에 취하야 일층 심각히 考察할 지경이면, 個性의 自覺, 個性의 尊嚴을 의미함이라고도 할 수 있는 것이다.173)

평론 <개성과 예술>에서 염상섭은 근대 문명의 가장 중요한 성격으로 자아의 각성과 회복을 들고 있다. 가문이나 신분의 질서에서 벗어난 개인이 갖는 개성, 이것이 자아의 각성, 회복의 본질이다. 이광수의 자아 각성이 개인을 국가의 관리 대상(공민)으로 귀속하는 훈육적 육체 조직으로 나아간다면 염상섭의 자아 각성은 자본주의 사회 속 개인 정체성의 탐색으로 나아간다. 근대 문명의 성과와 특색을 낳은 근대인의 본질은 개성의 자각과 존엄의 발견으로 귀속되는 것이다. 자아 각성 요구를 제출한 서구 문예부흥운동에 대해 염상섭은 "피잇고 고기 있으며, 눈물 있는 동적 세계"의 발견이라고 이해하고, 자연주의 문학을 '살'(성욕)과 관련한 현실 폭로의 비애로 해명한다. 자연주의를 성욕에 입각하여 생동하는 인간의 추악한 면을 폭로함으로써 비애를 나타내는 행위, 즉 개인 발견의 부면으로 이해함으로써 염상섭은 자연주의적 방법과 개성의 인식을 결합하고 있다.174)

다시 말하면, 近代人의 自我의 發見이라는 것은, 일반적 의미로는 人間性의 自覺인 동시에, 개개인에 취하야 考察하면, 個性의 發見이요, 高操요, 굿센 주장이며, 새롭은 價値附與라 하겠다. 그러한데 이상에, 나는, 自我의 覺性은, 靜으로부터 動에 血잇고 肉잇고, 涙잇는, 知情意의 활약잇는 生命的 飛躍이라고 말하얏다. 함으로 近代人이 自我를 覺性함으로써, 각개의 個性을 發見 確立하고, 그 偉大와 尊嚴을 自覺하며 주장함도 또한 生命的 勇躍이 아니면 아닐 것이다(36).

개성이란 곧 독이적 생명으로 명명된다. 피 있고 고기 있고 눈물 있는 근대인의 동적 생명력이 약진하는 것, 그것이 개성이다. 육체와 정신의 결합에서 개인의 독이성

---

173) 염상섭, 「개성과 예술」, 전집 12, 33 - 36면.

174) 개성 논의와 자연주의적 방법론은 염상섭의 문학을 <만세전>을 기점으로 가르는 기준이 되어 왔다. 서영채는 염상섭의 개성론이 환멸의 낭만주의에 입각해 있기에 자연주의와 무관하다고 본다. 장수익은 염상섭 초기 소설에서 제출되는 개성을 '자아의 각성'이라는 내면적 계몽의 요구로 파악하며 이를 자연주의적 폭로와 개인주의의 발현으로 나누어 해명하고 있다. 서영채, 「염상섭의 초기 문학의 성격에 대한 한 고찰」, 『염상섭 문학의 재조명』, 새미, 1998/ 박종홍, 「염상섭 초기 소설, 개성의 자각과 생활의 발견」, 같은 책 / 장수익, 「염상섭 초기 소설과 계몽주의」, 『한국근대 소설사의 탐색』, 월인, 1999.

을 발견하는 것이 염상섭의 개성 논리인 셈이다. 개인의 생명력이 개성으로 명명되며 근대인은 누구나 개성을 가진 인간으로 재편된다. 그리하여 "個性의 表現은 生命의 流露이며, 個性이 업는 곳에 生命은 업다"는 명제가 제출된다. "위대한 個性의 表現만이, 모든 理想과 價値의 本體 즉 眞, 善, 美로 表徵되는바 偉大하고 永遠한 사업이 人類에게 향하여 成就케 하는 것이라"(38)고 판단한 염상섭은 초기 삼부작을 통해 자아의 독이성, 생명의 유로로서의 개성이 무엇인지를 탐색하고 있다.

염상섭의 초기작 <표본실의 청개고리>와 <암야>에서 개성은 훈육적 육체 질서의 정상성과 대척적인 광기 혹은 절름발이의 형태로 나타난다. '밥'으로 대표되는 자본주의 사회의 정상성과 '술'로 대표되는 고독한 개인의 일탈이 대조적으로 그려진다. 먼저 <암야>에서 서술자가 처한 현실은 절름발이 소년이 날리는 '연'으로 집약되어 표현된다.

> "藝術이니 무엇이니하야도, 결국은 物質生活의 노예밧게는안된다. 소위 '苦惱'라는것도 결국밥이 부족하야서나오는것이안인가. 깁흔데 根柢를둔 내부에서 타는人間苦라는 것은 악에쓰라도업다…… 그들이 괴로워괴로워하며 個性의자유롭은發現이 무리하게抑壓되는 것을恨歎하며 人生問題니, 厭世主義니 떠드는 것은, 밥이부족하다는哀訴에분칠하는것에불과한 것이다. (중략) 모든 것이연이다 절뚝발이아해의 연에서 넘치지안는다…… 自己欺瞞, 自己愚弄…… 이외에 무엇이잇섯는가?"[175]

예술을 하노라 자유연애를 하노라는 친구들을 보며 서술자는 절름발이 아이가 날리는 연을 떠올린다. 그것은 아무리 애를 써도 잠깐 날아오르다 볼품없이 지상으로 떨어지는, 처음부터 비상할 수 없는 어떤 것이다. 예술이나 연애는 모두 '밥'의 문제로 귀결된다. 개성의 자유로운 발현을 억압한다며 분노와 염세를 표해도 모든 것은 '밥이 부족하다는 애소에 분칠하는 것에 불과한 것'으로 이해된다. 현실이 가난하기에 고뇌가 생기고, 연애의 괴로움과 예술의 괴로움도 밥의 문제에서 벗어나지 않는다. 비상할 수 없는 연, 그것은 현실의 가난에 붙잡혀 있는 것이다. 서술자는 아리시마 다케오의 <출생의 고뇌>를 읽으며 눈물을 흘리는 것으로 그러한 고뇌의 눈물이 결코 밥의 문제로 속화될 수 없는 것임을 말하기도 한다. 그러나 그의 눈물이 공감을 자아내지 못하는 것은 스스로도 현실의 '밥'이라는 거대한 문제에서 벗어날 수 없음을 인정하기 때문이다. 개성이란 독립적인 경제인이 되어야 한다는 요구와 무관하지

---

175) 염상섭, 〈암야〉, 전집 9, 56면.

않은 곳에서 출발하는 까닭이다.

밥의 문제를 인식하면서도 내용 없는 눈물을 흘릴 수 있는 새로운 개인은 <표본실의 청개고리>에서 '광인'으로 나타난다. 서술자는 먼저 '묵없는 기분의 침체와 한없이 늘어진 생의 권태'를 고백하고 있다. 무기력과 불규칙한 생활과 생의 권태 속에서 X는 알코올과 니코틴 중독에 빠져 있다. 이는 훈육적 육체의 정상성으로부터 의도적 이탈을 그린다. '무섭게 흥분한 신경'과 '알콜과 니코진의 독취를' 품기는 육체, 어떠한 노동에도 어울리지 않으리만치 쇠약해진 그의 몸은 "귀성한 후 칠팔개삭간의 불규칙한 생활"의 결과로 '나의 혼백까지' 침식해 있다.

> 苛酷히나의 腎經을 掩襲하야오는 것은 解剖된 개고리가 四肢에 핀을박고 칠성판우에 잣바진형상이다. ─(중략) 머리를엄습하야오는 것은 鬢髮텁석부리의 〈메쓰〉, 舌盒속의面刀다. 〈메쓰〉─面刀, 面刀 ─〈메쓰〉…… , (중략) 나는 그림엽서에서본 鬱鬱한森林, 椰子樹밋헤안즌 裸體의野人을생각하고 痛快한 듯이 억개를 으쓱하야보았다. 匚─分의 停車도안이하고 땀을벌벌흘리며 힘잇는 굿센숨을 헐떡헐떡쉬이는 「푸─ㄹ스피─드」의 汽車로 영원히 달리고십다.[176]

박물시간 해부된 청개고리를 연상하면서 서술자는 타인의 시선에 대한 공포와 시선 탈출의 갈망 사이를 오간다. 오장을 빼앗긴 채 메스 끝에서 부르르 떠는 개구리의 환영에서 중심이 되는 것은 학생들과 박물 선생의 호기심 어린 시선, 그 시선의 힘이 메스와 같이 날카롭다는 사실이다. 그는 메스와 같이 날카로운 시선을 현재 밝은 불빛에서 느끼고는 서랍 속에 감추어진 면도를 떠올린다. 그리고 그 시선에서 벗어나기 위해 그림엽서 속 나체의 야인이 있는 남국과, 그 야생까지 달려가는 속도감 있는 기차 또는 비행기의 활공을 떠올린다. 신경증의 진행은 감시의 시선, 박물 선생의 해부적 시선의 메스와 연결되어 있다. 그 시선은 이미 오장이 해부된 대상, 내면에 숨기고자 하는 그 무엇도 남겨둘 수 없는 대상을 향한다. 내막이 밝혀진 가운데 메스는 그 오장 없는 개구리의 잰저리치는 신경만을 공략한다. 그처럼 '나'의 현재 상황 역시 오장 없이 사지가 결박된 개구리의 모양이 된다. 이것이 "X군의인생관을 씸볼한 X 군의 술병"을 가진 서술자 X의 개성의 실체이다. 정상적 문명인의 날카로운 시선에서 '나'의 개성은 중독자의 형태가 되는 것이다.[177] X의 인생관이자 정체성이기도

---

176) 염상섭, 〈표본실의 청개고리〉, 전집 9, 11─13면.

177) 이를 식민지 현실의 억압에 대한 광기라는 형식의 탈출로 해명하는 이보영의 논의는 시사하는 바 크다. 이보영, 『난세의 문학』, 예지각, 1991, 67─69면 참고. 본고에서는 이 시선을 정치적 감시로 보기보다 근대 문명의 훈육적 시

한 '위스키병'이란 김창억의 삼원 오십 전으로 지은 삼층 건물과 같은 것으로 정상성에서 벗어나기 위한 장치이다. 감시의 시선 앞에서 신경증을 발하며 그 시선을 망각하거나 벗어나기 위해 술에 빠지거나 광기에 빠져드는 것이다.

염상섭이 요구하는 '개성'이, 훈육-감시의 시선으로부터의 탈출과 가시화되지 않은 내밀성의 요구로 나타난다는 사실은 일제의 식민지배가 보통학교 등을 통해 '개성조사'라는 형식으로 개개인의 이력을 문서화하고 측량하는 일상의 감시로 이루어졌다는 현실과 관련지어 해명할 수 있다. 일제 강점기 학교에서 학적부보다 훨씬 치밀하게 관리되고 기록되었던 것이 개성조사부이다. 개성조사부는 육체 발달 상황, 육체조건, 지능, 학업정신, 취학상태, 정의(情意 기질과 성격), 가정상태, 가족의 유전적 소양까지 세밀하게 관찰하고 기록하였다.[178] 개인의 육체와 가족력, 학력을 기록함으로써 국가의 인구 관리가 학교를 통해 이루어지는데, 이는 통제의 내면화로 연결된다. 개성이라는 이름으로 통제를 내면화한 개인을 만드는 현실의 학교 제도에 대해 염상섭은 <E선생>을 통해 비판한 바 있다. 개성이 기계적으로 측량되고 표준화됨으로써 그 자율성과 독이성을 잃어 갈 때 염상섭이 개성으로 발견할 수 있는 것은 결국 그러한 표준적 정상성의 논리로부터 이탈한 모습이 될 수밖에 없다.

그러나 계급이나 신분이 개인의 정체성을 표현하지 못하는 근대 사회에서 개인의 정체성을 알기 위해서는 외관에 대한 표준을 정립하고 몸치장이나 개인적인 부속품에 대한 기호학이 필요하게 된다. 이런 상황에서 육체는 자본주의적 경제 질서에 있어 제1차적 교환가치, 즉 돈과 욕망의 교환을 가능하게 해 주는 연결고리가 된다. 그러므로 개인은 몸치장을 통해 개성을 드러내고 찬탄하거나 경멸하는 타인의 시선을 통해 그 정체성을 인정받지 않을 수 없다. 근대 사회의 일상에서 개성이 감시되고 기록, 측정되는 형태를 띠게 될 때 염상섭은 그러한 훈육-감시적 시선에 대한 비판을 시도함으로써 그와 다른 형태의 개성을 드러낸다. 이후 염상섭 소설에서 구축되는 개성은 훈육에 입각한 감시 교정의 시선과는 다른 형태의 시선, 외양과 패션, 내력을 바라보고 평가하는 자본주의 사회의 교환 논리에 근거한 타인의 소문에 노출된 것으로 나타난다.

다비드 르 브루통은 상인이 근대적 개인의 원형이 되면서 얼굴이 한 사람의 상징

선의 폭력으로 해명하고자 한다.

178) 김진균·정근식·강이수, 앞의 책, 93-94면 참고.

이 되었다고 파악한다. 독립된 개인이 자리를 잡기 시작한 근대 사회에서 얼굴은 사회적으로 이용된다. 개인적 차이를 표시하는 외양은 얼굴의 드러남 속에서 표현되는 것이다.[179] 근대 자본주의적 경제 질서 속에서 구축되는 사회적 육체, 신분과 다른 형태의 독립된 개성을 가진 개인은 스스로를 자본주의 사회의 시선 속에서 관리해 나가야 한다. 소문은 근대 사회에서 개인의 사회적 정체성에 대한 낙인의 목소리가 된다.[180] <제야>는 육체를 둘러싼 내력의 고백이라는 형태로 수치심을 조직하는 사회적 낙인의 목소리, 소문관리의 형식을 보여 준다.[181]

> 自己憎惡가 極하야 몸둥아리까지 醜惡의 象徵으로 보엿습니다. 四肢를 발기고 살을 점점히 점여도 시원치안타고도 생각하얏습니다. 자기몸에서 무슨 추악한냄새가 나는것가튼때에는 面鏡을 바로볼수도업섯습니다. 面鏡에 자기얼골을 비추어노코 가만히 들여다보다가 자기의人格을, 자기자신이 輕蔑하고 冷罵하지안으면. 자기의용모도 볼수업는고통과 憤怒에못니기어, 面鏡을 방바닥에다 내던진때도 만핫습니다. 그리다가도, ─대체 돌을 던질자가 그누구냐? 무엇이 罪냐. 墮落?[182]

서술자인 '나'의 상념은 자신의 얼굴(명예)의 발견과 연관된다.[183] 전통 사회에서 체면은 주로 그가 귀속한 신분이나 가문의 이름과 관계된 것이었다. 개개인은 신분에 어울리는 행동과 옷차림을 할 것이 요구되었으며 그것이 체면의 도덕률이 되어 전체로서의 변별력을 가져왔다. 반면 근대 사회에서 체면은 말 그대로 개인의 가치, 한 개인의 육체 자본의 가감이라는 문제로 돌아오며 얼굴의 논리로 귀속된다. 타인의 시선이라는 문제, 소문과 스캔들의 두려움은 이러한 얼굴의 논리, 개인으로 귀속된 체면의 논리에서 생성되는 것이다. <제야>의 여주인공은 처녀의 임신이라는 사건 앞에서 "그것은 자유연애의 갈망의 결과"라는 당위론의 당당함과 "그것은 내 얼굴을 경멸 없이는 볼 수 없게 만드는 수치"라는 타인(소문)의 목소리 속에서 갈등한다. 주관

---

179) 이는 식민지배의 방식과도 통해 있어서 한 피식민지인은 식민 지배가 그들에게 가져온 것은 다름 아닌 '얼굴의 발견'이었다고 말하고 있다. 다비드 르 브루통, 앞의 책, 49면.

180) 한스 노이바우어, 『소문의 역사』, 박동자·황승환 역, 세종서적, 2001, 186면.

181) 최혜실은 <제야>가 남성들의 성의식 통제 기도를 보여 주고 있으며 따라서 염상섭이 그리는 여성의 내면에 대한 고백은 허구적이라고 비판하고 있다(최혜실, 『신여성들은 무엇을 꿈꾸었는가』, 생각의 나무, 1999. 241면). 본고에서는 <제야>의 고백이 허구적이라는 지적에는 동의하지만 그 허구성을 남성성 / 여성성의 논리에 기반을 둔 것이 아니라 근대 사회에서 소문의 낙인이 나타내는 진실과 허구의 양가성으로 파악하고자 한다.

182) 염상섭, <제야>, 전집 9, 62면

183) 김미지는 <제야>의 주인공의 비판 요지는 그 정조관념 부재나 성적 무절제가 아니라 지행합일의 부재에 있다고 본다(김미지, 「192-30년대 염상섭 소설에 나타난 연애의 의미 연구」, 서울대 석사, 2001, 17면). 본고는 이 견해에 동의하며 이때 지행합일의 근거란 그 얼굴의 논리로 대변되는 근대적 '체면'의 조직과 관련된다고 본다.

절대의 신념과 개성의 이름으로 타인의 시선, 소문의 논리를 이기려 하지만 소문의 낙인이야말로 근대 사회의 개인 정체성, 곧 개성의 배후에 자리한 질서라는 점에서 수치심을 이기지 못한다. 그는 소문의 시선을 피하기 위해 도망하다 어쩔 수 없이 결혼한다. 결혼한 아내의 이력 공표, 이것이 <제야>를 둘러싼 고백의 실체이다. 임신은 고백해야 할 육체적 사건, 비밀로서 조직된다. 김동인의 <약한 자의 슬픔>에서 처녀의 임신은 강자에 대면한 약자의 희생의 증거로서 그려진다. 주인공 강엘리자벳드는 처녀의 임신이라는 소문을 두려워하지 않는다. 그는 오히려 공공연하게 재판을 걸어 자신의 임신 사실을 드러내기까지 한다. 반면 <제야>의 여주인공은 임신사실을 쉬쉬하고 몰래 아이를 낳으려 한다. 소문에 대한 강박과 수치심의 조직, 이것이 염상섭 소설의 육체 담론의 특징이며 그가 개진하는 개성의 특징이 된다.

> 과연 나는, 肉의盤石우에 선 父親과, 破倫的 더구나 性的密行에 대하야 怪異한 興味와 習性을 가진 母親 사이에서 비저 만든, 不義의 象徵입니다. 肉의 저주받은 因果의 者입니다. 아-나는 私生兒입니다. -마즈막죄를 또한번지을작정하고 한마듸외침니다. 나는 姦夫姦婦가 만들어노은 慘酷한 고기떵어리라고. 과연 나는, 오늘날까지 니를 갈며 이 陋名을 버스랴하얏습니다. 그러나 이것이 무슨꼴입니까. 누명을 버스랴면 버스랴할수록 나의길은 컴컴하고 구중중할뿐이엇습니다. 지긋지긋한 최가의 피! (68-69)

임신이라는 비밀을 안고 결혼한 아내는 자신을 온갖 방종과 더러움을 간직한 '최가의 피'를 한 몸에 대변한 육체라고 규정짓는다.[184) 자신의 정체성을 '육의 저주받은 인과의 자', '간부간부가 만들어놓은 참혹한 고기덩어리'라는 추악함으로 규정지으며 그는 소문이 찍은 낙인을 그대로 받아들이는 것이다. 그렇기 때문에 자살은 그 수치심으로부터 벗어날 수 있는 유일한 육체 처리 방법으로 제시된다. 그녀는 남편의 용서가 아니라 자살을 통해서 구원을 도모한다. 이처럼 염상섭에게 개성은 타인의 시선에 대한 얼굴의 관리, 소문의 관리와 육체의 연출로 집약된다. 소문의 낙인찍는 목소리, 감시의 시선 속에서 그 정체성을 어떻게 조직하고 표현할 것인지가 끊임없이 문제된다.

---

184) 이광수에게 기질은 주로 병적 체질의 문제와 관련되며 성격 역시 체질의 건강성과 유전적 소양으로 설명된다. 반면 염상섭은 방종한 기질과 퇴폐적 소질이 핏줄 속에 잠겨 있다는 것으로, 건강이 아니라 소문과 관련한 육체가시성을 '피'의 내력으로 조직한다.

(2) 〈만세전〉에 나타난 타산적 개인과 가출 욕망

염상섭의 소설에서는 집안의 체면이나 민족 문제, 부모 자식의 관계나 아내에 대한 의무와 같은 역사적이고 윤리적인 태도가 아니라 무엇보다 타산에 입각하여 자신의 개성을 명확하게 자본화하는 태도가 주인공에게 요구된다. 가령 <남충서>에서 한일 혼혈아 남충서는 한국인 자본가 아버지에게 귀속되지도 못하고 일본인 기생 출신 어머니에게 귀속되지도 못한 채 시노 다다오도 남충서도 아닌 미나미 다다오로서 스스로를 정립하고자 한다. 그는 자신의 개성을 아버지의 재산을 물려받는 것에서도, 어머니의 이름(지배자의 이름)을 물려받는 것에서도 찾지 않는다. 미나미 다다오라는 혼성의 존재로서 난맥상을 보이는 집안, 복잡한 한일관계 문제 등으로부터 벗어나 적당히 재산을 나누어 가지고 가출하고픈 욕망만이 그에게는 절대적인 당위로 제출된다. 마찬가지로 <만세전>에서도 주인공 이인화는 타산적 개인으로 집약된다.[185] <만세전>에서 아내 위독 소식을 받은 '나'는 학교에 청원을 넣어서 귀국을 위한 열차할인권까지 얻어가지고 나와서는 이발소에서 머리를 깎고 카페로 여급을 찾아간다.

> 죽거나 살거나 눈한아 깜작어리지도 안으면서 하는 공부를내던지고 보라간다는 것이 僞善이다. 더구나 여기 술먹으랴오는것을 무슨 큰 罪나짓는것갓치, 망설이는것부터 큰 矛盾이다. 목숨한아이업서진다는것과, 내가 술먹는다는것과는 個別한 問題다. 그사이에 아모 連絡이 잇슬리가업다. 그러면서도「내妻」가죽어가는데 술을먹다니?하는 소위'良心'이 머리를 들지만, 그것이 진정한 良心이안이라, 「觀念」이란악마가, 목을매서끄는 것이다.[186]

'나'는 근대적 사랑과 전근대적 관념 사이에 경계를 짓는다. 양심은 사랑에 입각한 개인의 자유로운 행위에 있는 것이지 관념적 도덕이 시키는 행위를 따르는 데 있는 것이 아니다. 아내에게 애정을 느끼지 않는 이상 그의 죽음 때문에 호들갑을 떨 이유도 없고 술을 먹지 않아야 할 이유도 없다. '나'의 의지와 욕망이 시키는 대로 행동하는 자유의 요구, 이것이 양심이다. 이는 절대적 자유, 개성의 신념과 연관된다. 그렇기 때문에 '나'는 구여성에 대한 도덕도, 신여성(여급 정자)에 대한 책임감도 갖지

---

185) 이수영은 〈만세전〉을 구성하는 두 개의 개인을 초기작과 달리 '추상적 개체로서의 개성'과 '사회적 주체로서의 개인'이 분리된 것으로 바라보고 있다(이수영, 「〈만세전〉과 두 개의 개인」, 『한국현대문학연구』13, 2003.6). 이때 사회적 주체로서의 개인을 그 타산성과 관련하여 해명할 수 있다면, 초기 3부작에도 소문 관리와 연결되어 사회적 주체로서의 개인이 나타나고 있다고 보아야 할 듯하다.

186) 염상섭, 〈만세전〉, 전집 1, 20면.

않는다. 고독의 절대성만을 요구할 뿐이다. "무슨 때문에 눈물이 필요하단 말이냐. 空虛와 孤獨에 대한 캄플주사가, 새큼한 눈물맛인가! 흥 정말 自由는 空虛와 孤獨에 잇지안은가!"(21) 고독하지만 정말 자유로운 존재가 되고자 하는 이기적인 욕망. 이것이 '나'의 귀국의 동인이다.[187) '나'의 귀국은 아내의 죽음과 자식의 청산, 연애 관계의 청산을 위한 것으로 자유를 확인하는 과정이 된다.[188)

> "계집애하고 키쓰를하면서도 침(唾)맛을 分析하는놈에게, 愛가잇다는것부터 틀닌수작이다"(중략) 이때껏 연애답은연애를하야본일도업스면서, 靑春의特權이요 色彩라할만한 情熱이苦渴된 것은 웬까닭인가. 하여간 성격이 畸形的으로 성장하얏다는 것은 사실이다. 이것은, 정열을 消却시킨 제일원인이지만, 동시에 人間性의 墮落이다(27 − 28).

연애에 있어서도 '나'는 지극히 타산적이다. 여급 '정자'가 아름답고 영리하기에 동정을 느끼지만 그와 연애에 끌려가게 됨으로써 환멸을 경험하게 될 것을 경계한다. 1910년대 이광수가 생명까지 버려 가면서 꿈꾸던 연애에 대한 열망은 처음부터 거세되어 있다. <만세전>의 '나'는 계산적 합리성만을 보일 뿐 열정을 가지지 않는다. 변변한 연애조차 하지 않으면서 연애를 시들하게 생각하고, 사랑이란 머리살만 아프다고 생각하는 것, 이것이 절대적 자유의 성격이다.[189) 여급과는 술값을 주고 즐기기는 하되 책임을 지는 연애에는 빠지지 않는다. 아내와는 결혼해서 자식까지 낳기는 하되 애정이 없으므로 그가 죽는다 해도 공동묘지에 묻어 버리고 홀가분하게 떠나오면 그만이다. 자식도 재산을 나누어 주고 누군가에게 맡기면 그만이다. 이처럼 그는 일견 무책임하게까지 보이는 태도를 나타내는데 그 속에는 모든 관계로부터 자신의 이득을 지키기 위한 철저한 계산이 가로놓인다. 그는 자유롭기 때문에 계산적이며 이기적이고 순간적 관계에만 머무른다. 그렇기 때문에 식민본국에서든 식민지에서든 '나'에게 부딪치는 모든 대상들은 계산되고 점령되는 풍경이 될 따름이다. '나'는 어

---

187) 김종균은 '아내의 죽음'을 전근대의 죽음인 동시에 근대에로의 전환 및 지향이라는 현실을 의미하는 것으로 본다. 김종균, 「민족 현실 대응의 두 양상」, 『염상섭 소설 연구』, 국학자료원, 1999.

188) 박상준은 <만세전>의 여로를 '지체되는 여행'으로 보고 이 때문에 비여정적 상념 및 대화가 중심이 된 서사가 진행된다고 본다. 본고는 이 지체되는 여행, 즉 목적을 향한 단선적인 공간 이동이 아니라는 지적에 동의하는 가운데, 지체되는 여행이 일어나는 이유가 무엇인가 하는 점에 있어서 타산적 개인의 확인이라는 점을 덧붙이고자 한다. 박상준, 「지속과 변화의 변증법」, 『1920년대 문학과 염상섭』, 역락, 2000, 170면.

189) 박정애는 이인화가 보여 주는 자유주의적 개인주의자로서의 근대적 주체란 사실 서구적 남성이라는 편향된 주체의 위치로 이는 여성을 비롯한 타자의 세계에 대한 격리와 배제를 나타낸다고 본다. 박정애, 「근대적 주체의 시선에 포착된 타자들」, 『여성문학연구』6, 2001, 61 − 64면.

떤 발전도 성장도 보이지 않는다.[190)

'곳곳이 헌병이요 순사'인, 감시당하는 식민지배의 현실이 <만세전>의 '나'가 발견하는 풍경이다. 식민 지배를 감시의 전면화로 불쾌하게 발견하는 동시에 피식민인 조선인 역시 근면 부재, 허영의 근성으로 규정한다. 조선인의 나태와 식민지배자의 감시 모두에 염증을 느끼는 것이다.

> "웬걸요. 村에서 머리를깍그라면 더폐롭고 실상 돈도더들지요……. 게다가 머리를깍그면 형장네들모양으로 내지어도할쭐알고 시체학문도 잇서야지요. 머리만깍고 내짓사람을만나도 대답한아똑똑히 못하면 官廳에가서든지 巡査를 만나서든지더구치안은때만치요. 이러케 망근을 쓰고잇스면 '요보'라고해서 좀 잘못하는게잇서도 웬만한 것은 용서를해주니까, 그것만하야도 깍글필요가업지안어요"하며, 껄걸 웃어버린다.
> "그러치만 가튼조선사람끼리라도 洋服을입으면, 對偶이다른것가티, 역시 머리라도깍는 것이 저사람들에게덜천대를밧지안소.언제까지든지함부로 훗뿌리는대로 꼽적꼽적하고'요봇'소리만 드르랴우?」(77 – 78)

식민지배자의 감시는 '머리 깎은' 조선인에 한해서만 행해진다. 머리를 깎지 않은 조선인은 '요보'로 팔려 가는 동물일 뿐 인간이 아니기에 감시되지 않는다. 머리를 깎느냐 안 깎느냐 하는 문제는 천대와 감시 사이에 미묘하게 걸쳐진 식민지배의 원리가 된다. 식민지인이면서도 머리를 깎았기 때문에 '나'는 가는 곳마다 감시의 대상이 된다. '요보'가 자신의 육체 가치를 '망건'으로 투명하게 드러내는 반면 '나'는 내지어를 하고 단발을 하고 개화장을 짚고 모자를 썼기 때문에 감시되고 관리되어 그 정체를 정탐당하는 존재가 된다. 그의 현실인식은 이 속에서 '감옥'이 아니라 '무덤'으로 나아간다. 정체성을 정탐당하는 자신의 처지에서 보면 현실은 '감옥'으로 이해되어야 하지만 그는 제국의 감시하는 시선 못지않게 짐승으로 팔려 가는 요보에게도 염증을 느끼기에 현실을 '무덤'이라고 파악하는 것이다.

> 생각하면, 조선사람이란 무엇에써먹을人種인지모를것갓다. 아츰에도 한잔, 낫에도 한잔, 저녁에도 한잔, 잇는놈은 잇서한잔 업는놈은업서한잔이다. 그들이 刹那的現實에서 벗어나는 것은 그들에게무엇보다도 價値잇는노력이요, 그리하자면 술잔이외에 다른 方道와 手段이업다. 그들은 사는것이안이라 산다는 사실에 끌리는 것이다. (To live)가안이라, (To compel to live)이다. 能動이안이라, 被動이다(94).

---

190) 흔히 그의 여행을 식민지적 경험을 통해 교양이 이루어지는 과정으로 바라보지만(이현식, 「식민지적 근대성과 민족문학」, 『염상섭 문학의 재인식』, 1998, 101 – 102면) 그렇지 않다. 그는 처음부터 모든 관계를 정리하기 위해 길을 떠나며 절대적 고독을 손에 넣고 돌아올 따름이다.

조선인의 현실, 요보의 삶을 '피동'과 탕진의 그것으로 인식하면서 '나'는 자신만의 탈출을 꿈꾼다. 조선인은 술잔을 방법 삼아 '산다는 사실에 끌리'는 삶을 이어 간다. '나'의 시선에서 무덤으로 발견되는 조선의 현실에서 망건 쓰고 한복 입은 요보−조선인들의 삶은 무기력하고 찰나의 향락에 이끌리는, '사는 것이 아니라 산다는 사실에 끌리는 것'으로 간주될 따름이다. 단발하고 개화장 짚은 자신은 그러한 요보의 현실로부터 벗어나 '인생관과 이상'에 입각한 삶을 설계한다. 근대적 개인의 절대적 자유의 지향이란 민족도 가족도 요보에 불과하다는 사실의 인식, 풍경으로서의 조선인의 발견과 연결된다. 자신은 단발하고 내지어를 구사하는 존재이기에 요보와 분리되고 탈출이 가능하다. 무엇보다 먼저 '나'를 구하고 나의 길을 개척해야 한다. "全世界에는 新生의瑞光이 가득하야젓습니다. 만일전체의'알파'와'오메가'가個體에잇다할수잇스면 新生이라는 光榮스런 사실은 個人에게서出發하야 個人에終結하는것이안이겟습니까."(105−106) 전체가 아니라 개인으로서의 '신생'이 제출, 요구된다.

민족이나 가족으로부터 벗어나 단발 양장에 개화장 짚고 내지어를 구사하는 문명인이기에 그는 자신의 육체 자본을 스스로 개척하고 확립하는 타산적 개인이 된다.[191] 이는 서구 근대의 원천이 시장을 위주로 한 자본주의와 개인주의적 자유의 확산과 관련된 데서 그 배경을 찾을 수 있다. 시장 자본주의의 확산으로 인해 요구된 경제적 개인주의가 부모 자식 간의 유대를 약화시키고 그러한 경향의 확산은 연애를 통한 핵가족 혹은 부부 중심 가족이라는 새로운 가족 제도의 출현을 낳는다.[192] 근대 사회는 처음부터 경제적 개인주의라는 타산적 주체의 논리를 배후에 깔고 성립되며 염상섭의 개성이나 절대적 개인의 요구란 이러한 경제적 개인주의의 문맥을 답습하는 것이다. 개인주의는 출발에서부터 이기주의의 형태를 갖게 될 가능성이 높다. 이타적 개인주의라는 용어 자체가 모순을 갖고 있는 것이다. 가문이든 민족이든 어떠한 집단이나 관계로부터 떨어져 '개인으로서 신생'하고자 하는 <만세전>의 주인공의 태도는 이기적인 것이며 타산적인 논리로 봉합된다. 이광수가 <무정> 등에서 고립한 개인으로서 고아나 고학생과 같은 인간형을 그렸다면 염상섭은 집안으로부터 탈출하는

---

191) 박상준은 <만세전>의 주인공 이인화의 특질을 '자율적인 근대적 주체'라고 지적하며 아담 스미스의 '보이지 않는 손'으로 특징되는 '개별 의지와 일반의지의 조화'라는 근대 사회의 낙관적 전망에 뿌리를 둔 것으로 본다. 즉 이인화의 현실 방관자적인 태도는 그의 자율적 주체관과 연관되어 있다고 보는 것이다. 본고는 이러한 자율성이 자본주의적 개인주의와 연관된다는 점에서 타산성과 연결되어 있음을 논의하고자 한다. 박상준, 앞의 책, 192면.

192) Edward Shorter, *The making of the modern family*, Glosgoe: Collins, 1975, 259면 참조.

개인의 모습을 보다 환멸에 찬 시각으로 냉정하게 그리고 있다.[193] 이광수가 가족의 논리(고아)를 민족의 논리(찾아야 할 아버지 – 조국)로 바꾸고 있음에 비해 염상섭은 민족(요보)과 가족을 동일시하며 그 모두로부터 객관적 거리두기를 한 상태에서 '개인으로서의 신생'을 요구하고 있다. <만세전>의 일견 무책임해 보이는 주인공의 여로와 내면 고백에는 집안의 재산을 물려받고 원치 않는 연애로부터도 떨어져, 천대받는 식민지인의 답답한 무덤 같은 현실로부터도 벗어나 자신이 가장 활기차게 호흡할 수 있는 동경으로 훨훨 떠나가는 남성의 냉정한 계산이 가로놓여 있는 것이다. 이러한 이기적인 개인, 타산적 주체는 가족으로부터 이탈해 독립한 경제인으로서 자신을 연출하며 개성이라는 이름으로 자신의 육체 자본을 관리하고 조직한다.

개성을 각성한 인간이란 자신의 육체 자본에 대해 정확한 타산을 갖는 인간이기도 하다. <만세전>에서 무책임할 정도로 개인적인 신생만을 추구하는 남성 주인공은 <해바라기>에서는 보다 일상적인 자본주의의 논리, 교환 관계 속에서 결정되는 개성의 가치, 육체 자본의 논리에 대해 자각하는 여성 주인공으로 대체된다. 나혜석을 모델로 한 <해바라기>의 주인공 '영희'는 죽은 약혼자와의 영원한 사랑을, 타산에 입각해 결혼한 남편과의 신혼여행길에 묻는다.

> 이때까지의주장대로하면 물론례식을 아니하는게올켓지만, 그리하라면 남의첩쟁이란말을 달게드를 결심이잇서야 할 것이다. 그러나 그것은 죽어도 못될일이엇다. 그것도 첫사랑에 얼이빠저서 미처도라다니든 삼년전만가트면, 그만한 용긔는업지안엇겟지만, 세상이 어떠케도라가는지 결혼이란 무엇인지 쓴맛단맛 다알고, 인제는 사랑이니 깨똥둥이니 하며 꿈속가튼생각만할때가아니라, 일평생 몸을의탁할곳을 차지라는, 말하자면 주판질도 다해보고 압뒤경우도 다살펴본뒤에 하는일이라, 그런객긔를 부리기에는 한풀이 죽엇슬뿐더러, 지금 이사나히에게 그만한 희생까지라도 도라보지안코 머리를 싸매고 덤비기에는 자긔가 넘어앗갑것다.[194]

결혼식장에 선 영희의 특징은 그 타산성에 있다. 삼 년 전의 그녀는 모든 예식을 돌아보지 않을 만큼 열정에 차 있었지만 이미 그 첫사랑이 지나간 자리에 남은 것은 타인의 시선, 일상의 소문을 돌아보는 감각이다. '남의 첩쟁이'라는 소문을 뛰어넘는

---

193) 이보영은 염상섭 소설의 생명력이 아들의 부친 부정에 있다고 간주한다. 친일파나 체제순응적인 부친에 대한 거부를 통해 식민 통치에 반항하는 자세를 보인다는 것이다. 식민통치에 대한 반항의 해석에 동의하는 것은 아니지만 염상섭 소설이 부친 부정을 통해 근대성의 한 면모로서 독립된 경제인의 논리를 나타낸다고 보는 것이 본고의 관점이다. 이보영, 「염상섭의 문학과 '시민'의 문제」, 『염상섭 문학론』, 금문서적, 2003, 57면.
194) 염상섭, 〈해바라기〉, 전집 1, 116면.

연애란 불가능하며 결혼은 어디까지나 "주판질도 다 해보고 앞뒤 경우도 다 살펴본 뒤에 하는" 타산적인 결합인 까닭에 예식을 타파할 만큼 열정에 차 있는 것도 아니며 체면을 돌아보지 않을 만큼 상대가 대단한 것도 아니어서 그렇게 덤비기에는 '자기가 너무' 아까운 것이다. 이 결혼이란 말하자면 계약의 정신에 입각해 있다. 영희의 "시원하고도 다정하야 보이는" 눈의 매혹과 남편의 기술자이며 총독부 촉탁이라는 직함과의 교환이 결혼을 규정짓는다.

> 나는 행복을위하야 결혼한 것은아니다. 나의행복은 삼년전에벌서 나를 거더차고 다라낫다. 물론 순전히 리긔적동긔로 결혼을하기는하얏지만 결단코 행복이 잇스리라고한것은아니다. (중략) 저편의사랑을 바다주는 것은 행복은아니라도 유쾌한일이요, 또한 신성한의무이다. 그러나 사랑을 바다주는보수로 밥을먹여달라는 것은 이편의권리다. 조금도 구구한 일도아니려니와 불유쾌할것도업다(123).

결혼의 타산은 육체와 밥의 교환에 있다. 일부일처제 가정의 핵심인 낭만적 사랑이나 모성애란 어디에도 개입하지 않는다. 여성의 섹슈얼리티(육체)와 남성의 능력(밥)이 교환되는 것이 결혼이라는 것을 영희는 누구보다 냉정하게 이해하고 있으며, 그렇기에 남편과의 결혼은 첫사랑과의 영원한 이별이 된다. 그 이별을 상징하는 행위가 첫사랑의 무덤에 비석을 세우고 그 비석 밑에 과거의 편지와 자신의 사진을 묻는 것이다. 결혼과 함께 낭만적 사랑은 종말을 맞는다. 결혼은 행복한 환상이 되지 않는다. 그것은 어디까지나 사랑을 받아 줄 의무와 밥을 줄 의무 사이의 교환이기에 그 속에 욕망이나 행복은 결합하지 않는다.

(3) 초기 장편소설 속 신여성의 육체와 교환되는 자본

<신여자> 발간 당시의 김일엽을 모델로 한 장편소설 <너희들은 무엇을 어덧느냐>에서는 <해바라기>가 보여 주는 신여성의 타산성을 보다 확장해, 졸업과 함께 "돈과 사랑이라는 두 가지를 어떠케 조화를 식히어서 해결할가 하는 문제"에 직면한 타산적 신여성들을 전면화한다. "땃뜻한 품도 행복스럽지만 땃뜻한 주머니도 반가운 것이다. 뜨거운 키쓰도 업시는 살 수 업지만 피아놋소리도 들어야 하겟다. 어떠한 때는 피아놋소리가 미직은한 키쓰나 느슨한 포옹을 더 뜩업고 더 힘잇게 할지도 모른다."[195]

는 것이 신여성들의 갈등을 집약한다. 열정이 아니라 자본이 개성을 지배한다는 사실을 분명히 드러내는 가운데 이는 비판적이고 냉소적인 태도로 묘사된다. 가난한 폐병쟁이 라명수를 대신하여 천박한 모던 보이 안석태와 혼전임신을 통해 결혼하는 마리아의 모습은 이러한 신여성의 논리를 대변한다. 김중환의 입으로 논파되는 신여성의 타산과 타락은 그녀들의 가치가 '졸업장'과 '패션'으로 집약된다는 데 가로놓인다.

> "그럴 게 아니라 지금이라도 굽 놉흔 구두 한 켤레를 사다가 신키고 트레머리를 쪽지게 하야 노코 보면 리혼할 생각도 업서질 것이요 삼십이 넘어서 머리가 구더빠진 계집더러 자식색기를 주줄히 데리고 되지도 안을 공부를 하라고 턱을 까불지 안어도 조흘 것이다. 녀학생이 지나가면 한번 볼 것을 쪼차가서 우산 밋흐로라도 두 번 보는 것은 비단우산 양머리 긴 저고리 짤분치마 굽놉흔 구두에 현기가 나고 그 다음에는 분 바른 얼굴에 얼이 빠지기 때문이 아니냐? 그 게집애 얼굴에 졸업장이 씨어서 쪼차간 것도 아니요 언제 맛낫다고 리해가 잇고 제소위 사랑이 잇서서 두 번 치어다본 것이 안일 게 아니냐? 구둣가게에 가서 리혼소송을 하여라."(214)

여성에 대해 멸시와 애착 사이를 오고 가는 극단적 데카당 김중환은 신여성의 자격을 그 학식(졸업장)이 아니라 패션의 특질, 외양의 특질에서 찾으며 냉소한다. 신여성의 매혹이란 그들의 학식이 아니라 짧은 치마, 긴 저고리, 트레머리, 비단 우산, 굽 높은 구두, 분바른 얼굴에 있다. 얼굴에 졸업장이 쓰여서 여학생과 결혼하는 것이 아니다. 신여성의 얼굴에 쓰인 졸업장(육체 자본)이란 그들이 구여성과 달리 구현하는 외양, 패션의 사소함에 있는 것이다. 보드리야르에 따르면 개성화, 즉 지위 몇 명성의 추구는 사물 및 재화 그 자체가 아니라 차이에 기반을 두고 있다. 먼저 차이화의 논리적 구조가 있으며, 이 논리가 개인들을 '개성화된' 것으로, 즉 서로 다른 것으로 만들어 낸다. 출생, 혈통, 종교의 차이는 본질적인 것과 관련되어 있기에 교환, 소비되는 것이 아니었다. 하지만 근대 사회 속에서는 모든 정체성, 복장, 이데올로기와 성의 차이조차 소비의 거대한 연합체 속에서 서로 교환된다.[196] 치장과 소비로 증명되는 여학생의 개성이란 소문의 낙인과 승인의 기호학에 종속되어 있을 뿐 절대적인 것이 되지 않는다. 경박한 모던 보이들에게 신여성과 기생의 차이는 생겨나지 않는다. 신여성의 섹슈얼리티와 기생의 섹슈얼리티는 그것을 구하는 장소만이 다른 것이다. 그렇기 때문에 안석태는 기생 도홍에게 매혹되어 요릿집을 가고 신여성 마리아에게 매

195) 염상섭, 〈너희들은 무엇을 어덧느냐〉, 전집 1, 237면.
196) 장 보드리야르, 『소비의 사회』, 이상률 역, 문예출판사, 1991, 121－126면 참고.

혹되어 예배당을 향한다. "기생보랴 료릿집에 오기나 녀학생보랴 례배당에 단이기나 심리작용은 가튼 것이니까 상관 업겟지요 허허허. 사실 말이지 남녀석을 막아노을 디경이면 나부터 례배당에는 가구 십지 안켓드군"(241) 하고 김중환은 안석태의 모순을 정확히 꼬집는다. 기생첩과 같이 여학생 첩이 등장하는 현실에서 여학생이 가진 자격 요건이 그 섹슈얼리티를 부추기는 패션의 세련성에만 가로놓일 때 자유연애는 어디까지나 타락한 가치가 되고 만다. 타산적 육체 구도 속에서 여학생의 결혼은 성과 밥의 교환논리를 뛰어넘지 못하는 것이다.

이후 염상섭이 묘사하는 개인은 자신의 개성, 육체 자본에 대한 정확한 타산을 무엇보다 요구받는다. 중요한 것은 자신의 육체에 가치(개성)를 창출한다는 것, 육체 자본의 창조이다. 육체 자본의 요건으로 염상섭이 발견한 것은 '미모'이다. <진주는 주엇스나>는 이러한 개성과 육체 자본의 논리가 하나의 결산보고서 형태로 주어지는 작품으로, 이후 염상섭이 창작하는 많은 장편소설의 원형이 된다. 경박한 음악가 김인숙의 유혹을 받은 경성제국대학생 이효범의 활극을 그린 이 작품은 자본으로 재편된 속화된 사회 속 육체 교환의 타락을 묘사한다.

> ─ 하지만 내게 인숙이를미워할권리가잇는가?언제내가사랑하랴는꿈이나꾸엇든가?사랑하랴하엿다가하드래도 자긔생각대로 자긔의사와 자긔의 책임을 가지고 하는일에 간섭을하랴기는고사하고 미워할권리가 어대잇스며 또그리해 무슨릿속이잇단말인가? 다만 그들에게그짓만업스면 고만이아닌가? 위선자만아니고보면모든것은용서되고 허락될께아닌가? ……결국 내가못생긴놈이다. (≪동아일보≫ 연재 8회)

인숙과 이근영의 관계, 그녀와 매부 진 변호사와의 관계를 상상하며 효범은 자신과 인숙이 연애관계가 아니라는 사실을 떠올린다. 연애관계라 하더라도 그가 다른 사람과 연애를 못 할 이유는 없다. '거짓'만 없으면 모든 것이 허용되고 모든 관계가 용서된다. 중요한 것은 계약의 신뢰성, 육체 자본의 신뢰성이다. 정조보다 신용(거짓 없음)이 문제가 되고 있는 것이다. 그런 점에서 인숙은 "허영으로 비저만든 고기덩어리"로, 정조가 없는 것이 아니라 신용이 없는 존재이기에 부정된다. 그는 허영을 위해 거짓을 만들고 그 거짓을 통해 효범을 농락하기에 비판된다. 효범은 인숙의 육체를 둘러싼 '부정한 계약'에 분노를 표현한다.

> 올타! 그렇게 아니라 현금만원과인숙이몸둥아리와좌수우봉을하자는 말이구나! 만원 인숙이몸갑시 만

원에 급이낫구나! 내몸갑보다는…… 아니내몸갑이웬잇겟니? 하여간 만원이잇서야 인숙이를 구하는구나! ……. 하지만 대관절구한다는게무엇말라진 수작이냐? 만원이잇스면무엇을 구한단 말이냐? 돈으로 사람의썩은정신을구한단말인가? (23회)

그는 인숙에 대한 사랑이나 책임감에서 정탐을 하는 것이 아니라 사기거래를 밝히고 고발하기 위해서 정탐을 행한다. 만 원으로 가치가 정해진 인숙의 육체를 둘러싼 거짓을 밝히는 시선, 그것이 '진주'의 의미이다. 문제는 그 진주를 받아들인 이후의 인숙의 행위에 담긴 거짓의 유무이다. '돈으로 사람의 썩은 정신을 구'할 수는 없는 까닭이다. 효범의 정탐, 즉 사기거래의 진상을 밝히는 시선이 긍정적인 가치를 낳기 위해서는 인숙에게 거짓이 없어야 한다. 하지만 인숙은 "인숙이요? 이러케 말하면 효범씨는 듯기에 매오괴란쩍으리다만은 목소리만드러도요부타입입되다 여간기생에다 대겟소! 그계집의손에들고서야녹아나지안흘놈이업겟습되다"(31회) 라는 지주사의 말처럼 남자를 홀리는 요부타입의 전형일 따름이다.

이광수의 소설 속 여성들은 자신들의 나약성, 유혹에의 이끌림에 의해 파멸의 길을 가게 될 뿐 남성을 유혹해 타락시키는 요부타입으로 그려지지는 않는다. 하지만 염상섭 소설에는 공공연한 요부타입이 등장한다. 적극적으로 남성을 꾀어내기도 하고 사기거래에 동참하기도 하면서 여성들은 요부로서 조직된다. 그 요부타입 여성들은 전위적인 패션으로 치장하며 변장과 거짓말에 능숙하다. <사랑과 죄>의 정마리아, <광분>의 숙정, <목단꽃 필 때>의 김문자, <이심>의 박춘경, <삼대>의 홍경애 등을 요부타입으로 볼 수 있다. 이들은 남성에 의해 타락하기보다는 스스로 정탐과 유혹, 사기에 참가하는 인물이라는 점에서 이광수식 여성주인공과는 다른 면모를 나타낸다. 인숙은 자본주의 사회의 초심자 효범을 유혹해 각혈하게 한다는 점에서 요부의 운명을 걷는다.

정조는녀자에게만 잇는것인줄 아슈? 아니정조(貞操)는고만두고라도 정조(情操)라는 것이 얼마나사람에게 귀한것인줄을 인숙씨는생각이나 해보섯든가요? (중략) 내가이몸을당신의가슴에안것다거나 이세상에서는처음으로 – 그럿습니다!처음으로단한번 이입술을당신에게더럽혓다는것은 피차에 니저버리십시다! 앗가운청춘을 이대로시들려버릴내가아니에요!(34회)

효범은 인숙과의 첫 키스의 기억에 사로잡혀 있다. 즉 그는 '정조'가 아니라 '정조(情操)'를 인숙에게 농락당한 것이다. 그는 인숙에게 첫 키스를 당함으로써 연애라는 감정을 깨닫게 되었는데 월미도 조탕에서 매부와 인숙의 관계를 목격함으로써 회의와 번민에 빠졌다가 인숙의 혼인을 둘러싼 부정한 계약을 목격함으로써 분노하게 된다. 인숙은 효범에게 두 통의 편지를 남기고 집을 떠난다. 그는 편지에서 "이 세상이 이미 계집을팔고 사는 세상이 아닙닛가? 갑도따지지안코 괴한도명하지안코 남자의 민적의한 구통이를메여준다는 혼서지한장에 – 문서한장에 딸려가거나 만원아니라 만전에팔려가거나 팔고사기는 일반이아닙닛가 (중략) 그러나 생각하면 하필계집뿐이겟습닛가 당신 인들조만간 그러한운명에서 버서나지못하실것이 아닙닛가 툭터놋코 앙바틔는 소리를 하겟습닛가"(42회)라며 이미 자본주의화한 세상에서 팔려 가지 않는 육체는 무엇이며 가치가 매겨지지 않는 육체는 무엇인가라고 항변한다. 모든 육체가 노동 또는 결혼에 의해 자본의 대상이 되어 거래되고 있음을 직설적으로 표현하는 것이다. 그러나 효범의 분노는 그 육체 거래가 정당한 것인가 아닌가에 있다. 모든 육체는 자본이지만 그 자본의 가치와 그를 둘러싼 거래에 사기가 없고 신용이 있으며 정당성이 있는지가 문제된다. 효범의 분노는 인숙이 결혼의 거래에 요구되는 신용 또는 연애에 요구되는 신용을 잃었고 인숙과 이근영의 관계에 사기 협잡이 개입한다는 데 있는 것이다.

> – 한계집의 '올흔생활'을 강제하기위하야 이만한 희생을바쳐도 아까울것은업다고대담히 주장할사람 이누구냐?그러나이계집은 이러한놀라운사실을생각해본일이나 잇는가? (중략) 비록철두철미승리를어덧다 손치드라도그것은그만한희생의갑슬가진것일가? ……아니내련애를위하야여러사람의행복을 이계집의행보 석으로그발미테 까라노하도조타는리유와 권리가 어대잇나? 그러나나는 이계집에게서무엇을어덧나? ……. (59회)

<진주는 주엇스나>는 결국 연애와 양심의 손익계산서로 집약된다. 인숙의 육체를 부정한 거래에서 빼내기 위한 활극이 마지막으로 도달한 것은 '인숙이 한 사람을 구원한다'는 것을 위해 감수된 커다란 손실의 이해이다. '진주', 즉 연애와 양심에 입각한 분노는 과연 어떠한 이익을 얻어 내었는가, 그것이 <진주는 주엇스나>의 의미이다. '진주는 주엇으나' 얻은 것은 무엇인가. 초심자의 손익계산서 속에서 효범은 모든 것을 잃는다. 그는 매부의 집에서 쫓겨나고 인숙에게 버림받으며, 각혈을 하고 자살을 기도한다. 타락한 사회에서 한 사람을 구해낸다는 것은 이익이 남지 않는 거래인 것이다.

초심자는 타락한 사회의 경험 과정에서 죽거나 타락하거나 망한다. <삼대>와 <무화과>가 초심자의 파산을 그리고 있다면 <진주는 주엇스나>와 <광분>은 초심

자의 죽음을, <이심>과 <백구>는 초심자의 타락을 그리고 있다. 육체 자본의 교환 논리에서 진정성과 신용을 추구하는 것은 학교가 만들어 내는 순진하고 금욕적이며 성실한 노동자 – 학생의 육체 담론에 불과하며, 이는 성공할 수 없다. 학생(초심자)의 파멸은 육체 자본의 논리가 훈육적 육체의 그것과는 같지 않음을 단적으로 보여 준다. 육체 자본의 논리가 통용되는 사회는 학교가 아니라 자본주의의 일상으로, 도시 거리이고 백화점이며 카페이고 기생집, 요릿집이며 신문사이기 때문이다.

2) 미모의 교환과 연출되는 육체

(1) 〈사랑과 죄〉에 나타난 신여성의 육체 자본과 합리적 교환으로서의 사랑

근대의 일상, 자본주의 사회의 소비 교환 과정에서 문제시되는 육체 자본은 미모의 여성을 둘러싸고 아름다움과 에로티시즘이라는 형태로 재편된다. 보드리야르에 따르면 아름다움과 에로티시즘은 불가분의 개념이며, 그 둘이 육체에 대해 새로운 가치를 만들어 낸다. 아름다움이란 치장과 패션의 가치화인데, 이는 육체의 모든 구체적 가치, 즉 에너지, 동작, 성적 사용가치를 유일한 기능적 교환가치로 환원하는 것으로 정의된다. 이 교환가치는 완전한 육체라는 욕망과 향유의 이념을 추상화하며, 그 결과 자기도취적 집착이라고 하는 우회를 통해 자신의 정체성에 대한 모호한 위치에 도달하게 된다. 육체 자본의 가치를 세부적인 패션과 장식, 치장에 부여함으로써 정작 그 육체의 본질적 가치가 모호해지며 정체성은 연출되거나 변장되는 것이 되어 버린다는 것이다.[197] 미모는 교환되는 육체 자본으로 염상섭 소설에서 서사의 중심이 된다. 여성의 미모와 섹슈얼리티를 둘러싸고 다양한 브로커들의 활약이 펼쳐진다. <사랑과 죄>, <이심>, <목단꽃 필 때> 등에서 여성의 미모는 상품처럼 교환되며 그 내력이 탐지되는 와중에 사기 거래의 소동을 빚는다.

<사랑과 죄>에서는 여주인공 지순영의 육체를 둘러싸고 그 미모를 예술화(향유)하려는 귀족 이해춘의 그림과 그 미모를 소유(거래)하려는 백만장자 류택수의 사기 협

---

197) 장 보드리야르, 앞의 책, 195 – 198면.

잡이 서술된다.[198] 순영은 아편쟁이 모친, 부랑자 오라비에게뿐 아니라 모두에게 그 미모라는 육체 자본, '돈'의 용도로만 이해된다. 심지어 주의자 김호연조차 순영을 육체 자본으로 바라본다.

> 결혼이란 결국에 사랑을 엇겟느냐? 돈을 엇겟느냐?는 두 가지 길밧게 업는 것이니 당신이 사랑을 어드라는 것이니 당신이 사랑을 어드라는 꿈을 단연히 버릴 용긔가 잇거든 돈을 어드슈. 그러나 그 돈은 물론 당신의 금강석 반지갑시라든지 향수갑 비단옷갑 자동차갑스로 쓸 것은 못될 것이요. 그리랴거든 차라리 사랑을 어드슈. 긔위 돈을 엇는 지다음에는 쓸모잇게 써야 할 것 아니요. 내일 — 아니 우리의 사업을 위하야 사랑을 희생하고 돈을 어더 바치라는 말이요.[199]

김호연은 순영에게 돈과 결혼하여 그 돈을 (주의자) 사업에 바치라고 권유한다. 결혼은 사랑 아니면 돈을 얻기 위한 것인데, 사랑을 얻는다는 것은 망상밖에 되지 않는다. 망상인 사랑(일부일처)을 얻기보다는 돈을 얻어 그 돈을 떳떳하게 쓰는 것, 이것이 순영의 미모 교환으로 김호연이 요구하는 것이다. 순영은 "빗닥히 시름업시 바든 양산에서부터 발굼치까지 눈이부실만치 하야케 차린 여자", "그 유명한 세부란쓰 병원 간호부"로, 처음부터 순백의 의상과 굉장한 미모 그리고 그녀를 둘러싼 타인의 호기심 어린 시선과 소문들로 집약되어 묘사된다. 그녀의 육체는 모두에게 '미'로 인식되어 향유의 대상이 되거나 소유의 대상으로 자리매김된다. 사람들은 소문과 계약과 사기 협잡으로 미인의 육체를 교환, 소비 향유한다. '미인'은 육체의 미를 나타내는 말인 동시에 자살, 강도, 강간, 양장, 단발, 주의자, 간호부, 정사, 폭발탄 등 호기심을 불러일으키는 사건의 기호이다. 신문기자가 만들어 내는 미인제조 비법에 따르면 미인이란 장식된 외모와 함께 사연을 가진 여인이 된다.

> 언제어느때누가시작을햇는지는 모르나 엇젯는절문녀자가죽엇다고만하면 의례히묘령미인으로 삼아바린다. (중략) 자살미인외에는 또품행을올케갓지못하는녀자 대개는 련애관계 치정관계에껄녀는 여자는 닥치는대로 미인을맨드러버린다. 본부를죽인 여자는대개미인으로삼는다. 처녀의몸으로 동리남자와정을통하야 시집간지삼사개월만에 아해를낫코쫏처왓다면 의례미인을맨든다. 남편이오래동안 나아가잇는틈에 동

198) 〈사랑과 죄〉에 대한 해석에는 그것이 통속적인 연애담에 불과하다는 부정적인 견해(최혜실, 「염상섭 장편소설에 나타난 통속성 연구」, 『국어국문학』108, 1992)와 통속적인 축과 이념적인 축이 긴장과 갈등관계를 구축하고 있다는 유보적인 견해(조남현, 「갈등론으로 본 염상섭의 〈사랑과 죄〉」, 『한국소설과 갈등』, 문학과 비평사, 1990), 속악한 일상에 대한 치밀한 묘사와 대안 제시(박상준, 「풍속 묘사의 전면화와 리얼리즘의 길」, 『1920년대 문학과 염상섭』, 역락, 2000)라는 긍정적인 견해가 각각 존재한다.

199) 염상섭, 〈사랑과 죄〉, 전집 2, 72면.

리사람과 눈이마저서 아비모르는자식을낫코 동기가창피하야나흔자식을 눌너죽엿다면 미인을맨든다.[200]

신문기사들이 만들어 내는 미인이란 얼굴의 아름다움과는 무관하다. 추물이라도 자살을 하거나 도덕적으로 문제적인 행동을 하거나 양장을 하거나 단발을 하기만 하면 어김없이 미인으로 만들어진다. 이런 점에서 한 개인의 얼굴은 근대 사회 속 타인의 시선과 욕망이 만들어 내는 지형도가 된다. 미인은 매혹의 기호이며 사건성의 기호로 자리매김된다. 신문에 보도될 만한 사연을 가진 젊은 여성은 모두 미인의 칭호를 받는 것이다. 이는 모던 걸의 부도덕성이 남성 화자들의 담론에 의해 일관된 타입을 만들면서 사람들의 호기심을 유발하는 과정과 일치한다. 독살미인 김정필 사건으로 환기되는 신문의 미인제조 비법은 한편으로 당대의 신여성들이 부딪혀야 했던 사람들의 호기심 어린 시선, 소문의 수준을 가늠케 하는 것이다. 미모는 사람들의 시선과 입을 통해서, 자본의 거래를 통해서 소비된다. 그래서 지순영의 미는 "간호부로는 좀 앗가운걸"이라는 중론 속에 "백만장잣댁 실래마님"으로 교환 대상이 된다. 여기에서 중요한 것은 미모를 가진 여성의 상품가능성이다. 염상섭의 소설은 미모를 가진 육체의 신용 정탐이라는 형식으로 사건을 조직한다. 미인의 정체는 정탐을 통해 드러나며 그 정탐을 통해서 신용 여부(상품 가능성 여부)를 물음으로써 인물들의 운명이 결정된다.

이광수 소설에서 여성들은 의지박약으로 정조를 망친다. 염상섭 소설에서 여성 육체는 미모 때문에 상품화하며 사기거래와 관련한 위기에 처한다. 여성 자신의 의지나 나약성이 문제가 아니다. 여성의 육체는 의지와 무관하게 사기 활극의 거래를 만들어 내는 것이다. 순영은 정조가 아니라 미모를 가졌기에 위험한 대상이 된다. 육체적 미의 향유란 호기심과 소문의 향유이며 이력의 정탐이다. 순영을 둘러싼 모든 의문, 즉 출생의 비밀, 그림 모델이 될 정도의 미모, 간호부라는 신분, 귀족 예술가와의 사랑, 주의자와의 관련성, 감옥과 유치장행, 육체 사기 범죄의 대상 등 모든 사연은 사람들의 호기심을 자극하는 까닭에 위험한 것이다. 뇌매독 환자 부친과 아편쟁이 모친을 가진 순영의 출신적 천박성이란 그 미모 앞에서 아무런 문제도 되지 않는다. 이광수의 훈육적 육체 담론에서는 고귀한 신분의 부모를 가졌으나 환경에 의해 어쩔 수 없이 기생이 된 영채를 필두로, 정조를 문제시하기에 육체의 이력이 중요시된다. 육체의 이력이 정신력과 자녀의 출산 문제와 연관되는 까닭에 부모의 매독 병력이나 아

---

200) 이서구, 「엉터리업시만드러내는 新聞記者의 美人製造秘術 – 美人製造秘法公開」, 『별건곤』 15, 1928.8, 153 – 154면.

편 병력은 자손의 정체성과 운명을 결정짓는 체질 요인이 된다.[201] 반면 염상섭에게 부모의 신분이나 병력 같은 육체 이력은 자녀의 미모를 돋보이게 하는 요소로 작용한다. 이해춘은 순영의 아편쟁이 모친 해주집을 만난 이후 그녀에게 급격한 호기심을 느끼고 그 때문에 사랑이 증폭된다. 순영은 각종 사회 사건과 관련되고 그 유전적 내력을 알 수 없는 정체성을 보유함으로써 매혹적인 대상이 되어 정탐의 대상이 되지만 스스로의 육체 가치를 증명함으로써 출신이나 유전과 상관없이 순결한 연애의 대상으로 승화한다.

이해춘은 작위를 가진 귀족이면서 계급 혁파에 동조하는 젊은 예술학도이다. 사회주의자인 적토 등은 이해춘을 조롱하며 "당신 가튼 귀족이 − 예술가가 그런 용기가 잇다면 참 가상한 일이다!"라고 비판하지만 이해춘은 "나도 현대 청년이요! 나도 조선 청년이요! 나도 피가 잇소!"라고 항변한다. 귀족 예술가이기 때문에 그는 적극적인 변혁운동이나 순수한 연애열로부터 차단된다. 반면 현대 조선 청년이기 때문에 그는 주의자에 동정할 수도 있고 연애의 주체가 될 수도 있다. 결국 후반부 이해춘과 지순영의 도피는 '귀족 예술가'의 정체를 버리고 '현대 조선 청년'의 정체성과 개성을 찾아가는 여정이라고 볼 수 있다. 그들의 사랑은 순영의 육체(미모)와 해춘의 그림(향유)이 등가 교환됨으로써 이루어진다. 이해춘은 엄연히 아내가 있는 남자이지만 유부남으로서의 자의식을 드러내지 않으며 순영 역시 유부남과의 사랑에서 오는 의구심을 갖지 않는다. 순영은 예술을 교환가치로 내세우는 유부남과의 연애를, 자본을 교환가치로 내세우는 표면적 독신남(류택수)과의 결혼 대신에 선택하는 셈이다.

이해춘과 함께 순영의 미모를 두고 대결을 벌이는 류택수는 순영의 미를 바로 자본으로 계산한다. 그는 순영 이전에 관심을 가졌던 정마리아의 육체를 이천 원짜리 피아노로 계산하고 거래하듯 순영과의 육체 거래를 조직한다. 류택수에게 순영의 육체는 삼천 원으로 계산되고, 천 원짜리 다이아반지로 만남을 교환한다.

"엇잿든 령감도 수월치 안흐슈. 개홧속으로 '엥게이지, 링'을 보내시는 것도 그럴 법하거니와 취련이한테 빼앗겻슬 때엔 오십원짜리 금반지로 입을 트러막고 운선이가 그러케 안달을 할 제도 일백 멋십원짜리든가 하는 것으로 떼이고 셋재 마님께 압수를 당하고도 그 야단을 하시더니 결국은 오늘 쓰시라고

---

201) 이러한 이광수의 유전 절대의 신념은 빅토리아 시대의 가족 생리학을 주도한, 생산에 입각한 가정 관리의 연장선에 놓인 것으로 판단할 수 있다. 19세기 후반을 주도한 배아와 유전자 절대의 사상은 부모에게서 자녀에게로 전달된 문화, 질병, 유전형질 등에 대한 정보의 혼란 가운데에서 가족 구성원 간의 유대를 한층 강화시키는 역할을 했다. 이에 대해서는 스티브 컨, 『육체의 문화사』, 이성동 역, 의암출판, 1996, 152 − 155면 참고.

그러케 애지중지 하섯구려. 그러기에 물건이란 임자가 잇다는 말이 올하!"(106 – 107)

금강석 반지는 육체 자본과 교환가능한 매혹적인 상품의 위용으로 <장한몽> 이후 빛을 발하고 있다. 그것은 이광수의 <재생>에서 순영의 정조값으로 백윤희에 의해 건네어진 바 있지만 <사랑과 죄>에서는 정조값이 아니라 미모값으로서 여기저기 굴러다닌 반지가 건네어진다. 정조의 계약이라는 약혼반지의 의미가 아니라 미모의 값, 미모와 교환되는 화폐로서 금강석 반지가 군림하고 있다. 기생들에게 빼앗겼다가 셋째 첩에게 빼앗겼다가 정마리아에게 빼앗기기도 했던 반지가 약혼반지라는 이름으로 지순영에게 보내진다. 이는 약혼반지로 아내의 정조를 계약, 구속하는 일부일처의 육체 질서와는 다른 의미를 구성하는 것이다. 염상섭에게 있어서 반지는 여성의 정조를 의미하지 않는다. 칠백 원짜리 반지가 여러 기생에게 빼앗기는 과정(교환되는 과정)을 따라서 그 가치가 점점 높아진 것처럼 여성 육체 역시 정조가 아니라 미모와 소문의 교환을 통해 가치가 부여된다. 그는 순영의 소문난 미모와 섹슈얼리티를 반지로 교환하는 것이다.

류택수에게 여성은 소문난 미모와 욕망의 연출 때문에 매혹적이다. 정마리아와 류택수의 관계를 구성하는 것은 정마리아의 음악가로서의 명성, 연출된 미모와 류택수의 병적 욕망의 교환이다. 지순영이 정결성과 소문난 미모, 주의자 사건의 주인공으로서 매혹의 대상이 된다면 정마리아는 치장과 패션으로 연출된 세련성과 육체미를 통해서 매혹의 대상이 된다.

> 구리개 네거리를 건너 서니 마리아의 석죽빗(석죽화색) 양복 입은 뒷모양이 눈에 띄인다. 오늘은 날새가 아츰 결에는 꿈을거리기도 하얏지만 옷도 지튼 빗이거니와 알엣도리도 감장 비단 버선에 칠피구두를 신엇다. 무엇을 걸치든지 이 여자의 몸에 가는 것은 턱 어울리고 얼골보다 체격과 거름거리가 남의 눈을 끌지만 이 칠피구두 신흔 발맵시는 류택수의 제일 조화하는 것이엇다. (중략) 남자의 날감내 나는 입술이 뜨거운 것을 깨다를 제 – 충혈된 눈이 자기의 칠피 구두 끗흐로 쏠려올 제 – 테블 우에 올러 안저서 한 다리를 도사리고 몸을 비꼬을 제⋯⋯ 남자의 숨소리와 두 눈 속에서 마리아는 아라차릴 것을 다 아라 보앗섯다⋯⋯ (111 – 112)

류택수와의 관계에서 정마리아의 매혹적 자질은 체격에 있으며 그 가운데 특히 칠피구두 신은 다리의 육감성에 가로놓인다. 그는 순영에 비해서 미인은 아니지만 누구보다 전위적인 패션인으로 세련된 미모를 연출하며 충동을 자극하는 기교를 가진 여인이다. 그의 치장과 행동은 유혹적 효과를 계산한 연출로서, 그는 패션으로 육체를 교정하고 치장하는 것처럼 행동 역시 이익에 따라 연출한다. 상대의 의도나 내막을 남달리 빠른 눈치로 알아채고 그에 맞추어 치장과 위장을 능수능란하게 해내는 것에 마리아의 특징이 있다. 그녀의 타산적 행위 속에서는 눈물을 흘리는 것조차 피아노 한 채 값으로 계산되고 교환된다. "엇잿든 그 눈물은 무슨 눈물인가? 보통 계집의 지 풋장으로 쏙 드러갈 그 따위 눈물은 아닐 것이다. 적어도 피아노 한 채 갑슨 될 눈물 일 것이다."라고 류택수는 정마리아의 눈물값을 계산한다. 정조값이 사용가치(자녀의 출산과 양육과 관련된 의학적 육체 관리의 요구)라면 미모값은 교환가치(소문과 향유 의 소비와 관련된 육체 연출의 요구)이다. 교환가치의 창출에 지극히 민감하고 익숙 한 존재이기에 그는 류택수와 헤어지는 상황에서 당당히 피아노값을 위자료로 요구한 다. 갑작스런 눈물과 석죽빛 양장 패션과 검은 칠피구두의 치장과 남자의 마음을 변 태적으로 자극하는 발길질은 바로 피아노값 이천 원을 우려내기 위해 계산된 행위이 며 육체는 곧바로 화폐(오백 원 소절수)로 교환된다. 이러한 치장이 변장, 위장으로 타락하는 것은 그녀가 이해춘과의 관계에서 지순영의 순결성을 모방하기 때문이다.

> 마리아는 오늘 양장을 벗어 버리고 하야케 휘감앗을 뿐 아니라 음악회 때면 늘 신든 검정 구두도 흰 구두로 변하얏다. 올흔 손에는 음악회에서 바다 가지고 나오는 붉은 꽂쌈을 쥐이고 오인편 엽구리에는 커다란 악보책을 끼엇다. 아까 무대 우에서 불빗헤 비처볼 때도 다른 때와 류달리 돗보엿거니와 이러케 어스름한 속에서 보니 해춘이 눈에도 귀엽게 보이지 안흘 수 업섯다(136).

정마리아는 음악회에서 순영의 외양을 모방해 순수성의 환상을 연출한다. 그는 육 감적이며 계산적인 행동으로 상대를 유혹할 수 있는 존재, 즉 변신이 가능한 존재이 기에 위험하지만 매혹적인 존재로 간주된다. 사실 그에게는 음악가라는 위치조차 자 신의 진짜 정체인 스파이를 감추는 치장이다. 그런데 그는 음악회의 성공과 찬사 속 에서 갑자기 자신과 이해춘의 관계에 대한 로맨틱한 환상에 사로잡힌다. 육체를 이용 한 거래에 능숙한 여인이 음악에의 열정을 지닌 예술가로 착각을 일으키며 이 때문 에 그녀는 정탐하는 기능을 잃고 만다. 마리아의 소복차림과 순수성의 가장은 이해춘 과의 결합을 가능하게 하지만 그 환상에 도취되어 버림으로써 미모의 연출과 감시(정 탐)적 시선의 예리함이 불가능해지는 것이다. 그 결과가 단발로 나타나며 예술의 포 기라는 무리한 요구로 이어지게 된다. 그는 순영을 모방한 치장으로 이해춘과 하룻밤

관계를 맺은 후 갑작스레 자신과 이해춘의 관계를 열정적인 연애로 규정하고, 생활과 예술까지도 버린 절대적인 헌신을 이해춘에게 요구한다. 이해춘에 대한 자신의 헌신 증표로 그는 단발을 감행하는데, 문제는 1920년대 중반의 현실에서 단발이 지고지순한 애정의 표현이라기보다 경박한 유행의 선구자로 불량성을 띤다는 데 있다.

> 마리아는 순영이는 본체만체하고 새새새 웃으며 남자의 앞흐로 달려들다가 "괜찮치요? 흉업지 안하요?"하고 흰 파나마 모자를 쓴 채 남자에게 머리를 살짝 돌려 보인다. 아까 아츰까지 이 손(해춘의 손)으로 만저 보든 여자의 머리가 싹둑 잘러 다. (중략) 머리뿐만이 아니다. 들어올 때부터도 눈역여 본 것이지만 상큼한 콧날 우에는 원산과 귀거리를 금으로 한 얍부장스러운 안경이 걸려 잇다…… 해춘이는 또 한번 실소하엿다. 그러나 결코 결코 입버 보이지 안흔 것은 아니엇다. 노르스름한 팔 업는 양복도 몸에 턱 어울리게 입매가 잇거니와 시원스럽게 내어 노흔 백설 가튼 팔목에는 금시게줄이 팔깍지 대신으로 휘감기엇다. 풋대초만한 '에메랄드'가 어른거리는 손에는 오페라 쎅스가 하늘거린다.
> "오늘 기념으로 결단하고 깍가 버렷답니다. 칭찬해주서요. 잘 어울리지요?"하며 벽에 걸린 테경 앞흐로 가서 얼굴을 이리저리 비처 보며 혼자 웃는다(223–224).

마리아는 단발을 하는 순간 지나친 전위 패션을 구현한 육체가 되어 모든 사람의 주목대상이 된다. 양장 패션의 미인이었을 때에 그것은 음악가로서의 위치와 함께 매혹이 될 수 있었지만 이해춘과의 관계를 기념하며 '단발'이 행해지자 그 단발은 모두에게 지나친 행동으로 해석되고 소문의 대상이 됨으로써 그 자신 정탐의 힘을 잃어버린다. 그는 이해춘과의 관계의 기념, 그 정조의 약속으로 단발을 행하지만 사실 그 단발은 정조의 구속이 될 수 없다. 그녀의 남자관계나 일본 관료의 스파이라는 숨겨진 정체를 이해춘이 이미 알고 있는 상황에서 그녀의 단발은 그녀가 손에 든 오페라 쎅이나 손가락에 낀 에메랄드 반지, 소매 없는 양장과 같은 미모의 치장, 세련된 패션의 하나로 이해될 따름이다. 하지만 그 패션은 지나치게 전위적인 것이어서 가는 곳마다 정마리아의 행동은 '단발미인', '단발랑'의 수군거림에 직면하게 된다. 비밀을 간직할 수 있는 자격에서 멀어지며 '단발미인'으로 모든 정체성이 규정될 때 더 이상 정마리아는 생동감 있는 매혹의 대상이 되지 못한다. 그는 이제 해춘과의 관계로 집약되는 한 사람의 애욕가가 될 뿐이다. 순영이 소문난 미모로 호기심 어린 시선의 대상이 되었던 것처럼 이제 정마리아의 단발이 어디에서나 타인의 시선과 소문의 대상이 되어 호기심을 끈다. 또한 정마리아의 단발은 해주집 살인 사건에서 그가 변장을 시도할 수 있는 요건으로 작용하며, 그의 범행이 밝혀지는 계기가 된다. 육체 치장을 넘어 변

장, 변신하는 존재가 되자 그의 운명은 타락의 궤적을 그리게 된다.[202]

인삼 사건이 터지면서 이해춘과 마리아의 관계는 완전히 끊어진다. 마리아에게 매혹을 느끼던 이해춘의 감정은 그녀의 정체, 스파이라는 사실을 환기하고, 그 감시의 시선을 속이는 데 주의가 돌려진다. 마리아와 이해춘의 관계는 사건 이후 비밀의 누설과 은닉이라는 게임에 돌입한다. 마리아의 공상은 이해춘과의 사랑이 환상으로 밝혀진 순간 복수의 계획으로 치닫는다. 여기에 방해가 되는 동시에 도움이 되는 것이 그녀의 단발이다.

> 그러나 어대를 가든지 자긔 머리가 유심히 주의를 끄을어서 한번 볼 것을 두 번 보는 것이 이러한 때에는 몸이 괴로 다. 새삼스럽게 단발한 것을 후회하얏스나 어찌하는 수 업섯다. (중략) 해줏집을 차저간다는 것도 역시 남대문 입납이엇다. 마리아는 공연히 헤매엇다. 그러나 못 차즐 것 갓지도 안햇다. 으슥한 아편쟁이굴 가튼 대면 모조리 들어가 보앗다. 그러나 여긔서도 머리 깍근 양장 학생이라는 것이 유표하야 보엿다(418－419).

마리아의 단발은 정탐에는 어울리지 않는 것이다. '어디를 가든지 자기 머리가 유심히 주의를 끄을어서 한번 볼 것을 두 번 보는 것'이 첨단 패션인의 관점에서는 자랑거리가 되지만 그 전위의 위치를 상실한 시점에서는 정탐에 방해될 뿐이다. '머리 깎은 양장학생'이란 패션의 매혹과 함께 그 정체의 의구심을 동시에 받는 대상이다. 그는 정탐의 힘, 협잡을 성공시키기 위해 단발을 장발로 변장한다. 단발은 패션의 장식 미학이었으나 그 미학의 첨단성이 사라진 자리에서 변장을 위한 무기가 된다. "마리아는 조선옷을 닙고 그전에 <올빽>이라는 양머리를 쪽질 때에 쓰든 그물가티 된 것으로 머리를 매만저서 얼른 보기에는 단발한 것이 눈에 아니 띄우게 알에를 거더 올리엇다. 그리고 조선옷도 될 수 잇는 대로는 수수하게 차려서 박이겹조고리에 모시진솔치마를 닙엇다. 머리가 암만하야도 마음에 노히지 안흐나 컴컴한 밤중에는 그리 우습게 보일 것 갓지도 안햇다."(420) 양장과 단발을 변장하여 쪽진 머리에 조선옷을 입고 마리아는 해줏집을 찾아간다. 해줏집과 함께 있는 사람들이 그 모습을 보고 '딸'이라고 오인하는 것을 이용해 마리아는 해줏집을 죽이고 그 죄를 순영에게 뒤집어씌우게 된다.

---

202) 김미지는 정마리아의 양장, 단발을 요부, 유혹자 여성을 상징하는 새로운 이미지로 본다(김미지, 앞의 책, 47면). 그러나 유혹자가 곧 요부라는 해석에는 문제가 있다. 유혹자의 측면에서 보면 새하얀 한복 차림의 지순영 역시 그에서 벗어나지 않기 때문이다. 정마리아의 양장, 단발이 가진 유혹적 측면이 곧 육체적 타락을 환유한다는 해석은 섣부르다. 유혹이 과도한 것이 될 때, 치장이 변장이 될 때에만 타락이 생긴다고 보아야 한다.

경찰은 우선 려관 사무원과 하녀를 불러서 그저께 밤에 차저갓든 사람이 이 사람이냐고 대지를 하야 보앗다. 사무원은 딴사람이라 하고 하녀는 기연가미연가하다고 하얏다. 그도 그럴 것이 머리를 쪽지고 화장도 아니한 얼굴에 조선옷을 닙은 사람과 양장을 하고 단발을 하고 화장을 하고 돗보기 안경을 쓴 마리아와는 무심코 한번 본 사람으로서는 분명히 가튼 사람이라고 꼭 집어낼 수가 업슬만치 달라보엿다 (450).

마리아의 변장을 다루는 시각은 당시 신여성의 패션을 둘러싼 담론의 연장에 있다. '머리를 쪽지고 화장도 아니 한 얼굴에 조선옷을 입은 사람과 양장을 하고 단발을 하고 화장을 하고 돋보기안경을 쓴' 사람 사이에는 결코 같은 인물로 볼 수 없을 정도의 차이가 존재한다. 김동인의 <결혼식>, 방인근의 <모뽀 모껄> 등에서 보듯 구식 복장과 신식 복장 사이의 완연한 불일치는 여러 경로로 서사화된다. 구식 아내가 양장에 트레머리를 하고는 신식 여성이 되어 다시 전 남편과 결혼한다는 식의 이야기는 신여성의 새로운 육체를 둘러싸고 유희의 소문을 만들고 있었던 것이다. 양장과 단발은 단지 패션이 아니라 강력한 정체성의 기호로 재편되고, 치장은 변장이 되어 정체성의 내력을 속이고 거짓을 위조할 수 있기에 부정된다.

<사랑과 죄>는 이처럼 미모의 여성을 둘러싼 육체 거래의 정당성과 협잡으로 집약되고 있다. 이때 예술가와 처녀의 결합은 그 정조의 논리가 아니라 미모의 재해석 논리, 애욕 절약의 논리에서 긍정된다. 그것은 순간적 매혹이 아니라 신용 있는 계약이라는 점에서 긍정되는데, 이를 형상화하고 있는 또 다른 작품이 <牧丹 꽃 필 때>이다. 이신성, 김진호, 김문자, 진영식의 네 남녀가 그리는 연애와 결혼을 통해 자본주의 사회에서의 연애 감정이란 어떠해야 하는가를 모색하고 있는 <牧丹 꽃 필 때>에서 결혼은 애정의 소비 교환에 입각하여 해석되는데, 이때 합리적 애정이 아니라 열정을 불러일으키는 여성의 섹슈얼리티가 문제시된다.

"지금 그 이가 저 번에 우리 집에서 너를 맛나지 않았니? 그 뒤 우리 오빠 보고 그러드란다. — 신성이 같은 여자를 모델로 그림을 그리고도 싶지마는 그보다도 그런 여자 앞에를 가면 그림에 대한 감격보다도 정열에 불이 붙을까보아 겁이 난다고……." (중략) "……그러기에 신성이 같은 여자를 일생의 애인으로 갖는다면 화가로서 큰 성공을 하거나 아주 실패를 하거나 양단간 귀정이 날 것이지마는 어느 편으로든지 인생으로서는 행복하리라는 그런 소리를 핏대를 올려가며 하더란다……."[203]

화가 김진호는 여학생 '신성'의 미모에 반하는데 이는 예술의 열정과 등가의 감정이

203) 염상섭, 〈목단꽃 필 때〉, 전집 6, 40-41면.

다. 그림의 모델로서 승화하면 예술로 성공하는 것이고 열정의 대상으로 바라보게 되면 남자로서의 삶에 성공하는 것이 된다. 어쨌든 이상적인 미모의 대상으로서 여성을 소비 교환하는 것이기에 그 인생은 행복하다. 그 열정은 처녀성에 대한 것이 아니라 미모에 대한 것이다. '신성이 편으로 보면' 김진호의 폭풍우 같은 열정보다도 약혼자 진영식의 느긋한 마음, "봄날의 아지랑이 같은 평화롭고 면면한 애정이 더 그리운 것이었다."(42) 결혼은 소비 교환의 등가성에 입각하는 까닭에 광포한 열정이 아니라 평화로운 애정을 요구하며 타산적인 계약의 형태를 띤다. 그러나 영식과의 약혼은 그가 신성의 라이벌이며 한일 혼혈아인 신여성 문자에게 열정을 품게 됨으로써 깨어진다.

> 이러한 때일수록 문자는 양양자득하여 생기가 돌올한 품이 갓잡은 생선같이 그 스마이트 한 용자에 일칭 더 정채가 나는 것이었다. 오늘은 더구나 자기 모친과 두남자 그 중에도 적수인 신성이의 약혼한 남자가 구경왔다는 것이 머리에 떠날새 없이 생각키어서 눈을 까 뒤집고 덤비는 것이었다. (중략) 문자는 늘 생글생글하며 얼굴에 한칭 더 광채가 나고 힘 않들이고 하는 일이 저절로 귀엽고 아름다워 보히나 신성이는 입술까지 말라서 쌔근쌔근하며 보는 사람까지 힘이 들어보힌다. 그는 마치 실수를 하기 위하여 젖먹던 힘까지 들여가며 코오트 안을 갈팡질팡하는 것같다(47).

졸업 기념 테니스 시합에서 문자는 자신을 지켜보는 시선의 힘을 즐기며 매혹적인 능력을 발휘한다. 반면 신성은 관중의 시선에 위압되어 제대로 힘을 발휘하지 못한다. 이 시합의 결과가 연애의 결과로 이어져 진영식은 문자에게로 기울어진다. 원래부터 영식과 신성의 관계는 신성의 집안이 몰락한 이후 멀어진 것이 되었으나 김진호의 편지 사단과 테니스 시합이 결정적 계기가 되어 영식은 신성을 버리고 문자와 일본으로 사랑의 도피를 감행하게 된다. 문자의 테니스 시합의 매력이란 그토록 강력한 것으로 이는 일부일처의 약속까지 깨뜨린다. 진호가 신성에게 가지는 열정이 영식은 문자에게 타올랐던 것이다. 진호의 열정이 신성의 미모를 바탕으로 한 것이며 예술을 통해 승화되고 영속화될 수 있는 것임에 비해 영식의 문자에 대한 열정은 테니스 시합에서의 승리에 고착된 매혹으로 지속되지 못하기에 두 사람의 열정의 대가는 문자의 방탕한 행실을 견디다 못한 이혼이며, 그녀의 사치스러운 소비에 입각한 가정의 파산이 된다.

> 근디려보지도 않은 문자의 찻잔에서 김이 모락모락 나는 것을 눈결에 보고는 좀 군돈스러운 말이지마는 코코아 한 잔에 사십 전씩이나 한다는 차와 얼러서 꾀배 앓는 통에 사이다 한 목음 값만 해도 근

일원 돈을 까닭없이 태질을 쳤으니 영식이 같은 구두쇠가 이 번에는 참 정말 대신 배를 앓겠다는 생각을 해보고는 혼자 웃었다. 그래도 영식이는 문자의 하는 일이니까 애교로 볼지 모르나 아직 대가리의 피도 않 마른 여학생쯤 따위로 벌써부터 그런것쯤 예사로 여기는 문자와 돈 십 전만 얻어도 벙어리에 널 줄로 아는 신성이를 비교해 보면 장래 가정부인으로 살림을 어떻게 할까? 하는 짐작이 나서는 듯도 싶다(84-85).

진영식이 자본 등가 교환, 생산과 소비의 균형을 중시하는, 금욕적이며 자본축적에 능한 상인의 타산을 가지고 있다면 문자는 '귀족의 뼈다귀'로 대수롭지 않게 소비를 하는, '가정부인'으로서는 어울리지 않는 '모던껄'이다. 영식은 진호의 편지사단이나 테니스 시합 이전에 신성의 집안이 파산했다는 것, 신성의 양복장이 외삼촌댁으로 굴러다니고 있다는 것에서 불쾌감을 느끼고 파혼을 생각한다. "그 사랑에 놓였던 그 양복장을 보기 싫어하던 자기 마음을 따져본다면 그것이 사랑하는 아내될 사람의 물건이라 해서 이리 저리 쫓겨 다니며 뭇놈의 입초에 오르고 눈에 걸고 손때에 더럽는 것이 애석한 걸로만 불쾌하였던가 하면 그런 것만 아니었던 것을 이제야 깨닫는 것 같다."(90) 그는 '구두쇠'이며 '상인의 집 자식'인 까닭에 이기적이고 계산적이며 신성과의 애정 역시 그러한 타산에 입각하여 이루어진 것이다. 신성의 집안이 파산해 간다는 소식을 듣고 문자를 바라볼 때 갑작스럽게 "신성이를 이런 자리에 앉혀보면 또 어떨지 모르기는 하지마는 확실히 재미있는 여자요 총기와 재질이 얼굴에 발러보인다고 생각하였다."(92-93) 즉 신성의 파산과 동시에 그 이전부터 알았던 문자의 매력이 보이기 시작하고 거기다 신성에게 보낸 진호의 편지가 발각되면서 한 번 마음이 흔들렸다가 테니스 시합에서 두 여성을 비교하던 마음은 완전히 문자에게로 기울고 만다. 그는 상인적 타산에서 파혼을 생각하지만 문자에게 매혹됨으로써 성격적 파산을 낳는다. 즉 그는 타산에 입각해 신성과 약혼하고 또 파혼하지만 테니스 시합에서 문자의 매력을 발견하고 그 열정에 감화됨으로써 그의 타산성에 어울리지 않는 사랑의 도피를 하게 되고, 귀족의 뼈다귀를 자랑 삼는 명예와 자신의 재산을 교환하지만 그것은 결국 가정부인에는 어울리지 않는, 소비로 점철된 경박한 모던껄을 얻는 것으로 귀결되고 만다. 그의 상인적 타산을 압도하는 것은 테니스 코오트에서의 문자의 그 신선함과 곡선미와 율동미의 매혹이다. "그 얼굴 - 그 승리자의 기쁨과 자랑이 빛나는 그 얼굴 - 그얼굴 뿐이 아니라 후미꼬상의 몸전체에서 풍겨나는 아름다운 향기 - 그것은 코로 맡은 것은 아니나 눈과 마음에 감칠 듯이 숨여드는 것이었어요!"(123)라고 영식은 문자에게 토로한다. 영식은 테니스 코오트에서의 매혹에 취해 있고 문자 역시 테니스 코오트에서의 승리를 연장해서 영식을 유혹하고 사랑의 승리자가 된다. 문자는 승리하기 위해서만, 소비의 성취를 위해서만 영식을 유혹한다. 영식에 대한 사랑이란 처음부터 없으며, 테니스 코오트에서 신성을 이김으로써 많은 사람들의 주목을 받았던 것처럼 미모에 입각해 소비 교환의 승리자가 되기 위해서 영식을 유혹한다.

> 위선 문자가 단발을 하였다는 보고는 의레 그러할게지 – 하고 원석이도 놀라지는 않았으나 (중략) 며칠을 뜸하더니 이 번에는 어제 영식이와 문자에게 끌려서 은좌통에 있는 딴쓰홀에 다녀 왔다는 보고가 도착하였다. 뒤를 이어서 요새는 문자가 영식이에게 독일어만을 배울 뿐 아니라 딴쓰까지 배우기 시작하였다 하면서 (156)

'그들의 생활'이라는 제목이 붙은 분장에서 문자와 영식의 결혼 전 동경생활과 결혼 계약은 진호라는 정탐의 눈을 빌려 자세하게 묘사된다. 음악가연하며 독일어를 공부한다는 둥 학교에 들어간다는 둥 떠들어 대던 문자는 단발을 하고 딴쓰홀로 카페로 돌아다니며 연애만 실연하고 있다. 그녀의 재능은 테니스와 댄스 등 육체를 이용한 매혹의 창출이다. 그녀의 매혹이 치장된 육체에 있기에 댄스홀과 테니스 코오트를 벗어난 일상의 공간에서 그 매혹이 사라지게 될 것은 분명하다. 그녀는 일상의 사용가치를 갖지 않는 사치취향의 상품에 불과하기에 그것을 산 영식의 생활은 탕진이 된다. 문자는 분수에 맞지 않는 소비, 구두쇠의 정신에 맞지 않는 소비를 가져오는 사치품 – 육체를 대변한다. 문자의 미모는 가정부인의 정조를 둘러싼 추문을 자아내는 것이기에 타락해 간다.

> 문자의 입은 양복이 시체 신유행인지는 몰라도 윗도리는 겨우 젖가슴만 감추고 두 팔은 어깨에서부터 실 한오래기도 걸친 것이 없는데 가슴폐기와 등덜미는 거진 허리가 들어나도록 두려패인 그런 양복을 입고 추한 대리로 몸을 비꼬고 앉아서 언제 배운 담배인지 쉴 새 없이 연겊어 피우는 것이다. (215)

졸업 후 반년여 만에 일본인 추야 화백의 집에서 문자와 조우한 신성은 무엇보다 그녀의 과도한 노출과 사치스런 옷차림, 시선을 꺼리지 않는 유혹의 연출에 놀라고 눈살을 찌푸린다. 과도한 노출과 유행을 좇는 사치품 육체로서의 문자의 속성은 결혼 후에도 사라지지 않는다. 문자는 순간적 매혹을 지속하기 위해 끊임없이 패션을 연출하고 재산을 탕진하는 수밖에 없다. 영식의 반 년간의 동경생활, 문자와의 결혼생활은 결국 총파산의 개념으로 남는다. 영식은 동경을 떠나는 것으로 문자의 타락한 생활을 구원하거나 아니면 완전히 이혼을 하겠다고 결심한다. 반면 고학을 하며 성실하게 학업을 지속하는 신성과 가난한 가운데에서도 예술에 대한 열정을 그치지 않고 추구한 끝에 제전에 입선하는 성과를 거둔 진호는 교육과 예술의 순수성에 입각하여, 깨어진 문자 - 영식 가정을 대체하는 가정을 이루게 된다. 진호와 신성의 결혼을 주선하는 청년 경영인 원석은 문자 - 영식 가정을 타산지석 삼아 '애욕의 근검저축'이라는 논리를 두 사람에게 강조한다.

> "불과 일년지 간에 그렇게까지 심하게 될 줄은 참 의외야 아까만 해도 원수에도 그런 원수가 어디 있겠나."
> "한편의 사랑이 깊었더니만치 그 반동으로 그렇게 되는거지 자네들도 사랑을 절약하게 애욕의 근검 저축 - "(319 - 320)

결혼은 서로에 대한 열정과 매혹이 아니라 적절한 애정의 소비 교환으로 파악된다. 지나친 열정은 급격한 소비와 탕진을 불러일으키기에 서로의 신용에 값하는 적절한 소비, 절약에 입각한 소비가 요구된다. 이것이 '근검저축'의 논리이다. 애욕까지 계산에 입각하여 바라보고 적절한 소비의 논리로서 '절약'이 요구된다. 과도한 욕망의 탕진이 아니라 적절한 애정의 근실한 소비와 육체적 기력이나 욕망의 근검절약이 새로이 만들어지는 가정의 윤리로 제출된다. 처음에 신성의 미모에 과도한 열정을 고백했던 화가 진호는 문자와 영식의 가정을 타산지석 삼아 예술가적 열정이 아니라 경제인의 합리성을 모방해 신성의 미모보다 그녀의 신용을 발견함으로써 결혼에 이를 수 있었다. 신성 역시 반 년간의 동경 유학생활을 통해 자신의 미모보다 독립적인 생활력과 성실성을 육체 자본으로 정립함으로써 화려한 사치품으로 대변되는 문자와 다른 자질을 증명하고 일부일처제 가정으로 편입될 수 있는 것이다.

(2) 〈이심〉에 나타난 위장된 육체와 교환의 정당성

애욕까지도 육체 자본을 둘러싼 교환과 거래로 바라보기에 염상섭에게 문제가 되는 것은 육체 자본이 얼마나 정당한, 신용 있는 거래에 관여하는가가 된다. 미모를 가진 여성의 내력을 캐고 정체를 탐지하고 비밀을 정탐하는 이야기가 쓰인 것은 그녀의 미모(소문)가 교환되는 자본의 가치와 등가인가의 문제 때문이다. <이심>은 미모를 둘러싼 부정한 거래와 육체 타락의 과정을 형상화하고 있다. 여주인공 '춘경'의 미모를 둘러싼 이창호, 좌야, 강찬규, 수원집 등의 사기 협잡은 순진한 여학생이던 춘경을 외국인 대상 매춘부로 전락시키고 자살하게 만든다. 춘경의 타락은 그녀가 남편인 창호의 시선에서 볼 때 '까닭 없는 사내' 좌야에게 돈을 요구하면서 시작된다.

> "하루꼬 죠!"라고 불러 보니까 별안간 내지옷 입은 모양으로 나타난다. 하얀 바른편 덧니가 빠듯하게 삐진 것을 살짝 보이면서 생끗 웃는 입 모습을 그려 보면 지금 효자동 막바지 오막사리 속에 오동칠갑을 하고 방바닥에서 대굴대굴 구으는 자기의 안해의 얼굴로 보이나 '춘자양'이라고 불러 보면 웬 까닭인지 화복이나 양장을 하고 좌야와 나란히 걸어 앉았는 것이 눈앞에 알신거리는 것이엇다.204)

창호는 자신의 아내에게서 춘경이라는 이름의 소박한 여성의 모습과, 일본인 좌야가 부르는 '춘자'라는 이름의 화려한 여성의 모습을 분리한다. 아내로서 춘경은 가난하고 다정한 조선의 여인이지만 춘자(하루꼬 죠)라는 이름의 호텔 사무원일 때에는 화복이나 양복을 입은 화려하고, 타락한 여인을 연상시킨다. 한복차림과 양장차림으로 대별되는 춘경의 이중성은 <이심> 전체를 통해 지배적이다. <이심>이란 마치 조선옷 입은 춘경과 양장한 춘자의 차이인 것처럼 표현된다. 춘경의 정체성은 옷차림의 변화를 따라 달라지는 것이다. 한복차림일 때 남편과 자식을 위해 꿋꿋이 노동하고 살림하는 가정부인의 모습은, 양장차림일 때 미모를 이용하여 외국인을 상대로 사기 협잡하는 매춘부의 모습으로 돌변한다. 옷차림이 정체성과 가치관을 결정하며 운명까지 결정짓는 형국이다. 양복의 사치와 한복의 수수함 사이에서 춘경은 인간관계를 구축하고 추문의 논리 속으로 빠져든다. 그녀는 옷차림을 변화시키는 것으로 내력을 속이거나 정체를 바꾸고 변장한다. 변신가능성, 정체성 부재와 연출가능성은 춘경의 특징으로 이 때문에 그녀는 손쉽게 사기에 이용된다.

> 사람이 옷을 잘못 입어도 멸시를 당하는것이요. 너무 잘 입어도 멸시를 당하는 것이다. 부장의 눈은 '네 주제에 양장은 맞득지않게 무슨 양장이냐? 어제 입고 왔던 꼴을 생각해 보렴! 그 보다도 유치장에 가친 네 남편의 주제를 생각해보려무나! 또 좌야의 등을서서 별안간 양복을 사 입은게로구나!'라고 말하는듯싶엇다. (중략) 그러나 지금 형편에 이 양복이 죽에 아홉 없는 단벌 출입건이요, 앞으로 살아갈 다

---

204) 염상섭, 〈이심〉, 전집 3, 15면.

만 하나의 미천이었다(83-84).

좌야를 폭행한 창호가 유치장에 갇히자 생계를 위해 양장을 찾아 입은 춘경에게 당장 여러 사람들의 조롱하는 시선이 쏟아진다. 분수에 맞지 않는 화려한 양장은 고등밀매음녀의 증거가 되기에 천대받는다. 허술한 한복을 입고 다니면 그것은 가정부인의 증거가 되기에 옷차림은 천해도 대우를 받는다. 양장은 한편 구직과 생활 설계의 방편이지만, 소문의 시선 속에서 그 양장은 분수를 모르는 사치, 체면을 돌아보지 못하는 난봉의 증거가 될 뿐이다. 같은 양장차림이라도 어떤 내막을 가지고 있는지에 따라서 패션을 대하는 사람들의 시선-평판은 달라진다. 춘경은 스스로 양장에 생계의 의미를 담으려 하지만 그녀의 육체를 둘러싼 소문의 시선 속에서 그것은 철없는 방종과 허영의 증거가 될 뿐이다. 소비지출이 자신의 분수(즉 생산)에 맞추어져야 한다는 것, 소비하되 정체성을 드러낼 것, 소비하되 정당한 자본에 값하는 가격을 지불할 것, 이것이 염상섭이 내보이는 육체 자본 담론의 개요이다.[205] 그러므로 분수에 맞지 않는 소비, 내력을 알지 못하는 육체 자본을 나타내는 춘경의 양장차림은 소문의 비판적 시선 속에서 그녀를 밀매음녀(범죄자)로 낙인찍는다. 공공연한 매음에는 소문의 시선이 개입하지 않는다. 공창은 매혹적인 대상이거나 동정의 대상이기는 해도 소문의 대상이나 호기심의 대상이 되지는 않는 것이다. 소문과 호기심의 시선, 육체의 내막을 밝히고자 하는 시선은 그 내막이 불투명한 어떤 존재, 정체성을 분명히 드러나지 않는 대상을 향해 나아간다. 춘경이 양장과 조선복장을 오가는 것은 그러한 내막의 불투명성과 연관된다.

> 서뿔리 체면이니 양심이니 인격이니하는 생각이 춘경이의 머리에 남아 있었기 때문에 춘경이는 더 고생이었던 것이다. 그것들은 그의 가문이란것과 그가 받은 중등교육에서 물려받은것이었다. 그러나 교양의 힘이 그의 허영심과 그의 뇟속에 숨어있는 일종의 버레(그것은 탕부의 기질이다)를 죽일만큼 좀더 컸드라면 좋았겠지마는 그렇지 못한 것이 그의 일생을 비극으로 끌어가는것이었다(83).

춘경의 비극은 서술자에 의해 정조(양심/인격/체면)와 미모(허영심과 탕부의 기질) 사이의 대결로 집약된다. 만일 춘경에게 교양(정조의 요구)의 힘이 없었다면 그는 드

---

205) 소비는 그 자체로 향유의 미감을 나타내지 않는다. 생산력에 의해 규제되는 소비의 요구, 이것이 육체를 둘러싼 염상섭의 가치관이라고 할 수 있다. 미적 향유의 무조건성, 생활을 넘어선 미의 요구를 내세우는 이효석과는 이런 점에서 다르다고 할 것이다.

러내 놓고 창부가 되었을 것이므로 괴로움은 생겨나지 않는다. 하지만 그는 교양의 힘에 의해 공공연한 창부가 되는 대신에 밀매음녀, 내밀한 육체 교환, 사기거래를 택한다. 이 육체 사기의 동기는 먹고살기 위함이 아니라 허영심과 탕부 기질(자본이 만들어 낸 미모)에 의한 것으로 해석된다. 춘경을 바라보는 브로커들의 시선에 포착되는 것은 그의 미모와 변신가능성이다. 그녀는 "여염집 여편네로 보려면 얌전한 여염집 여편네요, 두물 세물 겪은 계집이라 하면 또 그렇게도 보일만큼 꿩으로도 쓰고 닭으로도 쓸 사람이다."(219) 그녀는 순진한 처녀로도 두 물 세 물 겪은 아낙으로도 보이는 까닭에 육체 사기를 반복하며 타락해 간다. 가문을 벗어난 개인의 정체성을 규정짓는 외모의 힘, 근대 문명의 속도를 반영하는 패션의 변화무쌍함이란 염상섭 소설 속에서 그 육체 자본을 투명하게 드러내지 못한 인물의 타락으로 형상화되고 있다. 춘경의 미모는 화폐처럼 텅 비어 있다. 돈이 그 쓰임새에 따라서 채워지는 기표에 불과한 것처럼 춘경의 미모란 아직 그 가치가 정해지지 않은 화폐와 같은 것이다. 주위 환경에 의한 능수능란한 변신가능성, 이것이 양장미인의 정체성을 이루는 핵심이다. 좌야와 수원집 등은 이렇게 비어 있는 춘경의 미모에 '몰락했지만 지체 높은 조선 양반 집안의 딸'이라는 의미를 위조하여 미국 청년 커닝햄의 엑조티시즘에 기댄 사기 사건을 조직한다.

춘경의 육체 사기에 대한 보복은 공공연한 매춘녀로의 전락이라는 형태로 행해진다. 춘경이 두 아이를 낳은 어머니라는 사실을 숨기고 커닝햄과 결혼한 것이기에 그 결혼은 부정되며, 춘경에게 이혼을 요구한 바 있는 창호는 출옥하자 '사창'과 같은 아내 춘경을 '공창'으로 만듦으로써 그 육체의 내막을 투명하게 드러낸다. 그는 일부 일처제의 논리를 펴고 소문의 비판적 시선을 대리하는 보복자로 자처한다.

> 나는 사창(私娼)을 묵허한다면, 차라리 공창(公娼)을 사회학적 견지로 유익하다고 인정하오. 그러므로 나의 안해요 친구인 그대를, 사회의 보다 더 유해한 사창으로 묵허하느니 보다는 공창으로 내세우는 것이, 부득이 그러한 직업을 가져야만할 성격과 사정에 놓인 그대에게 대한, 남편의 의무요, 우의상 피치 못할 일이라고 생각하오. (중략) 안해는 남편의 소유물이 아니니까 임의로 전매 하였다고 후일 법률상 문제가 된다면 감수기책 할것이요, 또 그대의 인장을 위조사용한것에 대하여는 역시 그러할 것이요 (302).

창호는 아내의 육체 매매에 어디까지나 당당한 태도를 취한다. 소문의 시선과 낙인을 꺼리는 사창보다 드러난 공창이 당당하다는 논리가 개진된다. 숨은 거래가 아니라 드러난 거래가 신용상 요구되며, 그 거래만이 정당한 것이라는 논리이다. 사실 춘경을 공창으로 만들기 위해 창호는 인장의 위조와 인신매매와 같은 불법적인 거래를 행하지만 창호 자신은 그 거래를 커닝햄과 춘경의 결혼보다 오히려 정당한 것이라고 보고 있다. 커닝햄이 춘경의 위장된 외모와 정체성에 매혹되어 부당하게 돈을 지불한 반면 창호는 춘경의 이력에 값하는 정당한 교환을 행했다고 믿기 때문이다. 이것이 소비를 둘러싼 염상섭의 육체 인식이며, 공창화된 육체를 만듦에 있어서는 사기 협잡 조차 당당한 것이 된다. 어떤 면에서 이러한 인식은 매춘부만이 매춘부가 아니라는 이상의 역설과 유사하다. 중요한 것은 미모라는 육체 자본을 둘러싼 계약의 공정함과 신뢰성이며 투명성이다. 이광수의 훈육적 육체 담론에서 정조를 훼손한 여성이 이혼이나 자살, 육체 절단 등으로 처벌된다면, 염상섭의 육체 자본 담론에서 미모를 가진 여성의 육체 사기는 공공연한 육체 매매로 처벌된다. 정조가 아니라 미모를 문제 삼기에 육체 자본의 정당한 거래, 신용 있는 교환만이 요구되는 것이다. 육체 교환을 둘러싼 신용의 요구, 미모의 육체 자본에 대한 정확한 이력 탐지는 근대 자본주의 사회 속 개인이 직면한 새로운 문제가 된다. 근대적 개인은 자신의 육체 자본을 관리하고 조직하기 위한 다양한 연출 행위에 직면해 있으며 그 교환의 정당성이라는 문제에 부딪히고 있는 것이다.

가문이나 신분으로부터 떨어져 나온 근대인의 정체성은 소문에 귀 기울이는 관행을 제도화한다. 숨겨진 인간성을 밝혀내고 타인의 내밀성 속으로 침범해 들어가고자 하는 욕구가 발생한 것이다. 이런 집착으로 인하여 사람들은 신분을 감추는 속물근성을 발휘했고, 엿보기 취미가 활개를 쳤다. 흔적을 찾아 헤매는 탐정 역할의 인물들이 등장한 것도 이런 맥락에서 이해될 수 있다.[206] 육체에 새겨진 자국을 사회적 기호학과 통제의 보편적인 체제로 편입하려는 시도가 나타남과 동시에 숨겨지고 정체가 드러나지 않은 개인에 대한 두려움과 호기심을 보여 주는 문학 작품들이 나타나기 시작한다. 염상섭 문학의 정탐 활극이란 바로 이러한 정체성 탐지, 비밀 탐지의 시선과 연결된다.[207] 매혹과 욕망의 대상으로서의 미모, 육체 자본은 시선의 초점이 된다. 그

---

206) 필립 아리에스·조르주 뒤비 편, 『사생활의 역사』 4, 전수연 역, 새물결, 2002, 604-605면 참조.
207) 송하춘은 염상섭의 번역 소설 〈남방의 미인〉과 〈이심〉의 관련성을 외국인이 개입한 사기 사건이라는 측면에서 비교하고 있다(송하춘, 「염상섭의 초기 창작방법론 - 〈남방의 처녀〉와 〈이심〉의 대비 고찰」, 『현대소설연구』 36, 2007. 3). 하지만 〈남방의 미인〉이 가진 의미는 탐정이 개인의 이력을 추적하거나 비밀을 추적하는 염상섭 소설의 성격 전

러나 소문의 시선은 옷과 부속물과 육체의 여러 세부에 고정되어 그 껍질을 뚫지 못한다. 염상섭 소설은 벌거벗은 몸 그 자체에 대한 관찰보다는 의미가 각인되는 장소로서의 육체(패션)에 더 관심을 둔다. 근대 소비 자본주의의 상황을 반영하는 염상섭 소설에서 개인은 스스로의 정체성을 보호하고 자본화하기 위해 패션으로 외양을 연출하고 타인의 시선(소문)을 관리하는 형식을 취하지 않을 수 없다. 그것이 근대적 '체면'(얼굴)의 논리를 이루게 된다.

3) 소문의 관리와 정체성의 조직

(1) 얼굴(체면)의 발견과 소문의 관리

보드리야르에 따르면 근대 자본주의 사회란 소비를 학습하는 사회, 소비에 대해 사회적 훈련을 하는 사회이다. 대중을 노동력으로 사회화한 산업체계는 나아가 그들을 소비력으로 사회화(통제)하지 않으면 안 된다. 생산과 소비는 생산력과 그 통제의 확대재생산이라고 하는 하나의 거대한 과정이다. 이는 욕구의 해방, 개성의 개화, 향유, 풍부함의 형태로 사람들의 정신상태와 일상적인 윤리 및 이데올로기 속에 들어간다. 소비에서는 차이와 개성화라는 가치의 도식이 만들어지는데 이는 존재하지 않는 개성을 상품 소비를 통해 '개성화'하는 것이 된다.[208] 개인의 정체성은 그들의 소비, 패션의 외양을 따라 재배치된다. 염상섭 소설에서 교환관계에 있는 육체 자본, 즉 '미모'의 여성은 패션을 통해 자신의 정체성을 연출하며 소문과 사회면 기사의 시선 속에 관리된다. 훈육-감시의 시선이 격리와 교화의 의미를 갖는다면, 사회면 기사와 소문의 시선은 화려한 외양에 감추어진 이력과 내막을 고발하며 수치심을 조직한다. 소문과 사회면 기사는 미모와 젊음, 특정한 사회적 신분을 가진 대상을 둘러싸고 그 매혹에 대한 찬탄과 그 내막에 대한 감시를 동시에 수행한다. 호기심을 유도함으로써 제3자들이 대상의 내력과 미모를 향유하게 하는 동시에 평판과 낙인의 논리로 개인의

반을 아우르는 것으로 보아야 하며 〈이심〉과의 관련성 역시 그러한 측면에서 고찰해야 할 듯하다.
208) 보드리야르, 앞의 책, 106-108면.

정체성을 사회적으로 규정하는 것이다. 미모에 대한 감시와 향유가 동시에 일어나는 자리에 소문과 사회면 기사의 특징이 있다. 미모의 육체를 바라보는 타인의 시선은 인간의 몸의 욕망을 깨어나게 하고 확장시키며 나아가 이를 감시하고 통제하는 이중적 역할을 담당하는 것이다.[209]

소문의 시선은 낙인을 통해 인물의 운명을 선 규정한다. <이심>에서 춘경과 창호의 만남은 테니스 선수와 코치의 순수한 관계로 이루어지지만 소문의 시선 속에서 그들의 관계는 '있지도 않은' 로맨스로 낙인찍힌다.

> 만일 춘경이에게 자기 부모한테 의심받을 만큼 자기 뱃속을 쪼개 내놓고도 오히려 부끄러울만한 험절이 있었드라면 지척이는 발길을 옮겨놓을데도 있었으리라. 그러나 처녀의 순결을 아직도 어엿히 자랑할 이 몸을 가지고 갈데도 없었다. (중략) '어차피에 나는 버린 몸이다. 어째 버렸는지는 나도 모르지만 세상 사람이 버렸다하니 이 세상에서 살랴면, 버린몸이거니 하고 사는수밖에 없다. 대관절 내가 무슨 죄가 있다고 모두들 죽일년 살릴년하는겐구? 그러나 너의들이 그러면 나도 생각이 있는 것이다. 그이가 나를 설사 버리드라도 한번 살아보는게다! 죽어도 살아보는게다! 이 넓은 세상에서 나의 순결을, 우리의 – 결백을 뉘라 알랴마는, 다만 하나 그이는 안다. 그이를 버리고 또 누구를 찾아가랴!'[210]

춘경의 육체는 버려지기도 전에 버려졌다는 추문에 휩싸인다. 그 추문의 낙인을 따라 춘경은 창호와 결합한다. 자신의 순결(진실)을 아는 유일한 사람이 그이기 때문이다. 비밀의 공유로부터 두 사람이 소문과 같이, 소문의 논리를 따라 맺어진다. 소문의 허황한 낙인에 희생되어 스스로 진실이라고 믿으면서 그 소문이 정한 삶을 살아가는 것이다. 박춘경의 더럽혀진 육체란 사실 정조 훼손이 아니라 소문의 대상이 된 데 기인한다. 추문이 가능한 존재로서 여성이 등장하는 곳에 타락과 밀매음이 있으며 인신매매와 자살로 치닫는 운명이 존재한다.

이러한 소문의 낙인은 <삼대>에서 조병화와 홍경애의 타락에도 개입하고 있다. "경애로서 조상훈을 대할 때 그는 다만 존경과 흠모의 대상일 뿐 아니라 은인이다. (중략) 그러던 것이 동무들의 뒷공론이 점점 노골적으로 맞대해 놓고 입을 삐죽거리며 비웃게까지 되었을 제 놀랍고 분한 한편에 차차 조선생을 슬슬 피하지 않을 수

---

209) 19세기에 나타난 사진은 인간의 육체를 값싸게 기록하는 수단이 됨으로써 인간의 육체 이미지를 민주화하는 동시에 대량복제를 통해 인간의 육체가 이미지에 의해 지배되는 것이 됨으로써 통제의 수단이 되는 것이기도 하다. 자유로운 주체로서의 개인은 육체를 단위화하고 훈련시키는 제도의 발달과 더불어 생겨난 역설과 유사하게 육체의 이미지 역시 인간을 미화하고 찬양하는 것인 동시에 감시하는 것이 되기도 한다는 특징이 생겨난다. 이영준, 「사진 속의 육체, 감시와 찬미의 변증법」, 『월간미술』, 1997.10, 165면.

210) 염상섭, 〈이심〉, 전집 3, 62 – 63면.

없게 되었다. 그러나 조선생에게 대한 공포심은 일어날지언정 결코 조선생이 미운 것은 아니었다."211) 경애와 조상훈은 서로에게 뚜렷한 애욕이 생겨나기 전, 타인들의 뒷공론과 소문의 예견적 힘에 사로잡혀 관계를 맺는다. 이광수는 <유정> 등에서 추문에도 불구하고 끝까지 열정을 억누르는 인물을 그리지만 염상섭은 소문의 논리에 사로잡혀 그 소문의 낙인에 순응하는 인물들을 그린다. 소문의 시선은 훈육 - 감시의 시선이 가진 교화의 논리가 아니라 내밀한 사적 관계를 투시하는 까닭에 그들은 그 소문의 시선에 사로잡힘으로써 있지도 않았던 혹은 스스로 자각하지 못했던 감정(사랑)을 조직하게 된다.

　타인의 시선이 육체를 둘러싸고 추문을 조직함으로써 인물의 운명을 결정할 수 있는 까닭에 소문은 곧바로 자본으로 교환된다. 이것이 염상섭 소설 속 각종 브로커들의 특질이다. 염상섭 소설 속 브로커들은 혀를 놀려 사실을 왜곡하거나 허위를 조작하고 소문을 구성함으로써 얼굴과 체면에 연연하는 사람들에게서 돈을 우려낸다. 그 대표적인 인물은 <무화과>의 김홍근이 될 것이다. 김홍근은 "사상가인 체, 도덕가인 체, 지사인 체, 혁명가인 체…… 또 혹시는 조방구니도 되고, 기생 외투도 들어다 주고, 부자 밑도 씻어 주고…… 그저 돈푼 걸릴 듯한 일이면 닥치는 대로 만물상을 벌이"212)는 존재로 묘사된다. 그는 체면을 돌보는 사람들의 이력이나 욕망을 과장하거나 왜곡하는 소문을 조직함으로써 협잡으로 돈을 빼앗는 인물이다. 사회주의자 김봉익은 이러한 김홍근을 '요새사람'으로 정의 내리는데, 이는 김홍근이 속물성에 감염된 소문 전달자인 대중의 호기심을 대변하기 때문이다. 거짓과 내면의 비밀이 미묘하게 섞인 김홍근의 말은 어디에서나 분란을 일으킨다. 그의 눈은 사실을 정탐하지만 그의 입은 그 사실과 다른 소문을 만들어 내고 소문의 대상을 타락에 빠뜨리는 힘을 발휘한다. 이원영과 문경과 채련은 모두 김홍근의 입을 두려워한다. 그들은 재산가이거나 기생 혹은 모던 걸로 사회에 이름이 알려져 있는 까닭에 그 체면(얼굴)에 누가 되는 소문에 대한 두려움을 갖는다. 그들은 미모나 재산을 가졌기에 찬미의 대상이 되고 소문의 시선 속에 자신의 정체성을 관리해 나가야 한다. 그렇기 때문에 그들은 자신들의 정체성을 둘러싼 부정한 소문을 끊임없이 경계한다. 신분이나 가문이 자신들의 정체성을 보증해 주지 못하기에 그들은 외양과 소문 외에 어떠한 정체성이나 진실도

---

211) 염상섭, 〈삼대〉, 전집 4, 67면.
212) 염상섭, 『무화과』, 동아출판사, 1995, 350 - 351면.

보유할 수 없는 까닭이다.

소문으로 인한 수치, 소문의 시선에 대한 두려움으로부터 정체성이 비어 있는 다양한 존재의 치장과 변장이 나타나게 된다. 외양과 패션의 다양성 속에 정체성이 비어 있는 존재는 <사랑과 죄>의 정마리아(음악가, 스파이), <이심>의 박춘경(가정부인, 밀매음녀) 외에도 <광분>의 '적성단'(배우, 브로커, 정탐, 사기꾼)과 <백구>의 '혜숙'(백화점 여점원인 동시에 경박한 모던 걸, 육체 사기꾼, 주의자, 브로커)에게서 확인할 수 있다. 염상섭 소설 속 주의자와 미인(양장, 단발미인)은 모두 그 정체성이 비어 있다. 스파이와 여류 음악가, 카페 걸과 부인당의 괴수, 간호부, 가정부인과 여급, 고등 매춘부, 경산부와 처녀 등 그 패션과 상황에 따라 자유로이 변화하는 정체성은 염상섭 소설 속 추문에 휩싸이는 개인의 특징으로 제시된다.

(2) 〈삼대〉 연작 속 초보자의 소문 관리와 육체 자본의 파산

<삼대>에서 주의자 김병화와 양장미인 홍경애의 정체를 둘러싼 수수께끼는 작품을 이끌어가는 주요한 동력 가운데 하나이다. 첫 장면에서 덕기와 병화는 모두 그 정체성에서 일종의 지연을 나타낸다. 덕기는 경도 삼고생이지만 학교에 가지 않고 병화는 주의자이지만 어떤 주의활동도 나타내지 않는다. 그들은 함께 어울려 술을 마시고 진고개를 헤매고 농담을 하고 반항을 할 뿐이다.213) 김병화는 처음에 '대가리꼴'(부랑당)이라는 기표로, 다음에는 병정이나 청년, 주의자 등의 기표로 바뀌어 간다. 한편에는 부랑당, 걸인과 같은 이미지, 다른 한편으로는 익살꾼, 병정의 이미지, 다음으로 똑똑한 시체 청년의 이미지와 주의자의 이미지가 잇따른다. 김병화의 정체는 끝없는 오해를 만들어 낸다. 사실 김병화를 둘러싼 모든 기표들은 '주의'라는 기의를 내포해야 하지만 그 기의는 존재하지 않거나 묘사되지 않는다. 그렇기 때문에 <삼대>를 이끌어 가는 축 가운데 하나는 김병화를 둘러싼 해석학적 질문의 펼쳐짐이다. '김병화는 누구인가'라는 질문에서 출발해 '그는 주의자이다'라는 해답에서 끝이 난다. <삼대>의 서사가 감옥에 들어간 김병화에서 멈추는 것은 이 때문이다.

---

213) 우한용은 〈삼대〉에서 조덕기와 김병화가 사용하는 담론의 특징을 통해 조덕기의 보수주의와 김병화의 진보주의를 파악한다. 그러나 사용하는 말 이외에 주의자로서의 내면이 그려지지 않는다는 것에 김병화의 정체성을 둘러싼 문제가 생겨난다. 우한용, 「염상섭 소설의 담론구조」, 『한국현대소설구조연구』, 삼지원, 1990.

이런 궁극에 달한 생활을 하면서도 남에게 굽히지 않고 자기 주의를 위하여 싸우는 것이 말하자면 수난자의 굳건한 정신이 있기 때문이려니 하는 동정이 한층 더 깊어졌다. '나 같으면 하루도 못 배기겠다. 벌써 다시 집으로 기어들어가서 부모의 밥을 먹었을 것이다.'고 덕기는 생각하였다.[214]

처음에 병화의 정체성은 '주의자'가 아니라 '집안에 대한 반항아'로 포착된다. 그는 마르크시즘에 열렬한 주의자라기보다는 부친의 기독교 사상에 대한 반항으로 가출한 소년에 불과하다. 병화의 주의 내용이 비어 있는 자리에 덕기가 이해하는 내막, 즉 부친과의 불화가 들어선다. 이 점에서 병화와 덕기는 친연성을 가지고 우정을 형성한다. 병화는 '부친과 타협하고 집으로 돌아가라'는 덕기의 권유에 대해서 '부르주아의 파수병정하고 타협하는 것'이라며 거부한다. 사실 병화의 사상이란 아들의 운명을 마음대로 결정하려는 강압적 부친에 대한 반항이다. 그것을 자본주의에 대한 반항으로 포장하는 것에 병화의 위장이 존재한다. 그는 부친에 반항하는 것이지 계급(부르주아)에 반항하는 것이 아니다. 그렇기 때문에 그는 역시 부친에 반항하는 덕기와 친구가 될 수 있고 덕기의 돈을 아무런 자각 없이 쓸 수도 있다. 이러한 병화의 정체성은 해외에서 들어온 자금을 받은 이후 숨은 활동가, 주의자로 변화한다.

덕기는 병화가 감정으로나 기분으로나 멀어진 것같이 보였다. 동문수학하던 사람이 몇십 년 후에 만난 것처럼 무관하면서도 서언한 그런 감정이었다. 어째 그럴까? 덕기는 생각하였다. 돈에 꿀리지 않는 모양이기 때문인지 버젓하게 응대하는 그런 기색도 전에 못보던 것이지마는, 전과 같은 두덜대면서도 침착한 그런 기분이 없이, 무엇에 달뜬 사람처럼 건성건성 수작을 하는 양도 이상하다(260).

덕기는 달라진 병화의 모습에서 처음으로 '감정으로나 기분으로나 멀어진 것' 같은 느낌을 받는다. 이전부터 덕기는 병화를 주의자로 이해하고 있었지만 그에게서 소원함을 느끼지는 않았다. 그것은 병화의 주의가 부친에 대한 반항이라는 내막을 가진 것이었기 때문이다. 하지만 해외의 자금을 손에 넣으면서 병화가 진짜 주의자 활동을 시작할 때 덕기는 병화를 처음으로 동떨어진 대상으로 발견한다. 덕기는 조부의 재산, 즉 금고를 물려받았기에 금고지기의 운명에 들어가고 병화는 해외에서 들어온 자금을 물려받았기에 적극적으로 운동을 조직해야 할 주의자가 된다. 처음에 규정된 부르주아와 주의자의 정체성은 끝 부분에 이르러서야 획득되고, 이로부터 병화에 대한 덕기의 이질감이 생겨나는 것이다.

---

214) 염상섭, 〈삼대〉, 전집 4, 40면.

<삼대>에서 또 다른 정체성의 모호함을 나타내는 존재는 홍경애이다. 박커스에서 홍경애를 만나고 '아이꼬상'이라는 이름을 듣고 덕기는 그 우연한 해후에 놀란다. 덕기에게 경애는 어린 시절 동무이며 이복동생을 낳은 아버지의 첩이었던 여인, 즉 과거의 내력으로 환기되는 존재이다. 반면 병화에게 경애는 굉장한 미인이며 사회주의에 어느 정도 공감을 가진 약간의 불량기가 가미된 여급으로 환기된다. 덕기는 경애의 현재 정체를 알지 못하고 병화는 경애의 내막을 알지 못하는 곳에서 그녀의 정체성은 지연된다.

> 경애가 고쁘 술을 받아서 마시는 것을 보고 덕기는 외면을 하였다. 처음에 소리를 치며 해롱해롱하며 내닫는 그 꼴에도 가슴이 내려앉듯이 놀랐지만, 그 술마시는 데에 한층 더 놀라고 밉고 더럽고 가엾고 한 복잡한 감정을 참을 수가 없었다. 부친에게 이 꼴을 뵈었으면 좋겠다고 생각하였다(20).

덕기는 경애의 경박한 행동과 술 마시는 모습을 보고 현재의 타락을 규정짓는다. 하지만 경애는 경박한 카페 여급의 정체성으로 집약되지 않는다. 부친과 관련한 과거만을 알고 현재를 알 수 없는 데 덕기의 오인이 존재한다. 그는 술집 출입에 초보자(부잣집 귀동아기)인 까닭에 경애의 행동이 타락으로 해석될 뿐 주의자의 의미, 세련성과 매혹을 알지 못하는 것이다. 반면 몇 번의 술집 출입으로 경애(아이꼬상)의 재기와 세련미를 알고 있는 병화는 경애의 행동을 의외의 것으로 받아들일 뿐 그 행동에서 타락을 읽지는 않는다. 그가 경애의 정체에서 의문을 느끼는 것은 오히려 그녀가 왜 현재와 같은 처지에 놓이게 되었는가 하는 이력에 존재한다.

> "난 결단코 타락하지 않았어요! 설사 내가 타락하였더라도 그것이 남의 탓이라고 칭원을 하지는 않지만, 내가 타락하였다면 이 세상 연놈은 어떻게 하게요! 난 천당에 자리를 비어 놓았대도 가지 않겠지만……."
> 경애는 점점 더 취기가 돌아서 가다가다 혀꼬부라진 소리를 내지만, 목사니 천당이니 하는 소리를 연발하는 것을 보면, 이 여자가 어떤 교회학교 출신인가 하는 생각을 병화는 하였다(23-24).

취기가 오르면서 병화의 눈에는 경애의 육체가 매혹적인 것으로 보이기 시작한다. 하지만 취중에 나오는 '목사니 천당이니 하는' 단어를 오해해서 그는 경애가 교회학교 출신이 아닌가 생각한다. 사실 그 단어는 덕기를 향한 것으로, 조상훈을 염두에 둔 말들이다. 이 과거의 내막을 모르는 곳에서 병화의 경애 오해, 해석학이 시작된다.

이후 경애는 경박한 여급, 스파이, 마르크스 걸, 아이 엄마, 매춘부 등의 기표를 미끄러지며 등장한다.

<삼대>에서 개인의 정체에 대한 정탐, 내면과 이력에 대한 호기심의 시선은 소문을 둘러싼 수치의 조직과 연관된다. 그래서 소문은 비밀로 남겨지고 그 비밀을 지키기 위한 소비가 시작된다. 주인공 조덕기의 정체성은 '경도 삼고생', 자본주의 사회의 초보자인 학생이라는 것이다. 초보자이기에 그가 겪는 소비 사회의 단련 과정은 그에게 파산이라는 결과를 안겨 주게 된다. 처음에 덕기는 경도 삼고를 졸업한 후 경도제대 법과로 진학하려 했다. "덮어놓고 크게 되겠다는 공상도 가지고 있지 않으나 책상물림의 뒷방 서방님으로 일생을 마치기도 싫었다." 덕기의 심퍼다이저 계획은 변호사 되기로 설계된다. 이 설계가 무너지는 것은 조부의 급작스런 와병과 죽음 때문이다. 그래서 그는 조부의 뜻에 따라 금고지기, 뒷방 서방님밖에 되지 못한다. 그는 금고지기가 되어서도 끊임없이 다른 존재가 되고 싶어 한다. <무화과>는 그가 금고지기의 위치를 떠나 신문사 영업을 해보려다 실패하고 파산하는 이야기를 그린다. 그는 책상물림 뒷방 서방님밖에 될 수 없는 존재이며, 모두에게 화폐 그 자체로 이해될 따름이다. 이러한 자기 정체성을 알지 못하고 스스로를 심퍼다이저로 치장하는 자리에 조덕기의 파산이 자리한다. 그는 법학을 공부할 게 아니라 경제학을 공부했어야 하고 조부의 정미소 또는 무역상을 직접 경영할 수 있는 능력을 키워야 했던 것이다.

> 이 음산한 공기가 모두 안방에서만 흘러나오는 것이 아니라 사랑이고 뒤꼍이고 그 몇 연놈들의 몸뚱어리가 슬쩍하는 데서면 풍기어 나오는 것 같기도 하다. 웬일일꼬? 돈 때문에? 돈동록 냄새가 욕기의 입김에 서려서 쉬고 썩고 하여 나오는 냄새 같기도 하다. 그러나 돈을 어떻게 하겠다는 것인고?(250)

자본주의 사회의 초보자로서 덕기는 집안을 둘러싼 각종 음모와 사기를 감지하면서 두려움과 답답함을 느낄 뿐이다. 덕기는 집안의 일을 관찰만 할 뿐 그것을 내밀함 속에 감추려 한다. 그는 책상물림으로 갑자기 금고지기의 임무를 맡게 되면서 초보자의 고통을 겪는다. 책임만 있고 능력이 없는 존재의 무력감은 '자본'의 대리인인 덕기를 둘러싼 사기행각의 원인이 된다. 아편쟁이 노름꾼 부친, 재산을 노리는 시선, 음독으로 인한 조부의 죽음, 갖가지 사기와 암투 앞에서 덕기는 그 비밀을 은폐하는 데 급급할 뿐 적극적 해결의 자세를 보이지 않는다. 초보자로서 타인들의 호기심과 왜곡된 소문 가운데서 자신의 얼굴을 지키기 위해 그는 자본을 탕진한다. 하지만 돈을 쓰면 쓸수록 그를 둘러싼 사람들의 호기심이나 소문의 시선은 더욱 증폭될 따름이다.

> 하루 걸러 일요일에는 아침부터 나서서 과장과 두 주임의 집을 휘돌며 문안을 드렸다. 사회 교제라고 첫출발이 고작 이것인가? 하면 코웃음이 저절로 나왔다. 그 바람에 오늘은 소절수 석 장을 큼직하게 떼어냈으나 아깝다기보다는 자기 재산의 반은 노름 밑천이 될 것을 찾아준 '감사의 인사'를 안하는 수 없었다(405 – 406).

조부에게서 덕기에게로 물려진 재산은 심퍼다이저를 연출하고, 소문의 시선을 차단하기 위해 탕진되고 만다. 비밀을 지키기 위한 소비가 시작되면서 초보자 덕기의 사회생활이 출발한다. 결국 그 재산이 모두 탕진될 때 금고지기로서의 덕기의 존재도 스러지고 말 것이다. 덕기는 조부가 죽은 지 두 달에 집안이 완전히 변화했음을 깨닫는다. 돌아갈 양반은 죽었으나 그 후손이 준비가 부족했던 것이다. 그들은 조부처럼 생산과 축적에만 매달리지 못하는 존재이기에 소비의 교육이 필요했으나 그 교육을 준비하지 못한 채 재산을 껴안게 된다. 부친과 달리 타락하지 않은 소비, 사회를 위해 필요한 소비를 기획하는 것에 조덕기의 유일한 희망을 발견할 수 있지만 이는 <무화과>에 이르러 역시 초보자의 어수룩한 무절제한 소비에 불과하다는 사실이 밝혀진다.

> 현 영업국장이 비켜서는 것은 이달 치 월급과 기타 일만 오천원을 만들어댈 수가 없고 사원들이 매일 어떤 공장부터 파업할 험악한 형세니까 영업국장 자리를 내어주면 이원영이 선뜻 돈을 내놓으리라는 패를 쓰는 것이었다. 영업국장 자리를 일만 오천원에 파는 것이었다. 원영이는 그것이 싫었다. 돈도 인제는 힘에 부처서 더 낼 수 없거니와 돈 주고 영업국장 자리를 사기는 창피하였다.[215]

조덕기의 후신인 '이원영'은 <삼대> 초반부 경도 삼고생으로 책상물림의 뒷방 서방님이던 단계에서 한 치도 나아가지 못한 채 금고지기가 되고 그 금고의 힘으로 신문사에 관계하며 '영업국장'이라는 사회 진출을 꾀한다. 하지만 <삼대>에서 금고지기로 세상에 나선 첫 교제가 소절수를 끊으며 집안의 비밀을 은폐하는 것이었듯 <무화과>에서 그의 화폐소비란 아무런 생산적 가치도 나타내지 않으며 그저 탕진된다. 신문사 영업국장 역시 번듯한 사회적 의미를 가져오는 어떤 것이 아니라 돈으로 '사는' 자리, 돈과 명함의 교환, 돈과 의자의 교환에 불과한 것이기 때문이다. '이원영'이 신문사에 자금을 댄 것은 '사회사업을 해보려는 깨끗한 마음', 즉 뒷방 서방님의 자

---

215) 염상섭, 〈무화과〉, 동아출판사, 1995, 45면.

리에서 공적인 영역으로 나아가려는 학생의 순진한 사업욕에서 출발하지만 이는 자본을 둘러싼 브로커들의 횡행 속에 무가치한 것으로 전락하고 만다. '그가 작년에 쓴 삼만원'은 소리 없이 사라질 뿐 신문사에는 어떠한 이득도 남지 않고 직원들은 파업을 일삼고 경영진은 요릿집 출입을 일삼은 채 유야무야된다. 금고지기이기에 이원영은 사회에 진출할 수 있었지만, 숫자놀음밖에 남지 않는 사회의 관행과 소문의 대응법을 익히지 못한 초보자이기에 그의 재산은 브로커들에게 '날탕의', 그저 먹을 수 있는 재산, 주인 없는 재산쯤밖에는 보이지 않는다.

> 삼만원이 나왔다. 이사가 되었다. 편편히 놀기는 일반이나 남들은 사업가라 한다. 이사라는 직함이 생겼다. 돈 쓰는 직업이다. 내막을 아는 사람은 몰라도, 남보기에는 신문사를 매수하였다고는 안한다. 그보다도 한 신문사의 이사가 되니까, 다른 신문사도 동업자의 체면으로 붓대를 감추었다. 오히려 부자끼리 재판질한다는 후레자식 소리가 쑥 들어가고 그 재산이 아비에게로 갔으면 계집값, 술값, 아편값으로 녹아버릴 것을 아들이 지녔기에 유리한 사회사업에 쓴다고 칭송이 자자하여 갔다(50-51).

'작년에 쓴 삼만원'은 이원영의 '체면 획득', 다시 말해 불순한 집안의 내막을 둘러싼 소문의 은폐를 위한 소비였다. 그와 함께 그는 '편편히 놀기는 일반이나' 하나의 돈쓰는 직업을 얻는다. 소비 자체가 직업이 되어 '영업국장'이라는 이름으로 그에게 떨어진다. 신문사 영업국장직이란 아버지가 계집, 술, 마약과 교환하는 소비와 다를 것이 없다. 그는 소비 사회의 초보자인 까닭에 자신의 행동이 남에게 경멸을 살 것이 되지 않는가 두려워하고 세상의 이목에 지나치게 예민하다. 그래서 그는 자본으로 자신을 둘러싼 소문을 은폐하거나 조작함으로써 사회 속에서 어수룩한 초보자가 아니라 지각 있는 사회사업가로 자신의 얼굴을 연출하려 한다. 재산을 둘러싸고 아버지와 재판질하는 후레자식이 아니라 큰돈을 내어 사회에 유용한 신문 사업에 투신한 사업가로 자신의 정체를 조직하기 위해서 그는 끊임없이 수표에 이서를 해야 하고 집안에 남겨진 돈을 모두 털어 넣어야만 한다. 거대한 재산을 물려받은 귀공자에 대한 사회의 호기심 어린 시선이 그의 얼굴에서 결코 거두어지지 않기 때문이다.

> 자기 생각에도 사람에 치이나지 못한 어리보기거나, 이불 속에서 활개치는 부잣집 귀동애기 같은 것이 분하였다. 모든 것에 자신이 없어지고 흥미가 붙지 않았다. 그러나 그것은 경륜이 없다거나 경험이 없어서만 그런 것은 아니었다. 체질도 튼튼한 편은 아니었으나, 그보다도 삼년동안 안방과 사랑의 짤짤 끓는 아랫목에만 앉았었기 때문이다. (중략) 조부의 일생은 모으기에 허비하였으나, 자기의 일생은 쓰기

에 허비하려는 것인가? 웬 까닭일꼬? 인생이란 모으고 쓰고 하는 두 가지 일밖에 다른 도리가 없나? 다른 인생이 없는 것인가? 그러나 모으지도 않고, 쓸 아무것도 없어지면 굶은 것도 설운데 천대까지 받는다(96 – 97).

이원영의 정체는 친구 '김동국'(김병화)의 시선 속에서 확연한 의미를 규정받는다. 그것은 '쓰기에 허비하려는 것'이다. 그 자신은 분명한 소비의 지향을 가지지 않지만 세상이 규정하는 자신의 정체성이란 소비이다. 이원영은 소비의 사회에 대한 지식을 갖지 못하고 아무런 경륜도 갖지 못한 채 '한 대를 걸러서' 너무나 빨리 유산을 물려받았기 때문에 더 불행하게 '이불속 활갯짓'으로 사람들의 조롱과 멸시의 시선을 받으며 영광도 없는 소비를 지속한다. 돈을 쓰면 쓸수록 타인의 조롱 어린 시선에 휩싸인다. 부잣집 귀동아기 외에 아무것도 아닌 존재이기에 그의 무작정한 소비란 사람들의 속물적 관심을 끄는 소문거리밖에 될 수 없다. 그럴수록 그는 자신의 비밀 또는 내막을 감추기 위해 또 다른 소비를 하게 되고 그 소비 때문에 또 조롱의 대상이 된다. 차라리 '신문사에 손을 대지 말고 양행이나 했다면' 그는 이러한 소문과 소비의 고리로부터 이탈하고 나름의 경륜을 가질 수 있었을지 모른다. 하지만 그는 졸업도 하지 않은 채 재산을 물려받고 '그 명석한 머리까지를, 금고 속에 잠가 넣고 썩여' 버리는 상태에 들어갔으며, 그 재산을 이용하여 성급하게 명예를 돌보고 사업욕을 부리다 조롱받고 파산하기에 이르는 것이다.

이런 점에서 보면 염상섭은 학교 – 시간의 문제를 넘어선 소비 사회 – 시간의 문제를 제기하고 있는 듯하다. 소비 사회 속 개인은 학교를 벗어나 속물적인 일상에서 여러 가지 사건들에 '닦여야 한다'는 것이다. 사람들의 호기심 어린 시선, 비밀의 향유와 술, 담배, 여자, 가난까지도 경험해 보아야 한다. 이광수의 훈육적 육체 담론의 궁극은 학교에서의 소년적 정결성과 같은 금욕주의이지만 염상섭이 요구하는 것은 소비 사회의 여러 방면을 경험하는 것이다. 경험 없이 직면하는 어떠한 상황에서도 인간은 타락할 수밖에 없다. 한 개인의 타락(파산, 도덕적 타락, 죽음)이란 소비 사회에서 닦여나는 경험의 부재가 빚어내는 것이다. 이런 점에서 이원영이 성급하게 재산을 물려받고 성급하게 신문사 사업에 뛰어드는 것은 아이가 아무런 경험도 없이 어른 노릇하려 드는 것밖에 되지 않는다.

어려서부터 남의 고임과 첨 속에 자라난 원영이는, 늙으나 젊으나 아래로 내려다보고 점잖은 체모를 지켜야 한다는 처신법에 굳은 사람이다. 그 원영이가 여자의 무르팍에 올라앉았다는 것은, 혼자 생각을 해도 몸이 근질근질하는 일이다. 더구나 오늘은 어제와도 다른 한 언론기관의 살림을 맡은 국장이다. 어른이다. 그것을 생각하면 사실 체경이 부끄럽고 소문날까 보아 무섭다(104).

이원영은 신문사 영업국장이 되는 것으로 당장 '어른'이 되었다고 자처한다. 신소설 『혈의 누』에서 나이가 어린 존재에서 결혼하지 않은 존재, 학교의 교육과정을 마치지 않은 존재라는 의미가 '아이'를 둘러싸고 재편되었지만 이와 함께 <무화과>에서는 하나의 사회적 직함을 얻지 못하고 가정에 머무르는 존재로서 '아이'의 의미가 구성된다. 어른이란 나이가 많은 존재도 아니고 결혼을 한 존재도 아니며 그렇다고 일정한 학업을 마친 존재라는 의미도 아니고, 하나의 직함을 가지고 사회적 평판을 돌아보며 그 소문의 시선을 관리해 나가는 존재, 남들에게 굴욕이나 수치심을 느끼지 않는 존재라는 의미를 갖게 된다. 소비 사회의 '어른'이란 이원영과 달리 소문을 이겨내고 관리하며 상황에 능수능란하게 대처할 수 있는 존재이다. 얼굴을 능수능란하게 변화시킬 수 있는 존재, '체경이 부끄럽고 소문날까 보아 무섭다'는 식의 고착된 육체 인식에서 벗어날 수 있을 때 소비 사회의 '어른', 성숙한 개성을 가진 존재가 탄생하는 것이다. 그렇기 때문에 서술자는 이원영에 대해 "기생하고 놀면 누구나 그런 것이요, 기생 무릎에 올라앉는 것을 불상놈으로 당상이나 한 듯이 좋아하는 것이 오입쟁이인데 원영이만, 오입이 초대가 되어서 그렇게도 꼬장꼬장하게 생각을 하는"(104) 것이라고 평가한다. 이원영은 소문의 시선에 지나치게 예민한 나머지 사회에서 활개를 치기도 전에 굴욕과 무기력부터 느끼고 있다.

호기심과 소문으로 인한 수치를 감추려 하는 자리에 파산이 나타난다. 소문과 비밀의 소비 사이에 파산이 나타나는 대표적인 작품이 <삼대>와 <무화과>이며 <이심>과 <광분> 또한 그러하다. <백구>에서는 이러한 인물의 상이 지나치게 고착되어 연애에 있어서조차 평판을 따지는 결벽증적인 주인공이 등장한다.[216] 주인공 영식은 처음부터 아무런 의기도 없는, 초보자로서의 순진성조차 없는 소학교 교원의 소시민성만을 가진 인물이다. 영식의 특징은 그 타산성에 있다. 그는 열정에 휩쓸리기보다 체면을 돌아본다. 초등학교 훈도로서의 평판을 지키고 타인의 시선으로부터 자신

---

216) 〈백구〉가 〈삼대〉 3부작의 마지막 편이 아닌가 하는 논란은 일단 서사의 유사성이 전혀 없는 까닭에 근거 없는 것으로 인정되는 듯하다. 본고에서도 〈백구〉를 〈삼대〉와 직접 관련된 것으로 보지는 않는다. 단지 〈백구〉의 남성주인공이 〈삼대〉 연작의 남성주인공과 유사하게 소문에 대한 과도한 두려움, 소비 사회의 질서에 대한 어수룩함을 공유한다는 사실만을 주목할 뿐이다.

을 보호하기 위해 그는 열정을 돌아보지 않는다. 그의 행위는 하나부터 열까지 원랑과의 관계를 둘러싼 세상의 시선에 대한 공포, 소문에 대한 공포와 변명으로 채워진다. 그래서 원랑이 이형식과의 결혼을 피하기 위해 가출하자 그녀를 찾는 일에 협조하기까지 한다.

> 물론 원랑이에게 대해서는 속임수에 빠뜨리는 것이나, 지금 형편으로는 그밧게 도리가 업는 것이다. 그 마님과의 약속이 중하다느니보다도 사실은 자긔의 명예가 중한 것이다. 여자가 가지고 잇는 돈이 온당한 정한 돈이 못된다거나, 당장에 살 도리가 스지 안는다거나 가족들을 버리고 갈 수가 업다는 그런 걱정보다도, 혼인하랴는 계집애를 꾀어서, 돌려빼 가지고 도망햇다는 소문을, 교육계나 친구들 사이에 펏드리기는 죽기보다 어려운 일이다.[217]

그에게는 열정에서 오는 용기보다 소문으로 상실되는 명예에 대한 타산이 앞선다. 교육계와 친구들 사이에 '미인계로 돈을 협잡해서 떠났다'는 소문이 날까 봐, 그것이 자신의 정체성을 결정지을까 하는 두려움에 그는 열정을 돌아보지 않는다. 소문 공포증은 <삼대>의 조덕기와 <무화과>의 이원영에게서도 발견할 수 있는 것이지만 그 공포증이 철저한 타산으로 행동화된다는 점에 <백구>의 주인공 영식의 특징이 존재한다.

체면과 소문의 논리에 위축되어 있는 초보자 남성들과 달리 <삼대>의 홍경애, <무화과>의 채련, 이문경, 박종엽, <백구>의 원랑 등은 여성이면서도 도전의식을 가지고 소문에 대결한다는 점에서 긍정적인 면모를 보인다. 그들은 미모를 가진 여성이기 때문에 자신들을 둘러싼 소문에 위축되지만 곧 위축에서 벗어나 현명하게 소문을 관리하며 자신들의 앞길을 개척해 나간다. 진정한 개성의 구현, 육체 자본의 분명하고 긍정적인 타산은 파산하고 타락해 가는 초보자 남성들이 아니라 자신들 섹슈얼리티의 가치를 알고 그것을 유혹의 적극적인 기표로 삼는 여성주인공들을 통해 구현되는 셈이다.

> 영업국장은 지금 와서는 채련이 입에 달리고, 몸에 달린 셈쯤 되었다. 채련이가 굳혀주고 안 굳혀주기에 달렸다. 세상 사람은 이원영이의 영업국장을 일만 오천원이 시켜 주고, 돈 모아주고간 조부의 혼령이 시켜주고, 이사회에서 결정하고 사장이 임명하였다고들 생각한다. 그러나 채련이의 세도는 아무도 생각해주는 사람이 없다. 떼려면 떼고, 말려면 말 뿐 아니라 그 갑절되는 삼만원짜리를 끌어대어서 사장을 시킬 수도 있고, 노루를 다시 영업국장에 복직시킬 수도 있는 그 숨은 세도를 아무도 모른다. 한 걸음 더 나가서는 한 사회의 큰 기관이 기생의 입짓, 눈짓에 달린 이 내평을 아는 사람은 없다(122-123).

---

217) 염상섭, 〈백구〉, 전집 5, 55면.

채련은 자신의 미모와 섹슈얼리티를 이용해서 원영의 영업국장 자리를 굳혀 준다. 신문사 영업국장이 된 이원영은 신문사업(사회활동)의 첫 교훈으로 미모가 자본을 대신하여 공식적 위치를 결정짓는다는 사실을 알게 된다. 돈이 명예(직함)와 교환되는 것을 그는 영업국장 자리를 삼으로써 알았지만 그 자리는 돈이 아니라 채련이라는 기생의 육체에 달린 것이다. 채련이라는 기생의 말 한마디, 눈짓 한번이 삼만 원을 끌어내고 영업국장 자리를 떼고 붙이고를 결정한다. 이것이 소비 사회에서의 미모, 육체 자본의 힘이다. 채련, 박종엽, 이문경은 모두 미모라는 자본(또는 소문의 육체)을 가짐으로써 화폐를 움직인다.

부잣집 딸 문경은 이원영과는 또 다른 소비성향으로 집약된다. 부잣집 외동딸, 소비만으로 이루어진 육체인 이문경이 세상에서 닦여나는 과정, 이것이 <무화과> 후반부의 서사이다. 신문사를 둘러싼 브로커들의 협잡과 이원영의 어른 되기 논리가 채련의 정체성 변이(브로커에서 정절 여인으로)로 주춤하는 사이에, 문경의 육체를 둘러싼 소비 교환의 교육이 일어난다. 그는 동경으로 돌아가지 못하는 사이에 박종엽, 김병익 등과 추축이 되면서 소비 사회의 교육을 받게 된다. 이원영과 같이 그녀도 소문의 시선에 대한 두려움을 갖는다. 하지만 문경은 모친의 죽음과 이혼, 파산 속에서 소문의 낙인에 당당하게 맞서 살아가겠다는 의지를 기르게 된다. 문경은 화장장을 보고 놀란 끝에 유산을 하는데 이는 단박에 의도적 낙태로 낙인찍는 소문이 일어난다.

소문은 짝자그르하게 났다. 세상 소문은 고사하고 집안에서부터 누가 입 밖에 낸 사람 없이 극히 조용한 가운데 차차 그럴듯한 소문이 퍼져 나간 것이다. 낙태시켰다! 절에 나가서 낙태시켰다! 이 말을 들을 때 문경이는 하마터면 졸도할 뻔하였다. 그러나 아무더러도 입을 벌리지는 못하였다(584).

세상의 소문은 의도적인 낙태의 낙인을 찍고 동경까지 전해진다. 남편은 낙태의 책임을 묻고 시어머니도 암상을 부린다. 하지만 문경은 스스로 당당함을 가지고 세상의 소문에 대적해 보려는 결심을 한다. "하지만 손톱만큼이라도 잘못 한 게 있다면 모르지만, 지금 죽어서는 안 된다. 죽어서 변명도 될지 모르지만, 살아서 싸워보는 게다!"(591) 오라비 원영은 소문에 대한 초보자의 수치심 속에 파산해 가지만 문경은 낙태 소문 속에서도 정당성을 주장하며 미술학도로서 공부를 계속해 간다. 이러한 소비 사회의 소문, 타인의 시선에 닦여난 존재로서의 당당함이 미모, 육체 자본을 둘러싸고 염상섭이 요구하는 개성의 내용이 된다. 각자는 자신에게 걸맞은 육체 자본을 가지고 소비 교환에 당당하고 의연하게 대처해 나가야 한다는 것, 이것이 자본주의적 일상을 살아가는 개인으로서 요구되는 개성의 전모가 되는 것이다.

(3) 자본주의 사회의 소비 교육과 '어른스러움'의 논리

스스로의 육체 자본을 정확하게 인식하고 자본주의 사회의 소비 교환에 임해야 한다는 염상섭의 개성 논리가 긍정적인 방식으로 형상화되는 것이 식민지 시대 마지막 장편인 <불연속선>이다.[218) <불연속선>은 오월 첫 공일 상춘 행락객 가운데서 삼등 비행사 출신 자동차 운전사 김진수가 이제는 경성제국대학 법문과 졸업생이 되어 '말쑥한 세비로'를 차려 입은 최영호와 어느 양장미인(송경희)을 태우고 가다 교통사고를 내는 것으로 출발한다. '양장을 했대서 양장미인이 아니라 서울서 보기 드문 미인'인 송경희는 '종로에서 요새로 유명해진 폼페이의 마담'이지만 결코 경박한 카페걸, 매춘부는 아니다.

> 경희는 올에 스물다섯이다. 그리고도 아직 독신이다. 혼기를 놓쳤다느니보다 혼기를 무시하고 일축해버린 것이다. 그 이유를 당자는 표면상 건강문제에 밀어붙여버리고 말아왔다. (중략) 만일 동경서 여자 사범을 일년 앞두고 돌아와버렸던 그 당시의 경희의 행동을 좀더 자세히 관찰하였다면, 심신이 극도로 피로하였었고 히스테리가 폐병자의 예사라 하더라도, 그 근본 병원이 정신적 타격에 있었던 것을 짐작하였을 것이다.[219)

스물다섯 노처녀인 송경희는 동경 고등사범 노문과 중퇴의 문학소녀로 재산 있고 교양 있는 미인이다. 그런 미인이 결혼을 무시하고 카페 마담이라는 소문–낙인의 대상이 되는 직업을 선택했다는 것만으로도 그녀의 정체성은 독특한 것이다. 그녀의 다소 기괴한 행동은 동경에서의 경험, 주의자와의 연애와 배신당한 경험과 관련된다. 그녀는 결혼을 하는 대신 '가네다'라고 하는 주식점 여점원으로 반년 동안 근무하면서 주식에 대한 상당한 지식을 배운 뒤에 폼페이라는 찻집을 개업한다. 이는 모두 그녀가 소비 사회를 학습하는 과정이 된다. 동경에서 타락한 연애를 맛본 그녀는 연애

---

218) 주인공 김진수와 송경희의 결합이 <무화과>의 마지막에 암시된 조정애와 완식의 결합에 이어지는 것이라고 보는 연구들도 있거니와 김진수, 송경희의 관계가 <삼대>의 홍경애–김병화의 연애와도 유사한 느낌을 준다거나 사회에 닦여난 모던 걸의 정체성을 문제시한다는 점 등에서 이 작품을 <삼대> 계열과 함께 논의할 수 있을 듯하다.

219) 염상섭, <불연속선>, 프레스 21, 1997, 40면.

의 순수성, 결혼의 가치를 부정하고 소비 교환의 세계를 배우는 초보자가 된다. 그녀는 덕기나 원영과 같은 부잣집 귀동아기들이 소비 사회를 배우는 과정에서 파산하는 것과 달리 순결을 잃었을 뿐 성공을 거둔다. 그것은 그녀가 덕기나 원영과 달리 소문에 대한 두려움을 갖지 않는 데 기인한다. 그녀는 카페 마담인 자신을 매춘부로 바라보는 경관 앞에서 당당하게 자신의 교양을 내세우며 김진수와의 연애에서도 주도적인 면모를 보인다. "시집도 안간 물정 모르는 어린 처녀가 찻집을 냈다면 남이 무어랄까를 생각해 봐야지"라는 형의 충고 앞에서도 그녀는 가볍게 소문의 논리를 무시해 버린다. 연애의 실패 이후 송경희의 목표는 소비 사회의 학습에만 있기에 남들의 소문 따위는 쉽게 무시할 수 있다.

> "세상이 좀 알고 싶어요. 남성이란 것을 연구도 해보고 싶어요. 이왕이면 돈 들여가며 할 것이 아니라, 돈두 모아가면서…… 그리고 돈이라는 것도 알고 싶고 모아야도 하겠어요." 하고 무슨 신념이나 결심이 있는 듯이 하는 말에는 원순이 역시 문학적 소양도 있고 자신의 처지 역시 그러니 만치 동감이었다(45).

세상에 닦여난 존재가 되고자 하는 욕망에서 출발하는 것이기에 송경희의 소비 사회 경험은 조덕기나 이원영 류 '책상물림'의 실패가 되지 않는다. 소문의 논리, 시선의 낙인은 이 소설에서는 그다지 힘을 발휘하지 않는다. 그는 남성과 돈이라는 것으로 집약되는 세상, 즉 자본주의 근대 사회의 동력을 알고 남성과 돈을 끌어 모으기 위한 방편으로 카페 경영에 뛰어든다. 그 자신의 육체적 매혹이 카페라는 공간에서 남성과 돈을 끌어 모을 수 있을 것임을 정확히 예견한 까닭이다. 이러한 그녀의 예견이 가능했던 것은 그녀가 주식점에서 반 년간 화폐의 흐름에 닦여나고 동경에서의 연애경험을 통해 남성의 욕망을 파악할 수 있는 능력을 갖추게 되었다는 사실에서 온다. 그러므로 그녀는 자본주의 사회의 속물적인 남성과 돈과의 교환으로 스스로의 육체를 파괴되었다고 바라보며 눈물짓는 나약한 신여성이 아니라 때때로 남성들과 교제에 있어서 괴악한 성벽을 나타낼 만큼 과감하고 적극적이다. 그녀의 섹슈얼리티는 농밀함으로 매혹하지만 또한 '변태적'이다.

> 경희는 반년동안의 경험으로 남자들이 열이 상투끝까지 올라서 허덕거릴 때까지 끌고와서는, 아무런 일도 모르는 것처럼 툭 걷어차버리는 데 일종의 쾌감을 느끼는 것이요, 또 그것이 남성이란 것에 대한 무슨 보복같이도 생각이 되어, 통쾌하다는 이상한 습관이 생긴 것이다. 이러한 도색유희 중에도 악의와

가시를 품은 유희를 해보자는 것도 폼페이를 개업한 한 가지의 이유거나 목적이었든지(56).

경희의 섹슈얼리티는 권력을 탈취하는 유혹의 속성을 나타낸다. 남성에게 농락당한 경험을 가진 그녀는 소비 사회의 교육을 통해 남성을 농락하고 유혹하는 기술을 배우고 발휘한다. 그녀의 섹슈얼리티는 난잡함과 농밀함 그리고 결정적 순간의 냉정함을 결합한 유희로 기록된다. 남성의 권력을 탈취하는 여성미의 유혹이 가진 힘을 그녀는 극적으로 발휘하고 있다. 그래서 그녀는 남성과 연애가 아니라 게임을 지속한다.[220] 그녀의 육체 자본은 소비 사회에서 교환 대상자인 남성에 대해서도 화폐에 대해서도 위력을 발휘한다. 유혹을 통한 게임을 반복하던 경희는 김진수가 아무런 권력도 갖지 못하고 오히려 불쌍해 보이기 때문에 그를 동정하는데, 이 동정이 유혹과 다르기 때문에 연애가 가능해진다. 유혹의 기술에 능숙한 송경희와 순박한 김진수의 결합은 자동차 사고로 인해 생겨난 '이마의 상처'로 특징되는 흔적을 남긴다.

> 이마의 흠은 그리 크지는 않은 모양이나 희미한 불빛 밑에서도 완연히 보인다. 진수는 미안하였다. 평생에 큰 짐이나 되는 듯싶어 마음이 무거워졌다.
> "흠이 완연히 지셨습니다그려?"
> 이렇게 말로라도 위로하는 수밖에 없다.
> "평생을 두구 기념으로 보겠다는데, 웬 걱정이셔요."하고 경희는 실없이 웃다가, "그야말로 평생을 두고 원망을 할지 모르니, 내게나 배상금을 주셔요. 내시겠어요?"
> 진수는 웃고만 앉았다(86).

두 사람의 연애는 김진수가 갑자기 백만장자의 아들로 격상되면서 새로운 국면을 맞이하지만 그들을 여전히 결합시키고 있는 것은 자동차 사고의 공유와 그 징표로서 송경희의 이마에 생긴 '흠'이다. 이 흠은 두 사람의 사랑의 기념물이 되며 그들의 평생을 약속하는 징표로 미리 자리한다. 몸에 새겨진 상대방의 흔적이 문제가 되어 두 사람의 연애는 깊어지게 된다. 경희의 육체적 특질은 '물이 드는 과실 같은 성숙한 육체미와 청고한 기품'으로 그것은 남성을 압도한다. 진수는 경희의 그 육체미에 압도되어 처음에는 도저히 자신의 상대가 될 사람으로 생각하지 않지만 그녀의 '조선옷을 입은 것'을 보고 "도저히 시부모 아래서 시집살이는 할 여자가 아니라고 생각한 것은 이런 방면을 보지 못했던 탓이라고" 생각하고 그녀를 적극적인 구애의 대상, 결

---

220) 남성의 권력(욕망)과 여성의 유혹(게임)에 대해서는 장 보드리야르, 『유혹에 대하여』, 배영달 역, 백의, 1991 참고.

혼의 대상으로 바꾼다. 하지만 그는 여전히 송경희의 양장차림과 그 완숙미에 이른 미모, 동경 시절 유명한 맑스 보이의 연인이었던 사실 등으로 인해 위축된다. 이 위축에서 벗어나 그가 적극적으로 송경희에게 구애하게 되는 것은 자신이 백만장자의 아들이 되었다는 사실과 함께 송경희의 이마에 새겨진 흠을 각인하는 것으로 이루어진다. "그러나 이 여자에게는 제 이마의 흠집과 같이, 평생에 빚을 지고 있으니, 일평생 이 여자를 잊지 않고, 이 여자를 위하여 마음껏 힘껏 갚아가야 할 것이 아닌가? 이런 생각이 문득 나자, 금시로 감격한 열정을 느끼면서 흐렸던 얼굴에 생기가 돌다 마음이 명랑해지는 것을 깨달았다."(144) 그래서 그는 주변인의 시선 때문에 관계에서 물러서려 하던 송경희를 적극적으로 유혹하고 육체관계까지 맺는다. 모두가 그들의 교제를 반대하고 그들의 만남을 타락한 것으로 바라보지만 두 사람은 사람들의 소문의 시선 앞에서 어디까지나 자유롭고 당당하다. 이러한 당당함이 가능한 배경에는 송경희가 가진 재력과 사회 속의 닦여남을 통해 생겨난 능력이 자리한다. 그는 김진수가 자신과의 관계 때문에 집에서 쫓겨난다 하더라도 '내 손으로 먹여 살리면 그만이지'라고 생각할 정도로 능력의 자신을 나타낸다. 그녀에게는 '이슬먹은 꽃봉오리가 아침 볕을 받은 것처럼 신선하고 고와 보이는' 처녀미가 없는 대신 '완숙미'가 있는 것이다.[221]

금광덕에 갑자기 일어난 김진수 집안의 재산은 주식점 통에 소리 없이 녹아 버린다. 일 년여 백만장자 소리를 듣던 진수 집안은 김참의의 죽음과 함께 파산한다. <삼대>에서 덕기는 조부의 죽음과 함께 그가 힘써 벌어 둔 재산을 탕진하는 것으로 소비 사회의 경험 과정에서 타락해 가지만 <불연속선>에서 진수는 이미 금광에 미쳐 돌아다니던 아버지를 대신해 운전수 노릇을 하며 사회를 학습해 왔기에, 금광으로 불어난 재산이 짧은 시간에 없어진다 해도 타격을 받지 않는다. 오히려 그는 당당하게 재산을 정리하고 송경희와 즐겁게 동경으로 떠나간다. 이처럼 <불연속선>에서는 소비 사회에 닦여난 완숙한 두 젊은이의 모습을 그리고 있다. 일견 타락한 듯 보이는 그들의 사랑은 공공연한 육체관계 속에서도 이마에 난 상흔처럼 영원성을 지향한다.

> 진수로서는 경희와의 관계를 생각하든지 공부를 더 하든지 비행가로 성공을 하려는 발발한 웅지로 말하든지 집 속에 들어앉아 썩기는 싫었다.

---

221) 서영채는 〈불연속선〉을 염상섭 문학에서 성숙한 사랑이 그려지는 독특한 작품으로 규정하는 가운데 주인공들의 성숙한 사랑이 가능한 배경으로 경제적 자립이 가능한 의지와 경험, 능력을 지적하고 있다. 서영채, 『사랑의 문법』, 민음사, 2004, 218면.

"재산을 늘리면 몇 푼이나 늘리겠습니까. 나가서 벌죠." (중략) 이튿날 정거장에는 경희가 먼저 나와서 차표 두 장을 미리 준비하여 가지고 있었다. 부산행 열차에 마주 앉은 두 남녀는 마주보고 웃을 뿐이었다(396-397).

집안의 귀동아기가 될 수 있었던 김진수와 송경희는 처분한 재산을 가지고 동경으로 향한다. 물려받은 재산은 있어도 그만, 없어도 그만이다. 그들에게는 삼등비행사라는 자격증이 있고, 찻집 경영이라는 수완이 있으며 교육이 있고 능력이 있고 사회에 닦여난 경험이 있기에 몇 푼 안 되는 유산이란 아무 의미도 갖지 못한다. 그들에게서 염상섭은 이상적인 청년 남녀의 상을 구현한다. <삼대> <무화과>를 통해 파산해갔던 초보자들은 자본주의 사회의 당당한 사회인으로, 타산적 개인이며 육체 자본을 인지한 개인으로 재편되고 있는 것이다.

훈육 감시의 시선이 아니라 소문 소비의 시선으로 조직되는 염상섭의 육체 형상화에서 중요한 것은 자신의 육체 자본에 맞는 계약(교환)관계의 성립과 절제된(근검저축된) 욕망의 소비이다. 이때 투기꾼과 아편쟁이는 소문과 비밀을 이용한 과도한 소비를 내포한다는 점에서 병적 징후로 등장한다. 투기꾼은 자신의 육체 자본과 무관하게 과도한 소비를 수행한다. 이를 잘 보여 주는 것이 <광분>의 '변원량'이다. 그는 늙은 거간꾼이며 부랑당이지만 그 얼굴의 광포성으로 숨어 있는 욕망을 불러일으킨다.

그 유들유들한 커다란 상판은 검붉게 흥분이 되어 우중충하게 흐렸다. 그리고 눈알은 뚱그렇게 커진 것이 독기를 뿜어내는 것 같았다. 숙정이는 가슴이 선뜩하는 것을 깨달았던 것이다. '피 붙은 사자의 입!' 숙정이는 혼자속으로 이렇게 생각하였다. 그러나 약간의 공포를 제하면은 그 다음에는 유혹이 머리에 떠올라왔을 뿐이다. (중략) '아, 그눈! 그 얼굴빛!' 숙정이는 아까 어떤 순간에 눈에 띄던 낯빛과 무서운 표정을 또다시 생각하며 속으로 가벼운 탄식을 하였다. '피 묻은 사자의 입술!' 숙정이는 또 이런 생각을 하였다. 어쩐지 가슴 속에 근질근질하면서 몸이 금시로 찌뿌드드한 것을 깨달았다.[222]

사업가 민병천의 아내 숙정은 변원량의 늙고 붉은 얼굴에서 야수성을 발견하고 공포와 매혹을 동시에 느낀다. 입과 얼굴빛, 눈으로부터 변원량은 상대를 위압하고 매혹한다. 그래서 그와 만난 후 숙정은 자신의 운명에 위기를 느끼면서도 무의식적으로 흥분과 욕망을 불러일으킨다. 이 변원량의 육체는 모순적인 이미지를 내포하고 있다. 그는 무의식적이며 본능적인 성욕 자체라는 점에서 야수적이다. 반면 지극히 타산적

---

222) 염상섭, 〈광분〉, 프레스21, 1997, 77-78면.

인 욕망의 집약이라는 점에서 근대적이다. 이러한 모순을 통해 그는 무절제한 소비의 이미지를 집약한 자본주의의 야수성을 대변한다.[223] 그는 미두와 노름과 투기로 숙정 집안의 재산을 날려 버린다. 무절제한 소비와 위험한 투자의 야수성, 파산의 공포가 변원량의 육체에 집약된다. 숙정은 투기꾼 변원량에게 매혹을 느끼는 동시에 연극배우 주정방에게도 매혹을 느낀다. 변원량에 대한 매혹이 야수성에 입각한 것이라면 주정방에 대한 매혹은 세련성에 입각한 것이다. 이들은 각각 투기적 자본 소비와 향유적 자본 소비를 대변한다. 숙정은 주정방이 자신을 배신하자 반동적으로 변원량에게 빠져드는데, 변원량에 대한 욕망의 소비는 결코 끝나지 않는다. 그는 무절제한 소비를 대변하는 인물이기에 그 욕망은 죽음과 파산까지 결코 멈추지 않는 것이다.

결코 끝나지 않는 무절제한 소비를 육체화한 또 다른 존재가 아편쟁이이다. 이는 염상섭과 이효석의 소설에서 주요하게 발견된다.

> "나으린지 서방님인지는 몰으나 아다가도 몰을 이런 독개비굴 속에다가 남의 집 딸자식을 몰아다 노코 혼청망청 지낼 때야 돈푼 잇겟구나! 나중 일은 나중 일이요 자! 위선 십원이고 이십원이고 잇는대로 내놔 봐라! 어듸 내 사위 될 자격이 잇나 솜씨부터 보잣구나! 아무려니 오양이 저만큼 번주구레하게 생기고야 고치장 딱지 한 장 업겟니……"(중략) 아닌게 아니라 허는 짓이 미치지 안은 것 갓지도 안흐나 말하는 것을 보면 미친 사람이라고도 할 수 업섯다. 그뿐 아니라 이사람 저사람의 얼굴에서 무엇을 차자 내이라는 듯이 눈동자를 깟딱도 하지 안코 한참씩 바라보다가는 별안간 소리를 꽥꽥 질으는 것을 보면 무엇을 엿보랴 온 것 갓기도 하고 마치 빗장이가 돈은 밧든 마튼 창피한 꼴이나 보이겟다고 공연히 풍을 치는 것 가튼 눈치가 보이엇다.[224]

<사랑과 죄>에서 아편쟁이 해주집의 외양은 부랑자나 광인과 같으면서도 한편으로는 협잡배 같은 위협을 나타낸다. 아편쟁이는 되든 안 되든 약을 살 수 있는 돈을 무조건 요구하며 약을 몸속에 넣을 때까지 그들의 광기와 협잡은 멈추지 않는다. 폐결핵이 노동할 수 있는 힘과 열정을 소모하거나 억압하는 결과로 나타나며 그 관리를 통해 훈육적 육체 질서에의 이입 또는 소외의 문제를 결정짓는 것처럼, 각종 중독

---

223) 이런 변원량의 육체가 시대를 대변하는 것일 수 있는 까닭은 〈광분〉의 배경이 1929년 박람회와 광주학생운동이라는 상황을 바탕으로 하고 있기 때문이다. 이보영은 이 두 상황이 〈광분〉의 서사에 역사성과 저항의 의미를 부여한다고 본다(이보영, 앞의 책, 96-104면). 하지만 본고에서는 박람회와 학생운동이라는 시공간이 가진 비일상성과 투기성에 주목하고자 한다. 축제와 같은 그 시공간은 투기와 같은 한탕주의를 전제하며 축제적인 동시에 파산적인 의미로 자본주의적 일상에 대척적인 위치를 차지하고 있는 것이다. 이에 대해서는 졸고, 「박람회의 시공간과 〈광분〉의 의미」, 『민족문학사연구』34, 2007.8 참고.

224) 염상섭, 〈사랑과 죄〉, 전집 2, 39-40면.

은 합리적 교환과 소비 사회 질서의 부정적 대상으로 현현한다. 마약 중독은 결핵처럼 육체를 소모시킬 뿐 아니라 구체적으로는 자본을 탕진한다. 약을 사기 위해서 중독자들은 사기범죄에 가담하고 협잡과 갈취를 일삼는다. 한 사람의 마약중독자가 한 집안을 몰락시킨다. <삼대>와 <무화과>의 조상훈이 그러하고 <사랑과 죄>의 해주집, 지덕진이 또한 그러하다.

한편 이효석 소설에서도 부정적인 질병으로 등장하고 있는 것이 마약중독이다. 이효석의 <벽공무한>에서 마약은 문화적 세련성을 갖춘 이방인들, 떠돌이들을 타락에 이르게 하고 끝없는 소비 속에 생을 탕진하게 하는 병으로 그려진다. 구라파 문명의 세련성을 상징하는 자리에 '나아자'가 존재한다면 그 소비적 속성의 상징으로 중독자 '에미랴'가 등장한다. 마약 중독은 훈육적 육체의 질병으로 형상화되는 '폐결핵'과 달리 결코 교정되지 않는 질병, 파멸의 기호로 형상화된다. 마약중독자의 육체에는 몇 그램의 비싼 약을 넣는 것밖에 다른 치료법이 없다. 그 치료는 그러므로 끝없이 소비를 요구한다. 교정이 불가능한 채 무절제한 소비만을 강요하는 질환. 이것이 염상섭과 이효석이 형상화하는 '중독'이라는 질병이 가진 의미가 되는 것이다.

장면 1) 해마다 겨울마다 변치 않고 생각나는 것은 일찍이 작별한 노군이다. 이글이글 타는 페치카를 둘러싸고 탁탁 튀는 석탄 소리와 사모바아르의 물끓는 소리를 들으며 검은 창밖에 날리는 눈을 때 아닌 꽃으로 알며 붉은 책 노랑 책 들추면서 옛날의 왕자와 왕비 이야기에 꽃 피울 그 북국의 겨울을 이 땅을 떠난 지 오래인 그는 지금 어떻게나 지내고 있을까 하고 생각할 때에는 그에 대한 회포도 한층 더 깊다. 어떤 눈구덩이에 가 파묻히지나 않았을까. 깃들인 곳 없이 깊은 밤의 추운 거리를 벌벌 떨며 헤매이지나 않을까. 그렇지 않으면 마을 끝에 딸랑딸랑 방울소리 남기며 개에 맨 썰매 타고 눈 깊은 벌판을 달리고 있을까. 혹은 어떤 거리의 으슥한 회관에 모여서 낯설은 동지들과 함께 일을 꾀하고 있을까…….

― 소설 〈추억〉에서

장면 2) 검은 빛깔에 붉은 줄이 은은이 섞인 사치하면서도 결코 속되지 않은, 몸에 조화되고 취미에 맞는 넥타이였다. 맬수록 몸에 어울리고 마음에 들었다. 카페에서는 안목 높은 여급이 '씩'이라는 형용사를 써서 기품있는 색조를 칭찬하였다. 그런 소리를 들을수록 나는 그 훌륭함을 다시 깨닫고 아울러 유라의 미에 대한 예민한 감각과 세련된 안식에 탄복하지 않을 수 없었다. 나는 유라의 세련된 취미의 일부분을 빌어 내 몸을 치장한 셈이었다. 유라와 같이 거리를 거닐 때의 경우도 그렇게 설명할 수 있지 않을까. 유라는 거리에서 나의 몸을 치장하는 넥타이의 구실을 한 셈이라고 적어도 나는 생각한다.

― 소설 〈수난〉에서

장면 3) 눈오는 날 백화점의 식당에 들어갔을 때 나는 거기서 봄을 느끼지 않았는가. 훈훈한 홀 안의 모든 장치가 바로 봄의 것이었다. 정결한 식탁이며 상록수의 분이며 깨끗한 소녀들이며 ─ 더구나 식탁 위의 수선화와 시크라멘과 선인장꽃의 화분은 그것이 비록 온실산이라고는 하더라도 봄의 감정으로 주위를 장식하고 동화시키고야 만다. 화판과 화분의 향기가 어울려 흰 접시의 야채 ─ 상치, 아스파라거스, 토마토 ─ 몸을 맑게 씻어내고 세포의 구석구석을 푸르게 물들일 듯도 한 신선한 성찬의 한 묶음 ─ 새 시절의 산물이 아니면 안 된다. 식탁에 마주 앉아 있는 동안만은 적어도 사람은 겨울을 잊어 버리고 다른 시절 속에서 산다.

― 수필 〈사온사상〉에서

1929년 박람회 이후 식민도시 경성의 소비문화를 장악한 백화점은 사치의 환상을 제공하는 여성적인 공적 공간인 동시에 의도적으로 중산층 가정의 안락함을 과장된 형식으로 반영한, 사적 공간이 확장된 모습으로 나타난다.[225] 백화점에서 근대 지식인이 배워야 할 것은 중산층 가정의 안락함에 대한 여러 가지 합의된 코드였으며 백화

---

225) 리타 펠스키, 『근댁성과 페미니즘』, 심진경역, 거름, 1998, 120면.

점의 방문은 청년들에게 이상적인 핵가족 이데올로기를 학습하는 경험이 되기도 했다. 소비자본주의에서 합리적 소비는 학습을 필요로 하는 것이었다. 염상섭의 장편소설들이 보여 주듯 자신의 육체 자본에 대한 정확한 이해를 바탕으로 상품의 교환 과정에 합리적으로 참여하지 못하는 청년들은 파산하거나 죽어갈 수밖에 없다.

> 방속에 세간이라고는 청재의 자화상과 소라의 초상화와 격에 맛지 안케 큰 삼면경과 조고만 자개박은 장하나 노혓는데 이런 세간은 그들의 생활내용과 가치 모도가 엉터리 문화 세간이다.
> 하나도 갑나가는 것은 업는데 그래도 사치하고 십고 문화적인 것을 만들고 십허 애를 쓰고 또 다소의 문화적으로 살지 안코는 인제 못 견디게쯤 형편이 된 셈이다. (중략) 진실로 먹되 밥만 먹지말고 양식도 먹고 포도주도 마시고 되도록 잘 먹고 잘 향락하기 위해서 돈이 그러케 필요한 것이다.[226]

1930년대 여성작가 이선희의 소설 <처의 설계>는 염상섭의 <불연속선>과 달리 생활의 설계를 갖지 못하고 오로지 소비로만 점철된 청년 남녀의 가정을 그려 보이고 있다. 청재와 소라의 가정은 로맨스 소설처럼 사치스럽고 문화적인 삶에 대한 요구로 차 있다. 그들은 포도주도 먹고 양식도 먹고 향락하기 위해 돈을 필요로 하지만 돈을 벌 재주는 없다. 공대 건축과를 수석졸업하고도 병적인 게으름 때문에 청재는 돈을 벌지 못한다. 그들에게 배고픔이란 밥을 못 먹는 데서 오는 것이 아니라 문화적 생활, 영화나 음악을 즐기지 못하고 소비를 즐기지 못하는 데서 오는 고통이 된다. 이는 그들의 방을 장식한 세간이 자화상, 초상화, 큰 삼면경, 자개장으로 이루어져 있다는 데 단적으로 집약된다. 그들은 '생활'하는 것이 아니라 '사치'하며 상품의 세계를 통해 중산층 핵가족의 외양만을 모방한다. 모조가정으로서 그들은 상품처럼 아름답고 문화적이며 사치스러운 생활을 하고 싶어 하지만 실제 가정으로서 그들의 삶에는 찌개 냄새, 된장냄새가 들끓고 아이의 울음소리가 뒤섞이지 않을 수 없다. 하지만 합리적으로 돈을 벌 수 있는 기회가 차단된 식민지 근대 사회에서 백화점을 통한 세련된 소비와 향유를 먼저 학습하게 된 중산층 지식 청년들에게 상품의 매혹은 사라지지 않는다. 이는 그들이 서구적 교양을 통해 양식을 먹거나 만들 줄 알고 커피의 향기를 즐길 줄 알며 영화를 감상하거나 음악을 감상하는 것이 밥을 먹는 것 이상으로 중요하다는 사실을 체득한 새로운 인간들이기 때문이다.

식민지 시대 작가들은 '보편적 교양'이라는 형태로 습득한 서구 근대 문학의 영향

---

226) 이선희, 「처의 설계」, 『월북작가대표선집』5, 까치, 1989, 58 – 59면.

속에서 우리 근대 문학을 창조하고 있다. 교양은 문명인의 논리를 대변하는 것인 동시에 특화된 계급의 취미와 감각, 향유를 대변하는 용어로 문화자본의 영역에서 구성된다. 서구 근대 문학이 교양의 형태로 우리 지식인들에게 드리운 무게를 가장 잘 보여 주는 것이 이효석의 작품들이다.

> 메주내 나는 문학이니 버터내 나는 문학이니 하고 시비함같이 주제넘고 무례한 것이 없다. 메주를 먹는 풍토 속에 살고 있으므로 메주내 나는 문학을 낳음이 당연하듯, 한편 서구적 공감 속에 호흡하고 있는 현대인의 취향으로서 버터내 나는 문학이 우러남도 이 또한 당연한 것이 아닌가.227)

이효석은 당대의 문학적 상황을 '메주를 먹는 풍토'와 '서구적 공감 속에 호흡하고 있는 현대인의 취향'이 공존하는 것으로 정리한다. 자신의 작품을 '메주내 나는 문학'인 동시에 '버터내 나는 문학'이라고 정리함으로써 최종적으로 식민지 근대 지식인 문화(교양)의 혼성성, 메주내와 버터내가 한 피식민 교양인의 몸속에 혼재함을 인정하는 것이다. 이효석의 작품을 흔히 도시적인 것과 자연적인 것(농촌을 배경으로 한 것)으로 가르며, 도시적인 것을 서구 지향성 또는 엑조티시즘을 드러낸 것으로 특징짓고 자연적인 것을 인간의 성과 본능에 천착하여 원시적 생명 현상을 구명한 것으로 특징짓는 연구사들은 이러한 이효석의 문학 양식을 통일적인 것으로 간주하기보다는 일정한 편차를 가진 것으로 보아 왔다.228) 최근의 연구들은 이러한 이해에서 벗어나 이효석 소설을 관통하는 역사성과 일상성의 긴장관계를 해명하는가 하면,229) 탈식민주의의 관점에서 이효석 소설을 해석하여 <모밀꽃 필 무렵> 등 영서 삼부작에 묘사된 자연이 제국의 주체를 모방한 식민지 주체(타자)가 발견한 향토로서 결국 제국주의의 기획에 포섭된 것이라고 해명하는 등 새로운 시각을 보여 주고 있다.230) 이효석 소설 속에 일관되게 흐르는 것은 사회주의적인 경향도 아니고 성에 대한 탐욕적인 추구도 아니며 세련된 감각에 대한 추구라고 볼 수 있다.231) 이효석은 메주를 먹는 풍토와

---

227) 이효석, 「문학진폭 옹호의 변」, 이효석 전집 6, 창미사, 1983, 236면.

228) 이러한 연구로는 채훈, 「이효석의 초기 작품고」, 『이효석 전집』8, 창미사, 1983과 이상옥, 『이효석 문학과 생애』, 민음사, 1992 / 서준섭, 『한국 모더니즘 문학 연구』, 일지사, 1988 / 신동욱, 「이효석 소설에 관한 연구」, 『동방학지』49집, 1985 등이 대표적이다.

229) 김영숙, 「이효석 소설 연구」, 건국대 박사, 1992 / 홍재범, 「이효석 소설 연구」, 서울대 석사, 1994.

230) 김양선, 「이효석 소설에 나타난 식민지 무의식의 양상 – 향토와 조선적인 것의 발견을 중심으로」, 『현대소설연구』27, 2005/ 이현주, 「1936년, 〈조광〉, 이효석의 '고향'」, 『어문론총』44, 2006.6 / 이세주, 「식민지 근대와 이효석 문학」, 연대 박사, 2006 등. 이러한 연구들은 1936년 이후의 작품에 초점을 맞추면서 친일경향 소설의 의미를 해명하는 반면 초기 사회주의 의식을 드러내는 소설들을 논의하지 않는 한계를 보인다.

동시에 존재하는 '현대인의 취향' 즉 서구적 공감 속에 사는 데서 오는 취향의 가치를 발견함으로써 자기 문학의 특질을 규정하고 있는 것이다.

본고에서는 소비 자본주의의 향유적 육체 담론을 대변하는 것으로 이효석 소설의 특징을 파악하며 이를 패션과 취향을 중심으로 한 육체 담론과 관련지어 해명하고자 한다. 이광수 소설이 욕망의 억제에 입각하여 훈육적이고 통제된 육체를 조직한다면 이효석은 욕망의 자유로운 분출과 특히 세련된 매너와 감각의 향유를 중심으로 소비적인 육체를 구상한다. 이효석이 추구하는 향유는 기본적으로 자본주의적 풍성함, 상품 소비의 유토피아적 비전과 함께하는 것이다. 본고에서는 이러한 이효석 소설의 육체적 특징을 드러내기 위해 먼저 1절에서는 그가 핵심적인 개념으로 내세우는 '취미'에 입각한 육체가 무엇인지를 주로 도시적인 것으로 명명되는 작품들을 중심으로 해명하고자 한다. 문명의 교양으로 요구되고 차별화되는 감각인 취미의 의미를 해석하고 취미를 드러내는 육체의 향유와 매혹이 결코 타락한 섹슈얼리티의 욕망과 같은 것이 되지 않음을 보여 줄 것이다. 2절에서는 여성 섹슈얼리티와 관련하여 이효석 작품의 특질을 세분화된 시각에서 재해석해 보고자 한다. 흔히 농촌적인 것으로 간주되며 도시적인 것과 변별되어 왔던 작품들에서 나타나는 욕망의 자유로운 분출과 향유의 풍성함을 '야취'의 형태로 해명함으로써 도시적인 것과의 변별성을 무너뜨리는 해석을 시도해 보고자 한다. 3절에서는 장편 <화분>과 <벽공무한>을 중심으로 구라파주의로 대변되는 이효석의 서구 취향의 속성을 살피려 한다. 서구적 매너에 의해 획득된 국제인의 자격으로 정체성을 재배치하는 논리를 나타내는 이들 작품에서 이효석의 향유적 육체 담론이 궁극적으로 이상화하고 있는 것이 무엇인지를 밝히게 될 것이다. 4절에서는 1940년대 이후 이효석의 친일소설들이 육체적 세련성의 향유라는 작가 특유의 서사를 어떻게 내선일체와 같은 제국주의적 기획과 혼성, 융합하는가를 분석해 볼 것이다.

---

231) 감각적 세련성에 대한 추구를 유진오는 표현적 세련의 논리로 바라보고 있으며(유진오, 「작가 이효석론」, 『이효석 전집』 8) 김동리는 이 때문에 이효석을 '소설을 배반한 소설가'라고 판단하기도 하는 등(김동리, 「산문과 반산문」, 위의 책) 이효석 부정론이 전개된다. 하지만 본고는 이러한 감각적 세련성의 추구가 이효석 문학의 특질을 규정지으며 특히 감각적 세련성과 향유의 재편을 통해 새로운 근대의 체험적 영역을 드러낸다는 점에서 적극적인 의미를 가진 것으로 해석하고자 한다.

1) 취미 향유의 육체와 문명적 감각의 요구

(1) 초기 단편 소설에 나타난 북국 취미

취미라는 용어가 서구 사회에서 주요하게 등장한 것은 18세기의 일로, 취미는 천재가 창조하거나 생산해 낸 미를 감상하는 사람의 능력을 나타낸다. 즉 취미는 천재나 상상력이라는 용어와 마찬가지로 대상의 성질이 아니라 주체(미를 생산하는 사람과 그것을 평가하는 사람 모두)의 자질과 능력을 강조하는 것이다. 취미를 강조한다는 점에서 이효석의 향유적 주체는 1910년대 천재를 강조하는 이광수의 훈육적 주체의 선각자적 논리와 상통하는 면을 갖는다. 이광수의 천재가 미(가치)를 '생산'하는 주체의 자질을 강조하는 용어라면 이효석의 취미는 미를 '소비'하는 주체의 자질을 강조하는 용어라고 볼 수 있는 것이다. 이러한 취미의 발전에는 새로운 지방과 풍습을 알고 싶은 열망에 가득 찬 여행가들의 이국적인 것, 흥미로운 것, 특이한 것, 놀라운 것에 대한 욕망이 관련된다. 정복욕 때문이 아니라 새로운 기쁨과 감동을 경험하기 위해 여행을 하며 취미의 영역이 발전하게 되는 것이다.[232]

취미는 근대 자본주의 사회에서 교양의 자질로 이해되는 한편 사치의 문화와 관련된다. 근대 사회에서 상품의 표준화와 같은 변화들은 생산 공간에서는 금욕주의를 요구하는 반면, 소비의 장에서는 쾌락주의와 자아도취로 나타나는 새로운 생활양식(사치)을 필요로 하며 세련된 예절과 인생에 대한 심미적 태도, 고상한 취미의 추구를 요구한다.[233] 리포베츠키에 따르면 국가와 계급 사회의 출현을 통해 사치는 값비싼 재화와 일반적 재화의 분리를 중심으로 소비와 취향을 관련시킨다. 특히 르네상스 시대 이후 사치는 두 가지 방식으로 취미와 관련되는데, 하나는 고대의 예술이나 골동품의 수집취미와 관계되고 다른 하나는 유행과 패션의 취향과 관계된다. 취미와 연결되어 근대 사회에서 사치는 상품의 소비와 향유를 통한 안락함, 개인의 행복에 대한 숭배의 형태를 띠게 된다.[234] 선택된 소수들이 공유하는 일련의 감수성으로 정의되는

232) 움베르트 에코, 『미의 역사』, 이현경 역, 열린책들, 2005, 275 – 282면 참고.
233) 필립 아리에스 · 조르주 뒤비 편, 『사생활의 역사』상, 이영림 역, 새물결, 2002, 401면.
234) 질 리포베츠키, 「영원한 사치, 감동의 사치」, 『사치의 문화』, 유재명 역, 문예출판사, 2004, 23 – 51면 참고.

취향과 패션은 같은 것이 아니다. 유행과 관련된 패션이 외부에서 온 현상으로 이해되는 반면 취향은 내면에서 우러나온 것으로 간주되기에 취향은 패션 유행을 걸러내는 기준으로 작용해 취향과 패션, 개성 추구의 과정이 일치하게 되는 것이다.[235] 취향이란 근대 사회에서 무엇보다 교양의 자질로 이해된다. 근대 사회에서 상품의 표준화와 같은 변화들은 생산 공간에서는 노동과정에 대한 테일러주의적 경영의 측면에서 금욕주의를 요구하는 반면, 소비의 장에서는 계산적 쾌락주의 윤리와 자아도취적 인간이란 새로운 인성유형으로 나타나는 생활양식을 필요로 한다. 훌륭한 취향은 자기 자신과 다른 사람을 대하는 세련된 예절과 인생에 대한 심미적 태도 그리고 고상한 취미의 추구에 의해 증명되있다.

우리나라에서는 개조론의 붐이 일어난 1920년대를 중심으로 지식인들 사이에서 취미와 취향에 입각한 삶의 재편 요구가 제기되기 시작한다. "취미가업는 살님은 꼿이업는동산과갓하 그건조무미한살림에는 자연火症과 트림밧게 날 거시업"[236]다고 간주하는 논자들은 "아해들에게 공일마다자미잇는 이야기를 해주고산보를 가치가는일, 경제사정이허락하면 부인과아해들을다리고 연극과활동사진을 보는일", "개인으로는 책을읽거나 악기갓흔거슬 사랑하야 고적한때와 피곤한때의 한위안을엇"는 일이 취미라고 주장한다. 취미는 새로운 청년들이 과거와 달리 요구하는 자질, 새로운 배후자의 요건으로까지 등장한다. 그래서 신문 잡지에서 주관하는 <미혼 남녀들의 바라는 남편 · 바라는 아내>과 같은 설문에서 빠지지 않는 항목 가운데 하나가 '취미 만흔 청년'에 대한 요구였다.

> 욕심이 과한지모르지요만은 그리한량반이 취미를널니가져주섯스면 더바랄것업습니다. 넓지안드래도 문학취미와 음악취미만 약간가 스면 비록 그길에깁흔연구나 긔술이업드래도 다소간취미만가지신사람이면훌륭합니다. 그러면 그생활도 끔즉히고상하고 취미가풍족하야 화평한생활만될것입니다.[237]

신청년들은 취미를 통해, 특히 독서 취미나 음악 취미와 같이 삶을 풍족하게 하고 여유롭게 하는 교양의 대상을 통해 자신들의 생활을 '끔직히 고상하고 화평한 생활'로 꾸미고자 하는 욕망을 보여 준다. 취미가 있으면 생활은 현실로서가 아니라 하나

---

235) 토마스 하인, 『쇼핑의 유혹』, 김종식 역, 세종서적, 2003, 196면.
236) 안석주, 「우리는 너무 취미업다 취미를갖자 – 새해에 개조할 일」, ≪동아일보≫, 1924.1.1.
237) 박정O, 「침착하면서도 취미만흔청년 – 미혼남녀들의바라는남편 · 바라는 안해」, 『신여성』5호, 1924. 2. 63면.

의 꿈을 나타내는 것이 될 수 있다고 상상된다. 취미는 굳이 독서나 음악에 있어 전문적인 기술을 요구하는 것이 아니기에 그것은 전반적인 지식이나 향유의 기술, 교양의 영역으로 이해된다. 이러한 문맥 속에서 신청년들은 "조선 사람만큼 취미업는 생활을하는 민족은 세계에드물것"[238]이라 진단하고 전반적인 삶에 있어서 취미의 요구를 제출한다. "조선인이먹는 음식은 아침저녁이한가지오, 어제먹던거슬 또오늘 또내일 연속하야먹으며, 조리의방법도 그저이왕하던대로 관습대로"만 하기에 조선인에게는 기본적인 생활에조차 취미가 없는 것으로 발견된다. 그에 따르면 집도 "미술적위생격으로 건축하며 땅에 화초갓흔거슬심어 눈을 질겁게하며 방안의장식도 될수잇는대로 아름답고품위잇게하여"야 취미 있는 삶이 될 수 있다. 의식주에 있어 위생과 함께 미를 도입하고 생활을 향유적인 방향으로 조직하는 것이 취미로 요구되는 것이다. 즉 취미는 의식주 같은 필수영역으로부터 음악이나 댄스, 활동사진을 즐기는 것까지 삶을 전반적으로 미학적이고 향유적인 가치에 입각해 재편하는 것이다.

이효석의 소설에서 두드러지는 것이 '서구적 공감 속에 호흡하고 있는 현대인의 취향'이라 할 때 이는 동반자 계열의 작품으로 논의되는 초기작에서부터 찾을 수 있다. 서구적 근대의 공감, 즉 취향에 입각한 '주의'와 '현실'의 이해는 처녀작인 <주리면>에서 배고픔이 밥에 대한 욕망이 아니라 '과물전 앞에 산더미 같이 쌓인 과물에 대한 욕망'으로 환기된다든지[239] 북국 3부작에서 신생 러시아의 생명력이 이국여성의 매혹으로 나타나는 점에서 단적으로 발견할 수 있다. 이효석의 초기 소설인 <노령근해>, <상륙>, <북국사신>은 주의자 청년의 망명이라는 서사를 가진 연작으로 '북국', 즉 신흥 사회주의 국가 러시아에 대한 지향성을 드러낸다. 주의자 청년은 러시아로 향하는 여객선의 석탄고에서 찌는 듯한 더위와 갈증, 허기를 견디며(노령근해) 드디어 항구에 도착하고(상륙), 신흥 러시아의 활기 속에서 이국 여인의 사랑을 쟁취한다(북국사신). 여기에서 러시아는 현실이 아니라 '환영', 동경의 땅으로 제시된다. "가죽옷 입고 에나멜 혁대 띤 굵직한 마우자들"과 "푸른 하늘, 푸른 항구, 수많은 기선, 화물선, 정크, 무수히 날리는 붉은 기, 돌로 모지게 쌓은 부두, 쿠리, 노동자, 마우자, 기중기,

---

238) 김기영, 「참 사람다운 삶을 살려면 모든 일에 취미를 양성하라」, ≪동아일보≫, 1921.4.25.

239) <주리면>에서 배고픔은 다음과 같이 '감각은 과물 그것'이라는 형태로 집약되고 있다. "지금 배가 고파 죽을 지경인 그에겐 무엇이든지 먹을 것이 필요하였다. 음식점에서는 갖은 음식물이 그에게 손짓을 하고 과물전 앞에는 산더미같이 쌓인 과물이 그를 부르는 듯하였다. 그의 전신의 신경은 그리로 몰리고 온 감각은 과물 그것이었다. 달려들어 그 속에 코를 쑤셔박고 시원한 과물을 마음껏 씹어 먹었으면 속에 들어가자마자 신선한 피가 되어 다시 몸을 순환할 때에 전신을 펄펄 뛰게 재생시킬 것 같았다." 전집 1, 19면.

창고, 공장, 흰 연돌, 침착한 색조의 시가, 돌집, 회관, 거리거리를 훈련하고 돌아다니는 피오닐, 콤사몰카들의 활보, 탄력있는 신흥 계급의 기상"(144)을 발견하면서 주인공은 북국의 생명력을 환기한다. 검은 루바시카를 입은 동료가 가져다주는 루바시카와 바지 한 벌로 갈아입음으로써 그는 이러한 생명력에 동참한다.

> 오랫동안 몸에 걸쳤던 단벌의 옷－어두운 등잔 밑에서 침침한 눈을 비벼가면서 고국의 가난한 어머니가 바늘귀 촘촘하게 정성껏 기워 준 피눈물 나는 그 옷이언만 그는 이제 아무 미련도 남기지 아니하고 바닷속에 시원히 장사지내 버렸다. 물론 아울러 지금까지의 모든 과거도 헌옷 뭉치와 함께 이 바닷속에 청산하여 버렸던 것이다.240)

북국에 도착한 청년은 단벌의 옷을 버리는 것으로 모든 과거를 청산하고 검은 루바시카를 걸치면서 신흥계급의 활기를 자신의 정체성으로 받아들인다. 그 새로운 태어남에는 어머니의 정성도 고향도 들어 있지 않다. 헌옷 뭉치와 함께 지금까지의 모든 과거도 청산하여 버린다는 그의 사고는 자신의 정체성을 고국의 가난한 어머니에서가 아니라 동경하던 북국의 활기에서 찾으려는 시도를 보여 준다. 이때 고국의 가난한 어머니를 대체하는 그의 환상적 정체성은 이국 여인에 대한 매혹으로 실현된다. 그래서 <북국사신>에서 그는 고국의 동지에게 보내는 첫 편지를 북국 환상의 실현으로 얻게 된 이국 여인의 육체를 그리는 데 바친다. 그는 북국의 활기에 감화되는 것이 아니라 이국 여인의 육체에 매혹되는 것이다.

> 북국의 능금같이 신선한 그들의 얼굴빛 밋밋하고 탄력있는 그들의 다리! 굽 높은 구두 끝에 불안정한 체력을 싣고 휘춘휘춘 걸어가는 엷은 다리에 멸망하여 가는 계급의 불건강한 미학이 있다면 굽 얕은 구두에 전신을 든든히 싣고 탄력있게 걸어가는 밋밋한 다리에는 신흥한 이 나라의 건강한 미학이 있다고 나는 생각하네. 이 나라의 미인－자유롭고 순진하고 건강하고 그야말로 기쁨과 힘의 상징이요, 새날의 매력이 아니면 무엇일까.241)

그는 건강한 이국의 미인에게서 자신이 동경하는 신흥 국가의 기상과 힘의 상징을 발견한다. 그래서 굽 낮은 구두에 실려 있는 '신흥한 이 나라의 건강한 미학'을 강조하지만 실제로 그가 매혹되는 것은 '굽 낮은 구두'의 탄력이나 밋밋함이 아니라 '북국의 능금같이 신선한' 이국 미인이다. 그는 신흥 국가 러시아의 주의와 기상에 공감

---

240) 이효석, 〈상륙〉, 전집 1, 155－156면.
241) 이효석, 〈북국사신〉, 전집 1, 183면.

하는 것이 아니라 금발벽안의 이국 미인에게 매혹됨으로써 자신의 새로운 정체성을 주의자로서가 아니라 이국 미인의 애인으로 정립해 보인다. 그래서 그는 이국 미인의 사랑(키스)을 얻는 것으로 북국의 환상을 성취한다. 신흥국가의 기상과 힘이 집약된 이국미인의 능금과 같은 매혹을 발견하고 성취함으로써 그는 자신의 사업과 운동의 목적을 달성하는 것이다.

> 슬라브 독특한 아름다운 살결, 능금같이 신선한 용모, 북국의 하늘같이 맑은 눈, 어글어글한 몸맵시, 풍부한 육체 – 북국의 헬렌이다. 손가락 하나 대지 말고 신선한 향기 그대로 맑은 자태를 그대로를 하루 온종일 바라보고도 싶고 가지채 곱게 꺾어 향기 채 꽃송이 채 한 입에 넣고 잘강잘강 씹어 버리고도 싶은 아름다운 꽃이다(184).

해상국가보안부의 여서기인 '사샤'는 저녁에는 카페에서 목가적 자태를 드러낸다. 러시아를 동경하는 서술자에게 발견되는 것은 낮의 해상국가보안부 여서기가 아니라 밤의 목가이다. 북국의 헬렌으로서, 맑은 눈과 풍부한 육체와 아름다운 살결과 신선한 용모를 능금처럼 깨물고 향유하고 싶은 마음, 이것이 북국 환상의 본질에 가로놓인다. 북국의 외모만 개입한다면 돈을 주고 키스를 경매하는 풍습조차 '양기로운' 신선한 생명력을 가진 것으로 이해될 수 있으리만치 그의 북국 환상이란 어떠한 비판도 불가능한, 주의의 관념을 대체하는 절대적 구체로 등장하는 것이다.

북국 삼부작에서 여성의 섹슈얼리티가 그 이국미와 활기의 상징으로 매혹적인 것이 된다면 <북국점경>에서는 여성의 섹슈얼리티 자체가 가진 매혹적 속성과 주의자의 세련성을 관련짓는다. 염상섭 소설에서 주의자 여성은 그 기의가 비어 있는 채 주의자 – 모던 걸 – 카페마담 – 스파이 – 사기꾼 등 기표의 변화무쌍함으로 환기된다. 반면 이효석에게 주의자 여성은 그 세련된 패션과 같은 전위의 행위, 총을 수입하거나 전단지를 뿌리거나 프로 시의 감각을 즐기는 행동으로 환기된다. '모던거얼 멜론'에서 주의자 여성의 섹슈얼리티는 참외 또는 멜론의 미감으로 나타난다.

> 단발하고 양장한 현대적 미인, 한 의지의 표현인 반듯한 콧날, 자랑 높은 눈맵시, 꼭 다문 입, 범하기 어려운 엄숙한 얼굴 – 평범치 않은 교양 있는 모던 거얼이다. 그 위에 눈을 끄는 새빨간 웃저고리, 단발 밑으로 가늘게 휘인 목덜미, 은초록색 스커어트 밑으로 밋밋한 다리, 현대 미인의 제일 조건인 고운 다리 – 향기 높은 회령 미인이다. (중략) 미인은 부끄럼인지 불만스럼인지 말없이 한 가지 두 가지 속의 것을 집어냈다. 수건, 화장품, 오페라빽. 미인은 한참 주저하다가 계속해서 비단양말, 새빨간 즈로오스를

집어 냈다. 보기만 하여도 유혹적인 새빨간 즈로오스, 살냄새 나는 비단 양말을 큰 행길 위에서 순사는 휙휙 털어보았다.242)

　'평범치 않은 교양 있는 모던 걸'의 화려하고 세련된 외양은 그녀의 높은 향기로 환유되며 회령 참외의 이미지와 결합한다. 그 세련성은 그녀의 바스켓 속에서 쏟아져 나오는 '살냄새 나는 비단양말' '새빨간 즈로오스'의 욕망을 내포하는 동시에 주의자로서 권총을 소지할 정도로 위험한 행동을 서슴지 않는 모습에서 단순한 섹슈얼리티의 매혹으로만 남지 않는다. 그녀는 살 냄새로 환기되는 섹슈얼리티의 대상이 아니라 세련된 단발 양장의 미인이기에, 그녀의 가방에서 쏟아져 나온 말라비틀어진 참외는 무언가 다른 의미를 가지게 된다. 그것은 참외 속에서 나오는 "한자루의 새까만 무기", "부라우닝식인지 콜트식인지 혹은 모오제르식인지 퍽도 귀여운 무기"와 관련되어 주의자의 세련성을 환기한다. 즉 그녀는 단지 성욕을 내포한 존재가 아니라 외양의 세련성을 통해 교양과 이념의 매혹을 내포한 존재로 재편되는 것이다. 단발 양장의 외모와 평범치 않은 교양(취향)은 자연스럽게 연결되어 세련된 취향으로서의 '주의자' 여성 육체를 조직한다.

(2) 취미 향유의 육체와 미학화한 생활의 요구

　이효석 소설에서 문명적 교양과 '취미', 즉 취향은 개인의 신념까지 대체하는 것으로 자리한다. <프레류드>에서 주화는 하나의 '취미'로 '주의'를 받아들인 마르크시스트로, 그에게는 자살과 마르크시즘이 양립가능한 것이 된다. 그는 방에 마르크스의 사진을 걸어두고 『자본론』을 가지고 있는 것만으로 스스로를 마르크시스트로 믿는다. 그리고 취미의 논리로 마르크시스트의 자살을 합리화한다.

　　요컨대 문제는 '취미'의 문제요, 흥미의 문제인 것이다. 사람은 삶에 '취미'를 가졌기 때문에 사는 것이다. 그러므로 삶에 취미를 잃을 때에는 죽는 것이다. 즉 삶도 죽음도 결국 '취미'의 문제이다. 삶에 '취미'를 가지거나 죽음에 취미를 가지거나 그것은 누구나의 자유로운 동등한 권리이다. 삶에 '취미'를 가지고 사는 사람이 죽음에 '취미'를 가지고 죽는 사람을 논란할 권리와 자격은 조금도 없는 것이다.243)

---

242) 이효석, 〈북국점경〉, 전집 1. 252-253면.

삶도 죽음도 '취미'(향유)의 문제일 따름이라는 관점은 삶 이후의 문제인 마르크시즘도 취미의 문제에 불과함을 의미한다. 모든 것은 그 대상에 대한 취미의 있고 없음으로 평가된다. 취미가 있는 대상을 그 취미대로 즐기는 것, 이것이 삶의 태도이며 죽음의 태도이다. 그래서 그는 손쉽게 마르크스의 <자본론>과 최면약 아로날을 교환한다. 마르크스를 팔아 수면제를 사는 행위는 한 취미에서 다른 취미로 건너뛰는, 교환가능한 신념의 문제를 제기한다. 취미로서의 신념이란 언제라도 등가교환이 가능한, 일순간 세련되고 매혹적인 상품일 따름이다.[244] 취미로서의 '주의'란 취미로서의 자살처럼 즐길 수 있는 어떤 대상인 것이다. 이는 아름다운 여성에 대한 취미로 손쉽게 전이된다. 그는 처음 보는 주의자 처녀 '남죽'의 육체, 그 눈망울에 매혹되어 자살을 중지한다.

> 차디찬 달빛 밑에서 죽음의 지옥을 생각하던 그의 마음은 이제 따뜻한 햇빛 밑에서 재생의 기쁨에 타오르는 것이다. 이 끔찍하고 신기한 마음의 변동에 그는 그 자신 놀라지 않을 수 없었다. (중략) 며칠 전의 '니힐리즘'을 쏘아 죽이고 이제 새로이 '삶'에 대한 취미를 발연히 일으키는 햇빛 밑 새로운 거리거리를 걸어가는 그의 뛰노는 가슴 속에는 아름다운 처녀의 자태가 유연히 솟아올랐다(226).

스스로도 놀랄 정도로 쉽게 움직이는 마음의 논리, 곧 취미의 논리란 상품 소비의 손쉬운 등가성에 입각한다. 아름다운 처녀의 자태를 발견하는 것만으로도 청산될 수 있는 니힐리즘이란 소비의 경박성에 다름 아니다. 그것은 내용의 자리가 비어 있는 니힐리즘이며 죽음 충동이고 또한 내용의 자리가 비어 있는 주의인 것이다. 이처럼 흔히 동반자 계열의 작품으로 평가되는 초기 작품들에서도 취향은 그 주제와 특징을 이루고 있다.[245] 취향이 삶을 미학적으로 치장하고 즐기는 것이기에 취향으로 이해되는 주의란 그 전위성의 향유, 패션과 같은 세련성의 의미만을 갖게 되는 것이다.

이효석에게 있어 '현대인의 취향'의 요구는 서구 문화의 습득에 입각한 교양의 요구이며 현실생활에 있어서 단지 '재료 그 자체'가 아니라 치장의 요구로 이어진다. 취향이란 현실을 그 자체로 보지 않는다는 이효석의 생활 감정과 연관된 것으로 이

---

243) 이효석, 〈프렐류드〉, 전집 1, 217면.

244) 정명환은 이러한 이효석의 초기 동반자적 경향의 작품들을 주의와 미의식 사이의 곡예라고 보고 부정한다. 정명환, 「위장된 순응주의」, 『이효석 전집』8, 창미사, 1987.

245) 이러한 점에서 이효석의 서사적 경향을 동반자적인 것으로 보기 어렵다는 지적이 가능하다. 조남현, 「유진오와 이효석의 거리」, 『한국 현대문학사상 논구』, 서울대출판부, 1999.

효석 문학의 특질을 구성한다. 초기작에서부터 하나의 미적 요구 또는 '향기'로 이해되는 현실이란 삶 그 자체가 아니라 향유되는 것이며 꾸며지고 장식되는 것이라는 특징을 갖는다. 현실은 그 '재료'가 아니라 '향기'로만 파악될 수 있는 것이다.

> 굵은 눈송이가 휘날리는 밤을 나는 그 안에서 난로와 차에 몸을 덥혀가며 이야기에 휩쓸리거나 레코드에서 흐르는 '제 두 아무울'의 콧노래에 귀를 기울이곤 하였다. 적적한 곳에서 나는 나의 감정을 될 수 있는대로 화려하게 치장함으로써 먼 것을 꿈꿀 수밖에는 없었다. 생활은 재료만이 아닌 것이다. 중요한 것은 그 향기다. 감정 분위기, 향기를 뺏길 때 그곳에는 모래만이 남는다.[246]

식민지의 어느 궁벽한 항구도시에서 보내는 밤은 이효석의 취미 향유적인 감각 속에서 아름답고 향기로운 것으로 재편된다. 눈 내리는 밤, 마음에 맞는 친구들, 따뜻한 분위기와 향기로운 코오피의 맛, 레코드에서 흐르는 '제 두 아무울'과 화려하게 흐르는 감정. 현실은 생활의 재료가 아니라 그 향기로 화려하게 치장된다. 감정을 화려하게 치장할 수 있는 취향과 문명적 감각을 빼앗길 때 생활은 의미 없는 '모래' 같은 것이다. 이효석은 생활의 재료를, 현실을 바라보지 못한다. 그에게는 서구 문학작품과 박래품의 소비 향유에서 형성된 서구적 교양, 세련된 감각만이 현실을 규정하기에[247] 현실은 그 자체로 등장하는 법이 없다.

> 창기슭에 쌓이는 함박 같은 눈송이를 두터운 휘장 틈으로 내다보며 난로와 더운 차에 얼굴을 붉히노라면 감정이 화려하게 장식되고 찬란한 꿈이 무럭무럭 피어올라 가게 안에 차고 먼 아름다운 것이 눈앞에 보여 오군 하였다. 그 아름다운 것이 무엇인지는 모른다. 형상도 아무것도 없는 다만 부연 안개일는지도 모른다. 그 안개가 생활에 대단히 필요한 것이다. 나는 그 안개 속에 많은 밤을 그 안에서 지냈으나 생각하면 다행한 일이었다. 안개 없이는 살 수 없는 까닭이다(116).

화려하게 치장된 감정과 향기, 그것은 깊은 밤, 굵은 눈송이, 파랗게 빛나는 아름다운 풍경을 따뜻한 난로 앞에서 더운 차를 즐기고 샹송을 즐기며 바라보는 것으로 환기되는 세계이다. 그것은 현실이 아니며 '차고 먼 아름다운 것', '부연 안개' 같은 것에 뒤덮인 환상의 세계가 된다. 세련된 취향 속에서 현실이 아니라 '먼 것'을 꿈꿀 수 있을 때 생활은 그지없이 아름다운 것이며 그 아름다움과 풍성함이 있을 때에만

---

246) 이효석, 「고요한 '동'의 밤」, 전집 7, 113면.

247) 김윤식은 이러한 이효석의 작품 세계를 '병적 미의식'이라고 규정한다. 김윤식, 「병적 미의식의 양상 – 이효석의 경우」, 『한국근대문학사상비판』, 일지사, 1978.

'나'는 살 수 있다. 세련된 취향 또는 미, 음악을 절대적으로 필요로 하는 인간, '현대적 취향을 호흡하는 인간'을 그리는 '버터 내 나는 문학'으로서의 이효석 소설의 특징이 여기에서 포착된다. 생활의 재료가 아니라 '차고 먼 아름다운 것'을 발견하고 즐긴다는 취향의 요구란 풍족하고 아름다운 이미지를 덧씌워 현실을 환상으로 재조직하는 것이 된다.

이효석의 미학이 현대인의 취향과 관련되어 있다고 할 때 그 취향은 발달한 자본주의 문명의 상품에 새겨져 있어서 박래품의 소비가 취향의 향유를 대체한다.

> 가령 전나무의 꼴은 아직 그대로 서방(書房)에 버려둔 철 늦은 크리스마스 트리보다도 신선한 맛이 도리어 못하다. 금빛 은빛으로 찬란하게 치장한 성수(聖樹)가 생생한 야수(野樹)보다 도리어 신선함은 무슨 까닭일까. 예술은 자연보다도 흔히 더 아름다운 탓인가. 악마디 솔포기 위에 남은 한 덮개의 눈도 그것이 눈으로 보이기보다도 먼저 성수 위에 얹어 놓은 한 편의 솜으로 보이는 것이다.[248]

<성수부>에서 이효석은 야생의 전나무에서 신선함을 느끼는 대신 오히려 장식된 크리스마스트리에서 신선함과 아름다움을 발견한다. 야생 그대로의 전나무와 그 위의 눈이란 크리스마스트리보다 신선하지 못하고 그 트리 위의 장식물인 솜보다 현실감이 없는 대상이 된다. 서구 문화와 예술의 아름다움에 의해 교정되고 체득된 감각(교양)만이 현실을 발견하는 근거로 작용하기에, 그러한 취향을 넘어선 대상의 미감은 발견되지 못하는 형국이다. 그러므로 이효석에게 있어 취향의 발견이란 문명적 감각의 절대성에 입각한 향유적 육체의 구상으로 나타난다. 후각과 미각의 세련성, 박래품을 소비 향유하는 문명적 감각으로 대변되는 육체가 요구된다.

> 거리의 백화점에 들어가 그 자리에서 코오피를 갈아서 손가방 속에 넣고 그 욱신한 향기를 즐기면서 집으로 돌아오는 것도 물론 이러한 생각으로부터이다. 진한 차를 탁자 위에 놓고 피어오르는 김을 바라보며 나는 그 넓은 냉방에다 난로를 피우고 침대 속에는 더운 물통을 넣고 한겨울 동안을 지내게 할까 어쩔까 그리고 겨울에는 뒷산을 이용하여 스키를 시작하여볼까 어쩔까 하고 겨울 설계를 세워도 본다. 크리스마스에는 올해도 또 크리스마스 트리를 세우기를 아내와 의논한다.[249]

<낙엽기>에서 겨울의 자연, 푸름이 사라진 마당을 '생활의 시절'로 돌아보면서 서술자는 백화점에서 코오피를 사고 진한 차를 올려놓고는 그 향기를 맡으며 겨울 난방

---

248) 이효석, 「성수부」, 전집 2, 43면.
249) 이효석, <낙엽기>, 전집 2, 101면.

과 스키와 크리스마스트리의 계획을 세운다. 그에게는 이것이 '생활의 설계'로 이해된다. 생활이란 '원고지 앞에서 궁싯거리는' 것이 아니라 커피를 마시고 스키를 즐기고 난방한 방 안에 크리스마스트리를 세우는 것이다. 소비가 생활로 이해되는바, 생활이란 여러 상품과 그 상품들이 주는 이미지에 파묻히는 것, 상품의 향유가 된다. 그렇기에 그는 생활 속에서 '나머지의 향기'를 즐기고 있다. 초록의 꿈과 '나머지의 향기'(낙엽의 향기) 그것은 모두 하나의 소비 - 백화점에서 갈아온 커피향과 스키의 환상 속에 혼합된다. 이효석은 상품을 소비 향유하는 감각으로 후각과 미각을 감식안의 중심에 놓는다. 이는 커피와 버터로 각각 대표되며 능금은 모든 감각의 세련성을 집약하는 대상이다.

> "빵과 포도주로 예수의 살과 피를 상징할 줄만을 알았지 옛 사람들은 빠터로 지방과 비계를 상징할 줄은 몰랐나부지. 활동의, 연료요, 원동력인 빠터를. 난 버터를 먹을 때같이 행복을 느끼는 때는 없네. 구라파 문명의 진짜 맛이 여기에 있단 말야."
> 동무도 그날의 만찬에는 적이 만족해하는 눈치였다. (중략)
> "행복이라는 건 - 아무렴 빠터를 먹을 때, 자네 얼굴의 주름살이 펴지는 걸 보면 사실 행복이라는 건 바로 그것인가 하네."[250]

<일요일>에서 버터는 활동의 연료요 원동력이며 '구라파 문명의 진짜맛'이 존재하는 거처로 표현된다. 아내를 잃은 슬픔은 호텔에서 맛보는 '진짬의 버터' 한 조각으로 행복으로 변경된다. 버터의 맛을 즐길 수 있는 취향의 세련성 외에 행복을 치장하거나 표현할 수 있는 것은 없다. 버터는 활동의 연료요 원동력이기에 향유되는 것이 아니라, 구라파 문명의 진짜 맛이라고 파악되기에 미각에 입각해 향유되는 것이다. 우유를 머금고 모차르트의 소나타를 들으며 비단구름의 아름다움을 알고 연애를 꿈꾸고 예술을 생산할 줄 아는 존재, 이것이 '땅위의 행복'을 충실히 향유하는 육체로 자리한다.

> 목가적 아취의 사치한 치장은 그만두고 거저래도 우유를 풍족히 먹고 싶다는 원부터가 우선 급할 듯하다. 나날의 곡량은 물론이어니와 시민마다가 우유를 풍족히 마실 수 있다면 얼마나 행복된 사회일까. (중략) 우유를 넉넉히 먹을 수 있는 세상이 지금에 있어서는 가장 원하는 세상이며 바라건대 거리의 복판마다 냉장의 우유 탱크를 세우고 오고 가는 시민에게 자유로 마시게 하거나 혹은 수도와 마찬가지로 지하에 우유도(牛乳道)를 묻고 각 가정에서 나사만 틀면 적량의 신선한 우유가 언제든지 졸졸 쏟아지게 하는 설비가 국가 경영으로서 하루바삐 생겨질 날을 공상 - 이 아니라 충심으로 원하는 바이다.[251]

---

250) 이효석, 〈일요일〉, 전집 3, 199 - 200면.

우유 역시 버터와 마찬가지로 서구 문명의 풍족함과 건강, 세련성(목가적 아취)을 상징하는 상품 가운데 하나이다. 수필 <채롱>에서는 흡족하게 우유를 마실 수 있는 서구인이 우리보다는 행복하다는 사유가 전개된다. 백성 전체가 우유를 흡족하게 마시는 나라야말로 이상사회이므로 수도와 같은 우유도를 묻고 매일 신선한 우유를 쏟아지게 하는 설비를 설치하라고 요구한다. 이는 문명적 소비 향유의 극단으로서 우유 유토피아를 그린다. 우유 유토피아는 이광수와 개화론자들이 주장한 위생 설비의 이상과는 차원이 다르다. 정화된 물이 위생의 차원에서 국가의 건강관리와 관련되어 요구되었다면 우유는 위생이 아니라 섭생의 차원에서 건강과 향유를 결합함으로써 요구된다. 서구인의 육체적 건강의 원동력으로 우유를 상상하고 그 우유를 마음껏 마실 수 있는 이상국을 상상하면서 우유를 즐길 수 있는 풍미와 우유를 통해서 찾는 건강을 연결시키기에, 그것은 위생 관리의 문제가 아니라 취향 관리의 문제, 감식안 관리의 문제와 연결되는 상상력인 것이다.

(3) 능금의 철학, 공설시장의 미학

이효석이 가진 취향의 세련성, 문명적 감각을 대변하는 것이 능금의 철학이며 공설시장의 미학이다. <오리온과 능금>은 능금의 미학이 본격적으로 논의되는 작품 가운데 하나이다. 주의자인 '나'는 '어떤 백화점의 여점원이요, 따라서 몸치장이 다소 사치한' 나오미에게서 '동지라는 느낌보다도 여자라는 느낌'을 받는다. 화자는 동지로서의 우정과 여자로서의 매혹 사이에서 매혹이 앞서기 때문에 나오미에 대해 일정한 거리를 둔다. 그 매혹이란 나오미가 백화점의 여점원이라는 사실, 몸치장이 사치하다는 사실에서 온다. 백화점 여점원이기에 자본주의의 상품이 되는 동시에 노동자일 수 있는 나오미의 존재는 모순적이다. 능금은 상품－노동자라는 모순을 집약한 나오미를 상징하며 '밥'을 대체하는 감각적 세련성의 매혹을 의미하는 대상이다.

> "금욕은 프롤레타리아의 도덕이 아니예요 － 솔직한 감정을 정직하게 표현하는 것이 프롤레타리아가 아닐까요?"
> 그러나 밝은 밤거리에서 아름다운 여자가 능금을 버적버적 먹는 풍경은 프롤레타리아답다느니보다는

251) 이효석, 「채롱」, 전집 7, 186－188면.

차라리 한 폭의 아름다운 모던 풍경이었다. (중략)
　　"능금의 철학"
　　"이라고 해도 좋지요. ─ 그러니까 프롤레타리아 투사에게라고 결코 능금이 금단의 과일이 아니겠지요. 밥을 먹지 않으면 안되는 투사가 능금을 먹지말라는 법이 어디 있어요."[252]

　　나오미는 밝은 길거리에서 능금을 거침없이 베어 먹는다. 욕망을 억압하지 않고 거침없이 드러내는 것은 분명 부르주아의 태도는 아니다. 하지만 그 모습이 너무나 아름답고 사치하고 모던해 보인다. 능금 자체는 사치한 것이 아니다. 능금은 '밥'과 대조되어 발견될 때에만, 백화점의 상품과 같이 아름답고 사치한 여인이 소비할 경우에만 사치하고 모던한 대상이 된다. 취향이란 생활의 미학화와 관련되며 이 경우 여성의 섹슈얼리티는 성욕 그 자체가 아니라 욕망의 세련된 전화를 나타낸다. "나는 웬일인지 항상 나오미와 능금을 연상하게 되어서 그를 생각할 때에나 만날 때에는 반드시 먼저 능금의 연상이 머리 속을 스치게 되었다. 그렇게 하여 때로는 그가 마치 능금의 화신같이 생각되는 때도 있었다."(261) 능금으로 환기되는 육체란 매혹적이기에 동지가 아니라 연애의 대상으로 발견된다.

　　밥이 생존의 문제라면 능금은 생존 이후 생활을 치장하는 것, 취향과 행복의 문제이다. 한편 취향은 밥에 부수적인 것만은 아니다. 그것은 밥과 동등하거나 그 이상의 것이 된다. 프롤레타리아 투사라도 밥과 함께 능금을 먹어야 한다. 밥과 능금을 대조하는 동시에 능금을 밥의 문제로까지 상승시킴으로써 취향의 향유는 생활 그 자체로 절대시된다. 이때 여성의 섹슈얼리티는 그 자체로 의미를 갖지 못한다. 여성을 섹슈얼리티 자체, 욕망의 대상으로만 이해할 때 그것은 타락의 논리를 나타낸다. <오리온과 능금>에서 능금으로 대변되는 것은 '성욕'이 아니라 '세련된 취향의 매혹'이다. 여성의 육체에서 욕망을 발견하고 에로티시즘으로 표현할 때 그것은 향유의 대상이 되지 않는다. 성욕을 불러일으키는 육체는 남성주체를 타락시키기 때문이다. 반면 여성이 '미적 취향'으로 조직될 때 그 육체는 향유적인 가치를 지닌 대상이 된다. '나오미'는 화자에게 성욕을 불러일으키는 대상이 아니라 그 몸치장의 세련성에 입각하여 매혹을 불러일으키는 존재이기에 그는 범상한 아름다움이 아니라 '능금의 화신', 즉 세련된 감각을 환기시키는 대상이 된다. 이것이 취향에 입각하여 재편되는 여성의 육체이며, 패션의 논리이다. 이효석의 소설은 여성의 섹슈얼리티가 아니라 패션인의 미

252) 이효석, <오리온과 능금>, 전집 1, 259 - 260면.

적 자질을 긍정한다.

(연재본이 사라져) 결말을 알 수 없는 장편소설 <주리야>에서도 능금과 커피를 즐기는, 취향을 향유하는 여성이 등장한다.

> "공설시장을 자세히 관찰하신 일 없지요? 그곳은 정말 생활의 잔치 마당이에요. 가지각색 식료품의 렛텔, 싱싱한 야채의 동산, 신선한 냄새 – 그 속에 마님, 아씨, 늙은이, 젊은이가 들섞여서 북아치는 풍경 – 그같이 신성한 풍경이 세상에 또 있을까요."(중략)
> "새파란 나물 담아 태고적부터 전해 내려오는 바구니 – 생활과 문화와 혁명을 낳는 바구니 – 이 속에 시금치, 미나리, 파, 배추를 그득히 사가지고 올께요."253)

마르크스주의자 주화와 동거하는 여주인공 '주리야'의 행동을 결정짓는 것은 공설시장의 철학이다. 이는 유물론이 아니라 '생활의 잔치'라는 관념에 입각해 있다. 시장은 생활의 축제이며, 그 풍성함 때문에 긍정적인 이미지로 환기된다. 주의조차 그 생활의 풍성함, 물품의 풍성함에서 출발하는 것이다. 이에 따르면 "야채를 배경으로 하고 바구니를 들고 선" 주리야의 이미지는 예수를 안고 선 성모 마리아의 이미지에 필적한다. 시장바구니는 생활과 문화와 혁명을 낳는 것이며, 인간은 그 공설시장의 풍성함 속에서만 해방과 자유를 느낄 수 있다는 것이다. 가지각색의 식료품의 레텔과 싱싱한 야채와 냄새가 섞여 있는 공설시장. 그것이 이국품의 진열창인 백화점과 다르지 않음은 물론이다.254)

주리야의 특질은 그가 향유의 미감에 몰입해 있다는 데 있다. 그는 행길에서 능금을 먹고 공설시장의 야채와 진열장의 미학에 취하며 무엇보다 버터를 즐기는 문명적 감각을 가진다. 밥보다 능금과 버터를 필요로 하는 존재로, 그는 이러한 향유의 미감에 사로잡혀 있기에 남편 – 아내의 고착적 관계를 거부한다. '김영애'라는 본명을 버리고 '주리야'라는 가명을 지어 이국명의 이미지를 덧씌우면서 그는 코오피와 버터의 이국적 미감을 그대로 육체화한다.

> 코오피 인이 꼭 박혀버린 주리야는 하루에도 여러 잔은 예사로 마셨다. 그러나 그것이 그다지 그의 건강을 해롭히지는 않았다. 코오피의 향기와 쓴 맛이 그의 비위에 꼭 맞았던 것이다. '발자크는 그의 일생을 코오피를 마시고 소설 쓰는데 바쳤다지. 나도 그이와 같이 자바보다도 브라질보다도 모카가 제일

---

253) 이효석, <주리야>, 전집 4, 10–11면.
254) 공설시장의 미감은 <겨울 시장>, <저녁 때>, <야시> 등 이효석의 시에서 잘 나타난다. 이효석 시에는 풍성한 공설 시장과 평화로운 가정의 생명력에 대한 발견이 두드러진다.

좋아. 소설 쓸 재주는 없으니 평생 코오피나 실컷 마셔볼까'하면서 그의 코오피의 습관을 발자크의 풍류에 비기는 주리야였다(29).

스스로의 개성을 발자크의 코오피 마시는 습관의 모방을 통해 찾는 향유적 감각이 주리야를 지배하는 매혹의 근원이다. 코오피 인이 박혀 브라질, 자바, 모카의 맛을 분별하고 몸에 밴 소비 취향 속에 자신의 생활 감정을 조직하는 '너무나 사치한' 존재. 코오피와 버터를 즐기는 것과 꼭 같은 사치취향으로 주리야는 주의자와의 동거를 선택하고 불어를 배우고 안정적인 배우자와의 결혼을 거부한다. 그렇기에 그가 좋아하는 프로시란 "이지러진 탁자, 쉬어빠진 술, 어두운 등불, 아스파라거스"의 낯선 사물 배치로 이루어진 시이다. "푸로시에 아스파라거스는 다 무어야. 세상에는 아스파라거스를 구경도 못한 사람이 얼마나 많은데 그러우."(31) 이것이 주의자에 동정적인 카페 여주인 '한라'의 비평이지만 주리야에게 있어서 중요한 것은 취향의 세련성이기에, 프로 시 역시 전위의 취향으로서 받아들여 세련된 감각만을 향유한다. "나는 서걱서걱 푸른 능금을 씹고 있다. 써늘한 맛이 눈송이 같이 이에 배노라. 나는 동지섣달 굴같이 떨고 있다. – 이 싱싱한 실감 이것이 프롤레타리아의 것이 아니고 그럼 부르조아의 것이란 말요."(32)라는 것이 주리야의 반박이다.

주리야는 주의자 여성 남희에 대한 반동으로 민호를 유혹하는데 그 계기가 되는 것이 양말대님을 떨어뜨리는 사건이다. "주리야는 민호의 눈앞을 꺼리지도 않고 무릎 위까지 치마를 걷고 양말을 걷어 올렸다. 그러는 동안에도 지금 민호가 그에게 준 한마디가 웬일인지 이상스럽게도 가슴속에 들어배는 듯하였다. – (별 것을 다 떨어뜨리시는군.)"(35) 양말대님을 떨어뜨림으로써 주의자 민호에 대한 주리야의 육욕적 시험은 시작된다. 주화와 민호에 대한 주리야의 매혹은 그 주의에 대한 동감이 아니라 시각적 매력에 존재한다. 순간적으로 매혹된 대상에 대해 유혹의 손길을 펼치고 막상 유혹에 성공하고 나서는 그 유혹이 자발적인 것이 아니라고 생각하는데, 이러한 주리야의 경박성은 정조의 가치를 무시하면서도 정조의 존재를 무시할 수는 없다는 사실과 연관된다. 시각적 유혹 또는 매혹이란 순간적이기에 소비의 순간성에 입각한 후회는 불가피해진다.

"나는 다만 떨어진 물건을 집었을 뿐요 – 땅에 떨어진 양말 대님을 줍듯이."
양말대님 – 주리야는 문득 언제인가 차점 '아리랑'에서 그가 떨어뜨린 양말대님을 민호가 집어주던 장면을 그리고 그가 별것을 다 떨어뜨리시는군 하고 웃던 것을 생각하였다. 사나이라는 것은 극히 사소한 일까지도 기억하는 것임을 알고 그의 큰 실책을 깨달았다. 양말 대님이라면 사실 그가 양말대님을 떨어뜨린 것과 정조를 떨어뜨린 것과는 같은 정도의 부지식간의 실책이었던 것이다. 그는 노여운 가운데에도 얼굴이 붉어져서 할말을 찾지 못하였다. (정말 별것을 다 떨어뜨렸구나!) (54)

민호와 하룻밤을 보낸 후 주리야의 후회는 자신의 정조를 양말대님처럼 가볍게 떨어뜨렸다는 데서 오는 것인 동시에 정조와 신념의 교유가 없는 관계에 대한 고민을 담고 있다. 민호와 하룻밤을 보낸 후 주리야가 주화의 아이를 임신했다는 사실을 알게 되는 결말의 내용은 결국 정조와 신념, 주의의 관련성을 암시하는 것인지도 모른다. 결말을 알 수 없기에 임신한 주리야가 주화의 투옥 상황에서 어떤 행동을 하게 될지 짐작할 수 없으나, 감옥에 간 남편을 기다리는 주의자 여성 한라에 대한 주리야의 호감으로 볼 때 주리야 역시 주화와 참된 결합을 이루는 결말로 이어질 가능성도 있다. 그렇다면 민호에 대한 하룻밤 매혹이란 신념에 입각한 정조의 가치를 발견하는 과정으로 존재하는 것인지도 모른다.

어쨌든 주리야는 주화에 대한 정조를 지키지 않았어도 처벌되지 않는다. 주리야의 임신이나 주화의 투옥은 이광수의 훈육적 육체 논리와 달리 간통으로 인한 처벌이나 수치의 조직 과정이 되지 않는다. 정조 자체가 가치로운 것이 아니라 신념이나 주의와 관련된 매혹의 대상일 경우에만 가치를 갖기 때문이다. 양말대님과도 같은 정조의 가치, 이는 금기가 없는 정조로 조직된다. 한순간의 매혹 또는 오해 속에서 양말대님처럼 떨어뜨리고 주울 수 있는 정조란 미의 하위에 속하게 된다. 중요한 것은 시각적 호감이지 떨어뜨릴 수 있는 정조가 아니다. 정조의 가치를 문제 삼지 않고 시각적 호감의 가치를 문제 삼는 것. 이런 점에서 이효석의 육체 담론은 개성의 타산과 육체 자본의 논리에 입각한 염상섭의 그것과 유사해진다. 반면 이광수와 이상은 정조의 가치를 항시 문제 삼는다는 점에서 변별적이다. 이광수는 정조를 모성애와 관련하여 중요시하며 임신이나 성병 등으로 가시화한다. 이상은 여성의 정조를 둘러싼 내막을 알아내기 위해 경박한 여학생과 속고 속이는 비밀의 유희를 펼친다. 두 사람에게 정조는 여성의 육체적 자질을 결정짓는 요소로 자리하고 있다. 김유정에게는 애초부터 여성의 정조가 아니라 '아내'의 정조조차 문제시되지 않고 있다. 들병이 여성의 육체는 아내의 정조를 팔아 생계를 유지하는 구조를 이루고 있기에 정조 없는 여성이 아니라 정조 없는 아내까지도 김유정에게는 아무런 문제도 되지 않는, 철저히 정조 자체를 무화하는 이해를 보여 주고 있는 것이다.

(4) 사치품 소비의 취향과 패션의 가치

이효석은 미모에 대한 호기심과 환상 속에 여성을 발견하면서 '마음의 귀족'이라는 논리를 내세운다. 그런데 마음의 귀족으로 묘사되는 여성이란 비밀한 내력을 가진 추문의 주인공인 미인이 아니라 세련된 취향을 가진 미인이라는 점이 주목된다. 염상섭 소설의 미모를 갖춘 여주인공들이 그 정체성의 혼란을 가중시키는 내력과 패션으로 미모를 나타낸다면 이효석에게 미모란 패션을 포함한 상품의 문명적 감각과 취향의 소유로 나타난다.

〈그림 9〉 개벽사 여기자 송계월. 이효석의 <마음의 의장>, <수난>과 유진오의 <수난의 기록>은 송계월을 모델로 한 것으로 추정된다.

<마음의 의장>에서 폐병에 걸려 죽어 가는 아름답고 애잔한 여주인공 '유라'[255]의 각혈 순간은 "하아얀 손수건이 볼 동안에 단풍같이 물"드는 것과 같은 순간적인 아름다움의 격렬함으로 묘사된다. 이러한 아름다움, 취향으로서 폐병을 발견하는 것은 19세기 서구 문학의 상상력과 결부된다. 폐결핵은 19세기의 가장 무서운 질병으로 많은 젊은 남녀를 죽게 했고 일상적인 체험을 통해 요절할 것이라는 절망감을 안겨 줌으로써 낭만주의 시대의 어두운 분위기를 만들어 주었다. 폐병으로 죽어 가는 젊은 여자들의 모습은 이 병을 소모병이라고 불렀던 것과 같이 문학상 주제로 자주 등장했다. 가을의 시정은 수확과 풍요의 시기를 의미하는 것이 아니라 자연계의 만물이 맞는 죽음을 의미하는 경우가 많았으며 낙엽은 폐병 환자의 운명을 상징했다. 당시에는 폐병에 대한 낭만적인 사유가 보편화되면서 폐병이 특정한 정신의 자질을 환자들에게 부여한다는 상상력이 발휘되었다.[256] 이효석에게는 세련된 취향을 가진 병약한 여성

255) 〈마음의 의장〉, 〈수난〉 등의 주인공인 '유라'형 인물은 유진오의 단편소설 〈수난의 기록〉에 나타난 '유라'와 함께 개벽사 여기자로 요절한 송계월을 모델로 한 인물로 보인다. 주의자로 백화점 여점원이기도 했던 송계월은 수려한 미모, 화려한 치장과 세련된 패션으로 많은 남성 지식인의 관심을 끌었으며 처녀 임신의 소문 때문에 괴로워하다 폐병으로 요절한다.

256) 르네 뒤보, 『건강이라는 환상』, 허정 역, 삼성미술문화재단, 1982, 249 – 251면.

의 미학화가 이루어지는데, 취향이 존재하는 이상 폐병까지도 아름다운 것으로 발견된다. 이광수에게 폐병이 열정의 문제와 관련되고 이상에게 폐병이 죽음충동과 관련한 것이라면 이효석에게 폐병은 아름다운 것과 관련된다. 염상섭의 <진주는 주엇스나>에서 묘사된 폐병은 순수성의 타락과 관련된다. 김유정에게 폐병은 치질과 다름없는 역행의 질병, 즉 육체를 파괴하고 약물을 들이붓게 만드는 기계화의 과정으로 이해될 따름이다. 따라서 폐결핵을 아름다운 것으로 보는 인식은 서구적 교양과 취향에 입각해 사물과 육체를 바라보는 이효석에게 특징적이라 볼 수 있다.

쓸쓸한 가을 교회의 풍경, 각혈하는 여인이 부르는 베를레느의 <샹송 도토오느> 등은 폐병의 이미지를 치장한다. 문명의 향기와 폐병의 피와 코오피의 미각(<마음의 의장>에서 화자와 유라가 향유하는)은 등가 교환된다.

> 아스파라거스와도 같이 애잔한 그의 건강을 측은히 여겨 나는 그의 청이면 대개 거절하지 않았다. 느린 기차에 한 시간 남짓이 흔들린 후 우리는 가을 바다를 찾았다.
> 새까만 드레스에 새빨간 목도리를 감은 맵시 고운 그의 양자가 야트막한 창고가 늘어선 지저분한 부두와는 모랫속의 구슬과도 같이 어울리지 않았다. (중략) 만목 거칠은 배경 속에서 유라의 자태는 더한층 뛰어나 보였다. 그것은 맑게 타오르는 한 송이의 성스러운 불덩이였다.[257]

'아스파라거스와도 같이 애잔한' 건강을 가진 아름다운 여인이 맵시 고운 옷을 입고 거친 부두와 황량한 가을 바다로 향한다. 그가 맨 새빨간 목도리, 그것은 성스러운 한 송이 불덩이처럼 환기된다. 폐병을 앓는 그녀는 애잔한 건강을 가졌기에 아스파라거스와 같이 이국적이다. 새빨간 목도리, 각혈, 미모, 미적 취향이 결합되어 '유라'라는 모던 여성의 육체를 구성한다. 폐병은 세련된 감식안을 가진 모던 여성을 치장하는 목도리와 같은 것이다. 세련된 취향을 가진 존재로서 그녀는 그가 선택하는 목도리나 넥타이와 같은 패션으로 집약된다.

> 악기점에 들러 양기로운 재즈를 들은 후 백화점에 들어갔을 때 유라는 의미있는 듯이 내 팔을 끌어 찬란한 색채 사이를 뚫고 한 군데로 인도하였다. (중략) 진한 바닷빛 사이로 붉은 줄이 얼기설기 건너간 바둑판 모양의 넥타이 ― 그 속에는 유라 자신의 교양과 세련된 지혜가 은근히 나타나 있기는 하나 그렇다고 일률로 양기로운 빛깔도 아니라고 생각하면서(그것은 마치 유라 자신의 양면과도 같이 양기로운 반면에 슬픈 것이 아닐까.) (285 – 286)

---

257) 이효석, 〈마음의 의장〉, 전집 1, 282면.

악기점에서 듣는 재즈, 백화점에서 고르는 넥타이 등 사소한 선택 향유 행위는 그의 취향, 미감과 교양을 나타내는 행위가 된다. 패션을 통해 개성과 내력, 교양까지 드러내고 읽을 수 있다는 것이야말로 취향으로 발견되는 정체성, 향유적 육체의 핵심이다. 교양과 지혜가 취향을 결정짓고 취향이 패션을 결정지으며 패션이 그 사람의 개성을 결정짓는다는 것이다. 또한 그 패션은 선택자의 현재 상태 또는 감정까지도 드러내는 것이 된다. 푸른빛의 우울(죽음)과 붉은 빛의 의욕이 교차하는 것으로 특징되는 유라의 개성은 그의 패션이 환기하는 것이며 그의 폐병이 환기하는 아름다움이다.

> 유라가 나에게 남기고 간 것은 베를레느의 시의 낙서와 아롱아롱한 넥타이와 그리고 가지가지의 은근한 마음의 향기였다. 마음의 향기─그는 짧은 생애를 마음으로만 산 마음의 귀족이었다. 그의 육체의 살림은 빈곤하였으나 마음의 생활은 풍부하였다. 고독히 사라진 유라─마음의 귀족. 나는 그를 그립게 생각할 때마다 그의 넥타이로 갈아매고 거리를 거닌다. 그러면 나는 마치 그가 살아있을 때와 마찬가지로 나의 옆에 오종오종 따라옴을 느낀다(289─290).

'그해도 채 못 넘기고' 죽은 유라에 대한 나의 매혹은 애잔한 건강과 미모와 교양이 조화되어 있다는 사실과 관련된다. 나는 유라를 '마음의 귀족'이라고 표현하여 현실의 가난과 대조시키지만 그 마음의 귀족이란 생활의 미학화와 다른 것이 아니다. 그는 재즈를 즐기고 폐병을 즐기고 죽음이 주는 아름다움을 즐기고 유부남과의 짧은 사랑을 즐기고 넥타이의 미감을 즐기는, 취향을 가진 폐병쟁이다. 전염병자의 현실을 베를렌의 시나 가을바다나 아스파라거스와 새빨간 목도리의 미감으로 감싸는 것에 <마음의 의장>의 의미가 있는 것이다. 마음의 장식(의장)이란 교양과 패션─취향으로 감싸인 개성의 구축에 다름 아니다. 죽은 여인의 기억이고 추억이기에 미학화된, 한 줄의 넥타이에 새겨진 단편적인 육체 향유가 이루어진다. 넥타이를 매고 거리를 걷는 것만으로 환기되는 여인의 추억이란 곧 넥타이에 새겨진 그녀의 세련성, 취향으로 대변되는 육체의 향유가 되는 것이다. 이효석은 패션이 가져오는 미적 환상의 논리와 매혹을 전적으로 문학화하고 있다. 리포베츠키에 따르면 패션은 순간성의 신성화로 이루어진다. 그것은 사회적 구별의 징표만이 아니라 기분의 고양이고 눈에 즐거움을 주는 것이며 차이의 쾌락이기도 하다. 취미와 삶의 기준들이 양식화되면서 세속적인 쾌락에 대한 추구가 촉진된다. 개인의 외양에 나타나는 자그마한 차이와 정교함의 예술인 패션은 세련되어가는 시각적인 쾌를 반영한다. 패션의 유혹은 그것이 사치와 개성, 계급과 독창성, 개인의 정체성과 자아의 일시적 변화가 공존할 수 있도록 하는 데서 생기는 것이다.[258]

패션의 세련성, 외양의 매혹이 존재한다면 내력의 관리, 소문의 낙인은 중요하지 않다. 이런 점에서 이효석의 소비 향유적 육체 인식은 염상섭의 소비 교환에 입각한 육체 자본의 인식과 달라진다. 사람들의 시선과 소문에 정조 없는 것으로 낙인찍힌 여성이라 하더라도 혹은 진짜 정조를 잃거나 방종한 여성이라 하더라도 그 여성에게 시각적인 매혹이나 취향의 세련성만 있다면 얼마든지 그녀와 연애를 할 수도, 결혼을 할 수도 있다. 소문의 시선을 두려워하고 수치를 조직하는 것이 염상섭의 육체 형상화 방식이라면 소문의 속물성을 넘어서는 미학화된 육체의 상을 요구하는 것이 이효석의 특징이다. 소문과 대척되는 미적 취향의 우월성을 논의하는 작품으로 <수난>과 <풀잎>이 있다. 자전적 체험을 그린 <풀잎>은 여가수와 사랑에 빠진 소설가 '준보'가 그들을 방해하는 사람들의 갖가지 소문에도 불구하고 사랑을 꺾지 않는다는 내용을 담고 있다.[259] 그에게 사랑은 현재의 교양과 취미를 즐기는 것이지 과거를 캐는 것이 되지 않기 때문이다.

> 걱정할 게 없어요 오늘의 당신을 사랑했지, 누가 지난 경력을 사랑했나요. 오늘의 그 얼굴과 교양과 취미를 사랑하고 인격을 존중히 하는 것이지 누가 지난 날을 캐자는 것인가요. (중략) 사랑두 세상 눈치 봐가면서 해야 되나. 세상을 좀 멸시하면선 못 살아가나.[260]

과거의 이력이 아니라 현재의 취향과 교양에 대한 공감이 사랑의 절대적 이유가 된다. 염상섭이 육체 자본과 관련된 소문의 내막탐지, 낙인을 중시한다면 이효석은 소문 자체를 무시한다. 현재 자신이 이해한 대상의 취향에 공감하면 그만이다. 미모의 가치는 그 내력의 신용 여부가 아니라 현재의 취향, 안목의 고저로 발견되는 것이다.

이때 취향이나 감각적 세련성에 대한 매혹이란 과거의 이력을 탐지하는 것과 같은 역사나 지속성을 가진 것이 아니라 순간적인 것이기에 <천사와 산문시>에서는 잠깐 도회를 방문한 여행자가 매춘여성에게서 미를 발견하는 기괴한 이야기가 펼쳐진다.

---

258) 질 리포베츠키, 앞의 책, 54 – 59면 참고.
259) 이효석과 유행가 가수 왕수복 간 당대에 떠들썩했던 연애를 그린 이 소설에서 소설가 '준보'와 여가수 '실'의 사랑은 그녀의 이런저런 남성편력 소문과 유진오 등 이효석 친우들의 반대에도 불구하고 굳건한 것으로 그려진다.
260) 이효석, <풀잎>, 전집 3, 212면.

결국 도회문화의 앞잡이를 서는 것은 여인풍경이요 색정문화의 발달이 곧 건전한 도회를 걸어간다 – 고 말함은 일종의 역설일까. 거리에서 만나는 모르는 여인의 표정을 살피고 나부끼는 머플러에 주의를 보내는 마음은 건전치 못한 것일까. 여행을 하는 마음은 그 무엇을 찾는 마음이니 그 무엇이 바로 그것이 아닐까. 〈절대의 탐구〉를 쓴 발자크 자신이 찾은 절대는 우주의 마지막 원수도 아니요, 그렇다고 인간 희극의 진리도 아니요, 실로 몇 사람의 여인이 아니었던가.[261]

오랜만에 만나 보는 서울에서 서술자는 그다지 변하지 않은 인상을 느끼면서도 여인풍경의 변화에서 생동감을 맛본다. 여인풍경은 도회풍경이며 색정문화의 발달을 보여 주는 것이라고 하면서 그는 그것이야말로 '절대'라고 이야기한다. 발자크가 '절대의 탐구'라는 제목으로 몇 사람의 여인을 발견한 것이 이를 설명하는 근거가 된다. 즉 여인의 소비적 육체, 패션과 외양의 변화 탐지, 발견이야말로 예술의 절대에 비견될 수 있는 것, 예술이 발견하고 향유해야 할 무엇이라는 것이다. 발자크의 예술이 개성의 탐구, 취향의 탐구라 할 때, 그 개성이란 신분과 계급의 질서가 사라진 자리에 들어선 개인적 가치의 외현화 양식에 대한 탐구와 관련되어 있다.[262] 이효석의 문학은 그러한 새로운 개성 또는 취향의 탐구가 가진 현실성을 몰각한다는 데 특징이 있다. 발자크는 현실을 망각하기 위해 패션과 여인의 외양을 그린 것이 아니다. 그는 오히려 계급과 신분이 사라진 시대 새로운 정체성을 탐구하기 위해 육체에 새겨지는 각종 기호들, 패션과 문신, 장신구와 태도를 묘사했다고 볼 수 있다. 반면 이효석이 발견한 패션이란 현실의 그것이 아니라 서구 문학작품 속 공상의 미감이기에 현실을 가리는 어떤 '향기'로만 발견된다. 그렇기 때문에 그는 젊은 매춘부의 육체에서 천사를 환기하고 동화를 즐길 수 있다. 서술자는 의도적으로 내막이나 현실에 눈을 가리고 내면의 비밀을 신비로운 환상으로 싼 채 겉으로 드러나는 패션과 외양의 향유에 침잠한다. 비밀을 굳이 캐는 것은 '주접' 드는 것으로밖에 보이지 않는다. 매춘부는 천사로 둔갑할 수 있고, 그 둔갑된 이미지를 받아들이기만 하면 아름답다.

짧은 머리를 풀어 헤뜨린 천사는 사뿐 날아와서 맞은편 의자에 앉았다. 날개 소리도 내지 않는 고요한 거동이었다. 그림자 깊은 얼굴에 으늑한 미소를 띠었을 뿐이지 한마디 말도 없다. 그러나 그의 표정을 번역하면 "나는 걱정이 많아요. 그러나 지금은 행복스러워요."하고 역력히 말하고 있는 것이다. (중략) "제게는 드레스가 맞아요."하며 나비 날개와도 같은 잠자리 옷의 소매를 휘날려 보이는 그의 양자는 바로 천사의 모양 그것이다. "드레스를 입고 해 나는 날 바다를 구경하였으면요 – 겨울바다는 검고

261) 이효석, 〈천사와 산문시〉, 전집 2, 27 – 28면.
262) 피터 브룩스, 앞의 책, 170 – 171면 참고.

탄탄하고 차고 맑고ー눈오는 날이면 검은 파도 사이에 송이송이 떨어져선 금시에 녹아버리죠. 항구에 뜬 배는 얼어붙은 듯이 고요히 서서 기적도 잊어버리고 흰 치장을 자랑하구요……." 그의 말은 야릇한 마술과도 같고, 향기 높은 술과도 같아서 일종의 맑은 환영을 일으키게 한다(30-31).

도회의 순간적 매혹에 빠진 서술자에게 아름다운 매춘부는 현실의 여인이 아니라 '마음속의 천사', 옛이야기의 천사로 발견된다. 그의 짧은 머리와 하늘거리는 잠자리 옷은 나에게 이국 여인의 환상을 불러일으킨다. '걱정은 많다. 그러나 지금은 행복하다.' 현실이 아니라 순간적인 향유와 행복, 이것이 매춘부-천사의 미감을 이루는 것이다. 그녀는 나에게 성욕을 불러일으키는 존재가 아니라 겨울바다를 함께 헤매는 검은 드레스의 여인이며, 환상 속 마술 같은 존재이다. 그는 "거리의 천사로 보기에는 너무도 가혹하고 아까운 자태"로 나를 현혹하며 그 현혹 속에서 나는 스스로 이야기 속의 세계를 만들고 이야기 속 천사의 매혹에 현실의 매춘부를 대응시킨다. 가벼운 날개옷, 짧은 머리스타일, 드레스를 입은 천사, 이러한 이국여인의 이미지를 현실의 매춘부에 대응시키면서 그가 향유하는 것은 욕망이 아니라 공상, 이국의 미감과 취향이다.

애잔한 천사! 그는 거리의 천사가 아니요 마음의 천사였다. 엄숙한 표정을 지니고 사랑과 욕심의 구별을 세우려고 골살을 찌푸림은 칼날로 바닷물을 가르려는 것과도 같아 거의 무의미한 헛수고인 듯하다. 사랑과 욕심은 뗄 수 없는 것이니 사랑이 있으면 반드시 욕심이 생기고 욕심 솟는 곳에 자연 사랑도 붙는 것이다. (중략) 욕심으로부터 시작되는 사랑도 있는 것이니, 이렇거든 사랑이 한층 향기롭고 진득할 수가 있는 것이다(33).

매춘부와 서술자는 술을 나누고 춤을 추면서 '욕망'이 아니라 '사랑'에 빠져든다. 성욕이 아니라 매혹이 매춘부-천사에 대한 서술자의 감정을 규정짓는다. 이광수가 기생을 비롯한 매춘부를 위생 담론의 관점에서 바라보며 타락하고 비위생적이며 부도덕한 존재로 간주하는 반면, 염상섭은 드러난 매춘부의 행위 자체에 대해서는 오히려 긍정하는 가운데 드러나지 않은 매춘 행위의 사기와 거짓을 폭로하는 데 집중한다. 김유정은 매춘부 아내의 생활력, 현실 대응력에서 어머니와 같은 긍정성을 발견하고, 이상은 매춘부 아내의 알레고리 속에서 타락한 소비 자본의 논리를 형상화한다. 이들과 달리 이효석은 매춘부의 육체적 세련성을 문제 삼으며 순간적 향유를 절대시한다는 변별성을 나타낸다.

서술자는 무엇보다 일부러 '사랑과 욕심의 구별을 세우려고 골살을 찌푸림'이라는 훈육적 육체의 질서를 배척한다. 사랑과 욕심을 구별 지을 이유가 없으며 사랑이 있으면 욕심이 있고 욕심이 있는 곳에 사랑도 불붙는다는 논리 속에, 그 선후관계 역시도 큰 의미가 없다고 말한다. 사랑으로부터만 애욕이 솟는 것이 아니며 욕망이 먼저 있는 상태에서 생겨나는 사랑도 있다. 이 때문에 사랑이 한층 더 향기로울 수 있다는 것이다. 순간적인 향유만이 절대라고 이해하는 인식 속에서는 결코 낭만적 사랑의 절대성을 이야기할 수 없으며 욕망의 가치를 깎아내릴 수도 없다. 사랑은 욕망(매혹)이 여러 번 반복되는 가운데 반복될 수 있는 것이며, 한 사람과의 끝없는 사랑이라는 일부일처의 도덕률은 '감상시대의 한때 열병'으로, 결코 진정한 사랑이 되지 않는다는 것이다. 그렇기에 그는 "사랑은 붉은 한 빛이 아니요 무지개와 같이 다채인 것"이라고 규정한다.[263] 매춘부는 온전히 '욕심만의 대상이 되는 법은 아닌' 것이고 '거리의 천사도 마음의 천사가 될 수 있다.' "그런 사랑도 있는 것이다." 매춘부와의 하룻밤은 '꿈속의 밤이요 이야기 속의 밤'이 된다. 그것은 순간적 향유의 미감으로 채워진 밤이기에 충분히 아름답고 충족적이다. 돈을 지불하고 그 돈에 값하는 향유를 얻었다면, 그것으로 사랑은 완성된다. 매춘부를 세속적 섹슈얼리티의 대상으로 발견하는 대신 취향의 세련성을 대변하는 육체 – 상품으로 발견함으로써 향유의 절대성을 보여 주는 것이다.

이효석의 소설에서 에로티시즘은 대부분 자본주의 속 타락한 욕망의 교환으로 그려지며 이는 세련된 패션과 취향의 매혹과는 변별된다. 도시에서의 에로티시즘은 물질과 교환되는 여성 섹슈얼리티를 그리며 야만과 매춘의 이미지를 품고 있다(<장미 병들다>, <성찬>, <화분>, <분녀>). 도회적인 세계를 그리되 매춘의 이미지가 개입하지 않을 경우 여성 섹슈얼리티는 문명적 세련성과 미의 대상으로 그려진다(<마음의 의장>, <천사와 산문시>, <벽공무한>, <봄 의상>, <소복과 청자>). 이효석의 소설에서 미와 에로티시즘은 상반된다. 도회에서 미의 세련성은 에로티시즘보다 교양의 영역을 포섭한다. 그 미는 자연에 가까운 것으로 이해되면서 아름다움 그 자체의 서구적 기원을 그려 간다. 한편 전원에서의 에로티시즘은 에덴적인 이상의 면모를 나타내기에[264] 정결성을 부여받는데, 그것은 교환의 논리가 아니라 향유 자체의

---

263) 염상섭과 이효석은 '행복'만을 문제 삼기에, 행복하기만 하면 굳이 일부일처제의 구속에 얽매일 이유도 없으며, 사랑과 욕심을 구분 짓고 정조를 문제 삼을 이유도 없다고 본다. 한편 이들과 달리 김유정은 행복 때문이 아니라 생계, 생활과 현실이라는 측면에서 정조 따위를 문제 삼지 않는 기괴성을 보이며 현실 자본주의의 여러 가지 논리를 전복한다.

264) 정한모는 이효석의 구라파주의가 변형된 세계로 에덴적인 향수가 지닌 의미를 구명하는데 이는 이효석이 묘사한 전원의 에로티시즘이 서구적 교양의 연장선에서 그려지는 것임을 보여 준다. 정한모, 「효석론」, 『이효석 전집』8, 86 –

논리만을 포섭하는 까닭이다(<들>, <산>, <모밀꽃 필 무렵>, <산정>).

2) 섹슈얼리티의 이원성과 '야취(野趣)'의 세계

(1) 식욕과 성욕의 구분에 입각한 섹슈얼리티의 재편

이효석에게 식욕과 동일시되는 성욕은 부정된다. 식욕이 '밥'에 대한 욕망에 불과하기에 '과물'에 대한 욕망, 즉 감각적인 향기로 재편되어야 하듯이 성욕은 패션과 취향의 세련성에 입각한 매혹으로 재편될 경우에만 긍정된다. 이 매혹은 자본과의 육체 교환이라는 논리와 무관하며 풍요롭고 자유로운 공간(전원 또는 서구)의 환상 속에서만 가능하다.

<성찬>에서는 식욕과 성욕을 동일시하는 여성의 타락상을 그린다. "괴벽스럽고 어지러운 생각인지도 모르나 나는 한사람 한사람의 사내를 대할 때에 마치 한 상 한 상의 잔칫상을 대하는 것같이 준비된 성스러운 식탁을 대하는 것같이 밖에는 생각되지 않았어. 식탁위의 것이 아무리 귀한 진미였다 하더라도 시간이 지나면 그 맛의 기억이란 사라져 버리는 것."[265)이라고 여급 '보배'는 자신의 성욕에 당당하지만 신문기자 '준보'를 유혹하기에 성공한 후 일종의 허탈감에 빠진다. 맛의 감각이 없는 성욕이란 향유의 충족감이 아니라 불쾌한 허무로 남을 따름이다.

이러한 <성찬>의 타락과 달리 <개살구>의 '서울집'의 성욕은 부정되지 않는다. 이는 '서울집'이 가진 육체의 매혹에 근거한다. 서울집은 세련성과 미모에서 사람들을 현혹한다. "뜨무랗이 허여멀쑥한 자그마하고 야물어진 서울 색시를 앞대 물을 먹으면 인물조차 그렇거니만 생각하면서 사람들은 자동차에서 내리는 그를 울레졸에 둘러쌌다."[266) 사람들은 서울집의 미모와 살결에 매혹되고 그 육체에 대한 호기심으로 살구나무에 감추어진 집 안의 비밀을 알고 싶어 한다. 감추어진 공간, 감추어진 육체, 금

93면 참고.
265) 이효석, 〈성찬〉, 전집 2, 112면.
266) 이효석, 〈개살구〉, 전집 2, 141면.

지된 식욕은 동일한 의미로 향유된다. 개살구에 대한 식욕이란 밥에 대한 욕망과 달리 비밀에 대한 호기심이며 서울집의 미모에 대한 매혹이다. 살구도적을 갔던 마을처녀가 개기월식 동안의 남녀의 비밀한 육체관계를 목격한 것은 처음부터 작정한 목적의 성취라고 볼 수 있다. 서울집의 매혹은 그 세련성에 입각한 것이기에 그녀가 근친상간에 빠져 처벌된 순간에도 매혹은 사라지지 않는다. 그녀는 아버지와 아들을 모두 관계한 타락한 여성이지만 그 행위는 '늘 밖을 그리워하는 눈치', 즉 자유에 대한 욕망으로 간주되기에 그로 인해 처벌되어 '얼굴과 다리의 상처'를 가진 불구의 몸이 되지만 남성들은 여전히 "면장 운동보다도 오히려 더 큰 열정이 그를 송두리째 사로잡으며 서울집을 잃는다면 그까짓 면장은 얻어해 무엇하노 하는 생각"(163)에 사로잡혀 있다.

<장미 병들다>는 매독에 걸린 신여성의 육체를 다루는데, 여기에서 매독은 그 방종이나 정조 훼손이 아니라 값싼 취향, 상품으로서의 육체 사기로서 문제시된다. 고등 상품인 줄 알았던 육체가 허울이며 사기당한 상품이었음을 알게 된다는 것이 <장미 병들다>의 주된 서사이다. 여주인공 '남죽'은 어린 시절 진보적 서적을 읽고 동맹파업을 지도했던 학생이지만 극단 배우로 돌아섰다가 유행가 가수를 지망하기도 하고 여배우 노릇도 하다가 결국 매춘으로 빠져드는 성병환자이다. '현보'에게 순수한 환상을 환기하는 상품 – 육체였던 남죽이 고향에 돌아갈 여비도 없이 댄스나 즐기고 부랑자와 매음이나 하는 사기 – 상품으로 돌변하는 데 충격이 있다.

> 속히운 것은 비단 마음뿐이 아니고 육체까지임을 알았을 때 현보는 참으로 미칠 듯한 심정이었던 것이다. (중략) 처음에는 감격하고 고맙게 여겼던 애정이었으나 그렇게 된 결과로 보면 일종의 애욕사기로 밖에는 생각되지 않았다. 칠팔년 전 건강하고 아름다운 꿈으로 시작되었던 남죽의 생애가 그렇게 쉽게 병들고 상할 줄은 짐작도 할 수 없었던 것이다.[267]

남죽의 육체 사기는 말 그대로 상품 거래의 사기이며 애욕 사기이다. 그는 고맙게 생각하는 애정에 값하지 못하는 대가를 가져온다. 한 번의 성관계로 병을 얻게 되면서 예전의 환상이 깨어질 때, '비싼 거래'의 문제가 제기된다. 건강한 아름다움에 대한 환상이 깨어지면서, 상품 사기와 같은 육체 사기 교환의 인식이 일어나고 그에 대한 분노가 생겨난다. 세련성의 향유 대상으로 상상했던 여성의 환상이 깨어지는 곳에

---

267) 이효석, 〈장미 병들다〉, 전집 2, 194면.

비판이 생겨나는 것이다. <장미 병들다>라는 제목에서 방점이 찍힌 곳은 '병'이 아니라 '장미'이다. 그녀가 장미, 즉 화려함과 세련된 취향으로 남성들을 매혹하는 상품의 육체가 아니라면 그녀의 병 자체가 그토록 충격적일 수는 없기 때문이다.

<돈>과 <분녀>는 여성 섹슈얼리티에 대한 도회와 농촌의 공간적 재배치를 보여준다. <돈>에서 돼지 종묘장은 <독백>에서처럼 인간의 성욕을 환기시켜 곧바로 주인공 '식이'의 '분이' 연상을 가져온다. 식이의 욕망 대상이었던 분이는 암돼지가 농가의 일 년 벌이가 되는 것처럼 도시의 매춘부로 전락해 있다. "속깊은 박초시의 일이니 자기 딸 조처에 무슨 꿍꿍이 수작을 대었는지 도무지 모를 노릇이었다. 청진으로 갔느니 서울로 갔느니 며칠 전에 박초시에게 돈 십원이 왔느니 소문은 갈피갈피였으나 하나도 종잡을 수 없었다."[268] 분녀는 식이에게 '그 고운 살을 한 번도 허락하지 않고' 아비에 의해 유곽으로 팔려 갔으며, 그 때문에 식이에게는 해소되지 않은 성욕의 대상으로만 남는다. 식이의 공상은 분이가 있는 도시로 향하지만 그것은 철도에 의해 깨뜨려진다.

> "아 돼지가 치었다니 두 번이나 종묘장에 가서 씨받은 내 돼지 암돼지 양돼지……."
> 엉겁결에 외치면서 훑어보았으나 피 한방울 찾아 볼 수 없다. 흔적조차 없다니 - 기차가 달룽 들고
> 간 것 같아서 아득한 철로 위를 바라보았으나 기차는 벌써 그림자조차 없다(275).

한방에서 잠재우고 한 그릇에 물먹여 기른 돼지, 분녀를 연상시키는 암돼지는 분녀처럼 '기차가 달룽 들고 간'다. 욕망은 자본제 사회 속에서 자본에 의해 관리되며 매춘의 형태로 돈과 교환될 수 있을 뿐이다. 근대 자본주의의 여성 섹슈얼리티의 매춘화는 <돈>을 통해 형상화되며 이는 <분녀>로 이어진다. <분녀>에서 '분녀'의 타락은 강간당한 첫 경험에 있는 것이 아니라 이후 몸을 옷이나 구두, 반지나 돈과 같은 물건과 교환하는 매춘부가 된 데 있다. 분녀의 타락이 궁극에 이를 때 왕서방에 대한 욕망이 표출된다.

> 생각하기도 부끄러운 일이나 사실 왕가는 특별한 인간이었다. 사내 이상의 것이라고 할까. 그로 말미
> 암아 분녀는 완전히 눈을 뜨게 된 것이다. 왕가를 보는 눈이 전과는 갑자기 달라져서 은근히 그가 그리
> 운 날이 있었다. 피가 수물거려 몸이 덥고 골이 띵할 때조차 있다.[269]

---

268) 이효석, 〈돈〉, 전집 1, 271 - 272면.

분녀는 왕서방과의 관계에서 이전 명준이나 천수, 만갑, 상구와의 경험과 달리 수치심 대신 욕망을 느낀다. 중국인 '왕가'는 사회적인 관계로서의 사내가 아니라 개인적 욕망, 동물과 같은 성욕의 완전한 개화를 나타낸다. 그와의 첫 만남부터가 왕가의 자위를 그네를 타는 분녀가 목격함에서 출발하듯 그들의 관계는 야수적이고 본능적이어서 어떤 미학도 개입할 여지가 없다. 분녀는 왕가와의 관계를 통해 식욕과 같은 성욕에 사로잡히고 그에 집착하며 이 때문에 처벌의 대상이 된다. '종가'와 '관사'로 대변되는 사회의 율법에 의해서 그녀는 몽둥이찜질을 당하며 그 처벌을 통해 "큰일이나 치르고 난 것 같다. 몸도 가다듬고 마음도 죄어졌다. 딴사람으로라도 태어난 것 같다. 관사에서 떨어진 후로는 들에 나가 밭일을 거들었다. 거리를 모르게 되고 밭과 친"(379－380)하게 되도록 변화한다. 분녀는 처벌을 통해 거리가 아니라 밭의 세계로 돌아온다. 거리에서 타락한 분녀의 욕망은 밭(농촌)을 통해 정화된다. 그래서 그는 '귀찮은 금덩이를 가져오지 않은' 명준과 '마음잡고 평생을 같이 하여 볼까' 하는 계획을 세우게 된다. 명준과의 첫 관계가 강간이었다는 사실은 문제되지 않는다. 농촌의 정화력 속에서 명준과의 관계로 돌아옴은 자본의 교환이 내포되지 않기에 가장 순수한 것으로 이해되는 것이다. 이처럼 '거리'의 교환과는 다른 형태의 욕망이 <산> 이후 그려진다. 거리가 아니라 산이나 들, 전원에서 형상화되는 여성의 섹슈얼리티는 도회 여성의 섹슈얼리티와는 일정한 차이를 나타낸다. 그것은 '능금'이나 '들딸기'의 후각과 미각으로 전이되며 향유적 순간으로 재편된다. 소비－교환의 부정성과 다른 소비－향유의 긍정적인 미감이 '야취'의 형태로 조직되는 것이다.

(2) 후각의 발견과 야취의 형상화

이효석 소설에서 능금의 이미지로 집약되는 향기는 자유로운 향유의 매혹을 환기시킨다. 이광수에게 냄새가 중년남성의 애욕에 입각한 여성의 정조 파기나 성병과 관련하여 비위생과 타락을 환기시킨다면 이효석에게 향기는 신선한 생의 의욕과 같은 의미를 띠며, 섹슈얼리티를 환기하는 순간에도 결코 타락한 것이 되지 않는다. '야만'과 구분되는 '야취(野趣)'가 이로부터 탄생한다. 냄새의 측면에서 배척되었던 '야만'은

---

269) 이효석, 〈분녀〉, 전집 1, 374면.

향유적 미각(후각)으로 전이되면서 야취 또는 야생의 형태로 긍정된다.

> 능금나무 동산, 아름다운 옛동산, 지금에는 찾을 수 없는 그 동산…… 타락은 하였든 말았든 간에
> 아담 때부터 좋아하던 능금이다. 혀를 찌르는 선열한 감각, 꿈꾸게 하는 향기로운 꽃, 그리고 그리운 옛
> 향기…… (중략) 따뜻한 석양 언덕 위에 비낄 때 능금실은 수레 마을길로 향하였다. 황금 햇발에 머리
> 카락 물들이며 수레 위에 앉아서 능금 먹는 처녀와 총각…… 타락의 시초인지 몰락의 첫걸음인지 그
> 뉘 알리오마는 너 한입 나 한입, 거기에는 아름다운 이야기 있고 순진한 목가가 넘쳤다.[270]

<북국점경>에서 '능금'은 야취 발견으로서의 전원 이상화로 나타난다. 능금은 서구의 창세기와 관련하여 세련된 향기를 가진 것인 동시에 성행위를 환기하는 원초적인 감각과 연결된다. 육체의 발견이란 이효석에 따르면 서구문화와 문학의 특징이다. 이효석은 평론 <서구정신과 동방정취 – 육체문학의 전통에 대하여>에서 "서구문학이란 헬레니즘에서 비롯해서 연면히 흘러내려오는 육체문학 혹은 체취문학의 위대한 계열"[271]이라고 규정짓고 있다. '타락의 시초인지 몰락의 첫걸음인지' 모르지만 '황금 햇발에 머리카락 물들이며 수레 위에 앉아서' 능금을 즐기는 처녀 총각의 미감은 능금의 '선열한 감각'의 세련성, 절대성에 의해 '아름다운 이야기', '순진한 목가'로 형상화된다. 이국취향과 야취는 함께 능금의 감각으로 어우러진다. 그것은 이상의 목가로 먼 과거에 있었거나 먼 이국에 있는 대상의 미감을 나타낸다.

이효석의 <산>과 <들> 같은 작품은 야취의 발견으로 전원 이상향을 그리는 가운데 '학교'와 '마을', '거리'를 그 대척적인 공간으로 형상화한다. 염상섭과 마찬가지로 이효석에게 '학교'는 맹목적인 훈육과 감시만이 존재하는 곳으로 부정된다. <약령기>, <영나>, <수탉>에서 학교의 부정성이 잘 드러난다.

> "학교가 싫어진 것은 지금에 시작된 일이냐? 좋아서 학교 오는 사람이 어디 있겠니. 기계가 움직이듯
> 아무 의지도 없이 맹목적으로 오는 데가 학교야. 그렇다고 학교에 안 오면 별 수가 있어야지."
> "즐겁게 뛰노는 곳이 아니고 사람을 XX하는 곳이야."
> "흙과 친하라고 말하나(중략) 흙과 친할 수 있는가."
> "어디로든지 먼 곳으로 가고 싶어."[272]

---

270) 이효석, 〈북국점경〉, 전집 1, 243 – 244면.
271) 이효석, 「서구정신과 동방정취 – 육체문학의 전통에 대하여」, 전집 6, 252면.
272) 이효석, 〈약령기〉, 전집 1, 87 – 88면.

학교는 흙과 친해질 수 있는 공간이 아니라 흙과 멀어지는 착취의 공간이다. 그것은 '기계가 움직이듯 아무 의지도 없이 맹목적으로' 복종을 기획하기에 쾌락으로부터 격리된 억압적 세계가 되어 버린다. 이런 학교나 마을과 같은 현실 사회를 떠난 자리, 곧 자연이나 단지 '먼 곳'이 그리운 대상으로 제시된다. 감시의 시선이 존재하지 않고 향취를 즐기며 마음대로 자유로이 살아가는 인간의 꿈, 북국의 발랄한 생기를 호흡하거나 자연의 풍성함을 환상하는 논리가 그 속에서 등가 교환된다. 고향을 떠나는 것, 학교를 그만두는 것, 애인과 결별하는 것, 전원으로 달려가는 것, 이 모든 것이 먼 곳으로의 열정과 동일시되는 것이다. 전원과 이국(북국, 구라파)은 현실이 아니며 '어디로든지 먼 곳'이기에 긍정적인 자유와 풍요가 있는 공간으로 발견된다. "협착한 땅 위에 그렇게 자유로운 벌판이 있음이 새삼스러운 놀람이다. 아무리 자유로운 말을 외쳐도 거기에서만은 '중지'를 당하는 법이 없으니까 말이다."[273] 들의 이상은 감시에서 벗어난 자유로움에 있다. 향취와 풍요로운 미감이 있는 공간이기에 그곳에 들어온 인간의 육체는 야취를 발견하고 들의 자유에 동화된다.

> 탐나는 열매에 눈독을 보내며 철망을 넘기에 나는 반드시 가책과 반성으로 모질게 마음을 매질하지는 않았으며 그럴 필요도 없었다. 그것이 누구의 과수원이든 간에 철망을 넘는 것은 차라리 들사람의 일종의 성격이 아닐까. 들사람은 또한 한편 그것을 용납하고 묵인하는 아량도 가지고 있는 것이다. 나는 몇해 동안에 완전히 이 야취의 성격을 얻어버린 것 같다(16).

들사람의 야취란 풍성함에 입각하여 사유재산의 경계를 뛰어넘는 것으로 이해된다. 누구의 과수원이든 탐나는 열매에 눈독을 보내며 철망을 넘기에 가책과 반성이 필요치 않은 세계, 사유재산의 경계보다 열매의 향기와 맛을 자유로이 추구할 수 있는 세계가 들의 이상으로 제시되며 야취의 성격으로 강변된다. 이효석의 소설은 근대 소유 자본주의의 논리를 뛰어넘는 '들사람'의 탈주 욕망을 드러낸다.[274] 근대의 타산적인 축적과 소유의 관념이 사라지는 것은 학교와 대비되는 들의 성격으로 제시되고 그에 융화된 들사람은 '야취의 성격'을 얻는다. 탐나는 열매를 보고 그것을 갖고 싶다는 욕망을 '가책과 반성' 없이 성취할 수 있다는 것. 욕망을 그 자체로 실현할 수 있는

---

273) 이효석, 〈들〉, 전집 2, 15면.

274) 사유재산에 기반을 둔 자본주의 근대성의 세계에 대한 탈주를 그린다는 점에서 이효석과 김유정, 이상의 소설이 가진 유사성을 살필 수 있을 것이다.

자유가 있고 이는 또한 그 풍성함에서 기원하기에 그것은 일상의 미세한 감시–훈육적 질서 이면의 환상이 된다.

> 과실같이 싱싱한 기운과 향기, 나무 향기, 흙냄새, 하늘 향기, 마을에서는 찾아볼 수 없는 향기다. 낙엽 속에 파묻혀 앉아 깨금을 알뜰히 바수는 중실은 이제 새삼스럽게 그 향기를 생각하고 나무를 살피고 하늘을 바라보는 것이 아니었다. 그런 것은 한데 합쳐서 몸에 함빡 젖어들어 전신을 가지고 모르는 결에 그것을 느낄 뿐이다. 산과 몸이 빈틈없이 한데 얼린 것이다.275)

<산>에서 '몸은 한포기의 나무'라고 인식하는 '중실'의 삶은 풍요로움과 부드러움, 향기 속에서 자연에 동화해 있다. 자연에 몰입된 육체는 먼저 자연의 향기를 발견하고 스스로 자연으로 화한다. 그 자연화된 육체란 향토적인 것이 아니라 전원적인 것으로, 목가와 같은 서구 문학을 통해 발견되는 것이다. 근대적 시공간의 생산 합리성을 위한 훈육적 질서를 깨뜨리고 그 가운데 물질적 풍성함만을 따로 떼어 낸 이상향이 산이고 들이다. 그러므로 그것은 언제라도 필요한 물건을 살 수 있는 백화점, 공설시장과 같은 풍성함으로 형상화된다. <산>에서 주인공이 발견하는 것이 먼저 그 싱싱한 향기이고 풍부한 먹을거리이며 부드러운 보료임은 이 때문이다. 야만이 아니라 야취의 발견, 이는 생산에 입각해 조직되는 현실의 각박함으로부터 벗어나기 위해 발견된 여가 취미의 하나가 된다.

> 안들안들 나부끼는 초록의 양자는 부드럽게 솟는 음악. 줄기는 굵고 잎은 연한 멜로디의 마디마디이다. 부피있는 대궁은 나팔소리요, 가는 가지는 거문고의 음률이라고도 할까. 알레그로가 지나고 안단테에 들어갔을 때의 감동–그것이 봄의 걸음이다. 풀위에 누워 있으면 은근한 음악의 율동에 끌려 마음이 너볏너볏 나부낀다. 꽃다지, 질경이, 민들레…… 가지가지 풋나물을 뜯어 먹으면 몸이 초록으로 물들 것 같다. 물들어야 될 것 같다. 물들어야 옳을 것 같다.276)

들은 결코 야만의 세계가 아니다. 산과 들을 즐기는 감각은 모두 세련된 문명의 감각에 입각해 있다. 봄이 오는 들은 안단테의 리듬, 거문고의 음률, 나팔소리로 환기된다. 들의 미감이란 그것을 즐길 수 있는 감식안이 있는 사람에게만 보이는 것이다. 따라서 전원의 인간이 된다는 것은 가지가지 풋나물을 뜯어먹으며 그 미각을 즐기고 풀잎의 움직임에서 음악을 듣는, 들의 감각을 느낄 수 있는 취향의 인간, 문명적 세

---

275) 이효석, 〈산〉, 전집 1, 344면.
276) 이효석, 〈들〉, 전집 2, 8면.

련성의 인간이 되는 것과 같다. 들사람의 지향이 밥이 아니라 열매를 향해 있고 달빛이 환한 밤 열매의 향기에 취해 성욕을 나누는 것으로 이루어짐은 들사람-야취의 세련성을 집약해 보이는 것이다.

> 나는 들이 언제부터 이렇게 좋아졌는지를 모른다. 지금에는 한 그릇의 밥, 한 권의 책과 똑같은 지위를 마음속에 차지하게 되었다. (중략) 학교를 쫓기고 서울을 물러오게 된 까닭으로 자연을 사랑하게 된 것일까. 그러나 동무들과 골방에서 만나고 눈을 기여 거리를 돌아치다 붙들리고 뛰다 잡히고 쫓기고 - 하였을 때의 열정이나 지금에 들을 사랑하는 열정이나 일반이다(9-10).

들에 대한 식물적 애정은 주의와 신념에 대한 동물적 열정과 등가의 것으로 이해된다. 들에 대한 애정이란 학교로 대변되는 금욕적 훈육 공간으로부터 의도적으로 이탈을 꿈꾸고 벗어나는 것에 존재한다. 이광수의 <흙>이 묘사하는 전촌학교화의 기획과 대척적인 공간이 풍요로 상징되는 <들>이다. <흙>은 농촌(들)을 야만으로 발견하면서 조직되고 관리되는 시공간 질서의 도입을 그린다. 반면 <들>에서 농촌(들)은 그 자체로 풍요로운 이상향, 야취로 발견되는 이상향이다. 들은 무언가를 경작할 필요도 없고, 농장 딸기(양딸기)가 아니라 들딸기의 맛을 즐기며, 풀밭에서 씨름을 하다 멱을 감고 고들매기를 잡아들이는 풍요의 공간이다. 학교가 지배할 수 없는 공간, 학교의 감시와 소문이 전해짐으로써 훼손되는 공간이다. 야만의 공간이 아니라 풍요의 공간으로 발견되는 전원 속에서는 축적과 소유의 관념이 사라지기에 그는 손쉽게 옥분과 관계를 맺는다. 자유와 풍요로움으로 재편되어, 향유의 대상이 되었기에 성욕은 감식안과 같다. 그것은 밥의 욕망이 아니라 들딸기의 매혹인 것이다.

> 확실히 그는 딸기 이상의 유혹이었다. "무서워." "무섭긴"하고 달래기는 하였으나 기실 딸기를 훔치러 철망을 넘을 때와 똑같이 가슴이 후둑후둑 떨림을 어쩌는 수 없었다. 버드나무 잎새 사이로 달빛이 가늘게 새어들었다. 옥분은 굳이 거역할려고 하지 않았다. 양딸기 맛이 아니요, 확실히 들딸기 맛이었다. 멍석딸기 나무딸기의 신선한 감각에 마음은 흐뭇이 찼다(17).

여성의 섹슈얼리티는 '양딸기 맛이 아니요, 확실히 들딸기 맛', '멍석딸기 나무딸기의 신선한 감각'이 되어 버드나무 잎새 사이로 새어드는 가느다란 달빛처럼 전원의 자유와 풍요에 녹아든다. 이는 도시 매춘부 여성을 천사의 이미지로 형상화하는 것과 같은 향유의 미감, 향취의 조직이다. 굳이 일부일처제의 인식으로 관계를 확대할 필요도 없고 소문에 대한 두려움을 가질 필요도 없다. 그 행위에서 책임감을 느끼는 것은 야취의 불철저성이 될 뿐이다. 들딸기에 대한 매혹이 그 들딸기 같은 육체에 대한 매혹으로 나타난 것이다. 이러한 이효석의 야취는 문명인이 식민지의 야만에서 발견하는 환상의 야취, 엑조티시즘과 같은 것이 된다.

피터 브룩스에 따르면 19세기 유럽 작가에게 있어 동양이나 북아프리카로의 여행은 칙칙하고 진부한, 억제된 유럽 문명을 떠나 색채가 풍부하고 관용적인 세계를 탐색하는 여행, 즉 유럽문명에 대한 대안을 추구하는 코스로 인식되었다. 이국에 대한 매혹은 유럽의 식민정책의 연장선상에 있다. 고갱의 타히티 여행은 이를 대변한다. 그는 원주민처럼 야만적인 상태에서 살기 위해 아내와 가족과 유럽 문화를 버린 예술가라는 하나의 원형을 만들었다. 그는 유럽인들의 엑조티시즘 속에 포함된 성적 측면, 즉 유럽의 성적 규범에 속박되지 않은 여자들의 육체에 대한 고정관념을 드러내 보인다. 엑조티시즘이란 사실 식민주의, 즉 이국적인 것의 순치, 착취, 상품화에 불과한 것이다. 유럽인에 의해 타히티는 서구식의 선악 개념을 적용할 수 없는 원시적인 에덴 속의 순진무구한 성행위가 가능한 공간으로 그려진다.[277] 이렇게 볼 때 이효석이 <모밀꽃 필 무렵>, <들>, <산> 등에서 묘사하고 있는 농촌의 여성, 자유로운 섹슈얼리티를 가진 여성이야말로 서구적 엑조티시즘의 발현이라고 볼 수 있다.[278] 기존의 연구사에서는 이효석의 엑조티시즘을 그가 취한 서구적 소재라든지 구라파에 대한 지향 등으로 해석해 왔다.[279] 즉 동양인 조선에서 이국인 서양을 꿈꾸는 것, 서구적 교양을 즐기고 세련된 취향을 향유하는 것이 엑조티시즘이라고 보아 온 것이다. 그러나 서구 문학에서 엑조티시즘이란 정확히는 제국주의의 침략적 질서 이면에 존재하는 동방의 꿈, 야취의 향유란 점을 고려한다면 이효석 문학의 엑조티시즘은 서구 취향이나 구라파의 동경이 드러난 작품들이 아니라 야취를 드러내는 작품들에서 발견 가능한 것으로 보아야 한다. 엑조티시즘이 코스모폴리타니즘과 달리 서구의 문명적 중심성을 설정하고 그것과 다른 야만의 세계를 꿈꾸는 행위와 관련된다면 이효석에게

---

277) 피터 브룩스, 앞의 책, 264 - 266면.

278) 백지혜는 이효석 문학에서 제국주의자의 여행과 같은 역학을 읽어 내고 이를 여성 육체 지배와 관련지어 해명한다. 하지만 노지승에 따르면 여성의 몸에 대한 남성적 지배와 재배치란 이효석만의 특질이 아니기에 이를 엑조티시즘과 관련하여 재해석할 필요가 있다. 백지혜, 「이효석 소설에 나타난 여행의 의미 연구」, 서울대 석사, 2002와 노지승, 앞의 글 참조.

279) 정한모, 「효석 문학의 서구적 소재 연구」, 『국어국문학 연구』92, 1984와 이상옥, 앞의 책 등 대부분의 연구들이 이러한 견해를 취하고 있다.

엑조티시즘이란 원시 전원의 풍요와 자유를 대변하는 여성 섹슈얼리티의 매혹으로 재편되고 있는 것이다.[280]

야취를 발견하고 전원에 매혹되고 포섭된 육체는 훈육-감시의 시선에서 벗어나 자유를 구가하기에 오히려 풍성하고 생산적인 삶을 그린다. <모밀꽃 필 무렵>에서 '얼금뱅이요 왼손잡이인 드팀전의 허생원'이라는 존재는 육체 우생학이 개입하는 근대 일부일처의 계약을 통해서가 아니라 풍요롭고(모밀꽃 향기) 아름다운(달빛) 자연에 동화된 상태에서 미인을 얻고 자식을 얻는다. 이것은 도박과 같은 향유의 생산성이라는 역설을 통해 자본제 속 축적으로 고착된 생산 질서에 대한 탈주를 그린다.[281]

> 허생원은 계집과는 연분이 멀었다. 얼금뱅이 상판을 쳐들고 대어설 숫기도 없었으나 계집편에서 정을 보낸 적도 없었고, 쓸쓸하고 뒤틀린 반생이었다. 충줏집을 생각만하여도 철없이 얼굴이 붉어지고 발밑이 떨리고 그 자리에 소스라쳐 버린다.[282]

얼금뱅이, 왼손잡이 늙은이의 '쓸쓸하고 뒤틀린 반생'이란 여인과의 인연도 없이 재산도 없이 떠돌아다니는 것으로 집약된다. 이러한 인생은 근대 훈육적 질서에서는 패배자이지만 그 때문에 야취의 소비, 향유의 논리에서는 승리자가 된다. 허생원이 맺은 꼭 한 번의 인연이란 꼭 한 번의 투전과 같이 매혹적이며 순간적인 향유의 의미를 가진다. 그가 축적적 질서를 거부하는 것에는 그 꼭 한 번의 육체관계가 가진 매혹의 절대성이 개입하고 있다. 일상적인 훈육의 질서 속에서 삶이란 "항용 못난 것 얻어 새끼 낳고 걱정 늘고 생각만 해두 진저리나지....."(94)라는 조선달의 고백처럼, 매혹적인 추억 대신 일부일처의 논리 속에서 자연을 떠나 가게를 차리고 정착하는 것이다. 하지만 허생원은 단 한 번의 경험에 얽매어 있기에 끝끝내 장돌뱅이 생활을 벗어나지 않으려 한다. 여인의 추억과 교환되는 것이 아름다운 길이며 달이기 때문이다. 투전이 매혹적인 것처럼 일상의 여인이 아니라 가질 수 없는 첫 인연의 추억만이

---

280) 이효석 문학에 나타나는 서구 취향은 서구에 대한 상상적 동일시의 산물로 이해할 수 있기에 엑조티시즘과 다른 코스모폴리타니즘으로 해석해야 한다. 이에 대해서는 졸고, 「이효석 문학의 서구지향성이 가진 의미 고찰」『민족문학사연구』 24, 2004.2 참고.

281) 나병철은 이효석의 서정 소설에 대한 연구에서 <모밀꽃 필 무렵>이 현실과 이상 사이의 균형을 유지하고 있다는 점에서 <산>과 <들>보다 훌륭한 작품이라고 평가한다. 나병철, 「이효석의 서정소설 연구」, 『연세 어문학』20집, 1987. 그러나 <모밀꽃 필 무렵>에서 중요한 것은 이상과 결합하는 도박적 특질, 즉 현실의 축적적 질서에 대한 거부라는 점에서 이 작품을 현실과 이상의 균형으로 해석하는 것은 부적절하다.

282) 이효석, <모밀꽃 필 무렵>, 전집 2, 88면.

매혹적이다. <모밀꽃 필 무렵>에서 발견되는 것은 정작 여성의 섹슈얼리티가 아니라 달밤과 모밀꽃에 환유된 여성의 아름다움이며, 성욕이 아니라 매혹이다. 그 순간적 매혹이 '동이'라는 아들의 존재로 재편되는 것은 투전이나 채표의 도박처럼 우연한 결과일 뿐이다. 이러한 부분에서 <모밀꽃 필 무렵>의 서사구조는 채표 당첨의 행운과 이국미인의 육체 획득을 연결 짓는 <벽공무한>과 유사하다고 볼 수 있다. 전원 속 유랑민의 풍요롭고 자유로운 이미지를 세련된 감각과 연관 짓는 이효석의 상상력은 김유정의 만무방이나 들병이들에 대한 상상력과는 대별된다. 김유정 소설에서 들병이나 만무방과 같이 한 곳에 정착하지 않고 떠도는 존재들은 표면적으로 자유로워 보이지만 이면에서 생활의 신산함이나 감시적 시선에 의한 처벌 등의 힘에 지배당하고 있다. 즉 이효석이 들의 자유를 거리의 구속으로부터 완전히 벗어날 수 있는 것으로 간주하고 있는 데 반해 김유정은 유랑하는 들이 결코 자유로운 공간이 아니며 유랑하는 존재들의 육체가 결코 풍요롭지 않다는 것을 분명히 한다는 점에서 이효석과 변별되는 것이다.

이효석 소설에서 취향은 교환의 부정성과 다른, 향유의 긍정성을 육체에 도입하는 개념으로 자리하고 있다. 욕망이 아니라 유혹이 문제적인 것으로 부각되며 이때 유혹은 능금의 향기, 전원의 자유, 들딸기의 맛, 달빛에 흐드러진 모밀꽃과 같은 순간적 미감을 발휘한다. 자본으로 교환되는 욕망이 탕진되기에 허무하고 권태로우며 타락한 것이라면 취향과 교양에 입각해 향유되는 유혹은 순간적인 충족감을 형성하며 오히려 절대적인 영역으로 승화된다. 그것은 유혹이야말로 근대 서구 문명의 아름다움이 현실을 가리고 환상으로 발휘될 수 있는 유일한 가능성의 영역이 되는 까닭이다.

3) 매너에 의한 정체성의 재배치와 향유적 육체의 이상

(1) 국제인의 매너와 교양인의 육체

이효석 소설의 육체 담론에서 중시되는 것은 취향의 세련성에 입각한 매혹이다. 욕망은 취향에 입각해 재편되며 세련된 소비는 자아의 정체성을 규정짓는다. 이광수 소설의 육체 담론이 근대 생산기구가 필요로 하는 노동에 적합한 금욕적 육체의 창출 과정과 연관되어 있고 염상섭 소설의 육체 담론이 생산－소비 교환의 논리에 따른 타산적이며 합리적(조절적)인 육체의 창출과 연결되어 있다면, 이효석 소설은 상품 소비와 그에 따른 행복의 향유, 생활 속 미의 창출과 연관된 육체를 형상화하고 있는 것이다. 전위와 차이, 세련성을 추구하는 패션인의 가치를 긍정한다는 점에서 이효석은 이광수와 염상섭 소설의 육체 담론에서 중심적으로 나타나는 남성적 권력 욕망(생산성)을, 여성적 유혹(기호의 놀이와 장식)으로 재편한다고 볼 수 있다. 이효석에게 매혹은 서구적 패션의 세련성으로 치장한 여성과 국제인의 매너로 요구되는 댄스, 서양 음악의 감식안을 갖춘 육체로 집약된다. 매혹적인 여성은 섹슈얼리티보다 '미' 자체의 환상으로 나타난다.

이효석은 수필 <북위 42도>와 <화춘의장> 등에서 미가 서구에만 있기에 미의 향유 역시 서구적 취향 속에서만 가능함을 토로한다.

> 그 모든 아름다운 것은 외래의 것이요, 이곳의 것은 아닌 것이다. (중략) 생활의 미를 말할 때에 나는 반드시 그곳의 문명과 발달된 자본주의를 가리키는 것이 아니다. 원형 그것, 바탕 그것이 이미 충분히 아름다운 것이며 이 점에 있어서 우리는 한 큰 특권을 운명적으로 당초부터 잃어버리고 있는 셈이다. 미의 특정의 기준이 다른 것은 없겠으나 바다빛 눈과 낙엽빛 머리카락이 단색의 검은 그것보다는 한층 자연율에 합치되는 것이며 따라서 월등히 아름다움은 사실이다.[283]

지리적인 조건에서 볼 때 미는 서구에만 존재한다는 것이 이효석의 견해이다. '남구의 열정과 풍윤함'을 갖지 못한 우리에게는 미 조건이 존재하지 않고 객물 자체 속에 미가 존재하지 않는다. 이러한 미의 척박함은 환경의 척박함, 자연 자체의 풍부하지 못함에서 온다. 자연의 풍부하지 못함은 생활의 빈곤과 미의 빈곤을 가져올 수밖에 없다. 무엇보다 우리는 '원형 그것, 바탕 그것'에 있어 아름답지 못하다. 우리는 '바다 빛 눈과 낙엽 빛 머리카락'의 자연율을 가지지 못했기 때문이다. 이처럼 서양인의 외모를 절대적으로 아름답다고 규정하고 서양의 문화만을 미라고 규정할 때 우리의 전통 또는 풍토에서 미를 발견할 수 없음은 당연하다. 근대 문명의 침략적 궤도를 따라서 그 '문명과 발달된 자본주의'가 규정한 미의 기준을 그대로 수용할 수밖에 없었기에, 그들의 흰 피부와 푸른 눈, 노랑머리를 아름다운 것으로 인정할 수밖에 없

---

283) 이효석, 「북위 42도」, 전집 7, 139－141면.

고 그러므로 우리에게서 미는 발견되지 않는다. 미의 절대적 빈곤 속에 있는 우리가 할 수 있는 일은 되도록 육체와 환경을 치장하여 서양의 미에 가깝도록 조성하는 것밖에 없다.

> 바탕이 빈한한 우리의 길은 될 수 있는 대로 미의 창조에 힘씀에 있다. 자연에 대한 미의식을 왕성히 배양하고 자연물의 형상, 색조, 의장을 생활양식에 알뜰히 이용하여 나아가 독창적 발명을 더하여 생활을 재건함에 있다. 적어도 초옥의 토벽에는 칡덩굴을 캐어다 올리고 의상에 일층의 색채를 이용할 만한 대담성과 비약이야말로 소원의 것이다(141).

바탕에는 미가 없기에 환경과 육체를 이용하여 미를 치장할 수밖에 없다. 그래서 색감이 화려한 옷을 입고 장식된 주택을 지어야 한다. 패션과 문화주택과 치장된 살림살이와 꾸며진 머리형과 포장 정리된 뜰과 커피의 향기가 생활 속에 필요해지는 것이다. 우리 생활 속 미의 창조란 결국 서구의 상품을 이용해서 우리의 육체와 환경을 치장하는 것이며, 세련된 넥타이를 고르고 멋진 퍼머넨트를 올리고 향기로운 코오피를 찾아 십 리 길을 걷고 '진짬의 버터'를 맛보기 위해 호텔로 향하는 방식의 삶이 된다. 생활 속에서 서구의 환상을 사는 것이므로, 이는 단순히 상품 교환이라는 의미의 소비가 아니라 미의 향유라는 의미의 소비로 구축된다. 이 속에서 한 개인의 정체성은 그가 어떻게 서구의 미를 향유하며 서구적인 육체를 갖출 수 있는가에 따라 재배치된다. 이효석 소설에서 서구 취향이란 서구라는 큰 타자의 거울상 앞에 선 유아의 인식이며, 그렇기 때문에 그는 자신의 조각난 육체, 그 한계를 모르고 큰 타자의 완전함을 몽상하는 가운데 자신의 정체성을 다른 존재에 기대어 환상한다.[284] 검은 머리, 검은 눈의 가난한 육체는 결코 금발벽안의 미, 풍요로운 서양인이 될 수 없다. 코오피를 마시고 버터를 먹고 서양 음악과 댄스를 즐기고 세련된 양장과 넥타이를 고른다 해도 그 육체의 자연율을 변화시킬 수는 없는 것이다. 그러므로 미의 치장이란 어디까지나 환상의 논리, 조각난 육체의 몽상에 불과한 것이 되고 만다. 이러한 한계가 이효석의 작품 속에서 자주 등장하는 '세계주의'의 논리, 구라파주의의 논리

---

284) 라캉은 거울단계의 특질을, 시각적인 육체의 이미지(이미 전체적인)와, 그 육체의 운동의 이미지(이미 조각난) 사이의 발달의 부조화로 지적한다. 거울 속 이미지가 주체에게 완성의 착각을 일으키면서 그를 매료하는 것이다(질베르 디아트킨, 『자크 라캉』, 임진수 역, 교문사, 2000, 39면). 상상계적 동일시에 의해 자아는 자신의 욕망을 타자의 욕망과 혼동하게 된다. 상상계에 고착된 주체는 자아와 상황을 구별하지 못하고 소외된다. 그는 타자의 욕망과 자신의 욕망을 구별하지 못하는 오인 혹은 환상의 단계에서 빠져나오지 못하기에 타자의식이 전혀 없다(자크 라캉, 『욕망이론』, 권택영 역, 문예출판사, 1993, 15－16면).

저변에 항시 자리하고 있는 것이다.

<여수>에서 서술자는 이국 여배우의 얼굴을 그리면서 그 그림을 상대로 애정을 느낀다. 현실의 여인이 아닌, 이국 미인에 대한 꿈속에 등장하는 것이 셀비안 쇼오의 무리들이다.

> 만주 등지에서 일없이 뒹굴던 동호자들이 가지고 있는 재주들을 모아 일거에 탐탁한 벌이나 해보려고 멀리 외지로 원정을 나온 그들로서도 역시 재주보다도 자기들의 그 이국적 풍모를 미끼삼아 보겠다는 심리가 없지도 않을 듯하다. 조선을 한바퀴 돌고 나서는 또 어디로 가려는지 그것은 알바 없으나, 어떻든 그들의 풋날리는 이국정서는 거리에서도 진귀한 것이어서 그들을 계약한 관주의 수완과 야심을 우리들 사무원도 절대로 찬성하는 바였다.285)

셀비안 쇼오는 "십여 명 단원이 백계노인을 주로 하여 폴랜드, 유태, 헝가리, 체코 등 각기 국적을 달리하고 가운데에는 유러시안도 끼어 있는 – 마치 조그만 인종의 전람회를 이룬 혼잡한 단체"로, 식민지 백성이거나 떠돌이의 운명을 강요당한 백인들이다. 그들의 특징은 색다른 자태를 가진 이방인이라는 사실, 외국 영화 배우같이 노란 고수머리와 푸른 눈의 '이국적 풍모'를 가진 '풋날리는 이국정서'를 풍기는 존재라는 사실에서 온다. 나라를 잃고 떠돈다는 점에서 비슷한 운명을 환기하지만 그 외양의 이질성으로 색다른 풍미를 맛볼 수 있다는 점에서 그들은 외국영화와는 다른 이국정서를 환기한다. 남국적인 아름다움(미레이유 바랑과 같은 외국 영화배우)이 닿을 수 없는 환상인 데 비해 북국적인 아름다움은 운명의 공통성으로 인하여 친밀감을 형성한다. 이국적인 풍모를 상품으로 진열함으로써 그들은 서구취향의 소비에 값한다.

쇼단에 대한 서술자의 감정은 '일종의 애감과 친밀감'이다. 그들이 문명적 세련성과 풍모의 아름다움에도 불구하고 삼류극단의 단원이 되어 낯선 국가를 유랑하고 있는 데 대한 애감과 정주할 수 없음에 대한 친밀감이 그들과 자신을 같은 존재로 여기게 한다.

> "나는 지금 내 고향 속에 살면서도 또 다른 곳에 고향이 있으려니만 생각되는 건 웬일인지 모르겠소."
> 내게 이런 실토를 하게 한 것이 역시 그들과 같이 있게 된 그 분위기였다. 그들과의 교제가 내게는 결코 서먹서먹한 것이 아니요, 도리어 정붙고 즐거운 노릇이었다. 반드시 호기심과 숭배에서 오는 것이

---

285) 이효석, 〈여수〉, 전집 2, 299 – 300면.

아니라 그 역 일종 향수의 표현임을 나는 안다. 차이코프스키의 음악은 핏속에 사무쳐오고 탁자 위에 그린 카테리이나의 얼굴이 말라가면 나는 손가락에 물을 찍어 가장 익숙한 운필로 또다시 그리기 시작하는 것이었다(319).

서구인과의 교제에서 친밀함을 느끼고 고향에 살고 있으면서도 또 다른 고향을 그리워하는 심정은 곧 문명적 매너(차이코프스키의 음악, 이국미인에 대한 가장 익숙한 운필)와 취향의 공통성에 입각하여 외양의 차이를 뛰어넘는 동질감을 나타낸다. 서술자는 외국 영화의 여주인공과 연애를 하는 국제주의자, 구라파주의자이기에 그에게 가난한 조선이란 그 자체가 이국이 될 수밖에 없다. 스스로 구라파에 동화되거나 그렇지 않으면 영원히 떠돌아야 한다. 구라파, 완전한 자유와 풍족한 문화의 유토피아를 찾기 위해 '나'는 범상한 현실의 연애와 결혼을 거부한다. 셀비안 쇼의 무리들이 단원 간 갈등과 갑작스런 발병, 구속으로 해체되자 서술자는 동질감의 안타까움을 강하게 느낀다. "(저금이나 찾아 가지고 나도 짜장 길이나 떠날까?) 놀란 마음을 가라앉힐 겸 카테리이나의 아름다운 모양을 바라보면서 나는 진심으로 중얼거려 보았다."(350) 그들의 초라한 현실, 이방을 떠도는 서글픔을 투시하면서도 '나'의 유랑에 대한 욕망은 사라지지 않는다. 그들의 육체와 운명이 매혹적인 것으로 친밀하게 느껴질수록 오히려 '나'는 저금을 찾아서 정말로 떠나고 싶은 욕망을 느낀다. 스스로 이방인이 됨으로써 현실을 벗어나고 싶어 하는 것이다.

이효석에게 구라파의 동경과 자연의 향수는 구분되지 않는 감정이다. 그리운 세계, 이상적인 전원이란 고향인 동시에 구라파이다.

구라파에 대한 애착을 나는 가령 구라파 사람이 동양에 대해서 품는 것과 같은 그런 단지 이국에 대한 그리움이라는 것보다도 한층 높이 자유에 대한 갈망의 발로라고 해석해왔다. 문화의 유산의 넉넉한 저축에서 오는 풍족하고 관대한 풍습이야말로 가장 그리운 것의 하나이다. (중략) 오늘의 세계는 구석구석이 그 어느 한 곳의 거리도 구라파의 빛을 채색하지 않은 곳이 없으며 현대 문명의 발상지인 그곳에 대한 회포는 흡사 고향에 대한 그것과도 같지 않을까(318).

구라파에 대한 지향은 서구인의 단순한 이국취향, 동양취향(엑조티시즘)과 다르다. 그것은 자유에 대한 갈망의 발로이며, 문화적 유산의 넉넉함에서 오는 풍족하고 관대한 풍습에 대한 갈망이다. 풍족함, 넉넉함에서 오는 자유의 갈망. 이것이 구라파 지향의 본질이라 할 때 <산>이나 <들>에서 자유와 풍족함을 찾는 것과 다름이 없다.

<산>이나 <들>이 억압적인 현실 공간(거리, 학교)으로부터 벗어나기 위해 상상된 공간이듯 구라파 역시 현실 공간은 아니다. 그들 모두는 거울단계의 아이가 환상하는 큰 타자의 형상으로 자리하고 있는 것이다. 그렇기 때문에 구라파에 대한 그리움은 고향에 대한 그리움과 같은 것이며 더 깊이는 전원에 대한 그리움과도 같은 것이 된다. 풍족하고 자유로운 세계에 대한 그리움인바, 그것은 소비문화의 집결지인 백화점과 공설시장의 환상에서 충족시킬 수 있는 미감이다. 보드리야르에 따르면 소비 자본주의 사회에서 백화점은 풍부함의 일차적 풍경이며 기하학적인 장소와 같다. 여기에는 과잉의 증거, 희소성의 부정, 호화로운 꿈의 나라의 예감이 존재한다. 상품의 풍족함은 무궁무진하며 눈부신 윤택함의 이미지를 환기한다. 풍부함이나 윤택함은 행복의 기호가 축적된 것이다. 사물 자체가 주는 만족은 전면적인 풍부함 혹은 기적을 받은 자의 환희의 반영으로, 이 환희에 대한 광적인 희망이 진부한 일상생활의 식량이 된다.286) 구라파 지향, 이상화된 전원 지향의 핵심을 이루는 것은 '풍성함'과 아름다움의 의미 교차이다. 현실의 좁고 삭막함을 대체하는 것이기에 전원과 구라파는 풍성하고 아름답다. 그것은 자본주의 사회의 일상을 지배하는 소비-교환의 삭막한 논리를 넘어서, 백화점의 소비-향유의 미감으로 집약되는 아름다움을 그린다.

(2) <화분>에 나타난 천재의 미감과 조선인-코스모폴리탄의 육체

<화분>은 갇힌 공간인 '푸른집'을 배경으로 세란, 미란 자매와 현마, 단주의 애욕 갈등을 그리는 동시에 음악가 영훈을 통해 구라파에의 동경을 형상화 한다. 먼저 '푸른 집'은 <개살구>의 살구나무집처럼 비밀을 간직한 공간으로 형상화된다. 세란과 단주가 푸른집 속에서 성욕에 빠져 피폐해진다면 미란은 푸른집으로부터 벗어나 음악과 구라파를 발견함으로써 풍성하고 아름다운 세계로 탈출할 수 있게 된다. 갇혀 있는 원시의 '욕망'을 대체하는 것은 음악으로 환기되는 자유로운 구라파의 세련성과 심미성이다. 미란은 형부인 현마와 동행한 동경에서 영화관과 항구, 음악관과 백화점 등 문명의 세련성과 마주치면서 음악을 발견하고 '아름다운 것의 요소', '예술의 감동'에 의해 천재의 미감을 발견한다. '음악의 천재'라는 형태로 갇혀 있는 푸른집의 원시성이

---

286) 장 보드리야르, 『소비의 사회』, 12-14면 참조.

아니라 세련된 서구 문화의 밝고 건강한 육체를 갖추게 되면서 그녀는 푸른집의 삭막한 원시성에서 벗어난다. 미란과 달리 푸른집에서 세란과 육욕에 빠진 단주는 야만적이고 파괴적인 육체의 형상을 나타낸다.

> 부드러운 볼을 따끔따끔 찌르는 현마의 수염과 듬성한 가잠나룻이 전에는 탐탁하고 즐거운 것으로 생각되던 것이 오늘에는 그같이 천하고 추접스러운 것은 없듯이 느껴졌다. 자기 자신의 몸에 이미 그런 거칠은 수염을 단주는 준비해가지고 있게 된 까닭이다.[287]

현마가 처음 발견했을 당시 아도니스처럼 아름답기만 했던 미소년 단주의 수염은 성장을 넘어 육체적 타락의 상징이 된다. 미란의 피아노(구라파)와 대비되는 단주의 수염은 문명인의 매너에 따라 갖추어야 할 외양이 아니기에 야수성을 의미한다. 그것은 무기가 되어 접촉하는 모든 육체를 파괴한다. 단주의 수염은 미란의 처녀성을 깨뜨리고 현마와의 관계를 소원하게 만들며 옥녀를 쫓겨나게 하고 세란과 자신은 팔을 부러뜨리고 눈알을 깨뜨리는 폭력성을 낳는다.

<화분>에서 또 다른 원시성과 폭력성을 나타내는 것은 체육가이다. 병약한 음악가 가야의 약혼자 필재로 대변되는 체육가는 야만으로 등장한다. 체육은 이효석에게는 폭력적이고 추악한 육체행위로 이해된다. 이광수의 훈육적 육체 담론에서 체육이 육체 단련과 조직화의 방편으로서 긍정되는 반면 이효석의 향유적 육체의 미감 속에서 체육은 폭력과 파괴, 세련성의 상실로 이해될 뿐이다.[288] 음악의 천재와 대조되는 강인한 체육가란 향유의 미감을 나타내지 못하는 육체의 비극을 보여 주며 이효석에게 부정된다.

> 하필 체육가를 고른 것은 외딸의 약질임을 생각한 결과였으나 약질인 딸 편으로 보면 그런 우생학의 입장같이 어리석은 것은 없고 체육가같이 천하게 보이는 것이 없었다. 육체의 힘을 재주 삼는다는 것이 인간의 재주로서는 가장 하질인 것이어서 체육 편중의 현대주의라는 것이 원시로 돌아가라는 고함소리같이 속되게 들리는 것이었다. 육체라는 것은 인간의 원시적 전제인 것이요 체육을 힘쓰지 않는다고 문화를 감당해 나가지 못하리만큼 체력이 퇴화되고 인류가 멸망할 법은 없는 것이다(175).

가야의 시선을 빌려 서술되는 현대의 체육편중주의에 대한 비판은 근대적 육체 우

---

287) 이효석, 〈화분〉, 전집 4, 153면.

288) 이광수가 체조의 통일된 동작과 건강 단련을 긍정하고(「동경잡신」, 전집 16) 자본주의 소비 문명 속에서 바바리즘을 발견한다면(「야수에의 복귀」, 전집 17) 이효석은 단련에 입각한 체육에서 야만을 발견한다.

생학의 논리를 여지없이 깨뜨리고 있다. 인간에게 가장 중요한 것은 문화를 향유하고 감당하는 것으로, 그것을 능가하는 체력이란 필요치 않으며 오히려 체력을 중시하는 것은 동물의 자랑거리로 원시로 돌아가는 행위밖에 되지 않는다는 것이다. 인간의 육체에 중심이 되는 것은 '건강'이 아니라 세련된 '매너'라고 보는 셈인데, 이런 인식 속에서 이효석은 체육 부정론을 전개하고 체육가를 야만적 태도와 폭력을 보이는 존재로 타기한다. 문명적 세련성에서 긍정되는 체육이란 댄스와 스키 같은 향유적 스포츠뿐이다. 매너 차원에서 요구되는 정도를 능가하는 육체적 건강에 대한 동경은 새로운 부르주아의 자질로서는 오히려 배척되어야 하며 세련된 문명인이라면 야만적인 건강에 집착해야 할 이유가 없다는 것이 이효석의 견해이다. 이런 점에서 동물적인 육욕에 빠진 단주와 원시적인 체육 숭배가 필재에 대비되는 것이 음악가 영훈의 구라파주의, 세계주의이다.

> 그의 구라파주의는 곧 세계주의로 통하는 것이어서 그 입장에서 볼 때 지방주의같이 깨지 않은 감상은 없다는 것이다. 진리나 가난한 것이나 아름다운 것은 공통되는 것이어서 부분이 없고 구역이 없다. 이곳의 가난한 사람과 저곳의 가난한 사람과의 사이는 이곳의 가난한 사람과 가난하지 않은 사람과의 사이보다 도리어 가깝듯이, 아름다운 것도 아름다운 것끼리 구역을 넘어서 친밀한 감동을 주고받는다. 이곳의 추한 것과 저곳의 아름다운 것을 대할 때 추한 것보다는 아름다운 것에서 같은 혈연과 풍속을 느끼는 것은 자연스런 일이다. 같은 진리를 생각하고 같은 사상을 호흡하고 같은 아름다운 것에 감동하는 오늘의 우리는 한 구석에 숨어 사는 것이 아니요 전 세계 속에 살고 있는 것이다. 동양에 살고 있어도 구라파에서 호흡하고 있는 것이며 구라파에 살아도 동양에 와 있는 셈이다(177 – 178).

영훈의 구라파주의란 서구의 미 절대주의라고 바꾸어 부를 수 있다. 그는 서구의 미가 이미 동양의 곳곳, 지방의 곳곳에 침투해 있으며, 그 미는 절대적인 것이기에 우리는 아름다운 것에서 미를 느낌으로써 구라파에 닿아 있다고 인식한다. 세계주의란 미를 통한 소통이며 미적 향유의 절대성을 나타낸다. 그 아름다움은 구라파적인 모든 것이다. 구라파적 시선 속에서는 우리 풍토의 아름다움이란 발견되지 않는다. "버려 둔 정원이나 빈민굴 같은 속에 아름다운 것이 있으면 얼마나 있겠습니까?"라는 것이 영훈의 입장이다. 현실이 빈곤하고 삭막하기에 아름답지 않다면 그것을 대체하는 환상의 공간 구라파란 미가 풍족한 공간, 즉 아름다움과 풍족함이 연결된 공간으로 그려진다.

생각하면 새 것에 대한 호기심, 모르는 것에 대한 원—그런 것이 보지 못한 외국에 대한 그리운 마음을 누구에게나 일으켜주고 북돋아 주는 것인 듯하다. 사람에게는 태어난 고장이 영원한 고향이 아닌 것이요, 고향을 한번 떠남으로써 새로운 고향을 찾고자 하는 원이 마음속에 생기는 것인가 보다. 외국을 그리워함은 고향을 찾아서 떠난 긴 평생 속에서의 한 고패요, 향수인 것이다(261).

구라파에 대한 동경 그것은 새것에 대한 호기심이며 모르는 것에 대한 원과 같다. 굳이 구라파가 아니어도 떠날 수 있다는 사실, 현실에서 벗어날 수 있다는 사실로부터 아름다움이 흘러나온다. 다른 것, 새로운 것, 외국의 것에 대한 지향을 갖는 것이 아름다움의 의미가 된다는 점에서 이는 순간적 현재의 매혹으로 집약되는 패션의 논리를 닮아 있다. 구라파 취향이란 새로운 상품과 패션의 미감을 끊임없이 소비 향유하는 행위에 다름 아니다. 백화점에서의 소비 향유와 여행의 향유, 구라파의 미감은 한 치도 다름없이 맞아떨어진다.

구라파는 언제든지 내뺄 수 있는 공상의 풍성한 곳일 뿐이며 현실의 구라파는 아니다. 그렇기 때문에 이효석 소설에서 국제인의 자격, 세계주의의 정체성을 내세우며 서양의 매너를 향유하고 떠나가는 주인공들은 항상 백화점의 투어리스트 뷰어로우나 비행장, 항구, 동경 혹은 하얼빈에서 그들 환상의 궁극에 도달하고 있다. 구라파를 향하는 유랑 자체, 그 환상의 투여 자체가 목적이 되기에 그들의 여행은 결코 목적지에 도달하지 않는다.

조촐하고 검소한 두 사람의 사랑이 원하는 것은 창조적인 것의 생산이요, 예술의 완성이었다. 그것을 생각할 때 영훈에게 오는 문제는 구라파행의 계획이었다. (중략) 백화점에 들어가면 두 사람은 아래층 투어리스트 뷰어로우에서 사무원들을 앞에 놓고 어느 때까지나 속닥질이었다. 책상 위에는 두터운 유리 아래로 넓은 세계 지도가 깔려 있어서 미란은 시름없이 그것을 들여다보며 철도를 타고 도회에서 도회를 더듬으면서 가슴속에 꿈이 화려하게 피어올랐다(259).

백화점의 여행 안내소에서 영훈과 미란은 구라파 취향의 절대를 맛본다. 그들의 구라파 취향이 하얼빈에서 충족되는 것이듯 그들의 여행은 '백화점의 투어리스트 뷰어로우'에서 시작되고 끝난다. "할빈만 가면 구라파는 다 간 셈, 인정으로 풍속으로 음악으로 풍경으로 하나나 이국적인 정서를 자아내지 않는 것이 없거든요……"(260) 그들이 꿈꾸는 구라파 혹은 아름다움은 백화점과 하얼빈에서 맛볼 수 있는 것이다. 그들은 구라파로 가는 대신에 백화점 투어리스트 뷰어로우에 깔린 세계지도를 더듬으며 속닥질을 하고 꿈만 화려하게 펼치다 결국 하얼빈으로 귀착한다. 그곳이 '메주와 김치, 된장을 햄과 치즈, 버터 속에 갈무리하는' 조선인 환상 극점인 까닭이다. 그들이 아무리 서구적인 취향을 모방한다 해도, 아무리 서양 음악을 즐기고 배우고 모방한다 해도, 아무리 서양인의 외모를 모방한다 해도 그들은 결코 진짜 서양인이 되지 못한다. 그렇기 때문에 그들에게는 스스로가 서양인의 외모나 취향에 어울리는가, 자신에게 국제인의 자격이 있는가라는 끝없는 의문이 고개를 들지 않을 수 없다. 이효석이 이러한 의문을 스스로 제기하고 답하는 것은 이국미인과의 스위트홈 꾸미기를 서사화하는 <벽공무한>에서이다.

(3) <벽공무한> 속 소비 향유적 육체의 이상

<벽공무한>에서 주인공 '천일마'는 꽃다발, 위스키, 이등차의 한격 높아진 향유 속에 이국 미인과 결합하고 이상적 가정을 꾸리게 된다. 현대일보사 문화사절의 임무를 띠고 하얼빈 교향악단을 초빙하려 가는 그는 원래 명함에 기입할 직업조차 없는 부랑자, 문화사업 브로커이다. 그가 우연히 현대일보사의 명함을 얻고 문화사업가로 변신하는 데 이 여행의 상승 계보가 있다. 그 전신의 핵심이 이국 미인의 육체 획득에 놓인다.

> "일마는 인제 세상에서 제일가는 여자를 얻어 가지구 세상에서 제일가는 연애를 한다네. 그때까지는 눈 귀 꽉 틀어막구 쓸데없는 장난은 안하기로 했다네. 웬만한 여자야 지릅이나 떠보겠나. 오늘 이 자리에 만약 그리 대단치 않은 여자가 나왔다구 했댔자 일마로서는 명예될 것이 없거든."(중략)
> "세계적 연애라면 원저공 같은 연애를 한단 말인가."
> "낸들 알겠나, 무엇이 생길지."
> "어서 내친 걸음에 이번 길에 연애까지를 수입해 오게나, 예술과 함께."[289]

천일마의 여행 목적 또는 생의 목적은 '세상에서 제일 가는 연애를' 하는 것이다. 그러한 연애는 예술과 함께 수입해 오는 것이 된다. 세상에서 제일가는 연애란 서구 미인, 금발벽안의 이국미인과의 연애밖에 없기 때문이다. 사실 천일마의 이번 만주행이란 하얼빈 교향악단의 섭외라는 예술의 수입보다 '나아자'라는 러시아 귀족 출신

---

289) 이효석, <벽공무한>, 전집 5, 13면.

미인과의 연애의 수입에 목적이 놓인다. 그가 현대일보사의 위임을 얻은 문화사업가가 된 순간 예술의 수입이라는 목적은 자동으로 이루어지며, 만주행의 진정한 목적은 외국인 미녀 나아자의 수입(결혼)이 되는 것이다.

> 나아자와 말할 때, 일마는 물론 영어나 혹은 러시아어의 토막말로서 말과 감정이 지금과는 판연히 달라지는 것이었으나, 그런 국제인의 자격으로 조금도 서투른 법 없이 나아자와는 이상하게도 조화가 되었다. 몇 번 밖에는 만나지 않은 사이연만, 친밀한 구면인 듯한 느낌이 난다. 음악에 맞추어 스텝을 밟아도 익숙하다(54).

언어가 소통되지 않는 이국 미인과의 관계에서 소통가능성은 '국제인의 자격'과 관련된다. 댄스의 스텝은 그 자격의 관문이다. 댄스와 외국어, 음악에 대한 감각의 공유, 결국 미적 취향의 공유 속에서 국제 연애는 가능해진다. 천일마의 매혹은 음악에 대한 감식안과 댄스 실력, 만주를 무대로 활약하는 국제인의 경험에서 오는 것이다. 천일마에 집착하는 여배우 '단영'과 단영을 쫓아다니는 영화사 사장 '명도'는 댄스 실력과 국제인의 매너를 갖지 못했기에 하얼빈에서 그들은 '원숭이 같은' 꼴로밖에 보이지 않는다.

> 육중한 체대에 스텝을 밟을 줄 모르는 그다. 만주에 들어올 때마다 필요를 느껴 뒷골목 교습소를 가만히 찾는 것이었으나, 아직도 온전히 터득하지 못하였다. 정성이 대단해서 하루를 묵든 이틀을 묵든 간에 반드시 교습소를 찾는다. 이날도 물론 그것이 무엇보다도 중요한 하루의 과정이다. 단영을 앞세우고, 단골인 교습소를 찾아 거의 반날 동안 체조나 하는 듯이 터벅터벅 방을 돌면서 젊은 교사를 괴롭히게 되었다(69).

체조가 정해진 구령에 맞추어 정해진 동작을 활기 있게 한다는 것, 기계화된 육체를 연상시킨다면 댄스는 음악에 맞추어 동작의 세련성과 유연함을 즐기는 것, 즉 소비 향유의 자격과 관련되어 있다. 국제인의 자격, 안목 있는 취향인의 자격으로서 먼저 요구되는 것이 댄스 실력이다. 사교댄스를 잘하는 것에 천일마의 매력이 있고 그 자격으로 그는 이국 미인의 사랑까지 얻는다. 반면 김명도는 유만해가 음악에 대한 감식안이 부재했던 것처럼 댄스 실력을 갖추지 못했기에 사업에도 사랑에도 실패한다. 김명도와 유만해 등 상당한 재산을 가진 사업가들은 언제라도 사라질 수 있는 돈만 갖추었을 뿐 육체화한 매너를 갖추지 못했기 때문에 서사 속에서 그들은 타락하거나 파산한다. 서구적 교양과 매너의 부재란 아무리 많은 재산을 가졌다 해도 매혹적인 존재가 되지 못하는 이유가 된다.

> "사랑으로 밖엔 국경을 물리칠 수가 있소? ─ 아라비아 청년이 파리 소녀보다 못할 것도 없구 파리 소녀가 아라비아 청년보다 날 것도 없구, 두 사람에겐 피차가 똑같은 구별 없는 사람이 아니겠소? 그런 아름다운 세상이 또 있겠소?"
> "제 눈에두 사람은 다 같이 일반으로 뵈여요. 구라파 사람이나 동양 사람이나, 개인 개인 다 제 나름이지 전체로 낫구 못한 게 없는 것 같아요."
> "각 사람이 편견을 버리구 그렇게 너그러운 생각을 가진다면, 세상은 얼마나 아름다워지겠수?'(84─85)

나아자와 천일마의 결합은 취향의 동질성, 매너와 감각의 동질성, 운명의 동정에서 가능해진다. 사랑은 국경을 초월한 개인의 결합을 가능하게 하는 힘인데, 그 조건은 개인이 가진 취향과 매너의 자격에 놓인다. 구라파 사람이건 동양 사람이건 문명적 매너를 갖추게 될 때 그들의 결합은 정당하며 어울리는 것이 된다. 동질감은 민족의 요건이 아니라 문명적 매너와 취향의 요건에서 조직된다. 국제무대인 댄스홀에서 천일마가 동질감을 느끼는 것은 세련된 댄스실력을 갖춘 이국 여인 나아자이지 원숭이처럼 뒤뚱거리는 조선인 단영과 명도가 아닌 것이다. 그들의 결합은 그래서 표면으로는 '사랑'을 내세우지만 이면에서는 '구별 없는 사람'의 논리, 즉 편견을 버리고 서로의 세련된 매너에 입각해 교유하는 관계에서 가능해진다. 하지만 천일마에게 나아자와 자신의 외양 차이, 자신이 가진 동양적인 외양은 끊임없이 이질성을 환기시킨다.[290]

> 춤 속에 휩쓸려 들기들은 하나, 각 사람의 얼굴이며 체격이며 흡사 물과 기름을 혼합한 듯이 결코 한데 화하는 법 없이 따로들 빙빙 나도는 것이다. 음악과 춤에 술이 섞인다. 술을 어느 정도로들 마신 후에 비로소 도연해서 솟는 흥취에 춤도 어울리는 것이었으나, 그 음악과 춤과 술이 한데 합쳐서 밤의 흥을 북돋는 속에서도, 역시 잡동사니의 분위기에서 오는 일종의 부조화를 일마는 한결같이 느끼지 않을 수 없었다.
> ─나아자와 나와.
> 부조화의 느낌에서 무엇보다도 먼저 떠오르는 것이 이 제목이었다.
> ─나아자와 나는 대체 잘 어울리는 것일까. 다른 사람들 눈에 멋쩍게 보이지는 않을까 하는 반성이

---

[290] 이는 식민 지배자의 문명적 세련성을 갖춘 피식민지인이 갖게 되는 모순의 인식이라고 볼 수 있다. "너는 검지만 흑인이 아니다. 너는 우리와 같은……"(프란츠 파농, 『검은 피부, 하얀 가면』, 이석호 역, 인간사랑, 1998, 57면)이라는 '검은 피부, 하얀 가면'의 역설이 전개된다.

날카롭게 가슴을 치밀었다(88).

천일마는 하얼빈의 국제적 댄스홀, '반이 외국 사람이면 나머지 반이 이곳 사람'으로 국적도 외모도 달리하는 두 집단이 어울려 드는 밤의 풍경 속에서 어떤 이질감과 반성을 느낀다. 나아자와 자신을 가로지르는 외양의 차이가 음악과 춤, 술을 공유하는 국제인 정체성의 바탕에서 끊임없이 이질감을 환기시키는 것이다. 그는 세련된 취향, 고아라는 처지의 동질감 등에서 나아자와 함께 어울리며 사랑을 느끼지만 그 가운데서도 '둘이 어울리는가. 두 사람의 꼴이 어설프지나 않은가' 하는 문제로 고민을 늦추지 않는다. 하지만 둘의 결합을 바라보는 어느 누구도 두 사람의 모습을 이질적인 것으로 받아들이지 않는다. 외국인 댄스 걸 안나를 비롯해서 일마의 조선인 친구들, 천일마를 두고 나아자와 경쟁을 벌이는 남미려, 김단영조차도 두 사람의 모습을 '이상적인 한 쌍'이라고 거리낌 없이 인정하고 있는 것이다. 그것은 외양이 나타내는 정체성보다 매너가 나타내는 정체성의 힘이 더 크게 작용하고 있음을 의미한다. 이런 매너에 입각한 정체성의 바탕 속에서 천일마와 나아자의 결합을 더욱 공고히 하는 논리가 '쭉정이' 계급의 동질성에 대한 인식이 된다.

> 할빈은 어디보다도 심한 쭉정이의 도회이다. 거리는 국제적 쭉정이의 진열장이다. 삶에 쫓겨 할 바를 모르고 갈팡질팡 헤매인다. (중략) 나아자 ─ 그는 쭉정이가 아니던가. 그 역 쭉정이에 틀림없는 것이다.
> (그럼 나는 대체 무엇일까?)
> 일마는 자기 또한 하나의 쭉정이임을 알았다. 뜬돈 일만 오천원이 생겼대야 지금 정도의 문화사업을 한대야 기실 쭉정이밖에는 안되는 것이다. 쭉정이끼리이기 때문에 나아자와도 결합이 되었다. 쭉정이는 쭉정이끼리 한 계급이다(139).

채표에 당선되어 일만 원을 얻은 데 이어 경마장의 행운으로 오천 원을 획득한 천일마는 도박의 행운처럼 나아자의 사랑을 얻는다. 국제적 쭉정이의 진열장으로 하얼빈을 인식하면서 그는 나아자와 자신의 동질감의 근거를 발견한다. 그것은 둘 다 갈데없는 쭉정이라는 사실이다. 이국의 미를 지니고 있대야, 돈 몇 푼과 문화사업의 레텔을 가지고 있대야 진짜는 되지 못하는 쭉정이다. 축적적 질서에 입각해 얻은 돈과 행운이 아니기에 그것은 속이 빈 것이며 순간적인 매혹이 된다. 조선인의 한계와 떠돌이의 한계, 그 육체적 경계를 바탕으로 나아자와 천일마의 결합은 정당화된다. 진짜가 아닌 쭉정이로서 운명의 공통성을 갖기에, 유랑의 동질감을 갖기에 그들의 결합은 안정적인 것이다.

> "금발미인에게 동무를 뺏긴다."
> "평생에 굉장한 연애를 하겠다구 벼르더니 그게 굉장한 연애라는 것인가. 그런 구라파주의자는 없더니 필경 그 일을 치자구."
> 능보다는 역시 훈이 일마의 비위를 더 잘 이해하고 동감할 수 있었다.
> "일상 엉뚱한 꿈을 꾸며 결국 엉뚱한 짓을 하구야 마는군."
> 실상 훈의 꿈도 일마의 그것과 비슷하다면 비슷했다. 부질없이 향수를 느끼는 것이었고, 그 그리워하는 고향이 여기가 아닌 거기였다. (중략)
> "누가 서양을 숭배하나. 아름다운 것을 숭배하는 것이지. 아름다운 것은 태양과 같이 절대니까. 서양의 것이든 동양의 것이든 아름다운 것 앞에서는 사족을 못 써두 좋구, 엎드려 백 배 천배 해두 좋거든. 부끄러울 것도 없구, 추태두 아니야."(182 – 185)

  일마가 획득한 금발미인 나아자의 육체는 모든 구라파주의자들에게 하나의 꿈, 이상적인 미로서 제시된다. 나아자는 금발벽안의 이국적인 미모로 사람들을 사로잡는 동시에 그 선의 동양적인 요건 때문에 현실적인 미감을 환기한다. 그들의 구라파 취향이 국제적 인종 전시장인 하얼빈에서 충족되는 것처럼 그들은 '코리이느 류쉐엘'과 닮은 나아자에게서 동양의 얼굴을 발견함으로써 향유의 궁극을 경험한다. 그렇기에 그들은 자신들의 취향을 서양숭배가 아니라 '아름다운 것을 숭배하는 것'이라고 항변한다. 아름다움의 절대성을 내세우는 셈이지만, 그 아름다움의 근거가 서양에만 존재한다는 점에서 그들의 항변은 무화된다. 그들의 동경이 금발벽안의 육체적 속성에 가로놓이기에 단지 미모로서는 나무랄 데 없는 '남미려'가 나아자와의 경쟁에서는 지고 만다. 나아자는 진짜 서양의 미인, 그 '묵은 전통에서 오는 교양의 빛이 은연중에 드러나' 있는 존재이기에 가짜 구라파주의자인 남미려가 도저히 모방하거나 대적할 수 없는 위치에 있는 것이다.

  남미려 – 유만해 가정의 파탄과 천일마 – 나아자 가정의 탄생은 문명적 매너와 취향의 동질감에 입각한 관계의 이상을 그리고 있다. 유만해는 예술을 하나의 '허영'으로 인식하는 까닭에 이상적 가정에서 벗어나 기생과 상해로 도피하고 만다.

> "허영이 아니구 뭐요. 그럼 속을 채리구 난 후에 문화를 숭상해두 하는 것이지, 입에 밥두 못 들어가는 처지에 음악이니 예술이니 하구 흰 멋들을 피우는 게 허영 아니구 무엇이란 말요?"
> 만해도 호락호락 넘어가지는 않아서 부부는 뜻밖에도 점점 맞서가게 되었다.
> "밥만 먹어야 속이 든든해지는 줄 아는 모양이오? 음악도 양식의 하나라나요. 뱃속만 알구 정신은

모르시우?"

"빈 속에 음악만 먹어두 배가 부르다? 어디 그럼 음악만 먹구 살어보지 좀."(34)

　유만해와 남미려의 논쟁을 통해 드러나는 것은 '음악'이 '밥'보다 덜 중요한 것이 아니며 덜 긴급한 것이 아니라는 이해이다. 식욕만큼이나 절실한 것이 문화욕으로 등장한다. <오리온과 능금>에서 밥만이 아니라 능금을 요구하는 취향의 궁극이 음악욕으로 대체된다. 예술 향유의 감식안은 사람이 수전노 아닌 이상 가져야 할 필수의 자질로 요구되며, 미적 생활의 요구는 그만큼 절실한 것으로 등장한다. 이는 타고난 인종적 외모가 아니라 문명을 통해 습득한 세련된 매너로 개인의 정체성을 규정짓는 것과 같은 논리에 서 있으며, 이러한 인식의 연장선상에서 남미려의 녹성 음악원은 음악인 육성 기관이면서 여자로만 이루어진 이상적인 미의 낙원으로 구상된다. 학교인 동시에 미와 예술의 천국으로 조직되기에 그것은 향유적 육체의 이상으로, 이광수의 '북한요양원'(<사랑>)에 대조된다.

　　"음악에 학감이 무슨 필욘구. 원장과 교수들만 있으면 그만이지 학감보다는 먼저 미용사를 두어야 하지 않을까. 음악하는 여자가 추접하게 채리구 나선다는 건 뜻이 없는 일이야. 교내의 기풍은 사치하구 고급하게, 학생들은 아름답구 단정하게―반드시 종래의 고루를 밟을 것이 없구 그런 새로운 독창적인 기풍을 맨들 필요가 있다구 생각하는데 예술의 세계를 속세의 것과 혼동할 것은 조금두 없으니까."

　　"기발한 좋은 의견이야. 어디 혜주의 맘에 맞도록 경영안을 세워 봐요."

　　"원생 선발 시험의 표준은 학력보다두 용모에 두어가지구 될 수 있는 대로 미모의 여성만을 모아서 교육시킬 것―이것이 녹성음악원의 무엇보다두 첫째의 방침이래야 해. 아무리 교육의 기회 균등이니 무엇이니 해두 예술에 뜻을 둔다는 것부터가 선발된 특권이구 기회가 달라진 증좌가 아니겠수? 용모를 본다는 것은 예술적 재능에다 또 한 가지의 조건을 더 붙여서 완전한 최상의 예술가를 맨들자는 뜻인데, (중략) 음악원은 교육과 활동 두 가지 방법을 겸해, 교육을 받은 후에는 즉시 그대로 원에 소속해서 활동을 할 수 있도록―그런 조직으로 할 생각이야. 한 가족같이 단란하게 지내면서……."

　　"바로 조그만 이상국이게. 생활과 예술의 합치―얼마나 그리운 경치일꾸."(322-323)

　혜주와 미려의 녹성음악원의 구상은 '생활의 예술화'의 신념 속에서 진행된다. 그들이 생각하는 '생활과 예술의 합치'란 궁극적인 육체 이상으로서 미인으로만 구성된 음악가 집단의 공상으로 이어진다. 학교라는 형태를 모방하면서도 그들은 학감보다 미용사의 존재를 우선시하고 음악 교육보다 용모의 치장을 우선시한다. 그래서 연주 기술이나 재능보다 용모를 발굴하고 용모를 가꾸는 갖가지 휴양과 치장의 방법을 개발하는 속에서 음악 발달을 도모하려 한다. 학생 선발의 기준부터가 용모에 놓이며 아름다운 용모로 뽑힌 학생들은 장미넝쿨 우거진 교사를 거닐며 뜰 앞 수영장과 유리창으로 지어진 온실에서 간단한 속옷 바람으로 유희를 하고, 학감보다 중시되는 미용사의 손질을 받아 그 용모를 더욱 가꾸어 나간다. 3년 동안 음악과 함께 가꾼 용모를 가지고 그들은 다시 음악원에 소속되어 연주자로, 합창대로 활동을 함으로써 '조그만 이상국'의 일원이 된다. 녹성음악원의 구상은 치장되고 향유되는 생활과 서구적인 미의 구상 속에 하나의 이상향을 그린다. 그것은 아름다운 음악 소녀 집단이 아름다운 건축물과 이국종의 잔디가 심어진 캠퍼스에서 가꾸어진 아름다움을 과시하는 육체의 향연장이다. 간호부의 사랑으로 세상을 구원하는 이상향을 설계했던 이광수의 훈육적 육체 형상화와 대조되는 자리에 여성음악가의 아름다움으로 세상을 구원하는 또 다른 이상향의 설계, 즉 이효석의 향유적 육체의 이상이 형상화된다. 이러한 이상향이란 선택받은 자의 우월성 속에 조직되는 미의 독점 공간이다. 이광수가 환자의 격리와 교화가 진행되는 근대적 훈육-감시의 이상향을 그린다면 이효석은 취향과 용모의 우월성을 바탕으로 선택된 특권적인 존재의 이상향을 창조한다. 생활의 예술화 구상이란 현실의 병원화 구상에 대응한다. 그것은 '생활의 밥이요 밥 이상이 것일는지도 모르'는 음악, 향유와 소비를 기반으로 한 이상향이 된다.

<벽공무한>은 한 음악원과 한 가정이 탄생하는 것으로 집약된다. 똑같은 구라파주의자인 미려와 일마는 한쪽은 녹성 음악원의 이상을 통해서, 한쪽은 이국미인과의 가정 결합을 통해서 그 미적 성취에 도달하게 된다. 미려의 녹성 음악원의 설계만큼이나 중요한 것이 일마와 나아자의 새로운 문화주택의 건립이다. 그들의 문화주택에서 가장 중요한 위치를 차지하는 것은 미려들의 녹성음악원이 음악가의 '용모'를 절대시하는 것처럼 '커튼'이 된다. "나아자의 의견에 의하면 카텐은 한 집의 가장 중요한 인상을 주는 물건이라는 것이다. 교양과 취미를 외부에 보이는 마음의 표징이라는 것이다."(344) 또한 중요시되는 것은 '조그만 피아노'이다. 커튼과 피아노를 갖추는 순간 그들의 이상적인 가정, 문화주택은 완성된다. 녹성 음악원이 음악과 용모의 결합을 통해 이상적 공동체를 그리는 것처럼 일마와 나아자의 결합은 취향의 세련성에 입각해 커튼의 교양과 피아노의 세련성을 결합한 이상적 향유의 가정을 그린다. <벽공무한>, "푸른 하늘에서 떨어진 것은 나아자의 몸과 사랑이었던 것이다."(347) 이효석 소설에서 육체는 바탕 그 자체가 아니라 습득된 교양과 매너, 취향의 향유, 치장에 의해 그 가치를 부여받는다. 그것이 상품 소비에 입각한 것이며 순간적인 것이기

에 이러한 향유의 육체 담론은 축적적인 근대 질서, 훈육적인 육체 담론에 대해 일정한 일탈을 나타낸다고 볼 수 있다. 하지만 이효석이 형상화하는 매혹의 긍정성, 근대적인 육체 질서와 규율에 대한 반항이나 탈주는 완전한 것이 되지 못한다. 그는 단지 차이의 놀이, 소비의 놀이만을 추구하며 그 유혹의 절대성을 긍정하면서도 실체를 지시하지 못하고 거울단계의 상상력, 큰 타자의 환상을 자신의 것으로 받아들이는 데 그치고 있는 것이다. 이러한 한계를 벗어나 적극적으로 근대적 육체 질서, 훈육적이고 억압적인 것으로 몸속에 새겨진 습속의 도덕에 대해 반항과 탈주를 꾀하는 것이 김유정이나 이상 소설의 육체 담론으로 나타나게 된다.

4) '먼 것'에 대한 소비 향유와 파시즘의 육체

(1) 야취의 향유와 정복의 관련성

<산정>과 <향수>는 야취로 발견되는 전원이 소비 향유의 논리 속에 훈육적 육체질서로부터의 순간적인 일탈로 조직되는 여가 문화와 관련되어 있음을 보여 준다. 소비 향유의 미감에서 직분을 벗어난 공간, 절대적 자유로서 전원이 구성된다. 그것은 등산복이나 파마넨트를 통해 손쉽게 향유되는 세계이다.

> 우러러보이는 하늘은 지붕과 판장에 가리워 쪽보만큼 작고 언덕 아래 대동강을 굽어보려면 복도에서 제기를 디디고 서야만 한다. 이 소꿉질 장난감 같은 베이비 하우스에서 집을 다스리고 아이를 돌보고 몸을 건사해야 하는 아내의 처지라는 것을 생각하면 (중략) 기껏해야 한 달에 몇 번씩 영화구경을 동행하거나 거리의 식당에서 점심을 먹거나 하는 것쯤으로는 목이 흐붓이 축여질 리는 없는 것이요, 서양 영화에 나오는 넓은 집안과 사치한 일광실 속에서 환상에 잠기다가 일단 협착한 현실의 집으로 돌아올 때 차지 않는 속에 감질이 안날 리가 없다. 현대의 무수한 소시민의 생활의 탄식은 참으로 부질없는 감질 속에 숨어 있는 듯싶다.291)

<향수>에서 이효석은 삼십 평 베이비 하우스에 갇혀 자유, 풍족한 서구적 삶과 전원에 대한 동경을 가지게 된 데 현대 여성(아내)의 피곤증이 있다고 간파한다. 향수

---

291) 이효석, 〈향수〉, 전집 3, 39 – 40면.

란 고향의 상실에서 오는 것이 아니라 전원의 상실, 사치하고 풍족한 공간의 상실에서 오는 것으로 서양 영화에 나오는 넓은 집안과 사치한 일광실 환상의 상실과 같다. 협착한 현실에 고착된 채 넓은 자연을 꿈꾸는 향수, 감질 나는 향수에서 도시 여인의 피곤증이 생겨난다. 삭막하고 좁은 현실 공간에서 오는 숨 막힘은 풍족한 구라파를 그리워하는 것처럼 고향(자연)을 그리워하게 한다. 아내는 '울밑의 호박꽃, 강낭콩, 과수원의 꽈리, 바다로 열린 벌판, 벌판을 흐르는 안개, 우유맛이요 어머니의 젖맛인 옥수수'에 대한 그리움, 서양 영화 속 환상과 같은 미감 때문에 고향으로 향한다. 그러나 이 현실의 협착함에서 오는 피곤증은 그녀가 떠나기 전에 바꾸는 머리 스타일, 퍼머넨트로 이미 풀려 버린다.

> 떠나는 그날 저녁 거리에서 돌아온 아내의 자태에 일대 변혁이 생겼던 것이니, 머리를 자르고 퍼머넨트를 건 것이다. 집안이 정리된 이상의 정리였다. 멀끔하게 추려서는 고슬고슬 지져놓은 머리는 용모를 일변시켜 총명하고 개운한 자태로 만들어놓았다. (중략) 어떻든 그날 저녁 그 변모로 나타난 아내의 자태에 비록 놀라지는 않았다고 해도 일종의 신기하고 청신한 느낌을 금할 수 없었던 것은 사실이다. 피곤하던 종래의 인상을 다소간이라도 떨쳐버린 셈이요 — 그 모든 아내의 행사는 결국 고달픈 피곤증에서 벗어나자는 일종의 회복책이었던 것이다(43 – 44).

도회의 피곤증에 지친 아내는 전원에 대한 그리움을 가지고 떠나기 위해 먼저 퍼머넨트를 올린다. 퍼머넨트를 올린 것으로 '피곤하던 종래의 인상을 다소간이라도 떨쳐버린 셈'으로, 퍼머넨트를 올리고 떠날 수 있었다는 사실만으로 도회의 피곤증은 사라진다. 전원으로 돌아간 후에는 오히려 이 도회에 대한 또 다른 향수가 전개될 따름이다. 향수의 성격이란 그리운 대상, 지금의 현실이 아닌 대상에 대한 지향이기에 도회에서는 전원을, 전원에서는 도회를 그리워할 수밖에 없는 순환이 가로놓인다. 퍼머넨트라는 매혹의 육체, '남녀간 머리의 미의 극치'인 대상이 됨으로써, 아내는 이미 서양 영화의 매혹을 체화한 것이고, 열차를 탐으로써 삼십 평의 협착함에서 오는 피로감을 떨쳐 버린다. 이후 그녀가 향하는 곳은 자연이 아니라도 좋고 구라파가 아니라도 좋다. 매혹의 육체를 갖추고 어디든 여기가 아닌 곳으로 떠나기만 하면 되는 자유, 이것이 이효석이 추구하는 미감의 세계이다. 끝없이 유랑하지만 유랑이 아닌, 하얼빈과 같은 중간 세계에서의 정착과도 같은, 현실이면서도 현실이 아닌 공간에 대한 '꿈'의 형식으로, 이효석의 전원, 이국 취향은 자리하고 있는 것이다.

한편 <산정>에서 화자는 학교에 등산구락부가 생기면서 '신', '박' 두 교수와 함께 주말이면 산에 오른다.

산에 오름은 결코 소비적인 행락이 아니요, 반대로 참으로 생산적임을 알게 되었다. 기쁨과 함께 오는 등산의 공을 몸과 혼을 가지고 느끼게 되었다. 동무가 말하는 호연지기가 끄스른 피부 그 어느 구석에 간직해 있다면 산의 덕이 이에 더 클 있으랴. 스타킹 위로 벌거숭이 무릎을 통째로 드러내놓고 등산모를 쓰고 룩색을 메고 피켈을 짚고 나선 모양은 완전히 세 사람의 야인이다. 선생이니 선비니 하는 귀찮은 직책과 윤리를 떠나서 평범한 백성으로 변한다.292)

일생의 한 측면으로서 자연이 발견되면서 그것은 야취의 소비가 가진 생산성을 나타낸다. 등산은 하나의 향락(소비)이지만 그을린 피부를 얻고 범속한 신분을 벗어날 수 있다는 점에서 생산적인 행위이다. 등산복을 입고 '등산모를 쓰고 룩색을 메고 피켈을 짚고 나'서기만 하면 '야인'은 성취된다. '스타킹 위로 벌거숭이 무릎을 통째로 드러'내는 등산복을 걸치기만 하면 그들은 '선생이니 선비니 하는 귀찮은 직책과 윤리를 떠나서' '완전히 세 사람의 야인'이 된다. 야취는 백화점에서 산 등산복으로 가볍게 환기되는 것이다. 그들은 등산복을 걸침으로써 선생과 선비라는 훈육적 육체 질서에서 해방되기에 거리낌 없이 매춘부를 찾아간다. 등산복을 걸친 야인이기에 산을 즐기듯 자유롭게 성을 향유하는 것이다.

문명을 벗어나서 야생의 부르짖음만이 명령하는 날이었다. 산의 죄가 아니요 산의 덕이다. 전신에 흠뻑 배이고 넘치는 산정기의 덕이었다. 더럽혀진 역사의 한 장이 아니고 역시 옳은 역사의 한 장이었다. 등산복을 입고 스타킹을 신고 있는 한 부끄러울 것 없는 밤이었다(13).

거리의 매춘부를 찾아간 행동에 대해서까지 '산의 덕'을 부르짖고 '등산복에 스타킹을 신고 있기에 거리낄 것 없다'는 인식을 나타내는 것. '문명을 벗어나서 야생의 부르짖음만이 명령하는 날'의 미감은 일상의 소비로 규정되는 여가로 귀착된다. 이것이 등산복이 만들어 내는 야성, 야취의 본질이다. 즉 그는 등산복과 스타킹을 통해서 야성의 육체를 사고 향유하는 것이다. 중요한 것은 그것이 등산을 통해 가능해진, 즉 산을 정복함으로써 산에 동화되어 스스로를 야인으로 명명함으로써 가능해진 일탈이라는 데 있다. 산의 정기 때문에 자신을 문명 너머의 야인으로 명명하고, 산을 정복

---

292) 이효석, 〈산정〉, 전집 3, 10면.

함으로써 야취가 자신의 본질이라고 명명하는 행위는 1930년대 중반 지식인들을 중심으로 요청된 하이킹 취미, '하이킹의 시대'가 곧 정복의 시대임을 보여 준다. 산에 대한 정복이라 명명할 수 있는 하이킹은 자연을 경이롭고 아름다운 대상으로 발견하는 행위인 동시에 새로운 세계, 미답의 처녀지를 자신이 처음으로 정복함으로써 그 대상을 소유하고 자기화하는 행위가 되기도 하는 것이다.[293)]

낭만주의적 사유를 통해 산은 경이로움과 아름다움의 주체로 格上되었다. 하이킹, 등산이란 자연을 풍경으로 멀리 바라보는 행위가 아니라 풍경을 마주보며 그 경이로움을 자기화(觸覺化)하는 행위이다. 자연에 맞서는 인간이 영웅적인 투쟁을 벌인다는 기본적인 테마에서 등산이 생겨나는 데 영향을 미친 것은 영국의 군국주의 애국심, 제국화였다.[294)] 국가가 건강한 국민으로 구성되어야 한다고 본 19세기 개혁가들은 인간의 몸에 주목해, 청년들이 자신과 국가를 위해 자연을 행진하며 건강을 유지해야 한다고 주장했다. 청년의 건강한 행진과 활동은 제국주의적 침략과 정복을 수행하는 근간이 된다. 그렇기 때문에 30년대 후반에 발표된 <산정>에서 이효석이 예찬하는 산의 정기란 처음부터 취미와 휴식이라기보다는 지배와 정복을 위해 권장되는 행동이다. <해바라기>에서 연애에 실패한 문학가 운해가 중석광을 발견하면서 백만장자의 꿈을 꾸는 장면은 등산이 곧 정복이라는 점을 잘 보여 준다.

> "그까짓 연애가 다 무엔가. 속을 골골 앓구 눈물을 쭐쭐 흘리구."
> 사실 임박한 차시간에 역에 나가 표를 사가지고 폼에 들어갔을 때까지 ─ 그의 자태 속에서 지난날의 괴롬의 훈적이라고는 한점도 발견할 수 없었다. 연애란 어느 나라 잠꼬대냐는 듯이 상쾌한 그의 모양에는 다만 앞을 보는 열정과 쉴새없이 그 무엇을 꾸며 나가려는 진취적 기력만이 보일 뿐이었다. 잠시도 쉬는 법 없이 기차 시간표를 세밀히 조사하면서 쓸데없는 잡스러운 밖 세상의 물건은 하나도 그의 주의를 끌지 않는 눈치였다.[295)]

두꺼비 같은 외모로 꾀꼬리 같은 미녀를 사랑해 약혼하지만 결국 배신당한 운해는 겨우 두 주 만에 중석 광산을 발견하겠다는 꿈에 젖어 경쾌한 등산복 차림으로 나타난다. 이때 중석이 군수품에 쓰이기 때문에 높은 가치를 지닌다는 인식은 끼어들지 않는다. 백만장자가 되기만 하면 중석이 전쟁 무기라는 사실은 고민에 남지 않을 정도로

---

293) 이에 대해서는 졸고, 「한국근대소설에 나타난 도시공원의 표상」, 『한국문화』44, 2008. 12 참고
294) 레베카 솔닛, 『걷기의 역사』, 김정아 역, 민음사, 2003, 212 ─ 213 참고.
295) 이효석, <해바라기>, 전집 2, 282면.

등산과 정복은 필연적인 관련을 맺고 있는 것이다. 그렇기에 그는 '그까짓 연애'라는 말로 실연당한 기억을 까맣게 잊고 괴롬의 흔적까지 발견할 수 없도록 상쾌한 모양으로 '쉴 새 없이 그 무엇을 꾸려나가려는 진취적 기력'과 열정만을 내보인다. 그 진취적 기력이 중석광의 발견이라면 이는 곧 파시즘의 육체, 강건성의 육체에 대한 긍정을 내포하는 것이 아닐까. 이처럼 1930년대 하이킹 열풍이란 파시즘이 요구하는 건강성, 실용성과 긴밀한 관련을 맺는다. 산을 정복함으로써 육체를 강건하게 만들 뿐 아니라 그 강건함으로 새로이 정복한 자연을 정원화, 인공적 유토피아로 만들고자 하는 사상이 지배적인 것이다. 이러한 사상은 만주 유토피아의 상상력과 결부되어 있다.

> 대개가 느릅나무와 백양나무에서 빽빽이 무성한 속에서는 집의 자태조차 빠져 버려 그윽하고 으늑한 맛이 격별하다. 생활과 수목의 일원화요, 도회와 전원의 합주여서 한 폭의 아름다운 낙원의 느낌이었다. (중략) 수목 흔한 도회라는 것이 인간 생활의 한 이상이요 원이 아니면 안된다. 대륙에서도 유수한 도회에서 도리어 신선한 전원을 느끼고 야성을 맛본 것을 나는 여간한 행복으로 여기지 않는다.[296]

만주국의 국제 도시 하얼빈에서 이효석은 수목이 흔한 거리의 아름다움, 도시 속에 자연을 통째로 옮겨 놓은 듯한 병치에 감탄한다. 도시 속 자연으로서 수목은 마치 그 도시를 거대한 정원처럼 느끼게 한다. 정원화된 도시야말로 하나의 이상적인 공간 기획으로 이해된다. 대륙의 유수한 도회에서 신선한 전원과 야성을 맛본 것에 행복을 느끼며 이야말로 생활과 수목의 일원화요 도회와 전원의 합주여서 아름다운 낙원이라고 생각한다. 전쟁과 침략에 의해 건설되는 도시에서 오히려 이상향을 발견하고 건실한 미래를 꿈꾸는 것으로 이는 자연에서 아름다움을 느끼는 행위가 자연을 정복하고 이 정복을 유토피아적인 것으로 상정하는 파시즘의 미학을 대변하는 것으로 볼 수 있다. 자연을 건강한 것, 야생의 것, 힘과 활력이 넘치며 위안할 수 있는 것이라고 바라보는 행위는 자연을 낭만적으로 재해석하는 것인 동시에 그러한 자연의 이미지를 미래에 덧씌움으로써 현재의 침략을 미래의 유토피아로 연결시키는 전망을 부여하는 행위가 되는 것이다.

---

296) 이효석, 「야과찬」, 전집 7, 241 - 242면.

(2) 감각적 세련성과 내선일체의 가능성

　　이효석이 1940년 <국민신보>에 연재한 일본어 소설 <푸른 탑>은 제국대학에서 영문학을 전공한 피식민 지식인 남성과 조선에 거주하는 일본인 여성의 연애와 결혼, 그 속에서 빚어지는 각종 오해와 장애를 그리며 내선일체, 일선융화의 이념을 형상화하고 있다. 영문학의 수재 '안영민'은 맹렬히 구애하는 민자작의 딸 '소희'의 유혹을 뿌리치고 일본인 여성 '요코'와 결합한다. 요코와 안영민의 결합은 두 사람의 교양의 일치가 주요하게 작용하는데, 민소희의 열정보다 요코의 교양이 안영민에게 동질감을 주는 것으로 형상화된다.

　　영민의 마음을 흔드는 데 실패한 민소희는 미국 영사 '스미스'의 딸 '엘렌'과 동행하여 숙원이던 유럽 여행에 나선다. <푸른 탑>의 마지막 장면은 서로에 대한 사랑을 확인한 안영민과 요코가 자신들의 사랑을 방해해 온 '불손한 해협' 현해탄을 건너 부산에 도착했을 때, 그곳에서 "외국인 낭자와 맑고 귀여운 한복차림의 여자, 사람들의 눈을 끄는 귀여운 두 사람의 한 쌍", 엘렌과 민소희를 발견하는 것이 된다.

> 　　선실을 나와 많은 사람에 섞여 트랩을 내려선 영민들은 수십 미터 앞의 화려한 색채를 알아차리고 문득 피곤한 눈을 크게 뜨고 노려보았다. / "참으로 아름다운 사람이다."
> 　　요코는 무심코 인파 중에 우뚝 서서 정직하게 탄성을 쏟았다.
> 　　"미국 처녀다. 틀림없이." / 영민과는 다른 방향을 보며 요코는, / "나는 이쪽의 한복을 입은 사람을 말하고 있는 거예요. 참으로 아름다운 옷이예요. 저렇게 아름다운 모습은 처음이에요."297)

　　"숨은 식물학자로 여가 시간이면 교외에 나가기도 하고, 먼 산에까지 나가 수백 종의 신발견의 주인으로", "표본이 많아지면 모국의 학계에 보내서 스미스 부인의 이름이 붙은 여러 개의 신종을 발표하"며 "남편인 영사와는 다른 취미 생활에 몰두하"고 있는 스미스 부인은 민소희의 아름다움을 자신이 이번에 발표한 산동백의 신품종 "스미스이아 슈도카메리아"에 빗대어 표현한다. "우리 본국에 스미스이아 슈도카메리아를 보내고 이번에 또 당신을 보내게 되면 한국의 가장 아름다운 자랑을 세계적으로 발표한다는 것이 돼요. 내가 가장 영광으로 여기는 바이지요."(391) 민소희의 아름다움은 특히 빛깔 고운 한복을 입고 있을 때 발휘되며 제국의 주체(미국인 영사 가족)

---

297) 이효석, 〈푸른탑〉, 정창희 역, 『새롭게 완성한 이효석 전집』4, 창미사, 2003, 418-419면.

에 의해 발견되고 호명되는 것이다. 한국의 산속에 자라는 산동백이 수집 취미를 가진 제국의 주체가 표본으로 만듦으로써 식물학이라는 근대 지식 속에 '스미스이아 슈도카메리아'로 호명되는 것처럼, 한복 입은 민소희의 아름다움은 제국의 주체인 스미스 가족들에게 발견되고 발표되는 대상이 된다. 그러므로 배에서 내린 요코와 안영민의 시선에서 엘렌과 민소희의 '화려한 색채'는 각기 다르게 포착되고 있다. 피식민인 안영민에게는 미국 처녀 엘렌의 서구적 아름다움이, 식민 지배자인 요코에게는 조선 처녀 민소희의 아름다움이 먼저 발견되고 있는 것이다. 이 장면에서 우리는 <푸른 탑>의 주인공 안영민과 마찬가지로 피식민(조선)인으로서 (일본)제국이 만든 대학에서 (서구)제국의 문학을 전공한 이효석이 추구한 심미성이 가진 몇 가지 특징을 포착할 수 있다. 무엇보다 심미적인 것은 제국의 눈을 통해서만 발견될 수 있다. 전통의 아름다움이든 외래의 아름다움이든 주체는 제국의 눈을 습득하지 않고는 감각적 세련성에 도달할 수 없다는 것이다. 그런 점에서 제국의 눈에 의해 아름다움의 대상으로 명명되는 민소희의 한복 입은 아름다움은 피식민 지식인 안영민의 눈에 요코나 엘렌의 아름다움보다 먼저 발견되지 못한다.

하지만 이효석은 <소복과 청자>, <봄 의상>, <은은한 빛> 등의 일본어 소설을 통해서 점차 外來의 것이 아니라 古來의 것에서 아름다움을 발견한다는 논리를 나타내기 시작한다. 이효석의 친일 소설은 친일 그 자체보다 아름다움의 고래적 근원, 즉 재료 그 자체가 아니라 '차고 먼 아름다운 것'을 외래에서 고래로, 공간적인 거리에서 시간적인 거리로 변환하는 데 주목하는 특징이 있다. 먼저 일본어 단편소설 <소복과 청자>에서는 심미안으로 발견하는 전통의 세계, 즉 서구적 심미안에 입각하여야만 발견되는 전통적 미감의 세계를 집약해 보여 주고 있다.

> 새하얀 순백색 옷을 차려 입고 시원스럽게 나서는 그 여자의 모습은 그 누구의 눈에라도 대뜸 황홀하게 하지 않고는 못배겼었다. (중략)
> 하기야 색깔이라는 것은 아름다운 것이고 변화가 많은 다채로운 옷을 주로 입는 외국 여자의 모습도 그것대로 충분한 아름다움이 있는 것이고, 저 진홍빛 잠옷 차림의 창녀의 모습에조차 때로는 야드러운 아름다움이 깃들여 있는 것이지만, 그러나 그것들과 마찬가지로 아니 그 이상으로 은실의 소복차림이라는 것은 한번 힐끗 본 사람들의 가슴에 한평생 잊을 수 없을만큼 사무친 것을 새기게 할 것이다.298)

---

298) 이효석, 〈소복과 청자〉, 전집 3, 91-92면.

아름다운 목소리, 세련된 서울 말씨의 다방 여종업원 은실의 아름다움은 그녀가 입은 패션으로서 하얀 소복, 순백색의 아름다움과 그녀의 교양 있는 매너와 자태로 집약된다. 이때 은실의 소복은 서양 여인의 색채옷이나 창녀의 진홍빛 잠옷차림에도 깃들 수 있는 아름다움과 같은 것으로 교양 있는 지식 청년의 시선에 의해 포착되는 아름다움이다. 그것은 그림으로 그려지고 다방에서 여러 사람들의 눈에 의해 감상됨으로써 발견되는 아름다움이기에 거리의 여인들이 손쉽게 입고 다니는 의복으로서의 아름다움이 아니라 예술화하고 취향화된 아름다움이라고 이야기할 수 있다.

그녀의 소복이 여러 지식인과 교양인들을 매혹할 수 있는 것은 그녀 자신이 고색의 미학을 스스로 발견하고 취향화, 상품화하는 존재라는 데 있다. 그녀에 의해 커피나 소오다수가 아니라 화채, 수정과의 미각이 발견되고 "홍차에 필적할 음료로는 식혜, 보리수단차 등등으로. 이건 참 그럴 듯한 착안이어서 다방은 전보다도 더욱 번창하고 풋내기 코오피통(通)을 자랑삼던 패들도 속속 수정과당으로 전향해 오는 격이었다. 건시의 단 물에 생강이나 육계의 향료로 풍미를 곁들인 음료는 코오피보다 나으면 나았지 못하지 않았다."(96) "이것들은 주로 서울지방의 음료였기 때문에 지방 사람들은 새삼 우리네가 독특하게 지녀오고 있는 그 진미에 찬사를 늘어놓고, 이리하여 이 특색으로 해서 이 집은 대뜸 온 거리의 화제거리가 되었고, 은실도 손뼉을 칠 만큼 개가를 올렸었다."(96-97) 그녀의 소복 입은 아름다움이란 특색 있고 개성 있으며 교양인의 자질에 의해 아름다움으로 발견되기에 아름다운 것이다. 마치 화채, 수정과, 식혜, 보리수단차 등등이 서울 여인의 세련된 미감에 의해 풍미 있는 것으로 발견되어야만 상품화될 수 있는 것처럼 기존의 소복이 아니라 미학화된 상품으로서의 소복, 서울지방 음료로서의 수정과만이 아름다운 것이다. 사치스러운 취향이고 교양 있는 소비문화, 차별화된 소비문화이기에 그러한 소복의 미감, 수정과의 미감이 발견될 수 있다. 시각적으로 소복, 청각적으로 가야금, 후각과 미각적으로 수정과로 향하는 그녀의 미감은 어디까지나 외래의 것에서 고래의 것으로 사치의 미감을 변화시키는 상품화 과정을 따를 따름이다. 향유하고 동경하는 상품으로서 그녀의 육체적 가치는 또한 누구의 소유도 되지 않은 채 떠나간다는 데서 온다. 무엇이 아름다운 것인지 실체는 정립되지 않은 채 미감의 영역에서만 그녀는 존재하는 것이다. 마찬가지로 <봄 意想>은 한복을 입은 일본 여급의 아름다움을 발견하는 짧은 이야기를 들려주고 있다.

화가 도재욱은 분홍꽃 치마와 난황색 양장의 여인을 각각 주연과 미호꼬라고 생각하지만 그 둘의 모습이 "오늘은 평소보다는 돋보인다". 화려한 옷차림의 압도적 색채에 황홀해하고 있을 때 그 옷차림이 사실은 바뀌었다는 것을 알고 두 번째로 놀란다.

> 순백색 저고리에 핑크빛 치마의 배합은 단순하고 정결한 가운데 일종의 화려한 기운을 떠돌게 하여 계절의 감각을 또한번 눈앞에 되살아나게 하는 듯한 마취가 있었는데 ─ 그 신선한 감각의 임자가 주연이라고 본 것은 착각이었고 뜻밖에도 미호꼬인 것이었다. 방긋이 둥그런 눈방울을 반짝이면서도 어색한 듯이 부끄럼을 머금은 모습은 도가 전혀 예기하지 않은 것이었다.[299]

한국 여성과 일본 여성의 옷 바꾸어 입기 모티프는 특히 일본 여인의 한복 입기로 성취되며 미학화된다. 이광수의 <진정 마음이 만나서야말로>에서 일본인 여성 후미코의 조선복이 일본인과 조선인 간 외모의 차이 없음을 제시함으로써 젊은이들의 열정에 입각한 결합 가능성을 제시하는 것이었다면 이효석 소설에서 일본 여성의 한복 입기는 외양의 동질성이 아니라 색채의 아름다움과 감각적 어울림, 세련성의 문제로 발견된다. 제국 여인에 의해 가꾸어진 아름다움으로서 한복이 나타날 때 그것은 단지 조선인과 일본인의 외양에 차이가 없다는 논리가 아니라 아름답기 때문에 구별 짓는 것이 무의미하다는 논리로 이어지는 것이다. 아름답다면 민족적 변별이나 전통의 변별이란 무가치하다. 아름답기만 하다면 창녀라 해도 천사가 될 수 있다는 이효석의 사치 취향 논리, 감식안의 문제가 친일소설에까지 이어지는 형국이다.

이효석에게 있어 교양은 제국과 문명의 논리를 대변하는 동시에 특화된 계급의 취향과 감각, 향유를 대변하는 용어이다. 이효석 소설에서 취향은 교환의 부정성과 다른, 향유의 긍정성을 육체에 도입하는 개념으로 자리하고 있다. 욕망이 아니라 유혹이 문제적인 것으로 부각되며 이때 유혹은 능금의 향기, 전원의 자유, 들딸기의 맛, 달빛에 흐드러진 모밀꽃과 같은 순간적 미감을 발휘한다. 자본으로 교환되는 욕망이 탕진되기에 허무하고 권태로우며 타락한 것이라면 취향과 교양에 입각해 향유되는 유혹은 순간적인 충족감을 형성하며 오히려 절대적인 영역으로 승화된다. 그 유혹이야말로 근대 서구 문명의 아름다움이 현실을 가리고 환상으로 발휘될 수 있는 유일한 가능성의 영역이 되는 까닭이다. 그러므로 이효석에게는 두 개의 제국을 분리해 논의할 필요가 있을지도 모른다. 이효석이 전공한 영문학의 세계, 즉 구라파 제국의 세계

---

299) 이효석, 〈봄 의상〉, 전집 3, 108면.

는 그의 취미영역에 핵심적인 축으로 자리하고 있기에 서구 제국에 대해 그는 일방적으로 모방하는 자세를 보여 준다. 그런데 그의 구라파 제국 문명에 대한 모방은 정복이나 지배가 아니라 향유와 소비로 대변되기에 특징적이다. 즉 그는 서구 제국의 남성적 영역이 아니라 여성적 영역, 타자의 영역을 모방함으로써 다른 피식민 지식인 남성과 구분되는 것이다. 반면 그는 현실을 지배하고 있는 일본 제국의 세계에 대해서는 망각하거나 부정하는 자세를 보이고 있다. 이효석의 미의식을 설명하기 위해서는 구라파 주의와 소비 향유의 미감이라는 두 가지 차원에 보다 집중하여 해명할 필요가 있을 것이다.

(3) 〈은은한 빛〉에 나타난 골동품 취미와 소비 향유의 육체

그랜트 매크래캔은 〈문화와 소비〉에서 '로이스 로제ー현대 세계에서의 큐레이터적 소비자'라는 새로운 소비 향유의 유형을 제시하고 있다. 가족 소유품의 보관자로서 로이스 로제는 가족들에게서 전해온 물건을 저장, 전시 보존하는 의무에 얽매어 있다. 이 큐레이터적 소비패턴은 목적의식, 가족관, 장소에의 집착, 아이들과의 관계 등 모든 것에 나타나며 그 소유품과 그녀의 관계 속에 강력히 함축되어 있다. 큐레이터적 소비란 개인이 자신의 소유품을 강력한 기억가치를 지닌 것으로 취급하면서 보존, 전시, 안전한 양도를 필요로 하는 소유품에 책임감을 느끼는 소비패턴으로 정의할 수 있다. 이러한 큐레이터적 소비는 상품의 화려함이 아니라 상품의 고색, 즉 시간적 가치를 강조하는 소비패턴이다. 원래 소비재의 물리적 속성이자 상징적 속성인 고색(고색창연한 빛)은 지위가 높은 개인들이 자신들을 지위가 낮은 개인들과 구별하고 아울러 사회이동을 관리하고 제약하는 중요한 방법 중 하나였다. 고색은 물질문화의 물리적 속성으로서, 사물의 표면 위에 누적되어 있는 햇수의 작은 기호들이다. 고색은 현재의 지위주장이 정당하다는 것을 시사하는 상징이다.[300] 이러한 고색에 입각한 큐레이터적 소비는 상품의 가치를 패션에 입각한 변화무쌍한 세련성이 아니라 시간적 거리에 입각한 감식안에 기반을 두도록 한다. 이는 이태준의 단편소설과 수필에서 강조되는 고완의 세계에서 문제시되는 것이다. 이태준의 고완의 세계가 상품의 논

---

300) 그랜트 매크래캔, 『문화와 소비』, 이상률 역, 문예출판사, 1996 참고.

리와 무관한 것이라면 이효석에게 고완, 골동품은 전통의 논리와 무관한 상품이기 때문에, 즉 그 세련미로서 발견되는 것이기 때문에 기존의 소비 취향의 강조라는 문맥에서 벗어나지 않는다.

이효석의 일본어 소설 <은은한 빛>의 핵심은 큐레이터적 소비자의 취향이 될 것이다. 소설의 주인공 현욱은 고구려와 낙랑 유물 수집가인 동시에 고려당이라는 골동품 판매점을 경영하는 지식인으로, 비록 가게는 초라하지만 그 가게의 진열장 속에는 온갖 골동의 값어치를 가진 물건들을 진열해 두고 있다. "비좁과 퀴퀴한 가게방 가득한 고물(古物)들 위에 훔치고 닦고 하는 동안에 어느 틈엔가 먼지는 쌓이고 쌓여, 그 자체가 하나의 가치를 주장하기나 하는 것 같았다. 낙랑과 고구려를 주로 하여 고려, 이조시대 것을 합쳐서 오백점은 착실히 되는 도자기 이외에, 수백장의 기와 등속이 줄줄이 늘어선 장 속에 그득히 진열되어 있었다. 흙 속에서 주워낸 이들 고대의 정물은 제각각 예대로의 의지를 지닌 듯, 욱은 며칠이고 시골을 나가 돌다가 가게방으로 돌아오면 조용한 벽 속에 영혼의 숨소리를 듣는 것만 같아서 먼지냄새가 유난히 다정스러웠다."[301] 이때 욱의 가게에 진열된 골동품들은 상품인 동시에 문화이며 특정한 소비자에게만 가치 있는 것으로 발견되는 소비 즉 사치취향의 소비를 연상시킨다. "분류장 빈 곳에 다시 그 수십점의 새 유물이 첨가된 장관은 욱을 황홀경에 이끌기에 충분하였다."(68)라고 서술되듯 그것은 욱이나 박물관장 호리, 고미술애호가 후꾸다에게 발견되는 아름다움이며, 욱의 아버지나 미션 스쿨의 교사 등에게 발견되는 아름다움은 아니다. 그것은 욱의 "고질이 돼버린 취미"(68)에서 출발하여 그 가게의 초라함과 푼푼한 살림살이에도 불구하고 욱에게 자존심과 사치스러운 향유를 가능케 하는 장으로 존재하는 것이다. 욱의 세계는 단순히 제국주의적인 것이 아니라 미학적인 소비의 세계를 포함하고 있다는 사실을 지적해야 한다. 욱의 사치 취향 혹은 문화 소비의 특이성을 대변하는 것이 호리관장과 현재 갈등을 빚고 있는 고구려의 고도이다.

"필시 그거지요. 요 달포 동안 손발이 닳도록 빌다시피 절 못살게 굴어왔거던요. 이제와서 생각하니 보여 주지 말았더면 합니다. 꼭 미친 놈 모양 매달려 조르는군요. ─그렇지만 누가 양보합니까? 우리 가게 걸 다 주는 한이 있더라두 그것만은 줄 수 없습니다. 절대로 못 주겠습니다."
"너야말루 미친 놈이 아니냐. 고구려의 무엔진 모르겠으나 그 녹쓸은 고도(古刀)의 어디가 좋단 말이냐. 내 눈으로 본다면 서푼어치 값두 없는 것 같은데."

---

301) 이효석, 〈은은한 빛〉, 전집 3, 67면.

"그 물건의 값어치를 알지 못한다면 이 땅에 태어난 걸 수치로 알아야 합니다. 그건 오랜 영혼의 소립니다. 천년 뒤에까지 남아서, 옛자랑을 말하려 하는 것이지요."(69 – 70)

과수원 자리를 만들기 위해 땅을 파던 농부에 의해 발견되어 욱에게 건네진 고도의 값어치는 결코 화폐로 계산될 수 없다. 그것은 푸른 녹에 뒤덮여 '고색창연'의 세계를 이루고 있는 대상물이기 때문이다. "칼집은 떨어져 없을망정 오척에 가까운 도신(刀身)에는 녹벽(綠碧)의 반점이 아름답고, 고색 창연한 속에 넉넉히 고대의 모습을 추상할 수 있었다."(72) 이러한 고색창연의 세계란 현대인의 시선에 의해 발견되는 것이 아니라 문화인의 시선, 즉 박물관장이나 고미술품 애호가와 같은 전통과 역사의 지식으로 무장하고 사연에 의해 미와 가치를 부여할 수 있는 세련된 교양 취미인들에 의해서 진열되고 설명됨으로써만 발견되는 아름다움이자 가치이다. 전통의 산물로서 고색의 소비를 지속한다는 것은 세련된 감수성의 소비자로서 박물관장과 대결을 벌이는 욱의 의식을 제국의 주체로까지 격상시키는 것이 된다. 박물관이 제국의 침략과 관련되어 이색과 고색을 전시함으로써 시선의 교육에 집중하는 것처럼 욱 역시 제국의 지식을 바탕으로 고색과 이색을 발견하고 가치화할 수 있기에 제국의 주체로 승화되는 셈이다. 고색의 소비자로서 형성되지 못한 아버지에게 고작해야 천 원, 이천 원의 값으로 따져질 뿐인 고검이란 욱에게는 모든 것을 바쳐 지켜야 할 대상, 아버지와 갈등을 빚고 사랑하는 여인의 몸을 파는 한이 있어도 지켜야 할 가치로운 대상, 자신의 전 존재를 거는 대상물로 집약된다.

남월매가 호리 관장과 가까이 하는 한편, 욱과도 기묘한 관계를 가지게 된 것은 수년 전의 왕관사건(王冠事件) 이래의 일이었다. 지금은 항간의 기억에서도 멀어졌지만, 그 당시에는 전선적(全鮮的)인 화제를 던진 것으로, 주인공인 월매도 덕분에 기계(妓界)에서 한때 날린 것이었다. 월매에게 대해서 웬만큼 딴생각이 있었던 당대의 지사가 취흥에 맡겨 박물관에 비장되어 있는 신라조의 왕관을 유두분면(油頭粉面)의 월매에게 씌우고선 기념으로 사진에 찍은 것인데, 그 일의 길잡이를 선 것이 호리관장이었다. 이 하룻밤의 은밀한 놀음이 한번 항간에 드러나게 되자, 시시비비의 소리가 물끓듯하여 국보의 존엄을 모독한 지사의 경거에 대한 비난의 소리는 높아, 신문기자와 변호사들로 구성된 일단은 지방 행정관의 부패를 탄핵하기 위하여 궐기하였다(73 – 74).

일반 조선인들에게 공분을 일으킨 왕관사건은 호리관장이나 욱과 같은 큐레이터적 소비자에게는 오히려 별것 아닌 일처럼 생각된다. 그들은 신라조의 왕관을 기생에게 씌워 사진을 찍는다는 사건에 대해 별다른 거부감을 느끼지 못하는데, 이는 월매가

시속의 보통 기생이 아니라 제대로 소리도 할 줄 알고 악기도 탈 줄 알며 시문도 지을 줄 아는, 전통의 풍류 개념에 어울리는 기생의 자질을 갖춘 인물이기 때문이다. 즉 그들은 전통의 미학이라는 자질을 통한 소비만을 진정한 것으로 보기에 전통의 미학, 고색의 미학을 가진 것으로서 아름다움을 발견하고 그 아름다움의 공통성에 기대어 월매의 자질을 인정함으로써 유두분면의 월매에게 신라조의 왕관을 씌우는 일에 앞장설 수 있었던 것이다. 그들에게 사물은 그 자체로 가치를 가지거나 그 재료로서 가치를 갖는 것이 아니며 사회적 명예 때문에 가치로운 것이 아니다. "'왕관기생'의 영명(令名)을 드날린 월매이긴 했으나, 그것을 계기로 거리의 인기는 이미 내리막이어서, 그런데서 오는 남모를 번민을 진심으로 털너놓을 수 있는 것은 욱 정도뿐이었다."(74)는 사실로 욱과 월매의 남다른 애정관계가 맺어지게 된다. 즉 그들은 월매의 전통 기생적 육체 자질, 왕관기생의 영명에 어울리는 육체 자질과 그 사치 문화 소비의 풍류를 교유하는 존재로서 맺어지는 셈이다. 이런 관계에서 중요한 것은 월매의 몸값보다는 고색창연의 빛을 가진 고검이 될 것임은 당연하다. 월매가 아무리 고색창연의 기예를 가지고 있다 하더라도 그는 현대 기생이며, 기생을 소유하는 것보다 고색창연의 고검을 소유하는 것이 고색의 취향 소비자에게 올바른 것으로 받아들여질 것이기 때문이다. 한편 고색창연의 취향이란 또한 두 개의 제국 가운데 서양의 미학적 자질을 습득한, 서구적인 교양의 개념을 취득한 존재만이 누릴 수 있는 것으로 발견되기도 한다.

"먹는 것뿐만 아니라 격이라는 말이 났으니 말이지 건축이나 복색두 그 모양이라, 언덕빼기에다 양관 세울 것은 꿈꾸어두 기와나 통나무로 마련인 멋진 조선식 건축은 깨끗이 잊어버리고 있는가 하면, 괴상한 양장보다는 헐거운 조선옷이 얼마나 고상하구 좋은지 모르겠는데, 덮어놓구 고래의 물건을 멸시하구 외래의 물건에만 눈이 벌개지고 있는 형편이거든. 이건 들은 이야기지만 어떤 전문 정도의 교육을 받은 청년이 서양사람 집에 놀러 갔다가, 객실에 장식에 놓은 낡은 조선 목갑(木匣)과 놋그릇을 보구 비로소 그 아름다움을 깨닫고 집에 돌아와서 곧 그것을 애용하기 시작했다는 이야기가 있는데, 이 역수입을 한 청년은 그래두 기특한 편이지, 전연 불감증인 젊은 사람은 처치 곤란이란 말야."(75)

고색창연의 취향 소비는 외래의 취향 소비(패션)와 함께 교양 있는 젊은이가 동시에 추구해야 할 가치로서 기록된다. 문제는 1940년대 조선 상황에서 많은 교양 있는 젊은이들이 고래의 물건은 무시하는 반면 외래의 물건만 추종한다는 데 있다. 고래와 외래, 둘 다 먼 것, 현실의 것이 아니라는 점에서 사치취향을 조직하는 상품인데, 그

가운데 이제까지 이효석의 소설이 중시한 것은 외래의 물건들, 특히 외래의 문화에서 온 아름다운 것들이었다면 40년대 친일소설들은 고래의 것, 시간적으로 먼 것에서 오는 아름다움을 고색의 미학으로 발견하고 정립하고자 한다. 고래든 외래든 중요한 것은 그러한 소비가 서구인의 시선을 역수입함을 통해서만 발견된다는 데 있다. 고래 물건의 아름다움은 서양인의 집 객실에 장식된 상태에서만 발견되며 마찬가지로 제국 문명인의 시선으로 진열되고 분류되어 전시되었을 때에만 발견된다. 일상생활 속의 기명 자체는 아름다운 것으로 발견될 수 없으며 오로지 제국의 시선, 제국의 교양에 의해 분류되고 수집되어 고색창연의 색채를 띤 것으로 인정될 때에만 아름다운 것이 될 수 있는 것이다. 그러므로 고래의 물건에 대한 취향이란 외래의 물건에 대한 취향처럼 먼 것이며 제국적인 것(역수입된 것)이라고 말할 수 있다. 그러므로 욱의 고색취미는 친구 '백빙서'로 대표되는 외래 취미 지식인의 시선과 분열하는 동시에 교호한다.

> "그럴지두 몰라. 그게 수치란 말이지? 허지만 이쪽의 장점을 발견해 준 건, 솔직히 말해서 그들일지두 모르지. 적어두 타인의 풍부함이 우리에게 반성을 환기해 준 것이라고 말할 수 있지 않을까."
> 백빙서는 태연하게 말하였다.
> "파렴치한 소릴 작작하게. 이쪽의 장점이란 이쪽에 본래부터 가지고 있는 것이야. 남의 가르침을 받아서 겨우 깨닫는다면 그런 따위는 없어두 좋아. 치즈하구 된장하구 어느 쪽이 자네 구미에 맞는가. (중략) 체질의 문제고 풍토의 문제야. 그것에까지 외면을 하는 자네들의 그 천박한 모방주의만큼, 망칙하구 타기할 것은 없단 말일세."(78 - 79)

서구 문물, 외래의 것에 대한 모방풍조와 패션에 대한 이해에 있어 기존의 이효석을 대변하는 듯한 백빙서는 고색창연의 소비자인 욱에 의해 공박당한다. 제국문화의 풍부함이 우리 전통의 아름다움을 발견하게 한 것이라는 백빙서의 논리는 사실 이효석의 논리이기도 하다. 문제는 욱의 발언을 통해 전통은 체질의 문제고 풍토의 문제로 결코 제국의 시선 때문에 발견되는 것이 아니며 원래부터 알고 있어야만 하는 것이라는 당위론의 목소리가 개진된다는 데 있다. 이효석의 소설 일반에서 이러한 욱의 목소리는 그다지 신빙성이 없어 보이는데, 욱 자신부터가 미학과 전통에 대한 서구의 교양 없이 체질과 풍토만으로 고검의 가치를 발견한 것이 아니기 때문이다. 이런 점에서 욱의 체질과 풍토 논의는 허상이 된다. 된장이 구미에 맞는다 하더라도 된장을 그냥 반찬이 아니라 '맛이 있는' 반찬, '체질에 맞는 반찬'이라고 정립하는 데에는 제국 주체의 시선이 개입해야 하는 것이기 때문이다. 그러므로 백빙서와 욱의 표면적 대립, 고래와 외래의 대립은 여성의 아름다운 꽃신 한 켤레를 놓고 그 아름다움을 인정하는 것으로 손쉽게 봉합된다. "꽃신을 신은 우아로운 양자는 아마 천하일품이 아닐까"(80) 하는 데 두 사람의 의견이 일치함으로써 한복을 입은 조선 여성의 아름다움, 그 타자적 아름다움의 전유에 있어서는 패션과 고색이 동일한 제국적 시선의 모방을 드러내는 것이다.

결국 욱은 월매의 몸값이나 아버지의 회갑연 비용보다 고검의 고색창연한 가치를 더 중시하며, 월매를 놓치거나 아버지의 미움을 사는 한이 있어도 그의 세련된 취향 소비는 끝나지 않는다. 그것이 그의 지식인적 자질, 교양적 자질을 증명하며 그 자신의 존재 증명에까지 이르는 까닭이다.

> "이걸 내놓을 판이라면, 차라리 내 목숨을 넘겨주고 말지. 밭이구 계집이구 어디 문제가 되느냐."
> 녹슨 벽록의 고색은 흔연히 어스름 속에 녹아들고, 금빛 칼자루가 달빛을 받아 은은히 빛났다. 정녕 욱은 머리가 돌았는지도 모를 일이었다(89).

그는 고색의 미학, 고색의 취향을 자신의 목숨과 바꿀 수 있는 절대의 것으로까지 신봉한다. 그의 육체는 오로지 고색창연의 미학을 지닌 고검 하나에 바쳐질 수 있는 것으로 고색의 가치는 사랑하는 여인의 육체나 부모의 희망보다 더 큰 것이다. 자신의 전 존재를 걸어 취미 미학의 절대성을 부르짖는 남성 주체의 교양이란 결국 소비의 절대성, 향유의 절대성을 이루는 셈이다.

취향의 세련성에 입각한 내선일체가 아니라 성욕이나 열정에 입각한 남녀의 결합은 어떤 경우에도 긍정되지 않는데, 이는 일본어 소설에서도 그대로 지속된다. <엉겅퀴의 章>은 내선일체 결혼의 문제를 다룬다는 점에서 <푸른 탑>과 연결되는 텍스트이다. 지식인 현과 일본인 여급 아사미의 동거와 파국을 그린 소설은 조선인 지식 청년－일본인 여급(여성)의 구도에서 두 사람의 교유가 어떤 의미를 가질 수 있는가를 탐색하는 것으로 이루어진다. 현은 신문사의 폐간으로 동거하는 여인 아사미가 있는 집으로 돌아오며 "새빨간 서양 엉겅퀴의 노기를 품은 듯한 드센 모양에 아내의 얼굴이 겹쳐오"302)는 듯한 연상을 갖는다. 처음 만났을 때부터 그랬거니와 아사미의

---

302) 이효석, 〈엉겅퀴의 장〉, 전집 3, 127면.

"정열이라고 부르기에는 너무나 저돌적인, 그 광적인 발작 비슷한 격정이 용케도 지금까지 지속되어 온 것을 생각하면 현에게는 이상한 느낌조차 들었다."(128 – 129) 현과 아사미의 동거는 합리적으로 설명될 수 없고 피식민 지식인 현에게는 이상한 느낌조차 들게 하는 아사미의 광적인 발작과 같은 격정의 지속에서 가능했다. 어엿한 결혼식도 올리지 못하고 호적에도 올리지 못하는 그들의 동거는 여러가지 갈등을 빚는다. 술집 여급인 아사미의 정조 문제, 현과의 풍토 차이(마늘 먹기) 등으로 갈등은 이어진다.

> 마늘소동은 그것이 처음이 아니었다. 현은 가끔 몸에 이상이 생겨 향토요리가 먹고 싶어 그때마다 심한 냄새를 지니고 돌아오곤 했다. 그것이 아사미에게 혐오감을 일으키게 하는 것을 알고는 있었지만 기호가 그러니 어쩔 수 없는 일이었다. 살짝 먹고 와서 아사미의 코를 교묘히 피할 수 있는 때가 더러는 있었지만 대개는 민감하게 냄새를 맡아 알아채게 되어 언짢은 경우가 되곤 하였다. 어쩔 수 없는 숙명하고도 같은 것이었다(136).

향토 음식에 대한 지향은 어쩔 수 없는 숙명처럼 아사미와 현 사이를 갈라놓는데 이때 우위의 목소리를 내는 것은 현이 아니라 아사미이다. 현재 조선에 있고 현이 남성이고 가장이지만 현의 마늘 냄새는 지방음식, 향토요리의 열등성으로 조직된다. 일본 제국의 시선에서 마늘 냄새란 결코 세련될 수 없는, 미학적이거나 아름다울 수 없는 숙명이며 혐오스러운 기호로 운명적인 것일 따름이다. 조선의 향토음식을 어쩔 수 없이 따르게 되는 체질로 바라볼 때 그 속에서 미학은 조직되지 않는다. 향토의 세계나 체질을 전통에 입각해 당연한 것으로 바라보는 것이 아니라 그 속에서 아름다움과 가치를 발견할 수 있을 때에만 취미에 입각한 육체가 긍정된다. 아사미와 현은 서로에게 용인되지 못하는 영역, 제국 여인의 후각에 결코 용납할 수 없는 것으로 마늘 냄새가 존재하기에 이루어지지 못한다. 표면적으로 그들은 아자미의 뒤를 쫓아다니는 남성(혹은 현의 친구 아오끼)과 가난, 현의 부모가 정해 둔 약혼녀 여희의 등장 등으로 헤어지는 것이지만 이면에서 그들을 헤어지게 하는 것은 그들의 삶에 미학화가 불가능하다는 점이다. 향토 복색의 아름다움은 즐길 수 있지만 향토 음식의 역겨움은 공유할 수 없다. 체질이 공유되지 않고 다르다는 것을 이해할 때 그들의 내선결혼은 소동으로 끝나고 만다.

이효석 소설에서 육체는 바탕 그 자체가 아니라 습득된 교양과 매너, 취향의 향유,

치장에 의해 그 가치를 부여받는다. 그것이 상품 소비에 입각한 것이며 순간적인 것이기에 이러한 향유적인 신체는 엄격한 규율에 입각한 근대 자본주의의 생산적, 훈육적인 신체의 이상에 대해 일정한 일탈을 나타낸다고 볼 수 있다. 하지만 이효석이 형상화하는 (여성적) 소비와 유혹의 긍정성, 근대적인 신체 질서와 규율에 대한 반항이나 탈주는 완전한 것이 되지 못한다. 그는 단지 차이의 놀이, 소비의 놀이만을 추구하며 그 유혹의 절대성을 긍정하면서도 실체를 지시하지 못하고 제국의 주체가 가진 환상을 자신의 것으로 받아들이는 데 그치고 있는 것이다. 이효석에게 중요한 것은 상품을 소유하는 것이 아니라 향유하는 것이며 아름다운 대상에 대한 향유의 미감을 기르는 것이다. 그 아름다움이 서구의 것이건 조선의 것이건, 과거의 것이건 현재의 것이건 구별할 필요는 없다. 그렇기 때문에 그는 양복의 아름다움과 한복의 아름다움을 손쉽게 병치시키며 커피의 미각과 수정과의 미각을 동일한 것으로 제시할 수 있다. 취미로서 신념을 대체할 때 40년대 이효석의 일련의 일본어 소설에서 보이는 동양 고전 취미가 나타난다. 취미의 세계가 상품소비와 골동품 소비라는 측면에서 조직되는 것이기에 시대 상황의 변화에 따라 이효석은 다소 경박하게 코오피의 미감에서 수정과의 미감으로, 서양 음악에서 가야금으로, 북국의 헬렌에 대한 매혹에서 소복 입은 여인에 대한 매혹으로 건너뛴다. 취미 향유의 능력, 감상 주체로서의 능력이 서양 제국의 교양에서 비롯된 것이며 제국의 주체가 호명하는 방식을 모방하는 것임을 분명히 이해하지 못할 때, 이효석의 향유는 결국 상품 소비의 가벼움과 패션의 덧없음처럼 공상적이고 무가치한 영역으로 떨어질 가능성도 배제할 수 없는 것이다.

⑥ 김유정 소설의 육체 – 괴물

장면 1) 시골서 올라온 지 얼마 안 되는 그로서는 서울이라 혹 알 수 없을 듯싶어 무료 진찰권을 내오기는 하였다. 그렇다 하더라도 병이 괴상하면 할수록 혹은 고치기 어려우면 어려울수록 월급이 많다는 것인데 영문모를 아내의 이 병은 얼마짜리나 되겠는가고 속으로 무척 궁금하였다. 아이가 10원이라니 이건 한 15원쯤 주겠는가. 그렇다면 병 고치니 좋고, 먹으니 좋고, 두루두루 팔자를 고치리라고 속 안으로 육조백관을 늘이고 섰을 때 (중략) 덕순이는 지게를 지고 다시 일어나며 그 15원을 생각했던 것이니 그로서는 너무도 벅찬 희망의 보행이었다.

　　　　　　　　　　　　　　　　　　　　　－ 김유정 소설 〈땡볕〉에서

장면 2) 그는 술을 마시면 집안 세간을 부수고 도끼를 들고 기둥을 패었다. 그리고 가족들을 일일이 잡아가지고 폭행을 하였다. 비녀쪽을 두 손으로 잡고 그 모가지를 밟고 서서는 머리를 뽑았다. 또는 식칼을 들고는, 피해 달아나는 가족들을 죽인다고 쫓아서 행길까지 맨발로 나오기도 하였다. 젖먹이는 마당으로 내팽겨쳐서 소동을 일으켰다. 혹은 아이를 우물 속으로 집어던져서 까무러친 송장이 병원엘 갔다.

이렇게 가정에는 매일같이 아우성과 아울러 피가 흘렀다. 가족을 치다 치다 이내 물리면 때로는 제 팔까지 이로 물어뜯어서 피를 흘렸다.

이러길 일년이 열두달이면 열한달은 계속되었다.

　　　　　　　　　　　　　　　　－ 김유정의 자전적 소설 〈생의 반려〉에서

장면 3) 나는 숙명적으로 사람을 싫어합니다. 다시 말하면 사람을 두려워한다는 것이 좀더 적절할는지 모릅니다. 늘 주위의 인물을 경계하는 버릇이 있습니다. 그 버릇이 결국에는 말없는 우울을 낳습니다. 그리고 상당한 폐결핵입니다. 최근에는 매일같이 피를 토합니다. 나와 똑같이 우울한 그리고 나와 똑같이 피를 토하는 그런 여성이 있다면 한번 만나고 싶습니다. 나는 그를 한없이 존경하겠습니다. 왜냐하면 나는 내 자신이 무언가를 그 여성에게 배울 수 있으리라고 기대하기 때문입니다.

　　　　　　　　　　　　　－ 김유정 수필 〈어떠한 부인을 맞이할까〉에서

　　1920년대 후반과 1930년대 중반에는 갑작스럽게 향토의 발견이 적극적으로 이루어지고 낭만적인 자연, 고향으로서 향토가 새로이 의미매김되며 농촌을 순박한 공간, 순수함과 때 묻지 않은 심성의 공간이며 욕망의 자연스러운 분출이 행해지는 공간으로 형상화하려는 다양한 시도가 나타난다. 나도향의 <뽕>, <물레방아>, 이태준의 <오몽녀>, 김동인의 <배따라기>, <감자> 등 1920년대 중반에 발표된 일련의 단편소설들이 몸의 욕망, 즉 식욕이나 성욕에 충실하며 야만의 상태와 다를 바 없는 여성들의 섹슈얼리티를 대상화함으로써 그에 변별되고 그것을 관찰할 수 있는 남성 주체를 호명해 냈다면, 1930년대 중반 이효석의 <모밀꽃 필 무렵>, <개살구>, <산협> 등의 작품이나 정비석의 <성황당>, 김유정의 <봄봄>, <동백꽃>, <솥> 등의 소설에서는 제국의 시선을 모방한 남성 주체가 정복하는 시선, 즉 자신과 완연히 다른 타자로서 순박함이나 토속성을 간직한, 자유롭고 생명력이 살아 있는 원시적이고 전원적인 공간으로 농촌을 발견하며 그 농촌을 향토라 명명함으로써, 그 속에서 살아가는 인간을 도회의 인간들과 완전히 다른, 성적으로 자유롭고 구속되지 않은 인간으로 그려 보인다. 이 가운데 이효석의 향토가 세속적인 계산이나 자본주의적 교환이 개입되지 않은 낭만적인 공간으로 형상화된 것이라면 김유정의 향토는 어디까지나 자본주의 사회의 교환 질서가 개입해 있되 그로부터 소외된 인간들의 괴상한 행동, 즉 정상성에 미달하거나 정상성을 깨뜨리는 행동들이 다양하게 펼쳐지는 곳으로 형상화된다는 점에서 변별된다. 이효석의 향토가 낭만적인 아름다움으로 발견된, 취향에 의해 발견되는 대상이라면 김유정의 향토는 자본주의적 질서를 왜곡하여 전유하는 괴물들에 의해 합리성이 파괴되는 공간이며 향토에 대한 유랑은 도시에 대한 유랑과 마찬가지로 교환의 질서 속에 있지만 그 교환이 합리성에 기반을 둔 것이 아니기에 아이러니한 정조를 나타내게 된다.

김유정은 1930년대 중반의 몇 년 동안 활발한 작품 활동을 벌이다 29세로 요절했으나, 우리 문학사에서 독특한 작품 세계를 형성한 작가로 평가된다. 김유정에 대한 연구는 대부분 김유정 소설에 나타난 해학과 아이러니를 문체, 구조, 인물형 등에서 살피는 것으로 이루어져 왔다. 즉 김유정 문학에 대한 연구사는 그의 해학 혹은 웃음의 특성과 그것이 우리 전통과 가진 관련성을 살피는 연구,[303] 문체에 대한 연구[304]와 인물에 대한 연구[305]를 중심으로 이루어져 온 것이다. 그런데 그러한 연구들은 대부분 한 연구자의 지적처럼 그의 농촌 소설을 중심으로 하고 있다.[306] 그의 도시 소

---

[303] 한만수, 「한국서사문학의 바보인물 연구 – 바보민담, 판소리계 소설, 김유정 소설을 중심으로」, 동국대 박사, 1991 전상국 외, 『김유정 문학의 전통성과 근대성』, 한림대 아시아문화연구소, 1994.

[304] 김상태, 「김유정의 문체」, 『문체의 이론과 해석』, 새문사, 1982 김용직, 「반산문적 경향과 토속성 – 김유정의 소설문체」, 『문학사상』, 1974.7.

[305] 이재선, 『회화적 감각과 바보열전』, 문학사상, 1974 / 전신재, 「농민의 몰락과 천진성의 발견」, 『김유정 문학의 재조명』, 한림대 아시아문화연구소, 1994 / 이호림, 「김유정 소설에 나타난 여성상 연구」, 성균관대 석사, 1996 / 박남철, 「김유정 소설의 인물 유형」, 『한국학논집』32, 1998 / 한정수, 「김유정 문학에 나타난 여성」, 『사회과학연구』10, 2001.2 / 오병기, 「김유정 소설의 여성인물 연구」, 성균관대 석사, 2004.

[306] 강심호, 「김유정 소설의 위반의식 연구」, 서울대 석사, 2001.

설이나 자전적 체험이 녹아 있는 소설들에 대해서는 상대적으로 고찰이 부족하며, 설령 그러한 작품들을 대상으로 하더라도 인물유형에 대한 연구를 중심으로 이루어져 도시 소설과 농촌소설 간 일정한 균열을 나타내고 있는 것이다. 이러한 균열을 봉합하기 위해 몇몇 연구자들이 현실비판과 위반의식, 근대성에 대한 고찰로 방향을 넓히고 있으나 그러한 연구들은 또한 작품을 관통하는 미학에 대해서 논의하지 못하는 한계를 가지고 있다.

필자는 김유정 소설 속 육체 담론 특징을 분석함으로써 김유정이 독특하게 드러내는 욕망과 행위, 근대 자본주의 사회의 제도와 구조에 대한 특징적인 반응들을 밝혀보려 한다. 표준화의 욕망과 기계적인 동작 분할로 특징되는 근대 훈육적 육체의 논리는 그러한 논리를 체화하지 못한 타자들의 몸을 파괴적인 것으로, 근대의 괴물로서 배척하거나 조소하게 된다. 육체의 관점에서 볼 때 김유정 소설은 해학이나 토속성만으로는 설명되지 않는 부분들을 갖는다. 김유정 소설의 인물이 웃음과 한(恨)의 전통과 연결된 것으로 설명되고[307] 민중적 카니발의 생산성과 연결 지어 논의되지만[308] 사실 김유정 소설은 근대 사회를 살아가는 사람들의 욕망과 행동을 둘러싸고 깊은 비극성을 보여 주고 있다. 아버지와 형에게 학대당하고 히스테리에 빠진 누이의 눈칫밥을 얻어먹다 늙은 기생에게 사랑을 느끼는 이야기를 그리는 <형>, <생의 반려> 등 자전적 소설은 물론이고 <노다지>, <만무방>, <땡볕>, <따라지>, <금 따는 콩밭> 등에서 사회적 약자들이 그려 내는 활극 역시 다분히 비극적인 분위기를 풍기고 있다. 그러므로 이 책에서는 김유정 소설에서 육체들이 어떻게 찢기고 파괴되며 격리되는지, 그러한 과정 속에서 인물들이 단지 소외를 넘어 어떻게 완연한 타자의 형상, 괴물로서 그려지게 되는지 분석하고 김유정 문학의 의미를 재고해 보려 한다. 김유정 소설 속 인물들에게 몸이란 특히 파괴되고 처벌되는 폭력을 통해 문제적인 것으로 나타난다는 점에서 김유정 소설의 육체를 재고할 필요가 제기된다.

이를 위해 필자는 먼저 1절에서 자본주의 사회의 계산적 합리성이 김유정 소설에서 어떤 왜곡 과정을 통해 잘못 모방됨으로써 육체 교환의 파괴를 가져오고 해학적

---

307) 대표적으로 김지원, 『해학과 풍자의 문학』, 문장사, 1983 / 박진수, 「〈변강쇠가〉와 〈안해〉의 대비연구」, 이대 석사, 1983 / 서정록, 「한국적 전통에서 본 김유정의 문학」, 『동대논총』1, 1969 / 이주일, 「유정 문학의 향토성과 해학성」, 『국어국문학』83, 1980 / 조석현, 「김유정 소설의 해학성 연구」, 성대 석사, 1987 등.

308) 윤지관, 「민중의 삶과 시적 리얼리즘 – 김유정론」, 『세계의 문학』, 1988 여름 / 김미현, 「김유정 소설의 카니발적 구조 연구」, 이대 석사, 1990.

이면서도 비극적인 인간관계를 나타내는지 분석할 것이다. 특히 김유정 소설 가운데 일련의 금 연작들은 금에 대한 물신적 욕망으로 인해 파괴되고 찢겨지는 육체의 형상을 통해 자본주의 질서가 파고든 사회의 문제를 우화적으로 보여 준다는 점에서 주요한 분석 대상이 된다. 다음으로 2절에서는 들병이, 따라지, 만무방 등 농촌과 도시를 물론하고 유랑하는 인간들의 육체를 통해 근대 훈육적 육체, 교환되는 합리적 육체 자본 등에 이반하는 김유정 소설의 육체 괴물들을 긍정적인 시각으로 재해석해 볼 것이다. 마지막으로 3절에서는 김유정의 수필과 자전적 소설들을 중심으로 김유정 육체 담론의 근저에 가로놓인 그의 매저키즘적 욕망에 대해 의미매김해 볼 것이다. 김유정 소설의 특징은 생계를 책임지며 강한 폭력을 행사하는 여성과, 그 여성의 지배와 폭력을 욕망하는 남성 간의 끈끈한 애정을 부부애의 형태 혹은 사랑의 형태로 그린다는 데 있다. 가령 청춘 남녀의 연애담을 다루는 <동백꽃>에서 이러한 구도를 볼 수 있다. 이야기의 중심축은 마름 집안 여성과 소작인 집안 남성의 연애이지만, 그 연애과정이 직접 그려지는 것이 아니라 강한 여성이 약한 남성을 학대하고 폭력을 휘두르는 이야기로 진행된다는 데 김유정 소설의 연애 공식이 있는 것이다. 왜 사랑 이야기를, 강한 여성에게 폭력으로 지배당하는 약한 남성의 이야기로 형상화하는가. 그리고 왜 이런 사랑 이야기에서 우리는 웃음을 환기하는가. 이런 점에서 김유정 소설을 지배와 폭력이 욕망과 긴밀하게 연결되어 있는 매저키즘의 특성으로 읽어 볼 수 있다. 들뢰즈에 따르면 매저키즘적 욕망이란 지배자 – 어머니에 의한 아들 – 피지배자의 처벌과 폭력에 대한 욕망으로, 어머니의 채찍질을 통해 아들 속에 숨어 있는 아버지에 대한 처벌을 도모함으로써 웃음을 자아내는 형식이 된다.[309] 필자는 김유정 소설을 관통하고 있는 매저키즘적 욕망을 통해서 김유정 소설의 다양한 육체 – 괴물들이 형상화하는 자본주의 사회에 대한 이반과 탈주의 의미를 분석하고 그 미적 특징을 재고하고자 한다.

---

[309] 질 들뢰즈, 『매저키즘 –냉정함과 잔인성』, 이강훈 역, 인간사랑, 1996.

1) 물신화된 '금'의 욕망과 파괴된 육체

(1) 자본주의적 욕망과 규율의 왜곡된 모방

근대 사회의 새로운 제도와 기구는 육체의 길들이기를 수반하며 습속의 내면화를 요구한다. 김유정이 적극적으로 작품을 생산한 1930년대는 근대 자본주의적 습속의 침투가 본격화되며 정확한 시공간에 정확한 행동을 수행한다는 생산적이고 훈육적인 육체의 공리가 확연해진다. 김유정은 도시와 농촌 등 다양한 공간을 바탕으로[310] 근대 사회의 규율화된 육체에서 느끼는 억압과 소외를 표현하고 있으며 이것이 작품 속 인물들의 특수한 욕망과 행동을 낳는다. 김유정 소설에서는 처벌과 폭력, 싸움과 자해, 피의 흐름과 같은 파괴적인 육체가 많이 나타나는데 이를 통해 근대의 표준화된 육체와 다른 타자의 형상을 보여 주고 있는 것이다. 김유정은 먼저 자본으로 재편된 근대 사회의 현실에 대해 강한 부정을 보이고 있다. 특히 그가 부정하는 자본은 '금'이라는 물신의 형태로 나타나, 금을 획득하기 위해 육체를 파괴하는 서사를 보여 준다. 이는 노동이 아니라 도박을 통해 자본을 획득하려는 욕망과 관련된다. 자본주의 사회가 규정하는 올바른 육체 규율이, 정해진 시공간에 정해진 방식으로 노동함으로써 시간을 자본으로 환원하는 형태인 데 반해, 김유정 소설에서는 그러한 근대의 일상적 노동에서 벗어난 타자들, 부랑당이나 깍쟁이, 들병이, 잠채꾼과 같은 존재들이 먼저 발견되고 묘사되는 것이다. 그들의 희망은 도박이나 잠채로 벼락같은 기적을 만나는 것으로, 이는 축적이 아니라 행운에 대한 욕망과 관계하며 근대의 육체 규율을 내면화한 주체의 시선에서 일종의 괴물로 발견된다.

금은 김유정에게 하나의 물신으로, 모두에게 욕망의 궁극적 대상으로 자리하지만 그 금을 이용한 소비 혹은 행복이 표현되지 않는다는 점에서 특징적이다. 오히려 금을 얻기까지의 부적절한 과정 혹은 폭력만이 묘사되는 데 김유정 소설의 특징이 있다. 금을 얻기 위해 김유정의 인물들은 콩밭을 파헤치고(생명을 몰각하고), 도둑질을 하다 죽음을 맞이하고, 스스로 발을 깨뜨리는 폭력을 수행한다. 금은 폭력의 대응물

---

310) 김종건은 김유정의 소설 공간을 도시, 시골, 산골로 나누고 있다. 산골이 야만적이고 전통적인 세계를 보여 준다면 시골은 근대적인 도시로 나아가는 과도기적 공간을 보여 준다는 것이다. 김종건, 「1930년대 소설의 공간설정과 작가의식의 상관성 연구 – 김유정과 이무영을 중심으로」, 『대구어문론총』15, 1997.

로 김유정에게 자리하고 있는데, 금과 폭력의 연관성은 김유정만의 특징이라 할 수 있다.[311] 물신으로서의 '금'은 새로운 아버지의 자리에서 대상을 복종시킨다. 그 대상 복종은 일종의 도박이며 도박 같은 욕망으로 자리한 금을 소유하려는 사람들은 모두 파괴적 괴물이 된다. 그들의 그로테스크한 육체는 금에 대한 욕망과 계산, 즉 육체적 자질을 갖추지 못한 전근대인의 근대적 욕망이라는 모순을 대변하고 있다.

 <금 따는 콩밭>에서 얼뜨기 금점꾼인 수재를 믿고 잘 아는 농사를 걷어치운 영식은 금을 캔다고 멀쩡한 콩밭 하나를 다 잡쳤는데도 "불통버력이 풀리지 않고 밀통버력은 나올 생각"도 않는 곤경에 빠져 있다. "모두가 낭패다. 세벌 논도 못 맸다. 논둑의 풀은 성큼 자란 채 어지러이 널려져 있다. 이 기미를 알고 지주는 대노하였다. 내년부터는 농사질 생각 말라고 발을 굴렀다. 땅은 암만을 파도 지수가 없다. 이만해도 다섯 길은 훨씬 넘었으리라. 좀더 깊어야 옳을지 혹은 북으로 밀어야 옳을지 우두커니 망설거린다. 금점 일에는 풋뚬이다. 입대껏 수재의 지휘를 받아 일을 하여왔고 앞으로도 역시 그리해야 금을 딸 것이다." 땅을 성실하게 갈고 거두어 농사를 짓는 주기적 시간에 기대어 살아가던 농민 영식의 삶은 금광 브로커 수재와의 만남과 근대 사회로의 전환 과정에서 하루아침에 얼뜬 금광의 욕망으로, 도박의 욕망으로 변해 간다. 영식은 농촌의 주기적 시간성을 벗어나 자본주의 근대의 계산적, 축적적 시간성을 획득해야 하지만 그 과정은 노동에 대한 훈련과 산업 사회의 시공간 규율을 익혀야 하는 과정이기에 손쉽게 동화될 수 없다. 그래서 영식 내외는 오히려 자본 축적의 욕망을 단번에 해소할 수 있는 금광에 빠져든다. 영식내외와 같이 농촌에서 도시로의 근대성 전환은 전근대인에게 도약과 같은 행운을 꿈꾸며 이주를 기획하게 만든다. 이주해도 그들에게 돌아오는 노동은 없으며 그들은 근대의 노동자가 되는 대신 부랑자로 전락할 뿐이지만 그래도 그들은 공간 이주를 통해 근대로의 전환을 꿈꾸고 혹은 도박을 통해 전환을 꿈꾼다. 이것이 김유정의 농촌 소설에서 그리고 있는 괴물의 특징이다. 콩밭은 농사를 위한 공간이지만 그 콩밭이 파헤쳐지는 순간 그곳은 금광으로 재공간화한다. 탈공간화와 재공간화가 동시에 진행되는 것이다. 하지만 콩밭이 공장이 되지 않는 이상 콩밭의 금광화란 하나의 도박일 수밖에 없다. "갈아 먹으라는 밭

---

311) 〈영월영감〉에서 이태준의 경우 금광의 욕망을 역시 허무와 연결 짓고 있기는 하지만 그것을 폭력과 연결 짓지는 않는다. 박태원의 〈소설가 구보씨의 일일〉에서 묘사되는 금광열 역시 하나의 세태적 상징으로 자리할 뿐이다. 채만식의 〈금의 정열〉에서도 금광열은 대상을 파산시키거나 이기적으로 만드는 대상이지만 직접적으로 금을 위한 폭력의 묘사되지는 않는다.

이지 흙 쓰고 들어가라는 거야, 이 미친 것들아. 콩밭에서 웬 금이 나온다고 이 지랄들이야 그래."라는 마름의 일갈처럼 그들의 욕망은 누구의 눈에도 거짓된 욕망이며 그들의 행동은 미친 짓처럼 보일 수밖에 없다. 금광열 자체가 허황한 것으로, 그들의 육체와 재산을 파괴하는 부정적인 욕망으로 자리하게 되는 것이다.

원래 영식은 수재의 꾐에 넘어가지 않으려 했다. "금점이란 칼 물고 뜀뛰기다. 잘 되면 이어니와 못 되면 신세만 조진다. 이렇게 전일부터 들은 소리가 있어서였다." 금점의 위험성, 금점의 파괴가능성, 변화에 대한 두려움을 가지고 있었던 영식이 수재의 꾐에 넘어간 것은 시대의 변화 때문이다.

> 딴은 일년 고생하고 기껏 콩 몇 섬 얻어먹느니보다는 금을 캐는 것이 슬기로운 짓이다. 하루에 잘만 캔다면 한 해 줄곧 공들인 그 수확보다 훨씬 이익이다. 올봄 보낼 제 비료값 품삯, 빚진 7원 까닭에 나날이 졸리는 이 판이다. 이렇게 지지하게 살고 말 바에는 차라리 가로 지나 세로 지나 사내 자식이 한 번 해볼 것이다. (중략) 아내는 아내대로의 셈이 빨랐다. 시체는 금점이 판을 잡았다. 섣부르게 농사만 짓고 있다간 결국 비렁뱅이밖에는 더 못 된다. 얼마 안 있으면 산이고 논이고 밭이고 할 것 없이 다 금장이 손에 구멍이 뚫리고 뒤집히고 뒤죽박죽이 될 것이다. 그때는 뭐 파먹고 사나. 자, 보아라. 머슴들은 짜기나 한 듯이 일하다 말고 후딱하면 금점으로들 내빼지 않는가.312)

김유정 소설의 농민들은 최서해 소설의 농민들처럼 극도의 가난에 시달리지 않는다. 김유정의 농민들이 직면하고 있는 것은 가난이 아니라 새로운 근대의 욕망이다. 그 욕망 가운데 계산속 빠른 사람들의 목소리에 혹하고 그 도박에 중독된 사람들, 근대의 이방인이 김유정의 농민군상으로 자리하고 있다. 그들의 어수룩함이란 사실 그들의 발 빠른, 그러나 제대로 방향을 잡지 못한 계산에서 나온 것이다. 그러므로 그들은 근대가 낳은 괴물이다. 영식과 그의 처 역시 계산이 빠르다. 그들은 코다리와 다비신의 욕망으로, 일확천금의 욕망으로 콩밭에서 벗어나 광산으로 뛰어든다. 그들의 욕망은 그러므로 살고 죽는 생계의 문제가 아니라 근대의 계산정신을 어떻게 소화하고 어떻게 근대인이 될 것인가의 문제로 이어진다. 이것이 농촌에서 진행된 또 다른 해체의 풍경임은 분명하다. 김유정은 농촌과 도시 모두에서 소외된 괴물들을 만난다. 그 괴물들은 생존이 문제가 아니라 생활이 문제인 상태, 어떻게 근대적 정상성의 논리를 습득할 것인가가 문제인 상태를 나타낸다. 김유정은 당시 농민들과 하층민들을 지배하고 있는 부랑의 현상에 천착한다. 김유정 소설은 그러므로 근대에 대한

---

312) 김유정, 〈금 따는 콩밭〉, 『김유정 전집』1, 가람기획, 2003, 87면.

적극적인 위반의식의 산물이 아니라[313] 근대가 낳은 욕망에 대한 왜곡된 모방의 산물로 보아야 할 것이다.

(2) 괴물의 탄생과 파괴적 육체

리처드 커니에 따르면 이방인과 괴물은 정상인의 짝패로 정상인과 동질성을 갖는 경계에 위치한 존재이다. 괴물은 정상성과 관련한 공적인 규범에 도전한다.[314] 김유정 소설에서 파괴적이고 폭력적인 존재, 괴물은 근대를 욕망하면서도 그것을 왜곡시켜 내면화한다. 자본에 대한 그들의 왜곡된 욕망은 그들을 타인들의 시선에서 괴물로 만드는 동시에 그들과 접촉하는 모든 대상들을 파괴하는 속성을 갖는다는 점에서 비극적이다. 괴물은 구경당하고 손가락질당하는 육체이며, 이성의 빛을 가로막는 존재인 것이다.[315]

<금 따는 콩밭>에서 영식의 가치관은 "금도 금이면 앨 써 키워온 콩도 콩이었다. 거진 다 자란 허울 멀쑥한 놈들이 삽 끝에 으스러지고 흙에 묻히고 하는 것이다. 그걸 보는 것은 썩 속이 아팠다. 애틋한 생각이 물밀 때 가끔 삽을 놓고 허리를 구부려서 콩잎의 흙을 털어주기도 하였다." "금인가 난장을 맞을 건가 그것 때문에 농군은 버렸다. 이제 필연코 세상이 망하려는 징조이리라. 그 소중한 밭에다 구멍을 뚫고 이 지랄이니 그놈이 온전할 겐가."와 같이 흙과 생명의 소중함에 기반을 둔 농민의 생태학적 인식과 상상력의 연장선상에 있다. 생태학에서 광물학으로 영식에게 변화를 강요하는 것은 근대로의 변화, 모두들 금의 정열에 미쳐 있는 현실이다. 그는 금에 대한 열정을 품음과 동시에 모든 것에 폭력을 휘두른다. 수재와 아내, 땅과 곡식에 파괴와 죽음을 안긴다. 그의 왜곡된 욕망은 그를 파괴를 일삼는 괴물로 변화하게 한다.

> 아내는 이 꼴을 바라보며 독이 뾰록 같이 올랐다. 금점을 합네 하고 금 한 톨 못 캐는 것이 버릇만 점점 글러간다. 그전에는 없더니 요새로 건듯하면 탕탕 때리는 못된 버릇이 생긴 것이다. 금을 캐랬지 뺨을 치랬나. 제발 덕분에 고놈의 금 좀 나오지 말았으면. 그는 뺨 맞은 앙심으로 맘껏 방자하였다.[316]

---

313) 강심호는 김유정 소설을 근대에 대한 위반의식의 산물로 보고 있으나(강심호, 「김유정 문학의 위반의식 연구」, 서울대 석사, 2001), 김유정 소설은 그보다는 근대가 낳은 왜곡된 욕망의 산물로 보아야 할 것이다.

314) 리처드 커니, 『이방인, 신, 괴물』, 이지영 역, 개마고원, 2004, 21면.

315) 피터 브룩스, 『육체와 예술』, 이봉지·한애경 역, 문학과지성사, 2000, 289면.

근대의 훈육적 육체 논리를 배우지 못한 채 자본의 욕망과 계산만을 모방한 괴물 영식은 아내와 수재, 콩포기와 땅에 폭력을 휘두르고 모두를 죽음 혹은 유랑으로 내 몬다. 그는 금(광물)에 대한 욕망을 품은 순간부터 아내를 때리고 수재를 때리고 콩밭을 망치고 땅을 파헤치고 '칼을 물고 뜀뛰기'를 한다. 영식의 금점 욕망은 그의 폭력과 파괴, 타인들의 조소와 증오만을 낳을 뿐 아무것도 생산하지 못한다. 가을이 되어 다른 농군들은 기꺼운 낯으로 만나면 흥겨운 농담을 나누지만 영식은 동네 사람의 이목이 부끄러워 산길로 돌며 수재를 때리고 아내를 닦달할 따름이다. 근대의 자본 욕망, 생산에 입각하지 않은 자본 욕망은 그렇기에 도박이며 김유정에게 도박은 결코 성공적인 인생의 계획으로 이어지지 않는다. 이 점에서 김유정의 욕망서사는 이효석의 그것과 달라진다. 이효석은 <모밀꽃 필 무렵> 등에서 오히려 도박의 낭만성에 입각해 생산에 입각하지 않은 세계, 유랑의 세계를 긍정한다. 반면 김유정은 유랑이나 도박이 가진 성격을 근대적 계산 욕망이 낳은 괴물적 현상으로 파악한다. 그리하여 이러한 욕망을 품은 개인의 철저한 파멸과 좌절을 그리고 있다.

<노다지> 역시 금에 대한 욕망과 폭력, 파괴적 육체의 연결을 보여 주고 있다. 작년 잠채 분배 중 친구에게 죽임을 당할 뻔했던 꽁보를 더펄이 구해 준 후, 꽁보는 더펄에게 자신의 시집간 누이를 꾀어 줄 생각을 할 만큼 그를 절대적인 우애로 대해 오고 있다.

> 이게 지랄인지 난장인지. 세상에 짜장 못해 먹을 건 금점 빼고 다시 없으리라. 금이 다 무언지 요짓을 꼭 해야 한담. 게다 건뜻하면 서로 두들겨 죽이는 것이 일. 참말이지 금쟁이 치고 하나 순한 놈 못 봤다. 몸이 저릴 적마다 지켜웠던 과거를 또 연상하며 그는 다시금 몸에 소름이 돋았다.[317]

그러나 금쟁이에게 물신이 되어 있는 금은 또한 그들의 신체를 파괴하는 욕망의 대상이기도 하다. 그들이 금을 욕망하면 할수록 그들의 육체는 파괴라는 위험에 가까이 가고, 금을 둘러싼 왜곡된 욕망은 그들을 점점 괴물로 만들어 간다. 꽁보와 더펄의 인간적 관계 역시 금이라는 물신이 가진 이중적 성격, 즉 욕망과 파괴에 맞물려 파탄 나고 만다. 그들의 괴물성은 금을 눈앞에 둔 순간 한꺼번에 발휘된다.

> 그는 형의 태도가 심상찮음을 알았다. 금을 보더니 완연히 변한다. (중략) 모진 돌들은 더펄이의 장딴

---

316) 김유정, <금 따는 콩밭>, 전집 1, 93면.
317) 김유정, <노다지>, 전집 1, 106면.

지며 넓적다리 엉덩이까지 고대로 엎눌렀다. 살은 물론 으츠러졌으리라. (중략) 아우는 무너지려는 동발을 쳐다보며 얼른 그 머리맡으로 다가선다. 발 앞에 놓인 노다지 세 쪽을 날쌔게 손에 잡자 도로 얼른 물러섰다. 그리고 눈물이 흐른 형의 얼굴은 돌아도 안 보고 그 발로 허둥지둥 장벽을 기어오른다(111 –112).

금점에 이골이 난 꽁보는 노다지를 발견한 순간 금에 대한 욕망의 포로가 되어 형–아우의 의사 가족관계를 잊어버린다. '시무럭하니 흥이 식'어 버린 꽁보의 눈에는 형이 힘을 자랑하며 금을 캐내는 모습이 심상치 않은 것으로 보인다. '금을 보더니 완연히 변한' 것은 사실 더펄만이 아니다. 꽁보는 금에 대한 욕망으로 형의 죽음을 바라며, 사고로 죽어 가는 형을 도와주는 대신 금만 집어 도망친다. 그를 비정한 괴물로 만드는 것은 금의 욕망이다. 금의 욕망이 생겨난 순간 그의 앞에 닥치는 모든 대상들은 파괴되고 죽음에 이른다.

금 삼부작[318]의 마지막 편인 <금>은 <노다지>와 같은 주제를 다루면서 금과 육체 파괴의 연관성을 직접적으로 보여 주고 있다. "지랄을 맞을 건가 난장을 맞을 건가"라는 <금 따는 콩밭>의 금점 인식은 "이게 지랄인지 난장인지" 하는 <노다지>의 인식을 넘어 <금>에서 "금점이란 헐없이 똑 난장판이다"라는 진술을 통해 금(도박의 행운)과 광기의 동질성을 직접 서술한다. 금점의 인식은 지랄=난장의 동일화 속에 금의 획득과 광기의 획득이 가진 동질성을 보여 준다. 금은 곧 광기이다. 금을 획득하기 위해서 그는 또한 광인(모든 의리와 가치관에서 벗어난 비정상인)이 되지 않을 수 없다. 그리고 그 광인은 모든 사람들을 자신과 같은 광인(폭력)으로 만들어 버린다.

이렇게 엄중히 잡도리를 하건만 그래도 용케는 먹어들 가는 것이다. 어떤 놈은 상투 속에다 금을 끼고 나온다. 혹은 다비 속에다 껴신고 나오기도 한다. 이건 예전의 말이다. 지금은 간수들의 지혜도 훨씬 슬기롭다. 이러다는 담박 들키어 내 떨리기밖에 더는 수 없다. 하니까 광부들의 꾀 역시 나날이 때를 벗는다. (중략) 거기에는 제일 안전한 방법이 있으니 그것은 덮어놓고 꿀꺽 삼키고 나가는 것이다. 제아무리 귀신인들 뱃속에 든 금이야. 허나 사람의 창자란 쇳바닥이 아니니 금덕을 보기 전에 꿰져 버리면 남보기에 효상만 사납다. 왜냐하면 사금이면 모르나 석혈금이란 유리쪽 같은 차돌에 박혔기 때문에. 예라 입속에다 감춰라. 귓속에 묻어라. 배라먹을 거 사타구니에 끼고 나가면 누가 뭐랄 텐가. 심지어 덕희는 항문에다 금을 박고 나오다 그만 뽕이 났다.[319]

318) 두 명의 친구, 한 명의 여인이 등장해 금에 대한 욕망을 논의하고 파괴와 폭력에 이르는 서사를 보여 준다는 점에서 〈금 따는 콩밭〉, 〈노다지〉, 〈금〉을 금 삼부작으로 명명하기로 한다.

319) 김유정, 〈금〉, 전집 1, 114–115면.

금 앞에서 인간의 육체는 금을 감추는 도구로 전락한다. 금을 감추는 순간 인간의 육체는 그 자체로 파괴적이며 조각난 형상을 갖추게 된다. 그들의 항문, 사타구니, 입, 위장, 귀 등은 금을 감출 수 있는 구멍으로 인식되며 그들의 육체는 금의 도구로 전락한다. 그들의 육체는 금에 의해 언제라도 파괴될 수 있는, 아니 금 때문에 파괴될 수밖에 없는 것으로 자리한다. 그들의 '돼지 같은 몸뚱이'는 금의 욕망으로 파괴되고 그 결과는 잔혹하다. 금에 대한 욕망으로 자신의 발을 내리쳐 그 상처에 금을 숨겨 나오게까지 되는 것이다. 그 폭력의 잔혹성은 금에 대한 욕망이란 과연 무엇인가. 그 금에 대한 욕망이 괴물로 변한 자신의 육체를 감내할 수 있는 것인가를 묻게 한다.

> 제 손으로 돌을 들어 눈을 감고 발을 내리찧는다. 깜짝 놀란다. 발은 깨지며 으츠러진다. 피가 퍼진다. 아, 얼마나 어리석은 짓인가? 그러나, 그러나 단돈 천원은 그 얼마인가? (중략) 굵은 사내끼는 풀어제쳤다. 그리고 피에 젖은 굿복 등거리를 조심히 풀쳐보니 어느 게 살인지, 어느 게 뼈인지 분간키 곤란이다. 다만 흐느적흐느적 하는, 아마 돌이 내려칠 제 그 모에 밀리고 으츠려졌기에 그렇게 되었으리라. 선지 같은 고깃덩이가 여기에 하나 붙고, 혹은 저기에 하나 붙고 발가락께는 그 형체조차 잃었을 만치 아주 무질러지고 말이 아니다. 아직도 피는 철철 흐른다. 이렇게까지는 안되었을 텐데! 그는 보기만 하여도 너무 끔찍하여 몸이 졸아들 노릇이다. 그러나 그는 우선 피에 흥건한 굿복을 집어들고 털어본다. 역시 피가 찌르르 묻는 손뼉만한 돌이 떨어진다(120).

그의 이지러진 육체는 처참하며 잔혹하다. 살인지 뼈인지 고깃덩인지 분간키 어려운 다리는 피에 일그러지고 그 속에서 피가 묻은 돌(금)이 떨어진다. 금을 숨기기 위한 구멍이 된 다리는 피로 일그러진 괴물을 탄생시킨다. 그의 파괴되고 조각난 육체는 스스로 자신의 육체를 훼손한다는 점에서 그 괴물성의 극단을 보여 준다. 그러나 그의 파괴된 육체는 "망할 것도 다 많아. 제 발을 이렇게까지 하면서 돈을 벌어 오라진 않았건만, 대관절 인제 어떻게 하려고 이러는지!"라는 아내의 탄식처럼 단지 절름발이라는 하나의 괴물로 남을 뿐이다. 육체를 파괴하면서까지 얻고자 했던 금은 친구의 배신을 낳을 뿐, 그의 계산과 달리 어떠한 이익도 그에게 안겨 주지 않는다. 그는 근대 사회의 훈육적 육체 규율, 성실한 시공간 관리와 노동을 통한 축적의 공리를 배우지 않고 도박과 행운의 공리, 왜곡된 욕망과 조우했기에 스스로 발을 내리쳐 파괴되는 괴물이 되고, 그의 괴물성은 우정을 파괴하고 부부애를 파괴하는 폭력으로 귀결되고 마는 것이다. 이러한 폭력의 끝에 그들이 나아갈 길은 부랑과 유랑에 스스로를 맡기는 것밖에 없다.

김유정은 당시 농민들과 도시 하층민들을 지배하는 부랑의 현상에 천착한다. 그 자신이 부랑의 일원으로서 빚을 두려워하고 염인증과 폐병, 치질에 시달리며 근대 사회를 우울하게 바라보는 김유정의 입장은 같은 구인회 동인이며 폐병환자로 부랑의 생활을 공유한 이상(李箱)과는 또 다르다. 의도적으로 부랑을 조직하고 소모적 육체를 통해 근대의 소비 교환의 논리를 비판하는 이상의 유희정신과 달리 김유정의 부랑 의식은 오히려 그 출발점의 과도기성에 주목한다. 즉 김유정의 파괴적 육체 – 괴물들은 의도적으로 부랑의 욕망을 조직하는 것이 아니라 근대적 주체가 되고자 하는 그들의 모방욕망, 즉 출구와 방향설정이 잘못된 욕망이 그들을 부랑자로 이끌고 있는 것이다.

2) 육체 – 괴물의 발견과 전복되는 근대성

(1) 비체화한 여성의 육체에 대한 매혹과 혐오

김유정이 금에 대해 부정적인 인식을 나타내는 것은 농민들이 근대 자본주의의 침식 앞에서 왜곡된 자본의 논리를 배우는 과정과 연결되어 있다. 김유정 소설 속 농촌 인물들은 전혀 순박하지 않다. 가령 <봄봄>의 화자나 <총각과 맹꽁이>의 덕돌 등과 같은 소작인이나 일꾼들은 장인의 재산을 분재받겠다든지 들병이와 결혼하여 생활을 도모하겠다는 등 남다른 계산속을 바탕에 깔고 있다. 그들이 좌절하는 것은 그들의 계산이 자본주의의 합리성과 계산을 왜곡된 형태로 모방했기 때문이다. 언뜻 순박해 보이는 김유정 소설 속 인물들은 사실 순박한 것이 아니라 왜곡된 계산으로 패배해 가는 인물들인 것이다. 첫 소설 <산골 나그네>에서 거지 남편의 옷을 장만하기 위해 새로 결혼한 후 남편의 옷만 가지고 도망친 나그네는 이러한 왜곡된 계산의 전형을 보여 준다. 나그네는 새 남편의 옷을 훔쳐 도망친다는 점에서 보면 도둑이지만, 남편의 옷을 장만하기 위해 결행한 새 결혼을 노동이라는 점에서 보면 빈틈없는 계산정신을 보여 준다. 그녀는 근대적 주체의 윤리인 계산을 모방하는 동시에 그 욕망을 모방하지 않음으로써 도둑이면서도 결벽성을 갖는다. 병자 남편의 옷이 마련되자 '비싼 은비녀'도 그냥 두고 병자 남편에게로 돌아가는 그녀의 행동은 하나의 윤리로 해석되지 않는다. 그녀는 일부종사의 전근대적 여성인 동시에 그녀의 몸에 있어서는 그러한 윤리를 배반하는, 김유정 특유의 들병이적 계산, 왜곡된 계산 정신을 보여 주고 있는 것이다. 근대 자본주의 사회는 여성의 정조를 일부일처의 계약으로 엄격하게 규정하고 있다. 유부녀에게는 매춘이 허락되지 않는 것이다. 이러한 논리를 가장 잘 보여 주는 것이 간통한 유부녀를 자살시키거나 사회적 타자로 만드는 이광수의 소설들이다. 하지만 김유정 소설 속에서 유부녀들은 공공연히 매춘을 하고 그 남편들은 부인의 매춘을 전혀 죄악시하지 않는다. 오히려 남편들은 폭력을 휘두르면서까지 아내의 몸을 매춘의 대상으로 만든다. <소낙비>의 춘호는 그 대표적 인물이다.

춘호는 '나이 젊고 얼굴 똑똑'한 아내의 몸을 이용하면 "돈 2원쯤이야 어떻게라도 될 수 있겠기에" 도박 자금을 얻기 위해 아내에게 폭력을 행사한다. "그는 타곳에서 떠들어온 몸이라 자기를 믿고 장리를 주는 사람도 없고 또는 그 알량한 집을 팔려 해도 단 2-3원의 작자도 내닫지 않으므로 앞뒤가 꼭 막혔다마는 그래도 아내는 나이 젊고 얼굴 똑똑하겠다 돈 2원쯤이야 어떻게라도 될 수 있겠기에 묻는 것인데 들은 체도 안 하니 썩 괘씸한 듯 싶었다." 아내는 이제까지 도라지 더덕을 캐며 남편을 부양해 왔지만 "삶에 발버둥치는 순직한 그의 머리는 아무 불평도 일지 않았다." 무능한 남편과 순직한 아내 사이에서 남편의 폭력은 아내의 순직한 정조에 대한 처벌이며 교육이 된다. 춘호는 폭력을 통해 아내가 아름다운 얼굴과 젊음을 바탕으로 돈을 벌도록 교육하는 것이다. 아내는 남편의 폭력과 이주사의 겁탈에 의해 일시적 매춘을 허용하는, 왜곡된 계산을 가진 근대의 괴물로 거듭난다.

춘호처의 새로운 탄생을 가로막는 것은 이주사의 겁탈에 소리침으로 대항하는 그의 순직함과, '거지 볼지르게' 악취를 풍기는 그의 비위생적 외양이다. 그의 몸은 '나이 젊고 얼굴 똑똑'한 시각적 측면에서는 매혹적이지만 '거지 볼지르게' 나는 냄새라는 후각적 측면에서는 역겨운 것이다. 그는 "땟국에 절은 무명적삼은 벗어서 허리춤에다 죽찌르고는 호랑이 숲이란 이름난 강원도 산골에 매어달려 기를 쓰고 허비적거린다. 골바람은 지날 적마다 알몸을 두른 치맛자락을 공중으로 날린다. 그제마다 검붉은 볼기짝을 사양없이 내보이는 칡덩쿨이 그를 본다면, 배를 움켜쥐어도 다 못 볼 것이다마는 다행히 그윽한 산골이라 그 꼴을 비웃는 놈은 뻐꾸기뿐이었다."라고 묘사되리만치 짐승과 같은 외양이나 감수성을 가진 존재로, 이런 점에서 유사자본주의에 손쉽게 감염되어 도박과 서울행을 꿈꾸는 남편의 교육 대상이 된다. 또한 위생과 청결의 측면에선 이주사에 의해 또다른 교육이 행해진다. 그는 남편의 폭력과 이주사의 겁탈에 의해 근대인으로 거듭나며 그 과정에서 기쁨을 느낀다. 이것은 성욕의 쾌락과는 다르다. 오히려 그는 유사 어미-아비인 이주사와 남편의 사랑과 폭력에 의해 새로운 존재로 태어남으로써 기쁨을 얻게 되는 것이다. 그는 아름다운 동시에 짐승이라는 양면성을 갖기에 그의 재탄생을 위해서는 야만성이 사라지고 외양적 문명성이 자리잡아야 한다. 소나기와 물의 정화는 이런 방식으로 아이러니하게 작용한다. 그는 소나기를 통해 순직성을 씻어 내는 동시에 개울물로 그의 비위생적 야성을 씻어 내는 것이다. 이를 통해 그는 도시로 향할 수 있는 존재, 근대 자본주의에 부합하는 존재로 거듭난다. 이런 점에서 이주사의 강간은 성기가 아니라 시선에 의한 강간이다. 그가 춘호처의 온몸을 닦는 순간 그녀는 수치심을 알게 되는데 그 수치심은 성관계에 의한 수치가 아니라 위생과 청결에 입각한 수치, 즉 근대의 위생 담론에 의한 수치가 된다.

> 그런데 웬 녀석의 냄새인지 무생채 썩는 듯한 시크무레한 악취가 불시로 코청을 찌르니 눈살을 찌푸리지 않을 수 없다. 처음에야 그런 줄은 소통 몰랐더니 알고 보니까 비위가 좋이 역하였다. 그는 빨고 있는 담배통으로 계집의 배꼽께를 똑똑히 가리키며 "얘 이 살의 때꼽 좀 봐라. 그래 물이 흔한데 이것 좀 못 씻는단 말이냐?" 하고, 모처럼의 기분을 상한 것이 앵하단 듯이 꺼림한 기색으로 혀를 채었다. 하지만 계집이 참다참다 이내 무안에 못 이기에 일어나 치마를 입으려 하니 그는 역정을 벌컥 내었다. 옷을 빼앗아 구석으로 동댕이를 치고는 다시 그 자리에 끌어 앉혔다. 그리고 자기 딸이나 책하듯이 아주 대범하게 꾸짖었다.[320]

왜 이주사와 같은 근대인은 춘호처와 같이 '무생채 썩는 듯한 시크무레한 악취'를 풍기는 짐승에게 끌리는가. 왜 이주사는 썩는 내가 진동해 '비위가 좋이 역'한 춘호처의 몸에 그럼에도 불구하고 욕망을 끊지 못하는가. 성관계가 끝난 후 이주사는 아비와 같은 태도로 '자기 딸이나 책하듯이' 듬직하지 못한 행동을 꾸짖고 그녀에게 위생을 가르친다. 사실 춘호처는 물이 없어서가 아니라 위생이라는 것이 일부러 시간을 내야 할 만큼 가치 있는 것이 되지 못했던 까닭에, 그에게는 자기 몸의 냄새나 역겨움이 지각되지 않았기에 씻지 않는다. 하지만 그가 이주사와 관계하고 이주사에 의해 '무생채 썩는 듯한' 자기 몸의 냄새와 '살의 때꼽'을 탐지당한 순간 그는 몸의 더러움에 무안과 수치를 느끼게 된다. 그는 처음으로 자기 몸의 냄새에, 자기의 나체가 아

---

320) 김유정, 〈소낙비〉, 전집 1, 74면.

니라 자기 몸에 낀 때와 냄새에 수치심을 느끼는 것이다. 수치심의 근거가 나체가 아니라 위생에 있기에 이주사에 의해 훼손된 그녀의 정조는 부부간에 아무런 문제도 낳지 않는다.

> 남편은 시골 물정에 능통하니 난데없는 돈 2원이 어디서 어떻게 되는 것까지는 추궁해 물으려 하지 않았다. (중략) 가난으로 인하여 부부간의 애틋한 정을 모르고 나날이 매질로 불평과 원한 중에서 복택이는 그들도 이 밤에는 불시로 화목하였다. 단지 남의 품에 들은 돈 2원을 꿈꾸어보고도……(77).

춘호 부부는 부부간의 정조가 깨어진 순간 최초로 화목한 시간을 맞이한다. 그들의 부부애는 오히려 부부애의 계약이 깨어지는 순간 회복된다. "복을 받으려면 반드시 고생이 따르는 법이니 이까짓 거야 골백 번 당한대도 남편에게 매나 안 맞고 의좋게 살 수만 있다면 그는 사양치 않을 것이다."(75) 춘호처는 남편을 배반함으로써 오히려 남편에게 봉사한다. 남편에게 봉사하기 위해 남편을 배반한다는 모순적인 논리는 <산골 나그네> 이후 김유정 소설에 지속적으로 나타나며 근대를 욕망하는 인물들의 왜곡된 공리를 형성하고 있다. 도박으로 돈을 벌어 서울로 이주하고자 하는 춘호는 문명인으로 아내를 교육한다. "그가 제일 걱정되는 것은 둠 구석에서 배 자라먹은 아내를 데리고 가면 서울 사람에게 놀림도 받을 게고 거리끼는 일이 많을 듯싶었다. 그래서 서울 가면 꼭 지켜야 할 필수조건을 아내에게 일일이 설명치 않을 수도 없었다. 첫째, 사투리에 대한 주의부터 시작되었다. (중략) 또 거리에서 어릿어릿하는 것은 내가 시골뜨기요 하는 얼뜬 짓이니 갈 길은 재게 가고 볼 눈은 또릿또릿히 볼지라…… 하는 것들이었다. 아내는 그 끔찍한 설교를 귀담아들으며 모기 소리로 네. 네를 하였다." 아내의 몸을 이용해 돈을 버는 것은 가장 비문명적인 행동임에도 불구하고 남편은 오히려 당당하게 아내의 문명인 교육을 자처한다. 여기에서 그와 아내는 함께 근대의 괴물이 된다. 무능한 남편을 부양하는 책무를 완료하는 순간 아내는 참된 아내의 자리로 복귀한다. 즉 그는 남편의 어머니가 됨으로써, 남편의 아내 역시 되고 있는 것이다. 이제 지배자의 자리에 서는 것은 아내이며 아내의 몸이 된다. 그 아내의 몸은 괴물성에서 벗어나 근대인의 말쑥함으로 치장된다.

> 아내가 꼼지락거리는 것이 보기에 퍽이나 갑갑하였다. 남편은 아내 손에서 얼레빗을 쑥 뽑아들고는 시원스리 쭉쭉 내려빗긴다. 다 빗긴 뒤, 옆에 놓인 밥사발의 물을 손바닥에 연신 칠해가며 머리에다 번

지르 하게 발라놓았다. 그래 놓고 위서부터 머리칼을 재워가며 맵시있게 쪽을 딱 찔러주더니 오늘 아침
에 한사코 공을 들여 삼아놓았던 짚신을 아내의 발에 신기고 주먹으로 자근자근 골을 내주었다.
　　"인제 가봐!" 하다가 "바루 곧 와, 응?"하고 남편은 그 2원을 고이 받고 손색없도록, 실패 없도록
아내를 모양내 보냈다.

　　남편은 아내를 뒤에서 후원하는 존재, 곧 아내의 조력자로 변신한다. 그는 뚜쟁이
처럼 아내를 몸맵시 내며 아내의 돈을 갈취한다. 그 속에서 참된 주인이 되는 것은
물론 돈 2원이다. 아내는 돈 2원을 위해 새로운 미를 발휘하며 남편은 그 미의 조력
자가 되어 집을 지킨다. 아내는 몸을 이용해 남편을 부양하며 그 속에서 아내의 괴물
성은 사라진다. 남편에게 봉사하기 위해 남편을 배신하고 아내를 사랑하기 때문에 아
내에게 매춘을 강요하거나 아내를 교육하기 위해 아내에게 폭력을 행사하는 춘호 내
외와 같은 모순된 계산, 왜곡된 합리성을 내보이는 존재들은 근대 문명의 훈육적 질
서와 규율에 직면한 정상인들의 세계를 위협하는 동시에 매혹하는 대상으로 비체화한
존재들이다. 비체(abject)란 정체성, 체계, 질서를 어지럽히는 것으로, 오물, 쓰레기, 고
름, 시신, 범죄자 등과 같은 존재이다. 이는 인간 생활과 문화가 스스로를 유지하기
위해 배제하는 것으로 역겨운 느낌을 주면서도 마음을 부추기고 흘리는 기묘한 낯설
음을 가지고 있어 매혹과 반감이 교차하는 불쾌한 대상이다.[321) <정조>는 이러한
비체, 근대의 괴물, 도시의 따라지가 오히려 정상인의 질서를 위협하는 모습을 보여
주고 있다. 이 소설은 염상섭처럼 마약중독자와 같은 비체들을 사기꾼으로, 정상적인
세계를 위협하고 갈취하는 존재로 그리고 있지만 그들의 모습이 긍정적인 생산성을
지니도록 구성하고 있다는 점에서 따라지류, 들병이류의 육체 – 괴물이 가진 생동성,
의미를 확인할 수 있다. 정상인의 세계에 속한 아씨는 행랑어멈이라는 호락호락하지
않은 존재, 도저히 설명할 수도 교정할 수도 없는 존재 때문에 괴로워한다. 그 행랑
어멈은 자신보다 예쁜 데도 없고 젊지도 깨끗하지도 않지만, 서방님이 그 어멈을 건
드리는 바람에 현재 아씨 위에 군림하고 있는 것이다. 게다가 서방님조차 행랑어멈을
미워하면서도 어찌지 못한다. 촌뜨기 이방인이기에, 괴물이라서 무시되어야 함에도
오히려 어멈은 위에 군림하면서 공포와 혐오의 대상이 되고 있는 것이다.

　　서방님도 행랑어멈의 음성만 들어도 몸서리를 치며 사지가 졸아드는 듯하였다. 그리고(아아! 내 뭘

---

321) 리처드 커니, 『이방인, 신, 괴물』, 이지영 역, 개마고원, 2004, 24면.

보구 그랬던가? 검붉은 그 얼굴, 푸르딩딩하고 꺼칠한 그 입술, 그건 그렇다 하고 찝찔한 짠지 냄새가 확 끼치는, 그리고 생후 목물 한번도 못 해봤을 듯싶은 때꼽 낀 그 몸뚱아리는? 에잇 추해! 추해, 내 뭘 보구? 술이다 술, 분명히 술의 작용이었다.)하고 또다시 애꿎은 술만 탓하지 않을 수 없다.322)

서방님에게 행랑어멈과 함께한 밤은 악몽과 같은 기억으로 자리한다. 악취에 인상을 쓰면서도 춘호처의 미모에 대한 욕망을 다스리지 못했던 <소낙비>의 이주사가 가진 모순은 여기에서 한층 심화된다. 서방님은 스스로 행랑어멈의 몸을 침범했으면서도 왜 그런 욕망을 가졌는지 이해하지 못한다. 그녀는 괴물이기에 두렵고도 매혹적이다. 더럽고 추악하고 귀신을 연상시키는 외모를 가졌기에 행랑어멈은 서방님의 욕망을 자극한다. 괴물은 매혹과 반감이 교차하는 대상인 것이다. '꽃 같은 계집들이 이렇게 앞에 놓였으련만' 서방님은 본처인 아씨나 여학생 첩, 기생첩이 아니라 그 외양에서조차 추악하고 메스꺼운 생각이 일어나는 행랑어멈에게 욕망을 품는다. 행랑어멈의 외양은 꽃같이 아름다운 아씨나 첩들의 외양과 다르기 때문에, 추하기 때문에 더럽고 동시에 매혹적이다. 그 일을 생각하는 것만으로도 메스꺼운 어멈의 육체, 괴물은 그럼에도 불구하고 혹은 그렇기 때문에 욕망을 자극하는 대상으로 자리하는 것이다. 이성으로 설명할 수 없는 욕망이기에 그 욕망은 추악한 것이 되어 아씨와 서방님을 괴롭힌다. 아씨와 서방님이라는 지배자의 이름으로 지배와 처벌의 대상이 되던 행랑아범, 어멈의 자리는 이제 괴물의 이름, 이성으로 설명되지 않는 욕망의 이름으로 경원시된다.323) 그러나 어멈의 괴물성은 점차 그 힘을 잃어 간다. 따라지로서의 어멈의 괴물성은 자본의 논리를 모방하고 자본의 욕망을 그대로 욕망함으로써 정말로 추악한 것이 된다.

시골거라 부려먹기에 힘이 덜 드리니 하고 둔 것이 단 열흘도 못 되어 까만 낯바다기에 분때기를 칠한다 머리게 기름을 바른다 치마를 외로 돌려입는다 하며 휘두르고 다니는 걸 보니 서울서 자라도 어지간히 닳아먹은 계집이었다. 그렇다 치더라도 일을 시켜보면 뒷간까지도 죽어가는 시늉으로 하고 하던 것이 행실을 버려논 다음부터는 제가 마땅히 해야 할 걸레질까지도 순순히 하려질 않는다(67).

자본에 길들여지고 스스로 자본화한 욕망은 그 매혹적 자질을 잃어버린다. 행랑어

322) 김유정, 〈정조〉, 전집 2, 64면.
323) 지라르에 따르면 괴물성과 신성성은 상호 호환된다. 르네 지라르, 『폭력과 성스러움』, 김진식, 박무호 역, 민음사, 1997 참고.

멈이 아씨의 흉내를 내고 분을 칠하고 패션을 따를 때 그의 외양은 희극적인 것밖에 되지 않는다. 그를 욕망하게 했던 비위생과 더러움, 괴물스러움은 어느새 사라지고 그는 자본을 어설프게 흉내 내는 광대의 자리로 떨어지는 것이다. 그렇기에 행랑어멈은 평화롭게 서방님의 돈 이백 원을 받아 가게를 차리려 집을 떠나간다. <소낙비>에 비겨 <정조>의 가벼움이란 이러한 괴물의 탈각, 괴물이 하나의 협잡꾼으로 전락해 버린 데 있는지도 모른다.

(2) '들병이'의 육체와 계약된 부부애의 특수성

김유정 소설에서 들병이들은 부부애를 가졌기에 자신의 몸을 팔아 가정생활을 도모한다. 들병이들은 한정된 기간 동안 술을 팔고 몸을 팔면서 남편과 아이를 부양한다. 들병이의 논리는 유랑이며 정조 무소유의 미학이다. 한 여성의 육체를 이용해 돈을 벌며 함께 사랑하고 즐기는 들병이의 미학은 일부일처의 도덕을 비웃고 한 여성의 육체를 공유한다. 사실 일부일처제가 의미를 가질 수 있는 것은 도시의 핵가족 사회 속에서이다. 농촌 경제는 그러한 일부일처의 논리를 지속할 수 없을 만큼 열악하기에 농민들은 과도기적으로 도박을 통해 일탈을 꿈꾼다. 도박자금을 마련하기 위한 들병이 노동은 '금'과 같은 물신의 자리에 아내의 자궁을 올려놓게 된다.

> 아내 그까짓 건 싫었다. 아리랑 타령 한마디 못하는 병신, 돈 한 푼 못버는 천치―하긴 초작에야 물불을 모를 만치 정이 두터웠으나 때가 어느 때이냐, 인제는 다 삭고 말았다. 뭇 사람의 품으로 옮아 안기며 에쓱거리는 들병이가 말은 천하다 할망정 힘 안들이고 먹으니 얼마나 부러운가. 침들을 게게 흘리고 덤벼드는 뭇 놈을 이 손 저 손으로 맘대로 후물르니 그 호강이 바이 고귀하다 할지라.324)

<솥>에서 근식의 입을 통해 토로되는 것처럼 아내와 들병이의 고귀성은 그 육체 자본의 논리에 따라 역전된다. 아내는 정조를 가져야 한다는 일부일처의 논리가 역전되는 곳에 들병이의 괴물적인 육체 자본의 논리가 있다. 아내가 싫은 것은 그가 '아리랑 타령 한 마디 못하'고 그래서 '돈 한 푼 못 버는 천치'이기 때문이다. 아내는 정조를 가져야 하는 것이 아니라 돈을 벌 수 있어야 한다. 즉 아내는 '뭇 사람의 품으

---

324) 김유정, 〈솥〉, 전집 1, 200면.

로 옮아 안기며' 웃음을 팔 수 있어야 하고, '침들을 게게 흘리고 덤벼드는 뭇놈을 이손 저손으로 맘대로 후물'를 수 있어야 한다. 하지만 아내가 들병이가 되는 순간 남편 – 아내의 핵가족 경제학이 깨어지고 남편의 자리는 사라지고 만다. <솥>에서 근식은 손쉽게 돈을 벌고 놀고먹을 수 있다는 사실 때문에 들병이의 남편이 되고자 하지만, 들병이의 남편이 되는 순간 그는 누구의 남편도 되지 못하고 사라진다. 들병 이란 남편을 지우고 남편의 자리를 위협함으로써 성립가능한 것이기 때문이다. 들병 이는 핵가족단위를 뒤흔들며 근대성의 원칙을 전복한다. 곳곳을 유랑하며 가난한 농 민들의 성욕에 기생하며 살아가는 존재들이기에 그들은 근대의 이방인인 동시에 농경 문화의 이방인이며 가족관계의 이방인으로 괴물이 될 수밖에 없다.

초기작부터 김유정은 들병이형 인물을 통해 독특한 부부애의 양상을 보여 주고 있 다. 김유정 소설에서 여성 인물군은 남성보다 강인하면서도 남성에 대한 지고지순한 애정을 가진 모습을 보인다.[325] 그런데 강인한 여성과 지고지순한 여성을 다른 성격 의 인물로 파악해 온 데 기존의 연구가 가진 한계가 있다. 강인한 여성과 지고지순한 여성을 관통하는 것은 그 여성들이 '입'을 책임지고 있으며, 그 입에 의해 움직이는 초도덕적인 존재들이라는 점이다. 가령 김유정의 첫 소설 <산골 나그네>는 술꾼이 들지 않는 산골 어느 주막에 '남편 없고 몸 붙일 곳 없다'는 한 젊은 여인이 찾아들 며 시작된다. 그녀는 거지이며 병자인 남편의 새 옷을 마련하기 위해 잠시 주막에 머 물며 술과 정조를 팔다 주막 주인의 아들과 결혼식까지 올린다. 하지만 첫날밤 새 남 편의 새 옷을 가지고 그녀는 물레방앗간에 숨어 앓고 있던 병자 남편에게로 돌아가 미련 없이 다시 유랑의 길을 떠난다. 병자 남편의 옷을 장만하기 위해 새 남편을 맞 이하며 옷이 마련되자 병자 남편에게로 돌아가는 그녀의 행동은 하나의 윤리로 해석 되지 않는다. 그녀는 일부종사의 전근대적 여성인 동시에 '입'이라는 선한 목적을 위 해서는 그러한 윤리를 배반하고, 들병이적 계산과 계약을 수행하고 있는 것이다. 그 녀는 부부애의 정절을 가진 동시에 그것을 일정 기간 유보 또는 폐기함으로써(계약) 무능력한 남편에게 충성한다. 이런 점에서 그녀를 매춘부와 성녀(위대한 모성)의 결합 을 보여 주는 선한 구강적 어머니라고 이야기할 수 있을 것이다.[326]

---

325) 한정수, 「김유정 문학에 나타난 여성」, 『사회과학연구』10, 2001.2와 오병기, 「김유정의 여성인물 연구」, 성균관대 석사, 2004 등에서는 김유정 문학의 여성 인물을 크게 순수와 비순수의 경향으로 나누고, 현실의 생계를 해결하기 위한 여성들의 강인함을 자본주의 사회의 혼탁함에 의해 토속적인 세계의 순수성이 훼손되는 상황으로 간주하거나, 여성 인물들을 각각 순수(순종형), 비순수(현실형) 등으로 이원화하고 있다.

들뢰즈에 따르면 매저키즘은 나쁜 어머니의 기능을 이상화하여 선한 구강적 어머니(지배자 여성)에게로 전이시킨다. 구강적 어머니는 매춘을 하는 동시에 정숙하고 순수하며, 잔인하게 처벌하는 동시에 이를 변형시켜 속죄와 재생이라는 이상을 향해 나아간다. 이를 위해 매저키즘에서 '계약'은 핵심적인 의미를 갖는다. 매저키즘적 계약의 기능은 어머니에게 법칙이라는 상징적인 힘을 부여하는 데 있다. 정해진 시간 동안 여성에게 절대적인 지배와 처벌이 허용됨으로써 아버지의 금기와 질서가 개입하지 못하도록 하는 것이 계약의 기능이다.327) '들병이'는 일시적 '계약'에 의해 유지되는 특징적인 부부애를 보여 주며, 창녀이면서 성녀이고, 잔인한 폭력을 휘두르지만 동시에 삶을 지속시키는 구강적 모성을 대변하고 있다.

<가을>은 첫 장면부터 계약의 이야기로 시작된다. <가을>에서 계약은 남편과 소장수 사이에서 아내의 육체를 처분하는 것으로 이루어지지만 사실 그것이 아내가 획책한, '입'을 위해 일시적으로 자신의 정조를 파는 것이라는 점에서 계약의 지배자로서 여성의 모습을 확인할 수 있다. 남편 복만은 생계를 책임져 온 아내의 책략에 동의하며 그녀의 꼭두각시가 되어 아내의 지시대로 행동할 따름이다.

> 그는 앞장을 서서 사랫길을 살랑살랑 달아난다. 마땅히 저 갈 길을 떠나는 듯이 서둘며 조금도 섭섭한 빛이 없다. 그리고 내 등 뒤에 선 복만이조차 잘 가라는 말 한마디 없는 데는 실로 놀라지 않을 수 없다. 장승같이 서서는 눈만 끔벅끔벅하는 것이 아닌가. 개자식. 하루를 살아도 제 계집이련만 근 10년이나 소같이 부려먹던 이 아내다. 사실 말이지 제가 여지껏 굶어죽지 않은 것은 상냥하고 돌림성 있는 이 아내의 덕택이었다. 그런데 인사 한마디가 없다니 개자식, 하고 여간 밉지가 않았다.328)

복만 내외의 경제를 지탱하고 있는 축은 영득 어머니이다. 영득 어머니가 가진 가정 지배자로서의 속성, 가장의 위치에서 남편과 소장수까지도 지배하는 영득 어머니의 적극성과 대담성은 그녀가 가진 구강적 모성의 특징을 보여 준다. 영득 어머니는 일시적으로 자신의 몸을 소장수에게 팔고는 다시 몰래 도망쳐 영득과 남편에게로 돌아감으로써 계약된 부부애에 입각한 모순된 들병이의 육체 계산의 전형을 보여 준다. 영득 어머니는 팔려 간 지 나흘째 되는 날 도망친다. 그리고 복만이 역시 이런저런

---

326) 들뢰즈에 따르면 매저키즘에서 여성 지배자의 유형은 더럽고 천박한 자궁으로서의 모성과, 처벌하는 오이디푸스적 모성과 다른, 두 가지 모습을 모두 지니면서도 둘을 중화하는 구강으로서의 모성이라고 한다. 본고는 이러한 관점에서 들병이의 존재와 그 욕망의 모습을 분석해 볼 것이다. 들뢰즈, 앞의 책, 69-70면 참고.

327) 위의 책, 69-74면 참고.

328) 김유정, 〈가을〉, 전집1, 265면.

빚을 다 갚은 후 사라진다. 소장수는 '나'에게 와서 영득 어머니를 찾아내라고 졸라 댄다. "그리고 우는 소리가 잃어버린 돈이 아까운 게 아니라 그런 계집을 다시 만나 기가 어려워서 그런다. 번이 홀아비의 몸으로 얼굴 똑똑한 아내를 맞아다가 술장사를 시켜보자고 벼르는 중이었다. 그래 이번에 해보니까 장사도 잘할뿐더러 아내로 훌륭 한 계집이다. 참이지 며칠 살아봤지만 남편에게 그렇게 착착 부닐고 정이 붙는 계집 은 여지껏 내 보지 못했다. 그러기에 나도 저를 위해서 인조견으로 옷을 해 입힌다, 갈비를 들여다 구워 먹인다, 이렇게 이뻐하지 않았겠느냐. 덧돈을 들여가면서라도 찾 으려 하는 것은 저를 보고 싶어서 그럼이지 내가 결코 복만이에게 돈으로 물려달랄 의사는 없다."(269 – 270) 영득 어머니로 대변되는 김유정 문학의 구강적 모성의 특징 은 이광수 문학의 정조나 이효석 문학의 미모, 염상섭 문학의 계산속과 달리 '수단' 과 '유혹의 기술'에 놓인다. 그녀는 미모를 가질 필요도, 정조나 현숙함을 가질 필요 도 없다. 남성의 위에 군림하며 그 성을 이용해 술장사를 잘 하고 남자를 호릴 줄 알 며 남을 속일 줄 아는 기술을 가져야 한다. 남편 밑에 있는 듯하면서도 남편을 조종 해 지배하고, 남자들에게 성을 파는 듯하면서도 그들을 이용해 돈을 벌 줄 아는 이중 성을 가진 여성, 그러면서도 남편과 자식에게 헌신하고 가족의 생계를 책임지는 여성 이 이상화되는 것이다. 그녀가 여성성을 통해 애욕랑비 없이 매춘하고 이를 통해 가 족의 생계를 꾸려 나가면서도 한편으로 남편에 대한 일부종사라는 모순적인 윤리에 봉사하고 있다는 점에서 보면 들병이의 육체는 이상의 문학에서 형상화된 기생이나 여학생 – 아내, 남편의 눈을 가리고 육체의 비밀을 만들어 내는 형상과도 달라진다.

<조선의 집시 – 들병이 철학>에서 김유정은 들병이를 여러 남성들과 성관계를 가 지면서도 부부애를 지속하는 이중적인 존재, 자유로운 세계 속에서 살아가는 존재로 형상화한다. 이효석이 '조선의 집시'로 주목한 대상이 장돌뱅이라면 김유정은 들병이 에 주목한다. 들병이는 성에 있어서 개방적이면서도 부부애의 측면을 가진 이중적인 존재라는 점에서 여러 가지 독특성을 갖는다. 억압을 억압으로 받아들이지 않고 자유 로이 삶을 영위하는 존재들을 거기서 발견하고 있는 것이다. 그렇기 때문에 김유정의 들병이는 도시의 카페걸이나 여급, 매춘부와 다른 형태로 그려지고 있다.

아내를 구경거리로 개방할 의사가 있는가 혹은 그만한 용기가 있는가. 나는 이렇게 가끔 묻고 싶은 충동을 느낀다. (중략) 내가 하는 말은 자기의 아내를 대중의 구경거리로 던질 수 있는가, 그것이다. (중

략) 그러나 이것은 그런 모든 가면, 허식을 벗어난 각성적 행동이다. 아내를 내놓고 그리고 먹는 것이다. 애교를 판다는 것도 근자에 이르러서는 완전히 노동화하였다. 노동하여 생활하는 여기에는 아무도 이의가 없을 것이다. 이것이 즉 들병이다.329)

밥을 위해 아내를 '대중의 구경거리로 던질 수 있는가'라는 질문이 먼저 들병이 철학에 던져진다. 들병이 철학의 주체를 그 아내가 아니라 남편에게 두고, 문제를 여성이 성을 파는 것이 아니라 남성이 그 성의 판매를 허용하는 것으로 돌린다. 들병이 철학이란 여성이 성을 파는 것이 아니라 아내의 성 판매를 남편이 허용하고 감내하는 폭력의 문제로 이해되는 것이다. 처음부터 처녀성이 아니라 기혼녀의 몸을 문제 삼으며, 남편과 아내 사이에 맺어지는 모종의 계약이 문제된다. 아내를 들병이로 내세우는 남편의 노동, 남편에 의해 들병이로 나서는 아내의 노동, 그것은 모두 밥을 위한 행동이며, 근대 자본주의 사회의 모든 가면, 허식을 벗어난 각성적 행동이라고 김유정에게는 이해된다. '노동하여 생활하는 여기에는 아무도 이의가 없을 것'이니 들병이에게 어떤 비난을 가할 수 없다, 노동이 신성하다면 들병이 노동 역시도 신성하며 아내를 내놓고 먹는 들병이 남편의 노동 역시 신성하다는 왜곡된 논리가 이 속에 개진된다. 노동을 여가와 분리하고 그 노동을 신성시하는 자본주의의 논리는 김유정에게 왜곡된 방법으로 수용되어 노동의 계약과 정조의 계약을 넘어서는 새로운 계약, 인식을 만들고 있는 것이다. 그리하여 들병이 노동은 김유정에게 '조선의 집시'와 같은 낭만적이고 현실적인 모순으로 표현된다.

> 들병이가 되면 밥은 식성대로 먹을 수 있다는 것과 또는 그 준비에 돈 한 푼 안 든다는 이것에 그들은 매혹된다. 아내의 얼굴이 수색이면 더욱 좋다.
> 그렇지 않더라도 농촌에서 항상 유행하는 가요나 몇 마디 반반히 가르치면 된다. (중략)
> 아내의 등에 자식을 업혀 가지고 이렇게 남편이 데리고 나간다. 산을 넘어도 좋고 강을 몇 씩 건너도 좋다. 밥 있는 곳이면 산골이고 버덩을 불구하고 발길 닿는 대로 유랑하는 것이다.
> 이것을 다른 데 예를 잡으면 애급의 집시—유랑민적 존재다.
> 한창 낙엽이 질 때면 추수는 대개 끝이 난다. 그리고 궁하던 농촌에도 방방곡곡이 두둑한 볏섬이 늘려놓는다.
> 들병이는 이때로부터 자연적 활동을 시작한다(218-219).

들병이 일행은 봄에서 가을까지는 농사를 짓던 평범한 아내와 남편으로, 겨울부터

---

329) 김유정, 〈조선의 집시—들병이 철학〉, 전집 2, 217-218면.

본격적으로 들병이 생활에 나선다. 일정한 기간을 한정하고, 남편과 아내라는 위치를 벗어나 들병이와 들병이의 보호자로서의 역할을 그들은 계약하고 있다. 농한기인 가을과 겨울, 곡식이 쌓여 있는 다른 농촌으로 찾아다니며 아내의 웃음과 되지 않은 재주와 몸을 팔아 생활을 도모하게 되는 것이다. 가난한 농촌의 현실은 아내의 정조보다는 돈을 중시하는 의식을 낳고 그에 의해 아내와 남편 간에 당분간 그 정조를 문제시하지 않는다는, 일부일처제의 계약보다 상등의 계약, 일시적이지만 강력한 계약이 맺어진다. 들병이를 예찬하는 김유정에게 여성의 정조나 미모는 그다지 중요한 가치를 갖지 않는다. 들병이를 조선의 집시로 명명하며 그는 정조나 아름다움보다는 남성을 겪은 자궁과 골고루 사랑을 나누어 줄 수 있는 수단을 강조한다. 김유정은 실생활에서도 정조의 공허함에 대한 인식을 숨기지 않는다. <병상의 생각>에서는 사랑하는 여성을 '허영으로 빚어진 고기덩어리'로 비유하기까지 한다.[330] 그는 정상적인 연애 혹은 일부일처의 부부관계에 대해 냉소적이다. 그에게 부부애란 결코 부부의 정조를 통해 구속되는 것이 아니다. 부부애가 깊은 부부일수록 그들은 들병이가 되어 자유로이 매춘의 세계로 나아간다. 또한 서로에게 욕설을 퍼붓고 폭력을 휘두름으로써 그 부부애는 새로워진다.

들병이는 남편과 끊어질 수 없는 부부애의 계약에 의지하고 있을 뿐 아니라, 술 파는 손님들 모두에게 일정한 추파를 던지고 일정하게 끈끈한 애정을 부여해야 한다는 계약에 얽혀 있다. 들병이는 모두를 사랑하되 아무도 사랑하지 않는다는 원리를 지켜야 하는 것이다. 일정 기간 마을에 머무르면서, 선채금을 조달할 수 없어 미처 취처를 하지 못한 마을 총각들을 상대로 성욕의 해소처로 활동하는 들병이의 육체에는 그 어떤 자국도 새겨져서는 안 된다. 들병이의 몸은 처음부터 그 처녀성의 거처를 물을 수 없으며 그 육체에 새겨지는 어떤 흔적도 문제가 되지 않아야 한다. 그 애정이 누군가의 소유권 주장에 바쳐지면 분란이 일어나기 때문이다. 그런 점에서 들병이의 몸은 남편의 소유가 아니며 그 누구의 소유도 되지 않는 자유를 얻는다. 들병이의 외모나 재주가 문제시되지 않는 것은 이 때문이다. 들병이는 단지 여자, 그것도 이미 남성을 겪은 여자라는 자궁 하나만 가지면 된다. 그들은 모종의 수단으로 모든 남성을 '애욕의 람비 없이' 지배하기에 어떠한 남성으로부터도 지배당하지 않는다. 그녀의

---

330) 김유정, 〈병상의 생각〉, 전집 2, 283면.

몸은 그 자체로 남성들에게 처벌의 도구가 된다. 근대 자본주의 사회에서 남성들이 중시하는 여성의 정조나 미모는 들병이란 존재 앞에서는 위력을 잃고 만다. 들병이는 일정한 계약에 의해 남성들 위에 군림하며 그들을 길들이고 교육하는 것이다.

김유정의 두 번째 소설 <총각과 맹꽁이>는 '들병이'의 애욕람비 문제를 정면으로 다루고 있다. 소출도 변변찮은 땅을 갈아먹을 정도로 우직하고 바보스러운 덕만은 또한 약삭빠른 계산에 입각해 들병이에게 장가갈 욕심을 차린다. 들병이가 처음부터 경제적 평등, 즉 들병이를 즐기는 측에서도, 들병이 자신도 경제성의 원리에 의해 모두가 공평하게 돈을 쓰고 모두에게 공평하게 애교를 팔아야 한다는 원칙과 계약을 갖고 있다는 점에서 이러한 덕만의 계획은 처벌의 대상이 된다. 덕만은 모두에게 소속되어 있으며 모두에게 공평하게 돌아가야 할 들병이를 아내로 소유하려 함으로써 관계의 파열을 가져온다. 이런 부분에서 그의 빠른 계산속은 손쉽게 어리석음으로 전환된다.

> 덕만이는 따로 떨어져 봉당 끝에 구부리고 앉았다. 애꿎은 담배통만 돌에다 대구 두드린다. 술은 제가 내련만 계집도 시시한지 눈을 들떠 보지 않는다. (중략) 계집의 앞으로 달려들어 무릎을 꿇었다. 두 손을 공손히 무릎 위에 얹었다. 그 행동이 너무나 쑥스럽고 남다르므로 벗들은 눈이 컸다. "뵈기는 아까부터 봤으나 인사는 처음 여쭙니다." 하고 죽어가는 음성으로 억지로 봉을 뗐다.[331]

들병이를 불러들인 술자리에서 덕만의 용기를 낸 인사는 들병이뿐 아니라 주위 친구들에게도 비웃음만 산 채 무산된다. 그는 '돌려라 돌려'의 대상인 들병이를 대상으로 소유의 욕심을 부리기에 비웃음만 사게 된다. 그의 어수룩함은 사실 너무 빠른 계산과 무관하게 그가 가진 예민함과 천진성의 모순에서 나오는 것이다. 그는 천진한 '총각'이기에 교육의 대상이다. 그 교육은 뭉태와 들병이라는 두 어른, 유사 아비 – 어미의 성행위로 이루어진다. 그들은 들병이와의 결혼을 꿈꾸는 철없는 총각 덕만의 눈앞에서 성행위를 함으로써 덕만의 욕망을 처벌하고 현실을 교육시킨다.[332]

> 계집은 술 먹고 술값 안내는 경우가 뭐냐고 중언부언 떠든다. 나중에는 내가 술 팔러 왔지 당신의 아내가 되러 온 것이 아니라고 좋게 타이르기까지 되었다. 뭉태는 시끄러웠다. 술값은 내가 주마고 계집의 팔을 이끌어 콩포기를 헤집고 길로 나가버린다(63).

---

331) 김유정, 〈총각과 맹꽁이〉, 전집 1, 60 – 61면.
332) 실제로 마조흐의 〈모피를 입은 비너스〉에서는 강인한 여성과 그와 동반한 지배자 남성이 연약하고 감수성이 민감한 청년을 폭력적으로 처벌함으로써 교육하고 있다.

맹꽁이 같은 총각 덕만은 들병이의 남편 되기를 시도하지만 그의 시도는 현실의 들병이가 무엇인가를 자각함으로써 깨어진다. 들병이와 뭉태는 덕만의 오해를 성교를 통해, 즉 덕만의 욕망을 잔인하게 훼손하고 처벌함으로써 교정한다.

<솥>에서는 일시적 계약에 입각한 애욕람비 없는 자궁이라는 들병이의 육체적 특질을 보다 잘 보여 주고 있다. 주인공 근식은 '들고나갈 거라곤 인제 매함지와 키 조각이 있을 뿐'일 정도로 살림을 갖다 주면서까지 들병이에게 빠진 끝에, 들병이 계숙을 따라가 벌어먹을 결심을 하게 된다. 들병이 아내의 육체를 이용해 먹고살 수 있다는 것이 들병이 남편의 합리성이다. 그 합리성이란 아무리 농사를 지어도 남는 것이 없다는 농촌의 계산이 낳은 왜곡된 지식이다. 들병이의 남편이 되어 아내의 육체를 내놓음으로써 편하게 먹고살 수 있는 존재가 되지만, 정작 그 자신은 남편이 될 수 없음, 즉 아내의 육체를 살 수 없음으로 해서 그는 역으로 들병이 아내에게 지배된다. 지배와 피지배의 구조가 미묘하게 얽히고 역전되는 곳에 들병이 철학이 놓이는 것이다.

> 아이의 아빠이면 필연코 내던진 본 남편이 결기를 먹고 따라왔음에 틀림이 없을 것이다. 그리고 아내의 부정을 현장에서 맞닥뜨린 남편의 분노이면 네남직없이 다 일반이리라. 분김에 낫이라도 들어 찍으면 고대로 찍소리도 못하고 죽을밖에 별 도리 없다.[333]

근식은 <총각과 맹꽁이>의 덕만과 마찬가지로 들병이의 철학을 제대로 간파하지 못하고 있다. 들병이에게는 남편이란 존재하지 않으며 단지 들병이를 따라다니며 그 돈을 착취하는 존재, 곧 매춘부의 보호자만이 있다. 그렇기에 들병이의 남편에게 동침을 들켰을 때 그것을 '아내의 부정'으로 받아들일 것이라 예상하는 것은 적절치 않다. 남편이 아내를 들병이로 내세운 순간 남편은 아내의 정조를 간섭할 수 없으며 아내의 육체를 자본과 교환하는 도구로만 받아들여야 한다. 근식은 그러한 들병이 남편의 철학, 가부장적 결합을 벗어난 새로운 계약의 형태를 이해하지 못했기에 들병이를 따라 고향을 나설 수 없는 것이다.

> 그러나 들병이에게는 언제나 남편이 수행하고 있는 것이다. 아내가 술을 팔고 있으면 남정은 그 근처에서 배회하고 있다. (중략) 그러나 그것만도 좋다. 엄동설한에 태중으로 나섰다가 산기가 있을 때에는 좀 곡경이다. 술을 팔다말고 술상 앞에서 해산하는 수밖에 별 도리 없다. 물론 아무 준비가 있을 까

---

333) 김유정, 〈솥〉, 전집 1, 208－209면.

닭이 없다. 까칠한 공석 위에서 덜덜 떨고 있을 뿐이다. 들병이 수업 중 그중 어렵다면 이것이겠다.

　　이런 때이면 남편은 비로소 아내에게 밥값을 보답한다. 희색이 만면해서 방에 불을 지피고 밥을 짓고 국을 끓이고 지성으로 보호한다. 남편은 이 아이가 자기의 자식이라고는 믿지 않는다. 다만 자기 소유에 속하는 자식이라는 그 점에 만족할 뿐이다.

　　상식으로 보면 이런 아이가 제대로 명을 부지할 것 같지 않다마는 들병이의 자식인 만치 무병하고 죽음과 인연이 멀은 아이는 다시 없을 것이다. 한 7일만 겨우 지나면 눈보라에 떨쳐 업고 방랑의 길로 나선다. 들병이가 유아를 데리고 다니는 것은 기이한 현상이 아니다. 대개 하나씩은 그 품에 붙어 다닌다. 고생스런 노동에도 불구하고 자식만은 극진히 보육하는 것이다. (중략) 이것은 고생이 아니라 생활 취미다(223－225).

　　<조선의 집시>에서 보여 주듯 들병이 생활은 남편과 아이의 양육 문제와 그 노동으로 직결되고 있다. 남편은 대개 (그 기간 동안에는) 부랑자요 노름꾼이 된다. 그는 아내를 매음으로 내모는 대신 아내의 매음돈으로 도박을 하고 술을 먹으며 소비를 즐긴다. 어떻게 보면 탕진한다고 말할 수 있다. 그들은 아내의 돈을 결코 다음 해의 종잣돈으로 삼지 않고 그대로 탕진한다. 그 탕진은 그들이 정체를 알 수 없는 자식을 '자기 소유에 속하는 자식'으로 인정해 주는 것에 값하는 셈이다. 그들은 아내의 괴물스런 육체, 자궁을 이용해서 자신의 노름돈을 얻고 아내의 해산이나 양육을 도와주는 것으로 그 소비에 값한다고 생각한다. 아내의 노동이 결코 정당한 노동으로 간주되지 못하는 것처럼 남편의 탕진은 그러한 아내의 육체가 가진 축제의 지형도를 닮았다. 겨울 동안의 축제, 그것은 아내의 육체적 노동을 통해 가능해진다. 결국 들병이 철학에서 아내의 역할은 언제나 그 자리가 비어 있다. 들병이 아내는 결코 쾌락을 좇아 들병이에 나서지 않으며 어떻게 보면 밥과 남편의 노름을 위해 들병이에 나선다. 그리고 그 결과 얻는 것은 자신의 자궁에서 나오는 자식뿐이다. 그 자식을 소중히 기르는 것으로 그는 '고생이 아니라 생활취미'를 얻는다. 추운 곳에서 출산한 아이를 극진히 보육하고 고생스럽게 들병이 생활에 데리고 다니는 것으로 그들은 자신의 들병이 생활에서의 유일한 보람, 생산성을 얻게 되는 것이다. 아내가 들병이 생활에 꼭 젖먹이를 데리고 다니는 것은 자신의 육체가 가진 유일한 흔적, 그 유일한 생산성을 확인하는 것으로 볼 수 있으며 이것이 또 다른 육체－괴물의 외형을 이루고 있다. 그 아이는 어미의 생산성을 물려받은 존재이기에 아프지도 않고 죽음과도 인연이 멀다. 축제의 자리에서 태어나 그 근거를 알 수 없는 아이는 어머니의 자궁이 가진 생산성과 흔적을 그대로 물려받아 비정상적인 건강성을 가진 괴물로 자리하게 되는 셈이다.

이러한 들병이 생활에서 남편과 아내는 굳건한 동반자요 생활 설계자로 공모하고 있다. 자유분방한 계약관계와 유랑은 들병이에 대한 막연한 동경과 기대를 낳기도 한다. 이처럼 들병이 - 구강으로서의 모성은 무엇보다 여성의 육체를 '입'의 자질로 인정하고 선한 구강적 모성에 대한 믿음을 전제로 한다. 이때 남편이나 들병이를 사는 남성들은 그러한 아내의 육체에 대해 소유권을 주장하는 의식을 가져서는 안 된다. 들병이의 이러한 공리를 해학적인 목소리로 그려 보이고 있는 소설이 <아내>이다. 이 소설에서는 생산성으로서의 자궁, 자궁의 매춘부적 의미와 모성적 의미의 대결을 보여 주고 있다.

> 우리 마누라는 누가 보든지 뭐 이쁘다고는 안 할 것이다. 바로 계집에 환장된 놈이 있다면 모르거니와. 나도 일상 같이 지내긴 하나 아무리 잘 고쳐보아도 요만치도 이쁘지 않다. 하지만 계집이 낯짝이 이뻐 맛이냐. 제길, 황소 같은 아들만 줄대 잘 빠쳐 놓으면 고만이지. 사실 우리 같은 놈은 늙어서 자식까지 없다면 꼭 굶어 죽을밖에 별 도리가 없다. 가진 땅 없어, 몸 못 써 일 못하여, 이걸 누가 열쳤다고 그냥 먹여줄 테냐. 하지까 내 말이 이왕 젊어서 되는 대로 자꾸 자식이나 쌓두자 하는 것이지. (중략) 년이 나에게 되지 않은 큰체를 하게 된 것도 결국 이 자식을 낳았기 때문이다. 전에야 그 상판대길 가지고 어딜 끽소리나 제법 했으랴[334]

첫 부분부터 아내의 육체는 외모와 성기로 이원화된다. 외모는 아내가 들병이가 되는 데 최대의 약점이면서 또한 그렇기 때문에 아내가 들병이가 되려 하는 이유가 되기도 한다. 반면 아내의 성기는 외모가 가진 약점을 상쇄하며 멋지고 힘센 아들을 빼쳐 놓는 도구, 원초적인 생명력의 공간으로 자리매김된다. 그러한 아내의 성기는 또한 그 외모와 능력(남자를 호리는 능력 및 술 먹고 노래하는 능력)과 어우러져 들병이로서 돈을 벌 수 있는 공간이 되기도 한다. 아내의 자궁을 둘러싼 이 이중의 계산은 원시적이며 또한 근대적인 육체의 출처가 된다. 아내는 먼저 아들을 낳음으로써 자궁의 생산성을 증명한다. 외모 때문에 기가 죽었던 아내는 오히려 자궁의 생산성에 기대, 외모로서는 도저히 꿈조차 꿀 수 없는 들병이로 나설 결심을 한다. 아내가 가진 생산성은 오직 아들을 빼치는 데서 생기는 것인데 아내는 그것을 오히려 자신의 외모에 대한 보완책으로 삼고 새로운 계획과 계산속을 보여 주는 것이다. 아내는 먼저 자궁의 힘에 의지해 남편과 폭력적인 싸움을 수행한다.

---

334) 김유정, 〈아내〉, 전집1, 230~231면.

내가 내 자식 만지는데 주먹으로 때리는 건 무슨 경우야. 하지만 잘 따져보니까 조금도 내가 억울할
것은 없다. 년이 나에게는 큰체를 해야 할 권리가 있는 것을 차차 알았다. 그래서 그때부터 내가 이년,
하면 저는 이놈, 하고 대들기로 무언중 계약되었지. (중략) 사실이지 우리는 이래야 정이 보째 쏟아지고
또한 계집을 데리고 사는 멋이 있다. 손자 새끼 낳을 해 가지고 마누라 어쩌고 하고 어리광으로 덤지는
건 보기만 해도 눈허리가 시칠 않겠나. 계집 좋다는 건 욕하고 치고 차고 다 이러는 멋에 그렇게 치고
보면 혹 궁한 살림에 쪼들리어 악에 받친 놈의 말일지도 모른다마는 누구나 다 일반이겠지. 가다가 속이
맥맥하고 부화가 끓어오를 적이 있지 않나. 농사는 지어도 남는 것이 없이 없고 빚에는 몰리고, 게다가
집에 들어서면 자식놈 킹킹거려, 년은 옷이 없으니 떨고 있어 이러한 때 그냥 배길 수야 있느냐. 트죽태
죽 꼬집어 가지고 년의 비녀쪽을 턱 잡고는 한바탕 후두들겨 대는구나. 한참 그 지랄을 하고 나면 등줄
기에 땀이 뽁 흐르고 한숨까지 후, 돈다면 웬만치 속이 가라 을 때였다. 담에는 년을 도로 밀쳐버리고
담배 한 대만 피워 물면 된다.

이 멋에 계집이 고마운 물건이라 하는 것이고, 내가 또 년을 못잊어 하는 까닭이 거기 있지 않나. 그
렇지 않다면야 저를 계집이라고 등을 뚜덕여주고 그 못난 코를 좋아보인다고 가끔 추어줄 맛이 뭐야
(232 – 234).

계약된 부부애의 특징으로 <아내>에서는 근대 핵가족의 화목한 부부논리를 넘어
서는 상호간 폭력에 입각한 원시적 대결을 보여 준다. 남편과 아내의 묘한 애정관계
는 그 힘의 동등성에서 온다. 남편은 자신의 화를 풀기 위해 아내를 폭력적으로 두들
기지만 그 폭력에 응하는 아내 역시 그 속에서 흥분과 정을 맛본다. 오히려 아내는
남편에게 사랑을 받기 위해 남편의 폭력을 유도한다. 그것이 남편에게 수행하는 아내
의 욕설의 효과이다. 아내는 매를 맞고 남편은 폭력을 행사하지만 그 속에서 우위에
놓이는 건 오히려 아내의 외모, 즉 그 외모를 받아들이게 만드는 태도이다. 남편은
아내의 외모가 아니라 그녀가 자신의 폭력을 받아들이는 몸집과 방식에 애정을 느낀
다. 남편의 폭력을 충동하고 받아들임으로써 아내는 못생긴 얼굴에도 불구하고 자궁
의 승리자가 되고 남편을 지도하는 입장에 놓이게 되는 것이다. "압따 그래, 대구 처
먹어라. 나중 밥값은 그 배때기에 다 게 있고 게 있는 거니까. 어떤 때에는 내가 좀
덜 먹고라도 그대로 내주고 말겠다. 경을 칠 년, 하지만 참 너무 처먹는다."(236) 아
내의 남편 지배는 그가 들병이를 획책함으로써 본격화된다. "그러나 년이 떡국이 농
간을 해서 나보담 한결 의뭉스럽다. 이깐 농사를 지어 뭘 하느냐, 우리 들병이로 나
가자고. 딴은 내 주변으로 생각도 못했던 일이지만 참 훌륭한 생각이다. 밑지는 농사
보다는 이밥에 고기에 옷, 마음대로 입고 좀 호강이냐마는 년 얼굴을 이윽히 뜯어보
다가 그만 풀이 죽는구나."(236) 아내의 능력은 남편의 폭력을 유발하고 수용하여 승
화시키는 것과 밥을 많이 먹고 아들을 낳는 데 있다. 남편이 아내를 때림으로써 그의

외부적 분노는 승화되어 아들을 생산한다. 그렇기 때문에 아내는 남편보다 더 많은 밥을 먹으며 남편은 그것을 용인한다. 아내가 밥을 더 먹을수록 남편의 아내 폭력 역시 심해지며 아내의 출산 역시 승화한다. 이것이 괴물 – 아내의 역할이다. 하지만 아내의 식욕은 농촌경제의 빈궁 속에서 받아들여지지 못한다. 아내는 식욕을 만족시키기 위해 자신의 자궁을 출산 대신 자본으로 바꾸려 한다. 들병이의 농간은 남편의 폭력을 수용하는 아내에게 손쉬운 돈벌이 수단처럼 보이지만 사실 그 육체는 단지 거대하다는 것과 무관하게 외모의 미가 있어야 하는 것이기에 아내의 들병이 획책은 출발부터 소동으로 끝날 개연성이 높다. 아내의 육체 능력은 폭력의 수용과 승화이며 아들(아버지를 폭력적으로 제압할)의 생산에 있는 것이지 교환되는 외모와 유혹수단에 있는 것이 아니기 때문이다.

결국 들병이 아내의 획책은 아내의 모성에 역행하고 가정의 파탄으로 이어진다. "곧 뛰어나가려다 뒤도 급하거니와 요즘 똘똘이가 감기로 앓는다. 년이 밤낮 들러업고 야학으로 돌아다니더니 그예 그꼴을 만들었다. 오랄질 년, 남의 아들을 중한 줄 모르고. 들병이 하다가 이것 행실 버리겠다."(241) 아내는 들병이가 되기 위해 외모를 가꾸는 대신 창가를 배우고 술 담배를 배우고 남자를 먼저 배운다. 아내의 자궁이 모성의 특성을 잃게 될 때 생산성은 사라지고 들병이는 교환되지 못한다. 그것은 단지 아내의 술 담배, 소비로만 귀착되며 남편의 폭력은 결국 아내의 생산성, 모성 – 자궁의 회귀와 거짓 계산으로 이어진다. 뭉태와 술을 마시던 아내를 발견한 화자는 아내를 두들겨 팬다. 이 폭력을 통해 아내는 들병이 욕망을 버리고 모성 – 자궁으로 재배치된다.

> 너는 들병이로 돈벌 생각도 말고 그저 집안에 가만히 앉았는 것이 옳겠다. 구구루 주는 밥이나 얻어먹고 몸 성히 있다가 연해 자식이나 쏟아라. 뭐 많이도 말구 굴때 같은 아들로만 한 열다섯이면 족하지. 가만 있자, 한놈이 일년에 벼 열섬씩만 번다면 열다섯 섬이니까 일백 오십 섬. 한 섬에 더도 말고 십원한 장씩만 받는다면 죄다 일천 오백원이지. 일천 오백원, 일천오백원, 사실 일천오백원이면 어이구 이건 참 너무 많구나. 그런 줄 몰랐더니 이년이 뱃속에 일천 오백원을 지니고 있으니까 아무렇게 따져도 나보다는 낫지 않은가(243).

남편의 아내 계산은 결국 아내의 자궁에 대한 계산으로 회귀한다. 실제로 들병이 생활을 통해 남는 것이란 누구의 자식인지 모를 아이의 존재, 어머니의 생명력을 닮아 잘 죽지도 않고 앓지도 않는 아이들의 존재에 놓인다. 들병이 아내는 무엇보다 입으로 치환되며 자궁을 이용해 입을 만족시키는 존재라 할 때, 그녀의 자궁이 입을 만족시키지 못할 때 들병이 여성의 자궁은 자식의 생산이라는 또 다른 생산성으로 치환될 수밖에 없는 것이다. 아내에게 육체는 무한정하게 먹고 싶은 입이지만, 남편은 그 입의 욕망을 충족시키지 못한 채 자궁의 요구만을 강조한다. 입으로 대변되는 아내와 자궁으로 대변되는 남편의 싸움은 서로에 대한 폭력만을 지속할 뿐 해결책을 찾지 못한다. 밥을 두 그릇씩 먹지 않고는 아들을 낳을 수 없으며, 아들을 낳을 수 없기에 남편의 계산은 아내의 들병이 계산과 마찬가지로 해프닝일 수밖에 없다. 아내가 선한 모성이기 위해 남편을 배반하고 여러 남성들과 성관계를 맺어 누구의 자식인지 알 수 없는, 단지 남편의 소유에 속하는 자식들을 낳는 들병이의 논리에서 남편의 계산은 결코 생산적인 축적이 되지 않는다. 근대의 괴물로서 들병이들은 축적하거나 생산하는 육체를 가진 존재가 아니라 유랑하고 분배하며 흩뿌리는 자유로운 육체를 가진 존재들로 자리하고 있기 때문이다.

(3) '따라지'의 비극성과 생산성

김유정 소설에서 들병이는 어머니와 창녀라는 모순된 이미지를 중첩하는 가운데 남성들을 지배하고, 가부장제 계약에서 벗어나 손쉽게 몸을 팔면서도 여전히 모성애와 부부애로 충만한, 선한 구강적 모성의 자리에 존재한다. 그렇다면 창녀이면서도 성녀인 모순을 구비한 여성에 대한 욕망, 지배자 여성과 피지배자 남성의 구도를 소설화할 수 있는 김유정의 내면의식은 어디에서 출발하는가. 김유정의 소설에서 근대의 괴물, 근대적 일상의 질서에서 소외된 인물들은 근대 자본주의의 질서에 사로잡혀 있으면서도 제대로 축적하거나 생산하지 못하는 존재들에 대해 긍정성을 발휘한다. 만무방, 따라지들의 생산성은 이로부터 출발하는 셈이다.

> 몇 푼 바람에 그까진 걸 누가 하느냐. 보다는 송이가 조았다. 왜냐면 이 땅 삼천리 강산에 늘여 놓인 곡식이 말짱 뉘 것이람. 먼저 먹는 놈이 임자 아니야. 먹다 걸릴 만치 그토록 양식을 쌓아두고 일이 다 무슨 난장 맞을 일이람. 걸리지 않도록 먹을 궁리나 할 게지.[335]

<만무방>에서 주인공 응칠은 빚밖에 남는 것 없는 노동을 하기보다는 유희와 생활

---

335) 김유정, 〈만무방〉, 전집 1, 157면.

을 겸한 유랑의 삶을 택한다. 사실 그의 삶은 도박과 도둑질의 연속이지만 '몇 푼 바람에' 남의 논에서 허리 한번 펴지 못하고 일하는 다른 농민들의 삶보다 풍성하다. 유랑에서 오는 풍성함을 보여 준다는 점에서 <만무방>은 이효석의 <산>이나 <들>, <모밀꽃 필 무렵>과 유사하다. 그 주인공들은 노동보다는 풍성한 자연을 향유하며 적당히 도둑질하고 도박하는 인생을 즐긴다. 하지만 이효석의 소설이 끝까지 자연의 풍성함과 낭만을 꿈꾼다면 <만무방>은 응칠의 이면, 즉 그가 감옥에도 가고 폭력도 휘두르는 현실에 있음을 강조한다. 응칠의 삶은 연명하는 것이지 즐기는 것이 되지 못한다. '버젓이 게트림으로 길을 걸어야 걸릴 것은 하나도 없다'는 응칠의 자유는 또한 '어느 동리고 가 있다가 불행히 일만 나면 누구보다도 그부터 붙들려간다'는 그의 전과사범으로서의 억압을 배태한다. 사유재산권의 세계에서 벗어난 그는 주재소의 시선, 즉 근대 자본주의의 시선에서 보면 위험한 전과자라는 괴물이다. 반면 찢어지게 가난하여 아내를 팔고 자식을 팔아 근근이 연명해 가는 농민들에게는 두려운 동시에 부러운 신과 같은 존재가 된다. 그는 무한한 자유인이면서 정상의 질서에서 패배한 존재이며, 정상의 질서를 초월한 동시에 정상의 질서에 구속당하는 모순을 구비한다.

> 응칠이는 모든 사람이 저에게 그 어떤 경의를 갖고 대하는 것을 가끔 느끼고 어깨가 으쓱거린다. 백판 모르던 사람도 데리고 앉아서 몇 번 말만 좀하면 대번 구부러진다. 그렇게 장한 것인지 그 일을 하다가, 그 일이라야 도적질이지만, 들어가 욕보던 이야기를 하면 그들은 눈을 커다랗게 뜨고,
> "아이구, 그걸 어떻게 당하셨수!" 하고 적이 놀라면서도, (중략)
> "참 우리 같은 농군에 대면 호강살이유!" 하고들 한편 썩 부러운 모양이었다(164).

응칠의 세계는 두려움과 부러움, 경멸의 감정이 중첩된 세계이다. 그는 범죄자이며 거지이고 유랑인이기에 자신의 터전을 가지고 힘겹게 살아가는 농민들은 그를 두려워하면서도 그의 향유적인 태도에서 부러움을 느끼고, 그의 막무가내에 모멸과 통쾌를 동시에 느낀다. 농민들이 응칠의 세계에 뛰어들지 못하는 것은 그들을 구속하는 현실이 정상적인 것으로 이해되기 때문이다. 하지만 응칠의 괴물성은 그 마을에 잠재되어 있는 여러 가지 괴물의 욕망을 일깨운다. 아내와 벼를 판 돈으로 노름을 해서 날리는 마을의 괴물들은 응칠이라는 자유인 - 괴물의 위용 앞에서 서서히 또 다른 만무방이 되어 간다. 자기 논의 벼를 도둑질하는 응오 역시 응칠의 드러난 괴물 행위에 포섭된다. 그는 아무것도 생산하지 않는다는 점에서 파괴적인 괴물이지만 또한 아무것에도 얽매이지 않고

자유로이 향락할 수 있는 존재라는 점에서 취향의 미를 즐기는 문명인이다. 문명인－괴물, 자유인－부랑자의 모순이 중첩된 속에서 만무방 특유의 육체가 구획되는 것이다. 이러한 모순은 '졌으나 이겼다'는, 따라지·만무방의 삶의 공식으로 이어진다.

> 비실비실 조 골목 어귀까지 와서 이제야 막 대문 안으로 들어가려는 서방님을 돌려대고, 요 자식아 네 다릴 꺾어놀 테야, 용용 죽겠지. 엄지손가락으로 볼따귀를 후벼 보이곤 다리야 날 살리라고 그냥 뺑소니다. (중략) 등뒤에서 아편쟁이, 챌푼이, 하는 욕이 빗발치듯 하련만 서방님은 돌아다도 안 보고 똥이 더러워서 피하지 무섭지 않다는 증거로 침 한 번을 탁 뱉고는 제집 골목으로 들어간다. 이렇게 되면 맡아 놓고 깍쟁이의 승리다.[336]

<봄과 따라지>에서 어린 깍쟁이는 서방님과의 대결에서 힘으로는 지지만 욕설로 승리한다. 깍쟁이는 힘으로나 권력으로나 결코 이길 수 없는 폭력의 상황에서도 승리를 쟁취한다. 그것은 체면이나 부끄러움을 넘어선 원시적인 생존력과 관계된다. 그들은 돈이 없고 힘이 없기에 패배하지만, 부끄러움이나 수치를 넘어선 생명력 자체로 가득 차 있기에 오히려 승리한다. 따라지에서 생명력을 발견할 때 김유정의 소설은 도시의 비극을 그리는 데 멈추지 않는다. 부랑자가 가진 생산성, 그 잠복된 우월감을 그림으로써 도회의 정상성은 탈각되고 새로운 서사가 가능해지는 것이다. 깍쟁이는 순사에게 발각되어 끌려가는 상황 속에서 오히려 "이쪽이 저를 미워도 안 하련만 공연스레 제가 씹고 덤비는 걸 생각하면 짜장 밉기도 하려니와 그럴수록에 야릇한 정이 드는 것만은 사실"(257)이라는 식의 승리를 보여 준다. 상황을 긍정하고 폭력에서 승리하는 윤리를 그는 획득하고 있는 것이다. 이러한 괴물 특유의 생산성과 비극성은 <땡볕>에서 효과적으로 결합된다. 덕순은 병원에서 월급을 주고 병을 고쳐 준다는 말을 듣고 아내를 데려간다. 아내의 모습이 괴물 같으면 괴물 같을수록, 그 병이 이해할 수 없으면 없을수록 그것은 돈이 된다. 괴물의 자본 편입은 그 괴물성을 연구대상으로 바침으로써, 즉 자신의 육체를 대학 병원이라는 제도 속에 편입시킴으로써 관철된다. 아내의 육체는 근대의학에 의해 관찰되기 전까지는 이유를 알 수 없는 병을 가진 호기심의 대상이다. 하지만 근대 의학이 그 병을 고칠 수 있다고 선언할 때 아내의 병은 더 이상 아무런 의미도 생산성도 갖지 못한다. 즉 아내의 병이 기괴성을 탈각할 때 아내는 근대 의학에 의해 삶 대신 죽음을 선고받게 되는 것이다. 대학병원

---

336) 김유정, 〈봄과 따라지〉, 전집 1, 255면.

은 아내의 병을 사산으로 진단함으로써 아내에게 죽음을 선택하게 한다.

아내의 눈에 정말로 두려운 것은 죽음이 아니라 정상성, 곧 근대 의학이다. 정상인의 눈에는 타자가, 타자의 눈에는 정상인이 괴물로 보이며 서로에게 두려운 존재가 된다.

> 요량 없이 부어오른 아랫배를 한 손으로 치마째 걷어 안고는 매호흡마다 간댕거리는 야윈 고개로 가쁜 숨을 돌리고 있는 것이다. 게다가 수술실에서 들것으로 담아내는 환자와 피고름이 섞인 쓰레기통을 보는 것은 그로 하여금 해쓱한 얼굴로 이를 떨도록 하기에는 너무도 충분한 풍경이었다[337]

타자의 눈에 비친 병원의 모습은 피고름과 환자로 대변된다. 돈을 얻을 수 없다면 그것은 공포스러운 공간일 뿐, 자신의 병이 기괴한 병이 아닌 이상 그 병을 낫게 하기 위해 배를 쨌다는 것은 있을 수 없다. 괴물인 아내에게 정상적인 병원이란 죽음보다 공포스러운 그 무엇일 뿐이기 때문이다. 문명에 어울릴 수 없는 이방인으로서 죽어 가는 아내는 그렇기에 생산적인 괴물은 아니라도 도덕적인 괴물이 될 수 있다. 그의 모습이 희극적이면서 비극적인 모순을 나타내는 것은 이 때문이다. "나는 죽으면 죽었지 배는 안 쨰요."(120)라는 아내의 외침은 근대 사회 속 괴물로서의 서글픈 승리를 보여 준다.

<소낙비>에서 도회를 꿈꾸던 노름꾼 남편과 매춘을 하던 아내를 연상시키는 <땡볕>의 부부는 근대 자본주의 사회의 편입을 꿈꾸는 괴물들이 직면할 수밖에 없는 운명을 보여 준다. 근대란 그 이방인들에게 집을 잃고 가족을 잃고 아내를 잃고 모든 것을 잃게만 하는 무서운 곳, 타자들의 시공간일 따름이다. 이러한 공간 속에서 자신들이 괴물인 것도 모른 채 그들은 죽음을 향해 슬프지만 용감하게 걸어가고 있다. "빗발같이 내리붓는 등골의 땀을 두 손으로 번갈아 훔쳐가며 끙끙 내려"오는 남편과 "지게 위에서 그칠 줄 모르는 그 수많은 유언을 차근차근 남기자, 울자 하는" 아내의 모습을 통해서 김유정의 괴물은 비극으로 그 자존심을 회복한다. 괴물은 어설프게 자본으로의 편입을 시도하며 왜곡된 계산을 배우지만 그 속에서 죽거나 파멸해 간다. 이러한 괴물들의 삶을 추적함으로써 김유정은 파괴와 고통만을 되풀이하는 자신의 육체, 그 괴물성을 창조적인 것으로 변화시킬 수 있었던 것이다.

---

337) 김유정, 〈땡볕〉, 전집 1, 117-118면.

3) 파괴된 육체의 매저키즘과 육체 – 괴물의 희비극

(1) 가부장 처벌의 욕망과 위장된 모성

김유정이 근대의 정상적인 질서에서 벗어나 파괴되고 폭력을 휘두르는 육체, 괴물적인 육체를 형상화하는 데에는 그 자신을 괴물로 인식하는 저간의 사정이 관계되어 있다. 자전적 소설인 <생의 반려>나 <따라지>에는 염인증과 가족애의 왜곡에서 오는 괴물적인 자아의 모습이 잘 드러난다. 김유정의 개인사와 가족사에는 폭력적인 아버지와 형의 대결, 주색에 빠진 형의 가산 탕진과 가족에게 휘두르는 폭력, 히스테리를 부리는 누이, 폐결핵과 치질로 인한 고통, 나이 많은 기생 박녹주에 대한 광기 어린 애정, 박용철의 누이 박봉자에 대한 근거 없는 열정 고백 등의 사건들이 꼬리를 물고 있다. 어릴 때 어머니를 잃고 성장기에 아버지와 형의 폭력을 목격한 예민한 감수성의 청년은 자신을 먹여 살리는 누이의 히스테리에 시달리다 나이 많은 기생의 모습에서 어머니를 발견하고 미친 듯한 애정을 고백하지만 그의 고백은 거부되기만 하는 가운데 폐결핵과 결핵성 치루, 치질로 짧은 생애를 마감하게 된다. 김유정의 비극적인 개인사가 그의 소설 속에 어떻게 녹아들어 들병이, 따라지, 만무방과 같은 근대의 괴물들에 대한 긍정적인 형상화로 나아갈 수 있었는지 모색할 필요가 있는 것이다.

자전적 소설 <생의 반려>에서 김유정이 투영된 주인공 명렬군은 그 기괴한 성격, 음산한 분위기와 염인증, 광장공포증과 같은 비정상적 모습으로 표현된다. 그는 "남쪽으로 뚫린 들창이 하나 있기는 허나 검은 후장으로 가리어 광선을 꽉 막아버렸다. 그리고 담배연기로 방안은 꽉 찼다."고 표현되는 '우울한' 방에 스스로 갇혀, 햇빛을 피하며 살아간다. 명렬군의 비정상성은 "가족을 치다 치다 이내 물리면 때로는 제 팔까지 이로 물어뜯어서 피를 흘"리는 그 형의 폭력에서 비롯된다. 아버지를 물리치고 재산을 차지한 무교양의 가부장(형)은 가정의 파괴자로 형상화되며 김유정 문학의 비극성의 일부를 이룬다. 형은 잔인무도한 주정꾼으로 그에 의해 가족들은 장난감이 되어 깨뜨려지고 부서지거나 죽거나 다친다.

김유정은 자신의 괴물성을 형의 폭력성과 누이의 히스테리에서 발견하며 또한 자신이 앓고 있는 병에서 발견한다. <밤이 조금만 짧았더면>, <병상영춘기> 등은 김유정의 병상기록이며 괴물로서 자신의 육체를 바라보는 잔인한 인식이 잘 드러난 작품이다. 결핵성 농양 끝에 치질, 치루에 걸려 하복부의 통증으로 신음하는 김유정의 고통에 찬 육체는 그에게 끝없는 우울과 생에 대한 처절한 복수심과 같은 의욕을 심어 준다. 그는 입으로는 피를 토하고 밑으로는 변을 보지 못해 괴로워하는 극단적인 고통 속에서 괴물이 되어 간다. 밥을 먹어야 할 입으로 피를 토하고 변을 토해야 할 항문은 종창으로 썩어 들어간다. 근대 위생학을 배운 지식인 김유정은 그렇기 때문에 자신을 근대의 괴물로 이해할 수밖에 없고 그의 염인증과 우울증은 깊어 간다. 그는 배설 행위의 지루함과 단조로움이 차라리 그 고통보다 더 우울한 것이라고 생각할 만큼 철저하게 고통에 길들여져 있다. 단조로운 배설 행위가 그에게는 고통으로 인해 지나치게 중요한 일상이 되어 버린다는 사실이 그의 괴물성을 매순간 확인시키고 있는 것이다.

> 어구머니 가슴이야. 이 가슴속에 무엇이 들었는가. 날카로운 칼로 한번 벗겨나 볼는지. (중략) 설사가 나올 때도 되었을 텐데 입때 무사한 것이 암만해도 수상쩍다. 변비가 된 것이 아닐까. 아까에 설사 막힌 약을 먹은 것이 몹시 후회가 난다. 변비, 변비, 무서운 변비. 치질에 변비는 극히 위험하다. 치루로 말미암아 여섯 달째 고생을 해오는 나이니 만치 만의 하나를 염려 안 할 수 없고 종내는 하제 '락사토올' 한 알을 입에 넣을 때까지 마음이 놓이지를 않는다. 이걸 먹었으니 낼 아침에는 설사가 터질 것이다. 한번 터지면 줄대어 나올 터인데 그럼 그 담에는 무슨 약을 먹어야 옳을는지…….338)

입과 항문 사이에서 괴물이 된 그의 몸은 근대의 질환으로 가득 차 있다. 도시의 비위생적 환경이 만들어 낸 폐병과, 하제와 설사 막는 약이 만들어 내는 설사와 변비. 그 변비가 심해진 치질과 치루. 약은 그에게 병을 치료하는 것이 아니라 병을 더치게 하고, 기침과 설사와 변비를 오가면서 생은 그의 고통을 연장시킬 뿐이다. 가슴 속에 무엇이 들었는지 칼로 벗겨 보고 싶도록 고통스러운 기침과 매일 터지는 설사와 그 설사를 막기 위해 먹는 지사제와 그 변비를 막기 위해 먹는 하제의 반복 속에서 그는 끝없는 고통을 반복할 뿐 생을 영위하지 못한다. 이러한 고통 속에서 그가 선택할 수 있는 길은 고통을 일상화하고 승화하는 방법밖에 없다. 고통을 미학화하고 차라리 교훈의 대상으로 만들고자 하는 욕망이 배태되며 파괴와 폭력의 생산성을 낳게 되는 것이다.

김유정에게 특징적인 파괴와 폭력에 길들여진 육체, 괴물화된 육체의 생산성은 근

---

338) 김유정, 〈병상영춘기〉, 전집 2, 268면.

대의 정상적인 육체 규율, 육체 자본, 향유적 육체 모두를 전복하는 처벌의 서사를 가져온다. 즉 그는 주어진 시공간의 규율에 따라 정해진 노동을 행함으로써 생산과 축적을 행하는 이광수적인 훈육적 육체에 대해서 일부러 도박하고 유랑하는 존재들의 자유를 그림으로써 대항한다. 자본주의 사회의 정당한 교환관계에 임하기 위해 육체를 투명하게 관리하고 신용 있는 거래에 응해야 한다는 염상섭의 육체 자본의 논리는 일부러 계산적 합리성을 왜곡해 모방하는 계약, 즉 일정한 기간 정조를 유예하거나 미모가 필요 없는 여성의 자궁을 강조함으로써 희화화한다. 감각적 세련성과 미모를 가진 여성의 절대적 향유라는 이효석의 향유적 육체 역시 입을 위해 자궁을 개방하고 떠도는 들병이 여성의 육체와 그에 대한 혐오와 매혹을 동시에 그려 보임으로써 일정하게 부정하고 있다. 김유정의 육체-괴물은 근대 자본주의 사회의 생산성, 교환, 소비 향유 모두에 일정한 거리를 두고 자본 자체에 대한 처벌, 자기 속에 있는 정상성에 대한 끊임없는 처벌을 의도하는 듯하다. 이런 점에서 김유정의 소설은 파괴와 처벌에 입각해 욕망을 재배치하는 매저키즘의 기획을 나타낸다. 그는 근대 사회를 구성하는 모든 아버지들의 질서, 생산성, 교환의 질서에 반항하고 이탈한다. 들뢰즈에 따르면 매저키즘의 주체가 지배자 여성에 의해 처벌당함으로써 속죄하고자 하는 것은 바로 자신과 아버지의 유사성, 자신 내부에 숨어 있는 아버지와의 닮은 모습이다. 매저키즘의 공식은 바로 굴욕을 당하는 아버지인 것이다. 한정된 기간의 계약을 통해 매저키스트는 선한 구강적 이미지의 모성, 지배자 여성에게 매질을 요구한다. 여기에서 매를 맞고 굴욕을 당하는 것은 매저키스트 내부에 숨어 있는 아버지의 이미지, 아버지의 공격적인 복귀가능성이다. 이를 통해 매저키스트는 아버지의 역할을 필요로하지 않는 새로운 자아, 이상적 자아를 형성하게 되는 것이다.[339]

매저키즘의 이러한 논리에 비추어 볼 때, <형>, <생의 반려>, <두꺼비> 등 김유정의 생을 반영한 자전적 소설들 속 매저키즘적 욕망의 형체가 잘 드러난다. 잘 알려진 대로 김유정은 일찍 어머니를 여의고 수전노 아버지 밑에서 자라다 폭력적인 형에게 학대당하고 이후 히스테리에 빠진 누이의 학대까지 받는다. 그러한 생활 가운데 살아가기 위해, "밥을 먹고 산보를 하고 하는 일상생활과 같은 동기요 같은 행동"[340]으로 글을 쓴다는 김유정의 고백을 받아들일 때, 그의 소설들은 무엇보다 가부

---

339) 들뢰즈, 앞의 책, 73-74면.
340) 김유정, 〈병상의 생각〉, 전집 2, 284면.

장의 폭력이 만연한 현실을 재배치하고자 하는 욕망을 드러낸다고 볼 수 있다.

> 아버지가 형님에게 칼을 던진 것이 정통을 때렸으면 그 자리에 엎더질 것을 요행 뜻밖에 몸을 비켜
> 서 땅에 떨어질 제 나는 다르르 떨었다. 이것이 십오 성상을 지난 묵은 기억이다마는 그 인상은 언제나
> 나의 가슴에 새로웠다. 내가 슬플 때, 고적할 때, 눈물이 흐를 때, 혹은 내가 자라난 그 가정을 저주할
> 때, 제일 처음 나의 몸을 쏘아드는 화살이 이것이다.[341]

<형>에서 유년의 기억과 상처의 원형으로서 제시하고 있는 것은 아버지가 형에게 칼을 던진다는 극단적인 가부장 대결의 상황이다. 가부장의 폭력은 아버지에서 형으로 대를 물려 이어지며 '아버지스러움'에 대한 거부감을 강렬하게 형성한다. 김유정에게 가정이란 가부장의 폭력만이 존재하는 절망적인 상황으로 기억된다. 이것이 김유정의 글쓰기의 원형이 되어 구강적 모성, 매저키즘적 지배자 여성에 대한 지향성으로 재배치되는 것이다.

> 아버지는 자식에게 도끼날같이 무서운 어른이었다. 이 기미를 눈치 채고 아들을 붙잡아놓고는 벼룻
> 돌, 목침, 단소 할 것 없이 들어서는 거의 혼도할 만치 뚜들겨 팼다(172).

형에 대한 아버지의 폭력은 교육을 빙자한 가부장의 폭력적 지배와 금기를 보여주고 있다. 돈을 쥐고 있고 어른이기에 자식을 자기 마음대로 다스리며 폭력을 교육하고 있는 것이다. 그리고 그 폭력을 똑같이 물려받은 아들, 형님은 아버지에게서 당하고 배운 대로 이번에는 다른 식구들을 향해 폭력을 행사하게 된다.

> 나중에는 동생들을 하나씩 붙잡아 가두곤 뚜들겨주기 비롯하였다. 이년들 느들 죽이고 나서 내가 죽
> 겠다고 이를 악물고 치니 울음소리는 집안을 뒤집었다. 어른이 귀여워하는 딸일 뿐 아니라 언제든 조용
> 하길 원하는 환자에게 보복 수단으로는 이만한 것이 다시없으리라(174).

두 가부장의 돈을 둘러싼 싸움은 상대에게 상처를 내는 대신 어린 동생들에게 폭력을 행사하는 것으로 수행된다. 형님은 돈을 쥐고 있는 아버지에 대한 보복으로 여동생들을 때리고 그것으로 아버지에 대한 폭력을 대신한다. 이런 상황에서 김유정은 매질하는 아버지, 매질하는 형님의 이미지를 매질하는 여성에 대한 욕망으로 대체함

---

341) 김유정, 〈형〉, 전집 2, 168면.

으로써 가부장적 권위에 대한 배반을 수행하고 있다고 볼 수 있다. 돈과 합리성은 제도화되는 순간 모두에게 폭력이 되고 그 폭력을 대체하는 것은 희화화된 돈, 희화화된 가부장, 희화화된 폭력을 통해 거리를 취하는 방법밖에 없음을 작품으로 보여 주는 것이다. 가부장 남성, 폭력, 재산이 동일시될 때 그 모든 것에 대한 부정은 여성적 폭력, 지배자 여성의 존재를 낳게 된다. 아버지에서 아들로, 한 집안 내부에서 폭력이 되풀이될 때 그 어린 아우가 갖는 것은 정당한 폭력의 복원, 곧 어머니의 복원이며 매저키즘적 어머니에 대한 욕망과 그 폭력의 정당성을 희구하는 마음이다. 이러한 욕망이 박녹주에 대한 동경으로 이어진다.

박녹주(나명주)에 대한 애정과 누이와의 갈등을 '친구'(안필승)의 시선에서 써 내려가고 있는 <생의 반려>는 이러한 상황을 잘 보여 준다.

> 그의 편지는 상대의 추악한 부분이란 일일이 꼬집어뜯어서 발겨놓는 말하자면 태반이 욕이었다. 그러므로 상대는 답장을 안할 뿐만 아니라 때로는 받기를 거절하였다.그리고 둘째로는 그 상대가 화류계의 인물이요, 그러함에도 불구하고 명렬군보다는 다섯 해가 위였다. 삼십이 가깝다면 기생으로는 한 고비를 넘은 시들은 몸이었다. 게다가 외양도 출중하게 남달리 두드러진 곳도 없었다. (중략) 그가 집의 일로 하여 봉익동엘 다녀 나올 때 조그만 손대야를 들고 목욕탕에서 나오는 한 여인이 있었다. 화장 안 한 얼굴은 창백하게 바랬고, 무슨 병이 있는지 몹시 수척한 몸이었다. 눈에는 수심이 가득이 차서, 그러나 무표정한 낯으로 먼 하늘을 바라본다. 흰 저고리에 흰 치마를 훑어 안고는 땅이라도 꺼질까봐 이렇게 찬찬히 걸어 내려오는 것이었다. 그 모양이 세상 고락에 몇 벌 씻겨나온, 따라 인제는 삶의 흥미를 잃은 사람이었다.[342]

명렬군과 나명주의 연애담에서 핵심은 그것이 연애가 아니라는 것이다. 연애를 표방한, 매저키즘적 지배와 폭력이 둘 사이에 진행되고 있다. 그것은 연애에서 상대를 발견하는 것이 아니라 불행한 '나'를 발견하고 그 발견을 통해 현재의 나를 이해하고 정립하려는 일종의 광기로 이해된다. 명렬은 자기 학대를 위해 명주에게 폭력적 언사로 가득한 편지를 보내고, 그 반동으로 명주가 자신의 편지 받기를 거절함으로써, 즉 자신을 학대함으로써 욕망을 성취하고 있다. 그의 연서는 연서가 아니라 상대의 추악한 부분을 발겨 놓는 욕설이 된다. 명렬은 밤을 새워 상대에 대한 연서, 즉 상대의 추악함을 까발리는 욕설을 씀으로써 현재의 자아를 확인하고 그 속에서 쾌감을 느끼는, 말 그대로 정신병자의 생활을 지속하고 있다. 나명주라는 연상의 기생에게 느끼

---

342) 김유정, 〈생의 반려〉, 전집 2, 25 – 26면.

는 연정과 욕망이란 사실은 추악하고 나약하며 처벌받아야 할 자신의 광기와 나약성에 대한 욕설이며 폭력이다. 첫 만남에서 명렬이 나명주에게 끌린 것은 그녀가 지닌 추악함 혹은 삶의 흥미를 잃은 듯한 모습 때문이다. 병이 나서 수척하고 화장조차 하지 않은, 목욕탕에서 나오는 여인이란 생이 아니라 죽음을 확인시킨다. 그는 자신의 현재적 불행을 확인하고 처절하게 학대해 줄 대상, 자신을 지배하고 폭력을 행사해줄 매저키즘적 지배자 어머니를 찾고 있는 것이다.

> 기생도 기생 나름이었다. 그것도 젊다면이거니와 나이 이미 30을 바라보는 늙은이다. 이걸 뭘 보고 정신이 쏠리는가. (중략) "차라리 송장을 연모하는 게 옳겠다."하고 엇먹는 데 고만 불끈하여,
> "듣기 싫다."하고 호령을 치는 것이다(27 – 28).

주위 사람은 아무도 명렬군의 연애를 이해하지 못한다. 송장을 연모하는 게 나을, 30을 바라보는 할머니 기생을 사모한다는 것이 정상인의 시각으로는 이해할 수 없는 것이 된다. 그러므로 명렬의 사랑은 '정신병자가 아니면 하기 어려운 장난'이 되며 그러한 장난을 하는 명렬 역시 정신 나간 사람으로 치부되는 것이다. 명렬의 사랑은 상대의 추악함을 보며 그 추악함 때문에 사랑하고 그 추악함의 본성대로 상대가 자신을 학대하고 폭력을 휘두르며 자신을 지배해 주기를 바라는 상태로, 매저키즘적 사랑이나 욕망의 형태이다. "그와 같이 생의 절망을 느끼고, 죽자 하니 움직이기가 귀찮고 살자 하니 흥미 없는 그런 비참한 그리고 그가 지극히 존경하는 한 여성이 있는 것이다. 그는 그 여성을 저쪽에 끌어내놓고 연모하기 시작하였다. 그리고 명주는 우연히 그 여성의 모형이 되고 말았을 그뿐이겠다."(29) 절망하면서도 생을 영위해 가는 불행한 여성의 표본으로 명렬은 나명주를 선택하고, 자신의 모형에 맞게끔 상대의 형상을 조정하고 있다. 실제 명주는 그리 불행하지 않고 그다지 절망적이지 않으며 더구나 존경할 만한 여성은 더더욱 아니지만 명렬은 그러한 명주의 모습에서 눈을 돌리고 자신이 창조해 낸 환상, 여신과 같은 모습만을 그녀에게 투영한다. 이를 통해 그녀는 송장이면서 여신이고, 기생이면서 어머니이며 누이일 수 있는 존재가 되는 것이다.

> 그에게는 형님이 한 분 있었다. 주색에 잠기어 밤낮을 모르고 난봉꾼이었다. (중략) 술을 마시면 집안 세간을 부수고 도끼를 들고 기둥을 패었다. 그리고 가족들을 일일이 잡아가지고 폭행을 하였다(31 – 32).

명렬의 매저키즘적 욕망의 출발점은 그 형의 방탕과 폭력에 있다. 명렬의 형이 행사한 폭력과 자해, 음탕과 독재는 명렬이 나명주라는 존재를 애정의 대상으로, 지배의 대상으로 선택하게 되는 계기를 이룬다. 재산을 차지한 무교양의 가부장은 가정의 파괴자, 악랄한 지배자로 형상화되며 김유정 문학의 비극성의 일부를 이룬다. 이러한 형의 자리를 계승하는 것은 시집을 갔다가 쫓겨 온 누님이다.

> 누님은 경무과 분실 양복부에 다니는 직공이었다. 아침 6시쯤 해서 가면 오후 5시에 나오고 하는 것이다. 일공이 70전쯤 되므로 한 달에 공일을 제하면 한 19원 남짓하였다. 그걸로 둘이 먹고 쓰고 하는 것이다. 그러나 허약한 여자에게 공장살이란 견디기 어려운 고역이었다. 공장에 다닌 지 안 5년이 못 되어 그는 완연히 사람이 변하였다. 눈매는 허황하게 되고 몸은 바짝 파랬다. (중략) 업신 받는 이 분통을 꾹꾹 참아오다가 겨우 집에 와서야 폭발하는 것이다. 거기에는 만만하고 그리고 양순한 동생이 있기 때문이었다(35 – 36).

누님은 시댁과 형님, 공장의 남자들에게 받는 지배와 폭력에서 오는 설움과 분노 때문에 동생을 괴롭히는 지배자, 폭군이 된다. 즉 그의 폭력은 가부장(남편, 시댁, 형님, 공장 감독)적 세력들에 의해 괴롭힘을 당한 후에 갖게 되는 사디즘적 충동으로, 사도 마조히즘의 긴밀한 연결 속에 있다. 그는 지배자들에게는 피지배와 폭력의 대상이 되는 동시에 그 반동으로 동생을 폭력적으로 지배하고 처벌하는 어머니(오이디푸스적 어머니)로 자리한다.[343] 이 누이의 존재는 명렬군이 왜 나명주와 같은 기생 여인에게 욕망을 느끼게 되는지를 설명하는 근거가 된다. 누이는 어머니인 동시에 형님(아버지)이며 피지배자(공장)인 동시에 지배자(가정)이다. 명렬군에 대한 누이의 폭력은 공장과 시댁 등에서 그가 받은 폭력에 대한 짝패를 이루며 희생양적 폭력의 대상으로 명렬군을 대치시킨다.[344] 이런 상황에서 그는 말 그대로 자신 속에 있는 또 다른 가부장을 처벌하고 그를 다른 방식으로 지배할 선한 어머니를 필요로 하게 되며 그때 발견하는 것이 나명주라는 여인인 것이다.

---

343) 이 누님의 존재는 또한 그녀의 폭력과 처벌이 자본주의적 구조 속에서 새도 매저키즘을 반복하는 형태를 드러낸다는 점에서 자본주의와 가부장제 내부에서의 매저키즘의 작동을 보여 준다. 린 챈서는 근대 사회의 일상에서의 새도 매저키즘의 작동을 각각 가부장제와 노동의 현실 속에서 풀어내고 있다. 이에 대해서는 린 챈서, 『일상의 권력과 새도매저키즘 - 지배의 논리와 속죄양 만들기』, 심영희 역, 나남출판, 1994 참조.

344) 짝패는 르네 지라르가 희생제의에 대해 논하면서 괴물(폭력을 휘두르는 자)과 동일한 존재로 설정한 대상이다. 욕망 주체는 폭력을 당할 때마다 욕망에 눈뜨게 된다. 즉 폭력의 대상이 된 주체는 스스로 그 폭력을 모방하는 짝패가 된다. 르네 지라르, 『폭력과 성스러움』, 김진식 · 박무호 역, 민음사, 1997 참고.

그는 이따금씩 나에게,
"어머니가 난 보고 싶다!"
이렇게 밑도 끝도 없이 부르짖었다.
　　나이 찬 기생을 그가 생각하게 된 것도 무리는 아닐 것 같다. 그는 그 속에서 여러 가지를 보았으리
라. 즉 어머니로서 동무로서 그리고 연인으로서 명주가 그에게 필요하였다(38).

　　명주는 누이를 대신하여, 누이를 죽이고서 그가 찾아야 했던 대상, 선한 지배자 –
어머니이다. 그의 '살아나가려는 의욕' 속에서 나명주라는 기생은 어머니이며 동무이
고, 연인이며 지배자로 자리매김된다. 송장과 같은, 나이 많고 못생긴 기생에게서 욕
망을 느낀다는 저변 상황은 폭력과 지배, 욕망과 채찍질의 정체성이 빚어내는 가족
드라마 속에서 이해될 수 있는 것이다. 명주를 모욕하는 동시에 그에게 무한한 존경
을 표하는(어머니와 대치시키는) 편지, 명주에 대한 모욕과 존경의 교묘한 결합, 욕망
하는 대상에 대한 존경과 역겨움의 결합은 매저키즘의 전형적 특징이다. 거짓된 환상
의 나명주야말로 그의 진정한 <생의 반려>이며 지배자 – 어머니가 되는 것이다.
　　<생의 반려>에서 나명주의 모델인 기생 박녹주에게와 마찬가지로 김유정은 박봉
자에게 보내는 서신에서는 한 번도 만난 적이 없는 신여성 박봉자에게 똑같이 폭력
적인 소외와 구박밖에 당할 것이 없는 연애를 꿈꾸고 욕망을 고백한다. 한 번도 보지
못한 여성을 우상화하고 그에게 편지를 쓰면서 동시에 그를 모욕하는 행위를 반복하
고 있는 것이다.

　　'근대식으로 제작되어진 한 덩어리의 예술품'
　　왜 내가 당신을 하필 예술품에 비하였는가. 그 까닭을 아시고 싶을지도 모릅니다마는 여기에 별반
큰 이유가 있는 것도 아닙니다.
　　내가 당신에게 편지를 쓰던 그 동기를 따져보면 내가 작품을 쓸 대의 그 동기와 조금도 다름이 없습
니다. 만일 그때 그 편지를 안 썼더라면 혹은 작품 하나를 더 갖게 되었을지도 모릅니다(277 – 278).

　　김유정에게 '어머니를 연상시키는' 여인에게 편지를 쓰는 것과 작품을 쓰는 것은
등가의 행위로 이해된다. 그것은 모두 그의 매저키즘적 욕망, 즉 폭력적으로 무시되
고 소외당하며 그 속에서 쾌락을 느끼고 싶어 하는, 그를 통해 자신 속에 있는 아버
지와 가부장, 형을 처벌하고 싶어 하는 행위의 연장이며, 괴물로서의 자신을 폭로하
고 싶어 하는 욕망의 발현이다. 그의 모든 글쓰기는 무능하고 방탕한 혹은 수전노적
인 가부장에 대한 조롱과 처벌을 암시하고 있으며 그는 박봉자와 박녹주에게 일부러

모욕적인 대접밖에 받지 못할 편지를 씀으로써 자신의 가부장성 혹은 지배성에 대해 모욕을 가하고 매저키즘적 쾌락을 느끼는 것이다. 그는 사랑하는 상대를 '근대식으로 제작되어진 한 덩어리의 예술품'이라고 부름으로써 그 속에 "근대 예술이 기계의 소산인 동시에 당신이라는 그 인물이 또한 기계로 빚어진 한 덩어리의 고기임을 충분히 알리라"(282)는 의미를 담는다. 그는 예술을 위한 예술, 연애지상주의와 같은 낭만적 연애를 공박함으로써 근대 사회가 정상적인 것으로 일컫는 가치에 대해 조롱을 가하고 있다. "당신은 행복인 듯싶이 불행한, 참으로 불행한 사람의 하나입니다. 자신의 불행을 모르고 속없이 주짜만 뽑는 사람을 보느니 만치 더 딱한 일은 없을 듯합니다. 육도풍월에 날새는 줄 모르는 그들과 한가지로 요지경 바람에 해지는 줄 모르는 당신입니다. 당신에게는 생명이 전혀 없습니다. 그 몸에서 화장과 의장 혹은 장신구를 벗겨내고 보면 거기에 남는 것은 벌건, 다만 벌건, 그렇고도 먹지 못하는 한 육괴에 더 되지 않을 겝니다."(283) 김유정은 사랑한다고 공언하며 답장도 받지 못하는 연애편지를 보냄으로써 사랑을 갈구하는 대상에게 육괴라는 말을 서슴지 않으며 비난한다. 즉 그녀의 행복은 근대의 기계가 만들어 낸, 생명이 없는, 속없는 불행에 불과하다는 것이다. 그녀의 교양 역시 근대의 기계가 만들어 낸 것에 불과하기에 그녀의 사상이나 교양 혹은 그녀가 신봉하는 소설이나 예술은 허위이며 그녀는 그러한 허위가 빚어낸 고깃덩어리에 불과하다는 폭언을 서슴지 않는다. 그리고 그것을 자신의 염서로 이해하고 있는 것이다. 사랑하는 여성을 모욕함으로써 그에게 더 철저히 무시되고 괴롭혀지기를 바라는 욕망, 이 기괴하게 뒤틀린 욕망이야말로 그의 어머니 지향성과 함께 숨어 있는 매저키즘적 욕망이 된다. 김유정의 가족 드라마에서, 수전노 아버지에서 방탕한 아들로 유전되는 폭력성은 김유정에게 '돈'에 대한 부정적인 감각만을 남긴다. 돈, 재산, 폭력의 등가성이 기록되면서 김유정은 폭력을 통해 돈, 재산을 희화화하고자 한다. 즉 돈이 폭력과 등가가 되는 가부장의 세계에서, 폭력이 돈을 희화화하고 비판적 거리를 가짐으로써 자신 속에 있는 아버지의 논리를 부정하고 희화할 수 있는 매저키즘적 어머니의 세계로 돌아가고자 하는 것이다. 입과 자궁으로 대변되는 여성, 남성 위에 군림하며 남성을 폭력으로 제압하는 여성, 한없이 우상화되지만 또한 한없이 천하기도 한 여성은 모두 김유정의 괴물적인 욕망을 대변하는 매체들이며 그녀들에게 바치는 답장 없는 염서, 차라리 비난서인 그 글들은 그가 얼마나 정상적인 연애 혹은 부부관계에 대해 냉소적인 존재인가를 확인하게 한다. 그에게 부부애란 집안의 재산이나 부부의 정조를 통해 구속되는 것이 아니라 계약관계에 직면한 운명일 따름이다. 부부애가 깊은 부부일수록 그들은 들병이가 되어 자유로이 매춘의 세계로 나아간다. 또한 그들은 서로에게 욕설을 서슴지 않으며 폭력을 통해 부부애가 새로워진다. 이러한 비정상적인 괴물의 세계가 가진 일상성, 진실성을 혁파하는 것에 그의 소설이 가진 특징이 존재한다.

(2) 폭력과 웃음: 매저키즘의 미학

김유정 소설에서 웃음은 폭력과 처벌을 통해 지배자 여성에 대한 욕망을 성취하는 피지배자 남성의 행동, 즉 그를 통해 부정적인 아버지를 추방하고 처벌하는 형태 속에서 이루어진다. 들뢰즈에 따르면 웃음은 매저키즘의 특징이 된다. 자신의 내부에 숨어 있는 아버지와 닮은 모습을 죄로 경험하는 매저키스트에게는 궁지에 빠진 그의 상황을 특징짓는 웃음이 포함되어 있다. 매를 맞고 굴욕과 조롱을 당하는 것은 매저키스트의 내부에 숨어 있는 아버지이며, 계약에 의해 지배자가 된 여성은 폭력과 처벌이라는 아버지의 형식을 모방해 오히려 피지배자 속에 있는 아버지의 모습을 채찍질한다는 데 웃음의 본질이 있는 것이다.[345]

<떡>은 가부장의 처벌과 매저키즘적 폭력 속의 웃음의 역할을 잘 보여 주는 작품이다.

> 원래는 사람이 떡을 먹는다. 이것은 떡이 사람을 먹은 이야기다. 다시 말하면 사람이 즉 떡에게 먹힌 이야기렷다. 좀 황당한 소리인 듯싶으나 그 사람이란 게 역시 황당한 존재라 하릴없다. 인제 겨우 일곱 살 난 계집애로 게다가 겨울이 왔건만 솜옷 하나 못 얻어 입고 겹저고리 두렝이로 떨고 있는 옥이 말이다. 이것도 한 개의 완전한 사람으로 칠는지 혹은 말는지![346]

주인공 '옥이'는 의도적으로 가난과 궁핍, 연약함과 핍박의 이미지로 표현된다. 옥이라는 연약한 존재와 그에게 거대한 물신으로 자리 잡은 '떡' 혹은 식욕이 '떡이 사람을 먹은 이야기'의 구도를 이룬다. 옥이가 떡을 먹은 것은 거대한 식욕에 사로잡힌

---

345) 들뢰즈, 앞의 책, 86-96면 참고.
346) 김유정, 〈떡〉, 전집 1, 122면.

때문이다. 그녀는 배고픔을 해소하기 위해서 혹은 무언가 생산적인 일을 하기 위해서 먹는 것이 아니라 단지 먹고 싶다는 거대한 식욕의 논리에 사로잡혔기 때문에 먹는다. 그리고 그 결과 그녀의 식욕은 '떡이 사람을 먹'는다는, 그녀의 죽음 혹은 배설이라는 폭력을 가져온다.

옥이의 아버지는 "동리에서 제일 가난한 그리고 게으르기가 곰 같다는 바로 덕희다." 그는 게으름을 피우면서도 엄청난 식욕을 자랑한다. 게으르고 무능한 아버지와 대립관계 혹은 상생관계에 있는 것이 옥이로, 그녀는 아버지의 무능과 학대 속에서 그 식욕의 거대성을 키운다. 즉 그녀는 아버지의 학대를 견디는 과정에서 식욕이라는, 아버지와 동일한 모습의 처벌 대상을 키워 왔으며 결국 떡을 먹음으로써 그 식욕을 처벌하는 것은 아버지에 대한 처벌을 함의한다고 볼 수 있다. 아버지가 채워 주지 못하는 식욕이 오히려 아버지의 자리를 대체하고 있는 것이다. 이효석에게 밥에 대한 단순한 식욕이 과물에 대한 세련된 감각으로 치환되지 못하기에 부정적인 대상으로 자리한다면 김유정에게 밥에 대한 식욕은 터무니없을 정도로 과장됨으로써 자본주의 사회의 모든 정상적인 육체 질서에 대한 이반을 가능케 하는 힘이 되고 있다. <떡>에서 '잔치'라는 특수한 시공간을 바탕으로, 작은아씨는 늘 배를 골리는 아버지 덕희를 대체하여 옥이에게 얼마든지 먹을 것을 주는 존재, 또한 얼마든지 먹을 것을 줌으로써 옥이의 부정적 식욕을 처벌하는 존재, 지배자 – 어머니가 된다.

> 찬장 앞으로 가더니 손뼉만한 시루팥떡이 나온다. 받아들고는 또 늘름 집어치웠다. 곧 뒤이어 다시 팥떡이 나왔다. (중략) 그 꿀을 한참 오기오기 씹다가 꿀떡 삼켜본다. 가슴만 뜨끔할 뿐 즉시 떡은 도로 넘어온다. 다시 씹는다. 어깨와 머리를 앞으로 꾸부리어 용을 쓰며 또 한번 꿀떡 삼켜본다. 이것은 도시 사람의 일로는 생각되지 않는다. 허나 주의할 것은 일상 굻아만 온 굶주린 창자의 착각이다(131 – 132).

옥이는 게으르고 무능한 아버지를 대체하는 식욕의 지배자, 곧 '노랑 저고리 남치마 열서넷밖에 되지 않은 어여쁜 작은 아씨'의 장난과 동리 여인들의 추임새 속에 어른 밥 한 그릇에 팥떡과 백설기, 주왁까지 먹어치운다. 그의 육체는 최대한도로 늘어나 옥이의 배는 임산부의 그것과 비슷해진다. 하지만 그것은 결코 카니발리즘에서 보이는 민중의 생산적인 배부름 혹은 식욕이 아니다.[347] 그녀의 식욕은 위장의 착각에

---

[347] 그녀의 육체가 괴로움을 동반한 비정상적 팽창으로 묘사된다는 것은 그 육체를 카니발리즘으로 해석하는 기존의 견해(김미현, 앞의 글)에 대해 의문을 품게 한다.

기인한다. 그녀는 한 번도 만족하게 배부른 적이 없는 까닭에, 다시 말해 만족하게 애정을 받은 적이 없는 까닭에 아버지를 대리하는 존재에 의해 식욕에 대한 처벌을 당한다. 옥이의 무한한 식욕은 그녀의 육체를 파괴한다. 비정상적으로 부풀어 오른 배에서 태어나는 것은 아이가 아니라 소화되지 않은 떡덩어리이다. '떡이 사람을 먹은' 것이다. 이는 표면적인 웃음 속에서 아버지에 대한 처벌을 내포한다.

> 아이를 포대기를 덮어서 뉘었는데 그 얼굴이 노랗게 질렸고 눈을 감은 채 가끔 다르르 떨고 하는 것이다. 그리고 입으로는 아직도 게거품을 섞어 밥풀이 꼴깍꼴깍 넘어온다. 손까지 싸느렇고 핏기는 멎었다. (중략) 비로소 옥이는 정신이 나나보다. 으악 소리를 지르며 잠깐 놀란다. 그와 동시에 푸드득 하고 포대기 속으로 똥을 깔겼다. 덕희는 이걸 빤히 바라보고 있더니 골피를 접으며 어이 배라먹을 년, 웬걸 그렇게 처먹고 이지랄이야, 하고는 욕을 오랄지게 퍼붓는다. (중략) 사실로 말하자면 이런 경우에는 저도 반드시 옥이와 같이 했으련만. 아니 놈은 꿀 바른 주왁을 다 먹고도 또 막걸리를 준다면 물다 뱉는 한이 있더라도 어쨌든 덥석 물었으리라 생각하고는 나는 그 얼굴을 다시 한번 쳐다보았다(136).

작은아씨가 떡을 통해 처벌하고 고통당하게 한 것은 옥이 자신이 아니라 옥이 속에 들어 있는 무한한 식욕, 곧 그 아비의 모습이다. 옥이가 식욕의 고통, 위장의 팽창을 쾌락으로 느끼고 지속적으로 요구한 것은 자신 속에 있는 아버지의 모습에 대한 처벌이 된다. 결국 <떡>에서 웃음은 부정적인 아버지의 폭력에 대한 처벌의 드라마 속에서 유발되기에 매저키즘적 처벌의 유머라고 말할 수 있을 것이다.

한편 여성 지배자가 남성 피지배자에게 가하는 폭력과 처벌, 그 속에서 발생하는 교정의 유머라는 측면에서 <봄봄>과 <동백꽃>의 의미를 재고할 수 있다. <봄봄>과 <동백꽃>은 지배자 여성과 피지배자 남성의 위치가 분명하고 그들의 대결이 분명한 목적을 수행하고 있다는 점에서 폭력과 웃음의 미학을 효과적으로 구현하고 있다. 먼저 <봄봄>은 어수룩한 총각인 '나'와 겉으로는 똑똑한 체하는 장인의 폭행 소동을 그리고 있다. 그 소동에서 문제가 되는 것은 사위와 장인의 싸움이 딸의 성문제 처리에서 출발한다는 점이다. 여기에서 딸 점순의 성장은 두 가지 의미로 풀이된다. '나'에게 점순의 성장이란 임신가능성, 곧 결혼을 가능케 하는 자궁의 성숙을 의미한다. 하지만 장인에게 점순의 성장은 말 그대로 '키가 일정한 정도로 크는 것' 내지는 '동생이 데릴사위를 구할 수 있을 때까지 유보되는 성장', '법적인 성년에 이르는 것'과 같은 의미로 재배치된다. 폭력은 여성의 성을 둘러싸고 그 해석의 의도적 이질성 속에서 이루어진다. 성장한 점순은 자궁의 논리와 이성의 논리를 분리하며 자궁의 논리에 따라 화자의 폭력을 부채질하고 이성의 논리에 따라 아버지의 폭력을 부채질한다. 그는 자궁의 성장 때문에 화자를 유혹해 결혼 허락을 받아 내도록 유도하지만 한편 자본의 논리에 의해 아버지를 지지해 그 폭력에서 아버지의 승리를 이끌어 내기도 한다. 점순의 성장이라는 육체 문제를 둘러싼 싸움이 서로의 성기를 잡아끄는 원시적인 대결로 귀결되는 것은 아버지에서 남편으로 옮겨지는, 그 성을 지배하는 힘의 권위를 희화화하는 논리에 기인한다. 아버지와 데릴사위는 점순의 성기 때문에 싸우는 동시에 집안의 재산 분배 때문에 싸우고 있다. 점순의 성기는 집안의 재산과 같은 것으로(장인은 점순의 성기를 이용해 공짜로 노동을 시킴으로써 집안의 재산을 늘려간다.) 남성적 폭력의 이면에 여성의 성기라는 동기가 개진한다. 그렇기 때문에 사위와 장인의 성기 싸움에서 승리하는 것은 사실 장인이 아니라 장인의 딸 점순이다. 사위가 애초에 장인과의 성기 싸움을 벌이게 되는 이유가 점순의 성기 충동인 까닭에 점순이 그의 귀를 잡아끌 때 그의 폭력은 순식간에 유순한 것이 되고 만다. 점순이 폭력의 정점에 서 있으며, 그 폭력에서 승리하고 불뚝스런 화자의 폭력을 잠재우고 길들이는 것도 점순의 여성성이 되는 것이다.

> 대체 이게 웬 속인지(지금까지도 난 영문을 모른다) 아버질 혼내 주기는 제가 내라 놓고 이제 와서는 달려들며,
> "애그머니! 이 망할 게 아버지 죽이네!" 하고, 귀를 뒤로 잡아댕기며 마냥 우는 것이 아니냐.
> 그만 여기에 기운이 탁 꺾이어 나는 얼빠진 등신이 되고 말았다. 장모님도 덤벼들어 한쪽 귀마저 뒤로 잡아채면서 또 우는 것이다.
> 이렇게 꼼짝도 못하게 해놓고 장인님은 지게막대기를 들어서 사뭇 내려조겼다. 그러나 나는 구태어 피하려지도 않고 암만해도 그 속 알 수 없는 점순이의 얼굴만 멀거니 들여다보았다.[348]

화자가 장인과의 싸움에서 패배하는 것은 사실 점순에게 패배하는 것이라고 할 수 있으며, 이미 '할아버지' 소리를 하도록 자신에게 패배한 장인의 매질은 그에게 그다지 아픈 것이 되지 않는다. 그에게 진정한 폭력은 점순이 자신의 충동과 달리 아버지를 옹호해 그의 귀를 잡아끄는 순간에 고착된다. 장인은 '할아버지' 소리를 하도록 사위에게 패했고, 그 사위는 딸 점순의 폭력에 패배한다. 권력관계에서 진정한 상위에 존재하는 것은 점순의 성기이다. 힘에서 사위는 장인을 이기지만 그 사위는 정작 점순에게 패배한다. 여성 지배자가 폭력을 통해 가부장을 지배해가는 과정의 이면에

---

348) 김유정, 〈봄봄〉, 전집 1, 228 - 229면.

서 김유정 특유의 웃음이 발생하는 셈이다.

앞서 논의한 것처럼 <동백꽃>은 강한 여성과 약한 남성(지배자 여성과 피지배자 남성)의 연애를 바탕으로 하고 있다. 중요한 것은 그 과정이 강한 여성이 약한 남성을 폭력적으로 학대하는 이야기로 이루어진다는 점이다. 더구나 강한 여성의 학대란 약한 남성의 분신과도 같은 닭을 거의 죽을 정도로 쪼거나 암탉의 자궁을 때려 알을 낳지 못하게 하거나 하는 피의 논리로 점철되어 있다. 그 폭력은 욕망 때문에 빚어진다. 김유정 소설에서 폭력과 욕망, 사랑과 지배는 미묘하게 얽혀 있다. 남녀 간 연애란 지배권을 누가 차지하는가의 싸움이며 지배하는 자가 지배당하는 자를 폭력적으로 제압하며 동시에 성적으로도 제압하는 모습을 보여 주고 있다. 점순의 욕설이 주로 남성의 생식기에 집중된 것은 이 때문이다.

> "이 바보 녀석아!"
> "얘! 너 배냇병신이지?"
> 그만도 좋으련만.
> "얘! 너, 느 아버지가 고자라지?"349)

약한 남성을 괴롭히는 강한 여성의 애정행각은 남성의 생식기와 생명에 대한 위협으로 나타난다. 수탉의 피를 흘리고, 아버지를 고자라고 욕하고 남성을 배냇병신으로 몰아붙이면서 약한 남성의 분통을 터뜨리게 하는 여성의 폭력 전략을 통해 그들의 사랑은 비로소 가능해진다. 극단적인 폭력과 극단적인 애정의 순간이 일치하게 되는 것이다.

> 나는 대뜸 달려들어서 나도 모르는 사이에 큰 수탉을 단매로 때려 엎었다. 닭은 푹 엎어진 채 다리 하나 꼼짝 못하고 그대로 죽어버렸다. (중략)
> "그럼 너, 이담부턴 안 그럴 테야?"하고 물을 때에야 비로소 살 길을 찾은 듯싶었다. 나는 눈물을 으선 씻고 뭘 안 그러는지 명색도 모르건만.
> "그래!" 하고 무턱대고 대답하였다.
> "요담부터 또 그래 봐라, 내 자꾸 못살게 굴 테니." (중략)
> 그리고 뭣에 떠다밀렸는지 나의 어깨를 짚은 채 그대로 퍽 쓰러진다. 그 바람에 나의 몸뚱이도 겹쳐서 쓰러지며 한창 피어 퍼드러진 노란 동백꽃 속으로 폭 파묻혀버렸다. 알싸한 그리고 향긋한 그 냄새에 나는 땅이 꺼지는 듯이 온 정신이 고만 아찔하였다(303-304).

---

349) 김유정, 〈동백꽃〉, 전집 1, 209면.

수탉의 죽음으로 정점에 달하는 <동백꽃>의 폭력은 전형적인 희생제의의 형태를 띠고 있다. 수탉의 죽음은 남성의 대항 행위를 거세하는 지배의 고착화, 폭력의 고착화로 볼 수 있다. 매저키즘적인 남녀의 역학관계는 수탉의 죽음을 통해 더 강력해진다. 여성은 수탉의 죽음이라는 비밀을 매개로 남성에게 하나의 계약관계, 즉 '요담부턴 절대로 자신의 말을 거역해서는 안 된다'는 내용을 바탕으로 한 계약을 성립시킨다. 이를 통해 남성은 이제 여성의 말을 절대로 거스를 수 없으며 여성이 닭싸움을 시켜도 대항할 수 없게 된다. 성행위에서 여성이 적극적인 것도 마찬가지로, 여성의 비밀을 남성은 그대로 간직할 뿐 노출할 수조차 없는 것이다. 그러므로 수탉의 죽음을 통해 남성은 그 지배구조를 역전시키는 것이 아니라 오히려 지배구조를 내면화하여 여성의 우위, 여성의 지배 속에 편안히 자신을 위치시키는 것으로 해석할 수 있다. 남성이 때려죽인 수탉이란 곧 자신 속의 남성성(아버지)의 처벌과 폐기인 것이다. 여성은 수탉의 죽음을 통해 자신의 지배를 공식화하고 욕망을 제어할 수 있는 위치에 이른다. 그렇기 때문에 쓰러진 동백꽃 더미에서 '온 정신이 고만 아찔'해지는 것은 남성만의 감각이며, 여성은 그 순간에도 "너, 말마라."라는 명령을 내릴 정도로 냉정한 모습을 보여 준다.

이상에서 살펴본 것처럼 김유정 소설 속에서 폭력과 웃음은 긴밀하게 결합되어 있으며, 이는 강한 여성에 의해 약한 남성을 지배하고 처벌함으로써 근대 사회의 정상성이나 핵가족주의, 가부장에 대한 폐기를 수행하는 데서 오는 유머로 구현된다. 김유정의 웃음이 폭력과 욕망의 동일화에서 비롯되며 그를 통해 기존의 가부장적 질서, 근대적 제도와 법의 측면에 대한 비판을 수행한다고 할 때, 김유정 소설의 미적 특징이 보다 확실한 의미를 가지게 되리라 생각한다.

장면 1) 그는 의사의 얼굴을 몇 번이나 치어다보았다. '의사도 인간이다 나하고 조곰도 다를 것이 없는!' 이렇게 속으로 아무리 부르짖어 보았으나 그는 의사를 한낱 위대한 마법사나 예언자 쳐다보듯이 보지 아니할 수 없었다. 의사는 붙잡았던 그의 팔목을 놓았다. (가만히) 그는 그것이 한없이 섭섭하였다. 부족하였다. '왜 벌써 놓을까 왜 고만 놓을까? 그만 보아가지고 이 묵은 (노)중병자를 뚫어 들여다볼 수 있을까'

— 수필 〈병상이후〉에서

장면 2) 내가 받은 자결의 판결문 제목은
「피고는 일조에 인생을 낭비하였느니라. 하루 피고의 생명이 연기되는 것은 이 건곤의 경상비를 구태여 탕귀시키는 것이어늘 피고가 들어가고자 하는 쥐구녕이 거기 있으니 피고는 모름지기 그리 가서 꽁무니 쪽을 돌아다보지는 말지어다」이렇다.

— 소설 〈동해〉에서

장면 3) 나는 왜 저 최서방의 조카처럼 아주 영영 방심상태가 되어 버릴 수가 없나? 이 질식할 것 같은 권태 속에서도 자세한 승패에 구속을 받나? 아주 바보가 되는 수는 없나? 내게 남아 있는 이 치사스러운 인간이욕이 다시 없이 밉다. 나는 이 마지막 것을 면해야 한다. 권태를 인식하는 신경마저 버리고 완전히 허탈해버려야 한다.

— 수필 〈권태〉에서

근대 사회에서 질병은 김유정의 경우에서 보듯 자신의 몸을 생산적, 기계적 육체에 대한 파괴와 처벌로 바라보는 인식을 가져오는 동시에 염인증과 같은 신경증의 현상들을 다양하게 나타내게 된다. 그런데 이러한 신경증이나 우울증은 근대 초기부터 우리 소설에서는 특징적인 것으로 나타나는데 이는 1910년대 신세대가 자신들을 부형 세대와 다른 존재로 각인하는 순간부터 출발하며 1920년대 염상섭이나 김동인 등의 개성 강조 논리 속 가출 욕망이라는 형태로 나타나는 동시에 1930년대 김유정이나 이상 등의 염인증, 자본주의 사회에 대한 혐오로 이어지는 현상을 보여 준다. 가령 1910년대 현상윤의 소설 <핍박>은 신경증에 대한 이야기이다.

이즘은 병인가보다 그러나 무엇으로든지 병일 이유는 업다. 신선한 공기가 맥힘업시들어오고 영롱한 광선이 가림 업시 빗치고 새는 울고 꽂은 웃고 샘은 맑고 산은 아름다운데 — 조곰도 병일 까닭은 업다.

그러나 병은 병이로다. 나제는 먹는 밥이 달지 안이하고 밤에는 잠이 편치 못하며 얼골은 파레고 살은 깍기며 피는 왕성치 못하고 힘줄은 신축이 자유롭지 못하고 반가운 친구를 맛나도 우슴이 발치 아니하고 남에게 칭예를 바다도 깃븜이 나오지 안이한다. 그러나 아모리 생각하야도 병일 이유는 업다 – 350)

분명히 병이지만 병일 이유가 없다는 것. 이것이 <핍박>의 전체적인 내용이다. 이는 다른 말로 "분명히 학교를 졸업했지만 할 일이 없다."는 것과 같다. 즉 주인공의 병은 할 일 없음, 무료함, 권태 그리고 답답함에서 오는 신경증이다. 이는 이상의 권태와는 다르다. 이상의 권태가 죽음에 대한 각인, 병자이기에 오는 권태라면 주인공의 권태는 진정한 삶에 대한 각인, 이상과 현실의 괴리에서 오는 권태이기 때문이다. 두 사람의 공통점이라면 그들이 진정한 근대인이라는 것이다. 그러나 한 사람이 직분론과 교양, 계몽으로 무장한 교육가적 면모를 보인다면 다른 한 사람은 가시적인 탕진, 의도적인 유폐와, 죽음충동으로 무장한 예술가적 면모를 보인다. 그리하여 <핍박>의 주인공은 자신의 게으름을 부끄럽게 여기고 거기서 핍박을 당하지만, 이상은 오히려 게으름을 과시하고 게으름 속에서 우월감을 느낀다.

학교교육을 통해 자신의 육체에 각인된 시계 시간의 규율에서 자신과 일치하지 않는 세상에 대해 답답증을 느끼고 가출을 결행하는 것, 이것이 10년대 지식인 소설의 한 경향이다. 주요한의 <마을집>에서 창수가 아무런 이유 없이 10년 만에 돌아온 고향을 떠나게 되는 것도 이 때문이다. 근대적 규율과 위생, 근대적 도시와 문명의 이름 속에서 시선은 교정되고 육체 속에 시계시간과 직분론, 성실성, 생산성, 변화가 탄생한다. 근대적 규율을 체득한 존재에게 태평하고 느긋하며 평화로운 농촌 마을이란 참을 수 없는 권태와 답답증을 불러일으킬 뿐이다. 무엇인가를 생산해 내지 않으면 안 된다는 조급증, 근대인의 시계 시간적 육체는 조급증과 신경증을 낳을 수밖에 없는 것이다. "영서형 참견대지못하겟소. 참살수업소. 모든 것이다꽉맥혓소. 의론할데 가업소. 그네들의눈에는아모열도업소 아모감정도업소. 다만그저먹고닙기밧게할것이업는가보오.나는다시가고저합내다."라는 편지를 남기고 창수는 다정한 고향과 친척들을 떠나 진정한 고아와 고독으로 돌아간다. 모든 것이 꽉 막혔고 그 속에서는 도저히 살 수 없는 세계, 그것은 열과 감정이 없는 세계이다. 성실한 노동과 직업 속에서 감정과 열정이 생길 것이라고 생각하는 것이 그들이 맛본 근대의 미망이다.

---

350) 현상윤, 〈핍박〉, 『청춘』8, 1917.6.

반면 이상은 자본주의적 생산과 소비 과정 속에서 소외된 전염병자로서 죽음과 대결하며 회색 관념의 세계를 그린다.351) 그는 근대의 육체 우생학, 훈육적 육체 질서에 대한 인식을 폭넓게 드러내고 있다. 그 자신 폐병환자로서 격리, 소외되어 있는 현실에 대한 자의식 속에서 작품을 쓰고 있으며, 그 속에는 훈육적 육체 질서에 대한 대결의 유희가 편재해 있는 것이다. 이상과 마찬가지로 폐결핵을 앓았던 이광수가 전염병자로서의 소외감이나 죽음 앞에서의 공포 같은 것을 잘 드러내지 않는 데 비해, 김유정이 이상의 각혈과는 상대가 되지 않을 정도로 격렬한 각혈의 상황에서도 "명일의 희망이 이글이글 끓습니다."는 의지를 드러내는 데 비해, 이상의 폐결핵과 그로 인한 공포는 과장되어 있다. 이광수가 죽음의 순간이나 병상에서 세상의 차가움이나 주변인의 고마움 혹은 생명의 의미를 고찰하며 전염병자로서 결벽증적인 면모를 나타내거나 생의 가치를 긍정하고 욕망을 반성하는 등의 태도를 드러내는 데 비해 이상은 죽음에 대한 분노와 공포를 드러내는 한편으로 일상적인 질서와 삶 자체를 냉소하기도 하면서 소외되고 거세된 자로서의 불모성을 과장해서 드러낸다는 점에 폐병을 둘러싼 육체 형상화의 차이가 존재한다.352)

이상 소설에 대한 기존의 연구들은 개인적 사실을 근거로 한 다양한 작품론을 비롯하여 정신분석학적 접근,353) 모더니즘적 접근,354) 시공간적 구조에 대한 접근,355) 문체와 기법적 접근 및 텍스트 생성적 접근356) 등 다양한 연구 방법을 아우르며 폭넓게 전개된 바 있다. 그 가운데 이상 소설이 가진 의미들이 중층적으로 해명되고 있으나 이상 소설이 열린 텍스트라는 점에서 육체 담론의 관점에서 바라보는 이상 소설

---

351) 이상 문학의 본질을 폐병과 관련하여 해명하는 것이 논의를 풍부하게 하는 것은 사실이다(김윤식, 『이상연구』, 문학사상사, 1987와 김성수, 『이상 소설의 해석 – 생과 사의 감각』, 태학사, 1998에서 이런 논의가 주로 이루어진다). 하지만 그 특질이 죽음에 대한 공포라는 의미만을 지나치게 부여받음으로써 그가 역설적으로 드러내는 근대 훈육적 육체 질서에 대한 이해, 생산 – 소비로 구축되는 일상의 질서를 탈주하는 욕망의 재배치에 대한 해명이 충분치 않은 듯하다.

352) 이광수와 김유정, 이상이 폐병환자였으며 작품 속에서 폐병을 전면적으로 다루고 있음에 비해 염상섭과 이효석 소설에서 폐병은 단편적으로 나타난다. 염상섭의 경우 〈진주는 주었스나〉에서 주인공 효범의 폐병을 통해 초심자의 파산, 순수성의 파멸을 그리고 있다면 이효석의 경우는 〈마음의 의장〉 등에서 폐병을 세련된 여성의 순간적인 아름다움을 강조하기 위한 장치로 보여 주고 있다.

353) 김종은, 「이상의 理想과 異常」, 『문학사상』 12호, 1974.7 / 조두영, 「정신의학에서 바라본 이상」, 권영민 편, 『이상문학연구 60년』, 문학사상사, 1998.

354) 최혜실, 『한국 모더니즘 소설 연구』, 민지사, 1992 / 강상희, 『한국 모더니즘 소설론』, 문예출판사, 1999 / 조영복, 『한국 모더니즘 문학의 근대성과 일상성』, 다운샘, 1997.

355) 황도경, 『이상소설의 공간 연구』, 이대 박사, 1993 / 노지승, 「이상 소설의 시간성 연구」, 서울대 석사, 1998.

356) 이강수, 「이상 텍스트 생산 과정 연구」, 서울대 석사, 1997 / 김주현, 『이상소설 연구』, 소명출판, 1998/ 김승희, 「이상 시 생산 연구」, 『이상문학전집』4, 문학사상사, 1995 / 박선영, 「이상 소설의 알레고리적 성격 연구」, 연세대 석사, 2004.

의 해명은 새로운 의미를 열어 보일 수 있다.[357] 육체 담론의 측면에서 볼 때 이상은 김유정과 마찬가지로, 전근대(봉건)와 대결한 작가라기보다는 근대와 대결하는 작가로 간주해야 할 듯하다. 봉건성의 윤리와 적극적으로 대결한 작가가 이광수라면 이상은 이광수가 구축하는 세계, 근대성의 질서를 체화했으면서도 그로부터 이탈한 자로서의 경계성을 의도적으로 구축하고 있다는 점에서 재해석이 필요하다.

본고에서는 이를 절름발이와 가면, 분신, 골편 등의 육체 담론과 관련지어 재해석하려 한다. 먼저 1절에서는 <조선>지에 발표된 30년대 초기 소설을 중심으로 절름발이의 알레고리를 해석하며 경계적 존재로서의 근대성 비판의 거점을 밝히고, 2절에서는 금홍 3부작을 중심으로 유폐된 공간의 훈육이 가진 양육-교화의 논리를 어떻게 희화화하며 그로부터의 이탈을 그리는지를 비만-여윔의 알레고리를 중심으로 밝힐 것이며, 마지막으로 3절에서는 여학생의 정조를 다룬 소설들을 중심으로 '골편'이라는 소모적인 육체의 유희적 생산성을 가면, 분신의 알레고리와 관련지어 해석하고자 한다.

1) 근대 사회 속 경계성의 인식과 절름발이의 알레고리

(1) 〈12월 12일〉에 나타난 경계성의 육체

이상은 소설 전반에 걸쳐 근대 훈육적 육체의 축적적인 논리, 금욕적 생산성의 논리에 대한 비판과 탈주를 나타내고 있다. 근대 사회가 화폐교환에 의해 모든 가치가 결정되고 지시되고 있음을 간파하면서 그는 의도적으로 그러한 화폐의 축적이나 교환으로부터 동떨어진 영역의 삶을 위조하고 죽음을 유희하는 위악성을 보임으로써 모든 문명적 질서, 금욕적 논리나 양육, 향유나 유희에 대해서까지 반성하고 경멸하는 태도를 보여 주고 있다. 마찬가지로 근대 자본주의의 축적, 교환, 향유에 대해 부정적인 김유정이 근대 자본주의의 여러 합리성에 대해 왜곡된 모방을 통해 희화화된 처벌을 보여 준다면 이상은 먼저 정상적인 육체를 벗어나 절단되고 불구화된 육체를 묘사하

---

357) 육체의 관점에서 이상 소설을 해명하는 연구로는 김승희, 안미영, 이재복, 이경훈 등의 논의가 있다. 한편 이상의 시를 해명하면서 육체를 다루는 연구로 이승훈, 『이상 시 연구』, 고려원, 1987 / 조해옥, 『이상 시의 근대성 연구-육체의식을 중심으로』, 소명출판, 2001 등이 있다.

고 의도적인 부랑과 감산, 소모와 탕진의 육체를 만들어 간다. 그에게 있어 절름발이, 사지 절단, 여윔, 골편, 각혈은 모두 육체의 극단적인 비정상성 혹은 새로운 안면성을 기획하는 것으로 의미 규정될 수 있는 것이다.

먼저 무명(無名)씨 ×[358]의 유랑과 좌절의 기록으로 되어 있는 처녀작 <十二月 十二日>에서부터 문명 논리로서의 근대 훈육적 육체 획득과정과 실패의 양상을 엿볼 수 있다. ×는 적빈에서 벗어나기 위해 일본으로 노동 이민을 떠나고, 그곳에서의 경험을 통해 몇 가지 기술을 가진 직업인으로 위치 상승을 이룬다. ×의 여정은 <만세전>의 주인공과 역방향을 그린다. <만세전>의 일본 유학생 주인공이 아내의 위독 소식을 듣고 조선으로 귀국하는 과정을 통해 타산적 개인의 탄생을 보여 주었다면 이상의 <12월 12일>은 가난한 노동자가 아내와 어린 자식의 죽음 이후 적빈에서 벗어나기 위해 일본 등지로 유랑하는 과정을 다루고 있다. 그들의 출발은 모두 이기적이고 타산적인 개인의 모습을 하고 있으나 <만세전>의 주인공이 귀국의 여정을 통해 환멸을 확인하고 신생의 의지를 다진 채 일본으로 돌아간다면 <12월 12일>의 주인공은 일본에서 발전적인 궤적을 그리다 돌아온 조선에서 몰락하고 파괴된 채 떠나간다.

일본으로 떠나온 후 神戸에서 도배업으로 생계를 유지하던 주인공은 名古屋에서 밤 문화의 허무와 쾌락을 경험하면서도 어느 '놀기를 위한 식당'의 헤드쿡으로 '두 가지의 획식술을 배'우고, "만하탄과 화이트 호스에 신경을 마비시켜 가지고 난조의 재즈에 취하며 육향분복한 소녀들의 붉은 입술을 보"면서 거기에 오는 손님들을 "이 버러지들은 사회 전반의 계급을 망라하였으니 직업이 없는 부랑아·샐러리맨·학생·노동자·신문기자·배우·취한, 그러한 여러 가지 계급의 그들이나 그러나 촉감의 향락을 구하며 염가의 헛된 사랑을 구하러 오는 데에는 다 한결같이 일치하여 버리고 마는 것일세."[359]라고 비판하리만치 인식의 성숙을 얻는다. 모친의 죽음 이후 단순 노동자에서 숙련 노동자로의 전신 과정 속에서 소비탕진의 행복은 "더없는 황홀과 흥분과 피로를 느끼면서 나의 육체를 노예화시킨"다는 인식을 낳고 곧 축적의 욕망으

---

358) 원래 발표지에서 주인공의 이름이 M이나 T와 같은 알파벳 X가 아니라 복자를 나타내는 ×임을 밝힌 것은 김성수(위의 책, 51-52면)이다. 복자 ×는 존재의 지움과 연관되는 기호이기에 본고에서는 ×를 주인공으로 지칭하지 않고 무명씨로 지칭한다. 있으나 지워진 존재라는 복자의 위치가 '무명씨'라는 호명을 통해 분명히 드러나며 그 경계적 성격을 강조할 수 있기 때문이다.

359) 李箱, 〈十二月 十二日〉, 『이상문학전집』2, 문학사상사, 37면.

로 전환된다. 일본 내에서 그의 유랑은 고베, 나고야, 사할린, 도쿄를 거치면서 문명인의 여정, 성숙의 과정을 그려 가는 것이다. 기술적 숙련, 시간 축적의 가치와 향락 소비의 허무감에 대한 인식을 갖춘 그는 끝으로 사할린 공사장에서 궤도열차(토로코) 운전수로 전신하여 문명인의 도덕률인 자기희생과 박애의 관념까지 익히게 된다.

궤도열차 사고에서 동료를 대신해 다침으로써 박애의 윤리와 인간애의 외양을 획득하는 순간 그는 더 이상 단순 노동에 종사하는 피식민 야만인이 아니라 고등의 지식업에 종사하는 문명인으로 그려진다. 그가 사고 이후 당당히 일본의 수도 동경으로 진출할 수 있는 것은 이러한 문명의 훈육에 의한 것이다. 또한 그는 사고 이후 이제까지 동정을 요구하던 의사 친구 M에게 자력적 생활의 권고까지 하고 있다. M과의 우애는 그의 변신 이후 조력의 관계로 변화한다. 그는 M 대신에 일본인 재산가인 하숙집 주인과 새로운 친구, 가족관계를 형성한다. 하지만 의술과 박애술의 문명을 습득한 순간이 그에게는 또한 '절뚝발이'가 되는 순간이기도 하다.

> 재생한 나이니까 물론 과거의 일체 추상은 곱게 청산하여 버리고 박물관 내의 한 권의 역사책으로 하여 가만히 표지를 덮는 것일세. 모든 새로운 광채 찬란한 역사는 이제로부터 전개할 것일세. 하면서도
> "절뚝발이가? ……"
> 새로이 방문하여 오는 절망을 느끼면서도 아직 나는 최후까지 줄기차게 살 것을 맹세하는 것일세 (47).

'절뚝발이'는 재생한 ×의 새로운 대명찰이다. 그는 친구 M에게 보내는 편지에 '영원한 절뚝발이 ×'(53)라는 명찰을 쓰기 시작한다. 절뚝발이가 된 육체는 재생한 그의 의식에 그림자를 드리운다. 동경에서 따뜻한 미래를 꿈꾸면서도 그는 자신의 절뚝발이를 각인하고는 절망을 느낀다. 자기를 규정짓는 절대적 상징으로서의 절뚝발이란 그가 아무리 기술과 문명적 세련성, 비판의 정신을 습득했다 하더라도 사라지지 않는 출신적 숙명에 해당한다. 교육 과정 속에서 근대적 기술과 정신, 재산을 습득한다 하더라도 그는 영원히 생명을 잃은, 파리한 절뚝발이, '죽은 사람의 그것과 같이 푸르'고 '몇 줄기 새파란 정맥줄이 반투명체가 내뵈듯이 내보이'지만 '털은 어느 사이에인지 다 빠져 하나도 없고 모공의 자국에는 파리똥 같은 깜은 점이 위축된 피부 위에 일면으로 널려 있'는 흉측한 모습의 '하지만 내 것이기에 한없이 다정한' 불구적 다리를 가진 존재일 수밖에 없다.

절뚝발이라는 병리성은 그를 근대 문명의 정상적 육체에 대한 타자로 규정짓게 한다. 노동에 적합하도록 사지가 강건한 육체를 요구하는 문명적 정상성의 논리는 불구자를 비정상적인 존재로 간주하여 격리한다.[360] 그는 불구자로서 소외되며 이는 그의 야만성으로 연결될 수밖에 없다. 그는 외양의 비정상을 갖기에 이성의 타자, 야만으로 돌아올 수밖에 없는 것이다. 문명인의 논리를 습득한 야만인의 모습, 두 세계 사이에 낀 경계인이 무명씨 ×의 정체성이다.[361] "나의 몸이 불구자이므로 세상에 많은 불구자를 동정하고자 하는 마음에서 그리는 것인지도 모르겠으나 내가 불구자인 것이 사실인 만큼 내가 의학공부를 시작한 것도 자네에게는 너무나 돌연적이겠으나 역시 사실인 것을 어찌 하겠나."(51)라고 그는 고백한다.

동정과 박애심을 지닌 우월자의 위치와 불구의 육체를 가진 소외된 위치가 모순을 일으키는 자리에서 문명적 야만인이라는 괴물이 탄생한다. 그는 괴물이기에 세상에 대한 원한감정을 품는다. "'영원한 절뚝발이 그러나 절뚝발이의 무서운 힘을 보여 줄 걸 자세히 보아라'이곳에서도 원한과 울분에 짖는 단말마의 전율할 신에 대한 복수의 맹서를 볼 수 있는 것일세." 원한으로 가득 찬 그의 얼굴은 스스로도 '놀라지 않을 수 없을 만치 그렇게도 무섭게 변한' '인생의 대부분을 박탈당한 썩어 찌그러진 험집투성이의 값없는 골동품'으로 변해 있다. 문명의 논리를 몸에 익힌 절름발이 ×는 절뚝발이인 스스로를 부끄럽게 여기는 마음과 불쌍한 자들에게 동정과 박애를 베풀고자 하는 욕망 사이에, 야만인(비정상인)의 굴욕과 문명인의 오만한 세련성 사이에 자리한다. 경계인으로서 그는 두 세계 모두로부터 떨어져 나온 타자, 괴물로 위치하게 되는 것이다.

×는 절름발이 – 의사이기에 조카인 부랑아 '업'과 한 치의 차이도 없는 소외된 인간이다. '업'이란 존재는 출신적 천박성을 대변하는 부모와 달리 "그 가족의 누구에게서도 찾아 볼 수 없을 만치 영리하고 예민한 재질과 풍부한 두뇌의 소유자"이며 그 부모의 절대적인 신뢰의 양육 속에서 오만한 부랑아로 성장한 존재이다. "업을 소유한 아버지의 T씨가 아니었고 T가 씨를 소유한 아들이었던 것이다. 업은 T씨가 가장 그 책임을 다하여야만 하고 그 충실을 다하여야만 할 T씨의 주인인 것이었다."(55)

360) 이에 대해서는 미셀 푸코, 『광기의 역사』, 김부용 역, 인간사랑, 1991 참고.

361) '경계'(borderline)는 '틈새'(interstices)와 '중간에 낌'(in – between)의 의미를 가진 단어로, 이곳과 저곳의 영역을 동시에 점유하면서 주체와 타자의 상호 연관적 위치와 의식을 명시한다. 경계성에는 방향 감각 혼란의 의미가 가로놓이기에 그곳에서 시간과 공간은 차이와 동일성, 내부와 외부, 포함과 배제의 복합적 형태를 생산·교차하면서 이행의 계기를 이룬다. 호미 바바, 『문화의 위치』, 나병철 역, 소명출판, 2002, 28 – 40면 참고.

효 중심의 전통적 사고에서 벗어나 자녀 교육을 중심으로 성립하는 가정, 새로운 '공민'의 요구가 이광수 이래 계몽의 핵심 논의였으며 업은 그러한 교육 아래 성장한 새로운 인간형이다. 하지만 그 교육의 결과 그는 공민(완성될 凡人)이 되는 대신 원한과 오만에 찬 부랑자가 된다.

> M군은 실망하였다. 업은 아무리 생각하여 보아도 '마이너스'의 존재였다.
> "저런 사람이 필요할까? 아니 있어도 좋을까?"
> 그러나 '유해무익'이라는 참을 수 없는 결론이었다(57).

　문명의 훈육에 입각한 식민지 교육은 '교만하기 짝이 없고 방종하기 짝이 없는 업'을 형성할 뿐 생산력 있는 직업인을 만들지 못한다. 그는 '아무리 생각해 보아도 유해무익한', '마이너스의 존재'로 규정된다. 그 '마이너스'는 식민지(야만)라는 출신적 천박성과 문명의 교육이라는 현실의 괴리에서 출발하는 것이다. 업은 출신적 천박성과 교육적 허영이 만들어 낸 괴물로 '한 기적적 존재'가 되어 있다. 식민지 교육이 만들어 낸 고등룸펜 업과 식민본토의 경험이 만들어 낸 절름발이 ×는 세대를 달리한 분신관계를 형성한다.362) 복수의 드라마로서 <十二月 十二日>이 시작되는 것은 무명씨 ×가 출처 없는 돈을 가지고 조선으로 귀환하는 장면에서부터이다. 그는 틀림없이 박애사업에 써 줄 것이라 믿고 그에게 유산을 남겨 준 일본인 하숙집 주인의 재산을 가로채서는 식민지의 가족들에게로 돌아온다. 일본에서의 박애와 동정에 입각한 문명인 교육과 그에 모순되는 재산의 가로챔으로부터 '쫓겨남'의 의식이 비롯되고 동시에 그 쫓겨남에 대한 복수의 드라마가 펼쳐지게 된다. 일본에서 귀환하면서 그가 가져온 재산이란 한갓 행운이었을 뿐, 훈육의 질서에 입각하여 축적된 재산이 아니기에 하룻밤 방화에 소멸되고 만다. 천하의 부랑소년이며 천재인 업이 겨우 해수욕복을 불태우는 소동으로 죽어 버리는 것처럼 두 존재는 근대 문명의 질서, 육체 훈육의 질서를 알면서도 그로부터 이탈해 있기에 괴물의 형상을 하고 죽어 가는 것이다. 그들은 유랑하는 존재, 부랑자라는 점에서 김유정의 소설에서 형상화된 만무방, 따라지, 들병이와 같은 육체 – 괴물이다. 하지만 그들은 만무방이나 따라지들과 같은 긍정성을

---

362) 이제까지의 연구에서는 〈十二月 十二日〉의 주요한 갈등으로 ×와 업의 갈등에 주목해 왔다. 그것은 ×가 李箱의 백부의 모습을 연상시키고 업이 李箱 자신을 연상시킨다는 점에서 작품의 의미를 환원적으로 해석하는 과정에서 비롯한 것이다. 하지만 실제 작품 속에서 주요한 갈등을 이루는 것은 ×와 T이다. ×와 업은 모두 문명적 야만인이라는 경계성을 나타내고 있기에 둘의 대립은 표면적인 것일 따름이다.

갖지 못하는데, 그들의 부랑 의식은 한편에 문명적인 질서에 대한 습득을 내포하고 있는 까닭이다. 만무방이나 따라지, 들병이들이 자본주의적 축적이나 교환의 질서를 왜곡 모방함으로써 자신들만의 특징적인 계약관계를 맺고 자유를 느낄 수 있는 반면, 업이나 ×와 같은 존재들은 근대의 훈육적 질서와 소비 향유의 교양 모두를 체화한 상태에서 그로부터 어쩔 수 없이 이탈함으로써 부랑아로 조직된다는 점에서 부정성을 나타내는 것이다.

(2) 훈육적 육체에 대한 부정과 절름발이의 알레고리

이상에게 근대의 훈육적 육체 질서는 문명의 논리로 수용된다. 하지만 그 문명의 논리에서 자신은 언제나 절름발이, 소외되어 있을 뿐이라는 데서 위트와 역설의 포즈로 생을 대체하는 괴물이 탄생한다. 절름발이는 썩어 가는 살을 '아예 잘라버리는 것'이 아니라 '병신되기는 일반'이지만 그 추악한 부분을 달고 균형을 잃은 채 살아가는 존재로 환유한다. 이는 <12월 12일>과 <날개> 등에서 나타나는 주된 알레고리로 문명과 야만, 정상과 비정상의 그 어느 쪽에도 귀속되지 못하는 경계성의 의미를 나타낸다. 소설 <날개>와 시 <척각>, <지비> 등에서 절름발이는 아내와의 부조화로 형상화되는 가운데 근대적 일상을 살아가는 모든 인간의 경계성에 대한 의미로 확장된다.

> 내키는커서다리는길고왼다리아프고안해키는작아서다리는짧고바른다리가아프니내바른다리와안해왼다리와성한다리끼리한사람처럼걸어가면아아이부부는부축할수없는절름발이가되어버린다. 무사한세상이병원이고꼭치료를기다리는무병이끝끝내있다.[363]

시간표 양육을 요구하는 근대의 훈육적 육체 질서는 육체발달 표준처럼 정상수치를 언제나 강요한다. 그런데 <지비>에서 '나'와 '아내'는 모두 길거나 짧은 다리만 가지고 있다. 즉 의학적 시선이 요구하는 근대의 표준체형에 따르면 모든 육체는 길거나 짧은 것이 되고 만다. 근대의 훈육적 발달 모형 또는 표준화된 체형이란 상상의 정상성일 뿐이다. 그 상상적 표준 혹은 상상적 정상성의 공리에 따라 '무사한 세상이 병원이고 꼭 치료를 기다리는 무병이 끝끝내 있'는 상태, 즉 세상은 병원이 되고 병

---

363) 이상, 〈紙碑〉, 전집 1, 197면.

이 없는 상태조차도 치료되어야 하는 상태에 도달하게 된다. 여기에서 절름발이는 훈육적 육체의 교정 과잉, 근대 의학적 감시의 과잉에 대한 알레고리이다. 정상성이라는 가상의 표준은 모두를 정상과 비정상의 경계에 몰아넣고 허위의 수치에 대한 강박, 강요를 통해 의학 관리의 대상으로 만들며 파편화한다는 것이다. 이상에게 있어서 절름발이 육체란 단지 대칭성의 질서에 대한 이반만을 의미하는 것이 아니며 부부관계의 부조화만을 의미하는 것이 아니다.[364] 그것은 근대의 의료전면화, 위생공안의 육체 관리를 언제나 이반할 수밖에 없는 자의식을 내포하고 있다. 실제로 완벽하게 훈육적 이상에 입각한 육체, 가령 <사랑>의 석순옥이나 안빈과 같은 존재란 인조인간, 기계적 육체일 뿐이며 모든 인간은 어떤 의미에서는 표준에서 미달하거나 과잉된 절름발이일 수밖에 없는 것이다.

그렇기 때문에 절름발이는 완전한 소외도 완전한 편입도 아닌 경계에 선 혼성의 육체, 근대의 정상성에 대한 냉소를 담은 알레고리가 된다. <12월 12일>에서 '절름발이'는 "의학을 배운 사람치고는 너무도 무식하고 유치하고 저급인" 말투를 가진 ×의 정체성이며 교육받은 청년이면서도 부랑으로 떠돌 수밖에 없는 업의 정체성이다. 조선에서 ×의 복수에 입각한 삶은 매일의 일력에서 숫자를 떼어 내는 행위, 생산이 아니라 소모를 위한 시간이 된다. 그는 "이 괴로운 몸을 그래도 이 험악한 싸움터에서 질질 끌고 돌아다녀야 할 것인가 - 그밖에 도리가 없다면! 사람아 힘풀린 다리라도 최후의 힘을 주어 세워 보자. 서로서로 다같이 또 다 각기 잘 싸우자! 이것이다"라고 외치며 T, M 등과 얽혀 살아가는 자신의 삶을 문명적 정복, 훈육의 싸움으로 재편하지만 이는 '피곤함으로부터 오는 옅은 쾌감' 속에서 타락한 '인간 낙선자'가 될 따름이다.

> 대지는 넘치는 자기 열락을 이기지 못하여 몸 비트는 것같이 저음의 아우성 소리를 그대로 단조로이 헤뜨리고만 있는 것도 같았다. 그 속에 지팡이를 의지하여 T씨의 집으로 걸어가는 그의 모양은 전연히 세계에 존재할 만한 것이 아닌만치 타계에서 꾸어온 괴존재와도 같았다. (중략) 그는 보기 싫게 절며 움직이는 다리를 잠시 동안 멈추고 그 땀을 씻어가면서 "후 -"한숨을 쉬었다(102).

문제는 그가 '사랑하자'고 결정한 대상인 동생 T가 그의 사랑이나 박애, 동정을 구하지 않는다는 것이다. T는 그가 병원에서 벌어 주는 돈을 받지 않으며 그의 동정을

---

364) 이승훈 등 대부분의 논자들은 절름발이를 타자와의 조화 상실, 아내로 표상되는 타인과 자아의 문제를 의미하는 것으로 본다. 이승훈, 앞의 책, 64 - 65면 참고.

구하지도 않는다. 그는 자신의 팔뚝을 내어 보이며 ×의 동정을 거부한다. 이러한 T의 태도 앞에서 ×의 행위란 한갓 문지방을 넘는 '절름발이의 발길'로 남을 뿐이다. 가난하고 무능하기에 박애와 동정의 대상이 되어야 할 야만인의 전형인 T가 동정을 거부한다는 것, 문명의 논리를 거부한다는 것은 ×에게 좌절감을 안겨 준다. 그는 자신이 '전연히 세계에 존재할 만한 것이 아닌 만치 타계에서 꾸어온 괴존재와도 같'은 절름발이라는 사실을 모른 채 스스로를 도덕적 존재, 훈육의 주체로 상정하고 자신과 같은 경계인인 '업'을 징벌함으로써 스스로 징벌당하는 결과를 초래한다. 결국 업이 죽고 ×는 T의 복수에 의해 모든 것을 잃는다. 조선에서의 1년은 일본에서 가져온 불의의 재산을 탕진하고 소모하는 시간으로 구성되는 것이다.

이상에게는 훈육적 육체 질서에 입각한 사회제도를 인정하는 동시에 그로부터 이탈할 수밖에 없는 현실적 조건, 소외에 대한 각인이 항시 존재한다. 그는 문명적인 존재인 동시에 문명에서 소외될 수밖에 없는 존재가 된다. 문명인 – 전염병자라는 괴물, 야만도 아니고 문명인도 아닌 경계에 낀 존재로서 그는 자신의 육체를 경계선상의 육체, 절름발이로 조직한다.[365] 메어리 셸리의 소설 <프랑켄슈타인>에서 인간에 의해 만들어진 괴물이 스스로 말을 배우고 매너를 배워 인간의 세계에 소속되려 하지만 그 외모의 흉측함으로 인해 끝끝내 배척당하고 복수의 결심을 품게 되는 것처럼 이상 역시 근대의 훈육을 받아들여 건축술을 배우고 축적과 노동의 윤리를 배우며 직업인이 되기도 하지만 전염병자이기에 끝끝내 일상적인 세계, 가정과 직장과 도시와 같은 세계에 받아들여지지 못하고 괴물이 되어 간다. 성천기행을 다룬 일련의 수필들에서 이러한 경계적 육체, 괴물로서의 절망을 엿볼 수 있다.

> 구리빛 살결을 한 남아처럼 뵈는 아해 두셋이 내가 누워 있는 곁에서 놀고 있는 것이다. 모색이 만토 모양으로 그들의 시체 같은 불결을 휩싸고 있다. 오호라. 아해들은 어떻게 놀아야 좋을지 모르는 모양이다. (중략) 이 아해들에게 가지고 놀 것을 주라. 비록 더러우나 그들의 신선한 손엔 아무것도 없다. 조그맣게 그리고 못 견디도록 슬픈 그들의 두뇌가 어떡하면 좋을까 하고 생각한다. 유희를 버린 아해란 것이 과연 있을 수 있는가, 하고.[366]

---

365) 이는 〈벽공무한〉에서 이효석이 세련된 매너를 가진 국제인의 질서에 속한 듯이 보이면서도 한편으로는 스스로를 쭉정이로 각인하는 혼종된 존재 천일마의 갈등을 이국여인과의 결합을 통해 손쉽게 봉합한 것과 유사하지만, 스스로의 괴물 의식을 견지함으로써 보다 근본적인 비판을 기획한다는 점에서 다르다고 볼 수 있다.

366) 이상,「이 아해들에게 장난감을 주라」, 전집 3, 117 – 119면.

한가로운 시골에서 이상은 더러운 남아 두셋이 어떻게 놀아야 좋을지 몰라 오락가락하는 모습을 지켜본다. 주변에는 학교도 없고 놀 수 있는 어떤 재료도 없기 때문에 그들은 어떻게도 놀 수 없다. 유희를 저버린 아이들, 즉 아이가 아닌 아이들만이 존재한다. 아이는 유희하는 존재이며 유희는 장난감과 같은 양육적 도구를 필요로 한다는 화자의 인식 속에서 단지 끝없이 넓은 들판과 초록일색인 농촌에 유희와 양육이란 존재하지 않는 것처럼 보인다. 아이들은 아우성을 지르기도 하고 시체인 양 포즈를 취하기도 한다. "이것도 유희인가. 이래도 재미있는가 – 이렇게 광적이고도 천격인 광경에 적이 눈시울을 적셨다."(118) 아이들이 하는 모든 행동은 훈육적 육체 질서 속에서 유희가 아니라 광기로 보일 따름이다. 화자는 아이들에게 유희를, 즉 양육을 주어야 한다고 외친다. "아해가 놀지 않는다는 현상은 병이 아니면 사망일 것이다. 아해는 쉴새 없이 유희한다. 그래서 놀지 않는다는 것은 전연 불가능한 일이다. 그러니 앞으로 이 아해들은 또 어떻게 놀 것인가. 나는 걱정하였다. 다음에서 그 다음으로 놀 수 있는 – 장난감 없이 – 그런 방법을 발견 못한 아해들은 결국 혹시 어른처럼 자살이나 하지 않을까 하고."(119) 근대 가정의 시간표 – 양육적 육체질서에서 벗어난 아이는 아이가 아니기에 소외된 어른이 될 수밖에 없고 소외된 어른이 할 수 있는 일이란 자살밖에 없다. 이상은 장난감 없는 아이들의 유희 아닌 유희에서 훈육적 육체 규율과 축적적 질서에서 이탈된 자신을 발견하는 것이다.

> 똥을 내질르는 것이었다. 나는 아연히 놀랐다. 이것도 소위 노는 것이랄 수 있을까. 또는 그들은 일시에 뒤가 마려웠던 것일까. 더러움에 대한 불쾌감이 나의 숨구멍을 막았다. 하늘만큼 귀중한 나의 머리가 뭔지 철저히 큰 둔기에 얻어맞고 터지는 줄 알았다. 그뿐인가. 또한가지 나를 아연케 한 것은 남아인 줄 알았었는데 뻔히 들여다보이는 생식기 – 아니 기실은 비뇨기이었을 줄이야. 어허 모조리 마이나스고 녀. (중략) 이 사마 불가사의한 주문 같은 유희는 이리하여 허다한 불결과 원한을 품고 대단원을 고하였다. 나는 이제 발광하거나 졸도할 수밖에 없다(119 – 120).

불결과 비양육과 권태를 집약한 아이들의 똥누기 놀이는 '나'의 절망과 혼절을 가져온다. 훈육적 육체 질서에 입각한 '나'의 눈에 아이들의 똥누기 놀이란 미친 짓으로밖에, 남아처럼 보이는 여아들이란 거짓으로밖에, 놀지 못하는 아이들이란 발광한 어른으로밖에 보이지 않는다. '불가사의한 주문 같은 유희'에 빠진 아이들은 훈육적 육체 질서에서 탈락해버린 이상에게만 발견된다. 그것을 발견한 경계인, 괴물인 '나'

는 '이제 발광하거나 졸도할 수밖에 없다'. 이 발광과 졸도는 자아를 감시자(문명, 정상)와 수인(야만, 광기)으로 분열시킨다. 그의 절뚝거림은 분열을 통해 지속된다.

(3) 감시와 역감시의 유희와 분리된 자아의 처벌 욕망

<휴업과 사정>은 "삼년전이 두 사람 사이에 들어앉아 있"는 분열된 존재로서의 보산과 SS의 감시 – 감금의 유희를 펼쳐 보이고 있다. '삼년전' 분열된 존재, 절뚝발이인 '보산'(시간착오성)과 'SS'(근대성)는 경계인의 혼성적인 육체를 대변하는 이름이다. "담 하나를 막아놓고 이편과 저편에서 인사도 없이 그날그날을 살아가는 보산과 SS 두 사람의 삶", 대칭점에 선 두 존재는 SS의 편이 '보산'의 편을 감시하는, 우월한 시선의 위치에 놓인다는 점으로 재편된다. SS의 방의 들창은 그 대칭점인 보산의 마당을 둘러싼 담의 꼭대기보다 '한자 가웃 더 높아서' 보산의 마당이 SS의 시선에 환히 노출되어 있다. 내막을 들여다보는 시선과 그 내막을 바라볼 수 없는, 시선의 차단막에 갇혀 있는 존재의 격리에는 지배와 우월 – 피지배와 열등의 관계가 형성되지 않을 수 없다.[367] 그 가운데 SS의 침뱉기라는 기괴한 행위가 반복된다.

> SS는 때때로 저의들창에매어달려서는 보산의마당의임의의한점에 춤을배앝는버릇을 한두번아니내애는 것을 보산은SS가들키는것을 본적도있고 못본적도있지만본적만쳐서 헤어도꽤많다. 어째서 남의집기지에다 대이고함부로 춤을 배앝느냐 대체생각이어떻게들어가야 남의집마당에다 대이고춤을 배앝고싶은 생각이 먹힐까를보산은 알아내기가 퍽어려워서어떤때에는 그럼내가 어디한번 저방저들창에가 매어달려볼까 그러면 끝끝내는 나도이마당에다대이고 춤을배앝고싶은생각이떠오르고야말것인가[368]

SS는 들창 위치의 우위, 시선의 우월함 속에서 항시 보산의 마당을 지켜보며 들창에 매달려 때때로 침을 뱉는다. 그런데 침을 뱉는 SS의 여유로움에 비해 보산은 그 침 뱉는 행동에 심한 불결과 분노를 느낀다. 그것은 자신의 공간을 침입당한 데 대한 불쾌함과 동일한 것으로, 내밀한 영역까지 감시당하는 데서 생겨나는 불쾌감이다. SS

---

367) 이경훈은 '보산'과 SS의 관계를 근대적 위생과 그 열패의 관계로 이해하는데, 이는 '침뱉기'를 위생적 과잉으로 해석하는 서술자 보산의 논리를 그대로 따르는 것이다. 그러나 보산이 시간 질서에서 위배된 존재라는 점, 감시의 대상이 된다는 점으로 볼 때 감시의 주체는 SS이며 보산은 그 감시의 대상, 우생학적 열패자로 이해되어야 한다. 이경훈, 「아스피린과 아달린」, 『이상문학전집』 5, 문학사상사, 2001, 166 – 181쪽 참고.

368) 이상, <휴업과 사정>, 전집 2, 149쪽.

의 침 뱉기란 시선의 우위, 감시의 폭력성을 환기시키는 행위이다.369) 보산은 비일상적 존재, 근대의 훈육적 시간 질서에서 이탈된 존재로 그려진다. "보산의 아침 기상 시간은 대개 오후에 들어가서야 있는데 그러면 아침이라고 할 수는 없지만" '아침오후' 두 시에 일어나는 게으른 존재이다. 그의 일상은 근대 자본주의 사회의 생산적인 시공간 질서와 무관하며 그렇기에 SS의 감시의 대상이 된다. "투스부러쉬를 입에 물고 뒤이지를 손아귀에 꽉 쥐이고 마당에 내려서면 보산은 위선 SS의 얼굴을 찾아보면 의례히 그 들창에서 눈에 띄는 법이었다. SS는 보산을 보자마자 기다렸다는 듯이 춤을 큼직하게 한입 뿌듯이 글어모아서 이쪽 보산의 졸음 든 얼깨인 얼굴로 머뭇거리는 근처를 겨냥대어서 한번에 배알는다."(150) 아침오후의 첫 일과로 보산이 양치질과 배변을 해결하려 마당으로 나서면 먼저 부딪히는 것이 SS의 조소 띤 눈길, 즉 감시의 시선이며 그 '얌전하게 떨어지는' 침이다. 직업이 없는 보산, 노동의 시간규율에서 이탈한 채 아침과 오후의 경계를 망각한 보산을 감시하는 것이 SS의 역할이다. 침 뱉기란 그 감시의 전면성을 드러내는 장치이며 격리된 존재에 대한 경멸을 드러내는 것이다. 보산이 SS의 침 뱉기에서 분노를 느끼는 것은 비위생적인 행위, 미관에 대한 심각한 침해라는 생각에 입각해 있다. 보산은 전염병균에 대한 근대인의 과도한 신경증으로 침 뱉기에서 위생적 불결성, 육체와 정신 모두에 해를 끼치는 불결함을 발견한다. 이 과도한 신경증은 폐병 요양소에 격리된 환자의 특징이기도 하다. 근대적 시간 훈육에서 일탈된 존재로 마당에 갇혀 아무것도 바라보지 못하는, 격리된 보산의 신경증적 위생관념에서 파악된 침의 불결성은 보산의 혼동된 관념, 비일상적 시간의식이 낳은 오해이다. 그는 어떠한 생산도 하지 않고 관계도 맺지 않고 노동도 하지 않는다. 불결한 존재로서 외출조차 하지(허락되지) 않고 정상에서 일탈된 생활을 하고 있는 것은 SS가 아니라 보산이다. SS는 불결한 침을 가진 존재도 아니며 일상적인 시간질서를 이탈한 사람도 아니다. 그에게는 육중한 체구가 있고 아내가 있고 딸도 있다. 하지만 보산은 그의 비일상적 시간관념과 폐병 환자와 같은 신경증에서 자신의 대칭점이며 감시의 시선인 SS에 대해 자신에게 행해야 할 우생학적 판단을 내린다. 즉 보산은 격리된 자신을 소외된 존재가 아니라 우월한 존재로 전도하는 욕망의 드

---

369) 이제까지 SS의 침뱉기는 각혈과 관련하여 불결성, 폐병의 확산이라는 문제로만 해석되어 왔다. 그러나 본고에서는 〈휴업과 사정〉의 보다 중요한 문제는 감시의 전면성, 격리의 전면성에 대한 각인에 있다고 보고 이를 '시선'의 의미로 해석하고자 한다.

라마를 펼쳐 보이는 것이다.

> 뚱뚱보SS의뇌는대단히나쁠것은정한이치다. 그렇지아니하고야 그런혹은이런추태를평연히 노출시키지는대개아니할것이니까. 보산은이렇게생각하며 못내그딸어린아이를불쌍히여기노라고 한참이나애를쓴이유는 어린아이도따라서뇌가나쁘리라 장래어린아이의시대가돌아왔을때에는 뇌가나쁜사람은 오늘의뇌가나쁜사람보다도훨씬더불행할것이틀림없을것이니까. (중략) 그러면SS에게 그렇지아니하면SS의부인에게 피임법에관한비결을몇가지만적어서보낼까 그렇게하자면 나는흥미도없는피임법에관한책을몇권은읽어야할터이니 그것도도무지귀찮은일이다그만두자(154 – 155).

문간에서 아내와 딸을 안고 있는 SS의 모습을 보며 보산은 SS의 뚱뚱함과 불결성이 곧 그의 두뇌의 나쁨을 증명하는 것이라고 생각한다. 그는 너무나 머리가 나빠서 침뱉는 행위의 불결함조차 이해하지 못한다는 것이다. 그는 건강한 생활인인 SS에게 두뇌의 열등함이라는 죄명을 씌우고 자살 아니면 피임을 권유한다. 이는 30년대를 풍미한 우생학의 논리를 반복하는 것이다. 사회가 건강한 육체 자질과 유전적 형질을 가진 개인의 노동에 의해 유지된다는 사유 속에서 건강한 형질의 유전에 기반을 둔 우생학적 육체 관리의 요구가 나타난다. 악질 유전성 질환의 소질을 가진 자의 증가를 막음과 동시에 건전한 소질을 가진 자의 증가를 도모하여 국민 소질의 향상을 기한다는 논리가 30년대를 거쳐 확산된다.[370] 이러한 우생학의 견해는 개화기 사회진화론의 연장선상에서 육체를 재편하는 논리로, 파시즘의 인종정치학과 연결된다.[371]

이상은 수필 <조춘점묘>에서 우생학에 입각한 사회 개량논리의 전면화에 대한 공포를 드러낸 바 있다.

> 進步된 人類優生學的 位置에서 보자면 가령 遺傳性이 확실히 있는 不治의 難病者 狂人 酒酊中毒者 所遺傳의 危險이 없더라도 接觸 혹은 공기傳染이 꼭 되는 惡疽의 有者 또 도무지 어떻게도 손을 대일 수 없는 절대걸인 등 다 자진해서 죽어야 하든지 그렇지 않으면 某種의 權力으로 一朝一夕에 깨끗이 掃蕩을 하든지 하는 게 옳을 것이다. (중략) 그러나 또 생각해 보면 걸인도 없고 병자도 없고 범죄인도 없고 하여간 오늘 우리 눈에 거슬리는 온갖 것이 다 깨끗이 없어져버린 타작마당 같은 말쑥한 세상은 만일 그런 것이 지상에 실현할 수 있다면 지상은 그야말로 심심하기 짝이 없는 권태 그것과 같은 세상일 것이다. 그러니까 자선가의 허영심도 채울 길이 없을 것이고 의사도 변호사도 아니 재판소도 온갖 것이 이래서야 참 정말 속수무책으로 바야흐로 할 일이 없어질 것이다. (중략) 그게 겁이 나서 그런지는 모르지만 천하의 어떤 우생학자도 초인법률초월론자도 행정가에게 대하여 정말 이 '살아있지 않

---

370) 조선 우생협회가 성립되고 「우생사상 보급의 필요」, ≪동아일보≫, 1935.1.26. 등 다수의 논의들이 전개된다.
371) 전복희, 『사회진화론과 국가사상』, 한울아카데미, 1996, 239 – 243면.

아도 좋을 인간들'의 일제한 학살을 제안하거나 요구치는 않나보다. 혹 요구된 일이 전대에 더러 있었는지는 모르지만 일찍이 한 번도 이런 대영단적 우생학을 실천한 행정가는 없는가 싶다. 없을 뿐만 아니라 나환자 구제금이니 빈민 구제기관이니 시료병실이니 해서 어쨌든 이네들의 생명에 대하여 아무런 위협도 가하지 않을 뿐 아니라 한편 그윽이 보호하는 기색이 또한 무르녹는다. (중략) 그러나 다음 순간 「나를 먹여살리는 내 바로 上部構造가 또 이렇게 만족해 하겠지」하고 소름이 연 짝 끼쳤다. 그때의 나는 틀림없이 어떤 점잖은 분들의 虛榮心과 生活原動力을 提供하기 위하여 꾸밀꾸밀 하는 '거지적 존재'구나, 눈의 불이 번쩍 나지 않을 수 없었다.[372]

이상은 먼저 근대 우생학자들의 시선을 과장하여, 그들이 부랑자, 거지, 전염병자, 죄인 등을 말살하거나 거세하기를 요구한다. 근대인은 왜 그런 사회적 부랑아들이 존재하는지에 대해 염증을 느끼고 그런 존재들이 차라리 말살된 사회를 꿈꾼다는 것이다. 하지만 한편 생각하면 그런 부랑적 존재가 없는 사회는 또한 속수무책으로 재미없는 세상이기에, 어떠한 우생학자나 '초인법률초월론자'도 그런 존재의 말살을 제안하지 않았다는 사실을 발견한다. 오히려 사회는 빈민구제기관이니 나환자 구제금이니 시료병실이니 해서 그러한 암적인 존재, 부랑과 괴물 혹은 죄인들을 먹여 살리다 못해 너무나 잘 보호하고 기르고 있다. 부랑을 소외시키는 동시에 부양하는 모순의 발견에서 이상은 그 이유가 무엇일까를 돌아본다. 사람들은 소외되는 부랑자들을 먹여 살림으로써 우월감을 맛보며 허영심을 만족시키고 있다. "그러면서 부절히 이 악저로 하여 고통과 위협을 느끼는 중에'네놈이 어디 나 같은 인간이 될 수 있나 해보아라' 하는 형언할 수 없는 무슨 투쟁심을 흉중에 축적시켜서는 '저게 겨울 내 안죽고 또 살앗'하는 의외에도 생활의 원동력을 흡취하자는 것일게다." 이상 자신 역시 그러한 허영심을 거지에게 동전을 던져 줌으로써 맛본 적이 있다. 하지만 다음 순간 자신의 상부구조에 해당하는 사람들에게서 자신 역시 그들의 허영심을 만족시키기 위해 꾸물 꾸물 기어 다니는 '거지적 존재'로 발견되는 것이 아닌가 하는 두려움이 생겨난다. 근대 도시의 위생학, 우생학의 시선 속에서 사회의 외부로 묶인 집단, 즉 부랑자와 광인, 죄인과 흉악한 얼굴을 가진 괴물의 존재를 발견하고 그들을 감금 소외시키는 동시에 그들에게 교화 동정의 시선을 베푸는 사람들의 모순된 심리를 들여다보고 스스로를 거지적 존재, 감시자의 시선 속에 타자로 포섭되어 있는 열패자, 소외자로 발견하면서 순간적 공포감이 형상화된다.

우생학적 열패자이면서도 우생학적 논리를 가장 적극적으로 체화한 존재, 이것이

---

372) 이상, 「조춘점묘」, 전집 3, 39 - 42면.

이상 자신이 투영된 <휴업과 사정> 속 보산의 모습이다. 우생학적으로 열등한 존재를 관리하는 감시적 시선의 논리를 보산은 그대로 따르고 있다. 그런데 그 우생학적 격리 – 감시의 대상이 되는 것은 정작 보산 자신이다. 침 뱉기를 둘러싼 위트와 역설은 우생학적 감시의 대상과 주체를 감추는 교묘한 전략을 보여 준다. 보산은 남들이 다 자는 밤에 홀로 깨어서 아무도 알아주지 않는 음양의 철학을 되뇌며 아무에게도 보여 주지 않는 훌륭한 시를 몇 편이나 쓴다. 하지만 그의 시는 세상 사람들이 "이해하여줄리가없는과대망상으로밖에는볼수없는것이었다."(155) 그의 생활 또는 관념은 지나치게 앞선 것이거나 지나치게 과거적인 것으로, 근대의 시간착오적인 상태에 놓여 있다. 근대의 축적적 시간질서에 대한 이탈이 그를 소외와 관리, 감시의 대상으로 만들지만 보산은 그것을 역전시켜 모든 일상적 존재를 관념적으로 비위생적인 우생학적 패배자로 만듦으로써 스스로를 시간을 앞서는 존재, 아무에게도 이해받지 못하는 천재라는 공상을 창출하는 것이다. 그런데 이러한 의식 전도는 지속되지는 않는다. 한밤중 SS의 너무나 고운 노랫소리를 들음으로써 그 관념적 우월의식은 의문에 봉착한다.

> SS도 음양의좋은이치를터득하였단말인가아니다. 그따위 뚱뚱보 SS의 나쁜뇌를가지고는도저히 그런 것을깨달아낼수가있다고는추측되지않는일이다. 저것은분명히 SS의 불섭생으로말미암아일어나는불면증이다. (중략) 뚱뚱보 SS의 나쁜뇌로서 저만치고운목소리를 자아낼만한훌륭한소질이어느구석에 박혀있었던가 그렇다면 뚱뚱보 SS는그다지업수이여길수는없는 뚱뚱보SS가아닐까(156 – 157).

한밤중에 들려오는 뚱뚱보 SS의 고운 노랫소리는 SS가 나쁜 뇌를 가졌기에 열패자라고 규정했던 보산의 인식에 균열을 가져온다. 그가 한밤중에 깨어 있다는 것은 불섭생으로 인한 불면증으로 치부한다 하더라도 그 고운 목소리의 소질은 무엇인가. 과연 나쁜 뇌를 가졌기에 쉽게 업신여길 수 있는 뚱뚱보 SS라는 규정을 지속할 수 있을까. SS의 고운 목소리에 대한 매혹, 그것은 보산에게 스스로를 우월자로 치부함으로써 그 가치를 인정하지 않으려 했던 근대적 일상에 대한 편입 욕망을 암시한다. 보산은 SS의 들창에 매달려 그 노랫소리에 귀를 기울이는 사이 갑자기 '아침아홉시'에 기상하는 이변을 낳는다. "시계가아홉시를가리키고있더라는우연한일이다."(158) 아침 아홉시에 기상한 보산은 자신이 퍽 일찍 일어났다는 사실에 부끄러움을 느끼기보다 '무어꺼리낌한일도없어서 퍽상쾌한 기분이다.' 그런데 이상한 일은 여전히 SS가 그 들창에 매달려서 그를 감시하고 있다는 것이다. "대체 SS가 이이른아침에웬일일까 SS는 이렇게일찍일어날수있는사람은 물론보산에게는 아니었고아침으로부터보산이 일어나서 처음 SS를 만나는시간까지 그동안SS는죽은사람이라고쳐도관계치않을것인데 인제보니 SS는있구나"(159) 보산은 자신이 잠들어 있는 시간에도 SS의 들창에서의 감시는 계속 된다는 사실, 감시자 SS는 늘 깨어 있다는 사실에서 새로운 놀람을 맛본다. 감시의 전면성에 대한 이해는 SS에 대한 두려움을 낳고 SS의 삶에 대한 질투를 가져온다.

> SS야나는너에게최후통첩을보낸다. 너같은사회적저능아를그대로두어서는 인류의해독이될것이니까 나 는너를내일아침 네가또그따위짓을개시하는것과동시에총살을하여버리리라 (중략) 보산은편지부터써서 이 번에는그런고생은안하리라하고 정신을차려썼다는 것이 겨우다음과같은것이었다. —『SS야 내가어떠한사 람인가 너의부인에게물어보아라 너의부인은조금도미인은아니다』— (중략) SS의집대문을가로질러매어진 새끼줄에는숯과붉은고추가매달려있었다. 이런세상에추태가어데있나SS는참으로이세상에서 제일가없은사 람이니까 나는SS에게절대행동을하는것만은 그만두겠다고난다음에는 보산은그대로대단히슬픈마음도있기 는있는것이다 하면서어슬렁어슬렁걸어서는간다는것이 와보니보산의마당이다(160 – 162).

보산은 SS의 우위를 인정하지 않고 전도된 공상을 버리지 않기 위해 SS의 감시의 시선에서 느끼는 공포감을 역전시켜 SS에 대한 총살의 계획을 세우고 그것을 알리는 편지를 쓰려 한다. 하지만 그 공상 속에서 SS는 여전히 당당하고 오히려 보산이 자신 의 아내에게 욕심을 품고 있다는 진실을 간파한다. 보산은 SS의 아내, 정상성의 질서 에 대한 욕망을 품고 있다. 보산이 정작 쓴 편지에는 SS의 아내에 대한, 그 '조금도 미인은 아닌' 아내에 대한 욕망만이 드러난다. 보산은 편지를 전하기 위해 SS의 집을 향하지만 대문에 붙은 출산의 표식에서 자신의 완연한 격리를 받아들이게 된다. 그는 우생학적 질서에 편입될 수 없으며 자식을 낳을 수 없는 존재로, 다시 자신의 마당, 감시와 소외, 격리의 공간으로 돌아가고 만다. 이처럼 <휴업과 사정>은 침 뱉기의 유희를 통해 전염병자의 육체를 둘러싼 감시와 교화의 시선과 그로부터의 탈주, 전도 의 욕망을 형상화한다. 정상적인 생활인, 근대의 훈육적 질서에 포섭될 수 없다는 절 망감이 침 뱉기와 감시의 시선을 둘러싼 분열된 자아를 낳는다. '라이온 치마분'과 칫솔을 들고 감시자의 시선에 불쾌함을 느끼며 변소 안에서 활개 치는 존재, 이것이 보산이며 이상 자신이고 근대의 경계인으로서 절뚝발이이다.

(4) 육체의 해체와 새로운 얼굴의 기획

<지도의 암실>은 보산-SS의 분열이 '책임의무선생리상'과 경박한 청년 'K'의 분열-교차로 재편된다. 리상-K의 분열은 일요일의 하루, 근대적 시간으로 조직된 일상과 여가의 맥락에서 출발한다.

> 옷도그는아니고 그의하는일이라고그는옷에대한귀찮은감정의버릇을늘하루의한번씩벗는것으로이렇지아니
> 하냐 (중략) 그가그의발간몸덩이를가지고다니는 무거운노역에서벗어나고싶어하는갈망이다 시계도치려거
> 든칠 것이다 하는마음보로는한시간만에세번을치고삼분이남은후에육심삼분만에쳐도너할대로내버려두어버
> 리는마음을먹어버리는관대한세월은 그에게 이때에시작된다.373)

그는 옷을 벗는 것으로 시간의 훈육, 생활의 의무로부터 벗어난다. 옷은 직업인, 생활인으로 조직된 육체를 대변한다. 시간은 무서운 힘으로 일상을 규정한다. 그는 일상의 의무에서 벗어나고 싶어 하며 "그의 발간 몸둥이를 가지고 다니는 무거운 노역에서 벗아나고 싶어하는 갈망"에서 의도적으로 '그에서 그의하는일을떼어던지는' '리상'으로 분열해 '시계도 치려거든 칠 것이다'라는 '너할대로 내버려두어 버리는 마음을 먹어버리는 관대한 세월'을 시작한다. 하지만 "카렌더의 붉은빛이 내어배었다고 그렇게카렌더를만든사람이나떼이고간사람이나가마련하여놓은 것을 그는위반할수가없다 (중략) 일요일의붉은빛은월요일의흰빛이 있을때에못쓰게된것이지만 지금은 가장쓰이는것이로구나"(166) 그는 방 안에서도 시계-감시의 시선을 피할 수가 없다. 일력으로 표시되는 휴일의 붉은빛과 생활의 흰빛은 같은 의무의 논리를 환기하기에 여가조차 의무로 채워진다. 사원의 종소리와 같은 감시의 소리는 끝없이 그를 뒤쫓는다. "그는고독하였다 세상어느틈사구니에서라도 그와관계없이나마 세상에관계없는짓을하는이가있어서 자꾸만자꾸만 의미없는 일을하고있어주었으면그는생각아니할수는없었다."(168) 휴일조차 의미로 채워지고 시간의 율법이 옷으로 육체를 규제하는 공간에서 그는 '세상에 관계없는 짓', '의미없는 일'을 꿈꾼다.

> 그때에그의잔등외투속에서
> 양복저고리가하나떨어졌다 동시에그의눈도 그의입도 그의염통도 그의뇌수도 그의손가락도 외투도 자

---

373) 이상, <지도의 암실>, 전집 2, 164면.

암뱅이도모두어얼려떨어졌다 남은것이라고는 단추 넥타이 한리틀의탄산와사부스러기였다. 그러면그곳에
서있는것은 무엇이었더냐하여도 위치뿐인폐허에지나지않는다(176).

　의미 없는 일, 세상과 관계없는 육체로 편입되고자 하는 욕망은 옷을 벗는 행위에
서 나아가 모든 육체 기관의 해체로 이어진다. 옷이 떨어져 내리자 모든 육체의 부위
가 기계처럼 부서진다. 남은 것은 단추와 넥타이 그리고 탄소로 구성된 육체의 폐허
된 재료(물질)뿐이다. 의도적으로 책임과 의무에서 도피하려 했지만 끝없는 정오의 사
이렌, 사원의 종소리에서 감시의 시선을 벗어날 수 없었던 그는 인조화된 육체를 획
득하고 그 인조 육체의 해체로서 죽음을 유희한다. 일상의 훈육적 시간은 기계처럼
분절된 육체와, 권력이 새겨진 안면(표정)을 만든다. 들뢰즈에 따르면 얼굴은 머리를
덮고 있는 구조화된 공간적 구성374)으로, 근대인의 표정은 모두 그 옷과 같이 생산과
소비의 권력으로 구획되어 있다. 인간의 얼굴은 모두 마네킹처럼 굳어 있는데 이상은
그러한 자신의 얼굴을 의도적으로 해체함으로써 새로운 얼굴의 지도를 그리고자 한
다.375) 근대적 생산기구의 훈육이 만들어 낸 기계적 육체는 해체됨으로써 의미 없는,
세상과 관계없는 육체로 재편될 수 있다. 거세되고 절단된 육체, 각기 기능으로 해체
되어 의지가 작동하지 않는 인조 육체의 모형을 통해 그는 이광수가 그려 낸, 기계처
럼 작동되고 교정되는 근대 훈육적 육체를 해체하고 부정적으로 재구성하는 것이다.

　　두루마기 아궁탱이 속에서 바르손이 왼손을 아구에 꼭-쥐고 땀을 흘리고 있습니다. 내 마음이 허공
에 있거나 물 속으로 가라앉았을 동안에도 육신은 육신끼리의 사랑을 잊어버리거나 게을리 하지는 않
는가 봅니다. 머리카락은 모자 속에서 헐크러진 채 끽소리가 없습니다. 어떻게 생각하면 이 가난한 모체를
의지하고 저러고 지내는 그 각 부분들이 무한히 측은한 것도 같습니다. 땅으로 치면 土薄한 불모지 세
음일 게니까-눈도 퀭하니 힘이 없고 귀도 먼지가 잔뜩 앉아서 주접이 들었습니다. 목에서는 소리가 제
대로 나기는 나지만 낡은 풍금처럼 다 윤택이 없습니다. 콧속도 그저늘 도배한 것 낡은 것 모양으로 구
중중합니다. 이십여년이나 하나를 믿고 다소곳이 따라 지내온 그네들이 여간 가엾고 또 끔찍한 것이 아
닙니다. 이런 그윽한 충성을 지금 그냥 없이하고 모체 나는 망하려 드는 것입니다.376)

　수필 <슬픈 이야기-어느 두 주일동안>에서 '나'는 자살하기 위해 찾아온 '낯선
풍경' 앞에서 바깥의 어두움과 함께 육체의 분할을 인식한다. 육체는 기능으로 분할

---

374) 들뢰즈, 『감각의 논리』, 하태환 역, 민음사, 1995, 38면.
375) 이상은 시 <自像>에서 얼굴을 '어느 나라의 지도'로 비유하고 있다.
376) 이상, 「슬픈 이야기-어느 두 주일 동안」, 전집 3, 61-62면.

되지만 모체 '나'와 달리 자율적으로 살아가고 있다. 눈, 코, 귀, 입, 목, 손, 발 등 각각의 기관들이 '모체'인 나의 '망하려 드는' 행위 – 심사를 '무던히 짐작'하면서 '서로서로 쳐다보기도 하고 서로 의지하기도 하면서' 미래를 기다리고 있다. 기관들은 독립적 개체처럼 각자의 입장을 가지고 각각의 기능에서 이미 낡고 주접 들고 늙어 버린 채 그러면서도 모체의 심사와는 다르게 불안해하면서 모체의 자살을 기다린다. 이러한 기관으로 분절된 육체는 기계화된 육체 이미지를 환기시킨다. 기능을 수행함으로써만 의미를 갖는 육체, 이는 훈육적 육체가 이상화하는 노동자의 이미지이다. 기능으로만 존재하기에 기능이 낡은 순간 폐기되는 육체 – 기계가 곧 이상이 발견하는 자아의 형상이다. 그러나 이 기관들과 다른 자리에 모체 '나'를 편재함으로써 이상은 '기관 없는 육체'[377]의 구도를 나타낸다. 그것은 구조화된 공간으로 굳어진 육체에서 벗어나 원래의 형상, 형상의 재료로서의 육체를 그리는 것이 된다. 이상은 시 <자화상>에서 자신의 얼굴을 '도무지 어느나라인지 분간할 수 없는' 공간으로 그리는 가운데 "여기는 폐허다"라고 단적으로 규정한다. 그는 얼굴을 구성하는 코, 동공, 귀, 수염, 입 등을 낯선 이미지로 해체하면서 모든 구조화된 의미, 굳어진 유기체로서의 의미를 깨뜨리고 얼굴을 '폐허'로 구현하는 것이다. 이러한 의도적인 불모성의 기획은 육체를 절단된 이미지로 표현함으로써 축적으로 구축되는 일관된 표정, 훈육적 육체의 논리를 배척하는 것으로 나타난다. 기능으로만 존재하기에 기능이 낡은 순간 폐기되는 육체 – 기계가 곧 이상이 발견하는 자아의 형상이다. 육체 – 기계와 육체 – 괴물 사이에는 그다지 큰 변화가 없는 것이다.

> 나는 팔짱을 끼고 오랫동안 잊어버렸던 우두 자국을 만져보았습니다. 우리 어머니도 우리 아버지도 다 얽으셨습니다. 그분들은 다 마음이 착하십니다. 우리 아버지는 손톱이 일곱밖에 없습니다. 궁내부 활판소에 다니실 적에 손가락 셋을 두 번에 잘리우셨습니다. 우리 어머니는 생일도 이름도 모르십니다. 맨 처음부터 친정이 없는 까닭입니다. 나는 그분들께 돈을 갖다 드린 일도 없고 엿을 사다드린 일도 없고 또 한번도 절을 해 본 일도 없습니다. (중략) 그렇건만 나는 돈을 벌 줄 모릅니다. 어떻게 하면 돈을 버나요 못 법니다. 못 법니다(63 – 64).

자살 충동과 해체되는 육체의 문제를 집약하고 있는 수필 <슬픈 이야기>에서 화

---

377) 기관 없는 육체는 현실태가 아니며 미래의 가능태가 아니라 '잠재태'이다. 즉 그것은 현실의 이면에 존재하며 현실의 육체 질서로부터 탈주하여 욕망의 재배치를 통해 만들어지는 형상이다. 이진경, 『노마디즘』, 휴머니스트, 2002, 429 – 432면 참조.

자의 상념은 부모님의 얼굴, 자신의 출신적 천박성과 열패성에 대한 인식으로 이어진다. 부모님과 같은 나의 육체의 기원은 '오랫동안 잊어버렸던 우두 자국'으로 환기되는, 얽어 버린 얼굴, 손톱이 일곱밖에 없는 손, 생일도 이름도 모르는 어머니의 초라함이나 상처의 흔적으로 나의 현재 얼굴을 열패자의 풍경으로 만들고 있다. 나의 죄의식과 자살 충동의 근원에는 근대 사회의 정상적인 얼굴, 훈육적인 육체 기능으로부터 소외된 무력감이 자리하고 있다. 즉 '돈을 못번다'는 것이 무력감의 근거이다. 이 무력감이 단지 자신만의 문제가 아닌 것은 부모님을 떠올릴 때 느끼는 열패감에서 알 수 있다. 부친 역시 활판소에서 손가락을 잘린 불구자이고 그 모친은 외가조차 갖지 못한 고아이며 이름도 모르는 존재, 부랑이다. 그는 불구와 부랑의 결합으로부터 태어난 자식인 것이다. 불구와 부랑이라는 우생학적으로 소외되어야 할 존재가 양육한 자식이기에 그는 훈육적인 어떠한 기능도 하지 못한다. 불구와 부랑이 그에게 경제화를 사 주거나 월사금을 주더라도 그는 그것을 소비해 버릴 따름이다. 가정의 양육을 받지 못한 존재이기에 그는 돈을 벌어 부모를 부양해야 할 책임이 없다. 하지만 그는 돈을 벌어야 한다. 이미 낡아 버린 기능을 가진 각 육체 부분들을 가지고 돈을 벌어야 하지만 그 낡아 버린 육체 기관들은 주접을 떨 뿐 돈을 벌 수는 없다.

이러한 절망에서 그는 모든 관계에서 이탈한다. "동무도 없어졌습니다. 내게는 어른도 없습니다. 버릇도 없습니다. 뚝심도 없습니다. 손이 내 뺨을 만집니다. 남의 손 같이 차디차구나 - (중략) 어느 날이고 밤 깊이 너이들이 잠든 틈을 타서 살짝 망하리라 그 생각이 하나 적혀 있을 뿐입니다. 우리 어머니 아버지께는 고하지 않고 우리 친구들께는 전화 걸지 않고 - 기아하듯이 망하렵니다."(64) 동무도 어른도 버릇도 뚝심도 없는 존재, 즉 근대인의 모든 훈육적 질서를 벗어난 그이기에 그에게 기능을 가진 육체란 각각 타인처럼 속여야 할 이방의 대상이 되어 버린다. 이미 낡아 버린 부분적 육체들이기에, 타인처럼 낯선 육체이기에 그는 부모와 친구들에게 자살 결심을 말하지 않듯 낡아 버린 손과 발이 잠든 틈을 타서 살짝 죽어 버리겠다고 말한다. 하지만 이러한 결심의 토로란 결국 환상의 놀음일 수밖에 없다. 손의 도움을 받지 않은 자살이란 실행 불가능하기 때문이다. 손이나 발이 잠든 틈을 탄 자살이란 공상만 가능할 뿐 실행은 불가능한, 그렇기 때문에 위장된 비밀이 된다. 그래서 그는 동반자살할 여인이 없이는 혼자서 죽음을 결행할 수조차 없다. "과연 지금 나로서는 혼자 내 한 명을 끊을 만한 자신이 없습니다. 수양이 못 되었습니다. 그러나 힘써 얻어보오리다.”(68) 여인이 동반자살의 약속을 깬 순간 나의 자살도 결행이 불가능해진다. 나는 이미 행동을 상실한 관념만의 존재이기에 동반할 어떤 존재가 없으면 내 손으로 목숨을 끊을 수 없는 상태이다. 수양이란 나의 육체 부분들을 설득하는 것이 된다. 손과 발이 나의 관념을 따르지 않을 경우 나는 죽을 수 없기 때문이다. 육체의 기능적 분할이란 이처럼 정신과도 분할된 독립된 기능단위 – 인공적 육체의 인식을 가져온다. 그는 삶에 대한 욕망이 아니라 죽음에 대한 욕망을 통해 손과 발 등의 육체를 기능적으로 재배치함으로써 근대에 의해 부랑과 불구로 배척된 현실에 대한 이탈을 시도한다. 하지만 이 인공물의 육체는 삶에 대한 낡은 명령어를 수행하고 있을 뿐이므로 관념 속에서 내가 아무리 죽음을 시도해도 그들은 기다리고 있을 따름이다.

이상에게 훈육적 육체 질서에서 이탈된 괴물 의식은 <12월 12일>에서 보듯 사지 절단과 거세의 등가성 속에 묘사된다.

> 미래의 끝남은 면도칼을 쥔채 잘려 떨어진 나의 팔에 있다 이것은 시작됨인 '미래의 끝남'이다 과거의 시작됨은 잘라 버려진 나의 손톱의 발아에 있다 이것은 끝남인 '과거의 시작됨'이다.378)

<작품 제 삼번>에서는 손과 손톱의 특징에 주목하여 생산을 역전한 육체 – 소모의 상상력을 펼친다. 면도칼을 쥔 채 잘려 나간 '나'의 팔은 '미래의 끝남'이 된다. 그것은 노동하는 육체, 생산하는 육체의 끝장을 의미하기 때문이다. 이광수에게서 보듯 '손'이 생산하는 인간, 훈육적 육체의 상징이라 할 때 그 손이 절단되기에 축적을 바탕으로 한 미래는 생겨나지 않는다. 그렇기 때문에 '나'에게 현재란 곧 '과거의 시작됨'이다. '나'의 시간은 이제 거꾸로 흘러가는 것 혹은 생산된 것을 의도적으로 소모하는 것이 된다. 손톱은 끝없이 잘려 나가야 한다(혹은 수염이나 머리칼도 마찬가지이다). 잘려 나간 손톱의 발아는 시간의 역전, 과거의 시작됨이 된다. 현재가 미래의 시작이 아니고 과거의 끝남이 아니라 역설적으로 미래의 끝남, 과거의 시작됨으로 재편되는 것이다. 축적되는 시간의 논리를 알지만 아무것도 생산하지 못하기에 삶은 축적을 역전시키는 것, 즉 '소모'의 논리로 발견되고 서술된다. 이러한 소모의 논리를 대변하는 것이 <지주회시>에 나타나는 '거미'의 상징이다.379)

---

378) 이상, 「작품 제 삼번」, 전집 3, 323면.

379) 기존의 연구에서 '거미'와 '양돼지' 등은 화폐에 입각한 착취 – 사육 관계를 보여 주는 알레고리로 해석되는 가운데 이상의 속악한 근대성에 대한 비판, 의도적인 유아의 위장으로 해석되어 왔다(오생근, 동물의 이미지를 통한 이상의

2) 양육 - 교화의 재배치와 소모적 육체의 조직

(1) 〈지주회시〉 속 '방'으로의 유폐와 감산의 삶

근대의 반복되는 생산, 소비 논리 속에 굳어진 안면성, 구조화된 육체로부터의 이탈 시도는 일상적 삶을 감산하는 것, 즉 갇힌 공간에서 일력을 찢는 것으로만 이루어지는 의도적인 소모로 조직함으로써 훈육적 육체 질서의 축적적 논리를 이탈한 마이너스적 시공간을 형상화한다.

> 나의 생활은 나의 생활에서 1을 뺀 것이다.
> 나는 회중전등을 켠다.
> 나의 생활은 1을 뺀 나의 생활에서 다시 하나 1을 뺀다.
> 나는 회중전등을 끈다.
> 감산이 회복된다 - 그러나 나는 그것 때문에 또다른 하나의 생활을 잃어버린다.[380]

수필 〈나〉에서 '나'의 생활은 '축적'이 아니라 '감산'으로 이루어진다. 즉 '나'는 근대의 반복된 일상을, 정해진 수명에서 하루씩을 경감하는 것으로 계산한다.[381] 시간에 대한 계산가능성, 즉 시간표 양육적 감각은 축적 대신 의도적 감산으로 조직된다. 그것은 훈육적 시간을 알기 때문에 생기는 마이너스 훈육적 시간이 되는 것이다. '나'에게 일상, '회중전등'은 그 꺼지고 켜짐을 반복하지만 의도적으로 조직된 마이너스의 훈육적 시간을 살기에 '나'의 삶은 비대칭적인 것, 불균형의 것이 된다. 삶을 살지 못하는 순간 '나'는 죽어야 하지만 '나'는 죽는 대신에 '또다른 하나의 생활을 잃어버'릴 뿐이다. 자살하지도 않고 생산하지도 않는 삶, 살지도 죽지도 않은 '박제된 삶'을 살기에 나는 절름발이 - 괴물이고, 마이너스 훈육의 위험한 육체가 된다. 축적이 아닌

상상적 세계」, 『이상문학전집』4 / 신범순, 「이상 문학에 있어서의 분열증적 욕망과 우화」, 『국어국문학』103, 1990.5). 본고는 이러한 논의에 동의하는 가운데 특히 '거미'라는 알레고리에 덧붙여지는 새로운 가능성, 즉 소비와 다른 소모의 논리를 통한 근대의 탈주가능성을 논의하고자 한다.

380) 이상, 「나」, 전집 3, 344면.

381) 본고에서는 〈나〉의 문맥 내에서만 해석하여 '1'을 찢겨 나가는 달력의 한 장, 즉 하루로 파악하지만 이상 시 전반을 고려할 때 아라비아 숫자 1은 0과 대비되어 완전성의 알레고리로 해석가능하다. 이 경우 1을 뺀 '나의 생활'이란 폐허, 불모성만을 갖는 것, 죽음 그 자체로 단지 반복될 뿐 아무것도 의미를 낳지 못하는 근대의 일상을 의미하는 것으로 전면화할 수 있을 것이다.

소모로 일상의 반복을 형상화하는 금홍 3부작과 같은 작품을 통해 경계인의 혼성적인 육체는 거미 이미지로 전화한다. <지주회시>로 출발하는 금홍 3부작에서 소모는 소비와 대비되어, 의도적인 부랑(불구)과 감산으로 육체를 조직하는 가운데 경계성의 육체, 근대의 괴물이 나타내는 일탈의 유희를 펼친다.

<지주회시>에서 '나'는 '공연히 내일 일'을 걱정하지 않고 그저 '하루치씩만 잔뜩' 산다. 이는 미래가 없는 상태, 단지 그날그날 '오늘'만을 영위하는 상태이다.

> 오늘다음에오늘이있는 것. 내일조금전에오늘이있는것. 이런것은영따지지않기로하고 그저 얼마든지 오늘 오늘 오늘 오늘 헐일없이눈가린마차말의동강난시야다. (중략) — 그저한없이게으른것 — 사람노릇을하는게대체어디얼마나기껏게으를수있나좀해보자 — 게으르자 — 그저한없이게으르자 — 시끄러워도그저모른체하고게으르기만하면다된다.382)

아내와 '나'는 대화도 없고 왜 같이 살게 되었는지 기억도 없이 함께 살아간다. '오늘 오늘 오늘'만이 있을 뿐이며 내일은 의식되지 않는다. 화자의 삶은 의도적인 시간 거부로 집약된다. '나'는 훈육적 육체 질서가 강요하는 축적의 논리, 근면의 윤리를 의도적으로 거부함으로써 게으름을 실험한다. "사람 노릇을 하는 게 대체 어디 얼마나 기껏 게으를 수 있나 좀 해보자 — 게으르자"라는 것이 실험의 내용이 된다. 이 게으름의 실험을 위해서는 그를 살지도 죽지도 않은 상태에 머무르게 할 '방'과 '아무런 의미 없이 흘러가는 시간'이 필요하다. 즉 그는 방 속에 유폐된 채 한없이 게으르기 위해 매일매일을 살아가며 그것을 '사람 노릇을 하는' 것이라고 정의한다. 근대적인 일상의 근면한 삶, 계산되고 축적되는 시공간에 대한 의도적 부정에서 '거미'의 상징이 등장한다. '나'는 의도적인 게으름을 통해 자신을 방 속에 유폐시킴으로써 여윔이라는 전략적 육체(의도적 부랑)를 구사한다. '나'는 아무것도 생산하지 않기에 여위는데, 이러한 '나'의 여윔은 A 취인점에 근무하며 '술 — 그림 색' 때문에 여위어 가는 친구 '오(吳)'를 발견함으로써 그 차이가 그려진다. '오'가 '소비'(consumption)에 의한 여윔을 구사한다면 '나'는 소비가 아니라 '소모'(exhaustion)에 의해 여위는 것이다.383)

---

382) 이상, 〈지주회시〉, 전집 2, 297면.

383) 기존의 연구에서는 자본주의 사회의 타락한 소비와 다른 거미의 상징이 가진 의미 연관성을 해명하지 못하고 소비와 소모의 변별점에 대해 해명하지 못한다. 대표적으로 송민호, 「이상 문학에 나타난 화폐와 글쓰기의 상관성 연구」, 서울대 석사, 2002와 이경훈, 앞의 책/ 박선영, 앞의 글 등이 그러하다.

공기?사나운공기리라. 살을저미는 - 과연보통공기가아니었다. 눈에핏줄 - 새빨갛게달은전화 - 그의허섭
수록한몸은금시에타죽을것같았다. 오는어느회전의자에병마개모양으로명쳐있었다. 꿈과같은일이다. 오는장
부를뒤져주소씨명을차곡차곡써내려가면서미남자인채로생동생동(살고)있었다. (중략) 그러나오는여위지않
고는배기기어려웠던가싶다. 술 - 그럼 색? (299 - 300)

'오'는 A 취인점 조사부의 방 하나를 독차지하고 '방사벽에는가는빈틈없이방면지에
그린그림아닌그림을발라'놓고 안락의자에 '병마개모양으로' 묶여 눈에 핏줄을 올리고
새빨갛게 단 듯한 전화를 받으며 '미남자'로 살고 있다. 의도적으로 생활을 거부하고
게으름을 통해 생산을 거부하는 '나'의 '닫힌' 삶과 정반대로 그는 '완전히 자신을 활
활열어젖혀놓은모양'으로 산다. 그런데 '오'는 자신을 열었기 때문에 오히려 '여위지
않고는 배기기 어려웠던' 모양이다. '오'가 여원 것에 '나'는 술 또는 색의 이유를 찾
는다. 즉 '오'는 과잉된 생산과 그것을 똑같이 소비해야 하는 끝없는 과정 속에서 야
위어 가고 있다. 생산과 소비는 합리적 균형을 추구해야 하는 것이기에 어디에선가
과잉된 생산이 존재한다면 그것을 소비 탕진하기 위한 과잉된 소비가 필요하다. 내가
의도적인 게으름을 통해 자신을 방 속에 유폐시킴으로써 여윔이라는 전략적 육체를
구사한다면 '오'는 취인점에서 도박(주식)이라는 형태로 자본을 생산 또는 소비(술 또
는 색의 소비)하기에, 자본의 무한 교환과 숫자의 어지러운 횡행 속에서 역시 여위어
간다. 즉 화자가 유폐된 공간, 감산의 시간을 살아가는 육체의 소모자라면 미남이며
활동적인 오는 자본주의 사회에서 생산을 지속시키기 위해 소비를 지속해야 하는,
'술 - 그럼 색'의 육체 소비자로서 존재하는 것이다.

두루마기처럼기다란 털외투 - 기름바른머리 - 금시계 - 보석박힌넥타이핀 - 이런모든오의차림이한없이
그의눈에거슬렸다. 어쩌다가저지경이되었을까. 아니, 내야말로어쩌다가이모양이되었을까. (돈이었다)사람을
속였단다. 다털어먹은후에는볼품좋게여비를주어서쫓는것이었다. 삼십까지백만원. 주체할수없이달라붙는계
집. 자네도공연히꾸물꾸물하지말고 청춘을이렇게대우하라는것이었다(302).

'오'의 소비는 털외투와 금시계, 보석 박힌 넥타이핀 같은 치장, 패션의 화려함과
'주체할 수 없이 달라붙는 계집'과의 애욕 탕진 가운데 사기 행각처럼 그려진다. 돈
때문에 타락하는 '오'의 육체는 '삼십까지 백만원'이라는 거창한 계획과 화려한 현재
속에서 '나'의 우위에 선다. 그렇기에 '오'는 "피곤하지않는오의몸이아마금강력과함께
- 필연 - 무슨도고도를통하였나보다"고 나의 눈에 비춰진다. 그는 소비로 여위기는 할

지언정 피곤을 모른다. 내가 '나날이 축가는몸을다스릴수 없었'던 반면 '오'는 돈과 함께 나날이 화려해진다. '나'에게는 현재만이 존재하지만 '오'는 삼십까지 백만원이라는 미래가 현재의 탕진과 함께 있는 것이다. '나'는 친구 '오'처럼 소비할 수 있는, 교환할 수 있는 아무것도 가지지 못한다. '오'의 소비와 다른 '나'의 소모를 깨달을 때, 그는 자신을 거미로 자각하게 된다.

> 오냐 왜그러니 나는거미다. 연필처럼야위어가는 것 – 피가지나가지않는혈관 – 생각하지않고도없어지지않는머리 – 칵막힌머리 – 코없는생각 – 거미거미속에서 안나오는 것 – 내다보지않는 것 – 취하는 것 – 정신없는 것 – 방 – 버선처럼생긴방이었다(300).

거미이기 때문에 '나'는 피가 나지 않는 혈관, 생각하지 않고도 없어지지 않는 머리, 내다보지 않고 취하고 정신없는 방과 같은 존재가 된다. 즉 '나'는 아무것도 생산하지 않고 방 안에서 거미처럼 생각 없고 활기(피) 없고 생명 없는 채, 인간=생산력을 거부하며 살아가는 부랑자이다. 방만을 점유하는 은폐된 존재이기에 '거미'가 된다.

> 내가거미다. 비린내나는입이다. 아니 아내는그럼그에게서아무것도안빨아먹느냐. 보렴 – 이파랗게질린수염자국 – 퀭한눈 – 늘씬하게만연되나마나하는형영없는영양을 – 보아라. 아내가아내다. 아내아닐수있으랴. 거미와거미거미와거미냐. 서로빨아먹느냐. 어디로가나. 마주야웨는까닭은무엇인가(301).

하지만 나는 거미이기에 또한 아내를 여위게 하는 존재이기도 하다. 나의 소모는 동시에 아내의 소모를 가져온다. 아내의 야위어 감을 보면서 '나'는 그 아내를 착취했던 것이 바로 '나'임을 폭로한다. '나'는 '비린내 나는 입'이다. 그런데 문제는 아내 역시 '나'를 빨아먹는 것처럼 보인다는 사실이다. '나' 역시 야위어 있기 때문이다. '파랗게 질린 수염자국, 퀭한 눈, 형영 없는 영양'이 '나' 역시 거미에게 빨리고 있음을 증거 한다. 그렇다면 아내와 '나'의 관계는 서로 빨아먹는, 마주 야위어 가는 거미와 거미의 관계, 살육관계가 되고 만다. 돈을 버는 아내와 방 안에만 갇혀 있는 내가 동시에 야위는 이유는 무엇인가. 아내와 '나' 사이에 '방'과 '밤'만이 존재하기 때문이다. '거미'로서의 '나'는 밤과 방과 발열 또는 각혈의 이미지 속에 묘사된다.[384]

---

384) 이상의 시 〈아침〉은 밤과 방, 각혈의 연관성을 보여 주는 시로, 〈지주회시〉의 해명에 도움을 줄 수 있다.

밟히는아내는삼경이면쥐소리를지르며찌그러지곤한다. 내일아침에퍼지는염낭처럼. 그러나아주끼리같은
사치한꽃이핀다. 방은밤마다홍수가나고 이튿날이면쓰레기가한삼태기씩이나났고 - 아내는이묵직한쓰레기
를담아가지고늦은아침 - 오후네시 - 뜰로내려가서그도代理하여두사람치의해를보고들어온다. 금긋듯이아내
는작들어갔다. 쇠와같이독한꽃 - 독한거미 - 문을닫자. 생명에뚜껑을덮었고 사람과사람이사귀는버릇을
닫았고 그자신을닫았다. 온갖벗에서 - 온갖관계에서 - 온갖희망에서 - 온갖慾에서 - 그리고온갖욕에서 - 다
만방안에서만그는활발하게발광할수있었다. 미역할듯할수도있었다. 전등은그런숨결때문에곧잘꺼졌다. 밤
마다이방은고달팠고 뒤집어엎었고 방안은기어병들어가면서도빠득빠득버티고 있다(301 - 302).

'나'와 아내의 방에서는 밤마다 홍수가 나고 이튿날이면 쓰레기가 한 삼태기씩이나
나고 아내가 이 묵직한 쓰레기를 버리고 홀로 태양을 보며 '나'는 방 속에 갇혀 있는
동시에 생명과 교제를 끊어 버리고 자신을 유폐시킨다. 온갖 관계와 희망, 욕망과 생
활을 닫고 '나'는 오직 방 안에서만 활발하게 발광할 수 있다. 그 발광은 곧 아내의
찌그러짐, 아침이면 펼쳐질 찌그러짐이 된다. '나'는 밤에 아내를 빨아먹고 있다. 이
것이 곧 발열의 순간, 각혈의 순간에 대한 묘사임은 '홍수', '사치한 꽃', '쓰레기'라
는 단어를 통해 유추할 수 있다. '나'는 밤마다 각혈을 하고 아내는 그 각혈의 홍수
를 처리하면서 매일 조금씩 쇠잔해 간다. 그런데 아내는 밤이면 찌그러졌다가 '내일
아침에 퍼지는 염낭처럼' 다시 살아난다. 즉 아내는 마르기는 하되 결코 나처럼 방
속에만 유폐된 존재가 아니다. 내가 거미 - 방 속에 존재하는 이유는 전염병자이기 때
문이다. 내가 아니라 아내가 방에서 나가 햇빛을 보고 돈을 벌어야 하는 이유도, 내
가 사무실의 열기 속에서 숨 막혀 하는 것도, 내가 거미인 이유도, 거미이면서도 끝없
이 야윌 수밖에 없는 이유도 모두 소모성의 각혈 때문이다. 그렇다면 아내는 왜 끝없이
각혈하고 야위고 소모할 수밖에 없는 '나'를 스스로 말라 가면서까지 먹여 살리는가.

'나'는 아내와 다른 점을 조금도 찾을 수 없으면서도 '금알났는게사니'처럼 '하릴없
는 양돼지' 마유미를 만남으로써 그 의문에 대한 답을 발견한다. 마유미는 현재 '오'
가 착취하는 여급이다. '오'는 그에게 금시계, 보석 털외투를 사 준 다음에 그것과 마
유미의 일급까지 끌어다 도박을 한다. '오'의 소비는 생산도 소모도 없는 무한 반복
으로 채워진다. 이런 관계에서라면 '오'가 살찌고 마유미가 야위어야 한다. 그런데
'오'와 마유미의 관계는 그 반대가 되어 있다. 양돼지 마유미가 스스로 거미적 존재
'오'를 기르고 있기 때문이다. 즉 '오'를 과잉 소비하게 만드는 과잉 생산이 마유미의
양돼지 같은 육체에 존재하고 있는 것이다.

> 좀타일러주세요 – 어림없이그리지말라구요 – 이마유미는속는게아니라구요 – 제가이러는게그야좀반허긴
> 반했지만 – 선생님은아시지요(알고말고)으쨌든그따위꼬나풀이한마리있어야십니다.(뭐?뭐?)생각해보세요 –
> 그래하룻밤에삼사원씩벌어야뭣에다쓰느냐 말이에요 (중략) 그러니까저를빨아먹는거미를제손으로기르는세
> 음이지요.그렇지만또이허전한것을저꼬나풀이다수긋이채워주거니하면아까운생각은커녕즈이가되려거민가싶
> 습니다(307 – 308).

마유미의 고백에 따르면 '오'는 자신(자신의 돈)을 빨아먹고 있으나 마유미 스스로 기르는 거미에 불과하다. 지나치게 많은 돈(생산)의 소비를 위해, 그 '허전한 것을' 채우기 위해 길러지는 것이 경박한 모던 보이 '오'이다. '오'는 마유미에 의해 허전함을 달래는 존재로 길러지므로 실상 거미는 '오'가 아니라 마유미가 된다. 양돼지 – 거미의 관계는 간단히 역전된다. 노동에 의한 축적이 없는 자본으로 구축되기에 양돼지 마유미(여급)나 거미 오(도박꾼)는 같은 소비의 축을 형성한다. 문제는 무엇을 생산으로, 무엇을 소비로 볼 것인가가 분명치 않다는 데 있다. '오'가 근무하는 주식 취인점에서는 복잡하게 얽혀 있는 숫자 이외에 도대체 무엇을 생산하는가. 마유미가 근무하는 카페는 술과 계집의 향락 이외에 도대체 무엇을 생산하는가. 근대 자본주의 사회를 지탱하고 있는 것은 사실 공장이 아니라 숫자와 숫자가 교환될 뿐인 주식취인점이다. 합리적인 교환이란 사용가치에 따른 화폐의 지급을 의미하지만 자본주의가 고도화할수록 사용가치 자체는 사라지고 교환가치만 남게 된다. 자본주의의 소비 교환에 관계하는 모든 존재는 거미와 돼지를 오갈 수 있다. 절대적으로 거미밖에 되지 못하는 존재는 폐병환자, 절대적 소모자인 '나'밖에 없다.

아내는 마유미가 '오'를 기르는 것처럼 '양말 속에서 떨어지는 지폐'로 '나'를 기르는 셈인데, 문제는 거미적 존재인 '나'가 "넓적한잔등이푼더분한폭, 폭을 – 세상은고르지도못하지 – 하나는옥수수과자모양으로무럭무럭부풀어오르고하나는눈에보이듯이오그라들고 – 보자어디좀보자 – 인절미굽듯이부풀어올라오는것이눈으로보이"는 듯한 마유미에게 성욕을 느낀다는 데 있다. "왜오에게만저런강력한것이있나. 분명히오는마유미에게여위지못하도록금하여놓았으리라.명령하여놓았나보다. 장하다. 힘. 의지. –? 그런 강력한 것 – 그런것은어디서나오나. 내 – 그런것만있다면이노릇안하지 – 일하지 – 하여도잘하지 –"(308) '나'는 소모의 이유를 병이 아니라 아내의 여윔 탓으로 돌리는데 이는 '오'의 소비에 대한 부러움과 질투에서 기원한다. 그는 '오'의 소비를 부러워하면서 자신의 소모되는 생활, 방이라는 거미에서 벗어나고 싶어 한다. 그에게 마유미

의 섹슈얼리티는 욕망하지만 도저히 닿을 수 없는 대상으로 환기된다. 마유미의 섹슈얼리티가 주식 취인점의 양돼지 전무처럼 돈을 가진 존재, '그런 강력한 것'으로서 자본의 육체를 환기하는 것이기에 '나'는 아내의 메마른 육체 대신에 풍풍한 양돼지의 육체에 욕망을 느끼는 것이다.

> 밤 – 홍수가고갈한최초의밤 – 신기하게도건조한밤이었다아내야너는이이상더야웨서는안된다절대로안된다명령해둔다. 그러나아내는참새모양으로깽깽신열까지내어가면서날이새도록않았다. 그곁에서그는이것은너무나염치없이씨근씨근쓰러지자마자잠이들어버렸다.   안골던코까지골고 – 아 – 정말양돼지는누구냐(311 – 312).

내가 마유미를 만나고, 아내가 층계에서 굴러떨어져 발을 다치고 열까지 내며 앓는 날 밤, 신기하게도 그날은 홍수가 고갈한 최초의 밤, 건조한 밤이 된다. '나'는 끙끙 앓는 아내를 대신해 안 곯던 코까지 골면서 깊이 잠들어 버린다. '나'는 층계에서 굴러떨어진 아내로부터 '양돼지'가 되려는 전략을 꾸민다. 거미 – 착취에서 양돼지 – 군림을 그는 흉내 낸다. 거미 – 착취에서 '나'는 폐병환자로 밤새도록 각혈을 하고 아내에게서 빨아낸 생명력을 소모해 버린다. 아내가 굴러떨어져 신열을 앓고 절름거리는 밤, '나'는 각혈을 멈추고 깊이 잠들며 양돼지처럼 뻔뻔하게 아내에게 군림한다. 이는 '나'가 아내를 모욕한 양돼지 '전무'의 육체를 양돼지 '마유미'에게 투사하고 그녀의 섹슈얼리티를 모욕함으로써 이루어진다.

> 그리운지난날의기억들변한다모든것이변한다. 아무리그가이방덧문을첩첩닫고 – 년열두달을수염도안깎고누워있다하더라도세상은그잔인한'관계'를가지고담벼락을뚫고스며든다.   오래간만에잠다운잠을참한잠늘어지게잤다(312).

의도적으로 게으름으로써 오늘만 잔뜩 살려 하는 '나'의 의도적 격리는 불가능하다. 화폐가 이미 아내를 지배하며 '오'를 지배하고 있기에 소비 자본주의가 '거미'인 이상 '나' 역시 양돼지 – 거미의 순환에 포섭되고 만다. '나'는 소비적 육체를 구현하는 '오'를 부러워했지만 '오'는 일상의 굴욕을 '나'에게 강요하며 '나'를 또다시 착취하고 있다. 아내의 몸을 팔아 마련한 돈을 '오'에게 건넸지만 그는 아무런 자취 없이 그 돈을 사기 쳤던 것이다. '오'의 상사인 R 전무는 모든 착취의 정상에 군림하기에 '거미'이며 '양돼지'이다. 그는 '오'를 통해 '나'의 돈을 착취하고 '아내'의 섹슈얼리티를 농락함으로써 그 돈을 소비한다. '나'는 이러한 소비 교환의 논리에 대한 복수를 계획한다. "그러나 오 네생활에내생활을비교하여 아니 내생활에네생활을비교하여어떤것이진정우수한것이냐. 아니 어떤것이진정열등한것이냐."(313) 그 복수는 거미로서의 자신, 소모적인 육체를 소비 교환에 끼워 넣고 소비와 다른 탕진을 그리는 것이 된다.

> 공기는제대로썩어들어가는지쉬적지근하여,　또 – 과연거미다.(환투) – 그는그의손가락을코밑에가져다가 가만히맡아보았다. 거미내음새는 – 그러나십원을요모조모주무르던그새큼한내지폐내음새가참그윽할뿐이었다. (중략) 거미 – 그렇지 – 거미는나밖에없다(313).

'나'는 자본에 의해 공기가 제대로 썩어 들어가는 도시의 밤거리로 나서며 화폐와 자본제의 거미 – 착취를 확인한다. 그 속에서 '나'는 자신만이 절대적으로 거미임을 의도적으로 주장함으로써 소비 교환의 타락에 복수하려 한다. 양돼지 R 전무가 준 위자료를 아내에게서 가져와 양돼지 마유미에게 주고 그녀의 섹슈얼리티를 모욕한다는, 소비가 아닌 소모의 반복을 통해 소비의 타락(아내가 위자료로 받은 돈을 의복과 화장품과 구두를 사는 것으로 소비하려 하는 것)에서 벗어난 소모의 지형도를 그리는 것이다. 나는 절대적인 거미, 의도적인 부랑과 소모 탕진을 구사함으로써 근대 자본주의의 생산이나 소비에 요구되는 모든 교환에서 탈주를 시도하게 된다. 이상에게서 부랑의 위장은 이효석이 제시하는 소비의 놀이를 넘어 소모의 유희로 자본주의의 질서에 대응하기에 더욱 철저한 근대성 비판이자 이탈의 의미를 부여받을 수 있다. 의도적인 부랑의 위장과 유희를 보다 본격적으로 보여 주고 있는 것이 금홍 3부작의 두 번째 소설 <날개>이다.

(2) 〈날개〉의 부랑자 교화와 박제의식

<지주회시>와 마찬가지로 아내를 빨아먹는 '입'으로서 거미적 존재 '나'는 <날개>에서도 공시되고 있다. '박제가 되어버린 천재'의 인식이 그것이다.

> '박제가 되어버린 천재'를 아시오? 나는 유쾌하오. 이런 때 연애까지가 유쾌하오.
> 육신이 흐느적흐느적하도록 피로했을 때만 정신이 은화처럼 맑소. 니코틴이 내 횟배 앓는 뱃속으로 스미면 머리 속에 으레히 백지가 준비되는 법이오. 그 위에다 나는 위트와 파라독스를 바둑포석처럼 늘

어놓소. 가증할 상식의 병이오. (중략)

　나는 내 비범한 발육을 회고하여 세상을 보는 안목을 규정하였소.

　여왕봉과 미망인―세상의 하고많은 여인이 본질적으로 이미 미망인 아닌 이가 있으리까? 아니! 여
인의 전부가 그 일상에 있어서 개개 '미망인'이라는 내 논리가 뜻밖에도 여성에 대한 모독이 되
오?385)

　서문에서 '나'는 현재를 '박제가 되어버린 천재'로서, 이미 그 존재부터가 미망인인
여인과 생활을 설계하는 가운데 스스로를 기성품처럼 '위조'하는 상태로 정리한다.
'박제가 되어버린 천재'의 상태란 생사의 중간지대, 화석화된 생명을 암시한다. '나'는
아무런 생산 활동을 수행하지 않기에 '박제'이며 종일 흐느적거린 육신의 상태, 가장
피곤해진 육신의 상태 속에서 니코틴의 힘을 빌려 머릿속으로 수많은 위트와 패러독
스의 작품을 '가증할 상식의 병'처럼 위조하고 있는 상태이기에 '천재'가 된다. '나'의
비범한 발육은 어디까지나 위트와 패러독스의 능력에 있다. <날개>는 모든 여자는
미망인이라는 논리, 즉 위트 혹은 패러독스를 위조하는 행위이며 또한 <날개> 속
'나'와 아내의 드라마는 그 논리 또는 위트로 위장된 시선 속에서 발견되고 묘사된다.

　33번지 18가구 내에서 '나'는 아내에게 길러지는 동시에 장지문에 의해 격리되어
있다. '나'는 아내 이외의 아무와도 놀지 않고 누구와도 인사하지 않는다. 그 격리는
절대적인 것이어서 행복이나 불행과 같은 계산을 떠난 상태, 격리 자체의 목적만을
수행하는 공간으로 꾸며진다.

　내가 제법 한 사람의 사회인의 자격으로 일을 해 보는 것도 아내에게 사설 듣는 것도 나는 가장 게
으른 동물처럼 게으른 것이 좋았다. 될 수만 있으면 이 무의미한 인간의 탈을 벗어버리고도 싶었다. 나
에게는 인간사회가 스스로왔다. 생활이 스스로왔다(324).

　아내는 '나'에게 의도적으로 사회인의 자격을 거세하고 있다. 일하지 않는 존재, 인
간의 탈을 벗어 버린 존재로 '나'를 격리시키고 있는 것이 '아내의 사설'이다. '나'는
온종일 방에서 게으르게 잠을 자는 것으로 절대의 생활을 삼기에 세수도 할 필요가
없고 돈조차 필요치 않다. '나'를 이러한 존재로 만들고 있는 것이 '아내의 사설'이고
아내와 '나'의 동거가 장지문을 사이에 두고 절대적으로 나누어져 그것이 곧 '나의
운명'이라 할 때, 아내는 단지 매춘부일 수 없으며, 아내와 내가 살아가는 '흡사 유

---

385) 이상, 〈날개〉, 전집 2, 318－319면.

곽'과 같은 공간은 그냥 유곽일 수만은 없다. 즉 아내는 내게 한 사람의 사회인의 자격으로 일을 해 보는 것을 거세하고 있으면서 동시에 사설을 늘어놓으며 현재 나의 이 무의미한 인간의 탈을 벗어 버리고 싶은 욕망을 경계한다. 자본주의 사회로부터의 격리와 소통을 동시에 요구하는 아내의 존재를 돌아볼 때, <날개>의 유폐가 가진 의미를 교화의 관점에서 재구성할 수 있는 것이다.

> 내 몸과 마음에 옷처럼 잘 맞는 방 속에서 뒹굴면서 축 처져 있는 것은 행복이니 불행이니 하는 그런 세속적인 계산을 떠난 가장 편리하고 안일한 말하자면 절대적인 상태인 것이다. 나는 이런 상태가 좋았다. 이 절대적인 내 방은 대문깐에서 세어서 똑 – 일곱째 칸이다. 럭키 세븐의 뜻이 없지 않다. 나는 이 일곱이라는 숫자를 훈장처럼 사랑하였다. 이런 이 방이 가운데 장지로 말미암아 두 칸으로 나뉘어 있었다는 그것이 내 운명의 상징이었던 것을 누가 알랴? (321)

아내와 '나'의 동거는 아내의 섹슈얼리티에 접근할 수 없다는 금기로 채워진다. '나'는 외부와의 격리를 수행하는 나의 방에서 "세속적인 계산을 떠난 가장 편리하고 안일한 말하자면 절대적인 상태"로 존재하는데 이는 의도적인 유아 퇴행이다. '나'는 아내의 방으로부터 격리된 것이 아니라 아내의 몸으로부터 격리되어 있다. 내가 접근할 수 있는 것은 아내가 부재하는 아내의 방, 화장품과 옷일 따름이다. 아내의 성기로부터 차단된 상태에서 페티시즘에 빠져 있기에 '나'는 오이디푸스 단계로 편입되지 못한 유아로 조직되며, 아내는 징벌자 어머니, 간호부 – 양육자가 된다.[386] '나'는 아내의 직업을 모르는 척하면서 손쉽게 아내를 매춘부로 위조한다. 표면으로 드러난 아내의 행위는 '나'의 감금과 사육인데, 그 표면으로 드러난 행위에 주목하지 못하게끔 아내 – 내객의 관계가 놓여 있는 것이다.

아내가 매춘부가 되는가, 간호부(어머니)가 되는가를 결정짓는 것은 그녀의 육체에 새겨진 정조의 유무가 된다. 아내의 옷이나 화장품은 그녀가 정조를 가진 존재인지 아닌지를 보여 주지 않는다. "아내는 늘 진솔 버선만 신었다. 아내는 밥도 지었다." 아내는 화려한 소비적 외양을 나타내는 동시에 밥을 짓는 주부이다. 이효석에게 화려한 옷과 이국적인 화장품의 향기는 그 세련성의 매혹으로 인해 섹슈얼리티와 무관한

---

386) 서영채와 노지승은 <날개>에서의 매춘부 아내 – 남편의 관계를 어머니 – 자식의 관계로 재편된, 금기와 위반의 관계로 설명하고 있다. 서영채, 『사랑의 문법』, 민음사, 2004, 281 – 282쪽, 노지승, 앞의 책, 참조. 한편 이수정은 <날개>에서 인공에 갇힌 근대 도시인의 체험을 논의하는 가운데 아내가 가진 감시자로서의 속성을 단편적으로 지적하고 있다. 이수정, 「이상의 <날개>에 나타난 '어항'의 의미 연구」, 『한국현대문학연구』15, 2004.6.

여성상을 그리지만 이상에게 그러한 패션은 성욕을 환기시키기에 정조를 둘러싼 의문이 자리한다. 아내가 가진 돈, 내객에게서 온 것으로 짐작되는 돈은 그녀의 정조를 둘러싼 비밀 탐지의 근거가 된다. 여기에서 '나'의 외출이 시작된다. '나'는 "고 은화를 고 벙어리에 넣고 넣고 하는 것조차가 귀찮아"져서 아내가 준 돈이 든 금고형 벙어리를 화장실에 버릴 정도로 축적에 둔감해진 부랑자이지만 아내의 정조에 대한 의문, 내객의 소비에 대한 의문이 떠오른 순간 "내객이 아내에게 돈을 놓고 가는 것이나 아내가 내게 돈을 놓고 가는 것이나 일종의 쾌감 - 그 외의 다른 아무런 이유도 없는" 것인가라는 의문을 품고 외출을 결행한다. 그런데 아내에 의해 수행된 의도적 격리는 '나'에게 '돈을 쓰는 기능을 완전히 상실'시켰기에 '나'는 돈을 쓰지 못하고 결국 화폐와 아내의 정조에 대한 의문의 답을 얻지 못한다.

> 이튿날 내가 눈을 떴을 때 아내는 내 머리맡에 앉아서 제법 근심스러운 얼굴이다. 나는 감기가 들었다. 여전히 으스스 춥고 또 골치가 아프고 입에 군침이 도는 것이 씁쓸하면서 다리 팔이 척 늘어져서 노곤하다. 아내는 내 머리를 쓱 짚어 보더니 약을 먹어야 한다. 아내 손이 이마에 선뜩한 것을 보면 신열이 어지간한 모양인데 약을 먹는다면 해열제를 먹어야 하지 하고 속생각을 하자니까 아내는 따뜻한 물에 하얀 정제약 네 개를 준다. 이것을 먹고 한잠 푹 자고 나면 괜찮다는 것이다. 나는 널름 받아먹었다. 씁쓰름한 것이 짐작 같아서는 아마 아스피린인가 싶다. (중략) 아내는 나더러 외출하지 말라고 이르는 것이다. 이 약을 날마다 먹고 그리고 가만히 누워 있으라는 것이다. 공연히 외출을 하다가 이렇게 감기가 들어서 저를 고생을 시키는 게 아니냔다. 그도 그렇다. 그럼 외출을 하지 않겠다고 맹서하고 그 약을 연복하여 몸을 좀 보해보리라고 나는 생각하였다(338 - 339).

몇 번의 외출을 반복한 끝에 자정을 넘기지 못하고 비를 맞고 일찍 들어온 밤, '나'는 크게 앓는다. 아내는 비를 맞고 돌아온 '나'에게, 아내가 보면 좀 덜 좋아할 무엇인가를 보았음에도 불구하고 화를 내지 않는다. 아내는 앓는 '나'를 '근심스러운 얼굴'로 바라보면서 약을 줄 뿐이다. 주의해야 할 것은 아내는 한 번도 '나'에게 '아스피린'이라고 속이고 약을 준 적이 없다는 사실이다.[387] 신열이 있다고 믿은 것은 '나' 자신이고 아내가 준 약을 해열제, 아스피린으로 믿은 것도 '나'의 독단이다. 아내는 단지 '이 약을 날마다 먹고 그리고 가만히 누워 있으라'는 주문만을 한다. 아내는 한 번도 아달린을 아스피린으로 속인 적이 없다. 아내는 '나'의 피곤함과 신열을 쉬는 것,

---

387) 기존의 해석들은 서술자의 교묘한 유희에 속은 까닭인지 대부분 아내의 남편 살해 기도를 그대로 믿고 있는 듯하다. 하지만 텍스트를 면밀히 읽어 보면 아내는 한번도 '아스피린'이라고 속이고 약을 준 적이 없다. 아내는 그냥 '약을 먹어야지.' 하고 흰 정제약을 건넬 뿐이다. 아내의 행위를 오해하는 것은 서술자의 의도적인 조작이라고 볼 수 있다.

외출을 막는 것으로 치료하는 안정요법을 수행하고 있을 뿐이다. 수면제 아달린은 결핵환자에게 동반된 과도한 신경쇠약을 치료하기 위한 약제일 수 있으며,[388] 그래서 '나'는 자꾸만 자고 실제로 '몸이 훨씬 튼튼해진 증거'로 감기도 어느덧 낫고 신열도 내리고 외출하고 싶은 욕망까지 생겨나게 된다. 간호부-감시자로서 아내는 '나'의 격리와 안정을 조절하는 역할을 하며 '나'를 돌보는 존재이다. 하지만 매춘부-아내의 의문은 '나'에게 독살의 의혹을 남기게 된다. '나'는 간호부-아내를 위트와 패러독스 속에서 남편을 독살하는 매춘부로 살짝 바꿔 놓는다. 한 달 동안 먹어 온 것이 아스피린이 아니라는 것을 알게 된 순간 '나'는 갑자기 아내가 '나'를 죽이려 했다는 오해에 빠져든다. 이는 내가 외출에도 불구하고 아내의 정조를 알지 못하는 까닭이다.

<날개>의 서문에서 서술자는 자신의 작품이 자신을 위조한 어떤 것이며, 위트와 파라독스로 늘어놓은 논리의 전개가 될 것임을 밝혀 놓았다. '나'는 여인과의 생활을 설계하면서 그것을 처음부터 위트와 패러독스로 꾸며진 "여인의 전부가 그 일상에 있어서 개개 미망인"이라는 논리의 구현으로 형상화(인식) 것임을 밝혔다. 디테일에 속지 말 것. 자신의 글이 박제된 천재의 위트와 패러독스로 조직된 현실의 위조라는 것을 단서로 남긴다. 그렇다면 위조 이전의 본질은 무엇인가. 생활을 설계할 여인이 "연애기법에마저 서먹서먹해진, 지성의 극치를 흘깃 좀 들여다본 일이 있는 말하자면 일종의 정신분열자"라는 것이다. 실제로 아내와 '나'는 연애기법을 나누지 않는다. 처음부터 아내는 '나'의 아내, 섹슈얼리티의 대상이 아니며, 지성의 극치, 즉 의학을 '흘깃 들여다본 적이 있는' 간호부가 된다. 그 간호부와의 관계를 매춘부 아내와의 동거생활로 조직함으로써 '나'는 '모든 여자는 미망인'이라는 논리를 위트와 패러독스로 꾸며낸다. 이 논리의 진실은 모든 여자는 '여왕봉'이라는 사실이다. 여왕봉은 모든 벌의 어머니이며 또한 모든 벌의 지배자이다. 즉 그것은 근대 국가의 훈육적 육체 감시와 관리의 시선, 전체를 지배, 조망하는 시선이 되는 것이다.

이상은 수필 <추등잡필>에서 이와 같은 근대 국가의 의료 감시의 시선이 내밀한 육체를 파고드는 형상에 대한 공포와 분노를 표시한 바 있다.

---

[388] 폐병 요양원을 묘사한 이광수의 <사랑의 다각형>에서 폐병환자이며 그로 인한 신경쇠약으로 고통받는 주인공에게 수면제 처방이 내려지고 있다. 안정요법만이 인정되는 당시의 폐병환자 관리법을 떠올릴 때 수면제 아달린의 처방을 살해 시도라고 의심하는 것은 의도적 오해 유도로 볼 수 있다.

그다지 명예롭지 못한 그러나 생각해 보면 또 그렇게까지 불명예라고까지 할 것도 없는 질환을 가지고 어떤 학부 부속병원에를 갔다. 진찰이 끝나고 인제 치료를 시작하려 그 그리 보기 좋지않은 베드 위에 올라 누웠다. 그랬더니 난데 없이 수십명의 흑장동의 장정 일단이 우ー돌입하여서는 내 침상을 둘러싸는 것이다. 말할 것도 없이 이 학부 재학의 학생들이요 이것은 임상강의시간임에 틀림없다. 손에는 각각 노ー트를 들었고 시선을 내 환부인 한 점에 집중시키고 있는 것이다. 의사 즉 교수는 서서히 입을 열어 용의주도하게 내 치료받고저하는 개소를 주므르면서 유탕한 어조로 강의를 개시하는 것이 아닌가. 이것은 나에게 있어서 참으로 천만의외의 일일뿐 아니라 정말로 불쾌하기 짝이 없는 봉변일 수밖에 없는 일이다(83).

　　성병으로 의사의 치료를 받으려는 중 갑자기 강의라는 명목으로 나의 육체의 비밀을 여러 사람의 시선에 공공연하게 맡긴 데 대한 불쾌감이 드러난다. 이러한 육체의 공공연한 가시성, 의료 권력의 개인 육체에 대한 감시와 진열에 대한 불쾌감은 이상의 수필 속에 자주 등장하며 또한 소설 <휴업과 사정>에서도 나타난 바 있다. 근대의 의료 감시의 시선이 훈육적인 논리 속에서 개인의 육체 비밀까지도 일일이 가시화하면서 개인의 내면성을 침해한다. 의료감시의 대상화된 육체는 '손에는 각각 노ー트를 들었고 시선을 내 환부인 한 점에 집중시키고 있는' 수많은 감시의 시선 앞에 무방비로 노출된 채 수치와 불쾌감을 곱씹을 수밖에 없다. 의료 감시의 합리성과 필요성, 우생학의 합리성과 필요성을 인정한다 하더라도 그 감시의 시선에 내면을 박탈당하는 개인의 불쾌감은 사라지지 않는다. "의학만이 홀로 문화의 발달향상을 짊어진 것은 아니겠고, 이 사회에서 생활을 향유하는 이 치고는 누구나 많든 적든 문화를 담당하는 일원임에 틀림없다. 허락없이 의학의 연구재료로 제공된 그런 호락호락한 몸은 하나도 없을 것이다."(83) 이러한 불쾌감에서 이상은 <황의 기> 등에서 의사의 팔을 물어뜯는 개(자아가 투영된 환자) 이야기를 쓰는 것인지도 모른다.

　　의사의 행위에 대한 불쾌감은 새로운 도덕관념 요구의 공상으로 이어진다. 즉 만일 모든 사람이 자신의 육체에 대한 의학의 기여를 당연시하는 도덕이 수립된다면 그 육체를 둘러싼 의료ー감시에 대한 부끄러움 없이 자신의 육체 비밀을 모두에게 드러낼 것이라는 것이다. 그러기전에는 육체 관리의 시선, 즉 의료의 시선은 내밀한 사생활에 대한 침범이라는 형태가 될 수밖에 없다. 근대의 두 가지 시선이 부딪히는 자리에 이러한 문제적인 인식이 생겨난다. 하나는 근대가 개인 또는 개성의 존재를 절대시하기에 자유로운 개인의 내면 또는 사생활을 절대적으로 보장해야 할 어떤 가치로 수립하고 있다는 것이다. 가문 또는 신분의 정체성에서 해방된 개인은 각자의 능력에 따라서 자유로운 정체성을 만들어 내야 한다. 이 때문에 한 개인은 공적 자리에서 하나의 역할을 수행하기도 하고 사적인 가족 속에서 하나의 존재로 양육되기도 한다. 한 개인에게는 사생활이 생겨나고 그만의 정체성이 생겨나며 그 때문에 그만의 비밀이 생겨나기도 하는 것이다. 그런데 육체를 둘러싼 의료 감시의 상황에서 그 비밀이 과연 어떻게 얼마나 지켜져야 하고 지켜질 수 있는가가 문제이다. 성병을 가진 육체란 전염병자이기에 근대 사회의 훈육적(위생적) 육체 관리의 대상이 되어야 한다. 의료 사회 국가 공안의 자리에서 전염병자는 내밀성이 아니라 공공성 논리에서 다루어지고 치료를 받아야 한다. 하지만 성병이란 또한 한 개인의 내적 비밀과도 관련된다. 다른 사람의 시선 앞에 드러내기를 꺼리는 육체(성욕과 이력)의 비밀인 것이다. 병이기에 감시의 시선을 받아야 하지만 내밀한 비밀이기에 소문의 시선에서는 차단되어야 한다. 이상에게는 이처럼 근대 사회 훈육적 육체 감시의 질서에 대한 인정과 부정이 동시에 존재한다. 그 역시 우생학과 위생학의 훈육적 육체 담론을 절대적으로 거부하지는 않는다. 단지 그 질서에서 자신은 전염병자로서 소외되어 있기에 대상으로서 늘 공개되지 않으면 안 된다는 사실, 내밀성을 가질 수 없다는 사실, 즉 자신의 육체는 비밀을 가진 다른 존재들과 달리 끊임없이 공개되어 있다는 사실에서 절망이 생겨날 따름이다.

이광수가 <사랑>에서 이상화한 세계가 간호부의 헌신적인 사랑으로 구축되는 의료 유토피아인 것처럼 여왕봉에 의해 지배되는 세계는 근대 의료 감시의 체제로 구축되는 세계이다. 하지만 이러한 훈육의 시선을 지배하고 있는 것은 타락한 자본의 소비구조이다. 간호부-아내가 매춘부-아내로 바뀔 수 있다는 것은 근대 훈육적 육체 질서를 장악한 자본주의의 타락을 대변하는 것이 된다. <날개>를 통해 이상은 훈육-감시와 소비-탕진의 논리적 일원성을 아내 이미지의 조작으로 보여 주는 것이다. 생산과 소비는 자본의 교환이라는 과정에서 통제라는 형식으로 일원화되어 모든 인간의 육체를 조율한다. 이것이 근대의 전면적인 감시망이라 할 때 교환이 존재하는 어떠한 시공간에서도 육체의 자율성이란 존재할 수 없게 된다. 근대 사회의 양육과 교화는 결국 화폐 교환의 타락한 비밀을 감추고 있는 위장이 될 수밖에 없다.

(3) 〈봉별기〉의 여성 육체와 비밀의 교환

근대의 육체 훈육적 질서 속에서 전염병자로서 격리되고 소외된 자신을 괴물로 발견하면서 격리 감시에 대한 공포를 표출하는 이상은 그러한 격리와 감시가 가진 교화나 양육의 논리를 재편하여 의도적인 부랑으로 스스로를 조직함으로써 소모적 육체의 탈주를 기획한다. 그리고 근대적 일상, 생산과 소비의 질서를 살아가는 인간의 육체가 가진 비밀, 가면의 논리에 의도적인 투명성을 나타내는 육체를 조직함으로써 대결하려 한다. <봉별기>는 격리 감시의 시선에 대한 공포와 소외의 인식으로부터 비밀을 둘러싼 놀이로 나아가는 과정을 보여 준다.

> 스물세살이오 — 三月이오 — 咯血이다. 여섯달 잘 기른 수염을 하루 면도칼로 다듬어 코밑에 다만 나비만큼 남겨 가지고 약 한 제 지어 들고 B라는 신개지 한적한 온천으로 갔다. 게서 나는 죽어도 좋았다.
> 그러나 이내 아직 기를 펴지 못한 청춘이 약탕관을 붙들고 늘어져서는 날 살리라고 보채는 것은 어찌하는 수가 없다.[389]

<봉별기>에서 금홍과 '나'는 스물 세 살의 청춘과 죽음(각혈) 때문에 첫 만남을 갖게 된다. 스물세 살의 삼월, 각혈한 '나'는 휴양을 위해 신개지 한적한 온천으로 '죽어도 좋'다는 생각을 가지고 떠나온다. 나의 온천행은 사실 삶보다는 죽음에 가까운 의미로 각인되었기에 '나'는 그곳에서 어떠한 욕망도 품지 않아야 한다. 하지만 '아직 기를 펴지 못한' 스물세 살의 청춘은 죽음이 아니라 생의 욕망, 성욕으로 나의 삶을 부추기고 그래서 찾아간 장고소리 들리는 곳에서 나는 금홍과 만나게 된다. 그렇지만 첫 만남에서 '나'에 대한 금홍의 인상을 지배한 것은 '스물세 살'의 '아직 기를 펴지 못한 청춘'이 아니라 '코밑에 다만 나비만큼 남겨진' 수염과 각혈로 인한 쇠잔에서 비롯된 '마흔', 노쇠의 흔적이다. 다음 날 '나'는 '나비 같다면서 달고 다니던 코밑수염을 아주 밀어'버리고 화우 K와 함께 금홍을 찾는다. "그날 밤에 금홍이는 금홍이가 경산부라는 것을 감추지 않았다."(349) 기생인 금홍을 넘어 경산부인 금홍은 그 정조 여부를 따질 수 없는 존재로 인식된다.

> 지어가지고 온 약은 집어치우고 나는 전혀 금홍이를 사랑하는 데만 골몰했다. 못난 소린 듯하나 사

---

389) 이상, 〈봉별기〉, 전집 2, 348면.

랑의 힘으로 각혈이 다 멈췄으니까 —

　　나는 금홍이에게 노름채를 주지 않았다. 왜? 날마다 밤마다 금홍이가 내 방에 있거나 내가 금홍이
방에 있거나 했기 때문에 —

　　그대신 —

　　우라는 불란서 유학생의 유야랑을 나는 금홍이에게 권하였다(349 – 350).

　금홍과 '나'의 관계는 사랑 – 각혈 치료의 의미로 재편된다. 정조나 부부관계의 계약이 문제가 아니다. 경산부인 기생 금홍은 이미 정조와 무관하며 각혈로 죽음에 가까이 간 나 역시 금홍에게 정조를 요구할 정도로 삶의 논리에 철저한 인물이 아니다. 금홍은 내가 가지고 간 약을 대체하는 존재이며, 청춘의 생명력으로 각혈을 멈추게 하는 존재로 내 방의 일부가 된다. 그러므로 '나'는 오히려 금홍에게 다른 남자와의 관계를 주선해 준다. 음란한 독탕에 다른 남자와 나란히 놓인 금홍의 신발을 보면서도 '나'는 '언짢아하지 않'는다. 노름채를 주지 않는 금홍과 나의 관계는 교환에 의해 왜곡되지 않으며 그러므로 구속할 정조도, 구속할 자본도 없이 서로에게 완전히 투명한 것으로 드러난다. 금홍의 몸은 '나'에게 음란한 것이 되지 않으며 다른 남성과의 관계를 내 눈앞에서 서슴없이 드러내는 그녀의 섹슈얼리티는 그 투명성 때문에 나에게 치유의 힘을 갖는다. 이런 사랑은 정조가 아니라 서로의 관계에 대한 절대의 신뢰, 육체를 둘러싼 비밀의 공유에서 오는 것이다.

　　금홍이가 내 아내가 되었으니까 우리 내외는 참 사랑했다. 서로 지나간 일은 묻지 않기로 하였다.
(중략) 금홍이는 밖에 나가 심심치 않은 사람들을 만나 심심치 않게 놀고 돌아오는 – 금홍이에 협착한
생활이 금홍이의 향수를 향하여 발전하고 비약하기 시작하였다는 데 지나지 않는 이야기다. 그런데 이
번에는 내게 자랑을 하지 않는다. 않을 뿐만 아니라 숨기는 것이다. 이것은 금홍이로서 금홍이답지 않은
일일밖에 없다. 숨길 것이 있나? (350 – 351)

　금홍과의 처음 만남에서는 아무런 비밀이 없었기에 사랑이 가능했고, 그 사랑 속에서 각혈은 치유되었다. 하지만 동거생활 일 년이 지나자 금홍은 예전 생활의 향수에 빠져 다른 남자들과 관계를 맺는다. 그런데 이번에는 그것을 내게 숨긴다. 이 숨기는 행위, 다른 남자와의 관계를 자랑하지 못하는 태도에서 사랑은 깨뜨려지고 관계는 폭력성을 띠게 된다. 금홍과 나의 관계가 교환이 아니라 사랑에 근거한 것일 때, 금홍은 나에게 비밀을 갖지 않았고 금홍의 육체는 나의 시선 앞에서 투명한 것이었다. 하지만 금홍이 '내게 자랑을 하지 않는다. 않을 뿐만 아니라 숨기는 것'으로 다른 남성

과의 관계를 시작하자 비밀을 가진 금홍의 몸은 나를 위협하는 것이 된다. '나'는 '실 없는 정조'를 간판 삼기 위해 밤 외출을 잦게 하고 그것을 통해 표면상 금홍의 정조를 믿는 체함으로써 금홍의 편의를 돕는다. 서로가 서로에게 비밀을 가지고 서로의 태도와 의도를 숨기는 생활이 지속된다. 그리고 "하루 나는 제목없이 금홍이에게 몹시 얻어 맞았다. 나는 아파서 울고 나가서 사흘을 들어오지 못 했다. 너무도 금홍이가 무서웠다. 나흘 만에 와보니까 금홍이는 때 묻은 버선을 윗목에다 벗어놓고 나가버린 뒤였다."(351 - 352) 치료적 힘을 가졌던 사랑은 서로에게 비밀을 가지기 시작하면서, 즉 서로에 대한 위장이 생기기 시작하면서 깨어지고 치유는 폭력으로 변화한다.

> 금홍이는 와서 보니까 내가 참 딱했다. 이대로 두었다가는 역시 며칠이 못 가서 굶어 죽을 것 같
> 만 보였던가보다. 두 팔을 부르걷고 그날부터 나서 벌어다가 나를 먹여 살린다는 것이다.
> "오 - 케 -"
> 인간천국 - 그러나 날이 좀 추웠다. 그러나 나는 대단히 안일하였기 때문에 재채기도 하지 않았다
> (353).

두 달 후 돌아온 금홍은 두 팔을 부르걷고 나가 벌어서 '나'를 먹여 살리는 양육자의 역할을 맡는다. 금홍에게 양육을 맡긴 채 '나'는 추운 날씨 속에서도 안일하게 재채기조차 하지 않는다. 양육자로서 금홍은 사랑 대신에 생계부양(양육)을 통해 다시 '나'의 병을 치료하는 셈인데, 사랑의 관계와 양육자의 관계는 당연히 같은 것이 되지 않는다. 우리는 더 이상 비밀을 털어놓는 관계도 아니며 서로에게 구속력을 행사하는 존재도 아니다. 사랑은 비밀을 가짐으로써 깨어지고 양육은 무책임 때문에 깨어진다. 이 속에서 '나'는 모든 여인은 매춘부이지만 진짜 매춘부만은 매춘부가 아니라는 모순된 인식을 토로한다. 금홍이 진짜 매춘부였을 때, 즉 우리 사이에 비밀이 없었을 때 우리의 관계는 사랑이었으므로 금홍은 매춘부가 되지 않는다. 하지만 금홍이 '나' 몰래 매춘을 하고 우리 사이에 비밀이 생겼을 때, 금홍은 매춘부가 되어 버린다. 교환이 이루어지고 금전을 지불하지 않는 관계에서는 천하의 여성은 모두 매춘부이다. 그들은 비밀을 갖기 때문이다. 금전을 지불하는 한 그들은 매춘부가 아니다. 그 순간만은 '나'에게 비밀을 갖지 않기 때문이다. 그러므로 여성과의 관계는 은화를 지불하고 맺어지는 것이어야 한다. 내게 그 은화 지불의 능력이 없을 때, '나'는 비밀을 가진 여성, 즉 매춘부만을 만나게 된다. 이런 매춘부의 공리는 금홍 이후 등장하는 또 다른 여성, 연

애의 대상인 여학생에 대해서도 이어진다. 그런데 그녀의 비밀은 매춘부나 기생, 카페 마담과 같은 정조와 무관한 영역에 있는 존재와 달리 여학생이라는 가내의 존재, 매혹적인 대상이 될 수 있는 존재의 패션 – 위장에 이어진 것이기에 문제적이다.

근대 사회에서 양육은 가상의 정상성, 기계적인 노동자로 재편되는 육체를 길러 내기 위해 존재한다. 하지만 그 양육은 또한 교환관계의 타락한 질서 속에서 항시 비밀을 위장한다. 화폐로 지불되지 않는 상태의 양육은 비밀을 가지고 양육 대상자의 육체를 위협한다. 금홍 3부작을 통해 이상은 근대 자본주의 사회 속 비정상으로 소외된 존재로 교화와 양육의 대상이 된 스스로의 육체를 둘러싸고 진행되는 온갖 교환과 비밀의 논리에 대한 부정을 보여 준다. 양육자는 감시자가 되며 그 감시는 타락한 비밀을 감추고 있는 것이다. 양육과 감시가 전면적으로 비정상

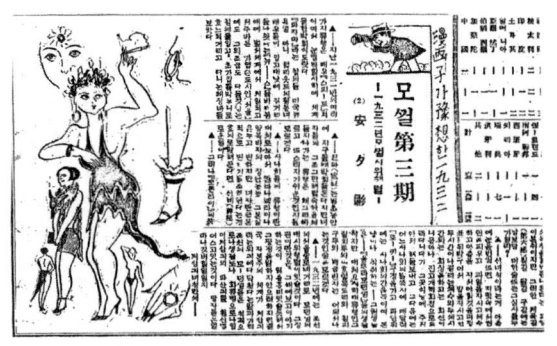

〈그림 10〉 안석영, 모껄 제3기 (≪조선일보≫, 1932.1.12.)
모던 걸의 화려한 치장은 1930년대 남성 지식인들에게 위장이나 변장으로 이해되어 조롱이나 냉소의 대상이 된다. 이상은 이러한 신여성의 단발이나 치장을 육체의 비밀을 감추는 변신술로 서사화한다.

의 육체를 둘러싸고 있을 때 그는 의도적으로 부랑을 연기함으로써 그 양육 교화의 논리에 안이하게 포섭되는 듯하지만 양육자의 비밀, 무책임과 타락을 밝힘으로써 보다 적극적으로 근대 자본주의 교환 관계 속 육체 질서에 대한 유희를 펼쳐 보인다. 그것은 비밀과 위장의 놀이이며 또한 투명성과 불투명성의 놀이의 형태로 나타나게 된다.

3) '살'의 위장에 대응하는 '골편'의 유희

(1) 〈단발〉에 나타난 신여성의 위장된 육체와 가면

이상은 <봉별기> 이후 비밀을 가진 육체로서 신여성, 여학생을 그리기 시작한다. 단발 여학생과의 연애를 그리는 일련의 작품군, 즉 <단발>, <동해>, <실화>, <종생기>는 신여성의 정조 또는 내력의 비밀과 폭로의 구조를 바탕으로 비가시적 육체의 위장에 대한 대결의식을 드러낸다. 이 일련의 작품군에서 핵심적인 것은 누가 서로의 내막(육체의 비밀)을 폭로하지 않은 채 상대의 내막(육체의 비밀)을 뽑아낼 수 있는가 하는 게임이다. 서로의 내막을 탐지하고 정조의 내력을 확인하고자 하는 속고 속이는 드라마, 위장과 변신의 놀이가 나타나게 된다.

<단발>에서 '소녀'와의 산책에서 '그'는 자신의 의도 또는 욕망을 드러내지 않기 위해 "쓸데없이 자기가 애정의 濃者인 것을 자랑하려 들었고 또 그렇지 않고 그냥 있을 수가 없었다."(245) 즉 그는 자신이 애정에 있어서는 말라 버린 존재, 거세된 존재임을 위장함으로써 소녀에 대한 자신의 욕망을 감추려고 한다.

> 공연히 그는 서먹서먹하게 굴었다. 이렇게 함으로 자기의 불행에 고귀한 탈을 씌워 놓고 늘 인생에 한눈을 팔자는 것이었다.
> 이런 그가 한 소녀와 천변을 걸어가다가 그만 잘못해서 그의 소녀에게 대한 애욕을 지껄여버리고 말았다.[390]

그는 욕망에서 거세된 듯 위장함으로써 자기의 불행을 치장하면서 인생의 모든 의무에서 벗어난 듯이 살아왔다. 하지만 급작스런 '음란한 충동'으로 그는 소녀에게 애욕을 고백하고 만다. 내면에 감추어 왔던 음란한 충동이 거세된 듯한 초연함의 위장을 비집고 진실(내막)을 드러낸 것이다. 그러자 "소녀는 그의 강렬한 체취와 악의의 태만에 역설적인 흥미를 느끼느라고 그냥 그저 흐리멍텅하게 그의 애정을 용납하였다는 자세를 취하여 두었다."(245) 그의 갑작스런 애욕의 비밀 누설 앞에서 이번에는 소녀가 자신의 감정을 위장한다. 그녀는 단지 그의 '강렬한 체취와 악의의 태만에 역설

---

390) 이상, 〈단발〉, 전집 2, 245면.

적인 흥미'를 느꼈을 뿐인데 사랑의 용납이라는 형태를 위장해 그를 희롱하려 든다. 그는 그것을 눈치 채고는 다시 이중의 역설을 구사한다. 즉 "동물적인 애정의 말을 거침없이 소녀 앞에 쏟고 쏟고" 하는 동시에 "그러면서도 그의 육체와 그 부속품은 이상스러울만치 게을렀다." 즉 그는 입으로는 욕망을 거침없이 이야기하면서도 행동으로는 전혀 욕망을 표현하지 않음으로써, 그의 욕망 자체가 거짓임을 위장한다. 이제까지 초연함을 위장함으로써 욕망을 감추었다면 반대로 욕망을 위장함으로써 진짜 욕망을 감춘다는 역설의 전략을 구사한다. 욕망을 감추기 위해 욕망을 과장해서 드러내 보인다는 진실과 위조의 역설. 이것이 <단발>을 구성하는 서사의 개요이다.

육체의 위장과 이를 대변하는 '가면'은 근대적 일상을 살아가는 사람들이 타인과 맺는 기계적인 관계, 단속적인 관계를 상징하는 것으로 본질을 감춘 채 표면의 예의와 매너, 도덕률에 얽매인 인공의 육체를 암시한다. 동시에 위장과 '가면'은 근대의 경계선상에 위치한 괴물로서의 자아가 분열과 은폐를 통해 새로운 안면(표정)을 배치하는 것이 되기도 한다. <불행한 계승>에서 이상은 '목부용'처럼 화석화된 표정을 가진 '그림자보다 불투명한 한 사나이'를 자아와 분열시키는 가운데 가면의 놀이를 조직한다.

> 가볍게 주먹으로 소운의 허리께를 쿡 찌르면서, 상은 울며 웃는 상판이었다. 이런 때 그는 가장 많이 가면을 사용하는 것인데, 그 가면이야말로 상 자신의 본 얼굴에 가장 가까운 것인 줄을, 그 자신의 본얼굴을 한번도 보지 못한 사람으로선 결코 알아챌 수는 없다. 모르면 몰라도 상 자신조차 - 가 그 정교함에는 미처 주목하지 못한다.[391]

그는 '울며 웃는' 모순된 '상판'을 조직함으로써 '내 애인인지 아닌지 그런 거 쇠통 알지 못했'던 '나이는 열아홉, 처녀', '여자 대학생 그런 종류'의 '애인을 친구한테 뺏겼'다는 상황의 당혹을 위장한다. 그런데 그 위장과 가면이야말로 '상 자신의 본 얼굴에 가장 가까운 것'이라는 모순이 생겨난다. 위장된 얼굴이 본 얼굴이 되며 본 얼굴은 위장이 됨으로써 그는 유희를 통해 본 얼굴의 의도를 간파당하지 않을 수 있다.[392] 사실 본 얼굴이란 존재하지 않으며 가면이 곧 얼굴 그것이 된다고 말함으로써

---

391) 이상, 〈불행한 계승〉, 전집 2, 213면.

392) 〈불행한 계승〉은 김소운과의 뱃놀이를 형상화하고 있다는 점에서 〈공포의 기록〉과 관련하여 의미 규정해 왔다. 하지만 〈공포의 기록〉이 금홍의 가출과 귀가, 각혈의 체험을 다루고 있는 데 비해 〈불행한 계승〉은 19세 여학생과의 연애를 다룬다는 점에서 이 작품을 〈실화〉, 〈종생기〉 계열로 해석하는 것이 타당할 듯하다.

이상은 근대인의 자율성, 개성과 같은 염상섭의 믿음에 냉소를 보내는 것처럼 보인다. 일상의 모든 근대인은 표준형이라는 인위성의 육체를 가지고 정상성이라는 가면을 쓴 채 살아간다. 그 가면은 여학생의 패션이며 신여성의 화장이고 모던 걸의 단발이며 신사의 매너와 같은 것이다. 그리고 그 가면이 이제 인간 그 자체를 가리고 그의 정체성을 규정한다. 이러한 근대의 일상적 가면 너머 한 개인의 진정한 비밀, 그 진정성에 도달할 수 있는 방법은 없다. 모두는 위악성의 가면을 간파하고 더 큰 위악성의 가면을 자신에게 씌우기 위해 대결하고 유희할 수 있을 뿐이다.

<단발>에서 소녀의 투시적 시선은 그의 위악성의 가면을 간파하고 육체적 행동을 촉구하는 도박을 결행한다.

> (그가 과연 그의 훈련된 동물성을 가지고 소녀 위에 스탬프를 찍거든 소녀는 그가 보는 데서 그 스탬프와 얼굴 위에 침을 뱉는다.
> 그가 초조하면서도 결백한 체하고 말거든 소녀는 그의 비겁한 정도와 추악한 가면을 알알이 폭로한 후에 소인으로 천대해 준다.)
> 그러나 아마 그가 좀 더 웃길 가는 배우였던지 혹 가련한 불감증이었던지 오전 한시가 훨씬 지난 산길을 달빛을 받으며 그들은 내려왔다(249).

소녀는 그가 거친 애욕적 행동을 한다면 그의 애욕을 모욕하고, 그가 결백한 체하고 끝까지 초연한 위장을 지속한다면 그 비겁성을 폭로한다는 계획 속에서 동경으로 간다는 거짓 도박을 결행하지만, 그 도박은 성공하지 못한다. 그가 '좀더 웃길 가는 배우'가 아니면 '가련한 불감증'이었기 때문이다. 그는 거칠지도 않고 초조하지도 않은 채 소녀에게 틈을 엿보이지 않으며 초연함을 지속한다. "소녀는 그만 속이 발끈 뒤집혔다. 이 씨름은 결코 여기서 그만 둘 것이 아니라고 내심 분연하였다. 이따위 연막에 대항하기 위하여는 새롭고 효과적인 엔간치 않은 무기를 장만하지 않을 수 없다. 생각해 두었다."(250) 연막이 깨뜨려지지 않는 데서 오는 초조함으로 소녀는 그 가면에 대항할 수 있는 새롭고 효과적인 무기를 떠올린다. 그것이 '단발'이다.[393]

오빠와 친구의 동경행으로 홀로 남겨진 소녀의 고독을 알게 된 그는 승리자가 되었다고 생각한다. 가면과 진실(내막) 감추기의 도박에서 승리하여 소녀의 육체를 접수

---

393) 나은진은 이상 소설에서 여성의 단발과 남성의 수염깎기가 서로 반대의 의미를 지니는 것으로 여성은 머리를 자름으로써 힘을 얻고 남성은 수염을 깎음으로써 힘을 빼앗긴다고 지적한다. 나은진, 「이상소설에 나타난 여성성」, 『여성문학연구』6, 2001, 84-87면.

하면서도 자신은 소녀에게 애정을 가지지 않은 척 위장할 수 있다고 판단한 것이다. 그래서 그는 소녀에게 애정을 허락하는 편지를 쓴다. 그에게는 이 역시 하나의 도박이다. 즉 소녀가 그의 제안을 받아들인다면 "더 그에게 발악을 하려들지 않을 만하거든 그는 소녀를 한 마리 '카나리아'를 놓아주듯이" 놓아 주겠다는 것이다. 즉 소녀가 그 고독 때문에 먼저 그에게 몸을 맡긴다면 그것을 핑계로 소녀를 놓아 준다는 계획을 세운다. 이것으로 그는 애욕이 아니라 악마성에 입각하여 소녀를 희롱한다는 가면을 유지할 수 있게 된다. 하지만 소녀의 답장은 그의 승리를 결코 인정하지 않는다.

> "洐을 마음에 드는 좋은 교수로 하고 저는 행의 유쾌한 강의를 듣기로 하렵니다. (중략) 강의의 제목은 '애정의 문제'ㄴ가요. 그렇지 않으면 '지성의 극치를 흘낏 들여다보는 이야기'를 하여 주시나요. (중략) 제가 제 맘대로 교수를 사랑해도 좋지요? 안되나요? 괜찮지요? 괜찮겠지요 뭐? 斷髮했습니다. 이렇게도 흥분하지 않는 제 자신이 그냥 미워서 그랬습니다."
> 단발? 그는 또한번 가슴이 뜨끔했다. 이 편지는 필시 소녀의 패배를 의미하는 것인데 그에게 의논없이 소녀는 머리를 짤렸으니. 이것은 새로워진 소녀의 새로운힘을 상징하는 것일것이라고 간파하였다 (253).

소녀는 그의 제안을 받아들여서 그와의 동경행을 허락하고 사랑을 선포한다. 소녀는 '애정의 문제'인지 '지성의 극치를 흘낏 들여다본 이야기'인지 알지 못하는 그의 강의를 어쨌거나 그 주제가 무엇이든 상관없이 듣겠다고 하는데, 이는 그가 자신에게 하는 행동이 애정이든 악마성이든 관계없이 수리하겠다고 하는 표면적인 항복을 담고 있다. 하면서도 그는 '이렇게도 흥분하지 않는 제 자신이 그냥 미워서' '그에게 의논없이' 단발을 해 버린다. 여기에서 소녀의 새로운 위조 전략이 등장한다. 소녀는 그에게 애정을 고백하지만 그 애정은 거짓이다. 단발은 흔히 연인에 대한 변함없는 애정의 표현으로 단지(斷指)와 함께 행해지는 육체 상징이다. 그러나 식민지 시대에 단발은 위생적 단정함이나 실용성의 논리로 찬성되기보다는 단발랑, 모던 걸의 허위와 가면을 폭로하는 하나의 기표로 자리하게 된다. 단발은 허영에 찬 신여성들이 내세우는 외화의 한 면모일 뿐 주의나 사상을 가진 것이 될 수 없으며 단발랑들의 허영과 부도덕은 단발을 부정할 근거가 된다.

> 단발낭들의 괴풍을보면 결코단발은사랑뿐만을 위하야하는것이만흐며 구미각국에단발이류행하고 양장에쓴단발이어울니는 이세태에와서는 단발이결코어려운일이안이요 생명을 자르느니만큼 쓰린일이되지는

못한다. 무엇보다도 단발한녀자가 그남자와 평생을가티하기커녕일년의사랑을지탱하지못하는 력사를거듭
볼때에 단발노써 굿세인사랑의표증이라고보기는 곤란하다.[394]

강석자, 이월화, 김명순, 최성해 등 단발랑들의 부도덕이 사례로 보고되면서 절개의 징표로서의 단발은 희극으로 받아들여진다. 단발의 문제는 단지 머리형의 변화와 관련되는 담론으로만 남지 않는다. 그것은 단발랑, 즉 모던 걸 일반의 문제로 화하며 그들이 나타내는 애정의 위장과 경박성, 사치성의 기호로 재편된다. 이러한 문맥에서 <단발>에서 소녀는 그를 사랑하겠다고 선포하면서 도무지 흥분하지 않는 자신이 미워서 단발을 했음을 고백한다. 즉 그는 애정을 선포하는 행위 자체가 거짓임을, 하나의 가면임을 역설적으로 드러내는 것이다. 단발을 함으로써 그에 대한 소녀의 애정은 하나의 포즈, 즉 거짓이 되고 소녀의 진심은 끝없이 비밀로 감추어진다. 이렇게 비밀이 감추어진 소녀의 단발은 그 때문에 "그에게는 흥미 깊은 우선 유혹이었다." "혹은 이 시합은 승부 없이 언제까지라도 계속"되는 것이다. 절대적 애정의 상징을 통해 애정 없음을 드러내는 소녀의 위장술이 동거의 제안을 통해 애정을 감추는 그의 위장술을 능가하는 것이기에 그는 여전히 소녀의 비밀을 알지 못하고 단발의 매혹에 빠지게 된다.

(2) 〈동해〉와 〈실화〉 속 여성 정조 비밀 탐색의 놀이와 절망

매혹의 대상으로 여학생이 등장하는 일군의 작품들은 '야웅의 천재', 변신과 위장의 천재인 여성의 내막(육체비밀)을 알기 위한 취조와 의심, 포즈의 놀이를 반복한다. <동해>는 여성의 섹슈얼리티를 둘러싼 내력의 비가시성에서 오는 두려움과 매혹을 촉각의 매혹과 부패의 거부감 사이에서 직조하고 있다.

> 촉각이 이런 정경을 도해한다.
> 유구한 세월에서 눈 뜨니 보자, 나는 교외 정건한 한 방에 누워 자급자족하고 있다. 눈을 둘러 방을 살피면 방은 추억처럼 착석한다. 또 창이 어둑어둑하다.
> 불원간 나는 굳이 지킬 한 개 슞케ー스를 발견하고 놀라야 한다. 계속하여 그 슞케ー스 곁에 화초처럼 놓여 있는 한 젊은 여인도 발견한다.[395]

394) 長髮散人, 「斷髮女譜」, 『별건곤』9, 1927.9, 75 - 77면.
395) 이상, 〈동해〉, 전집 2, 259면.

'촉각'이 도해한 정경이란 내가 '방', 즉 가정을 가졌다는 것, 방을 가졌기에 '굳이 지킬 한 개 슈트케이스', 여인을 가졌다는 사실의 발견이다. '굳이 지킬 한 개 슈트케이스'란 여인의 자궁(성기)이다. '나'는 여인의 자궁을 굳건히 지켜야 한다. 이것이 결혼이라는 정조의 계약이다. 여인의 자궁을 지킨다는 것은 곧 그 자궁의 이력을 밝히고 정조의 계약으로 다른 남성의 침범을 막아내야 한다는 것이다. '나'는 나쓰미캉의 신선함과 같은 여성 성기의 매혹 앞에서 '농담처럼' 결혼을 청한다. 그것은 "결혼하면 무엇하나, 나 따위가 생각해서 알 일이 되나?" 하는 무력감을 전제하기에 농담과 같은 유희, 희화의 태도를 연출한다. '나'는 무기력과 거세공포를 위장하고 여인의 성기에 대한 매혹을 드러내는 동시에 감추기 위해 결혼의 농담을 위장하는 것이다.

　　결혼하면 나는 임이를 미워한다. 윤? 임이는 지금 윤한테서 오는 길이다. 윤이 내어대었단다. 그래보
　는 거다. 그런데 임이가 채 오해했다. 정말 그러는 줄 알고 울고 왔다(260).

　여인과의 결혼 또는 성기 결합을 연기하고 희롱하는 것은 '나'의 무기력과 동시에 임이의 정조 부재 때문이다. '나'는 윤이 "날로 패아주몽 내사 고마 마자 주울란다."는 말밖에 할 수 없을 정도로 무력하고 임은 윤이 거짓으로 내대는 행동을 오해하고 '지금 윤한테서 오는 길'이다. 여인은 '결혼반지를 잊어버리고 온 신부', '가소로운' 여자이다. 여인의 슈트케이스(성기)에는 결혼반지(정조)가 없다.

　　나는 신부 손을 붙잡고
　　"이리 좀 와 봐"
　　"아야, 아야, 아이, 그러지 마세요, 놓세요"
　　하는 것을 달래서 왼손 무명지에다 털붓으로 쌍줄반지를 그려 주었다. 좋아한다. 아무 것도 낑기운
　것은 아닌데 제법 간질간지한 게 천연 반지 같단다(262).

　'나'는 결혼반지를 잃은 여인의 손가락에 가짜 결혼반지를 그려 준다. 가짜 반지이기에 그것은 진짜 결혼이 아닌데 여인은 진짜 결혼처럼 오해한다. '아무 것도 낑기운 것은 아닌데 제법 간질간지한 게 천연 반지 같'다고 좋아하는 여인의 모습 앞에서 나는 오히려 염증을 느낀다. 그래서 '나'는 여인의 정조 없음을 밝힘으로써 그 결혼이 위장일 뿐 진짜가 될 수 없음을 폭로하려 한다. 그래서 '나'는 '트집을 잡아야겠기에' 여인의 과거 내력, 즉 성기의 내력을 캐기 시작한다. 여인은 '나'의 '잘헌다' 하는 장

단에 '윤 이외에 다섯'까지의 내력을 밝힌다. 여인의 정조가 거짓임이 밝혀진 이상 '나'는 여인의 성기와 결합해도 속지 않는다. "이런 가짜반지는 탄로가 나기 쉬우니까 감춰야 하겠기에 꺼도 얼른 컸다. 밤이 오래 걸려서 밤이었다." 하지만 다음 날 아침 패배한 것은 '나'이다. '나'는 가짜 결혼반지를 여인에게 그려 주었을 뿐인데 어느새 이발소에서 수염을 깎는 꿈을 꾼 것이다. "나는 엊저녁에 결혼했단다."

> 신부가 홀연히 나타난다. 오월철로 치면 좀 더웁지나 않을까 싶은 양장으로 차렸다. 이런 임이와는
> 나는 안식이 없는 것이다.
> 그나 그뿐인가 단발이다. 혹 이 이는 딴 아낙네가 아닌지 모르겠다. 단발 양장의 임이란 내 친근에는 없
> 는데, 그럼 이렇게 서슴지 않고 내 방으로 들어올 줄 아는 남이란 나와 어떤 악연일까? (264)

임이는 입고 온 치마저고리를 버리고 단발 양장의 차림으로 내 앞에 홀연히 나타난다. 치마저고리를 버린 것은 그것이 윤과의 관계에서 입었던 옷이기 때문이다. '나'는 임의 정조를 믿지 않는데, 임은 단발 양장으로 정조를 위장하는 것이다. 단발 양장의 여인, 그녀는 '딴 아낙네'처럼 '나'에게는 거리감 혹은 '악연'의 느낌을 준다. '나'는 단발 양장한 임이의 변화에 익숙해져 가지만 그녀의 성기의 내력을 떠올림으로써 그 위장의 현혹에서 헤어난다.

임과 '나'는 함께 윤을 찾는데 막상 윤은 '대단히 교만하다'. 그는 "먹다 냉긴걸 몰르구 집어먹었네 그려. 자넨 자고로 귀족취미는 아니라니까. 아따 자네 위생이 부족 헌 체 허구 그저 그대루 견디게 그려."(272) 하며 임이와 '나'의 관계를 부정한 것으로 조롱한다.

> 다음 순간 내 취후의 취미가
> "가축은 인제는 싫다"
> 이렇게 쾌히 부르짖은 것이다(273).

윤과 임의 장난감으로 전락한 자신을 발견하면서 '나'는 가축되기를 거부한다. "유리 속에서 웃는 그런 불결한 유령의 웃음은 싫다. 인제는 소리를 가장 쾌활하게 질러서 손으로 만지려면 만져지는 그런 웃음을 웃고 싶은 것이다." '나'는 가면의 표정을 버리고 다시 맹수와 같은 활기로 돌아가고 싶어 한다. 그러기 위해서 '나'는 윤에게 직접 자신의 승리 또는 독점을 선포한다. '나'는 윤과 임의 육체관계를 부정함으로써,

임의 정조가 자기에게 계약되었음을, 독점되었음을 주장하려 한다. "자네가 모조리 핥았다는 임이의 나체는 그건 임이가 목욕할 때 입는 비누 듀레스나 마창가질세! 지금 아니! 전무후무하게 임이 벌거숭이는 내게 독점된 걸세, 그러게 자넨 그만큼 해두구 그 병정구두 겉은 교만을 좀 버리란 말일세, 알아듣겠나." 윤이 아무리 임의 나체를 경험했다 하더라도 그것은 진정한 나체, 진정한 성기의 경험이 아니라는 강변이다. 하지만 윤은 그 논리를 거부하고 임이조차 자신의 정조를 다른 논리로 변명한다. "윤한테 내애준 육체는 거기 해당한 정조가 법률처럼 붙어갔던 거구요, 또 지이가 어저께 결혼했다구 여기두 여기 해당한 정조가 따라왔으니까 뽐낼 것도 없능거구 질시할 것도 없능거구"(275) 각각의 육체관계는 각각 정조를 가지고 있고 그 가치는 같은 것이기에 어떤 쪽의 승리나 패배가 아니라는 것이다.

> "불장난 – 정조책임이 없는 불장난이면? 저는 즐겨합니다. (중략) 정조책임이 있을 때에도 다음 같은 방법에 의하여 불장난은 – 주관적으로 만이지만 – 용서될 줄 압니다. 즉 아내면 남편에게, 남편이면 아내에게, 무슨 특수한 전술로든지 감쪽같이 모르게 그렇게 스무우스하게 불장난을 하는데 하고 나도 이렇달 형적을 꼭 남기지 말아야 한다는 것입니다. 네? (중략) 기뻐해주세요. 저는 못하는 것이 아니라 안하는 것입니다. 자각된 연애니까요. 안하는 경우에 못하는 것을 관망하고 있노라면 좋은 어휘가 생각납니다. 구토. 저는 이것은 견딜 수 없는 육체적 형벌이라고 생각합니다."(277 – 278)

'나'와 결혼한 상태에서 임이 윤과 다시 육체관계를 맺는다면 그것은 정조책임이 있는 불장난이다. 임이의 정조는 '나'에게 계약되었기 때문이다. 하지만 임은 그 정조책임이 있는 불장난의 경우에도 그것을 감쪽같이 모르게 할 수 있다면, 즉 아무 형적을 남기지 않는다면 용서될 수 있다고 믿는다. 그녀는 스스로 불장난을 못 하는 게 아니라 안 하는 것이라고 주장한다. 불장난을 안 하는 것은 '나'와의 관계가 자각된 연애이기 때문에, 즉 근대적 애정과 결혼의 공리에 입각해 맺어진 것이기 때문이다. 하지만 그 안 하기 때문에 못하는 불장난을 바라볼 때 임이는 구토, 육체적 형벌을 느낀다. 안 하기 때문에 못 하는 것은 그녀에게 참을 수 없는 욕망을 가져오는 것이다. 불장난의 욕망을 토로함으로써 그녀의 '불장난을 못하는 게 아니라 안하는 것'이라는 주장은 도리어 '나'에게 "언제든지 아무 겸손이라든가 주저 없이 불장난을 할 수 있다는 조건부계약을 차도 복판에 안전지대 설치하듯이 강요하고 있는 징조임에 틀림은 없다"는 판단을 가져온다. 즉 임이는 불장난에 대한 욕망 – 구토를 표현함으로써 언제든지 불장난을 할 수 있다는 조건부 계약을 '나'에게 강요하고, 대신 그 형적을 육체에 남기지 않겠다고 약속하는 셈이다. 그렇기 때문에 임이의 육체는 이제 '나'에게 불투명한 것이 되고 만다. 임이는 '나'와 결혼함으로써 정조를 지키는 것이 아니라 오히려 때때로 정조를 깨뜨릴 수 있는 불장난을 허용받게 된다. 결혼을 하지 않았을 때 '나'는 임이의 내력을 알아낼 수 있었지만, 결혼을 했기 때문에 오히려 당당하게 불장난 할 수 있는 임이의 육체는 더 이상 그 내력을, 비밀을 '나'의 눈에 투명하게 드러내지 않는다. 이처럼 가내의 존재가 될 수 있는 여성, 양육자-간호부와 같은 존재가 아니라 근대적 연애의 대상이 될 수 있는 여성으로 선택되는 여학생은 그 매혹적 속성과 가면 때문에 성기의 내력, 정조를 둘러싼 비밀을 위장하고 폭로하는 유희를 펼쳐나가게 된다. 그리고 비밀의 위장과 폭로의 유희는 언제나 이상의 패배로 돌아가는 듯 보인다.

<실화>는 비밀과 위장을 둘러싼 이상 특유의 에피그램을 제출하며 시작된다.

> 사람이
> 비밀이 없다는 것은 재산 없는 것처럼 가난하고 허전한 일이다.[396]

자신의 욕망이나 내력, 의도를 둘러싼 비밀을 갖고 끝없이 야옹의 놀이 혹은 가면 쓰기를 수행할 수 있어야 한다는 것이 서술자가 파악한 자본주의 사회 속 개인의 생존 조건이다. 사람은 재산을 가져야 하는 것처럼 비밀을 가져야 한다. 근대 자본주의 사회가 요구하는 생산과 소비의 육체 질서를 받아들인 인간은 한 사람의 노동자 혹은 한 사람의 아내로서 공식적인 역할을 부여받고 그 역할의 논리에 따라 각자의 가면을 꾸려 가는 존재이다. 공사영역이 분리되면서 생겨난 개인은 공적 생산성과 함께 사적 영역의 내밀성을 요구한다. 이로부터 육체는 비밀을 가진 것, 불투명해서 비밀이 드러나지 않는 것이 된다. 비밀을 가진 육체를 화폐의 소유와 연관 짓는다는 점에서 이상의 육체 인식은 염상섭과 유사하지만 이상에게 모든 육체의 비밀이 '여성의 정조'로 환원된다는 점에서 염상섭과 구분된다. 염상섭에게 육체의 비밀은 정조의 비밀이 아니라 정체성의 비밀이다. 그렇기 때문에 염상섭은 단발 미인, 양장미인의 패션을 좇아 그 외양이 드러내는 정체성을 기호화하고 해석한다. 반면 이상에게 육체의

---

396) 이상, 〈실화〉, 전집 2, 357면.

비밀은 정조로 귀결된다. 유혹적인 여성의 치장된 육체에서 정조의 흔적을 찾을 수 없다는 것, 여기에서 그의 위장과 은폐, 폭로의 유희가 지속된다.[397]

이광수에게 정조 훼손은 임신이나 출혈의 형태로 가시화된다. '피'가 내밀한 욕망과 감정의 상태까지 드러낸다. 하지만 이상에게 정조와 관련한 피의 이미지는 불순한 것이다. 수필 <혈서삼태>에서 피의 불순성, 비가시성은 단적으로 드러난다. 이상은 이 수필에서 무엇보다 '혈서'의 존재 자체를 희화화한다. 혈서란 생의 절대성을 바탕으로 애정의 절대성을 고백하는 한 형식, 피의 순수성과 생명의 이미지를 담보로 하여 절대적인 사랑, 변치 않는 사랑을 상징하는 표현인데, 그것을 조롱하고 희화화하는 것이다. 혈서가 아니라 위조혈서의 이야기를 씀으로써 그는 피의 가시성을 부정한다. 여성에게 정조를 읽어 낼 수 없다는 것, 여성의 성기는 나쓰미깡처럼 신선한 촉감으로 매혹하지만 그 매혹에 정조를 확인할 수 없다는 비가시성이 그에게 절망을 낳고, 그 때문에 그는 '비밀이 없다는 것은 재산 없는 것처럼 가난하고 허전한 일'이라고 토로하는 것이다.

<실화>에서 동경에 온 '나'는 C양의 '혈색이 없이 입술조차 파르스레'한 얼굴을 바라보며 '범과 같이 건강한' C 군과 오빠－누이동생인 척하며 사실은 부부관계를 맺고 있는 C 양의 그 입술이 '무슨 이유로 조렇게 파르스레한가를' 다른 사람은 모를 것이라는 점을 떠올린다. C양의 육체의 비밀, 그것은 동거에서 오는 것이지만 그 파르스름한 입술은 정조의 파기에서 오는 것이 아니라 '횟배 앓는다'는 이유로 오해 혹은 위장된다. 이 C 양의 육체 위장으로부터 연이의 비밀에 대한 연상이 떠오른다. "연이는 지금 방년이 이십, 열여섯 살 때 즉 연이가 여고 때 수신과 체조를 배우는 여가에 간단한 속옷을 찢었다. 그리고 나서 수신과 체조는 여가에 가끔 하였다. 여섯－일곱－덟－아홉－열－"(362)

> "선생님 선생님－이 귀염성스럽게 생긴 연이가 엊저녁에 무엇을 했는지 알아내면 용하지"
> 흑판 위에는 '요조숙녀'라는 액의 흑색이 임리하다.
> "선생님 선생님－제 입술이 왜 요렇게 파르스레한지 알아맞히신다면 참 용하지."(362)

---

397) 안미영은 이효석과 이상의 소설이 공통적으로 '욕망하는 육체'의 특성을 보여 준다고 지적하면서도 이효석의 욕망하는 육체가 이상과 달리 정신적인 요소가 부재한 상태, 즉 그 육체성만을 나타낸다고 본다(안미영, 앞의 책, 188면). 하지만 소비 향유와 소모 탈주라는 두 사람의 소설이 가진 변별적 맥락을 무시한 채 단선적으로 정신성의 유무를 논의하는 것은 성급하다. 이효석의 향유적 관점에서 보면 섹슈얼리티와 매혹은 오히려 세밀하게 변별된 것이며 이상의 정조 논리는 단순한 것이 될 수 있는 까닭이다.

'요조숙녀'의 도덕을 가르치는 학교의 수신과 체조시간은 연이와 C 양에게는 오히려 육체의 내력, 정조의 비밀을 만들어 가는 과정이 된다. 학교의 훈육―감시의 시선 속에서 결코 드러나지 않는 육체의 비밀. 여학생인 그들은 오히려 학교 속에 있기 때문에 정조의 비밀이 드러나지 않는다. 여학생이기에 요조숙녀이고 요조숙녀이기에 정결하다는 가면이 씌워지기에 그들의 정조의 비밀은 드러나지 않는다. 그들은 여학생이기에 정조를 위장하고 위장된 정조의 순결성으로 남성을 매혹한다. 그 매혹은 비밀을 가졌기에 사기당할 수 있는 상품이다. 그녀와의 거래에서 승리하기 위해서는 더 큰 거짓과 비밀을 마련할 수밖에 없다.

> R영문과에 재학중인 연이는 전날 밤에는 나와 만나서 사랑과 장래를 맹서하고 그 이튿날 낮에는 깃싱과 호―손을 배우고 밤에는 S와 같이 음벽정에 가서 옷을 벗었고 그 이튿날은 월요일이기 때문에 나와 같이 같은 동소문 밖으로 놀러가서 베―제 했다. S도 K 교수도 나도 연이가 엊저녁에 무엇을 했는지 모른다. S도 K 교수도 나도 바보요 연이만이 홀로 눈가리고 야옹하는 데 희대의 천재다(363).

다른 사람의 눈을 가리고 '야옹'하기의 천재 연이는 학생이기에 순결한 가면을 갖지만 그 가면 아래에서 온갖 육체 비밀을 만들어 간다. S와 K 교수와 '나' 사이에서 옷을 벗고 키스를 나누고 강의를 들으면서 그녀는 세 남성을 한 육체 속에 품고 그 흔적을 감춘 것이다. S의 사무실에서 성교를 하고 인파 속에 섞이지만 그 인파의 아무도 연이가 방금 무엇을 하고 나왔는지 알아맞히지 못한다. "그때에도 연이의 살결에서는 능금과 같은 신선한 생광이 나는 법이다."(363) 비밀을 간직했으나 그 살결에서는 언제나 신선한 생광, 즉 여학생의 순결함만을 풍기기에 사람들은 결코 비밀을 알지 못한다. 비밀을 가졌다는 데서 오는 연이의 야옹은 그치지 않는다. 그러나 '나', 이상은 그러한 육체의 비밀을 가지지 못했으니 '재산 없는 것보다도 더 가난하고 싱겁다.' 즉 '나'에게는 야옹의 능력, 위장의 기술이 존재하지 않는다.

> 유정! 유정만 싫다지 않으면 나는 오늘밤으로 치러버리고 말 작정이었다. 한개 요물에게 부상해서 죽는 것이 아니라 이십칠 세를 일기로 하는 불우의 천재가 되기 위하여 죽는 것이다.
> 유정과 이상―이 신성불가침의 찬란한 정사―이 너무나 엄청난 거짓을 어떻게 다 주체를 할 작정인지
> "그렇지만 나는 임종할 때 유언까지도 거짓말을 해줄 결심입니다."
> "이것 좀 보십시오."
> 하고 풀어헤치는 유정의 젖가슴은 초롱보다도 앙상하다. 그 앙상한 가슴이 부풀었다 구겼다 하면서 단말마의 호흡이 서긂다.

"명일의 희망이 이글이글 끓습니다."(367)

연이에게 배신당하고 '신념을 빼앗긴', '나'는 각혈하는 예술가 유정을 찾아가 정사를 제안한다. '나'는 임종할 때 유언까지 거짓말을 함으로써 '불우의 천재'가 되기 위해 죽으려 한다. 죽음을 도박으로 한 육체의 비밀을 만들려고 하는 것이다. '나'의 죽음을 둘러싼 비밀은 유정과 함께 정사함으로써 예술과 운명의 공통성에 입각한 동지적 정사, 예술가적 정사의 상을 만들고 세상을 속이는 것이다. 경박한 여인에게 상처받고 신념을 잃었기 때문에 자살한 것이라는 진실을 숨긴 채 그 진실보다 화려한 위장, 거짓을 유정과의 정사를 통해 꾸미려 한다. 그러나 이는 유정의 앙상한 가슴이 쉬는 호흡을 봄으로써 좌절된다. '나'보다 훨씬 전에 신념을 빼앗긴 유정은 그럼에도 '명일의 희망이 이글이글 끓'는 가슴을 가진다. 즉 유정은 각혈로 죽어 버릴 때까지 결코 희망을 놓치지 않기에, 절망하지 않기에 자살은 할 수 없다. 세상까지를 기만할 수 있는 비밀, 목숨을 내걸었기에 불우의 기만이 될 수 있었던 비밀이 실행될 수 없기에 '나'는 동경으로 떠나온다.

동경 우글거리는 군중 속, '나'는 법정대생 Y 군을 만난다. 그는 "인생보다는 연극이 재미있다는 이다. 왜? 인생은 귀찮고 연극은 실없으니까." 이 Y 군은 또 다른 야옹의 천재이다. 인생보다도 연극을 즐길 수 있는 인간, 즉 가면의 유희를 즐길 수 있는 인간이기에 그에게는 야옹 너머의 진실을 발견하려는 욕망조차 없다. '나'는 오만한 일고 휘장을 단 핸섬 보이에게 '자네도 야옹의 천잰가'하는 글을 준다. 오만한 일고생, 그 미목수려한 천재는 '나'의 텁석부리를 보며 조롱을 자행한다. 연이와 마찬가지로 비밀을 간직하고 야옹의 기교를 부릴 수 있는 일고생과의 만남이란 '나'에게 결국 '정조'를 문제 삼는 자신이 "이십세기를 생활하는 데 십구세기의 도덕성 밖에는 없으니 나는 영원한 절름발이"라는 인식을 준다. 그 인식 속에서 '나'는 자살하려는 위장만 한 채 절대 자살은 하지 않는 것으로 비밀을 만든다는 포즈를 짓지만, 이미 내게는 육체가 없다.

> 봐라. 내 팔. 피골이 상접. 아야아야. 웃어야 할 터인데 근육이 없다. 울려야 근육이 없다. 나는 형해다. 나－라는 정체는 누가 잉크 짓는 약으로 지워 버렸다. 나는 오직 내－흔적일 따름이다(369).

'나'에게는 위장의 표정을 만들 수 있는 근육이 사라져 버렸다. 해골과 뼈밖에 남지 않았기에 '나'는 어떠한 위장도 할 수 없다. 위장할 수 있는 근육, 즉 불투명성을 만들 수 있는 육체가 사라진 채 '나'는 정체성 자체가 지워진 '내 흔적'이 되어 있다. '나'는 스스로를 근육이 사라졌기에 '흔적'이 된 자아, 골편으로 규정짓는다. 이는 화려한 변신술을 가진 여학생의 '사치함'과 의도적인 대조를 위해 조직된, 소모적 육체의 형상이 된다. '나는 시체다'라고 표현함으로써 '나'는 일상의 표정을 규정짓는 모든 위조를 전도하는 위험한 가면, 본모습인 가면을 치장하는 것이다.

(3) 〈종생기〉에 나타난 골편의 위장과 유희

수필 <얼마 안되는 변해>에서 이상은 골편을 소모적 육체로서 대변되는 자아의 상징으로 정립해 보인다. 금홍 3부작에서 '거미'나 '박제'가 양육이나 교화를 거부하는 소모적 육체의 상징으로 조직된다면 '골편'은 자본주의 사회의 타락한 교환 과정에서 끊임없이 거짓과 비밀의 위장을 조직하는 근대인의 안면성에 대한 부정을 의미하는 상징으로 조직된다.

> 그는 뼈와 살과 가죽으로써 그를 감싸주는 어느 그의 골격으로 되어 있었다. 그의 부역을 감하기 위해서 어떤 그는 추위에 떨면서 초겨울의 비 속을 걷고 있었다. 추위와 슬픔이 어떤 그의 뼈속으로 스며들었다. (중략) 어떤 그한테 끌리어서 그라는 골편은 방향을 거꾸로 걸었다. 그는 일각을 서두르면서 편안히 쉴 수 있는 숙소를 찾고 있었지만 도로는 삘딩에로 이어지고 삘딩은 또한 가랑비 속으로 이어져 있다(290 - 291).

죽음의 각인과 권태로운 생활 속에서 탕진되어 골편으로만 존재하는 육체는 '편안히 쉴 수 있는 숙소를 찾고 있었지만 도로는 삘딩에로 이어지고 삘딩은 또한 가랑비 속으로 이어져 있다.' 즉 근대 자본주의 도시의 어디에도 골편으로서 비밀을 숨기는 위장이나 연출을 수행할 수 없는 그가 편안함을 느낄 수 있는 장소는 없다. 거꾸로 걷는 '그라는 골편'의 존재, 그럼에도 불구하고 그 골편을 끌고 가는 '어떤 그'. 이는 훈육적 육체의 질서를 내면화했기에 거기에서 이탈 / 격리 / 소외된 상태(골편)에서도 결코 그 훈육적 시간 질서의 공리를 벗어나지 못하는 산책의 형태를 보여 준다. 반면 그가 매혹을 느끼는 한 여인은 그와 달리 골편이 아니라 결코 본질을 알 수 없는 수없이 많은 껍질들로 채워진다.

> 한 개의 능금의 껍질을 벗기자 한 개의 배로 되었기 때문에 그 배의 껍질을 벗기자 한 개의 석류로
> 되었기 때문에 그 석류의 껍질을 벗기자 한 개의 네블로 되었기 때문에 그 네블의 껍질을 벗기자 이번에
> 는 한 개의 무화과로 되었기 때문에…… 걷잡을 수 없는 포학한 질서가 그로 하여금 그의 손에 있던 나
> 이프를 내동댕이쳐버리게 하였다. (중략) 드디어 그는 결연히 그의 제 몇 번째인가의 늑골을 더듬어보았
> 다. 흡사 이브를 창조하려고 하는 신이 아담의 그것을 그다지도 힘들어서 더듬어 보았을 때의 그대로의
> 모양으로…… 그래가지고 그는 그것을 그 수초에 삽입하였다. 세상에 다시 없는 아름다운 접목을 실험하
> 기 위해서. 허나 골편은 골편대로 초라하게 메말라버린 뒤 그 수목의 생리에 하등의 변화조차도 없이 하
> 물며 그 꽃에 변색은 없었다(292-293).

그는 여성에게 매혹을 느끼고 그녀의 정체성, 육체의 비밀로서 정조를 알고자 하지만 그 여성은 끝없이 가면과 위장을 뒤집어쓰고 있어서 그 육체의 진실에는 도무지 도달하지 못한다. 여성의 껍질은 배와 석류, 파인애플과 무화과로 끝없이 변모할 뿐 진정한 속살을 내보이지 않는다. 그는 결국 관계를 포기하려다 결연한 마음으로 다시 그의 늑골(성기)을 수초(여성성기)에 삽입한다. 다시없는 아름다운 접목, 즉 출산(잉태)을 위해서. 하지만 골편(성기조차 그는 골편으로, 즉 아무런 비밀 – 생산력이 없는 존재로 이해한다.)은 그대로 메말라 버리고 (즉 그는 발기 또는 사정에 실패한 것이다.) 수초에도 변색은 없다. 그의 흔적은 여성의 성기에 전혀 남지 않는다. 그는 생리적으로 거세되어 있으며 자녀를 출산할 수 없는 상태에 있었던 것이다. 여성과의 관계에 실패했을 때, 그의 몸속에 남은 모든 생명력 혹은 액체(유기체)는 피로 분출되어 나온다. 각혈의 순간이다. 그는 여성의 자궁에 사정함으로 잉태를 시키려 하지만 골편에는 잉태할 수 있는 정자가 남아 있지 않고 단지 죽음에 이르는 소모의 각혈, 더러운 피만이 남아 분출되는 것이다. "그는 아득하였다. 그의 뇌수는 거의 생식기처럼 흥분하였다. 당장이라도 파열할 것만 같은 이 동통이 그의 중추를 엄습하였다. 이것은 무슨 전조인가? 그는 조용히 사각진 달의 채광을 주워서, 그리고는 지식과 법률의 창문을 내렸다. 채광은 그를 싣고 빛나고 있었다. 순간 그는 제풀로 비상하게 잘 제련된 보석을 교묘하게 분만하였던 것이다. 그는 월광의 파편 위에 쓰러졌다." 그는 뇌수의 흥분(각혈 순간의 신경증) 속에서 파열할 것 같은 중추의 통증을 느낀다. 그리고 고요한 달빛(죽음 또는 창백함) 속에서 '잘 제련된 보석' 즉 핏덩이를 분만(각혈)한다. 비밀이나 내밀성을 갖지 못하는 골편이란 결국 공적인 시공간에서든 사적인 시공간에서든 어떠한 생산성도 나타내지 못하는 전염병자의 자의식을 대변하는 것이 된다.

<종생기>는 이러한 골편으로서 죽음을 이용한 육체 위장하기의 전략을 나타낸

다.[398] "죽는 한이 있더라도 이 산호 채찍을랑 꽉 쥐고 죽으리라 네 페포파립 위에 퇴색한 亡骸위에 봉황이 와 앉으리라."[399] <종생기>에서 해골(폐포파립위에 퇴색한 망해)은 훈육이나 소비와 다른 방식으로 장식되고 변조될 수 있는 육체, 새로운 변장과 위장의 무대가 되는 소모적 육체로 나타난다. 얼굴과 근육을 갖지 못하기에 '틀림도 없는 만이십오세와 십일개월의 「홍안미소년」'인 나는 '날마다 운명하였다'(378) '일생의 하루'는 나에게 '하루의 일생'으로 재편된다. 일생과 하루를 동일시함으로써 '나'는 내 삶을 '좀 과하게 치사스럽다는 느낌'이 없지 않게 '분장'한다. 나는 의도적인 소모로 재편된 삶을 매일 매일의 유서를 쓰는 것으로 위조한다. 그것은 자본의 생산성에서 거세된 존재의 진실을 넘어 의도적인 게으름과 유폐, 절망의 위장이 되는 것이다. 이를 통해 새로운 데카당, 모던 생활자의 얼굴을 그는 기획한다.[400] "남들 좀 보라고" 의도적으로 낮에 자는 것으로, 시간을 소모하는 것으로 세상을 속이고 고매한 척하는 것이다. '나'는 고매한 종생의 포즈를 위해 외양과 행동, 걸음걸이 하나까지도 의도적으로 배치한다. 하지만 이러한 고매성의 위장은 소녀와의 산책을 통해 조롱되고 만다.

> 그랬더니 그만두잔다. 당신의 그 어림없는 몸치렐랑 그만 두세요. 저는 어지간히 식상이 되었습니다 한다. 그렇다면? 내 꾸준한 노력도 일조일석에 수포로 돌아가는 것이 아닌가. 대체 정희라는 가련한 '석녀'가 제 어떤 재간으로 그런 음흉한 내 묘계를 요만큼까지 간파했다는 것이다(391).

'나'의 의도적인 치장의 변신술은 정희의 치장 앞에서 힘을 발휘하지 못한다. "웃니는 좀 잇새가 벌고 아랫니만이 고운 이 한결같이 결함의 미를 갖춘 깜찍스럽게 새치미를 뗄 줄 아는 얼굴"과 '사팔뜨기'와 '근시 육도', '좌난시우색맹'의 '선천적 훈장'을 가진 정희의 치장과 변장은 그 매혹으로 인해 '나'의 점잖은 척하는 몸치레의 우위에 선다. 그 때문에 '나'는 "판관이여! 정희에 비교하여 내게 부족함이 너무나 많지 않소이까?"라고 패배를 인정한다. 하지만 정희의 스커트 속에서 S의 편지가 떨어지는 것으로 자궁의 정조를 둘러싼 정희의 거짓이 드러나고 '나'는 혼도한다. 나는

---

398) 김양선은 〈종생기〉 등에서 나타나는 이상의 죽음의 위장은 나르시시즘적인 자아가 자기를 연기함으로써 정체 드러내기를 지연하는 방식이라고 간주한다. 김양선, 「1930년대 모더니즘 소설과 몸의 서사」, 『여성문학연구』8, 2002, 138–143면 참고.

399) 이상, 〈종생기〉, 전집 2, 375면.

400) 김윤식은 〈단발〉의 의미를 모던 생활자의 외화와 그 속에 담는 모더니즘의 진지한 문제의식의 중층으로 해명한다. 김윤식, 「모던 생활자와 그 파트너 속의 작가」, 『이상문학 텍스트 연구』, 서울대학교출판부, 1998.

그녀에게 죽음을 걸고 종생을 위장했는데 그에 임하는 정희의 태도는 어디까지나 거짓과 사기 행각으로 귀결된 것이다. 정희의 '공포에 가까운 변신술'의 희생이 되어 '만 이십오세와 십일개월'로 나는 '노사'한다. 이것으로 '나'는 위장된 종생을 드디어 성취하게 되는 셈이다.

틀림없이 젊은 육체로 노사하기란 그가 매순간 계산적으로 재배치한 종생의 전략과는 다른 것이라 하더라도 분명 사치한 종생의 위장이 될 수 있다. 즉 그는 치장을 버림으로써 골편의 가면을 성취하고 끝없는 종생기를 쓸 수 있게 된 것이다. 골편은 소모인 동시에 그 소모 때문에 치장의 논리에서 패배한 존재이며 패배했기에 새로운 육체의 가능성과 재료가 될 수 있는 잠재태가 된다. 즉 골편은 살의 치장, 굳어진 근육의 가면을 벗고 아무런 의미도 낳지 않기에 불모성을 갖지만 또한 그 속에 의미가 새겨질 수도 있는 질료가 되기에 새로운 육체의 가능성으로 남는 것이다.

> 신통하게도혈홍으로염색되지아니하고하이안대로뺑끼를칠한사과를톱으로쪼갠즉속살은하이안대로하느님도역시뺑끼칠한세공품을좋아하시지 – 사과가아무리빨갈더라도속삭을역시하이안대로.　하느님은이걸가지고인간을살짝속이겠다고.흑죽을사진촬영해서원판을햇볕에비쳐보구료 – 골격과같다두개골은석류같고아니석류의음화가두개골같다.(?)여보오　산사람골편을보신일있수?　수술대에서 – 그건죽은거야요살아있는골편을보신일있수?이빨!　어머니 – 이빨두그래골편일까요.　그렇담손톱두골편이게요?난인간만은식물이라고생각커든요.401)

골편은 뺑키칠한 사과를 톱으로 쪼갠 하얀 속살, 즉 피가 상실된 육체로 묘사된다. 살아 있는 골편, 그것은 뼈가 아니라 이빨이나 손톱이다. '뼈'가, 근육이나 피가 소모되어 버려 위장이 불가능하기에 비밀의 대결에서 패배하고 죽어 갈 수밖에 없는 육체를 보여 준다면, 이빨이나 손톱은 자본의 축적과 소비 가운데 타락해 가는 근대의 육체 질서에 대한 탈주를 그린다. 이빨이나 손톱은 자라기에 살아 있지만, 피도 없고 감각도 없이 조금씩 깎이기 위해서만 존재하기에 죽어 있다. 삶과 죽음이 혼종된 상태, 경계에 위치함으로써 근대의 구획된 육체 질서를 다시 쓸 수 있는 가능성이 생겨나는 것이다. 이빨이나 손톱과 같은 골편으로서의 인간, 즉 식물로서의 인간에게 성장은 곧 깎여 나감이다. 이는 더 이상 벗겨낼 얼굴, 비밀이 없는 육체로 유일한 가시성을 갖는다. 이 가시성을 통해 이상은 자본의 욕망과 권력이 가로지르는 굳어진 안면성, 기계적인 육체를 비판하고 해체한다.

---

401) 이상, 「골편에 대한 무제」, 전집 3, 228면.

이광수에게 피는 내부에 존재하는 정신과 성격, 건강과 열정 등 모든 내면을 가시화한다. 그렇기 때문에 피가 존재하는 한 거짓은 드러나며 어떠한 위장도 존재할 수 없다. 혈통을 추적하고 피를 분석하면 모든 내막이 검출되기 때문이다. 그러나 이러한 투명성은 개성의 논리, 패션이 결정짓는 정체성 속에서 사라진다. 20세기를 살아가는 인간의 육체는 치장이 곧 진실이 되어 버린 형국이다. 비밀을 간직하고 흔적을 숨기며 다마네기 같은 얼굴을 가져야 한다. "계집의 얼굴이란 다마네기다. 암만 베껴보려므나. 마지막에 아주 없어질지언정 정체는 안 내놓으니."402) 노동의 기관이 아니라 얼굴의 유희가 문제시되는 것, 이것이 20세기의 도덕률이다. 염상섭이 '얼굴과 미모'를 발견함으로써 치장을 벗겨낸 정체성을 탐색한다면 이효석은 그 다마네기 같은 얼굴 자체의 미감을 탐색한다. 김유정에게 근대성은 얼굴이 아니라 그 얼굴 가운데 있는 입만이 문제였다면, 이상은 위장된 가면이 굳어 버린 진실이 된 근대의 치사함에 대결하려 하는 것이다.

처녀작 <12월 12일>로 돌아가 보자. T의 방화로 모든 사건이 종결된 연재 8회의 끝에는 다음과 같은 에필로그가 붙어 있다.

> (모든 사건이라는 이름 붙을 만한 것들은 다 – 끝났다. 오직 이제 남은 것은 '그'라는 인간의 갈 길을 그리하여 갈 곳을 선택하며 지정하여 주는 일뿐이다. '그'라는 한 인간은 이제 인간의 인간에서 넘어야만 할 고개의 최후의 첨편에 저립하고 있다. 이제 그는 그 자신을 완성하기 위하여 그리하여 인간의 한 단편으로서의 종식을 위하여 어느 길이고 걷지 아니하면 아니될 단말마다. (중략) 그에게 영혼이라는 것을 부여치 아니하고는 – 즉 다시 하면 그를 구하는 최후에 남은 한 방책은 오직 그에게 영혼이라는 것을 부여하는 것 하나가 남았다.)403)

이 에필로그는 연재 첫 회 서두에서 밝힌 <공개장>의 결말에 해당한다. 재차 방랑에 나서면서 자신의 왜곡된 삶, 영점의 인간성을 공개한다는 의도에서 쓰인 무명씨 ×의 과거 이야기는 모두 끝이 났다. ×에게 남은 것은 자신이 갈 길을 선택하는 새로운 유랑이 있을 뿐이다. 유랑이기에 '탐험이나 산보', 즉 문명적 개척이나 제국주의적 점령 같은 것은 되지 않는다. 그것은 '인간의 한 단편으로서의 종식을 위하여 어느 길이고 걷지 아니하면 아니될 단말마'의 행위인 것이다. 연재 9회분은 절름발이(야만)이면서 의학(문명)을 배운 경계인 ×의 구원 가능성에 대한 탐색이다. 그 탐색의 시공

---

402) 이상, 〈실화〉, 전집 2, 369면.
403) 이상, 〈12월 12일〉, 전집 2, 136면.

간이 '12월 12일'이며 '철도'이다. 즉 그는 귀국하는 그 시간 그 장소로 되돌아가고 있는 것이다.

> "저 오늘이 며칠입니까?"
> "오늘? 十二月 十二日?"
> "네!"
> 기적 일성과 아울러 부근의 '시그널'은 내려졌다. 동시에 남행열차의 기다란 장사가 그들의 섰는 곳으로 향하여 달려왔다(140).

철로의 시그널 위에서 그는 오늘을 반복되는 12월 12일로 확인한다. 이 세계와 저 세계를 가로지르는 경계인이란 반복되는 시간 속에서 철로 위에 선 인간, 어디론가 향해야 하며 삶과 죽음을 가로지를 수도 있는 공간 위에 선 존재를 나타낸다. 경계를 가로지르는 철로 위에서 무명씨 ×는 분사한다. 동시에 그는 보수 받지 못했던 모든 노력의 보상을 받듯 '거룩한 성도들과 함께 보조를 맞추어 새로운 우주의 명랑한 가로를 걸어'가게 된다.

> 기관차의 '피스톤'은 그의 해골을 이끌고 그의 심장을 이끌고 검붉은 핏방울을 칼날로 희푸르러 있는 선로 위에 뿌리며 십리나 이십리 밖에 있는 어느 촌락의 정거장까지라도 갔는지도 모른다. (중략)
> "오늘이 며칠입니까?" 이 말을 그는 그 같은 사람에게 우연히 두 번이나 물었는지도 모른다. 따라서 "十二月 十二日!" 이 대답을 그는 같은 사람에게서 두 번이나 들었는지도 모른다. 그러나 모든 것은 다 그들에게 다만 모를 것으로만 나타나기도 하였다.
> 인과에 우연이 되는 것이 있을 수 있을까? 만일 인과의 법칙 가운데에서 우연이라는 것을 찾을 수 없다 하면 그 바퀴가 그의 허리를 넘어간 그 기관차 가운데에는 C 간호부가 타 있었다는 것을 어떻게 나 사람은 설명하려 하는가? 또 그 C 간호부가 왁자지껄한 차창 밖을 내어다보고 그리고 그 분골쇄신 된 검붉은 피의 지도를 발견하였을 때 끔찍하다 하여 고개를 돌렸던 것은 어떻게나 설명하려는가? 그리고 C 간호부가 닫친 차창에는 허연 성애가 슬어 있었다는 것은 어찌나 설명하려는가? (141-142)

×의 구원은 그의 해골과 심장이 검붉은 핏방울을 뿌리며 끌려간 '희푸르러 있는' 선로, 모든 것이 반복되고 순환되는 자리에서 이루어진다. 기관차에 의해 그의 시신이 조각조각 흩어지는 그 시간 그 공간에 ×의 또 다른 두 분신이 각자의 역할을 수행하고 있다. 신사는 ×에게 두 번 '十二月 十二日'을 각인시켜 주며 C 간호부[404)는

---

404) 그는 끝없는 유랑을 지향하는 ×의 분신이 된다. 기존 연구사에서는 철도국에 다니는 신사만을 분신으로 보기에 C 간호부와 그의 아들의 분신 역할에 대한 해명을 보이지 않는다. 김주현, 「이상 소설과 분신의 주제」, 『이상소설 연구』, 소명출판, 1998.

귀국하던 ×와 같은 자리에 앉아 어딘가로 떠나가고 있다. 이런 것에 대해 '우연'이라는 말로 설명할 수 있을까? 작가는 '인과에 우연이 되는 것이 있을 수 있을까?'라는 질문을 통해 모든 주제를 통합한다. 즉 인과의 질서만이 아니라 우연의 질서가 가능하다는 것, 그 우연의 질서란 모든 것이 반복되는 동시에 조금씩 달라지는 나선형적 환원의 구조를 가진다는 것, 골편으로의 해체와 반복 속에서 그의 삶은 조금씩 달라질 수 있으며 그 반복과 변조 속에 구원의 가능성이 자리한다는 것이다.

12월 12일의 철로 또는 항구는 경계성을 갖는 시공간이다. 경계성이란 스스로 수정의 시공간에 속해 있음을 뜻한다. 그것은 과거와 미래를 끝없이 재기입하는 현재의 되돌아옴으로, 지금여기에서의 간섭의 공간으로서 새로운 인식과 창조를 가능케 한다. <十二月 十二日>은 잘 짜인 환원의 구조 속에[405] 경계인의 새로운 가능성의 탐색이라는 주제를 녹여내고 있는 것이다. 무명씨 ×는 죽었으나 그 해체된 유골은 분신들의 출발을 통해 생을 반복하고 있다. 골편이기에 그것은 형상이 가능한 질료가 되고 그 질료에 어떤 욕망을 투여하여 어떻게 구조화하는가에 따라 새로운 가능성을 가진 운명, 육체가 빚어진다. 골편은 이 점에서 분신의 주제와 연결되는 것이다. 열차에 탄 C 간호부의 유랑이 새로운 길 찾기의 가능성이라면 불가에서 울부짖는 어린아이의 존재 역시 미지의 영역으로 남아 있는 가능성이다. 가족의 죽음과 적빈으로부터 벗어나기 위해 일본으로 건너가 문명의 논리를 배우고 절름발이의사라는 정상과 비정상의 혼성적인 육체를 가지고 조선으로 돌아와 몰락해 간 무명씨 ×의 삶은 C 간호부와 그의 아들을 통해 반복된다. 그 반복된 삶이 어떤 가능성과 결과를 낳을 것인가. 그 질문에 답하지 않은 채 소설은 끝이 난다. 두 사람은 여전히 이 공간과 저 공간을 가르는 철로 위를 달리거나 철로에 가로누워 있는 모습으로, 경계인의 모습으로 끝없이 나아가고 있을 뿐이다. 이것이 골편으로 제기되는 이상의 육체 형상화가 갖는 궁극적 의미, 무한히 진보하는 것이 아니라 영원히 반복되고 변경됨으로써 근원을 삭제하고 유희만을 지속하는 행위의 의미를 이루는 것이 아닐까. 생산과 축적, 타락한 소비의 교환 모두를 배척하는 가운데 진보도 반복도 부정하고 유희의 순간성과 변경 가능한 시공간, 실체를 판별할 수 없는 질료로서 육체를 그려 보이는 것. 이것이 이상의 소모적 육체 담론이 가진 긍정적인 의미로 자리매김될 수 있는 것이다.

---

405) <十二月 十二日>의 구조는 1부의 첫머리와 2부의 끝이 융합하고 2부의 첫머리와 3부의 끝이 융합하는 가운데 1부를 다시 시작하는 잘 짜인 환원의 구조로 설명할 수 있다.

⑧ 결론

이상으로 필자는 한국 근대 소설을 육체라는 관점에서 새롭게 바라보고 해석하는 것을 목표로 이광수, 염상섭, 이효석, 김유정, 이상의 식민지 시대 소설들을 분석해 보았다. 근대 소설에서 다루어지는 육체는 철도, 우편, 통신, 핵가족과 같은 근대 제도와 학교, 병원, 백화점과 같은 사회기구를 통해 재조직된 것으로 나타난다. 새로운 제도와 기구의 출현은 육체의 길들이기를 수반하며 이에 따라 사람들은 전에 없던 육체적 취향, 특징, 능력들을 가지게 되면서 새로운 인간으로 바뀌어 간다. 이 책에서 '육체'라는 용어는 근대 사회가 창출한 다양한 제도와 사회 기구의 경험을 통해 만들어지는 전반적인 육체상을 의미한다. 그것은 본질적으로 언어적 대상, 육체 담론이라고 할 수 있으며 생물학적 개체, 정신적 성적 구성물, 문화적 산물 등 다양한 의미를 포함한다. 근대적 주체란 육체에 새겨지는 습속의 도덕을 통해, 그 육체적 권력을 통해 만들어지는 것이라고 볼 수 있기에 육체 담론의 분석은 곧 근대적 주체의 몸에 새겨진, 자동적인 육체 권력의 분석이 된다. 요컨대 필자는 한국 근대 소설 속에서 육체가 재현되는 유형과 양상을 이광수, 염상섭, 이효석, 김유정, 이상의 소설을 중심으로 밝히는 가운데, 근대 사회의 체험이 어떻게 근대적 주체를 구현해 내는가를 밝히려 했다.

근대에 이르러 몸은 도덕적인 의미가 아니라 경제적인 의미로 재편되며 부수적이고 부정적인 위치를 벗어나 적극적인 관리, 양육의 대상이 된다. 근대 사회는 가문이나 신분으로부터 떨어져 나온 '개인'의 존재를 전면화하고, 독립한 근대인은 한 사람의 직업인으로 조직된다. 근대 자본주의 사회는 생산이 행해지는 공적 영역과 휴식이 행해지는 사적 영역을 분리함으로써 몸에 대한 통제를 세분화한다. 이에 따라 공적 생산의 영역을 담당하는 인간은 그 육체를 엄격한 시공간적 질서와 규율에 적응시키면서 단위 노동의 기관으로 육체 동작을 분절시키게 된다. 학교와 병원 같은 사회 기구는 가정과 협력하여 노동할 수 있는 조건을 가진 근면하고 성실하며 규칙적인 육체를 양육하고 관리한다. 또한 근대 사회에서 자아 정체성이 그가 속한 가문이나 신분으로 규정되지 않기에 개인은 스스로 생활방식을 선택하고 몸 관리 양식을 채택함으로써 자신의 정체성을 드러내게 된다. 그래서 부르주아들은 고가의 상품을 소비하고 세련된 취향을 드러냄으로써 개성을 표현하고자 한다. 이때 중요한 것은 '차이'를 나타내는 상품의 교환가치이며 그것은 패션의 형태로 육체화한다. 이러한 근대적 육체 담론의 유형과 양상을 본고에서는 이광수의 훈육적 육체, 염상섭의 육체 자본, 이효석의 향유적 육체, 김유정의 육체-괴물, 이상의 소모적 육체로 대별하여 살펴보았다.

3장에서는 이광수 소설을 근대 생산적 기구의 경험이 강조하는 노동자형 육체의 조직, 훈육적 육체 담론으로 해명하였다. 먼저 1910년대 이광수 소설은 새로운 공민의 주체로 떠오르는 학생의 육체와 감정을 중심으로 시간표 양육의 가치와 우애에 기반을 둔 가정의 성립을 서사화한다. 이는 1920년대 이후 직업인의 논리를 '손'의 담론을 통해 보여 주는 서사로 바뀌어 간다. 여성의 섹슈얼리티는 위험한 것으로 그려지며 성병이나 불구와 같은 육체적 교정을 통해 처벌되고 모성애에 입각해 재배치된다. <흙>은 김갑진과 윤정선 같은 유전적 나태와 이기심을 가진 존재들이 불구나 부랑이 됨으로써 자신들의 불건강을 반성하고 자력론적 인생을 꾸려 가는 데 중심이 있는데 그것은 윤정선의 변화된 '손'을 통해 구현된다. 이광수에게 육체는 개인의 성격과 이력까지 가시화하는 것으로 나타난다. 육체가 투명하게 성격을 보여 주고 감정까지 드러낸다는 것은 '피'의 상상력을 통해 구현된다. 이광수에게 피는 먼저 열정을 나타내며 이는 곧 의지와의 대결이라는 형식으로 기계적 육체의 이상을 만들어 낸다. <사랑>에서 안빈은 감정까지 피와 호르몬의 변화를 통해 측정하고 가시화한다. 안빈의 북한요양원은 근대의 훈육적 육체를 교정하고 양육하는 이상향으로 제시된다. 생산적 질서에 입각한 기계적 육체는 1940년대 친일소설에서 위생과 성의를 강조하는 한·일청년의 결합을 그리는 가운데 군대를 통해 일본 군인으로 재탄생하는 조선인의 서사를 나타내기도 한다.

4장에서는 염상섭의 육체 담론을 육체 자본이라는 관점에서 해명하였다. 이광수가 학교의 시간표 양육이 가진 질서를 인정하고 훈육적 육체의 금욕적이고 기계적인 면모를 긍정했다면 염상섭 소설에서 학교는 긍정적인 공간으로 그려지지 않는다. 염상섭에게 긍정되는 것은 학교가 아니라 소비 사회에 닮겨난 존재, 자신의 육체 가치를 파악하고 그에 입각하여 소비 교환에 참가하는 타산적 개인이 된다. 개인은 교환에 입각해 각자의 육체 자본을 갖는데, 육체화된 자본을 대변하는 것이 '미모'이다. 아름다움과 사건성으로 소문의 대상이 된 여성이 그 미모의 가치, 육체 자본에 입각하여 얼마나 정당한 소비 교환에 관여하는가가 문제시된다. <사랑과 죄>에서 순영의 미모는 지나친 소비,

사치품 육체가 되지 않기에 긍정된다. 반면 <목단꽃 필 때>에서 김문자의 미모는 댄스와 양장, 파마넨트의 소비 속에서 사치품으로 재편되기에 부정된다. 염상섭에게 소비란 '절약'할 수 있는 것, 즉 육체 자본의 정당한 교환으로 나타나기에, 지나친 치장과 연출된 미모는 사기 거래와 같은 것으로 부정되는 것이다. 염상섭 소설에서 인물들은 그 정체를 투명하게 드러내지 않는다. 주의자들은 헙수룩한 외양 속에, 여성들은 단발과 양장을 통해 그들의 정체성을 감추고 변장한다. 염상섭 소설에서 타산적 개인으로 닦여나는 주인공들은 그 과정에서 소문의 시선에 대한 두려움과 수치심을 나타낸다. 자신의 정체성과 육체 가치를 스스로 증명해야 하기에 인물들은 소문을 둘러싼 내력의 관리와 치장을 통한 미모의 관리라는 형태를 보여 준다.

5장에서는 근대적 소비문화의 경험과 관련하여 개인의 정체성을 그 취향과 교양의 문맥으로 파악하는 이효석 소설의 특징을 살펴보았다. 이효석 소설에서 인물들은 외양을 통해 정체성을 드러내는데 이는 세련된 취향과 감각의 조직으로 나타난다. 이효석에게 육체는 세련된 취향에 입각하여 커피와 스키, 버터와 능금을 즐기고 우유 유토피아를 꿈꾸는 감각으로 나타난다. 그는 현실을 삭막한 '재료'로 바라보지 않고 '차고 먼 아름다운 것'(취향) 속에서 발견하고자 한다. 이효석의 소설에서 여성 섹슈얼리티는 상품으로서의 세련성과 관련해 재편된다. 이효석이 전원의 여성을 그릴 때 그 여성은 성욕이 아니라 자유의 향유와 관련되기에 부정되지 않는다. 도시의 세련된 모던 걸의 육체 역시 성욕이 아니라 취향 향유의 대상이기에 부정되지 않는다. 도시 속 교환되는 성욕과 관련될 때에만 여성 섹슈얼리티는 부정된다. 이효석은 교환이 아니라 향유의 순간성, 욕망이 아니라 취향의 매혹에 궁극을 둔다. 들의 세계와 구라파는 풍요한 환상을 환기시키기에 같은 공간일 수 있다. 궁극의 아름다움이란 이국 여인의 육체를 수입하여 생활하는 것, 생활의 예술화라는 기획으로 유토피아 지향을 드러낸다. 이광수가 피와 호르몬으로 감정과 건강을 측정, 관리하는 '북한 요양원'을 이상적인 공간으로 형상화했다면, 그 어떤 가치보다 아름다운 것, 서구의 육체미를 구현하는 것만이 중요하기에 이효석이 발견하는 유토피아는 아름다운 여인들이 미모를 치장하고 음악을 향유하는 공간, 소비 향유의 풍성함이 자리하는 공간으로 조직된다. 이러한 소비 향유의 가치에 대한 긍정은 1940년대 일본어 소설에서도 그대로 이어져 재료 그 자체가 아니라 현실을 꾸미는 치장으로서 먼 과거에서 미를 발견하고 향유하는 서사들로 나타난다.

6장에서는 김유정 소설의 특성을 근대 자본주의적 육체 기획에 대한 이탈과 의도적 왜곡으로서 육체 – 괴물의 형상화라는 점에서 살펴보았다. 김유정 소설에서는 처벌과 폭력, 싸움과 자해, 피의 흐름과 같은 파괴적인 육체가 많이 나타나는데 이를 통해 근대의 표준화된 육체와 다른 타자의 형상을 보여 주고 있다. 김유정은 자본으로 재편된 근대 사회의 현실을 부정한다. 자본주의 사회가 규정하는 올바른 육체 규율이 노동을 통해 시간을 자본으로 환원하는 형태인 데 반해, 김유정 소설에서는 그러한 근대의 일상적 노동에서 벗어난 타자들, 부랑당이나 깍쟁이, 들병이, 잠채꾼과 같은 존재들만 묘사되는 것이다. 그들의 희망은 도박이나 잠채로 벼락같은 기적을 만나는 것으로, 이는 축적이 아니라 행운에 대한 욕망과 관계하며 근대의 육체 규율을 내면화한 타인들의 시선 속에서 괴물로 자리하게 된다. 먼저 김유정은 금이라는 물신의 욕망과 그로 인한 폭력과 파괴를 그리는 <금 따는 콩밭>, <노다지>, <금> 등에서 자본주의적 욕망의 왜곡된 수용이 어떻게 육체를 파괴하는 결과를 가져오는지 형상화하고 있다. 도박과 같은 금의 욕망은 축적적인 근대의 훈육적 육체 대신에 스스로 자신의 몸에 구멍을 내고 육체를 파괴함으로써 행운을 바라는 괴물들을 낳는다. 이러한 괴물들은 경계에 선 존재로, 그들은 자본에 대한 왜곡된 지식에서 출발하기에 부정적이지만 또한 생활을 위해 자유로이 유랑하고 떠날 수 있는 존재들이기에 긍정적이다. 아내의 몸을 팔아 돈을 마련하는 <소낙비>, <정조> 등의 소설에서 나타나듯 들병이의 육체는 이중적인 의미를 갖는다. 춘호처와 행랑어멈의 몸은 그 비위생성과 흉측함 때문에 혐오의 대상이지만 또한 그 괴물적인 모습 때문에 정상적인 근대인의 욕망의 거처가 된다. 괴물은 혐오의 대상인 동시에 욕망의 대상이라는 모순 속에서 괴물 특유의 생산성이 살아나는바, <만무방>, <봄과 따라지> 등은 이러한 괴물의 자유와 생산성을 보여 주고 있다. 괴물로서 근대 사회를 살아가는 그들은 스스로 파괴나 죽음을 선택함으로써 승리한다는 모순을 나타낸다. <땡볕>은 괴물로서의 자존심을 걸고 근대에 패배해 가는, 그럼으로써 승리하는 괴물 남녀의 모습을 보여 줌으로써 특유의 비극성을 환기하고 있다. 이러한 김유정 소설의 육체 – 괴물은 매저키즘적 욕망에 의해 관통되고 있다. 김유정은 자전적 소설 <형>, <생의 반려> 등에서 알 수 있듯 폭력적인 아버지와 형의 모습에서 가부장(법, 가부장제, 자본주의 등)에 대한 부정적인 인식을 습득한다. 그는 이상적인 어머니의 모습을 통해 자신 속에 숨어 있는 폭력적 가부장에 대한 처벌을 수행하려 하는데, 그 과정에서 찾아진 것이 기생 박녹주(나명주, 옥화)로, 그녀가 자신을 학대하고 괴롭히면 괴롭힐수록 그녀에 대한 욕망을 더해 가게 된다. 김유정은 이상적인 어머니, 즉 매춘을 해서라도 생계를 책임지고 자궁을 통해 아이를 생산하는 여성들을 긍정하는데, 그런 여성들을 대변하는 존재가 들병이다. <총각과 맹꽁이>, <솥> 등에서 형상화된 들병이 여성들은 모두 강인한 생의 의지를 지니고 남성들을 지배하며, 일시적 계약 관계 속에서 정조를 문제 삼지 않고 애욕람비 없이 성관계를 가지며 남성들을 교육한다. 생계를 위해 매춘을 하는 여성들의 이야기를 통해 김유정은 구강적 모성, 즉 도덕을 초월하여 가부장의 무능을 폭로하고 아버지의 세계를 폐기하는 이상적인 지배자를 그리고 있다. 그러한 들병이 여성들에 대한 욕망, 그녀들에 의해 지배당하고 싶은 욕망을 통해 김유정은 웃음과 폭력의 미학을 결합시킨다. <동백꽃>과 <봄봄> 등에서 지배자 여성과 피지배자 남성의 구도는 폭력과 욕망의 긴밀한 결합 속에서 독특한 미학을 형성하고 있는 것이다.

7장에서는 근대의 훈육적 육체 질서의 억압이나 육체 자본의 인식에 입각한 조절, 상품 소비에 입각한 향유적 육체 구상 모두로부터 일정한 거리를 취하는 이상 소설의 근대 비판적인 육체 담론의 전개에 대해 살펴보았다. 이상은 훈육적 육체 질서를 체화한 상태에서 전염병자로 소외됨으로써 자신을 경계에 위치한 존재, 절름발이로 규정한다. 이상에게 절름발이의 알레고리는 처녀작 <12월 12일>에서 드러나는 것처럼 근대 문명의 정상적 질서와 비정상성의 영역에서 모두 배제된 존재의 경험을 나타내는 가운데 훈육적 육체의 이상이 가진 인위성을 비판하는 것으로 나아간다. 이상에게 생은 소모되는 것, 즉 찢겨 나가는 일력(日曆), 잘려 나간 팔다리, 깎여 나가는 손톱과 수염으로 표현된다. <지주회시>에서는 소모되는 육체와 소비되는 육체를 대비함으로써 자본의 교환 속 타락한 육체 질서에 대한 해체 시도를 보여 준다. 소모적 육체는 <날개>에서 '박제가 된 천재'의 비유로 나타난다. 그는 근대 사회의 양육과 교화가 가진 허위를 감시의 전면성이라는 점에서 비판하고 또한 그 감시자의 비밀, 정상성의 허위를 폭로하는 동시에 그에 대한 대결을 유희의 형태로 표현한다. 신여성과의 연애를 그리는 <단발>, <동해>, <실화>, <종생기>에서는 그 정조의 비밀을 드러내지 않는 신여성과의 대결에서 패배해 가는 자아의 형상을 '골편'의 상상력을 통해 드러내고 있다. '골편'은 해골인 동시에 손톱이나 이빨과 같이 깎여 나가는 육체이기도 하다는 점에서 그것은 근대적 육체 질서에 대한 반성적 사유와 해체를 그린다고 볼 수 있다.

한국 근대 소설에 나타난 육체에 대한 해명은 육체가 서사를 추동하는 요인이 된다는 점에서 의미를 가질 수 있다. 어떤 몸에 대한 욕망, 어떤 육체를 가진 인간이 되고자 하는 욕망, 어떤 제도를 체현한 육체가 되고자 하는 욕망이 근대 소설의 다양한 서사를 추동하는 근저에 자리잡고 있기에 육체 담론의 분석은 서사의 근원적 욕망에 대한 분석이 될 수 있는 것이다. 근대 소설 속에서 육체는 이전의 서사물과 달리 적극적인 묘사의 대상이 되었으며 새로운 기구와 제도의 체험이 창출한 개개인의 통제와 표현이라는 양가성의 중심에 놓인 까닭에 문제적인 것으로 부각된다. 이런 점에서 볼 때 근대 소설 속 육체 담론에 대한 연구는 동시대 거의 모든 작가들의 작품에 대한 분석으로 나아갈 수밖에 없다. 이 책에서는 이광수와 염상섭, 이효석과 김유정, 이상이라는 다섯 작가의 육체 담론을 고찰함으로써 근대화 과정 속 우리 작가들의 작품에 나타나는 육체 담론의 특징이 무엇이며 이를 통해 드러나는 주체성의 특징이 무엇인가에 대한 일련의 연구의 서두를 삼으려 한다. 이광수와 염상섭, 이효석과 김유정, 이상은 근대적 육체 담론의 측면에서 각각 특징적인 영역을 대변하는 까닭에 이들이 그리는 육체 담론의 영역선 속에서 이태준이나 김남천, 채만식이나 박태원, 한설야, 이기영 등 동시대 대표적인 작가들의 육체 담론을 배치하고 논의하는 준거점으로 삼을 수 있을 듯하다. 육체 담론의 관점에서 볼 때 이제까지 리얼리즘, 모더니즘, 계몽주의 등 시대나 주의로 한정되어 서로 관여하지 못했던 작가들 간, 시대적 공통성에 입각한 소통 가능성이 전개된다는 점에서 이는 새로운 문학사적 관점을 열어주는 연구가 될 것이라고 믿는다. 즉 리얼리즘과 모더니즘의 관점으로 대별되어 서로 소통되지 않았던 이기영과 박태원 혹은 이효석과 김남천의 소통가능성, 민족주의와 사회주의로 구분되어 소통되지 않았던 이광수와 한설야의 소통가능성을 육체 담론에 대한 연구를 통해 열어갈 수 있고 이를 통해 새로운 문학사의 서술도 가능하게 될 것으로 믿는다.

참고문헌

〈기본자료〉

김남천, 『대하』, 한국 해금문학전집 5, 풀빛, 1988.
김유정, 『김유정 전집』1 - 2, 가람기획, 2003.
염상섭, 『염상섭 전집』1 - 12, 민음사, 1987.
염상섭, 『무화과』, 한국소설문학대계 6, 동아출판사, 1995.
염상섭, 『광분』, 프레스 21, 1997.
염상섭, 『불연속선』, 프레스 21, 1997.
염상섭, 『진주는 주엇스나』(동아일보 별쇄본).
이기영, 『봄』, 풀빛출판사, 1989.
이광수, 『이광수 전집』1 - 19, 삼중당, 1963.
이광수, 『바로잡은 <무정>』, 김철 교주, 문학동네, 2002.
이광수, 『진정 마음이 만나서야말로 - 이광수 친일소설 발굴집』, 이경훈 편역, 평민사, 1995.
이상, 『이상 문학 전집』1 - 3, 문학사상사, 1991.
이선희, 『월북작가대표선집』5, 서음출판사, 1989.
이효석, 『이효석 전집』1 - 7, 창미사, 1983.

『혈의 누』, 『모란병』, 『철세계』, 『신여성』, 『청춘』, 『학지광』, 『별건곤』, ≪독립신문≫, ≪동아일보≫, ≪조선일보≫, 『인문평론』, 『문학사상』, 『김동인 전집』, 『나도향 전집』, 『정월 라혜석 전집』, 『김기림 전집』

〈국내논저〉

강내희, 『공간, 육체, 권력』, 문화과학사, 1995.
강상희, 『한국 모더니즘소설론』, 문예출판사, 1999.
강심호, 「김유정 소설의 위반의식 연구」, 서울대 석사, 2001.
구인환, 『이광수 소설 연구』, 보정판, 삼영사, 1987.
구인모, 「<무정>과 우생학적 연애론」, 『비교문학』22, 2002.

권보드래, 『한국 근대소설의 기원』, 소명출판, 2000.

_____, 『연애의 시대』, 현실문화연구, 2003.

권영민 편, 『이상문학연구 60년』, 문학사상사, 1998.

금장태, 『한국의 선비와 선비정신』, 서울대출판부, 2000.

김경수, 『염상섭 장편소설 연구』, 일조각, 1999.

김미지, 「192,30년대 염상섭 소설에 나타난 '연애'의 의미 연구」, 서울대 석사, 2001.

김미현, 「김유정 소설의 카니발적 구조 연구」, 이대 석사, 1990.

김상태, 「김유정의 문체」, 『문체의 이론과 해석』, 새문사, 1982.

김성수, 『이상 소설의 해석 — 생과 사의 감각』, 태학사, 1999.

김승희, 「이상 시 생산 연구」, 김윤식 편, 『이상문학전집』4, 문학사상사, 1995.

김양선, 「1930년대 모더니즘 소설과 몸의 서사」, 『여성문학연구』8, 2002.

_____, 「이효석 소설에 나타난 식민지 무의식의 양상 — 향토와 조선적인 것의 발견을 중심으로」,
　　　　『현대소설연구』27, 2005.

김용직, 「반산문적 경향과 토속성 — 김유정의 소설문체」, 『문학사상』, 1974.7.

김윤식, 『이광수와 그의 시대』, 개정증보판, 솔출판사, 1999.

_____, 『염상섭 연구』, 서울대 출판부, 1987.

_____, 『이상연구』, 문학사상사, 1987.

_____, 『이상 소설 연구』, 문학과 비평사, 1988.

_____, 『이상문학 텍스트 연구』, 서울대출판부, 1998.

_____, 『한국근대문학사상비판』, 일지사, 1978.

김정자, 『한국 근대소설의 문체론적 연구』, 삼지원, 1985.

김종건, 「1930년대 소설의 공간설정과 작가의식의 상관성 연구 — 김유정과 이무영을 중심으로」,
　　　　『대구어문론총』15, 1997.

김종균 편, 『염상섭 소설 연구』, 국학자료원, 1999.

김종은, 「이상의 理想과 異常」, 『문학사상』12, 1974.7.

김주리, 「근대적 패션의 성립과 1930년대 문학의 변모」, 『한국현대문학연구』7, 1999.

_____, 「근대적 육체 담론의 일고찰」, 『한국현대문학연구』13, 2003.6.

_____, 「이효석 문학의 서구지향성이 가진 의미 고찰」, 『민족문학연구』24, 2004.2.

_____, 「박람회의 시공간과 <광분>의 의미」, 『민족문학사연구』34, 2007.8.

_____, 「여성주의 문학연구 방법과 한국 근대소설의 자아」, 『현대문학연구』28, 2008.12.

_____, 「한국 근대 소설 속 도시공원의 표상」, 『한국문화』44, 규장각한국학연구소, 2008.12.

김주현, 『이상 소설 연구』, 소명출판, 1999.

김지영, 「1920년대 이광수 문학에 나타난 '자아'의 갈등과 '육체'의 문제」, 『한국현대문학연구』
　　　　16, 2004.12.

김지원, 『해학과 풍자의 문학』, 문장사, 1983.

김진균·정근식 편저, 『근대주체와 식민지 규율권력』, 문화과학사, 1997.

김현주, 「이광수의 문화이념 연구」, 연대 박사, 2002.

_____, 「문학 예술 교육과 '동정'」, 『상허학보』12, 깊은샘, 2004.

김혜경, 「일제하 어린이기의 형성에 대한 연구」, 이대 박사, 1997.

나병철, 「이효석의 서정소설 연구」, 『연세어문학』20, 1987.

나은진, 「이상소설에 나타난 여성성」, 『여성문학 연구』6, 2001.

노지승, 「이상 소설의 시간성 연구」, 서울대 석사, 1998.

_____, 「한국 근대 소설의 여성 표상에 관한 연구」, 서울대 박사, 2005.

두호경, 『동양의학은 어떤 학문인가』, 교학사, 2003.

문학과 사상연구회 편, 『염상섭 문학의 재인식』, 깊은샘, 1998.

문학사와 비평연구회 편, 『염상섭 문학의 재조명』, 새미, 1998.

민족문학사연구소 편, 『민족문학과 근대성』, 문학과지성사, 1995.

박남철, 「김유정 소설의 인물 유형」, 『한국학논집』32, 1998.

박상준, 『1920년대 문학과 염상섭』, 역락, 2000.

박선영, 「이상 소설의 알레고리적 성격 연구」, 연세대 석사, 2004.

박정애, 「근대적 주체의 시선에 포착된 타자들」, 『여성문학연구』6, 2001.

박진수, 「<변강쇠가>와 <안해>의 대비연구」, 이대 석사, 1983.

백지혜, 「이효석 소설에 나타난 '여행'의 의미 연구」, 서울대 석사 2002.

백철, 『조선신문학사조사』, 수선사, 1948.

상허학회 편, 『1920년대 동인지 문학과 근대성 연구』, 깊은샘, 2000.

서영채, 『사랑의 문법』, 민음사, 2004.

서울 사회과학연구소 편, 『근대성의 경계를 찾아서』, 새길, 1997.

서정록, 「한국적 전통에서 본 김유정의 문학」, 『동대논총』1, 1969.

_____, 「이효석 소설에 나타난 고향과 근대의 의미」, 『이효석 소설 선집』, 강원대 출판부,
　　　 2000.

손정수, 「1910년대 문학에 나타난 계몽성의 변모양상에 대한 고찰」, 문학사와 비평연구회
　　　 편, 『한국문학과 계몽담론』, 새미, 1999.

손유경, 「1920년대 문학과 '동정'」, 『한국현대문학연구』16, 2004.12.

송명희, 『이광수의 민족주의와 페미니즘』, 국학자료원, 1997.

송민호, 「이상 문학에 나타난 화폐와 글쓰기의 상관성 연구」, 서울대 석사, 2002.

신동욱, 「이효석 소설에 관한 연구」, 『동방학지』49집, 1985.

신동욱 편, 『최남선과 이광수의 문학』, 새문사, 1981.

신범순, 「이상 문학에 있어서의 분열증적 욕망과 우화」, 『국어국문학』103, 국어국문학회,
　　　 1990.5.

신수정, 「감정교육과 근대남성의 탄생 - 이광수의 초기 단편소설을 중심으로」, 『여성문학연구』
　　　 15, 2006.12.

신정숙, 「이광수 소설에 나타난 '민족개조사상'과 '몸'의 관계 양상에 관한 연구」, 연세대

　　　석사, 2003.

심영희 외 편,『모성의 담론과 현실』, 나남출판, 1999.

안미영,『이상과 그의 시대』, 소명출판, 2002.

연대 국학연구회 편,『춘원 이광수 문학 연구』, 국학자료원, 1994.

오병기,「김유정 소설의 여성인물 연구」, 성균관대 석사, 2004.

오생근,「동물의 이미지를 통한 이상의 상상적 세계」, 김윤식 편,『이상문학전집』4, 문학사
　　　상사, 1995.

우한용,「염상섭 소설의 담론구조」,『한국현대소설구조연구』, 삼지원, 1990.

윤지관,「민중의 삶과 시적 리얼리즘 – 김유정론」,『세계의 문학』, 1988 여름.

이강수,「이상 텍스트 생산과정 연구」, 서울대 석사, 1997.

이거룡 외,『몸 또는 욕망의 사다리』, 한길사, 1999.

이경훈,『이상 – 철천의 수사학』, 소명출판, 2000.

＿＿＿,『오빠의 탄생』, 문학과지성사, 2003.

이보영,『난세의 문학 – 염상섭론』, 예지각, 1991.

＿＿＿,『염상섭 문학론』, 금문서적, 2003.

이상섭,「애욕문학으로서의 특질」,『문학사상』, 1974.2.

이상옥,『이효석 – 문학과 생애』, 민음사, 1992.

이세주,「식민지 근대와 이효석 문학」, 연대 박사, 2006.

이수영,「<만세전>과 두 개의 개인」,『한국현대문학연구』13, 2003.6.

이수정,「이상의 <날개>에 나타난 '어항'의 의미 연구」,『한국현대문학연구』15, 2004.6.

이승원,「근대적 육체의 발견과 위생의 정치학」,『국민국가의 정치적 상상력』, 소명출판,
　　　2003.

이승훈,『이상 시 연구』, 고려원, 1987.

이영아,「신소설의 개화기 여성상 연구」, 서울대 석사, 2000.

＿＿＿,「이광수 <무정>에 나타난 '육체'의 근대성 고찰」,『한국학보』106, 2002.

이영준,「사진속의 육체, 감시와 찬미의 변증법」,『월간미술』, 1997.10.

이재복,「이상 소설의 몸과 근대성에 관한 연구」, 한양대 박사, 2001.

이재선,『희화적 감각과 바보열전』, 문학사상, 1974.

이주일,「유정 문학의 향토성과 해학성」,『국어국문학』83, 1980.

이진경,『노마디즘』, 휴머니스트, 2002.

이현주,「1936년, <조광>, 이효석의 '고향'」,『어문론총』44, 2006.6.

이호림,「김유정 소설에 나타난 여성상 연구」, 성균관대 석사, 1996.

장수익,『한국 근대 소설사의 탐색』, 월인, 1999.

전복희,『사회진화론과 국가사상』, 한울, 1996.

전상국 외,『김유정 문학의 전통성과 근대성』, 한림대 아시아문화연구소, 1994.

전신재,「농민의 몰락과 천진성의 발견」,『김유정 문학의 재조명』, 한림대 아시아문화연구

소, 1994.

정명환, 「위장된 순응주의」, 『이효석 전집』8, 창미사, 1983.

정한모, 「효석론」, 『이효석전집』8, 창미사, 1983.

_____, 「효석 문학의 서구적 소재 연구」, 『국어국문학연구』92, 1984.

조남현, 『한국 현대문학사상 논구』, 서울대출판부, 1999.

_____, 『한국 소설과 갈등』, 문학과비평사, 1990.

조석현, 「김유정 소설의 해학성 연구」, 성대 석사, 1987.

조연현, 『한국현대문학사』, 현대문학사, 1956.

조영복, 『한국 모더니즘문학의 근대성과 일상성』, 다운샘, 1997.

조은 외, 『근대 가족의 변모와 여성문제』, 서울대출판부, 1996.

조현범, 『문명과 야만: 타자의 시선으로 본 19세기 조선』, 책세상, 2002.

조혜옥, 『이상 시의 근대성 연구-육체의식을 중심으로』, 소명출판, 2001.

주종연, 「문학에 있어서 성의 문제」, 『국어국문학』48호, 1970.5.

채훈, 「이효석의 초기 작품고」, 『이효석 전집』8, 창미사, 1983.

최혜실, 『한국 모더니즘 소설 연구』, 민지사, 1992.

_____, 「염상섭 장편소설에 나타난 통속성 연구」, 『국어국문학』108, 1992.

_____, 『신여성들은 무엇을 꿈꾸었는가』, 생각의나무, 1999.

한국문학연구소 편, 『이광수 연구』상·하, 태학사, 1984.

한만수, 「한국서사문학의 바보인물 연구-바보민담, 판소리계 소설, 김유정 소설을 중심으로」, 동국대 박사, 1991.

한승옥, 「동성애적 관점에서 본 <무정>」, 『현대소설연구』20, 2003.12.

한정수, 「김유정 문학에 나타난 여성」, 『사회과학연구』10, 2001.2.

한용환, 『이광수 소설의 비판과 옹호』, 새미, 1997.

허정, 『에세이 의료 한국사』, 한울, 1992.

홍재범, 「이효석 소설 연구」, 서울대 석사, 1994.

홍혜원, 『이광수 소설의 이야기와 담론』, 이대 출판부, 2002.

황도경, 「이상소설의 공간 연구」, 이대 박사, 1993.

황상익 편저, 『문명과 질병으로 보는 인간의 역사』, 한울림, 1998.

〈국외논저〉

Ariès, P. 외, *Histoire de la vie privée*(『사생활의 역사』), 이영림·전수연 역, 새물결, 2002.

Baba, H., *The location of culture*(『문화의 위치』), 나병철 역, 소명출판, 2002.

Barthes, R., *Système de la mode*(『모드의 체계』), 이대기호학연구소 역, 동문선, 1998.

Baudrillard, J., *La Société de consommation: ses mythes et ses structures*(『소비의 사회』), 이상률 역,

문예출판사, 1991.

_____, *Pour une critique de l'économie politique du signe*(『기호의 정치경제학 비판』, 이규현 역, 문학과지성사, 1992.

_____, *De la Séduction*(『유혹에 대하여』), 배영달 역, 백의, 1996.

Bourdieu, P., *La distinction*(『구별짓기: 문화와 취향의 사회학』), 최종철 역, 새물결, 1995.

Bristow, J., *Sexuality*(『섹슈얼리티』), 이연정·공선희 역, 한나래, 2000.

Brooks, P., *Body work*(『육체와 예술』), 이봉지·한애경 역, 문학과지성사, 2000.

Breton, D., *Anthropologie du corps et modernité*(『근대성과 육체의 정치학』), 홍성민 역, 동문선, 2003.

Chancer, L., 『일상의 권력과 새도매저키즘 - 지배의 논리와 속죄양 만들기』, 심영희 역, 나남출판, 1994.

Deleuze & Guattari, *L'Anti - Oedipe*(『앙티 오이디푸스』), 최명관 역, 민음사, 1997.

Deleuze, G., *Logique de la sensation*(『감각의 논리』), 하태환 역, 민음사, 1995.

_____, 『매저키즘 - 냉정함과 잔인성』, 이강훈 역, 인간사랑, 1996.

Diatkin, G., *Jacque Lacan* (『자크 라캉』), 임진수 역, 교문사, 2000.

Dubos, R., 『건강이라는 환상』, 허정 역, 삼성미술문화재단, 1982.

Eco, U., 『미의 역사』, 이현경 역, 열린책들, 2005.

Elias, N., *Über den Prozeß der Zivilisation*(『문명화과정』), 박미애 역, 한길사, 1996.

Felskt, R., 『근대성과 페미니즘』, 심진경 역, 거름, 1998.

Freud, S., 『문명 속의 불만』, 김석희 역, 열린책들, 1997.

Foucault, M., *Surveiller et punir*(『감시와 처벌』), 박홍규 역, 강원대 출판부, 1993.

_____, *Histoire de la folie* à *l'âge classique*(『광기의 역사』), 김부용 역, 인간사랑, 1991.

_____, *L'ordre du discours*(『담론의 질서』), 이정우 역, 새길, 1993.

_____, *Histoire de la sexualité*(『성의 역사1 - 앎의 의지』), 이규현 역, 나남출판, 1993.

_____, 『자기의 테크놀로지』, 동문선, 1997.

Girard, R., 『폭력과 성스러움』, 김진식, 박무호 역, 민음사, 1997.

Goffman, I., *The presentation of self in everyday life*, Harmondsworth: Penguin, 1969.

Gordon, S., 「사회구조와 감정」, 이성식·전신현 편역, 『감정사회학』, 한울, 1995.

Hall, S., "The rediscovery of ideology", *Culture, Society and the Medias,* ed. by M. Guretivitch, Methuen Co. Ltd., 1982.

Hein, T., 『쇼핑의 유혹』, 김종식 역, 세종서적, 2003.

Kern, S., *Anatomy and Destiny: A cultural history of the human body*(『육체의 문화사』), 이성동 역, 의암출판, 1996.

Kerney, R., 『이방인, 신, 괴물』, 이지영 역, 개마고원, 2004.

Lacan, J., 『욕망이론』, 권택영 역, 문예출판사, 1993.

Le Goff · Sournia, *Les Maladies ont une histoire par Collectif de l'Histoire*(『고통 받는 몸의 역사』),

장석훈 역, 지호, 2000.

Lipovetsky, G., *L'empire de l'éphémère*(『패션의 제국』), 이득재 역, 문예출판사, 1999.

_____, 『사치의 문화』, 유재명 역, 문예출판사, 2004.

Macracken, G., 『문화와 소비』, 이상률 역, 문예출판사, 1996.

Netltern, S., *The sociology of health and illness*(『건강과 질병의 사회학』), 조효제 역, 한울, 1997.

Noibauer, H., *A History of rumor*(『소문의 역사』), 박동자·황승환 역, 세종서적, 2001.

Panon, F., 『검은 피부 하얀 가면』, 이석호 역, 인간사랑, 1998.

Reich, W., 『문화적 투쟁으로서의 성』, 박설호 편역, 솔출판사, 1996.

Scheler, M., 『동정의 본질과 형식』, 이을상 역, UUP, 2002.

Shilling, C., *The body and social theory*(『몸의 사회학』), 임인숙 역, 나남출판, 1999.

Shorter, E., *The making of the modern family*, Glasgoe: Collins, 1975.

Sontag, S., *Illness as metaphor*(『은유로서의 질병』), 이재원 역, 이후, 2002.

Thoits, T., 「감정사회학에서의 주요 연구들」, 이성식·전신현 편역, 『감정사회학』, 한울, 1995.

Turner, B., *The body and society*(『몸과 사회』), 임인숙 역, 몸과 마음, 2002.

Vincent-Buffault, A., *Histoire des larmes*(『눈물의 역사』), 이자경 역, 동문선, 2000.

Watt, I., The Rise of Novel(『소설의 발생』), 전철민 역, 열린책들, 1988.

Weber, M., 『프로테스탄티즘의 윤리와 자본주의 정신』, 박성수 역, 문예출판사, 1998.

Weinmann, M., *Die Hand-Werkzeug des Geistes*(『손이 지배하는 세상』), 박규호 역, 도서출판 해바라기, 2002.

姜尙中, 『오리엔탈리즘을 넘어서』, 이경덕·임성모 역, 이산, 1997.

이시다 히데미, 『기: 흐르는 육체』, 이동철 역, 열린책들, 1996.

니시카와 나가오, 『국민이라는 괴물』, 윤대석 역, 소명출판, 2001.

색 인

▌약력

서울대학교 인문대학 국어국문학과 및 동 대학원 졸업(문학박사)
현 동덕여자대학교 교양교직학부 전임강사

▌주요논문 및 저서

『모던 걸, 여우 목도리를 버려라』
『이상 문학 연구의 새로운 지평』(공저)
『열린 사고, 창의적 표현』(공저)
『비판적 사고와 자유로운 소통을 위한 프레젠테이션과 글쓰기』(공저)
「박람회의 시공간과 <광분>의 의미」
「식민지 시대 소설 속 온천 휴양지의 공간 표상」
「한국근대소설 속 도시 공원의 표상」
「사디즘적 연애와 <과도기>의 욕망」
「여성주의 연구방법과 한국근대소설 속 새로운 자아의 탐색」
「신여성자아의 모방 욕망과 '다시쓰기'의 서사전략」

근대소설과 육체

초판인쇄 | 2009년 5월 8일
초판발행 | 2009년 5월 8일

지은이 | 김주리
펴낸이 | 채종준
펴낸곳 | 한국학술정보㈜
주 소 | 경기도 파주시 교하읍 문발리 파주출판문화정보산업단지 513-5
전 화 | 031) 908-3181(대표)
팩 스 | 031) 908-3189
홈페이지 | http://www.kstudy.com
E-mail | 출판사업부 publish@kstudy.com

등 록 | 제일산-115호(2000. 6. 19)
가 격 | 37,000원

ISBN   978-89-268-0017-1 93810 (Paper Book)
       978-89-268-0018-8 98810 (e-Book)

내일을여는지식 은 시대와 시대의 지식을 이어 갑니다.